本书为国家社会科学基金资助项目成果

倪晋波 著

清代郡邑诗话研究

中华书局

图书在版编目(CIP)数据

清代郡邑诗话研究/倪晋波著. —北京:中华书局,2025.6. —
ISBN 978-7-101-17123-5

Ⅰ. I207.227.49

中国国家版本馆 CIP 数据核字第 2025LN8774 号

书　　名	清代郡邑诗话研究	
著　　者	倪晋波	
责任编辑	余　瑾	
装帧设计	刘　丽	
责任印制	陈丽娜	
出版发行	中华书局	
	(北京市丰台区太平桥西里 38 号　100073)	
	http://www.zhbc.com.cn	
	E-mail:zhbc@zhbc.com.cn	
印　　刷	三河市中晟雅豪印务有限公司	
版　　次	2025 年 6 月第 1 版	
	2025 年 6 月第 1 次印刷	
规　　格	开本/920×1250 毫米　1/32	
	印张 15⅜　插页 2　字数 360 千字	
国际书号	ISBN 978-7-101-17123-5	
定　　价	98.00 元	

目　录

序

蒋　凡

倪晋波君惠赐新著《清代郡邑诗话研究》书稿并嘱序。以耄耋之年，衰朽之躯，加以近三年来，抗疫救病之不暇，家事乡邦事天下事，纷纷扰扰，又何以静心读书作文呢？序言者，总括全书论叙而导夫先路者也，任重有违老者疏懒之性。以此之故，嘱序之事，犹豫再三。但低头回顾，我与倪君，长期共读互勉，情兼师友，又何忍拂其诚意而拒之呢？以此，决计先认真拜读，然后再作区处。读后谈点感想，总还是可以的吧。

攻博期间，倪君的专业是先秦两汉文学，于石鼓文等出土文献，有深入的研究，并先后出版了《出土文献与秦国文学》《史记心解》等著，其学术开拓，学界认同而颇获好评。但此次寄我的书稿，却是有关清代郡邑诗话的研究，时间跨越了两千年，于此可见其学术视域之宽广。清代郡邑诗话与先秦两汉文学，貌似风马牛不相及，但实际不然。由于倪君早已具有了先秦两汉的史学、经学、小学及文学的坚实基础，因此，转换视角，拓展学术外延，在清代诗学方面作新的探索，同样游刃有余而无往不达。倪君成功的学术开拓，提醒了年轻的学人，扎下深厚的学术基础，是极其重要的基本功夫，也是一条通往学术殿堂的必由之路。

《清代郡邑诗话研究》一书，广泛涉及了诗学、文学地理学等学术课目。诗学是源远流长、积累丰厚的传统学问。文学地理学则是近年来中国学术界的一个新兴课题,明显具有诸多学科交叉的性质,举凡地理学(包括自然地理和人文地理)、历史学、语言学、神话学、民俗学、方志学等交叉迭现的相关学科,无不囊括其中。研究清代郡邑诗话,就必须古今兼识,广泛涉猎,深入钻研,精益求精,其所叙议判断,虽言简意赅,亦期凿凿不移。倪君在这一方向努力探索,可谓博识会通又独具只眼,岂止是简单罗列材料而已。20世纪七八十年代,我曾应邀撰写清代梁章钜《三管诗话》的校注,虽然只是关乎广西一省一书,但从跑遍各地图书馆以搜集不同诗话版本、数十县志府志开始,直到完成笺注校释工作,前后经历了七八年之久,方才初具规模而难称完美,其艰难状,至今回顾,仍不免耿耿于怀。古典学术研究过程中,爬梳剔抉之苦,叙事排比之烦,在所难免;同时须求论断精当而持之有故,令人信服而发蒙启蔽,要成功实现这一目标,岂易事哉!对于作者而言,除了深厚的学术功底之外,兢兢业业、一丝不苟的学术态度,同样必不可少。学术板凳一坐十年冷,岂虚言哉,岂虚言哉!这是我作为过来人的甘苦之言。与我之校注《三管诗话》一书相比,倪君却由一地一书而扩展其历史空间和地域空间,研究的是清代近三百年全国各地省府州县甚至是乡镇的七十余种诗话著作,其擘画之难度和探索之艰辛,可以想象,但倪君行之不疑,其精神与勇气难能可贵而令人敬佩,值得学界同仁珍惜。

《清代郡邑诗话研究》一书,作者拒绝零敲碎打的烦琐,而是从整体研究思维出发,全面考察了清代郡邑诗话的文献数量、存在形态、文本特征、生成模式及其多元的学术价值,并重新界定了"郡邑诗话"的概念,这是一种新的探索与尝试。"郡邑诗话",昔日多称"地方诗话",但"地方"是个模糊的相对概念,它到底是相对国家和中央而言的较小地方,抑或是可超越国境的"东方""西方"如"太平洋地区"的大地方呢?因此,称"地方诗话",概念含混不清晰,难以科学界定。以此之故,倪君借鉴前贤,统一改称为"郡邑诗话",并作新的科学界定。中国古代在秦汉以后，行政区划通行的是郡县制，而以"郡邑"为地方府县的代称是明清的习惯做法，同时在学术实践如古籍目录分类中也可概指更大区域。蒋寅先生曾说："夫郡邑云者，概言省府州县之区也。故凡有关一地之诗，大至一省，小至一镇，裒而成帙则为总集，条而论之则为诗话。"可见，以"郡邑诗话"来兼称各级地方诗话，既不背悖严肃的历史语境，同时又符合有清以来的现状实际。从倪君的界定可以看出，郡邑诗话是地、人、诗、事、论的结合，有了这个明确的判断，相关讨论和未来研究便有了学理前提。

20世纪七八十年代，我曾作为郭绍虞先生的助手，在郭先生家读书工作。绍虞师所藏清代诗话很丰富，多达数百部，其中不乏优秀的郡邑诗话。我整理校注《三管诗话》一书，因个人原因，费时费力。而现在倪君所整理研究的全清郡邑诗话，林林总总，不下百十来部，其文献搜罗之宏富，用心之良苦，与我一人一书的论著，其艰难程度，不可同日而语。以书中所列《清代郡邑诗话一览表》为例，列有"时期""纂著时间""名称卷帙""作者籍贯""历时地域""早期版本"诸项，罗罗清疏而一目了然。如果不去深入的调查研究，怎么可能有此简明有效的一览表呢？倪君所收录的郡邑诗话，是有严格的学术标准的，不仅在学理上加以细密的界定，而且在时间上按照清代的历史断限来确定。如作者所言："某些郡邑诗话所载诗人、诗作、诗事属于清代，但如果其撰述时间在近代甚至现代，也不计入其列。"反之，有的诗话虽然在民国或现代才出版，但如果撰写时间确在清代，则仍加采录。如顾季慈《蓉江诗话》，虽然迟至民国时代方才出版，但作者确是清朝人，撰写时间在咸丰年间，因此仍然录入清代郡邑诗话之中。这个采录标准与众不同，但胜在时间清晰，畛域分明。

通读全书，感到倪君既严谨认真，具有深厚的学术考辨功夫，又思维灵动，富有缜密的学术思辨能力，其考论常突破了就诗论诗的藩篱，把对郡邑诗话的研究，导向了更深入探索其本质特征的理论思考。如云："清代郡邑诗话著述作为一般诗学文本,意在传述诗人诗事、保存诗学文献、发表诗论、建构诗史,体现了诗学与文学层面的本体性价值;作为地方文化文本,主动担负弘扬乡邦文化、倡导主流道德的使命,彰显了文化与伦理层面的社会性价值。"倪君的研究指出,郡邑诗话作为乡邦文化等小传统的产物,具有自然的地域差异性,但又渗透了家国意识、政教诉求、理想人格等历史文化大传统,同中有异又异中求同,上下贯通且一气流转,互动共进而相映成辉!信哉信哉!

以此读书心得,聊以代序。惭愧惭愧!

2024 年 4 月清明节前一日
于海上半万斋

第一章　郡邑诗话与类郡邑诗话

　　1929 年，郭绍虞先生发表《诗话丛话》，纵论中国古典诗话的源流、体例、概念、功用等；1933 年又刊出续作，专论钟嵘《诗品》、皎然《诗式》等诗学著作①，从而开启了现代诗话学。1935 年，徐英先生发表《诗话学发凡》一文②，为中国古典诗话立说鼓吹，谓诗话有述学、评体、诠列本事三派，又谓欧阳修《六一诗话》有"创名"之功，"诗话学"之名遂渐为人晓。同年，赵景深先生发表《诗话的诗话》，简论《诗品》《诗式》《六一诗话》《中山诗话》论诗之优劣③。陈一冰先生发表《诗话研究》，除在前人的基础上申明诗话"以'话'为主，以'诗'为副"的观念外，还明确指出"诗话仅是中国文学批评中的一种"，并将中国古典诗话史划分为三个时期：太古至汉初、汉代至宋前、宋代

---

①《小说月报》1929 年第 20 卷第 1 号第 221—232 页、第 2 号第 363—370 页、第 4 号第 673—679 页连载，共 27 节；《文学》1933 年第 1 卷第 2 号第 269—277 页续载，共 3 节。两者合计 30 节，后收入郭氏《照隅室杂著》。按：《小说新报》1921 年第 7 卷第连载署名了生的长文《历代诗话概略》，纵观全篇，题曰诗话，实言诗学；其论大体平允，然如文景之世为"汉诗最盛时代"云云，不免疏阔。详参该刊 1921 年第 1、2 期第 1—4 页；第 3、4 期第 1—3 页。

②徐英：《诗话学发凡》，王青垞主编：《安雅月刊》1935 年 8 月第 1 卷第 6 期，第 64—66 页。按：该文又刊载于 1936 年 4 月出版的《安徽大学季刊》第 1 卷第 2 期第 175—177 页，学界多以此为其首刊，实乃误传；一般认为，徐文首倡"诗话学"之概念，故其首发时间不可不辨。

③赵景深：《诗话的诗话》，《现代》1935 年第 6 卷第 2 期，第 89—91 页。

至清末①。1936 年,薛蕾先生发表《中国历代诗论与诗话之研究及其纲要书目(小引)——诗论拾残之一》,申述章学诚《文史通义·诗话》和郭绍虞《诗话丛话》之意,提出"中国历代诗话整理之总意见",并列出一份上起孔子《诗》论、下讫近人杨鸿烈《诗学概论》的历代诗话诗论清单②。1941 年,徐中玉先生发表《论诗话之起源及其发达》一文③,更旗帜鲜明地将古典诗话置于中国文学批评史的视角下进行考察,是知现代诗话学在彼时愈加深湛。20 世纪 80 年代以降,当代诗话学兴起。各类诗话文献,特别是大型历代诗话文献相继整理出版,诗话理论间有发蒙解惑之议,各体诗话探赜渐次弘赡,域外诗话研究亦蓬勃如春。在当代诗话学的研究对象中,清诗话备受瞩目,原因之一是其著述数量迥出前朝。蔡镇楚先生《清代诗话考略》、吴宏一先生《清代诗话知见录》《清代诗话考述》、张寅彭先生《新订清人诗学书目》、蒋寅先生《清诗话考》四家五编所见清代诗话书目,计逾一千五百种。与之相应,清代诗话中的郡邑诗话著作也不少,本书即以其为研究对象。欲行其事,先正其名。故本章拟以学术史为基点,从学理上界定郡邑诗话。

第一节　郡邑诗话及其异名认知

一、地方诗话与郡邑诗话

从诗话史的角度看,郡邑诗话发轫于明,大盛于清,是古典诗话

---

① 陈一冰:《诗话研究》,《天籁》1935 年第 24 卷第 1 期,第 243—258 页。
② 薛蕾:《中国历代诗论与诗话之研究及其纲要书目(小引)——诗论拾残之一》,《知行杂志》1936 年第 1 卷第 1 期,第 25—31 页。按:杨鸿烈《诗学概论》即其著《中国诗学大纲》,1924 年连载于《晨报副刊》,后结集出版。
③ 徐中玉:《论诗话之起源及其发达》,《中山学报》1941 年 11 月第 1 卷第 1 期(创刊号),第 115—122 页。按:该文前两节又以《论诗话之起源》之名刊于《中国文学(重庆)》1944 年 8 月第 1 卷第 3 期,第 47—52 页。

的重要组成部分；从诗话学史的角度看，郡邑诗话长期以来寥落无闻，直到20世纪80年代才真正进入学界视野。

名正则言顺，学界对郡邑诗话的认知是从其概念入手的。据笔者有限的识见，较早注意到古典诗话专门性特征的是张葆全先生。他在出版于1983年的《诗话和词话》一书中指出，"专门性的诗话集"有专人、专代、专地等类型，并用"地方诗话"这个概念描述后者："专地的诗话集以清人郑方坤所编《全闽诗话》十二卷较著名，此书专收闽人诗话及历代有关闽地的诗歌，上起六朝，下至清代，所采书计四百三十八种。此外，陶元藻的《全浙诗话》，赵知希的《泾川诗话》，戴璐的《吴兴诗话》，杭世骏的《榕城诗话》，梁章钜的《闽川闺秀诗话》，都属清人所编的地方诗话集。"①举证虽略，但均恰切，惜未能进一步申述"地方诗话"。

1990年，蔡镇楚先生出版《诗话学》一书，将"郡邑诗话"视为专门型诗话之一，说它是"以地域分类，专论某一地域、郡邑古今诗人之诗"②。后来，他又在《中国诗话史》中提出"地方诗话"的概念，并将其定义为"专论某一地域诗人诗作的诗话著作"，同时罗列了18种地方诗话作为例证③。同一时期，蒋寅先生撰《清代郡邑诗话叙录》，并对"郡邑诗话"的概念进行了初步描述：

> 诗话之作，至清代而极盛。其数量之富、种类之繁，均迈于往古，绝乎来兹。顾其中又以郡邑诗话为独具之特色。夫郡邑云者，概言省府州县之区也。故凡有关一地之诗，大至一省，小

① 张葆全：《诗话和词话》，上海古籍出版社，1983年版，第104页。
② 蔡镇楚：《诗话学》，湖南教育出版社，1990年版，第85页。
③ 蔡镇楚：《中国诗话史（增订本）》，江西教育出版社，2022年版，第321—322页。
　按：该书是《中国诗话史》的修订本，原书由湖南文艺出版社于2001年出版。

至一镇,裒而成帙则为总集,条而论之则为诗话。①

尽管这一描述没有清晰地定义郡邑诗话,但首次指出了此类诗话涉及的行政区划层级:省、府(州)、县、镇,这当然是根据清代郡邑诗话涵盖的区域范围做出的学术总结。裘君弘《西江诗话》、郑方坤《全闽诗话》等,均涉一省;张清标《楚天樵话》则涉湖南、湖北两省;王守训《登州诗话》、童庚年《台州诗话》等,均涉一府;单学傅《海虞诗话》、朱彬《游道堂诗话》等,均涉一县;徐传诗《星湄诗话》、沈爱莲《远香诗话》等,均涉一镇。不过,上述描述仅以诗("一地之诗")与诗论("条而论之")定位郡邑诗话,忽视了至关重要的诗事,恐不甚当。

二、乡邑诗话、地域诗话与专地诗话

除了"地方诗话""郡邑诗话"两个概念外,学术界还出现了"乡邑诗话""地域诗话""专地诗话"等术语。刘德重、张寅彭两位先生在合撰的《诗话概说》中说:

> 明清时期出现的一大批地域性诗话及乡邑诗话,如《豫章诗话》(郭子章)、《蜀中诗话》(曹学佺)、《西江诗话》(裘君弘)、《全浙诗话》(陶元藻)、《全闽诗话》(郑方坤)、《吴兴诗话》(戴璐)等,则搜集、保存了大量地域性诗学资料及乡邦文献。
>
> 其(引按:指明代强晟编撰的《汝南诗话》)后郭子章的《豫章诗话》、曹学佺的《蜀中诗话》均属同一性质。此类著作,可称

---

① 蒋寅:《清代郡邑诗话叙录》,《古典文献研究》1993—1994 年合辑,南京大学出版社,1995 年版,第 177 页。

之为地域诗话；或仿专人诗话、专代诗话之例，称之为专地
诗话。①

从"可称之为地域诗话；或……称之为专地诗话"的选择表述看，论者
认为"地域诗话""专地诗话"两个概念显然没有区别，只是认知视角
不同而已；但从"地域性诗话及乡邑诗话"的并列表述看，论者又认为
"地域诗话"与"乡邑诗话"有所不同。从其举证推测，前者似指记录
一省的诗话，后者则指记录县邑的诗话。张寅彭先生在一篇独撰的
论文中又说：

> 明代以乡邦为题的诗学著作仍不多见，《豫章诗话》以外，仅
> 见曹学佺《蜀中诗话》一种。另外两种旧题陈继儒《佘山诗话》
> 及强晟《汝南诗话》，虽以地名为题，然皆非地方诗话。入清以
> 后，从乡诗总集直接脱胎出乡邦诗话的现象才频繁起来，如戴璐
> 《吴兴诗话》脱胎于沈翰翁《湖州诗撷》，单学傅《海虞诗话》上承
> 王应奎《海虞诗苑》，梅成栋有《津门诗抄》复有《吟斋笔存》，杨
> 希闵《乡诗撷谭》约取曾燠《江西诗征》，等等，乡邦诗学著作遂
> 大行于世。②

在这一段文字中，"乡邦"显然包含了"豫章"等省级区域，而从"虽以
地名为题，然皆非地方诗话。入清以后，从乡诗总集直接脱胎出乡邦
诗话的现象才频繁起来"的表述看，"地方诗话""乡邦诗话"两个概
念所指为一，意涵无甚区隔。

---

① 刘德重、张寅彭：《诗话概说》，安徽教育出版社，2009 年版，第 33、158 页。
② 张寅彭：《略论明清乡邦诗学中的"泛江西诗派"观》，《文学遗产》1996 年第 4
　期，第 83 页。

　　张伯伟先生有"地域性诗话"之目，并指其乃"以某一特定地区为论述对象的诗话"①。李清华博士则倾心于"地域诗话"，并给出了定义："地域诗话是专门性的以某一地域为限，以诗人小传、评论诗歌、寻章摘句、记录轶闻轶事、表彰乡贤孝义等为撰述内容的著作形式。"②此一定义较前述诸家的描述更完整、更细密，体现了显豁的学理意识。

　　学术共同体面对同一学术对象而指称不一，除了历程尚短、认知异径、共识未彰之外，还有一个原因就是这些指称的意涵没有根本性差别，比如明初以刘崧为首的江右诗派，又被称作西江诗派。蒋寅先生在其主编的《中国古代文学通论·清代卷》中说："除诗文集的编纂之外，地方诗话的写作也是地域诗歌传统建构的重要形式。现知最早的地方诗话是明代郭子章《豫章诗话》……清代张泰来《江西诗社宗派图录》、裴君弘《西江诗话》继之而起，清代地域诗歌批评由此兴起，陆续产生的郡邑诗话至少有三十多部。这些著作罗列一郡一邑有代表性的诗人，传述其事迹，评论其作品，往往比诗集更清楚地勾勒出一地诗歌传统的源流和特征。"③或云"地方诗话"，或谓"郡邑诗话"，并非游移不定，而是因为它们并无本质性差异。

　　总之，尽管学界对"郡邑诗话""地方诗话""区域诗话"等概念未能取舍一致，但对其所指示的学术内容并无争议，这也是本书属意于"郡邑诗话"的前提。

①张伯伟：《中国古代文学批评方法研究》，中华书局，2002年版，第503页。
②李清华：《清代地域诗话研究》，上海大学博士学位论文，2016年，第10—11页。
③蒋寅主编：《中国古代文学通论·清代卷》，辽宁人民出版社，2016年版，第302页。

第二节　郡邑诗话的界定与研究现状

一、"郡""邑""郡邑"释义

明清时期,"郡邑"之称多指府县,以"郡邑诗话"兼指省级诗话和州、县、镇诗话,似有以小名大之嫌。但事实上,郡、邑在当时已不再是行政区划的层级,而是虚化的地理名词,并无特定空间指向,且早期郡、邑的涵摄范围非常大。

郡,《说文》:"周制:天子地方千里,分为百县,县有四郡。故《春秋传》曰'上大夫受郡'是也。至秦初,置三十六郡以监县。"①汉初,郡和诸侯王国并称郡国,实际上是第一级行政区;后来,以州领郡,郡的统辖范围遂渐小。隋唐几经反复,最终废郡存州,又将京师、陪都等所在的州改称府,郡遂不见于古代的区划层级,但习惯上仍然州、郡互称。清代直隶州与府相当(隶属于府的散州与县相当),故习惯上以郡指府。

邑,《说文》:"国也。从口。先王之制,尊卑有大小。"段玉裁注:"《左传》凡称人曰大国,凡自称曰敝邑。古国、邑通称。"②又,《尔雅》:"邑外谓之郊。"郭璞注:"邑,国都也。"③又,《左传·庄公二十八年》:"凡邑,有宗庙先君之主曰都,无曰邑。"孔颖达疏:"小邑有宗

①［汉］许慎撰,［清］段玉裁注:《说文解字注》,上海古籍出版社,1988 年第 2 版,第 283 页。

②［汉］许慎撰,［清］段玉裁注:《说文解字注》,第 283 页。

③［清］邵晋涵撰,李家翼、祝鸿杰点校:《尔雅正义》,中华书局,2017 年版,第 595 页。

庙,则虽小曰都,无乃为邑,为尊宗庙,故小邑与大都同名。"①可见,邑在早期或指国,或指国都,或指无先君宗庙的都城。先秦两汉的载籍中常见"县邑"并称。《墨子·号令》:"边县邑,视其树木恶,则少用。田不辟,少食。无大屋、草盖,少用桑。"②此处的"边县邑"意为"边县之邑"。《韩非子·说林下》:"晋中行文子出亡,过于县邑。"③这里的"县"与"邑"大约也不是同义词。张家山汉墓出土的西汉早期竹简《二年律令·户律》云:"募民欲守县邑门者,令以时开闭门,及止畜产放出者,令民共(供)食之,月二户。"④又,《史记·萧相国世家》:"汉二年,汉王与诸侯击楚,何守关中,侍太子,治栎阳。为法令约束,立宗庙社稷宫室县邑,辄奏上,可,许以从事;即不及奏上,辄以便宜施行,上来以闻。"⑤这两例中的"县"与"邑"明显是并列关系,意义已没有差别。所以,后世以邑称县,其渊源早至西汉初期。相较于郡,邑在古代多作为地名的通名,而较少作为行政区划的一级。汉代曾设邑,与县、道、侯国大体相当,但兴废无常⑥。汉代之后,邑基本上退出了行政区划的层级序列。

总之,以郡邑为府县只是明清时代的习惯叫法,以"郡邑诗话"兼称各级诗话,并不悖于严肃的历史语境。

另一方面,古籍目录的分类,特别是总集中,常见"郡邑类"。

---

① [晋]杜预注,[唐]孔颖达疏:《春秋左传正义》,[清]阮元校刻:《十三经注疏》,中华书局,1980年版,第1782页。

② [清]孙诒让撰,孙启治点校:《墨子间诂》,中华书局,2017年版,第587页。

③ [战国]韩非著,陈奇猷校注:《韩非子新校注》,上海古籍出版社,2000年版,第507页。

④ 张家山二四七号汉墓竹简整理小组编:《张家山汉墓竹简[二四七号墓]》(释文修订本),文物出版社,2006年版,第51页。

⑤ [汉]司马迁撰,[南朝宋]裴骃集解,[唐]司马贞索隐,[唐]张守节正义:《史记》卷五十三,点校本二十四史修订本,中华书局,2014年版,第2447页。

⑥ 华林甫:《中国地名学源流》,湖南人民出版社,2002年版,第33页。

《中国古籍总目·集部》的"郡邑之属"中，就有很多省级诗歌总集，如郑杰《全闽诗录》、卢见曾《国朝山左诗钞》、阮元《两浙𬨎轩录》、刘彬华《岭南群雅》、孙桐生《国朝全蜀诗钞》等。蒋寅先生曾说："自清初以来，辑录一省一郡乃至县、镇之诗者难以枚举，但诗话尚不多见，较为重要的只有裘君弘《西江诗话》、郑方坤《全闽诗话》两种，都是十二卷，而陶元藻的《全浙诗话》多至五十四卷，仅以篇幅言，在清代郡邑类诗话中也是首屈一指。"①此处于"郡邑"后加一"类"字，或许是受到了相关古籍目录分类的影响。循此用例，将涵括全省甚至两省的诗话著述归于郡邑诗话，当无不可。

二、"郡邑诗话"的界定

然则，何谓"郡邑诗话"？在回答这个问题之前，还需坦言一个事实：虽然我国诗话著述史源远流长，诗话学研究也如日东升，但究竟什么是"诗话"，学术界却有争议，由此也出现了或泛化，或窄化的不同理解。对此，左东岭先生指出：

> 到底什么是诗话，在不同时代、不同学者那里有不同的理解。但有两点是可以肯定的：一是它的流行时间是从宋代开始而贯穿宋元明清四个朝代，无论在此之前是否有相关要素的出现，那些性质相近的著作一律不可称之为诗话。不论是锺嵘的《诗品》还是孟棨的《本事诗》，均不可径称为诗话。二是其根本属性是有关于诗歌的事件。因为"话"在宋代语言中就是故事的意思，无论是诗话受到了宋人"说话"的影响还是"说话"受到了诗话的影响，都不会改变"话"是故事的内涵。当然，诗话的纪事

---

① 蒋寅：《陶元藻与〈全浙诗话〉〈凫亭诗话〉》，《文史知识》2015 年第 3 期，第 120 页。

不同于史书,它必须与诗相关,同时又必须出之以轻松有趣、自
由活泼的文笔。……记述关于诗之事以供闲谈乃是诗话最主要
的特征。……尽管后来随着诗话的演变,其所包含的内容日益
丰富复杂,但如果完全没有纪事的成分,均难以列入诗话的
范围。①

此论基于历史视野,力拒"诗话"认知的泛化思维,同时依循本体意
识,突出"诗话"界定的基本逻辑,笔者深以为然。就诗话的起源和文
体特征而言,"诗""事"是其不可或缺的内容;就郡邑诗话而言,其间
还必须有"地"。换言之,郡邑诗话是诗、事、地的结合。这是本书界
定"郡邑诗话"的另一个前提。

　　学术难题的突破,除踵武前贤时修之外,方法论的指引亦不可或
缺。就学术史而言,时贤对地方诗话、郡邑诗话、地域诗话的描述,或
言简意赅,或细致完整,均堪镜鉴。同时,作为对一种历史实践而非
经验事实的总结,按实定名应该是界定郡邑诗话最可靠的学术逻辑。
基于对明清郡邑诗话文本的搜集与整理(详后文),本书获得如下认
知:"郡邑诗话",又称"地方诗话""乡邦诗话""乡邑诗话"或"区域
诗话",是指专门条载、间论省、府(州)、县或镇之诗人、诗作或诗事
的诗话著述。

　　所谓"条载",指郡邑诗话在撰述形式上多用分条载录的随笔体
制。自欧阳修《六一诗话》以来,诗话便以其随笔漫录式的体例而备
受欢迎,它一般都以枝分条析的短帙展开,罕见长篇宏制,郡邑诗话
作为其类型之一自不例外,不过在结构编排等方面比早期诗话要更
严密有序。

---

① 左东岭:《"话内"与"话外"——明代诗话范围的界定与研究路径》,《文学遗
　产》2016年第3期,第105页。

所谓"间论"，指郡邑诗话在批评容量上间或有所评论。月旦诗人、横论诗作、品评诗艺，固乃诗话之题中义，然揆诸历代诗话，亦可见其传述人物、记录遗逸、考订故实、搜罗传奇等，实不囿于论也，郡邑诗话作为后出者亦不例外。

所谓"专门"，尤须申明。郭子章《豫章诗话》"论其乡人之诗，与诗之作于其乡者"①，裘君弘《西江诗话》以"西江人说西江诗"②，均凸显了专为乡邦而作诗话的意图。因此，"专门"一方面是指郡邑诗话在撰述倾向上是有意为某地而作，如果因传人、论诗或纪事而衍及其他地区，即使有比较集中的呈现，也不能视为郡邑诗话，只能看作"类郡邑诗话"。当然，此处的"某地"，是指行政区划下的"一地"或者是具有共同历史、地理和文化背景的"区域"。如《楚天樵话》，主要收录湖北诗事，亦兼收湖南，盖因康熙三年（1664）分湖广为湖北、湖南二省前，两省实为一地，且有共同的楚文化背景，故以"楚天"名之。再如，《闻湖诗钞》《闻湖诗续钞》《闻湖诗三钞》分别附载的《赋鱼诗话》《耘庵诗话》《求有益斋诗话》，它们载录的地区除浙江秀水外，还旁及江苏吴江等地，盖因闻湖介于浙江、江苏之间，其南、北分属秀水、吴江，两地地理相邻，文化相近，堪为"一地"。另需说明的是，梁章钜晚年著《雁荡诗话》，这是中国第一部名山诗话。据《雁荡诗话自序》，该诗话源出道光二十八年（1848）梁氏在雁荡山七日游后所作的游记，游记原稿三千七百余字，后取其中稍涉诗事者别成《雁荡诗话》，"增导游之助，亦间补志乘之遗"③。雁荡是风景名胜

---

① ［清］永瑢等撰：《四库全书总目》卷一百九十七，中华书局，1965 年版，第 1802 页。

② ［清］裘君弘撰：《西江诗话·自序》，《续修四库全书》第 1699 册，上海古籍出版社，2002 年版，第 394 页。

③ ［清］梁章钜撰：《雁荡诗话自序》，《雁荡诗话》卷首序三，蔡振楚编：《中国诗话珍本丛书》第十八册，国家图书馆出版社，2004 年版，第 12 页。

地,不是一般意义上的行政区划或具有共同地理和文化背景的"区域"。魏源《雁荡诗话序》云:"吾师长乐梁夫子,生长武夷之乡,持节桂林,晚又就养温州郡署,皆山水奇绝地。慨雁荡僻处天末,既题咏之,又辑《诗话》表章之。于是峰壁、洞壑、泉石,无不云漪瀑飞于墨素间,真可卧游而众山皆响。且生平文学政事,轶谢客、柳州而上。他日话东南山水者,以武夷属朱子,以匡庐属太白、东坡,以雁荡属长乐梁公无疑也。独是桂林山水甲天下,而至今无所专属,且图志寂寞,视雁荡缺憾尤甚。骚人韵士多有欲卧游神往其间而不可得者,吾师驻节数载,盍以补山川千古之憾,亦如雁山遭遇之幸乎?"①魏源将雁荡山与武夷山、桂林山水等并称,谓为"山水奇绝地",显然是将其当作名胜地而非区域。因此,《雁荡诗话》不能视作郡邑诗话。

"专门"还体现在文本层面,指其具有区别于"正文本"的创作主观性和篇帙独立性。郡邑诗话著作既有单行流传者,也有很多附载于他书而存者,实际上是一种"副文本"②。这里的"他书"主要是地方诗总集,如朱彬的《游道堂诗话》就附载于"正文本"《白田风雅》,这类作品以"诗话"或同质词语命名,是郡邑诗话的一种特别的著述形式,可称之为"附集郡邑诗话"。这类诗话有的因纂辑地方诗总集或选集而撰,如郑杰《国朝全闽诗录》所附《注韩居诗话》、杨廷撰《五

---

① [清]魏源撰:《雁荡诗话序》,《雁荡诗话》卷首序二,蔡振楚编:《中国诗话珍本丛书》第十八册,第6—7页。

② "副文本"是法国文论家热拉尔·热奈特(Gérard Genette)在20世纪70年代首先提出的文论概念,是指与文学作品的主体部分即"正文本"相对的,附缀、环绕或穿插于正文本周边的文字、图像或音像等材料。何诗海先生认为,这一概念对中国古代文学研究也具普适性和有效性,其范畴主要包括标题、序跋、题词、封面、插图、牌记、凡例、笺注、评点等,它们虽然只是辅助性文本,但为正文本提供了丰盈的生态环境和历史氛围,共同参与文本意义的生成、构建、阐释和传播。详参何诗海:《作为副文本的明清文集凡例》,《文学评论》2016年第3期,第204—212页。

山耆旧前集》《五山耆旧今集》所附之《一经堂诗话》等,它们一开始便以"副文本"形式存在;也有的原是"正文本",因纂辑地方诗总集或选集而被选录、分散入编,成为"副文本",如杨廷撰《五山耆旧前集》《五山耆旧今集》所附之范国禄《山茨社诗品》、《香山诗略》所附之《小苏斋诗话》《秋琴馆诗话》等,这种正、副文本的身份转换,显示了清代郡邑诗话著作的多样性和灵活性。清代郡邑诗话除附载于他书而行之外,还有一种稍显复杂的情况,那就是它们本是某部著作的一部分,后来被析出单行。举例来说,曹学佺的《蜀中诗话》初非单行,但曹氏在《蜀中广记》中分类描述蜀地,以连续四卷的篇幅别为《诗话记》,专为蜀地而作诗话的意图非常明显,因此后来被摘出另刊。类似的还有清初屈大均的《春山诗话》,该诗话原是其著作《广东新语》的一部分,但它独立成卷且被命名为《诗语》,屈大均后来还专门提到它的异名《春山诗话》,因此它也属于郡邑诗话。之所以强调创作主观性和篇帙独立性,是为了避免文本的泛化。清代还有很多著作,间有一二卷比较集中论述某地诗人、诗歌、诗事。郭柏苍《竹间十日话》的卷一、卷二主要记述闽地元、明、清三代的诗社及相关诗人诗事,偶及外省人,如卷一第 2 则述明代宁波人沈光文在台湾(时隶福建)讥讽郑成功之事①。陈庆元先生说可以仿照梁章钜《退庵笔记》卷二十、卷二十一被析为《退庵诗话》之例,将它们析出作为《竹间诗话》②。如果此例可以成立,那么间有一卷专记某地诗人、诗歌、诗事者,是否都可以被析为郡邑诗话? 如果可以,那么一卷之中数篇相连且专记某地诗人、诗歌、诗事者,是否也可以被析为郡邑诗话?

①［清］郭柏苍辑,福州市地方志编纂委员会整理:《竹间十日话》卷一,福建海风出版社,2001 年版,第 1 页。
②陈庆元:《〈竹间十日话〉考述》,吴宏一主编:《清代诗话考述》,"中央研究院"中国文哲研究所,2006 年版,第 1013 页。

如此推衍,郡邑诗话的篇幅将越来越小而终至不能称之为著述。因此,此类间杂者不是郡邑诗话,也只能称之为"类郡邑诗话"。

关于清代郡邑诗话的文本,还有一种情形需要说明。自杜甫《戏为六绝句》之后,出现了很多论诗诗,尤以清代为最。郭绍虞、钱仲联、王遽常三位先生主编《万首论诗绝句》,收录历代相关作品,其中清代占比逾四分之三,包括广西诗人廖鼎声的论诗诗共 198 首,它们主要评论广西历代诗人,具有鲜明的地域性,其中《论国朝人七十四首》《补作论国朝人七十八首》多论清代广西籍诗人,清代广西诗史于斯隐约见之①。类似的还有乾嘉时期江苏昆山真义(今江苏省昆山市正仪镇)学者徐传诗创作的《真义咏事诗》107 首,亦是歌咏评论历代乡邑诗人诗作。徐氏《星湄诗话自序》云:

> 予所著《真义咏事诗》一百七首,皆可作诗话观,而真义诗话正不尽于此。暇日尝随笔札记,为时既久,所录遂多,近稍加删润,凡已见《咏事诗》者,俱不再及,录存上、下两卷,自宋、元以迄于今,真义之诗话略备矣。②

徐传诗将自己的《真义咏事诗》看作诗话,与《星湄诗话》并置,谓两书出而"真义之诗话略备",自我鼓吹之心昭然若揭;所谓"皆可作诗话观"云云,正是草蛇灰线,暗示徐氏夫子自道背后的微旨。郭绍虞先生在《宋诗话考》中指出:"袁枚、洪亮吉二氏之论诗韵语同于其所撰诗话,此犹其足以互相发明者言之。至其论诗韵语与所撰诗话,意

---

① [清]廖鼎声:《拙学斋论诗绝句一百九十八首》,郭绍虞、钱仲联、王蓬常编:《万首论诗绝句》,人民文学出版社,1991 年版,第 1328—1358 页。
② [清]徐传诗撰:《星湄诗话自序》,《星湄诗话》卷首,清宣统三年(1911)赵诒琛《峭帆楼丛书》本,第 1a 页。

义虽不相同,性质却可相通者,则又有徐传诗之《真义咏事诗》与《星湄诗话》。"又说:"《真义咏事诗》与《星湄诗话》内容虽不相同,性质却是一样,即视《星湄诗话》为《真义咏事诗》之续亦未尝不可。盖以袁、洪二氏主于论辞,故不妨互见,徐氏主于论事,故又无庸复出也。"①郭先生认为《真义咏事诗》与《星湄诗话》两书性质相同、内容相承,但又将它们区隔为"论诗韵语"和"诗话",显然是认识到二者在文本形式上的差异性,同时虑及诗话的概念界定与文献厘定问题。"论诗韵语"中,论诗诗概不少见,它们是否可以被看作诗话,学界过去尚有争论,今日已少异议。蒋寅先生在《清诗话考·自序》中说,其书名"纯属因袭"郭绍虞先生的《宋诗话考》,"仍用'诗话'涵括清代全部诗论、诗法、诗格、诗评著作……与诗话的名义无关"②。然而,即便如此,该书依然没有把论诗诗看作"诗话"。张寅彭先生在《新订清人诗学书目·例言》中指出:"清人说诗,例有诗评(说)、诗式、诗格、诗话、论诗诗、诗句图诸种体例。"③毕竟,就文体而言,诗话非诗,论诗诗亦非诗话。所以,纵使《论国朝人七十四首》《补作论国朝人七十八首》《真义咏事诗》三者均专注一地,并有历时性特征,也不能被看作郡邑诗话,甚至连诗话也不能算。类似的专论某地诗人的论诗诗均是如此,譬若张祥河《论楚诗十二首》、夏葆彝《论湖北诗绝句二十首》、于祉《论国朝山左诗人绝句十二首》、杨浚《论次闽诗九十首》、邱晋成《论蜀诗绝句三十六首》、颜君献《论岭南国朝人诗绝句十五首》等等。

三、清代郡邑诗话的研究现状

20 世纪 80 年代末以来,伴随着当代诗话学的热潮涌起,清代郡

---

① 郭绍虞著,蒋凡编:《宋诗话考》,复旦大学出版社,2015 年版,第 172 页。
② 蒋寅:《清诗话考》,中华书局,2007 年第 2 版,第 1 页。
③ 张寅彭:《新订清人诗学书目·例言》,上海古籍出版社,2003 年版,第 1 页。

邑诗话研究也逐渐兴盛。纵观近四十年来的清代郡邑诗话研究,可见其呈现出两种动向。

　　其一,宏观研究方面,以文献梳理和内容提要为主,成果较丰。关于清代郡邑诗话的基本文献,已有多位学者进行了爬梳,所获数量,多寡不一。蔡镇楚先生《中国诗话史》共举证18种。张伯伟先生《中国古代文学批评方法》一书表列地域性诗话30人、37部①。蒋寅先生《清代郡邑诗话叙录》一文中提要郡邑诗话30种,其中清代26种②;其《清诗话考》一书胪列清代郡邑诗话四十余目,且俱作叙录,撮述简明,胜在宏观,叙考结合,按断精覈,于相关研究有创辟意义。张寅彭先生长期研究清代诗话,用力最深,成果丰硕。其早年发表的《略论明清乡邦诗学中的"泛江西诗派"观》一文,列举了古近地方诗话46种,其中以清代为多③,相关诗话也见于其《新订清人诗学书目》中。李清华博士的《清代地域诗话研究》,是目前最全面的清代郡邑诗话文献研究著作,其中表列郡邑诗话73种,包括清代60种④,搜罗之功,甚为可佩。另外,吴宏一先生先后主编刊行《清代诗话知见录》《清代诗话考述》,集合海内外众多学者的力量,对已知的清代诗话进行了提要式的考述,其中包括多部清代郡邑诗话,如陈尚君先生的《〈注韩居诗话〉考述》⑤、张寅彭先生的《〈紫琅诗话〉考述》⑥、蔡镇楚先生的《〈嘐溪诗话〉考述》⑦、蒋寅先生的《〈闽川闺秀诗话续

---

① 张伯伟:《中国古代文学批评方法研究》,第503—504页。
② 蒋寅:《清代郡邑诗话叙录》,《古典文献研究》1993—1994年合辑,第177—204页。
③ 张寅彭:《略论明清乡邦诗学中的"泛江西诗派"观》,《文学遗产》1996年第4期,第83—85页。
④ 李清华:《清代地域诗话研究》,第14—16页。
⑤ 陈尚君:《〈注韩居诗话〉考述》,吴宏一主编:《清代诗话考述》,第575—576页。
⑥ 张寅彭:《〈紫琅诗话〉考述》,吴宏一主编:《清代诗话考述》,第827—828页。
⑦ 蔡镇楚:《〈嘐溪诗话〉考述》,吴宏一主编:《清代诗话考述》,第887—888页。

编〉考述》等①。

其二,具体研究方面,聚焦于数部特色鲜明的作品,且多以地域文学和特征视角为论述路向。陶元藻的《全浙诗话》在清代郡邑诗话中篇幅最巨,近年已见俞志慧先生和蒋寅先生两种点校本,足见学界对该诗话的重视程度。蒋寅先生曾撰文述介该诗话的基本情况②,相关成果亦作为《代前言》见诸其点校本《全浙诗话》。还有研究者对《全浙诗话》的基本内容、价值和缺陷等,进行了专门讨论③。梁章钜的诗话著述甚多,其中有数部郡邑诗话。蒋师凡先生在《关于编纂梁章钜诗话著作全编之设想》一文中,对梁氏的诗话著作进行了逐一提要和整体分类,其中就有"地方性诗话"一类④,提纲挈领,示人门径。梁氏的《闽川闺秀诗话》是福建地区最早的一部女性诗话,此一文本特质引发了多位学者对女性诗学及其之于中国女性文学史意义的讨论⑤。王松的《台阳诗话》多载日据前后台湾地区诗人、诗事,颇受台湾学者的关注,相关研究也注意到了其间的女性论述及其价值,

---

① 蒋寅:《〈闽川历代闺秀续编〉考述》,吴宏一主编:《清代诗话考述》,第 1204—1205 页。
② 蒋寅:《陶元藻与〈全浙诗话〉〈凫亭诗话〉》,《文史知识》2015 年第 3 期,第 117—121 页。
③ 朱玲玲:《陶元藻〈全浙诗话〉考论——兼述清代浙江地方诗话》,上海大学硕士学位论文,2006 年。
④ 蒋凡:《关于编纂梁章钜诗话著作全编之设想》,复旦大学中国古代文学研究中心编:《中国文学研究》第六辑,江西教育出版社,2002 年版,第 251—266 页。
⑤ 相关研究可参温珮琪:《家族、地域与女性选集——梁章钜〈闽川闺秀诗话〉研究》,暨南国际大学硕士学位论文,2010 年;钱南秀:《梁章钜〈闽川闺秀诗话〉及丁芸〈闽川闺秀诗话续编〉意旨初探》,李德强编:《清代诗学文献整理与研究》,上海大学出版社,2016 年版,第 162—173 页。

显示出两岸学者共通的学术敏感性①。

要之,从时间上看,20 世纪最后十数年是"郡邑诗话"的概念被提出和清代郡邑诗话的学术史存在被确认的时期,21 世纪初至今是其迈入本体研究的新阶段。从内容上看,当前的清代郡邑诗话研究成果多是基础性和资料性的文献描述,述而少论,论而待精。因此,本书拟由文献而文本,通过界定郡邑诗话的概念,爬梳清代郡邑诗话文献,辨析其文本,考察其格局,缕析其特质,纵观其价值等,以初步探寻清代郡邑诗话,为古典诗话和诗学研究之一助。

第三节　历代类郡邑诗话举隅

一般认为,明代郭子章辑录的《豫章诗话》是目前所知最早的郡邑诗话②,不过,以特定区域命名诗话之作,并不始于明。其中,旧题宋人高似孙纂辑的《剡溪诗话》和明人强晟编撰的《汝南诗话》,有学者认为它们已有郡邑诗话的性质,甚至可能是最早的郡邑诗话。另外,清代出现了很多类郡邑诗话。为进一步揭示郡邑诗话的内涵,厘清清代的郡邑诗话文献,有必要对上述诗话加以辨析。

---

① 相关研究可参卫琪:《王松〈台阳诗话〉中的女性论述》,《岭东通识教育研究学刊》2011 年第 2 期,第 175—210 页;卫琪:《王松〈台阳诗话〉的学术价值及研究现况——兼论其版本问题》,《应用语文学报》2016 年第 3 期,第 113—133 页;廖一瑾:《台湾诗话鼻祖王松〈台阳诗话〉的诗史意识》,《福州大学学报》2018 年第 3 期,第 29—33 页。

② 蒋寅先生指出:"现知最早的地方诗话是明代郭子章《豫章诗话》。"详参其著《清代诗学史(第一卷):反思与建构(1644—1735)》,中国社会科学出版社,2012 年版,第 40—41 页。又,张伯伟先生说:"作诗话而分地域,并不开始于清代。刊于万历三十年(1602)的明代郭子章《豫章诗话》当为最早。"详参其著《中国古代文学批评方法研究》,第 504—505 页。

一、《剡溪诗话》所记并非皆关剡溪

《剡溪诗话》不见于宋人书目,亦未见彼时学者称引,宋代以后的书目也罕有著录。明代藏书家俞弁云:"《剡溪诗话》一卷,从柳大中丞处假归,余遂手录。愚意此书非似孙所著,观其笔意与《纬略》不同,故书此以俟博洽者辨之。"①是知明代即有人怀疑此书伪托。郭绍虞先生《宋诗话考》谓:"此为后人从《剡录》辑出之书,非似孙原有此著也。考冯惟讷《诗纪别集》卷四曾称引此书,则此书即属伪撰,其由来亦旧矣。"②可为定论。《剡溪诗话》收录多首有关剡溪的前代诗作,兼及遗闻传说,研究者据此认为该书"呈现出地域诗话的最初形态",可视作"地域诗话之萌芽"③。此说可商。

《剡溪诗话》共 40 则,以记诗人、诗歌为主④。其中,唐代越州会稽县(今浙江省绍兴市)人秦系独占 11 则之多,因其曾隐居剡溪故也,只是该《诗话》所记秦系之诗,未必尽与剡溪有关。如《即事奉呈郎中韦使君》"久卧云间已息机"云云,据陈尚君先生考证,该诗是贞元七年(791)秦系赴任检校秘书省校书郎,途经苏州时所作⑤。又,《诗话》开篇 9 则,分别载录左思、陆机、张华、张载、张协、闾丘冲等人的《招隐诗》和王康琚的《反招隐诗》,皆因王徽之夜咏左思《招隐诗》而访剡溪戴逵之事连类及之,其实与剡溪无涉。如,第 3 则谓:"左思有《招隐》凡数篇,王康琚作《反招隐》。淮南有小山、大山,犹《诗》

---

① [明]俞弁撰:《剡溪诗话·跋》,[宋]高似孙撰,南江涛点校:《剡溪诗话》卷末,《高似孙集》下册,浙江古籍出版社,2017 年版,第 1061 页。
② 郭绍虞著,蒋凡编:《宋诗话考》,第 118 页。
③ 李清华:《清代地域诗话研究》,第 7 页。
④ 此据南江涛点校本《剡溪诗话》统计,《高似孙集》下册,第 1052—1061 页。
⑤ 陈尚君:《韦应物在苏州》,《文史知识》2021 年第 7 期,第 55 页。

'二雅'也。《梁朝画目》曰:'顾恺之有《招隐图》。'"①又,第28则载东晋高僧白道猷(昙猷、法猷)诗《招道一上人》,其下又引宋前8位诗人的相关诗句。如,沈佺期诗"树密不言通鸟路,鸡鸣始觉有人家";刘孝威诗"遥知杨柳是门处,似隔芙蓉无路通";朱湾诗"初行竹里唯通马,直到花间始见人";吴融诗"无人应失路,有树始知村";张谓诗"竹里登楼人不见,花间觅路鸟先知"等。盖因白道猷诗有"茅茨隐不见,鸡鸣知有人"句,遂连类而及,并作结云:"一自'鸡鸣知有人',愈出愈奇,诗之变化有穷已乎!"②所引诸人诗句均与剡溪无关,且置刘孝威于沈佺期之后,却称"愈出愈奇",已见疏略。

总之,《剡溪诗话》虽以剡溪命名,但其内容并非"皆与剡溪有关",其述载方法是连类比照,其撰著意图在诗而不在地,故谓其"呈现出地域诗话的最初形态"云云,似较勉强,至多只能称之为"类郡邑诗话"。

二、《汝南诗话》非郡邑诗话

《汝南诗话》,又称《汝南诗评》,作者是明人强晟。晟字景明,号借山,明代汝宁府汝阳县(今河南省汝南县)人;成化二十二年(1486)中举,弘治三年(1490)任陕西真宁县(今甘肃省正宁县)教谕,弘治七年(1494)膺荐入秦王府伴读,后任左长史,故世称"强左史";著有《罗川剪雪诗》《强左史文》《汝南诗话》《井天诗话》等。汝阳古为汝南郡治,书中又多记汝南人或与汝南相关,故强晟取以名其诗话。张寅彭先生说:"两种旧题陈继儒《佘山诗话》及强晟《汝南诗

---

① [宋]高似孙撰,南江涛点校:《剡溪诗话》,《高似孙集》下册,第1052页。
② [宋]高似孙撰,南江涛点校:《剡溪诗话》,《高似孙集》下册,第1057页。

话》，虽以地名为题，然皆非地方诗话。"①不过，他后来在与刘德重先生合著的《诗话概说》中又说："此书的价值，在于它可能是现存最早的一部专记某一地域诗人诗事的诗话。"②可见，张寅彭先生关于《汝南诗话》性质的判断，前后有别。

《汝南诗话》目前所知的唯一版本是国家图书馆藏杨槮翻刻本。杨槮是强晟的学生。该本不分卷，分上、下两册，但页码相续，其中上册前 4 页正文阙佚。卷首有杨槮所作的短序，谓：

> 右集《汝南诗话》者，我借山强先生所作。先生少负异才，自
> 膺乡荐、领教秩以至秦藩左史，所在诗声藉甚，往往与名流埒，诗
> 话乃其绪余者耳。顷辱远惠，珍爱之，不敢自秘，因翻刊与四方
> 共则。夫旨意宏深，词语豪放，诗林宗工固有所取，而开关启钥，
> 于一二初进者未必无少助云。正德九年孟夏既望知汝州事关西
> 临潼门生杨槮谨识于德政堂。③

又，《汝南诗话》第 71 则《牡丹盛会》附录之《赏花唱和》有"去岁之春为正德癸酉，吾王修故事""今甲戌之春吾王复举故事"云云④，故知《汝南诗话》应该是正德九年甲戌（1514）春完稿于长安，旋即刊印，并寄赠身在汝州（今河南省汝州市）的学生杨槮，杨氏又翻刻以广其传。

《汝南诗话》以人、事或物为目，上、下册分别有 38、34 则，共 72

---

① 张寅彭：《略论明清乡邦诗学中的"泛江西诗派"观》，《文学遗产》1996 年第 4
期，第 83 页。
② 刘德重、张寅彭：《诗话概说》，第 158 页。
③〔明〕杨槮撰：《汝南诗话序》，《汝南诗话》卷首，国家图书馆藏明正德九年
（1514）杨槮翻刻本。
④〔明〕强晟撰：《汝南诗话》，第 65a、65b 页。

则(另有 2 则附录)。其中,上册以强晟父亲的交游和自己的成长为
主线,发生地为汝南、陕西。首则《赵子聪兄弟》,记父亲与赵子聪、赵
子裕兄弟的交往①;第 10 则《前辈雅谑》,追忆 50 年前父亲与云中郭
彦理、关中阎文振的交游,并云"予为童子侍侧"②,这是强晟在书中
的首次露面;第 17 则《晋台幼学》,记天顺初年"予始十龄",追随阳
曲马时中读书的经历③;第 18 则《秦台识别》,记成化年间父亲以陕
西按察副使之职"乞休",其同僚在送别时要求"齿已十四"的自己
"以一绝识别"之事④;第 24 则《竹轩赏音》,记成化七年(1471)"时
在郡校"的自己作《竹轩诗》献于河南右布政使吴节之事⑤;第 31 则
《秋闱纪梦》,记自己自成化七年至二十二年(1471—1486)困于场屋
16 年后终于中试之事,内中详述考前异梦⑥;第 35 则《春闱纪梦》,记
弘治三年(1490)自己三战春闱前有不详之梦而最终落第之事⑦;第
38 则《华阴纪梦》,述"春闱不利"后自己赴任真宁教谕过华阴作诗之
事⑧。下册以自己的历官为线索,纪事发生地为真宁、长安。首则
《罗川剪雪》至第 9 则《冷官争雪》,均记真宁教谕任上之事,包括校
艺、燕集、会讲、交游等⑨,其间直言真宁为"陋邑",颇见不满;自第 10
则《秦藩膺荐》至文末,均记自己在长安秦王府侍从之事,多是雅集唱

---

① [明] 强晟撰:《汝南诗话》,第 5a—5b 页。
② [明] 强晟撰:《汝南诗话》,第 11a—11b 页。
③ [明] 强晟撰:《汝南诗话》,第 17b—18a 页。
④ [明] 强晟撰:《汝南诗话》,第 19a—19b 页。
⑤ [明] 强晟撰:《汝南诗话》,第 23a—23b 页。
⑥ [明] 强晟撰:《汝南诗话》,第 28b—29b 页。
⑦ [明] 强晟撰:《汝南诗话》,第 32a—33a 页。按:弘治,原文作"成化",与前文
　　时间不符。又,第 38 则《华阴纪梦》有"弘治庚戌予以春闱不利"云云,故知
　　其误。
⑧ [明] 强晟撰:《汝南诗话》,第 35a—35b 页。
⑨ [明] 强晟撰:《汝南诗话》,第 36a—43b 页。

和、登临游观、题咏送别之类,情调比较高昂。除了上述内容之外,《汝南诗话》也记载了汝南的一些风俗遗闻,如《汝南旧俗》《柴潭龙隐》《燕良剑》《毕升活字》等①,但篇章相对较少。整体来看,《汝南诗话》着意突出时间节点,写人、纪事、录异、载诗基本上都是围绕作者强晟的人生经历展开,其人不尽属汝南,又地随人转,诗话的地理空间不限于汝南一地。可以说,强晟《汝南诗话》是一部记录作者读书仕宦经历,兼及父辈风雅和地方习俗遗闻的诗事集;它并不"专记某一地域诗人诗事",实非郡邑诗话,而是类郡邑诗话。

值得注意的是,《汝南诗话》所记人物,几乎全是朝官贵臣、地方大员、宦侣同僚,罕见白衣秀士,且传述其人,必录其职衔或历官,一般郡邑诗话发潜阐幽、维桑与梓的乡邦意识在其中也不多见。相反地,强晟在诗话中多次提及自己出仕之前献诗于学官、宪使而获得赏识的经历。如,第 21 则《苏州明敏》记献诗于河南提学刘钦谟、第 25 则《石洞藻鉴》记献诗于河南提学石宗海、第 26 则《会稽仕学》记献诗于河南按察副使胡谧等②。又,下册《禄品分定》记载,秦王上书朝廷为强晟奏请四品秩禄,强晟因此作诗致谢云:"青衫此日忽腰黄,知己恩深未易偿。小草自怜沾大泽,天家雨露本汪洋。南宫战退事堪羞,一片青衫到白头。造物似怜窗下苦,金绯联尔慰穷愁。"③以"小草"自比,以"大泽"喻王,卑躬之态,了然可见。又,最后两则诗话《牡丹盛会》《牡丹燕罢呈诸公》及其附录之《赏花唱和》《弘治甲寅赏花赐韵应教》诸诗,涉及当时名动长安的秦王府牡丹诗会,其中所载强晟诗有"自愧非才叨侍从,年年燕赏沐余辉""王门此日恩如海,独

① [明]强晟撰:《汝南诗话》,第 11b—12a、13a—13b、13b—14a、18a—19b 页。
② [明]强晟撰:《汝南诗话》,第 21a—21b、24a、24a—24b 页。
③ [明]强晟撰:《汝南诗话》,第 49a—50b 页。

愧非才应教难"等句①,再次抒写了对秦王知遇之恩的感激。强晟的种种临表涕零,或许并非虚情假意,亦非谀辞媚上,但令人疑心《汝南诗话》的撰述动机。第 71 则《牡丹盛会》附录《赏花唱和》,收强晟、朱应登、徐翊三人诗作,前有强氏序言,谓:

> 晟自弘治甲寅膺荐,今备员左史,盖历三王、经二纪,于仕途送往迎来,殆不异传舍之阅过客者,其升沉存没之感,又奚能已于情哉! 因成二律以贻凌谿、瘦石(引按:分别为应登之号、徐翊之字),姑以识岁月,且以续《诗话》云。②

将自己和友朋的酬唱、送别诗作附于《诗话》之末,其情可感,但也表明了该书的社交功能。蒋寅先生指出:"诗话的记载本身就是一种交际形式,交际性在其中经常超过艺术性";"凡交际必有亲疏,只要是取材于当代的诗话,必从最熟悉的人物写起,最熟悉的人中又从师长或有恩于己的人写起"③。揆诸《汝南诗话》,所论甚确。章学诚曾痛斥诗话之弊:"好名之习,作诗话以党伐同异,则尽人可能也。以不能名家之学,入趋风好名之习";"前人诗话之弊,不过失是非好恶之公。今人诗话之弊,乃至为世道人心之害"。幸好,强晟《汝南诗话》虽有交际的期待、感恩的指向,但尚未沦入如斯不堪之境,只是"挟人尽可能之笔,著惟意所欲之言"而已④!

三、《澹仙诗话》等清代类郡邑诗话

除了宋代的《剡溪诗话》和明代的《汝南诗话》外,清代中后期出

---

① [明]强晟撰:《汝南诗话》,第 64a—70b 页。
② [明]强晟撰:《汝南诗话》,第 66a—66b 页。
③ 蒋寅:《清诗话的写作方式及社会功能》,《文学评论》2007 年第 1 期,第 14 页。
④ [清]章学诚著,叶瑛校注:《文史通义校注》,中华书局,1985 年版,第 560 页。

现了更多的类郡邑诗话,以下根据《清代诗话考述》等书稍做梳理和说明。

　　清代浙江地区的诗歌创作非常繁盛。钱仲联先生说:"仅据《晚晴簃诗汇》所选录的清诗作统计,在入选的全国诗人六千零八十二人中,浙诗人就有一千三百人,占五分之一强,居于全国的首位。单是这一事实,已经足够引起我们的注视了。"①除诗歌外,浙江地区的诗话写作也很流行,其郡邑诗话、类郡邑诗话都比较多,以下试举数例。李堂(1772—约1831),字允升,号西斋,又号缘庵,浙江仁和(今浙江省杭州市)人,其《缘庵诗话》共三卷,多记浙中诗人②。余楙,一作余懋,字啸松,原籍新安休宁,寓居梅里(今浙江省嘉兴市王店镇),主要活动于咸、同年间,著《白岳庵诗话》二卷,多记梅里诗家掌故及其风俗,亦涉海盐、嘉兴、黄岩、毗陵、休宁及家族诗事,间录词作③。童逊祖,字小桥,浙江慈溪人,主要活动于同、光年间,工于书法,尤善擘窠书,其《巍巍室诗话》多评同邑诗人诗作,包括家族诗人④。蒋学坚(1845—1934),字子贞,号铁云,晚号南石老人,浙江海宁人,有《重修曝书亭记》,其《怀亭诗话》四卷多载咸丰、同治、光绪间浙西诗人诗作,亦多家族亲友⑤。罗传珍(1870—1943),字沛卿,号钝庵,近代著名教育家、思想家罗家伦之父,浙江绍兴人,其《咬菜根斋诗话》完成于宣统年间,多见浙江籍诗人⑥。

---

① 钱仲联:《三百年来浙江的古典诗歌》,《文学遗产》1984年第2期,第1页。
② 吴浣青:《〈缘庵诗话〉考述》,吴宏一主编:《清代诗话考述》,第722页。
③ 如卷上最后一则载冯柳东《声声慢》"翠股敲烟,青丝络雨,谁家池馆新凉"云云。详参汤华泉点校:《白岳庵诗话》,贾文昭主编:《皖人诗话八种》,黄山书社,1995年版,第220页。
④ 程中山:《〈巍巍室诗话〉考述》,吴宏一主编:《清代诗话考述》,第1119页。
⑤ 杨明:《〈怀亭诗话〉考述》,吴宏一主编:《清代诗话考述》,第1141页。
⑥ 严明:《〈咬菜根斋诗话〉考述》,吴宏一主编:《清代诗话考述》,第1156页。

　　清代其他地区的类郡邑诗话也时或有之。丁繁滋,号耘庄,直隶华亭(今上海市松江区)人,主要活动于乾、嘉时代,著有《邻水庄诗话》二卷,其中卷二多记乡里布衣诗人诗事①。同样生活于乾、嘉时期的山东曲阜人颜崇榘,字运生,号心斋,曾著《种李园诗话》二卷,其中卷一为曲阜孔氏历代诗人诗作②。崔旭(1767—约1846),字晓林,号念堂,天津府庆云县(今山东省庆云县)人,著有《念堂诗话》四卷,多记直隶和山西诗人③。方恒泰,字象平,一作橡坪,广东番禺人,嘉庆己卯(1819)恩科举人,主要活动于嘉、道年间;其《橡坪诗话》十二卷论历代诗人,多见粤东籍或寓居此地的诗人诗作,并及粤东风情④。李树滋,字直乔,号石樵,湖南湘潭人,主要活动于道光年间;其《石樵诗话》八卷,以感旧为主,多载湘潭及湖南诗人⑤。龚显曾(1841—1885),字毓沂,号咏樵,曾号盦薇公子,祖籍福建晋江,世居泉州;同治二年(1863)进士,授翰林院编修;擅长古近体诗和骈文,名冠一时;又曾与陈棨仁、黄梧阳、许祖涝等于泉州共结桐荫吟社;著有《薇花吟馆诗存》《亦园脞牍》等。《蒇斋诗话》三卷,多评同里乡人诗人诗作,包括家族诗人⑥。王增祺,字师曾,一字也樵,号蜀西樵也,四川华阳(今四川省成都市)人,咸丰辛亥科(1851)举人;其《诗

① 严明:《〈邻水庄诗话〉考述》,吴宏一主编:《清代诗话考述》,第530页。
② 陈尚君:《〈种李园诗话〉考述》,吴宏一主编:《清代诗话考述》,第614页。
③ 杨明:《〈念堂诗话〉考述》,吴宏一主编:《清代诗话考述》,第740页。
④ 程中山:《〈橡坪诗话〉考述》,吴宏一主编:《清代诗话考述》,第930页。按:《橡坪诗话》在清道光年间(1821—1850)刻本曾被书商挖版伪托成《厚甫诗话》以射利,署陈钟麟撰。详参程中山:《伪书〈厚甫诗话〉成书考述——兼论清代广东诗话中"南来学者"的情意结》,《中国典籍与文化》2005年第3期,第108—118页。
⑤ 吴浣青:《〈石樵诗话〉考述》,吴宏一主编:《清代诗话考述》,第987页。
⑥ 陈尚君:《〈蒇斋诗话〉考述》,吴宏一主编:《清代诗话考述》,第1126页。

缘》多载清代川中诗人诗作①。周焕圻,字季侠,一字隽卿,号啸卿,河南商城人,主要活动于光绪年间;其著《骚余脞录》十卷,录清代诗人,尤多中州作者②。

在清代的类郡邑诗话中,值得特别注意的是熊琏《澹仙诗话》。熊琏,字商珍,号澹仙,又号茹雪山人,江苏如皋人,生活于乾、嘉时代;才慧命舛,苦节一生,依母弟居,以诗文自遣;著有《澹仙诗钞》《澹仙词钞》《澹仙赋钞》《澹仙文钞》等,其《澹仙诗话》初刊于嘉庆十一年(1806),是现存第一部清代女性撰写的诗话。琏弟熊瑚在《澹仙诗话·序》中说:"女兄澹仙雅好吟咏,时与予言诗,每有绪论,退辄笔之于简,久而成帙。何敢参诸名家,出以问世? 第借观者纷至,不能遍应,同人怂恿,遂付剞劂。"③因借阅稿本者众多而不得不公开梓行,这种罕见的情况说明《澹仙诗话》在刊印前即已声名远播,备受欢迎。对于它的价值,蒋寅先生曾有总结:"《澹仙诗话》在表达女性诗歌观念及唯美趣味、表彰女性诗歌创作及保存扬州、泰州一带诗歌创作史料方面都具有不可忽视的价值。它也是性灵诗学在闺秀诗学中的回响,作者在传承性灵诗学观念之余,也对诗歌一般原理进行了探讨,并对世间文士和闺秀才人普遍的不幸命运寄予了深厚的同情。"④《澹仙诗话》除了记载外地诗人诗作外,还保存了不少如皋及周边的扬州、泰州、通州、东台、仪征等地区的诗人诗作,但这并不意味着它就是一部郡邑诗话著述。据学者统计,《澹仙诗话》所收录的 407 人中,居地明确的有 206 人,他们中有 171 人居住于江苏地

①陈尚君:《〈诗缘〉考述》,吴宏一主编:《清代诗话考述》,第 1152 页。

②汪梦川:《〈骚余脞录〉考述》,吴宏一主编:《清代诗话考述》,第 1164 页。

③[清]熊瑚撰:《澹仙诗话·序》,《澹仙诗话》卷首,张寅彭选辑,吴忱、杨焄点校:《清诗话三编(肆)》,上海古籍出版社,2014 年版,第 2373 页。

④蒋寅:《性灵诗观在女性诗学中的回响——熊琏〈澹仙诗话〉的批评史意义》,《学术研究》2020 年第 3 期,第 153 页。

区,且大部分都是如皋人,还有的是客居、宦游该地①。就此而言,《澹仙诗话》并不专于一地,其地域性也不是特别明显。此其一。其二,熊瑚说"时与予言诗,每有绪论,退辄笔之于简,久而成帙",可见该诗话的创作动机是论诗而非存地。《澹仙诗话》在文本上的特点之一是单纯的诗论条目与载录纪事条目间杂而行。开篇首则云:"诗本性灵,如松间之风、石上之泉,触之成声,自成天籁。古人用笔,各有佳处,岂可别执一见,弃此尚彼?或云法宋元,或云宗三唐,究竟摹仿不来,空失本来面目。"②又,卷四云:"《三百篇》兴、观、群、怨,包括风雅,万古诗人,总不外此四字。"③类似的诗论在书中触处可见。熊瑚"时与予言诗,每有绪论"云云,谅非虚言。其三,《澹仙诗话》不仅记诗作,而且载词作、道情。如卷一载自作词云:

> 予有感悼词十数首,集曰《长恨编》,类皆为闺中薄命者,未能全存。兹载其《金缕曲·题词》云:"薄命千般苦,极堪哀、死死生生,情痴何补。多少幽贞人未识,兰蕙香消荒圃。埋不了、茫茫黄土。花落鹃啼凄欲绝,剪轻绡、那是招魂处。静里把,芳名数。　　同声一哭三生误。凭无端、磨折聪明,无分今古。怜才怜色凭吊里,望断天风海雾。未全入、江郎《恨赋》。我为红颜频吐气,拂霜毫、填尽凄凉谱。闺阁怨,从谁诉。"④

---

① 高凤娟:《熊琏〈澹仙诗话〉研究》,黑龙江大学硕士学位论文,2017 年,第 50 页。
② [清]熊琏撰:《澹仙诗话》卷一,张寅彭选辑,吴忱、杨焄点校:《清诗话三编(肆)》,第 2375 页。
③ [清]熊琏撰:《澹仙诗话》卷四,张寅彭选辑,吴忱、杨焄点校:《清诗话三编(肆)》,第 2454 页。
④ [清]熊琏撰:《澹仙诗话》卷一,张寅彭选辑,吴忱、杨焄点校:《清诗话三编(肆)》,第 2395 页。

卷二又载其自制道情云：

> 城南四五里，临河而居者不数家。耕稼之余，隙地悉种花树，障以槿篱。开时红紫烂熳，望如锦绣，既可遣怀，兼可治生。惜乎卖花翁非雅人也，予因仿板桥作道情二阕："老农夫，手荷锄。朝耕田，夜辟纑，呼儿熟读柴桑谱。夕阳陇上驱归犊，修竹林中掩敝庐。挥鞭唱出桃花路，好春光、郊原绿遍，听声声、鸟唱提壶"；"老园翁，乐岁华。接梅枝，理菊芽。平明抱瓮茅檐下。满庭春色飞蝴蝶，一路香风唤卖花。柳阴归去斜阳挂，过长桥、吾庐不远，手指着、矮矮篱笆"。①

事实上，《澹仙诗话》是以一首熊琏自作词作为全书结尾的②。总之，《澹仙诗话》的郡邑诗话性质并不显豁，张寅彭先生说它"差具地域诗话性质"是审慎而合理的③。

---

① ［清］熊琏撰：《澹仙诗话》卷二，张寅彭选辑，吴忱、杨焄点校：《清诗话三编（肆）》，第 2410 页。
② ［清］熊琏撰：《澹仙诗话》卷二，张寅彭选辑，吴忱、杨焄点校：《清诗话三编（肆）》，第 2473—2474 页。
③ 张寅彭：《新订清人诗学书目》，第 86 页。

第二章　清代郡邑诗话的文本辨正

　　蒋寅先生在《清诗话考·自序》中按照以类相从的原则将其所知的九百七十余种清代诗话分为五类：以"诗话"为名之书、不以"诗话"为名之论诗笔记、专讲诗格诗律之诗法、专门题材之诗话、丛刊和汇纂诗话，并指出："这一分类并不能说很完善，但可以显示清诗话撰写的总体格局、清代诗论家的著作兴趣和数量的分布，便于了解清诗话的全貌。"①邬国平先生认为，在一部以"诗话"为题的著述中，将现存的、以"诗话"为名的前人著作单独视为一类，会导致一词两义的现象②。邬先生的忧虑不无道理。诗话文献分类的前提之一是对单一文本属性的判定，但清诗话文献数量庞大、载体形态多样，要对某些内容驳杂的"类诗话"，尤其是"类郡邑诗话"取得共识性判断，实非易事。笔者以为，除了虑及传播形态、文本名称外，从文本来源、体例特征、具体内容，尤其是诗学内容及其比重来判断相关文本的属性，不仅是值得尝试的径向之一，也是将清代郡邑诗话研究推进至本体研究的应然之路。据此，前章所述的数种清代诗话书目或提要中，尚有数部郡邑诗话的性质需要再行检视，故本章拟对其略做考论，以作为厘清现存清代郡邑诗话文献的前提之一。

---

① 蒋寅：《清诗话考·自序》，第5页。
② 邬国平：《试论清诗话目录学研究——读蒋寅〈清诗话考〉》，《苏州大学学报》2006年第2期，第55—59页。

第一节　王辅铭《练音诗话》实系诗人小传

一、《练音诗话》之由来

蔡镇楚先生《清代诗话考略》、蒋寅先生《清诗话见存书目》著录王辅铭《练音诗话》，且俱称胡文楷《历代妇女著作考》引及该诗话①。王辅铭（1672—1754），字翊思，号如斋，乾隆年间贡生，绩学嗜古，著述颇丰，有《练音集补》《明练音续集》《国朝练音初集》等。《练音集》乃王氏外祖翟校所辑，共七卷，其中四卷收宋代龚宗元以下至明代成化、弘治时期嘉定邑人之诗，并略附其行迹。王辅铭继外祖之业广搜博采，历康熙、雍正、乾隆三朝补辑成《练音》诸集，并于乾隆八年（1743）付之剞劂。集曰练音者，盖因嘉定古称练祁市也。蔡、蒋二先生所称《练音诗话》，即附见于《练音》诸集；所谓胡书引及云云，则指胡书附录书目《董十媛诗集合刻》下的一段话：

> 王辅铭《练音诗话》云：德球训导宏孙女，孝廉苏渊室。五岁口授唐人截句，辄能成诵，晓意义，长遂能诗。一门工吟咏。合刻其诗，名之曰《董十媛集》。②

胡书此条下同时注云"《宝山县志》著录"，点明所引文献来源。考诸史乘内容，胡文楷先生所据的《宝山县志》，应该是光绪壬午年（1882）刊刻完成的《重修宝山县志》。

---

① 蔡镇楚：《清代诗话考略》，《石竹山房诗话论稿》卷四，湖南文艺出版社，1995
　　年版，第410—411页；蒋寅：《清诗话考》，第38页。
② 胡文楷：《历代妇女著作考》，上海古籍出版社，1985年版，第941页。

该志卷十二《艺文志·闺媛》的小注中,先后三次称引"《练音诗话》",分列"《苇帘阁集》,钱德耀著""《董十媛诗集合刻》,董氏德璠著""《剪灯吟》,汪嘉淑著"三个条目之下,即:

> 王辅铭《练音诗话》云:"德耀,号苇帘,桐城人,学博齐维蕃之室。岁乙酉,维蕃避兵湄浦苏氏,老幼三十余口皆侨寓焉。德耀能为诗,尤工填词。"
>
> 王辅铭《练音诗话》云:"德球,训导宏孺女,孝廉苏渊室。五岁父口授唐人截句,辄能成诵,晓意义,长遂能诗。一门工吟咏,合刻其诗,名之曰《董十媛集》。"
>
> 王辅铭《练音诗话》云:"嘉淑,字德容,海阳名家女,适桐乡金明经集,从夫侨寓罗溪。"①

然而,笔者遍检《练音》诸集,并未见有"《练音诗话》"之谓。细察可见,《重修宝山县志》所列以上书目及其小注,第一条摘自《明练音续集》卷十的人物小传,第二、三两条摘自《国朝练音初集》卷十的人物小传。为比较之便,分别抄撮如次:

> 德耀,号苇帘,桐城人,学博齐维藩之室。岁乙酉,维藩避兵湄浦之苏氏,老幼三十余口皆侨寓焉。德耀能为诗词,有《苇帘阁集》。②
>
> 德述,孝廉苏渊继室,训导董宏孺女。五、六岁父口授唐人

---

① [清]梁蒲贵、朱延射等纂修:《重修宝山县志》卷十二,清光绪壬午(1882)学海书院刻本,第32a页。
② [清]王辅铭辑:《明练音续集》卷十,《四库全书存目丛书》编纂委员会编:《四库全书存目丛书·集部》第395册,齐鲁书社,1997年版,第445页。

截句,辄能成诵,晓意义,长遂能诗,亦不留稿。①

　　嘉淑,字德容,海阳名家女,适桐川金明经集,从夫侨寓罗溪。所著有《剪灯吟》。②

《重修宝山县志》所引文字,第一、三两条与《练音》原文差别较小,但董德球一条出入稍大。首先,董氏之名与《国朝练音初集》卷十原文有异。《国朝练音初集》称"德述",疑为"德球"之误。所谓"董十媛",指董氏、董惠生、董茂生、董豫生、董德璠、董德玙、董畹仙、董梦月、董二姑九人,外加董德球。虑及古人同辈取名的通例,似当作"德球"。其次,将"五、六岁"改为"五岁",变概指为确指,有违原意。最后,删除"亦不留稿"一句,增改为"一门工吟咏,合刻其诗,名之曰《董十媛集》"云云。可见,《重修宝山县志》卷十二所载董德球小传,正是删改自《国朝练音初集》的董德述小传,除改"述"为"球"之外,还附上了来源,即所谓"《练音诗话》",改字不为无据,溯源则甚颠顸。至于删改之人,当是县志修撰者之一。胡文楷先生《历代妇女著作考》所引文字,正是出自删改之《重修宝山县志》,故误以为有所谓《练音诗话》。蔡、蒋二先生亦承其误。

　　又,清末民初学者施淑仪的《清代闺阁诗人征略》卷五"董德球"条云:"德球,嘉定人。训导宏儒女,苏润生室。五岁父口授唐人绝句,辄能成诵,晓意义,长遂能诗。一门工吟咏,合刻其诗,名《董十媛集》。"③条末亦注云出自《练音诗话》。施淑仪生于光绪三

---

①〔清〕王辅铭辑:《国朝练音初集》卷十,《四库全书存目丛书》编纂委员会编:《四库全书存目丛书·集部》第395册,第589页。

②〔清〕王辅铭辑:《国朝练音初集》卷十,《四库全书存目丛书》编纂委员会编:《四库全书存目丛书·集部》第395册,第590页。

③〔清〕施淑仪撰:《清代闺阁诗人征略》卷五,王英志主编:《清代闺秀诗话丛刊》(叁),凤凰出版社,2010年版,第1941页。

年(1877),《清代闺阁诗人征略》一书撰成于 1917 年前后①。揆诸时间先后,其所据资料可能也是来自《重修宝山县志》。

二、《练音诗话》实是人物小传

王辅铭《练音》诸集的撰述体例是先列人名,名下附传,传后录诗;其附传比较简短,一般仅述人物字号、籍里、职衔和诗集之名,偶涉行谊。清代不少诗话作品都是附于诗歌总集、选集而存。如,冯金伯《海曲诗钞》所附之《墨香居诗话》、郑杰《国朝全闽诗录》所附之《注韩居诗话》、史梦兰《永平诗存》所附之《止园诗话》等,其体例皆是先列人名,名下附传,再缀诗话,后录诗作。以此观之,清人诗歌总集、选集中的人物小传与诗话自有分野,不可混同。张鹏翀《国朝练音初集序》云:“其所采之诗,不惟其辞之雅驯,且必有关于性情风俗之故,而稍近浮夸者诎而弗登。其前系以小传,必核其行实之详而著。”②张序称“小传”而不言“诗话”,甚是恰切。蔡、蒋二先生对所谓《练音诗话》“卷数未详”“存佚不知”的困惑,或许正是因为其文附于选集且本不以“诗话”为名的缘故。

另外,陈如升辑录的《重修宝山县志稿·艺文志》也胪列了钱德耀《苇帘阁集》、董氏《董十媛诗集合刻》、汪嘉淑《剪灯吟》等著作,其下亦引王辅铭诸集,但均不称“《练音诗话》”,而谓“《练音集》小传”③。所以,《重修宝山县志》的纂修者将《练音》诸集的人物小传

①王英志:《清代闺阁诗人征略·前言》,王英志主编:《清代闺秀诗话丛刊》(叁),第 1692 页。

②[清]张鹏翀撰:《国朝练音初集张序》,《四库全书存目丛书》编纂委员会编:《四库全书存目丛书·集部》第 395 册,第 451 页。

③[清]陈如升辑:《重修宝山县志稿》,上海市地方志办公室、上海宝山区地方志办公室编:《上海府县旧志丛书·宝山县》卷下附录,上海古籍出版社,2012 年版,第 1509 页。

径称为"《练音诗话》",显然是不妥当的。又,吴宏一先生称,《练音诗话》"实即王辅铭《练音集补》《明练音续集》《国朝练音集》等所附评诗之语";"系指王辅铭所辑补明清练音(嘉定)诗人有关诗艺之评语"①。这也是不准确的,因为王氏《练音》诸集人物小传以"传"为主,罕见诗评。

总之,察诸文献本源,"《练音诗话》"乃后人增饰之称,虽冠以"诗话"之名,实乃人物小传,而非诗话,遑论郡邑诗话,当还其本来面目。

第二节 檀萃《滇南草堂诗话》为涉诗杂集

一、檀萃《滇南草堂诗话》的编撰本意

檀萃(1725—1801),字岂田,一字默斋,号白石,晚号废翁,又自号草堂先生,安徽望江人,乾隆二十六年(1761)进士;品性清正,仕途蹭蹬,曾任贵州贵溪县、云南禄劝县知县,后流寓滇南,主昆明育材书院、黑井万春书院讲席,学子争相师从②。檀萃羁迹南疆二十余年,为官、课徒之余,笔耕不辍,著述宏富,有《大戴礼注疏》《滇海虞衡志》《农部琐录》《黔囊》《滇南草堂诗话》等数十种。《随园诗话》两见檀萃。卷五第3则引其称颂鄂尔泰诗句云:"檀默斋诗云:'不有三千门下客,至今谁识信陵君?'"卷七第64则引檀萃《楚庭稗珠录·自序》,谓"其言甚隽"③。

---

① 吴宏一:《〈练音诗话〉考述》,吴宏一主编:《清代诗话考述》,第314页。
② 江燕、文明元、王珏点校:《新纂云南通志(八)》,云南人民出版社,2007年版,第152页。
③ [清]袁枚著,顾学颉校点:《随园诗话》,人民文学出版社,1982年版,第134、234页。按:两条涉萃诗话中,卷七"檀"误作"谭",卷五则不误。

《滇南草堂诗话》十四卷,在檀萃生前即已刊刻,目前见知的版本有乾隆年间刻本和嘉庆五年(1800)蕴经堂新镌本。书前有钱棨《滇南草堂诗话序》,谓:"仆与先生同出谢金圃师门,壬子来滇始得相见。……明春东返,仆欲留之不能得,因惘惘恋恋而送之,如吾两人者乍合而即离,亦奈之何矣。今先生方行道江汉,以次而东,会合不知何年。"①此处的壬子年,即乾隆五十七年(1792)。蒋寅先生据此序及《滇南草堂诗话》卷四相关文字,推断该书"编成于乾隆五十八年癸丑(1793)作者离开云南之前"②。

《滇南草堂诗话》每卷卷首均题"白石先生、云谷老人同话,草堂弟子编次"。卷一曰:"云谷于滇为吏且十年,又流寓十余年,往来惟吾辈破落户耳。"③又,卷十一首则诗话云:"云谷、草堂二老,流寓滇南,以教授为业。顾今之教授,课时艺也,必兼以诗,故云谷学诗于草堂。年且八十,非老而好学,盖舍教授无所得食,舍学诗无以为教授。故不但学之,且侈口话之。"④由此可知,云谷初为滇吏,后滞留滇南,从草堂学诗兼授诗以就食,与檀萃日夕过从,纵谈诗事,遂有"同话"之名。

关于《滇南草堂诗话》的缘起,钱棨序谓:"默斋先生道行于滇二十余年,滇人士从之游,门墙极盛,开草堂行诗教,与诸弟子言诗。先

---

① [清]钱棨撰:《滇南草堂诗话序》,《滇南草堂诗话》卷首,蒋寅主编:《清代诗话珍本丛刊》第一辑第三册,国家图书馆出版社,2019年版,第376—377页。按:《清代诗话珍本丛刊》第一辑第三、四册收录《滇南草堂诗话》,其书名页右侧注明收录版本"清嘉庆五年(1740)蕴经堂刊本",其中的"1740"应是"1800"之误。

② 蒋寅:《清诗话考》,第429页。

③ [清]白石先生、云谷老人同话,草堂弟子编次:《滇南草堂诗话》,蒋寅主编:《清代诗话珍本丛刊》第一辑第三册,第419页。

④ [清]白石先生、云谷老人同话,草堂弟子编次:《滇南草堂诗话》,蒋寅主编:《清代诗话珍本丛刊》第一辑第四册,第509页。

生话之,弟子录而编次之,曰《滇南草堂诗话》,凡十四卷。阐扬幽隐,鼓吹休明,提唱宗风,俾多士遵循,共跻于涵泳圣涯、歌诵升平之盛,固煌煌乎大著作也。"①此记后半段已见拔高升华的套话,不似《诗话》本身所述恳切感人。卷一正文起首云:

> 　草堂平日尝言:自诗话出,愈失其宗,诗格愈低。后见《随园诗话》而感之,谓著录皆同时人,得微显阐幽之义。自伤播徙荒陬,行十余年,所与游者皆老耄,伴侣患难,相从之辈,一知半解,可为宣扬,即为录之,不使其无闻。故以语其门人以为教,俾著于后世也。②

可见,此书意仿《随园诗话》,是檀萃与友朋及草堂弟子兴游谈诗之作,其初衷是微显阐幽,宣扬同道,彰往俟来,本意不在郡邑诗人诗事。与此相应的撰述体例是以草堂为视角,以檀萃交游为中心,以类相从而录其人之诗。

二、《滇南草堂诗话》的内容特色

从内容看,《滇南草堂诗话》全书 14 卷,共有 9 个类别,每类前均有小序说明其所指。卷一为"滇会","滇会者,诸老流寓滇南,为文酒之会而昌诗也";收录流寓滇南诸老之诗会者,其人有"十六贤"之谓;诸老或来或去,相与最久的就是云谷与檀萃③。卷二至卷五为

---

① [清] 钱荣撰:《滇南草堂诗话序》,《滇南草堂诗话》卷首,蒋寅主编:《清代诗话珍本丛刊》第一辑第三册,第 373 页。
② [清] 白石先生、云谷老人同话,草堂弟子编次:《滇南草堂诗话》,蒋寅主编:《清代诗话珍本丛刊》第一辑第三册,第 383—384 页。
③ [清] 白石先生、云谷老人同话,草堂弟子编次:《滇南草堂诗话》,蒋寅主编:《清代诗话珍本丛刊》第一辑第三册,第 381 页。

"滇宦"，"纪宦游也"①；收录滇宦与之交游者，目次所列，共有79人。卷六为"滇客"，"滇虽万里，来游者多，'台隍枕夷夏之交，宾主尽东南之美'，不是过矣。羁徒放遂，遂成钦兀，诸客仍以全人祝之，相与饮酒赋诗，歌呼为乐，敬佩玉音，服之无斁"②；收录滇游与之酬唱者，目次所列，共有35人。卷七为"滇友"，"滇友者，友滇之贤士大夫而相与倡诗也，非在友好之列者不与，盖臭味不同也"③；收录滇南与之同气相求者，目次所列，共有11人。卷八至卷十为"滇徒"，"草堂谪居，无所得食，聚徒讲学，利其修脯以自给，其徒渐盛，乃遂称诗"④；主要收录草堂弟子，目次所列，共有228人，其中包括不少诸如五华先生、云谷老人在内的同道。卷十一为"滇庭"，"盖以过庭之法教其即者，云谷即从而话之"⑤；收录檀萃长子沐清《迎云集》、次子一清《侍云集》。卷十二为"滇淑"，"所纪皆寅好宾友，间杂珮以问而知其贤淑者"⑥；收录宾友、女眷之诗，目次所列，共有8人。卷十三为"滇外"，"方外者，仙释之流也，游乎方之外者也"⑦；收录滇南僧道之诗，

①［清］白石先生、云谷老人同话，草堂弟子编次：《滇南草堂诗话》，蒋寅主编：《清代诗话珍本丛刊》第一辑第三册，第455页。

②［清］白石先生、云谷老人同话，草堂弟子编次：《滇南草堂诗话》，蒋寅主编：《清代诗话珍本丛刊》第一辑第四册，第181页。按："放遂"，疑为"放逐"之讹。

③［清］白石先生、云谷老人同话，草堂弟子编次：《滇南草堂诗话》，蒋寅主编：《清代诗话珍本丛刊》第一辑第四册，第253页。

④［清］白石先生、云谷老人同话，草堂弟子编次：《滇南草堂诗话》，蒋寅主编：《清代诗话珍本丛刊》第一辑第四册，第315页。

⑤［清］白石先生、云谷老人同话，草堂弟子编次：《滇南草堂诗话》，蒋寅主编：《清代诗话珍本丛刊》第一辑第四册，第510—511页。

⑥［清］白石先生、云谷老人同话，草堂弟子编次：《滇南草堂诗话》，蒋寅主编：《清代诗话珍本丛刊》第一辑第四册，第565页。

⑦［清］白石先生、云谷老人同话，草堂弟子编次：《滇南草堂诗话》，蒋寅主编：《清代诗话珍本丛刊》第一辑第四册，第607页。

目次所列,仅有 6 人。卷十四为"滇记","居滇之杂记也","多酒酣耳热之戏谈"①;收录《居蛮》《侨池》各 13 则,为居滇之异闻杂记。上述卷次、类别中,直接关涉滇人者为"滇友""滇徒""滇外"三类,即第七、八、九、十、十三卷,末卷"滇记"间或有之,诸卷所录诗歌、诗事的比重其实不高,故难以据内容将《滇南草堂诗话》列为郡邑诗话。也正因此,研究者或将其视为清代云南诗歌总集,或将其看作交游之书②。

　　《滇南草堂诗话》在体例上也与一般清代郡邑诗话有别,即该书颇多圈评,主要评点形式是天头眉批,偶见行间夹批,圈点符号则以句侧小圈为多,亦见尖圈。卷三收张补裘长诗《曹母篇》,颂扬内中有云"会值嘉义起黄教,崔蒲鼠窜复聚啸",事涉乾隆中叶台湾诸罗县(乾隆五十二年改称嘉义县)发生的黄教之乱,诗话眉批云:"黄教之乱在丁亥、戊子间,大抵汀州民也;后林逆之变,亦汀州人。贼破诸罗前,令陈良冀卦峰集乡民复而守之,贼平论功,卦峰见罪。读其《三生琐谈》,可叹也。"③此一眉批意在补充诗歌背景,并连类叙及陈良冀之事。又,卷六收录宋翔凤《秋声》八首,菁华处有小圈点示,眉上依

---

① [清]白石先生、云谷老人同话,草堂弟子编次:《滇南草堂诗话》,蒋寅主编:《清代诗话珍本丛刊》第一辑第四册,第 613 页。
② 吴肇莉谓:"该集以檀萃为主线贯穿全书,录九类诗作若干首,不相涉及者不录,类似于故旧集。从上述具体情况来看,我们有理由将其归之于诗歌总集的范畴。"详参《云南诗歌总集研究》,浙江大学博士学位论文,2012 年,第 4—5 页;张璐谓:"《滇南草堂诗话》内容丰富,不仅包含了草堂诗社唱和的诗歌,也包括了在云南做官、学习之人及其家眷等人的诗歌,此外还有草堂与云谷两人的闲谈。可谓是一本清乾隆时期云南地区诗人交游的百科全书。"详参《檀萃〈滇南草堂诗话〉研究》,云南师范大学硕士学位论文,2020 年,第 11 页。
③ [清]白石先生、云谷老人同话,草堂弟子编次:《滇南草堂诗话》,蒋寅主编:《清代诗话珍本丛刊》第一辑第四册,第 33—34 页。

次书："风声""树声""雁声""砧声""蛩声""钟声""笛声""雨声"①,用以点示诗题,便于阅读。其他评点内容大体类此,也有直揭诗法、诗意者。所以,从体例看,《滇南草堂诗话》颇类明清常见的圈评类诗选。

总之,《滇南草堂诗话》是一部以檀萃为中心的诗人、诗歌、诗事杂集,并非一般意义上的郡邑性诗话著述。

第三节　王培荀《听雨楼随笔》乃风物笔记

一、《听雨楼随笔》的文本属性争议

王培荀(1783—1859),字景淑,号雪峤,山东淄川人。道光元年(1821)举人,此后"六上春官"皆不第;十五年(1835),以大挑一等入仕,先后任四川郫都、荣昌、新津、兴文、荣县知县;二十九年(1849),致仕归田,重返山东故园,主讲般阳书院。王培荀肆力于学,著述亦勤,有《听雨楼随笔》《乡园忆旧录》《秋海棠唱和诗》《四书集义》《读书续论》《雪峤闲录》等十数种。其中,《听雨楼随笔》乃王培荀在蜀地任职期间所作,成书于道光二十四年(1844),以室名"听雨楼"为题,初名《听雨轩随笔》,刻版时更为《听雨楼随笔》。据研究,该书初为六卷本,道光二十五年(1845)雕镌时增订为八卷。同治五年(1866),其孙王肇沇在八卷本的基础上删减重整为五卷,其中,卷一和卷二录载诗歌,卷三记名人轶事,卷四和卷五存风土物产,并在每卷开头都增加了简短的内容提要。但此本未刊,稿藏山东

---

① [清]白石先生、云谷老人同话,草堂弟子编次:《滇南草堂诗话》,蒋寅主编:《清代诗话珍本丛刊》第一辑第四册,第222—224页。

省图书馆①。

《听雨楼随笔》专辑蜀人及宦蜀者的遗踪，举凡嘉言懿行、歌诗题咏、记游访胜乃至异物殊俗，均攈摭而载，是以该书内容既博且杂。王培荀《听雨楼随笔自序》云：

> 国初，费氏父子辑《明蜀诗》及《剑阁芳华》。李雨村因之，有《蜀雅》《续蜀雅》，则断自本朝，所采皆蜀人，而游宦于蜀者咸缺焉。夫时异势殊，文人踵起，即风俗物产，亦日新月异。譬泛沧海，明珠文贝，不胜采也；如入宝山，琅玕美玉，求则得也。荀捧檄来川，需次多暇，每于市间得断简残编，或宴会晤谈，偶闻佳章及轶事，录而藏之，丛杂错乱，毫无统绪，漫置故纸堆中，不复省记。甲辰夏……因思游蜀数年，茫无所知，倘有问焉，虑无词以对。爰就素所闻见，命钞胥誊清。又素性善忘，乃刻诸木以备观览，非敢质诸大雅也。②

因此，对于《听雨楼随笔》的文本定位，学界意见并不统一。张寅彭先生《新订清人诗学书目》收入该书，列为嘉道时期的诗学著作，并谓："李调元《蜀雅》专辑本朝蜀人诗，此书复补辑本朝游宦于蜀而名声不彰者之作。书中以韵语咏存之四川风土资料甚夥。"③蒋寅先生《清诗话考》亦收该书，列《清诗话见存书目》"诗说"类；《清诗话经眼录》又云："其体例以存风土为主，故多记蜀地诗人，直录其诗，高下随

①周昌富：《听雨楼随笔·校点后记》，[清]王培荀撰，周昌富、李大营校点：《听雨楼随笔》，山东大学出版社，1992年版，第773页。

②[清]王培荀撰：《听雨楼随笔自序》，[清]王培荀撰，周昌富、李大营校点：《听雨楼随笔》，第3页。

③张寅彭：《新订清人诗学书目》，第115页。

人会意,不加品评。"①细察张、蒋之言,似于其诗话之定位颇为犹疑。吴宏一先生直言:"此书是否列入诗话类著作,有待商榷。"②黄锦珠、颜静馨在《〈听雨楼随笔〉考述》中说:"综观全书编排,以人物或事件为序,再收录相关诗文,以存诗文、风土、事迹等为重,故全书当视为'笔记',而非'诗话'。"③笔者认同此一观点。

二、《听雨楼随笔》的撰辑初旨与内容特质

王培荀在《听雨楼随笔·凡例》中清楚地声明斯编不当拟为诗话著述。其言谓:

> 是编非诗话之比,故直录其诗。高下随人意会,不敢妄参末议。偶有赞叹,兴之所至,亦不自觉。如是者亦鲜耳。
>
> 鄙意在存风土,故于异物、殊俗多有采访。嫌其枯寂,随手作韵语以纪,非敢言诗也。凡不著作者姓名,皆是。
>
> 新奇可喜之事,虽涉幻杳亦录,以资谈助。其中难免以讹传讹,不复能辨。
>
> 孤处一隅,无士大夫往还,不过搜什一于千百,知见笑大方。然百衲之衣,非自出机轴,暇时披览,聊以怡情。④

显然,王书的著述初衷是存风土,扬风雅,至于韵语诗词,则与风土物产、异物殊俗一样,聊以资谈怡情而已。

---

① 蒋寅:《清诗话考》,第 535 页。
② 吴宏一主编:《清代诗话考述》,第 864 页。
③ 黄锦珠、颜静馨:《〈听雨楼随笔〉考述》,见吴宏一主编:《清代诗话考述》,第863 页。
④ [清]王培荀撰,周昌富、李大营校点:《听雨楼随笔·凡例》,第 1 页。

　　根据周昌富、李大营两位先生整理的八卷本《听雨楼随笔》,笔者统计其条目,共得1084则。就内容而言,该著以人、事、物、景为纲,涉诗者则录而附之,无则不赘;全书诗论极罕,自评及转述他人诗论者计仅六十余处①。从内容看,是书多则条目完全无诗无涉。卷一《眉州老人泉》云:

　　　　世谓文安簿苏公为老泉,识者辨其非。其地本有老泉,公未尝以自号。世或不知其泉,或知之而未详。王迟士(侃)尝游于其处,作记。弓菱溪刺眉州,见而爱之,将刻石泉侧,以事去官,不果。余撮记其略云:"由玻璃江转棹青衣江,南下里许,折而北,港口石壁赭立,上有望江楼,楼后溪深丈余。过石桥,有观,竹树夹立,苍郁茂密。登数十级入观门,由东折而南,再入门,对门有若洞者,额题三大字曰'老人泉'。昔有老翁为仙,以此得名。近之,历数石级至底,以砖甃为洞,大于一间屋。深凿石壁,有泉侧出,跌落石坎有声。铺板于上,潺潺流下,不知入于何处。自昔传有白蟹,今不存。由石壁历数级而上,殿宇甚古,幽暗深邃。有十蝙蝠皆尺余,翅大若扇,质斑白,倒悬,仅一足挂承尘。人云二百年物。"②

以"老泉"为苏洵之号,最早或出自南宋人郎晔,且据叶梦得《石林燕语》卷二,苏轼晚号老泉山人,如此则父子同号,前人已惑之③。王培荀亦认为苏洵未尝以"老泉"自号,原因在于眉山有"老人泉"而非

---

① 杨诗莹:《〈听雨楼随笔〉研究》,四川师范大学硕士学位论文,2014年,第8页。
② [清]王培荀撰,周昌富、李大营校点:《听雨楼随笔》,第68页。按:"迟士"疑为"处士"之讹。
③ 相关争议可参张培锋:《也谈苏洵的"老泉"之号》,《文史知识》2016年第12期,第107—109页。

"老泉",这条记述对相关文学史争议有厘清作用。不过,其本意是录存王迟士的《老人泉游记》,不关诗事。此条之后的《诸葛八阵图》《寡妇清》《藏中红花》等篇①,或记异事,或述奇人,或录风物,皆与诗无涉。因此,《听雨楼随笔》的整理者之一周昌富先生将其定性为一部关于巴蜀地区的"笔记性见闻录"②。

马桐芳《憨斋诗话》卷一云:"淄川王培荀……年五十始学为诗。尝有句云:'前贤一事差堪拟,五十学诗高达夫。'"③王氏五十始学作诗,恰在入蜀为官前后,虽然他以高适自励,但终属后进,这或许可以解释为什么他在《凡例》中一再声称不敢言诗、论诗,亦不愿将《听雨楼随笔》视为诗话之作。蒋寅先生在其《清诗话考》的《凡例》中说:"笔记以考证、杂述为主而间杂诗话者,如江浩然《丛残小语》《溺笑闲谈》、金武祥《粟香随笔》、邹弢《三借庐赘谈》之类,虽多涉诗作,亦不收录。"④《听雨楼随笔》与诸书的性质其实相类。

总之,从撰辑初旨、内容特质与诗评寥寥三个方面看,《听雨楼随笔》应该系于文人笔记,载录的重心是蜀地风物,不当归于清代郡邑诗话。

第四节　李福祚《昭阳述旧编》是地方诗文集

一、李福祚及其《昭阳述旧编》

李福祚,字学庵,一字学山,江苏兴化人,生卒年不详,活跃于道、

①［清］王培荀撰,周昌富、李大营校点:《听雨楼随笔》,第71—76页。
②周昌富:《听雨楼随笔·校点后记》,［清］王培荀撰,周昌富、李大营校点:《听雨楼随笔》,第772页。
③［清］马桐芳撰:《憨斋诗话》,张寅彭选辑,吴忱、杨焄点校:《清诗话三编（陆）》,第4280页。
④蒋寅:《清诗话考凡例》,第10页。

咸年间。父佳言,乾、嘉时代书画名家,与沈复友善,曾作《送沈三白随齐太史奉使琉球》诗二首。福祚幼承庭训,博览群书,道光五年(1825)以选贡入成均,官任直隶州州判等;归里后与刘熙载同纂《咸丰重修兴化县志》,颇称完备。

《昭阳述旧编》是李福祚辑录的兴化地方诗文集,前有咸丰七年(1857)《学庵述旧自叙》,故书当成于此时。序文谓:

> 吾兴士贫而耻干誉,所撰诗、古文付梓者甚罕,散佚者甚夥。夫甘自韬晦,不屑猎取声华,乡前辈之德也;坐视昔贤之著作日就泯灭,曾不一为掇拾,乡后学之罪也。祚不敏,举耳目所闻见者,略为荟萃……采什一于千百,聊以发潜德之幽光云尔。其专集刊行,暨载入邑乘者,皆不复录。间有集虽镂,而版旋毁,诗文暗然不彰,较未经剞劂者无异,亦不惮烦而选录焉。①

由此可知,是编意在保存乡贤遗文逸诗,且有意不录已见于专集、史志者。全书分《桑梓述》《蟠根述》《苔岑述》三卷,每卷又各分上、下两部分,且存附录。其中,《桑梓述》收录兴化先正之作,始于“吾兴诗家鼻祖”元人成廷珪,终于顾骕,并附录舅母黄仲仙及释家元龙等人之作;《蟠根述》收录李氏先人之作,始于明代远祖李齐芳,终于清代先祖李步墀,并附录先姊季静姎、解韫庵;《苔岑述》收录与兴化相关的名士赠答之作,始于宋代秦观,终于清代乔止巢,并附录闺秀王玉映。

①［清］李福祚撰:《学庵述旧自叙》,［清］李福祚辑:《昭阳述旧编》卷首,《泰州文献》第2辑总第16册,凤凰出版社,2014年版,第2页。

二、《昭阳述旧编》的文本内容

观李书所录,诗文并存。卷一"宗子发"条下按语:"祚于《诗观》中得公诗数首,于《江泠阁集》中得公诗一首,因选文而并录诗入此编。"①因文及诗,似乎《昭阳述旧编》志不在诗。卷二"李艾山"条,收录其《秋星阁诗话》。李艾山,名沂,字子化,一字艾山,号壶庵,生卒年不详,明末兴化诸生。《秋星阁诗话》篇帙甚简,仅六则,分别为:《八字诀》《劝虚心》《审趋向》《指陋习》《戒轻梓》《勉读书》,计约两千言。李福祚全文抄撮该诗话②,但条末未附一言。卷三抄撮吴伟业《题李镜月〈庐山胜览图〉》诗③,亦未做任何评论。

另外,《昭阳述旧编》所选之文间嫌驳杂。如,卷二"李齐芳"条录其《幼科图诀医方辑要》,并附按语"此书至今行世,上卷治小儿杂证,下卷专治痘疹"④,与诗文完全无涉。纵观全书,李氏按语寥寥。据笔者统计,仅计 34 条,且集中于卷三,多达 28 条,盖因本卷所录多为外邑人也。

又观其所附按语,多是人物小传,罕论诗文。如,卷三"孙虞桥"条:"孙公,高邮人;崇祯八年拔贡生,顺治四年进士,累官吏部考功司郎中;著《爱日堂集》。"⑤又,卷二"马西亭"条后按曰:"此上诸公,载入县志者十之九,故生平事迹略而弗书。此后诸君,皆未入志,不得不作小传,令读者想见其为人焉。"⑥似此,《昭阳述旧编》人物小传之

---

① [清]李福祚辑:《昭阳述旧编》卷一,《泰州文献》第 2 辑总第 16 册,第 24 页。
② [清]李福祚辑:《昭阳述旧编》卷二,《泰州文献》第 2 辑总第 16 册,第 79—81 页。
③ [清]李福祚辑:《昭阳述旧编》卷三,《泰州文献》第 2 辑总第 16 册,第 134 页。
④ [清]李福祚辑:《昭阳述旧编》卷二,《泰州文献》第 2 辑总第 16 册,第 66 页。
⑤ [清]李福祚辑:《昭阳述旧编》卷三,《泰州文献》第 2 辑总第 16 册,第 134 页。
⑥ [清]李福祚辑:《昭阳述旧编》卷二,《泰州文献》第 2 辑总第 16 册,第 52 页。

作又是不得不为之也。

　　大约是虑及以上文本特色,陈允锋先生撰《〈昭阳述旧编〉考述》,纵论其价值,谓其所辑散佚篇什和某些士人生平资料有文献价值和文学史价值,"少部分按语也体现了编者的诗学观点"①,所言不虚。蒋寅先生在《清诗话考》之《清诗话见存书目》中将《昭阳述旧编》列入郡邑类诗话,但在《清诗话经眼录》中又总结说:"要之,此书似诗话而非诗话,非诗话而似诗话也,以其资料集中,多收遗佚,诚可作一邑艺文志观也。"②可知,他对该书的诗话属性颇为犹疑,倾向视作地方艺文志。笔者也认为《昭阳述旧编》不仅难称郡邑诗话,其诗学价值也较有限。

三、《昭阳述旧编》的诗学价值

　　李氏《昭阳述旧编》虽然在总体上罕见诗论,但在诗学方面仍有可注意者,特别是以下两点。

　　其一,卷一论成廷珪与昭阳诗派李沂的诗史贡献,颇能得中。语云:

　　　　元人诗句似词,纤细秾艳,成高士以澄淡矫之;明末诗宗竟陵,佻巧浅薄,家艾山公以浑厚矫之。吾乡先正皆力挽狂澜如此。③

元末成廷珪诗宗盛唐,诗风承续唐人田园诗派意脉,淡雅清澈,不堕

①陈允锋:《〈昭阳述旧编〉考述》,见吴宏一主编:《清代诗话考述》,第1017—1018页。
②蒋寅:《清诗话考》,第113、569页。
③[清]李福祚辑:《昭阳述旧编》卷一,《泰州文献》第2辑总第16册,第5页。

纤秾之时弊。明末李沂踵武"前七子",亦主张诗学盛唐,称"盛唐始尽善,中、晚如强弩之末,气骨日卑",试图以超逸淡远之诗风矫正竟陵派之时弊①。朱彝尊《静志居诗话》卷二十二"李沂"条云:"启、祯间,诗家多惑于竟陵流派,中州张瓞客暨弟凫客避寇侨居昭阳,每于宾坐论诗,有左祖竟陵者,至张目批其颊。是时,艾山特欣然相接,故昭阳诗派不堕奸声,皆艾山导之也。"②可见,李福祚颂扬二人"力挽狂澜",并非单纯回护乡贤之言,而是确有所见。

其二,《昭阳述旧编》的不少条目直接抄撮自阮元的郡邑诗话《广陵诗事》,且有驳正;除了零星引用外,更有集中抄录。卷三"阮文达公元"条下所列材料中,自"周渔字素庵"云云以下至"兴化赵椿园妻"云云,连续引用《广陵诗事》计达28则之多③。对其中部分条目,李福祚还有附案或辨正。如,《广陵诗事》卷六:"任侍御大椿《淡园四咏》为:《竹坞》《听桐馆》《月泉》《雪溪》。"④李福祚按曰:"此条与纵棹园、春雨草堂并记,则淡园乃任侍御所居,殆即浮沤馆故址,后易名小园者欤。"⑤此一按语是怀疑淡园在乾隆年间兴化人李鱓在兴化南门儒学街西首所建的浮沤馆故址。又,"兴化赵椿园妻"条下,李福祚按曰:"《县志》作赵祖寿,则椿园乃其字也。"⑥以《兴化县志》与《广陵诗事》互证,所见可从。《昭阳述旧编》此处所引阮书

---

① [清]李沂撰:《秋星阁诗话·审趋向》,丁福保辑:《清诗话》,上海古籍出版社,2015年版,第948页。
② [清]朱彝尊著,姚祖恩编,黄君坦校点:《静志居诗话》,人民文学出版社,1990年版,第698页。
③ [清]李福祚辑:《昭阳述旧编》卷三,《泰州文献》第2辑总第16册,第188—191页。
④ [清]阮元辑:《广陵诗事》卷六,王云五主编:《丛书集成初编》本,商务印书馆,1939年版,第91页。
⑤ [清]李福祚辑:《昭阳述旧编》卷三,《泰州文献》第2辑总第16册,第190页。
⑥ [清]李福祚辑:《昭阳述旧编》卷三,《泰州文献》第2辑总第16册,第191页。

28 则材料中,还有一则:

> 顾莲溪同根,兴化诸生,工画。邑东郭外有浮图三级,久不修,因绘三图:一原其始,一写中圮,一望更新,各系以诗,里人踊跃而功遂成。然其画虽素好不易得。作时一砚一水盂,正衣端坐,不与人通一语。或十余日成一纸,纸中方寸地有加染数十次者,问其故,笑而已。①

此条出自《广陵诗事》卷四,原文谓:

> 顾莲溪同根,兴化老诸生,工于画法。邑东郭外有浮图三级,建法轮寺,久不修,因绘三图:一原其始,一写中圮,一望更新,各系以诗,里人踊跃而功遂成。然其画虽素好不易得。作时一砚一水盂,正衣端坐,不与人通一语。或十数日成一纸,纸中方寸地有加染数十次者,问其故,笑而已。②

李氏所引,"建法轮寺"四字未见,或漏或删,原因不知;但阮文"老诸生"一词被改为"诸生",则是福祚有意为之。《昭阳述旧编》卷一"顾莲溪"条按云:

> 顾公精于制艺,善画山水,少负隽才,与难兄藕怡先生齐名,不遇早殁,识者惜之。详见《广陵诗事》。第顾公壮年夭折,而阮文达公著《广陵诗事》称为"兴化老诸生",则传闻之

---

① [清]李福祚辑:《昭阳述旧编》卷三,《泰州文献》第 2 辑总第 16 册,第 191 页。
② [清]阮元辑:《广陵诗事》卷四,王云五主编:《丛书集成初编》本,第 52—53 页。

误也。①

以此见之，李福祚引用《广陵诗事》，并非单纯地抄撮他文以广己书，而是据既定体例选录各体材料，并以己意断之，力求无讹，其自序所谓"聊以发潜德之幽光云尔"，洵非虚辞。遗憾的是，此类诗学资料在《昭阳述旧编》中终究只是吉光片羽，难以据之确认其诗话著述性质。

顺便提及，丁晏《柘塘脞录》与李福祚《昭阳述旧编》的性质相似。丁晏（1794—1875），字俭卿，号柘塘，或柘唐、柘堂，山阳（今江苏省淮安市）人；道光元年（1821）中举，一生布衣，以课徒著述为务，著有《毛郑诗释》《三礼释注》等四十余种，被目为一代大儒。《柘塘脞录》或称《淮阴脞录》《淮亭脞录》②，有钞本传世，又附见于丁氏辑录的淮安地方诗歌总集《山阳诗征》各家诗后。据笔者统计，该集共附录《柘塘脞录》158 则，其中有涉淮阴诗人、诗事者。如，卷十载清初淮阴诗坛魁首张养重，其下共有 3 则《柘塘脞录》，其中 1 则记录了王士禛与张养重交游、论诗之事，并涉《渔洋诗话》③，颇具文献价值。丁晏《淮阴脞录自序》云："《淮阴脞录》者，余浏览群书所札记也。其间掌故文献可补志乘之遗，而琐事丛杂亦足以裨异闻，故录之也。"④可见，《柘塘脞录》的整体指向并不在诗。《山阳诗征》卷七载录吴承恩，所附《柘塘脞录》论及《西游记》的作者问题⑤，值得重视。总之，

---

① [清]李福祚辑：《昭阳述旧编》卷一，《泰州文献》第 2 辑总第 16 册，第 49 页。
② 丁志安：《淮安方志续谈》，《淮安文史资料》第五辑，淮安县政协文史资料研究委员会编印，1987 年版，第 32—44 页。
③ [清]丁晏原辑，周桂峰校点：《山阳诗征》卷十，陕西人民出版社，2009 年版，第 328 页。
④ [清]丁晏：《淮阴脞录自序》，[清]丁晏：《颐志斋文集》卷六，《清代诗文集汇编》第 587 册，上海古籍出版社，2010 年版，第 166—167 页。
⑤ [清]丁晏原辑，周桂峰校点：《山阳诗征》卷七，第 225—226 页。

《柘塘脞录》可作地方艺文志观,而不宜视作郡邑诗话。

第五节　李梦花《碣阳诗话》等均非清代诗话

一、《碣阳诗话》不宜视作清人郡邑诗话

李梦花(约 1844—1914),字宗莲,河北昌黎人。光绪十五年(1889)举人,著有《怀岷精舍金石跋尾》等。有学者指陆心源《皕宋楼藏书志》一百二十卷及《续志》四卷实出于其手①。

《碣阳诗话》目前可见的版本仅有北平京津印书局 1930 年铅印本,沈尹默题签,首列梁启超作于民国十五年(1926)的序言,谓"是篇行世足挽既倒之狂澜,而中流砥柱,洵后学之津梁,诗家之宝筏也"②,虚辞溢美,不免序跋通弊。继有民国十四年(1925)张念祖《序》、十七年(1928)刘霖《序》、十九年(1930)高鸣谦《序》、萧树勋《序》以及李梦花《自序》。《自序》谓:"诗话作于今日譬诸饮食,土饭尘羹,已成陈迹,当亦新界文人倡新道德、新学问者所不肯争先快睹也。虽然,诗词虽旧国粹攸关,使任其沦亡,不为之搜遗而订坠,恐事过境迁,无论山林隐逸之作,必至寂寞无闻,即缙绅簪笏之家,或吟风弄月,或抒性言情,世乏传人,亦卒与草木同腐,岂不大可惜哉!"③在新文学思潮的笼罩下,传统诗学的落寞,于斯言可窥一斑,而李梦花决意拾掇"旧国粹"以广其传的决心也令人感佩。书后又有民国十八年(1929)李氏学生王汉升跋语,云:"民国初年,升受业程门,风雨谈

---

① 王欣夫:《文献学讲义》,上海古籍出版社,2016 年版,第 73 页。

② 梁启超撰:《碣阳诗话序》,李梦花编:《碣阳诗话》卷首,北平京津印书局,1930 年版,第 1 页。

③ 李梦花撰:《碣阳诗话自序》,李梦花编:《碣阳诗话》卷首,第 11 页。

心，每叹先达遗稿年湮日久，散逸不存，因定采诗之约，吾师肩之，升不才，亦竭力搜罗。积数稔，所采既富，又参以同人所辑录，而卷帙遂成。岁丁卯、戊辰，夫子倦游，暇日时时以稿与升参订，并属缮清。综编内遗诗自民国初至今，一百八十余人，分为二十二卷。观其体例，悉具精心，盖吾师肆力于是编已阅四五寒暑矣。"①可见该书从民国初年起意采编，至十七年（1928）左右方成，是故蒋寅先生《清诗话考·清诗话经眼录》将其列入《民国卷》②。

　　王汉升跋称《碣阳诗话》共二十二卷，但京津书局本除书后附录闺秀别为一帙外，中间并不分卷，或已并之。另外，该书体例亦有所来自。其《凡例》云："是编首二卷随笔记录，并无先后、古今之序及府、县之分，其宗旨则取大法、大戒，有以裨益乎人心，而其体例则仿照袁子才《随园诗话》；是编二卷以下由前清顺治丙戌（1646）迄同治乙丑（1865），悉以科第之先后为序，其无科第者则就其人之时代，而后先之体例仿照史香厓（引按：史梦兰之字）《永平诗存》。"③是知李书乃仿照袁枚《随园诗话》、史梦兰《永平诗存》而编撰。就内容而言，《碣阳诗话》前二卷以直隶第三师范学校殷珍《横山寺》诗为收束，所录确乎多涉风教，不乏"滦县贞女王氏未嫁守节""劝孝诗""咏庄烈妇马氏事""咏长安里刘烈妇事""咏任王氏离而复合"等条目④，凸显作者深受传统诗教观之熏染。身处新道德浪潮涌动的时代，却于诗学著述中坚持宣扬旧道德，李梦花的挣扎与努力亦使其《碣阳诗话》具有了与众不同的观察价值。

　　该书卷二以下，即刘鸿儒《重游龙泉寺》等诗以下所录，收永平诗

---

① 王汉升：《碣阳诗话·跋》，李梦花编：《碣阳诗话》卷末，第 231 页。
② 蒋寅：《清诗话考》，第 683—684 页。
③ 李梦花：《碣阳诗话·凡例》，李梦花编：《碣阳诗话》卷首，第 1 页。
④ 李梦花编：《碣阳诗话》，第 26—30 页。

人一百八十余人,其诗话多采自他书。如,"张坦"条引王太岳《红豆树馆诗话》①,"李恩绎"条引符葆森《寄心盦诗话》②。征引最多者,还属史梦兰《止园诗话》,其中明指书名者55处,尚有数处以不言其书而称其人。如,"马恂"条下诗话谓:

> 马恂,字瑟臣,号半士,迁安人。道光壬午、壬辰两中副车,官柏乡县教谕。著有《此中语集》。香厓前辈云:马瑟臣学博,葵园明府长子也。天才卓荦,博极群书,早岁为诗、古文、词即欲与古人争席。所著《此中语》,自嘉庆戊辰起至同治甲子止,共五十六年,年各一卷。或诗,或词,或古文,或四六,或灯谜楹联,或仙乩禅偈,有触即作,有作即存。词源如倒峡悬河,滔滔不竭,庄谑间列,骈散杂陈,不屑屑于古人著书体例。要其宝气精光,自有不可没灭者。平生潦倒名场,未得一遇,晚年得苜蓿一席,非其志也。③

本条诗话全部抄录自史梦兰《永平诗存》卷十四,但改原文"《止园诗话》"为"香厓前辈云",以人代书;又合原文的人物小传与诗话为一④。观其所话,重在人物字号、籍里、科名、爵职、著述,而于诗歌本身则罕有述论,盖其意在存人,而非论诗耶。

　　总而言之,《碣阳诗话》虽颇具郡邑诗学之特征,但其编撰时间在

---

① 李梦花编:《碣阳诗话》,第52页。按:陶樑辑录《国朝畿辅诗传》,其中附载《红豆树馆诗话》,此谓作者为王太岳,似误,蒋寅已疑之。详参其著《清诗话考》,第176页。
② 李梦花编:《碣阳诗话》,第110页。
③ 李梦花编:《碣阳诗话》,第135页。
④ [清]史梦兰选辑,石向骞等点校:《永平诗存》卷十四,吉林大学出版社,2011年版,第245页。

民国之后，不宜视作清人郡邑诗话。

二、《桃花源诗话》应属民国郡邑诗话

吕光锡，湖南桃源人，生卒年不详。现代诗人、"白屋诗体"开创者吴芳吉于 1922 年 12 月 25 日作《与吕光锡》书，内云："文章端赖自修，来书深恨以贫未能游学，然使足下至富，得入今之所谓大学者，于一己文章，究何益焉？人才之出，各有其境。自古文章杰出之士，莫不由饥寒困苦中得来者。以文章系于性情，欲使性情之深厚诚挚，惟饥寒困苦最足磨炼而培养之也。故吉于足下之诗，尚望多为自道身世之作，而咏物写景，视为次之。少陵所以称诗史，雄视千载者，以此也。"[1]吴氏以"诗穷而后工"之理念，教导吕光锡不惧饥寒困苦，砥砺深厚诚挚之性情以成就杰异传世之诗文。《桃花源诗话》亦倡性情论，其引明代桃源人江盈科《雪涛诗话》谓："诗本性情。若系真诗，则一读其诗，而其人之性情便见。"[2]从时间和文学理念看，此信的收件人"吕光锡"很可能就是《桃花源诗话》的作者，只是未有确证，录以备考。从下文的《桃花源诗话》文末自注看，吕光锡主要生活于近现代。

民国三十八年（1949），长沙大新印务馆铅印出版《桃花源诗话》[3]，书首有吕光锡《自序》，谓：

吾邑为渊明所记之乡，山水幽奇，为孕育诗人之地，其慕陶、

①刘国铭选编：《吴芳吉论教育》，重庆大学出版社，2010 年版，第 73 页。
②吕光锡：《桃花源诗话》，蔡镇楚编：《中国诗话珍本丛书》第二十二册，第 555 页。按：《雪涛诗话》即《雪涛诗评》，又称《雪涛阁诗评》，吕引"而其人之性情便见"，江氏原文作"而其人性情入眼便见"。详参吴文治主编：《明诗话全编》第六册，凤凰出版社，1997 年版，第 5833 页。
③此据蒋寅：《清诗话考》，第 693 页。

谢之孤高,追李、杜之遗踪者,颇不乏人,顾学史文谭罕有论及之者,余因之而有感焉,故发愤而为是书。夫古今诗话类多师友雅谈,随笔疏录,漫无统纪。余于是书,略依时代先后,就其人之性情、遭遇妄加评述,只录往哲,不收生存。然作于忧患,故于以言亢宗、志切恢复者尤三致意焉。①

序言末署"民国三十六年中秋",是则序文写于1947年。又,《桃花源诗话》篇末云:

　　　　予辑是书甫脱稿,适仲儿旭东(名曙,一名先曙,字太初)噩耗自都门飞来。儿以去年(三十五年)仲秋赴京,寄居二郎庙侧。予初闻其寓所名号,即不释然,以儿行仲,家中亦呼"二郎"也。……旋承同乡李湘宾(绍业)先生之推介,得为宪兵学校记室。受事未匝月而病,病七日而竟以今年正月二十五日死于汤山陆军总医院。②

括号中的文字是原文小字自注,由其中的"去年(三十五年)""今年正月"等语可知,《桃花源诗话》脱稿于民国三十六年(1947),《自序》应该是脱稿后不久拟就。序末谓"作于忧患,故于以言亢宗、志切恢复者尤三致意",是则诗话的撰辑时间很可能在抗战期间。总之,《桃花源诗话》纂于民族危亡之时,成于仲子病殁之际,家国之痛,溢于言表,令其自有一种蕴藉,有异于其他诗话著述。

　　《桃花源诗话》全书不分卷,正文首页题下自署"义陵吕光锡

①吕光锡:《桃花源诗话·自序》,蔡镇楚编:《中国诗话珍本丛书》第二十二册,
　　第547页。
②吕光锡:《桃花源诗话》,蔡镇楚编:《中国诗话珍本丛书》第二十二册,第707页。

著"。据《舆地广记》，西汉置武陵郡，治所义陵（今湖南省溆浦县），故又称义陵郡，领临沅、沅南等县；东汉郡治移迁临沅。隋废郡，改临沅为武陵县，又省入沅南县。宋太祖乾德元年（963），由武陵县析置桃源县，其名即来自陶渊明《桃花源记》①。《桃花源诗话》开篇谓："桃花源之名，仿于晋陶渊明之《桃花源记》。凡籍隶桃源县者，皆自称桃花源人，外人亦以此拟之，而桃花源遂成桃源县之泛称矣。"②吕光锡自署"义陵"，正如《滇南草堂诗话》的作者自称"高平檀萃"一样，蕴藉着追怀先宗、情系桑梓的敬意。

　　在体例上，《桃花源诗话》先话后诗，所录起于晋代无名氏之《绿萝山歌》，终于作者次子吕旭东之《四台山游记》。其"话"由人及诗，而详于诗之所出，并多见其他诗话著述和前贤诗论。如，江盈科《雪涛诗话》、袁宏道《雪涛阁集序》、吴伟业《梅村诗话》、朱彝尊《静志居诗话》及薛雪《一瓢诗话》等。值得注意的是，作为一部写于现代的诗话著述，吕光锡对近人的诗学论述也有回应。《桃花源诗话》收录向光谦的诗歌颇多。向氏生活于道、咸、同时代，与向文奎、万竑、郭世嵚并称为"沅上四诗人"③。吕光锡认为"刺史五言律诗纯乎杜格，

①［北宋］欧阳忞撰，李勇先、王小红校注：《舆地广记》，四川大学出版社，2003年版，第785—786页。

②吕光锡：《桃花源诗话》，蔡镇楚编：《中国诗话珍本丛书》第二十二册，第549页。

③向光谦，字尔牧，一字子识，号梅修，湖南桃源人。道光二十九年（1849）拔贡，同治九年（1870）任湖北宣恩知县，后因功被保举为直隶州知州，故吕光锡在《桃花源诗话》中以"刺史"称之。向氏的生卒年，多书径称不详。《桃花源诗话》载向氏学生刘埜民（逢然）《挽向梅修先生兼题其秦人宅藏稿后并跋》，内云："不图年甫六秩开一而忽焉告终，悲矣！……先生以丙戌（光绪十二年）嘉平二日弃世。"（蔡镇楚编：《中国诗话珍本丛书》第二十二册，第674—675页）"六秩开一"即61岁；引文称其卒年是光绪十二年，即1886年。据此推算，向光谦生于道光六年丙戌（1826），享年恰一甲子。

其至者与杜陵争胜毫厘"①,可谓推崇备至。又云:

> 余杭章太炎先生与汪旭初教授论诗书,右明"七子"而谓欲
> 不脱晚唐、北宋风调,恐清以来尚无此手。刺史七律由空同以追
> 踪杜陵,却属例外,惜乎先生未之见也。②

所谓"与汪旭初教授论诗书"指章太炎《答汪旭初论诗书》,原载半月
刊《制言》1936 年第 29 期,内中有云:"其实'七子'胜处,尽有近代阮
翁、垞翁所不能到者,幸勿随众訾议也。"信中附自作《简童亦韩徐仲
荪》和《生日自述》二诗,且自评曰:"欲脱化于唐人之外,则不能也,
然芜杂之病,庶可免矣。"③章太炎推重明"七子",以为清人几无及
者。但是,吕光锡认为向光谦的诗直追李空同而远绍杜甫,可以比肩
"七子",遗憾的是章太炎未曾读过向诗以致有此疏忽,赞誉乡贤若
此,可谓不遗余力,亦郡邑诗话的积习之一。

《桃花源诗话》对新文学运动也有回应。吕书多次引用《雪涛诗
话》,在"诗有真假。比为诗者,若系真诗,虽不尽佳,亦必有趣""诗
本性情。若系真诗,则一读其诗,而其人之性情便见"两段引文之后,
吕氏按云:

> 右录第一则即近人胡君适之《文学改良刍议》中之"不模
> 仿"也,第二则即胡君之"不无病呻吟"也。顾胡君反自惊创获,

---

① 吕光锡:《桃花源诗话》,蔡镇楚编:《中国诗话珍本丛书》第二十二册,第
625 页。
② 吕光锡:《桃花源诗话》,蔡镇楚编:《中国诗话珍本丛书》第二十二册,第
631 页。
③ 章太炎:《答汪旭初论诗书》,《制言》1936 年第 29 期,第 1—2 页。

而不知皆古人之余唾也。提学作诗，原本性灵，词必己出，颇与
其所持论相符。①

胡适提倡文学革命，《文学改良刍议》所论八事，其中第二、四条分别
是"不摹仿古人""不作无病之呻吟"。胡文末云："上述八事，乃吾年
来研思此一大问题之结果。远在异国，既无读书之暇晷，又不得就国
中先生长者质疑问题，其所主张容有矫枉过正之处。然此八事皆文
学上根本问题，一一有研究之价值。故草成此论，以为海内外留心此
问题者作一草案。谓之刍议，犹云未定草也，伏惟国人同志有以匡纠
是正之。"②胡文发表于1917年，当时反响极大，毁誉交加，不过历时
愈旧，评价愈高。胡适大约意识到该文发表后会激起巨大争议，所以
强调"八事"为自己研思所得，并低调地定位为"草案"，以与国人同
志共商。孰料吕光锡在二三十年后，依然讥为"古人之余唾"，此不免
有刻薄之嫌。从另一方面看，吕氏的回应不唯是新文学革命的历史
回响之一，也是他崇奉性灵诗学的表征。

　　不过，总体来看，《桃花源诗话》经常大段引用前人诗文序、跋文
字以作引诗之津，自己的诗学见解并不多。如，主性灵取江盈科《袁
石公敝箧集序》与《雪涛诗话》③，论"风雅日新之道"则取江盈科《随
遇吟序》④。蒋寅先生《清诗话考·清诗话经眼录》将《桃花源诗话》
列入民国部分⑤，《清代诗话考述》亦收入该书，相关考述文字多依蒋

---

① 吕光锡：《桃花源诗话》，蔡镇楚编：《中国诗话珍本丛书》第二十二册，第556页。
② 胡适：《文学改良刍议》，《新青年》1917年第2卷第5号，总第26—36页。
③ 吕光锡：《桃花源诗话》，蔡镇楚编：《中国诗话珍本丛书》第二十二册，第
　 554—556页。
④ 吕光锡：《桃花源诗话》，蔡镇楚编：《中国诗话珍本丛书》第二十二册，第594页。
⑤ 蒋寅：《清诗话考》，第693—694页。

书,但视其为清人诗话著述,盖以作者生年为据①。从编撰时间看,《桃花源诗话》应属民国诗话。

三、《正续广东诗话》难称清人诗话

屈向邦(1897—1975)②,字沛霖,号荫堂,笔名诵芬居士,广东番禺人,清初"岭南三大家"之一屈大均后裔;著有《荫堂诗集》《荫堂笔记》《诵清芬室印集》及《广东诗话》(即《粤东诗话》)等,又与邬庆时合编有《广东诗汇》。

《广东诗话》原本四卷,后附《续编》一卷,计二百余则。有民国三十七年(1948)屈氏诵清芬室自印本、香港龙门书店1964年翻印本及1968年《广东诗话正续编》本。书首有民国三十七年廖恩焘《序》及作者同年所写的《自志》。后者对该诗话的写作缘起、时代背景、主要用意和体例特点等皆有交代:

> 此编作于沪上,始于民国二十六年(一九三七)夏,盖应《青鹤》杂志主人陈灨一先生之邀而作也。当时约得百则,匆匆草成,以诵芬居士笔名付陈先生。时距"七七"芦沟桥事变甚迩,后闻"八一三"淞沪战起,《青鹤》亦停刊。初稿谅未刊出,遂汇续得之百则,分为四卷。自惭疏陋,未足言诗,爰止于此,就正高贤。然有亟须声言者,则就诗言诗,与人无涉也,借此以为讨论之资耳。今雨旧雨,无意褒贬也;今人古人,更无意褒贬也。元遗山云"书生技痒爱论量",其此之谓欤?又此编是兴之所到,随便说出,绝无次序。有只称别号或室名者,有叙籍贯、姓名、略历

---

① 吴宏一主编:《清代诗话考述》,第1394—1395页。
② 此据蒋英豪《〈粤东诗话〉考述》附录程中山跋语,详参吴宏一主编:《清代诗话考述》,第1396页。

者,有省去一切称谓以求行文之便者,尤不一致,未及理董。盼阅者谅教而已。①

　　《粤东诗话》翻印本刊行后不久,存书告罄。大约在 1967 年,屈氏在周康燮的建议下,从自己的读书笔记中摘出与粤诗相关者,成《续编》一卷,缀于原书之后,出版时又提炼篇旨,编列目次,改名为《广东诗话》,又称《正续广东诗话》或《广东诗话正续编》。香港龙门书店 1968 年刊本前的《出版说明》及屈向邦补写于 1967 年的简短《续志》对此均有说明②。易古称"粤东"为"广东",表征了旧编新刊的时代语境之异,其新增的 30 则诗话,确乎多涉现代人事。如,《汪精卫自广州赴上海舟中诗》《于右任电索汪精卫写诗》等③。

　　廖恩焘序言对《粤东诗话》的特点进行了较全面的概括,颇称精到。录之如下:

　　　　夫维诗话而专说粤东,前人所无,是为创作,特色一。持论透辟,必尽其辞,无影响语,无玄虚语,特色二。说诗多为全篇,间有摘句与全首有关者,必尽录出,阅者无翻阁之烦,得全豹之窥,不只称便,实助研求,特色三。同光以前诗事,尚可于诸家著述中窥见鳞爪;同光以后,绝少闻见。此作于同光后作者,谈说特详,而同光以前,亦前人所略者始及之,绝不蹈袭,特色四。自来作诗话者,多先见到可说之诗,然后加以论说。此作则多是先欲论说某一种诗,然后征引以实其话,颇异于全是以意就诗者,

①屈向邦:《广东诗话正续编·自志》,香港龙门书店,1968 年版,第 2 页。按:"芦",今多作"卢"。
②屈向邦:《广东诗话正续编·续志》,第 2 页。
③屈向邦:《广东诗话正续编》,第 111—112 页。

特色五。又作诗话者,常存标榜之见。此作注重切磋之益,有时不免说及时贤作品之小小疵颣,以显其意,作者具此善意,绝非吹毛求疵者比;且见仁见智,作者本无自是之心,亦聊备一说云尔,固无损于贤者之大纯焉,特色六。①

《粤东诗话》及后续《广东诗话》虽亦泛论诗史,如卷二《略言唐宋诗之别》《宋史之别于唐与时代环境有关》等,但尤详于同光以后涉粤诗人、诗事,多载晚近名家如叶恭绰、黄节、梁启超、胡汉民等,"足为论近代白话诗之资"②,作者"置心吾粤文献"之意亦昭昭可明。更可注意的是,作为屈大均的后人,屈向邦除在本书中阐扬推重"吾粤风雅"外,还大力标举"屈氏义声"。有学者统计,该书正、续编涉及屈氏族人的诗话共有 47 则,占全书条目的 23%③。由此可见,屈书并不是一部单纯的区域诗学著作,而是一部渗透了梓里情怀与家族荣光的私人诗话论撰。

　　于地方诗学而言,屈书的确具有郡邑诗话的性质。不过,该书编撰于现代,其作者亦生活于现当代,难称清人著述。蒋寅先生《请诗话考·清诗话经眼录》将其列入《民国卷》,并为压轴④,所见确然。

---

① 廖恩焘:《广东诗话正续编序》,《广东诗话正续编》卷首,第 1 页。
② 蒋寅:《清诗话考》,第 695 页。
③ 王晓东:《屈向邦〈广东诗话〉考辨——兼及〈清诗纪事〉误收"荫堂"考》,《中国典籍与文化》2017 年第 4 期,第 49 页。
④ 蒋寅:《清诗话考》,第 695—696 页。

第三章　清代郡邑诗话的文献考察

　　本章拟在时贤成果和个人搜集的基础上,根据前文对郡邑诗话的界定、清代类郡邑诗话的描述和数种"郡邑诗话"文本性质的辨析,尝试对清代郡邑诗话的基本文献进行再整理。

第一节　清代郡邑诗话的基本文献与分期胪列

一、已知清代郡邑诗话一览表

　　为便于论述,首先制作《清代郡邑诗话一览表》,实即书目。该表将所涉诗话按照撰成时间的先后逐一排列,又依一般清史分期,将它们分三期列出,即以顺治、康熙、雍正三朝为早期(1644—1735),乾隆、嘉庆、道光三朝为中期(1736—1850),咸丰以降为后期(1851—1911)。对于朝代诗话的分期,有学者主张"寻求并指示文体形式因素的复杂化累积到一定程度时所能够显示出的变革性特征","采取以某一具有变革意义的作品出现的具体时间作为分期起讫点"①。这种分期方法以诗话的内部变革为视角,确实有裨于理解诗话的文体变迁。不过,清代郡邑诗话是一种类型诗话,就其编撰史来说,各

────────

① 侯荣川:《明代诗话的分期与特点再认识》,《南京师大学报》2016 年第 3 期,第 129 页。

类文本错综出现,文体变化并不明显,很难寻出具有变革意义的文本作为阶段性标识。还有一种看法:郡邑诗话具有鲜明的专地性,依据所涉区域进行划分是必然之选,李清华博士的《清代地域诗话研究》就采取了这种方法。不过,线性的时间描述能最简明地呈现本体的嬗迁历程,从而赋予主体直观性和回溯性交织的认知优势。同时,由于地域性是郡邑诗话的天然标签,历时性的建构亦能凸显其空间分布的差异。职是之故,本表采取传统的时代分期法。另外,本书所称的清代郡邑诗话,是严格按照清代的历史断限来确定的,某些郡邑诗话所载诗人、诗作、诗事属于清代,但如果其撰述时间在近代甚至现代,也不计入其列。同时,本表每部诗话的排次,大体依据其撰结时间来确定。至于不能确定具体撰结时间的著作,则综合考虑作者生卒年、刊刻时间的先后来定位。这其中,附载于张其淦《东莞诗录》的《吟芷居诗话》比较特殊。《东莞诗录》始编于光绪末,辑录基础是邓淳的《宝安诗正》,宣统二年(1910)初稿完成,但未刊刻。后来,张其淦又在罗嘉蓉《宝安诗正续集》、苏泽东《宝安诗正再续集》的基础上进行了添补删节,并于民国十年(1921)最终成编,三年后刊行,即民国十三年(1924)东莞张氏寓园本。张其淦在撰于宣统二年(1910)十二月的《东莞诗录·序》中说:"征君(引按:指邓淳)原书各人名下,或缀以小传及诗话评论,然则割裂特甚,因取吾粤《通志》《府志》《县志》,于诗人之有传者全行钞入,庶使后之读诗者论世知人,并仿竹垞《明诗综》附《静志居诗话》之例,将余所撰《吟芷居诗话》皆著于篇。"[①]是则《吟芷居诗话》在撰序时业已完成。又,《东莞诗录》卷六

---

① [清]张其淦编,李君明点校:《东莞诗录·序》,广东旅游出版社,2016年版,第34页。按:从上引序文可知邓淳《宝安诗正》亦附载诗话,惜文献有阙,暂难闻其详。

表 1　清代郡邑诗话一览表

序号	时期	纂著时间	名称卷帙	作者籍贯	历时地域	早期版本
1	清代早期（1644—1735）	清初	《山茨社诗品》不分卷①	范国禄（1624—1696）；江苏通州（今南通市）	宋代至清代；江苏通州	清道光四年（1824）杨氏一经堂刊本《五山耆旧前集》《今集》附
2		康熙十九年至二十六年（1680—1687）②	《春山诗话》	屈大均（1630—1696）；广东番禺	汉代至清代；广州	清康熙三十九年（1700）木天阁刻本
3		康熙四十一年（1702）	《西江诗话》十二卷	裘君弘（1670—1740）；江西新建（今属南昌市）	晋代至清初；江西	清康熙四十三年（1704）妙贯堂刻本
4		康熙年间	《晦堂诗话》不分卷	许汭（1653—1716）；浙江嘉兴	元代至清康熙年间；浙江嘉兴梅里（今王店镇）	清道光三十年（1850）嘉兴县斋刊本《梅里诗辑》附
5		雍正十年（1732）	《榕城诗话》三卷	杭世骏（1695—1772）；浙江仁和（今杭州市）	元明清；福建	清乾隆四十年（1775）知不足斋丛书本
6		雍正十一年（1733）	《榕海诗话》八卷	林正青（1680—?）；福建侯官（今属福州市）	唐代至明代；福州	湖北省图书馆藏稿本，残存三卷

续表

序号	时期	纂著时间	名称卷帙	作者籍贯	历时地域	早期版本
7	清代中期(1736—1850)	乾隆十一年(1746)前后③	《全闽诗话》十二卷	郑方坤(1693—1755?);福建建瓯,寄籍建安	六朝至清代;福建	清乾隆十九年(1754)诗话轩刊本
8		乾隆三十七年(1772)之前	《兰陔诗话》不分卷	郑王臣(乾隆时人);福建莆田(含仙游县)	唐代至清代;福建莆田(含仙游县)	清乾隆三十七年(1772)刻本《莆风清籁集》附
9		乾隆三十七年至四十一年(1772—1776)	《闽游诗话》三卷	徐祚永(乾隆时人);江苏云间(今属上海市松江区)	宋代至清代;福建(含台湾省)	清乾隆四十二年(1777)徐氏自刊本
10		乾隆年间	《蛟川诗话》四卷	张懋延(1713—1778);浙江镇海	汉代至清代;浙江镇海	浙江图书馆、中国科学院图书馆清钞本、清宣统三年(1911)张有年刊本
11		乾隆四十四年(1779)前后	《全浙诗话》五十四卷④	陶元藻(1716—1801);浙江会稽(今绍兴市)	先秦至清代;浙江	清嘉庆元年(1796)怡云阁刻本
12		乾隆四十九年(1784)	《楚天樵话》二卷	张清标(1748?—1787);湖北汉川	明、清两代为主;湖南、湖北(较多)	清同治十二年(1873)林以钺刊本
13		乾隆五十一年(1786)	《三台诗话》二卷	戚学标(1742—1825);浙江太平(今温岭市)	唐代至清代;浙江太平	清乾隆五十一年(1786)景文堂刊本

续表

序号	时期	纂著时间	名称卷帙	作者籍贯	历时地域	早期版本
14		乾隆五十七年（1792）⑤	《荫椿书屋诗话》	师范(1751—1811)；云南赵州(今大理市凤仪镇)	清初至乾隆年间；云南	云南省图书馆藏昆明华云允三旧藏稿本
15		乾隆五十七年至六十年(1792—1795)	《墨香居诗话》不分卷	冯金伯(1738—1810)；江苏松江府南汇县(今属上海市浦东新区)	北宋至清代嘉庆年间；江苏松江府南汇县	清嘉庆十二年(1807)墨香居刊本《海曲诗钞》《补编》附
16		乾隆五十八年(1793)	《风雅遗闻》四卷	戚学标；浙江太平	唐代至清代；浙江太平	清乾隆五十八年(1793)刊本
17		乾隆五十九年至嘉庆元年(1794—1796)	《吴兴诗话》十六卷	戴璐(1739—1806)；浙江归安(今湖州市)	清代；浙江吴兴(今浙江湖州市)	清嘉庆元年(1796)戴氏自刊本
18		乾隆六年至嘉庆五年之间(1741—1800)	《泾川诗话》三卷	赵知希(康、乾时人)；安徽泾县	明代万历至清代乾隆年间；安徽泾县	清嘉庆五年(1800)赵绍祖刊《泾川丛书》本
19		嘉庆元年至三年(1796—1798)	《香泲诗话》不分卷	李富孙(嘉、道时人)；浙江嘉兴	清代康熙至道光年间；浙江嘉兴梅里(今王店镇)	清道光三十年(1850)嘉兴县荟刊本《续梅里诗辑》附

续表

序号	时期	纂著时间	名称卷帙	作者籍贯	历时地域	早期版本
20		嘉庆二年至十二年（1797—1807）	《西江诗话》三卷	曾廷枚（1734—1816）口述，曾燠（1759—1831）编次；江西南城	晋代至清代；江西	清嘉庆十三年（1808）《艺苑裒书》七种本
21		嘉庆三年至五年（1798—1800）	《注韩居诗话》不分卷	郑杰（1750—1800?）；福建侯官	清代顺治至乾隆年间；福建	清嘉庆五年（1800）郑氏注韩居初刻本《国朝全闽诗录》附
22		嘉庆四年（1799）之前	《澉浦诗话》二卷	吴文晖（乾隆时人）撰，吴东发（1747—1803）整理；浙江海盐澉浦镇	唐代至清代；浙江海盐澉浦镇	清嘉庆八年（1803）吴东发刊本
23		嘉庆四年（1799）之前	《续澉浦诗话》四卷	吴东发；浙江海盐澉浦镇	唐代至清代；浙江海盐澉浦镇	清嘉庆八年（1803）吴东发刊本
24		嘉庆四年（1799）	《广陵诗事》十卷	阮元（1764—1849）；江苏扬州	清初至嘉庆年间；江苏扬州	清光绪十六年（1890）扬州书局刻本
25		嘉庆四年（1799）	《星渚诗话》二卷	徐传诗（乾、嘉时人）；江苏昆山真义（今正仪镇）	元代至清代乾隆年间；江苏昆山真义	清宣统三年（1911）赵诒琛峭帆楼丛书本

续表

序号	时期	纂著时间	名称卷帙	作者籍贯	历时地域	早期版本
26		嘉庆五年(1800)	《赋鱼诗话》不分卷	孟彬(乾隆时人);浙江秀水(今嘉兴市)	元代至清代乾、嘉年间;浙江秀水等	清嘉庆五年(1800)刊本《闽湖诗钞》附
27		嘉庆十一年(1806)始辑	《长乐诗话》六卷	梁章钜(1775—1849);福建长乐(今属福州市)	唐末至清代;福建长乐	南开大学图书馆藏稿本,上海图书馆钞本
28		嘉庆十二年至十五年(1807—1810)	《南浦诗话》八卷⑥	梁章钜;福建长乐	唐代至明代;福建南城(今浦城县)	清嘉庆十五年(1810)刊本,嘉庆十七年(1812)留香室刊本,光绪三十一年(1905)印本
29		嘉庆十八年(1813)	《玉壶山房诗话》不分卷	刘彬华(1771—1829);广东番禺(今广州市番禺区)	清代乾、嘉年间;广东	清嘉庆十八年(1813)《岭南群雅》附
30		嘉庆二十二年(1817)	《石濑山房诗话》不分卷	胡昌基(1750—1836)⑦;浙江平湖(今属嘉兴市)	清代康熙至嘉庆年间;浙江嘉兴	清宣统三年(1911)金陵刻本《续樵李诗系》附
31		道光元年(1821)	《游道堂诗话》不分卷	朱彬(1753—1834);江苏宝应	清初至道光年间;江苏宝应	清光绪十二年(1886)刻本《白田风雅》附
32		道光三年(1823)	《竟陵诗话》	熊士鹏(1755—约1838);湖北天门	上古至清代;湖北天门(旁及湖湘地区)	清道光三年(1823)鹄山小隐刊本《竟陵诗选》附

续表

序号	时期	纂著时间	名称卷帙	作者籍贯	历时地域	早期版本
33		道光三年(1823)	《紫琅诗话》九卷⑧	顾鹤翔(嘉、道时人)；江苏通州	宋代至清代道光；江苏通州	南通图书馆藏钞本、清道光初刊本
34		道光三年(1823)	《海虞诗话》十六卷	单学傅(1778—1836?)；江苏常熟	清初至道光年间；江苏常熟	民国四年(1915)铜华馆铅印本
35		道光四年(1824)	《一经堂诗话》不分卷	杨廷撰(嘉、道时人)；江苏通州	宋代至清代；江苏通州	清道光四年(1824)杨氏一经堂刊本《五山耆旧前集》《今集》附
36		道光四年(1824)	《天津诗话》	梅成栋(1776—1844)；天津府(今天津市)	清代；天津府	清道光十二年(1832)粤东康简书斋刻本《津门诗钞》卷二十附
37		道光九年(1829)	《蟉溪诗话》二卷	何鬶(道光时人)；苏州府长洲县(今属苏州市)	历代；苏州府长洲县蟉溪(今虎丘区浒墅关镇)	湖南省图书馆藏清咸丰三年(1853)刊本
38		道光十一年(1831)、二十八年(1848)	《拿榆山房笔谭》不分卷	许乔林(1775—1852)；江苏海州(今连云港市)	清代；江苏海州	清道光(1821—1850)年间《朐海诗存》《朐海诗谭二集》刻本《朐海诗存二集》附

续表

序号	时期	纂著时间	名称卷帙	作者籍贯	历时地域	早期版本
39		道光十二年至十三年（1832—1833）	《东南峤外诗话》	梁章钜；福建长乐	明代；福建	福建省图书馆藏清末福州陈仁权刻十卷本、国家图书馆藏末丝栏残稿本⑨
40		道光十六年至二十一年（1836—1841）	《三管诗话》三十卷	梁章钜；福建长乐	历代；广西	清道光二十一年（1841）福州刊本
41		道光十八年（1838）	《红豆树馆诗话》不分卷	陶樑（1772—1857）；江苏长洲	清代顺治至道光年间；河北	道光十九年（1839）红豆树馆《国朝畿辅诗传》附
42		道光二十三年（1843）、三十年（1850）	《荼村诗话》不分卷	伍崇曜（1810—1863）；广东南海（今属佛山、广州）	清代乾隆至道光年间；广东	清道光二十三年（1843）、三十年（1850）南海伍氏刻本《楚庭耆旧遗诗》前、后，续集附
43		道光二十九年（1849）	《闽川闺秀诗话》四卷	梁章钜；福建长乐	明、清两代；福建	清道光二十九年（1849）瓯郡梅氏师古斋刊本
44		道光二十九年（1849）前后	《闽川诗话》不分卷	梁章钜；福建长乐	清代；福建	谢章铤（1820—1903）赌棋山庄钞本（残）
45		道光年间	《退庵诗话》不分卷	梁章钜；福建长乐	清代；福建	国家图书馆藏《乾嘉全闽诗传》稿本附

续表

序号	时期	纂著时间	名称卷帙	作者籍贯	历时地域	早期版本
46	清代后期(1851—1911)	道光年间	《远香诗话》不分卷	沈爱莲(道、咸时人);浙江嘉兴	清代康熙至道光年间;浙江嘉兴梅里	清道光三十年(1850)嘉兴县茜书刊本《续梅里诗辑》附
47		道咸年间	《菱溪诗话》一卷	余宣(道、咸时人);湖北嘉鱼	清代道、咸年间;湖北嘉鱼	清同治三年(1864)朱式铭刊本
48		咸丰三年(1853)	《全浙诗话刊误》一卷	张道(1821—1862);浙江钱塘(今杭州市)	先秦至清代;浙江	上海图书馆藏《渔浦草堂遗稿》本,清光绪年间崇文书局刊正觉楼丛刻本
49		咸丰四年(1854)	《秄庵诗话》不分卷	李玉䬺(?—1854);江苏吴江	明代至清代咸丰年间;浙江秀水(今嘉兴市)等	清咸丰四年(1854)刊本《闻湖诗续钞》附
50		咸丰八年(1858)	《乡诗摭谭》二十卷	杨希闵(1809—1885?);江西新城(今黎川县)	晋代至清代;江西	清宣统二年(1910)夏敬庄刊本
51		咸丰年间	《荃江诗话》三卷	顾季慈(咸丰时人);江苏江阴	宋代至清代乾隆年间;江苏江阴	民国二十二年(1933)陶社校勘本

续表

序号	时期	纂著时间	名称卷帙	作者籍贯	历时地域	早期版本
52		同治十二年至光绪十五年（1873—1889）	《求有益斋诗话》不分卷	李道悠（1826—1895）⑩；江苏吴江	元代至清代光绪年间；浙江秀水等	清光绪十九年（1893）重刻本《闻湖诗三钞》、二十一年（1895）刻本《竹里诗萃》附
53		同治十年（1871）	《止园诗话》不分卷	史梦兰（1813—1899）；直隶乐亭（今属河北省唐山市）	清顺治至光绪年间；直隶永平府（今河北省秦皇岛市等地）	清同治十年（1871）刊《止园丛书》本《永平诗存》附
54		光绪元年（1875）前后⑪	《榕阴谈屑》不分卷	林寿图（1809—1885）；福建闽县（今属福州市）	清代；福建	中国社会科学院文学研究所藏《宴官丁氏家集》丁晨未丝栏钞本⑫，《文艺杂志》1914年第10—11期连载
55		光绪四年至七年（1878—1881）	《湖北诗征传略》四十卷	丁宿章（1829—?）⑬；湖北孝感	先秦至清代；湖北	清光绪七年（1881）孝感丁氏泾北草堂刻本
56		光绪九年（1883）或之前	《秋琴馆诗话》	黄绍昌（1836—1895）；广州府香山县（今中山市）	唐代至清代；广州府香山县	民国二十六年（1937）刊本《香山诗略》附
57			《小苏斋诗话》	刘燿芬（1849—1913）；广州府香山县		

续表

序号	时期	纂著时间	名称卷帙	作者籍贯	历时地域	早期版本
58		光绪十四年(1888)	《湘上诗缘录》四卷	张修府(1822—1880)原著,张修瀛编次;江苏嘉定(今属上海市)	清代;湖南	清光绪十四年(1888)长沙刊本
59		光绪十七年(1891)	《缉雅堂诗话》二卷	潘衍桐(1841—1899);广东南海	清初至同治年间;浙江	清光绪十七年(1891)杭州刊本
60		光绪十六年至二十二年(1890—1896)	《东洲诗话》不分卷	沙仁寿(清末人);江苏海门	清末;江苏南通	《益闻录》连载,清光绪十六年(1890)第1018号至二十二年(1896)第1559号
61		光绪十九年(1893)、二十七年(1901)	《登州诗话》存三卷	王守训(1845—1897)撰,赵蔚坊朴;山东登州府黄县(今龙口市)	清代;山东登州(今龙口、莱阳、栖霞等地)	山东省博物馆藏清光绪二十七年(1901)赵蔚坊抄本
62		光绪二十四年(1898)	《登州诗话续编》不分卷	赵蔚坊(?—1901);山东登州府黄县	清代;山东登州	山东省博物馆藏稿本
63		光绪年间	《闽川闺秀诗话续编》四卷	丁芸(1859—1894);福建侯官	唐代至明代;福建	民国三年(1914)丁震北京刊本
64			《历代闽川闺秀诗话》五卷《补遗》一卷			中国社会科学院文学所藏《侯官丁氏家集》未丝栏稿本

续表

序号	时期	纂著时间	名称卷帙	作者籍贯	历时地域	早期版本
65		光绪三十一年（1905）	《台阳诗话》二卷	王松（1866—1930）⑭；台湾新竹	明、清两代；台湾	清光绪三十一年（1905）台湾日日新报社本
66		光绪三十二年至三十四年（1906—1908）	《滇南诗话》（《云南诗话》）不分卷	迤南少年等；云南	清代为主；云南	《云南》杂志连载，清光绪三十二年至三十四年（1906—1908）
67	清末	清末	《台州诗话》一卷	童庚年（清末民初）；浙江慈溪	南宋至清末；浙江台州	国家图书馆藏《慈溪童柘叟遗著》丛书本
68	清末	清末	《冰庐诗话》十四卷	佚名	明末清初；浙江鄞县（今宁波市鄞州区）为多	上海图书馆藏钞本⑮
69	清末	清末	《立德堂诗话》一卷	邹以谦（清末）；广东番禺县	清代为主；广东番禺	清宣统二年（1910）邹庆时校刊本
70	清末	清末	《耕云别墅诗话》四卷（存39则）	邹启祚（1830—1911）⑯；广东番禺县	清代为主；广东番禺	清宣统三年（1911）邹庆时校刊本⑰

续表

序号	时期	纂著时间	名称卷帙	作者籍贯	历时地域	早期版本
71		宣统二年(1910)	《吟芷居诗话》	张其淦(1859—1946)；广东东莞	宋代至清代；广东东莞	民国十三年(1924)张氏寓园本《东莞诗录》附

注：①[清]梁悦馨、莫祥芝修，并通州范国禄纂：《[光绪]通州直隶州志》卷十六《艺文志·集部》载："古学一斑"《山葵社诗品》，光绪元年(1875)年刊本，第104a页。

②此据黄炳文先生的考证，详参其文《〈广东新语〉成书时间考辨》，《西南大学学报》2007年第11期，第74—75页。

③此据叶中怀《〈全闽诗话〉研究》，福建师范大学硕士学位论文，2017年，第15页。

④张伯伟先生胪列清代地域性诗话，除陶元藻《全浙诗话》外，又有陈广文《全浙诗话》，然蒋寅先生《清代诗话考述》，张寅先生《清代诗话考述》等书，均未著录，本书亦未查得。另，彭先生《新订清人诗学书目》，亦如是。详参张伯伟《中国古代文学批评方法研究》，第504页。

⑤此据周诵国先生之说，详参其文《再现清代中叶中云南诗坛的景象——师范〈荫椿书屋诗话〉评介》，《大理学院学报》2013年第11期，第1—6页。

⑥梁章钜《蒲城诗话》光绪三十一年(1905)刊本前有祝焕坡所作的序言，称全征兰在梁书之前辑有《南浦诗话》，但未曾刊刻。详参张黄彭：《新订清人诗学书目》，第101页。

⑦《嘉兴市文化志》编纂委员会编纂：《嘉兴市文化志》《新订清人诗学书目》，第105页。

⑧此据张黄彭先生之说，详参其著《新订清人诗学书目》，第105页。

⑨《东南峤外诗钞》目前所知有两种版本。其一为福建省图书馆藏清末福州陈仁权刻本，十卷，一册，所辑仅限于明代诗人，共203条，起蓝仁、蓝智，止周益祥、颜廷榘；每条下先叙籍贯，官爵，重要经历和著作等，次录《四库提要》评语，次列诸家诗话，无序跋，每半页八行，行二十二字；所存为明代卷三的半卷至卷卷十，多取自《明诗综》《兰陵诗话》《四库提要》等书。其二是国家图书馆藏明末丝栏残稿本，详参李精祥之按语。详参其著：《清代诗话考述》，第779—781页。或谓上海薛氏出版有道光刊本三十卷，经张黄彭调查，实无

其书。详参蒋寅：《清诗话考》，第471—472页。又，蒋寅先生主编的《清代诗话珍本丛刊》第一辑第四十四册收录国图残本，内有"东南峤外诗话，明四""明五"等字样。

⑩此据李灵年、杨忠主编：《清人别集总目（上卷）》，安徽教育出版社，2000年版，第825页。

⑪据陈衍说："此《谈屑》成于晚年。"详参郑朝宗、石文英校点：《石遗室诗话》卷十五，人民文学出版社，2004年版，第235页。

⑫此据蒋寅：《清诗话考》，第571页。

⑬关于丁宿章及《湖北诗征传略》，目前所见以陈于全《丁宿章事略》最详，详参《兰州大学学报》2020年第2期，第90—102页。

⑭卫琪：《王松〈台阳诗话〉中的女性论述》，《岭东通识教育研究学刊》2011年第2期，第175—210页。

⑮该本缺第八卷，该本第八卷后署童庚年"录"。又，该本卷一下署"后学童庚年拜读曼钞录"，且其所附"台州"卷与童庚年《台州诗话》的体例完全相同，二者款式相同，或本为一书。故李清华博士推测童庚年即是该诗话的著者，笔者表示赞同。详参李清华：《清代地域诗话研究》，第99—101页。

⑯此据刘咏聪：《晚清婚姻文化中的童逢花忠良典：邹启祚夫妇个案研究》，《人文中国学报》2019年总第28期，第225—274页。

⑰《立德堂诗话》《耕云别墅诗话》均见于《南村草堂丛书》，该丛书由邹庆时纂刻，时间在宣统至民初之间。据徐雁平先生的研究，该丛书又有《邹家初集》《番禹邹氏丛刻》《春灋遗芳》等题名，各种书目著录情形多算不一。详参徐雁平主编：《清代家集叙录》，安徽教育出版社，2017年版，第867—870页。又，据笔者考察，《邹家初集》亦有多种著录形态，如天津图书馆即收录《立德堂诗话》和《耕云别墅诗话》。

十一"尹庆举"条下《吟芷居诗话》有"此诗作于伪洪宪纪元之日"等语①;卷六十三"陈仲夔"条下诗话有"观其家传,能知提督方耀死期,决袁世凯再出山似皇帝而非,可谓奇验"之言②。袁世凯悍然复辟、称帝改元在1915、1916年之交,是则《吟芷居诗话》后来随着《东莞诗录》的增删而亦有增改,然其初竣在清末是没有疑问的,故本书将其列为清代郡邑诗话。

二、存目而未见的清代郡邑诗话

上表所列,除了前述类郡邑诗话、非郡邑诗话外,原书未见者亦不列入。戴璐《吴兴诗话》卷七:"沈封翁棠臣,字持谦,号爱庐,宫赞佺,廪贡,以子荣嘉封中宪大夫、福建粮道。积学未第,著《爱庐诗钞》《竹溪笔谈》《吴兴诗话》《续群辅录》。题余《皇华集》:'由来水部例能诗,一卷《皇华》绝妙词。……延得双溪香一瓣,岿然群仰鲁灵光。'"③是则沈棠臣与戴璐为诗友,亦撰《吴兴诗话》,然书未见。

又,清人柯辂著有《闽中诗话》十六卷。柯辂(1745—约1830),字瞻荄,号淳庵,福建晋江南塘人。乾隆四十二年(1777)举人,先后任汀州永定县(今福建省龙岩市永定区)、漳州诏安县、台湾嘉义县训导;嘉庆六年(1801)署台湾彰化教谕,十八年(1813)擢江西安仁(今江西省鹰潭市余江区)知县,二十四年(1819)致仕返乡。柯氏著述极丰,有"闽中著述第一人"之称,陈寿祺《重纂福建通志》收录柯著书目达45种,有《淳庵诗文集》《闽中文献》《闽中旧事》《闽中诗话》

————————

①[清]张其淦编,李君明点校:《东莞诗录》卷六十一,第1325页。
②[清]张其淦编,李君明点校:《东莞诗录》卷六十三,第1369页。
③[清]戴璐辑:《吴兴诗话》卷七,民国五年(1916)刘氏嘉业堂刻《吴兴丛书》本,第9b—10a页。

《诗学撖余》等①。其《闽中诗话序》云:"曩余《闽中文献》一书,集唐代以来闽中诗文八十余卷,略而未备,未获卒功。继辑《闽中风雅》四卷,自欧阳詹、林藻、薛令之、许稷、周匡物、黄璞、黄滔、徐寅、陈嘏诸先生以来,历五季、宋、元、前明,吾闽先贤名儒、巨公学士以及山林之逸、闺阁之秀,著为歌咏,见诸篇什者,采取一二,而遗略太甚。于是故家旧阅,借拾残箧,访求遗籍,偶有所得,日复增益。嘉庆丙寅夏,寓官邵武,遂并辑为《闽中诗话》一十六卷。"②据此,柯辂的诗话著作有《闽中风雅》四卷、《闽中诗话》十六卷,皆载录五代至明季的福建地区的诗人诗作诗事等,在性质上当属郡邑诗话。遗憾的是,这两部书均未见刊刻,亦未睹著录、馆藏信息,或已亡佚。故上表不加阑列。

三、已知而可见者极少的清代郡邑诗话

除了上述已知而未见的诗话未列入表格之外,还有一种已知且可见,但目前所知条目甚少的清代郡邑诗话——丁宜福《海曲诗话》,暂时也不列入上表。丁宜福(1799—1875),字慈水(或谓是其号),一作时水,江苏南汇县(今上海市浦东新区)人,岁贡生;辑有乡邦文献《恭桑录》等,著有《浦南书房诗文稿》十三种③。丁氏的《海曲诗话》附见于近人黄协埙辑录的《海曲诗钞三集》,但只有3条。

《海曲诗钞三集》是黄协埙受到乡贤冯金伯及其《海曲诗钞》《海曲诗钞二集》的启发而编纂的一部地方诗选集,成书于民国初年。黄协埙之子黄报廷所作的《海曲诗钞三集序》云:"岁甲寅,邑设筹备修

---

① 杨艳华:《"闽中著述第一人"柯辂著述考略》,《古籍整理研究学刊》2016年第1期,第88—101、107页。

② [清]柯辂撰:《闽中诗话序》,[清]柯辂著,连心豪点校:《淳庵诗文集(附淳庵存笔)》卷十三,商务印书馆,2020年版,第226页。

③ 徐侠:《清代松江府文学世家述考》,上海三联书店,2013年版,第1055页。

志,处公举顾旬侯师与家大人主其任。采访诸君有以邑诗人手稿相投者,家大人因念清乾隆时冯墨香先辈乘纂修邑志之暇,选《海曲诗钞》初、二集,至嘉庆戊辰止,距今盖百有余祀,兵燹频经,故家零落,大惧前人遗著日就散佚,及今不辑,其不供蠹蚀鼠啮者几希,乃有续选《海曲诗钞三集》之议。命报廷商之顾师与诸同人,皆曰可。爰请吾宗式权明经操选政。报廷旋与谢君企石、唐君志陶函约同志,博采旁搜,上自缙绅,下逮隐逸、方外、闺秀及游寓诸名公,得二百余家。时以见闻有限,未免挂漏为憾。后乃得先辈火星垣明经《续辑海曲诗》八十家,丁慈水明经《海曲诗话》原稿十有一卷,上海秦炳如封翁《续海曲诗钞》二十余家。……殚四载之劳,一一厘而订之,上足以继前哲之芳轨,下足以开骚坛之先河,讵不大可幸欤?"①据此可知,丁慈水《海曲诗话》稿本十一卷,民国初尚存,《海曲诗钞三集》吸收了其内容。

《海曲诗钞三集》所存 3 条《海曲诗话》分别见于该书之卷二"张廷桂"条、卷十一"胡惟信"条和"袁介"条,云:

> 丁慈水明经《海曲诗话》云:火星垣师称:"云芬(引按:张廷桂之字)行己接人,力勉古处,诗多感慨不平之作。"②
>
> 丁慈水明经《海曲诗话》云:宋诗人胡惟信,尝流寓下沙,记问该博。吴郡人麋弅,吟坛名宿也。一日,叩所作诗,诵《无题》一绝,麋不觉下拜曰:"真天才也。"③

---

① 黄报廷撰:《海曲诗钞三集序》,[清]冯金伯、[近代]黄协埙辑,陈旭东整理:《海曲诗钞》,第 519—520 页。

② [近代]黄协埙辑:《海曲诗钞三集》卷二,[清]冯金伯、[近代]黄协埙辑,陈旭东整理:《海曲诗钞》,第 586 页。

③ [近代]黄协埙辑:《海曲诗钞三集》卷十一,[清]冯金伯、[近代]黄协埙辑,陈旭东整理:《海曲诗钞》,第 1022 页。

丁慈水明经《海曲诗话》云:元延祐七年庚申,大旱。浦以东地高亢,为灾尤甚。袁介作《踏灾行》,迸泪流血不数,元结《舂陵》也。①

又,《海曲诗钞三集》卷一"冯金伯"条下《畹香留梦室诗话》云:"墨香先生之诗,从宋人入手,疏放似范石湖,雅洁似陆务观。其五、七言古体,则雄才奔放,大气包举,直足上薄眉山。同邑丁时水明经撰《海曲诗话》,訾其人并及其诗,未免如蚍蜉撼大树矣。"②由上可见,《海曲诗话》以记诗事为主,对诗人褒贬兼及。《海曲诗钞三集》对《海曲诗话》的处理,除直接引用外,还有间接化用。遗憾的是,《海曲诗话》原稿下落不明,目前无法知其详。

第二节　清代郡邑诗话的存在形态与多元格局

一、清代郡邑诗话的存在形态

表 1 共载清代郡邑诗话 71 种,其中 8 种不见于前述诸家书目,即:范国禄《山茨社诗品》、屈大均《春山诗话》、梅成栋《天津诗话》、梁章钜《退庵诗话》、黄绍昌《秋琴馆诗话》、刘燨芬《小苏斋诗话》、沙仁寿《东洲诗话》、迤南少年等《滇南诗话》。这些新获清代郡邑诗话虽然数量不多,但它们是在排除了为数不少的"类郡邑诗话"和"非郡邑诗话"之后所得,相信随着清代诗学研究的深入,未来还会确认

---

① [近代]黄协埙辑:《海曲诗钞三集》卷十一,[清]冯金伯、[近代]黄协埙辑,陈旭东整理:《海曲诗钞》,第 1023 页。
② [近代]黄协埙辑:《海曲诗钞三集》卷一,[清]冯金伯、[近代]黄协埙辑,陈旭东整理:《海曲诗钞》,第 549—550 页。

新的郡邑诗话。

　　从出现时期看,清代早期郡邑诗话共有 6 种,数量较少,如山势始见,可谓初起期;中期共有 40 种,数量最多,如主脉耸峙,可谓高峰期;后期共有 25 种,数量不遑多让,如余脉绵亘,可谓延伸期。此种延展的势头一直趋近于民国时代,才告结束。李清华博士在表列清代地方诗话时,即将 13 种民国郡邑诗话也涵盖其中①。蒋寅先生《清诗话考》和张寅彭先生《新订清人诗学书目》均附载民国诗话书目,也是出于此种考量。只不过,本书专注于有清一代,所以对民国郡邑诗话不作胪列,但在具体展开时会进行关联性讨论。进而言之,乾隆、嘉庆、道光、光绪四朝最盛,各有 10、12、16、13 种,另有乾嘉之间 2 种、道咸之间 1 种、同光之间 1 种,合计 55 种。

　　从文本的存在形态看,清代郡邑诗话可分为单行郡邑诗话、附集郡邑诗话和报刊郡邑诗话三种,分别有 42、26、3 种。所谓单行郡邑诗话即以稿本、钞本或刻本形式独立存在的郡邑诗话文本,这是包括郡邑诗话在内的古典诗话的主流存在形态。这些诗话有的是编成后不久即刻印,如裘君弘《西江诗话》康熙四十一年(1702)告竣,两年后即由妙贯堂梓行;也有的是在数十年之后,甚至民国时期才刻印,如顾季慈《蓉江诗话》咸丰年间就已完成,直到民国二十二年(1933)才出现陶社校勘本。

　　明清以降,地方诗总集和选集大行于世,郡邑诗话的文本形态较之前代也发生了一些改变。清初朱彝尊编辑《明诗综》而以自撰《静志居诗话》附焉,开创了在诗歌选本中附载诗话的先河,嗣后效法者众。王昶《湖海诗传》附《蒲褐山房诗话》、符葆森《国朝正雅集》附《寄心庵诗话》、陈衍《近代诗钞》附《石遗室诗话》、徐世昌《晚晴簃诗汇》附《晚晴簃诗话》等等,均是此例。清代郡邑诗话中的附集郡邑

①李清华:《清代地域诗话研究》,第 14—17 页。

诗话多至 26 种,自然也是受其影响所致。另外,此类诗话本身的示范性也是不可忽视的因素。《胸海诗存凡例》第 5 则云:

> 郑王臣《莆风清籁集》附载所著《兰陔诗话》,用朱竹垞《明诗综》所附《静志居诗话》之例。今编《胸海诗存》以乔林所撰《弇榆山房笔谭》附入,以职非史官不得为诗人作传也,如有所誉,亦不肯蹈诗社标榜陋习。①

上引三集所附三种诗话的共同特点之一是均为作者自撰。许灿《梅里诗辑》所附《晦堂诗话》、沈爱莲《续梅里诗辑》所附《远香诗话》、冯金伯《海曲诗钞》《补编》所附《墨香居诗话》、陶樑《国朝畿辅诗传》所附《红豆树馆诗话》、张其淦《东莞诗录》所附《吟芷居诗话》等等,均是以自撰郡邑诗话附载于总集。潘衍桐的《缉雅堂诗话》也是自撰诗话,附载于其所编的《两浙輶轩续录》,后于光绪年间辑出单行,且有一定的损益,但从其最初的生成方式看,应该还属附集郡邑诗话。关于清代的附集郡邑诗话,还有四种特殊情况。其一,一集而附两种郡邑诗话。黄绍昌、刘熽芬二人合编《香山诗略》时,将各自著述的诗话择其要者、契者编入该集中。《香山诗略·例言》云:"人名后杂采序跋、小传、墓志及评论等类,必期于诗与人有所发明,否则从略。其有一人一诗见诸家诗话者,只录其一,以省繁冗。而绍昌所著《秋琴馆诗话》、熽芬所著《小苏斋诗话》亦间附焉。"②其二,一集而附三种郡邑诗话。杨廷撰编纂的《五山耆旧前集》和《五山耆旧今集》是南

①［清］许乔林撰:《胸海诗存凡例》,《胸海诗存》卷首,清道光年间（1821—1850）刻本,第 2a 页。

②［清］黄绍昌、刘熽芬纂辑,何文广校勘,李浩音释:《香山诗略》卷首,中山诗社翻刻本,1987 年版,第 6 页。

通地区的地方诗总集,附录了多种诗话,其中范国禄的《山茨社诗品》、阮元的《广陵诗事》、杨廷撰自著《一经堂诗话》均是清代郡邑诗话。其三,两集而附同一种郡邑诗话。如,李道悠编辑有《闻湖诗三钞》和《竹里诗萃》两种地方诗集,均附以自撰之《求有益斋诗话》。其四,三集而附同一种郡邑诗话。如,杨廷撰的《一经堂诗话》同时附见于自编的《五山耆旧前集》《五山耆旧今集》以及他与徐缙同辑的《崇川咫闻录》。

19世纪以降,特别是晚清时期,随着社会的剧烈变革和西方文化的输入,报刊也逐步走进中国人的日常生活。报刊的便捷性、通俗性和开放性等特征使其不仅成为新闻传播的主要工具,而且成为文学传播和文学批评的新兴载体,清代诗话也借由各类报刊获得了新的生命力。据李德强先生的研究,《瀛寰琐纪》1873年8月刊载的《蝶梦楼诗话》是目前可见的最早的报刊诗话[1]。就郡邑诗话而言,沙仁寿的《东洲诗话》是目前可见的最早的报刊郡邑诗话。该诗话连载于当时天主教系统在中国创办的最有影响的报纸《益闻录》,始载于光绪十六年(1890)第1018号的《益闻录》,终篇于光绪二十二年(1896)第1559号,连续7年,共计49号65则诗话。其中,载录数量较少的是光绪十六年(1890)、十七年(1891),各有2号2则、1号2则,最多的是光绪十八年(1892),有12号18则。又有《滇南诗话》,或称《云南诗话》,光绪三十二年至三十四年(1906—1908)连载于《云南》杂志第1、5、6、20号等[2]。该杂志是一份志在反封建、反侵略的革命刊物,光绪三十二年由云南留日学生在东京创办。《滇南诗

---

[1] 李德强:《近代报刊诗话研究(1870—1919)》,上海书店出版社,2017年版,第2页。

[2] 李建江《清诗话补目》收录《云南诗话》,谓"诗话主要辑录云南诗人诗作,多慷慨悲歌之声",是然;又谓"刊于《云南》光绪三十三年三月三十一日第五期",不确。其文载《古籍整理研究学刊》2024年第1期,第52—58页。

话》共 18 则,撰者不定,皆用笔名,多借云南诗人诗事表达对外国觊
觎云南的愤慨、对云南未来的担忧和热爱云南的热忱①,可谓爱国主
义郡邑诗话。

除了上述两种首刊于报章的清代郡邑诗话外,还有的诗话因报
刊而幸存。清末邬启祚撰《耕云别墅诗话》四卷,四万余字,但在宣统
三年(1911)农历三月二十九日的广东黄花岗起义中被毁,所幸其中
部分内容曾在报章上刊行,故得存吉光片羽。同年,邬启祚之孙邬庆
时搜辑残稿付梓,并作跋语详述其事,云:

> 先大父所为《诗话》,原本四卷,都四万余言。三月廿九之役
> 适付装池,遂以失去。幸曾录副寄沈君太俦,沈君又以视朱君通
> 孺,朱君尝摘登《北京通报》。惜副本亦已散佚,而《通报》全份
> 又不可复得,因而辑之,得五千言,十一仅存。恐更遭劫,虽非足
> 本,至可宝贵,亟刊存之,且以志过,而乡邦文献亦或得以稍留一
> 二于天壤间也。呜呼! 世变方亟,诗教日衰,把卷茫然,一不知
> 悲喜之交集也已。宣统三年七月孙庆时校竟记。②

今日所见宣统三年《耕云别墅诗话》刻本共 39 则,五千余字,即由朱
通孺摘登于《北京通报》的部分文字而来③。该书虽然曾有底本及副

---

① 木基元:《〈云南〉杂志及其革命影响》,《云南社会科学》1996 年第 3 期,第
79—84 页。

② [清]邬庆时撰:《耕云别墅诗话跋》,《耕云别墅诗话》卷末,清宣统三年
(1911)邬庆时校刊本,第 1a 页。

③ 光绪二十四年(1898)朱通孺于广州创办《嘻笑报》,"评论时政得失,都用嘻笑
怒骂的态度出之",后为李鸿章查禁(魏绍昌总主编,吴组缃等卷主编:《中国近
代文学大系 1840—1919》第 12 集第 30 卷《史料索引集二》,上海书店出版社,
1996 年版,第 196 页)。辛亥革命后不久,朱通儒在北京通报社出版《五十日见
闻录》,记载其在上海、武汉等地的军政见闻,是早期比较知名的辛亥革命史料。

本,但均亡佚,而后出刻本是由报章文字辑佚而来,故可归之于报刊郡邑诗话。

　　除了上述 3 种首刊于报章的郡邑诗话外,林寿图的《榕阴谈屑》也出现在报章上。林编完成于光绪元年(1875)前后,生前未刊,渐次散落,幸存的零章断简也只有钞本,即中国社会科学院文学研究所藏《侯官丁氏家集》外孙丁震钞本。但是,笔者发现,扫叶山房发行的《文艺杂志》1914 年第 10—11 期连载了该诗话,其中第 10 期载诗话正文 21 则①,第 11 期载陈衍作的《榕阴谈屑叙》和丁震作的《榕阴谈屑跋》。傅宇斌先生的《晚清民国报刊所见诗话书录》收录了《文艺杂志》1914 年连载的《沪滨诗话》《兰禅室诗话》《啸东轩诗话》《香艳诗话》等②,但未注意到同时连载的《榕阴谈屑》。李德强先生的《近代报刊诗话名目(1870—1919)》也列有《啸东轩诗话》《香艳诗话》等,但同样没有载录《榕阴谈屑》③。丁震《榕阴谈屑跋》云:

　　　　右外大父《榕阴谈屑》残稿一卷。外大父少孤力学,为陈左海先生高弟。……生平所为散体文,晚岁未加纂辑,遂致零落不完。忆震少时,从先君子读书嵩山草堂,先君子勤于问学,曾以外大父文稿十数篇课震,并录是卷藏之。光绪辛卯外家书楼火,原稿遂烬,则所载遗闻轶事,仅有存者是卷耳。震年来供职都

——————

①目录所示诗话次序与正文稍有差异,《黄东来工五言诗》《叶芸三凉州词》《题明妃图》3 题原在《冯弼甫遗诗》之后、《张钦臣红叶诗》之前;但在正文中被移至《杂技人能诗》之后、《苦瓜诗》之前;且《张钦臣红叶诗》在正文中阙一“张”字。

②傅宇斌:《晚清民国报刊所见诗话书录》,《中国诗歌研究动态》第十四辑,学苑出版社,2014 年版,第 327—347 页。

③李德强:《近代报刊诗话名目(1870—1919)》,《近代报刊诗话研究(1870—1919)》附录,第 303—315 页。

门,穷搜外大父遗文,仅得十余篇,并先君子所手录者,计之不能
十居一二。前岁念仲云舅氏处尚有奏稿数通,函乞一录,讫不可
得。且卷中所采翁蕙卿、何南霞两先生遗著,他处罕见。蕙卿诗
才不亚张亨甫,临终以全稿托外大父,未及订刊,时正选辑闽诗,
复从谢枚如太夫子,假南霞诗稿以归,胥焚于火。则是卷虽残
缺,弥可宝矣。①

由此看来,第 10 期所载 21 则诗话是丁震获得的《榕阴谈屑》烬余。
不过这应该不是《榕阴谈屑》残稿的全部。陈衍《石遗室诗话》卷十
五载:

> 《谈屑》又云:"先太夫人之教寿图也,母而兼师,授《论语》
> 口占云:'入学志读书,书亦无多字。有若似圣人,孝弟根本备。
> 卜子为经师,君亲身力致。时习即习此,三章通一义。'及学作
> 文,又口占示之云:'之乎者也矣为哉,必要用心去学来。此字文
> 中不可少,欲求端要自童孩。'识者谓为要言。比长,补弟子员,
> 勉以句云:'学到能贫殊不易,士无自贱乃为高。'终身诵之弗
> 敢忘。"②

这则诗话也见于丁芸《闽川历代闺秀诗话续编》卷一③,但不见于上
述《文艺杂志》连载篇什。丁芸《续编》卷一、卷四还抄录了 3 则《榕

---

①丁震撰:《榕荫谈屑跋》,《文艺杂志》1914 年第 11 期,第 8 页。
②陈衍著,郑朝宗、石文英校点:《石遗室诗话》卷十五,人民文学出版社,2004 年
版,第 235—236 页。
③[清]丁芸辑,郭前孔校点,王英志校订:《闽川闺秀诗话续编》卷一,王英志主
编:《清代闺秀诗话丛刊》(壹),第 280 页。

阴谈屑》①，连载诸篇亦未见。还值得注意的是，《文艺杂志》1914 年
第 11 期的目录中，除胪列《榕阴谈屑叙》《榕阴谈屑跋》两目外，还列
"《榕阴谈屑》，十六则，闽县林欧斋"及其细目。但是，相应的正文却
题作"《蓝水书塾笔记》"，并有"续前期""闽县何则贤道甫"字样，其
下按篇排列，第 1 篇是《黄香塍公车献策》，云："道光己亥浦城孝廉
黄香塍蕙田，公车献策不见用。……余时上疏言北塘不可恃，须后面
层层设伏，意与香塍同。"②道光己亥即 1839 年，此时林寿图尚未入
仕，无从上疏，故此中的"余"不是林氏自称。又，《文艺杂志》1914 年
第 9、10、12 期均刊有《蓝水书塾笔记》，11 期正文题作"《蓝水书塾笔
记》"，正是续前、待后。综上可见，《文艺杂志》1914 年第 11 期正文
中的"《蓝水书塾笔记》"及其具体篇章没有问题，但目录中的"《榕阴
谈屑》"云云乃是误植。之所以有此错讹，除了该期刊有《榕阴谈屑
叙》《榕阴谈屑跋》两目外，还与《蓝水书塾笔记》的作者何则贤也是
福建闽县人、其书内容亦多记闽县风雅两个因素有关。有学者称《文
艺杂志》载录"《榕阴谈屑》37 则"③，正是误信该期目录而未考正文
所致。

　　尽管《榕阴谈屑》刊印于报章，但毕竟此前已有单行钞本存世，因
此不算真正的报刊郡邑诗话。类似的还有王松《台阳诗话》。《小说
丛报》1916 年第 1—6 期、1917 年第 6—12 期连载《台阳诗话》，并载

①［清］丁芸辑，郭前孔校点，王英志校订：《闽川闺秀诗话续编》，王英志主编：
　《清代闺秀诗话丛刊》（壹），第 277、328、330 页。
②［清］何则贤撰：《蓝水书塾笔记》，《文艺杂志》1914 年第 11 期，第 71 页。按：
　何则贤，字道甫，号三山樵叟、蓝水后人，福建闽县人，经学大师陈寿祺弟子；
　道光十五年（1835）中举，曾任建阳县学训导等；以藏书名世，室名"静学书屋"
　"蓝水书塾"，此其笔记得名之由。
③文娟：《文学场域变革中的交融共生——扫叶山房说部及杂志刊行研究》，上
　海大学出版社，2015 年版，第 204 页。

郑如兰《序》和林辂存《跋》，可谓首尾兼备，不过该诗话 1905 年已由台湾日日新报社刊印，所以也不是报刊郡邑诗话。又，《建国月刊》1935 年第 1 期摘选了部分诗话，以《台阳诗话钞》之名刊出，编者在文前按语中称王松对于台湾被日本侵占有"徘徊三叹之意"，并褒之为"有心人"[①]，可见其有鼓舞民心之意。另外，张其淦的《吟芝居诗话》也曾被整理成四卷，连载于现代期刊《学术世界》，分别是 1936 年的第 1 卷第 9、10、11 期，第 2 卷第 1 期以及 1937 年的第 2 卷第 3、4、5 期，后因抗战而中辍。又，潘衍桐《缉雅堂诗话》的部分内容也曾被中国画学研究会主办的《艺林月刊》连载 8 期，时间是 1939 年第 111 期至 1942 年第 118 期。它们都是"古典新刊"，原是附集诗话和单行诗话，不能算作报刊郡邑诗话。

报刊郡邑诗话中，值得一提的还有南通人顾仰基的《嚣隐诗话》。该诗话撰成于民国十年（1921），记述清末乡贤及亲族的诗作诗事，学界向来认为只有藏于南通图书馆的稿本存世[②]。但是，笔者发现，该诗话曾连载于《时报》民国十年（1921）6 月 4 日第 4 张和 6 月 5 日第 3 张，题署"《南通嚣隐诗话》，昂千顾仰基"，共 5 则，分别涉及李联琇、范肯堂、顾殁谷、保荛庭、徐景新诸人。虽然《嚣隐诗话》因撰于现代而不在本章的表列之内，但它与上述诗话共同见于近现代报刊，或首刊，或转载，或全帙，或节录，表明报刊已然是清代郡邑诗话的一种新兴载体，而此一新的传播形式会给其内容、功用、价值等带来怎样的变化，无疑是值得探寻的问题。

二、清代郡邑诗话的多元格局

就清代省级区域而言，郡邑诗话著作最多的是浙江，有 18 种；福

---

① 详见《台阳诗话钞·编者识》，《建国月刊》1935 年第 1 期，第 1 页。
② 吴宏一：《〈嚣隐诗话〉考述》，吴宏一主编：《清代诗话考述》，第 1365 页。

建继之,有 16 种;江苏 10 种,排名第三;广东 8 种,列第四位;湖北、
江西、畿辅各有 4 种;云南、山东各有 2 种;其余安徽、湖南、广西、台
湾四地各 1 种。这其中,张清标《楚天樵话》以楚地为念,兼收两湖,
但据笔者统计,该书 108 则诗话中,湖北诗人诗事占大多数,湖南相
对较少,因此将其列入湖北省进行统计。以今日的省级行政区域视
之,则稍有不同。为便于认知和比较,特制作《清代郡邑诗话地域分
布表(按当代省级区划排列)》。

表 2　清代郡邑诗话地域分布表(按当代省级区划排列)

序号	区域	数量(种)	序号	区域	数量(种)
1	浙江	18	9	河北	2
2	福建	15	10	山东	2
3	江苏	10	11	安徽	1
4	广东	8	12	湖南	1
5	湖北	4	13	广西	1
6	江西	3	14	台湾	1
7	云南	2	15	天津	1
8	上海	2			

　　无论是从清代,还是当代的行政区域看,清代郡邑诗话都呈现出
南方甚多,而北方较少的差异性格局。本书新增的 8 种书目中,仅有
1 种属于北方,实际上也是这种格局的反映。整体而言,它与宋代以
来诗歌创作南盛于北的趋势、清代诗学南强北弱的局面相呼应。不
过,对于清代郡邑诗话而言,以南北诗学的历史差异来解释其南北差
异格局只能观其大略,并非若合符契。比如,明、清两代山东诗人辈
出,诗学也一直比较昌盛。卢见曾、宋弼于清代中期分别编纂诗歌总
集《国朝山左诗钞》《山左明诗钞》。卢氏在前集序言中提出了后世

广为流传的"山左之诗甲于天下"之说。序云：

> 国初诗学之盛,莫盛于山左。渔洋以实大声宏之学,为海内
> 执骚坛牛耳,垂五十余年。同时,若宋荔裳、赵清止、高念东、田
> 山姜、渔洋之兄西樵、清止之从孙秋谷,咸各先登树帜,衣被海
> 内,故山左之诗甲于天下。盖由我朝肇兴,辽海声教首及山东,
> 一时文人学士鼓吹休明,黼黻盛业,地运所钟,灵秀勃发,非偶然
> 者也。①

序言首列王士禛,为骚坛山斗,世所推服;次述宋琬、赵进美、高珩、田
雯、王士禄和赵执信,皆山左名家,影从云集。马星翼《东泉诗话》卷
三引述此序,并谓"海内论者不以为谀"②。蒋寅先生论山东诗学,将
其视之为"清代诗学的发轫",山东新城(今山东省淄博市桓台县)人
王士禛在康熙二十一年(1682)后成为"山东作家中官位最清要、文
学地位最显赫的一位,山东诗学也成为左右诗坛风气的诗学主流";
几乎与此同时,青州府益都县(今山东省青州市)才子赵执信名动朝
野。乾隆三十二年(1767)刘执玉刊行《国朝六家诗钞》,王士禛、赵
执信与莱阳人宋琬"分占清初六大家中的三席,共同成就了山东诗学
的辉煌"。就诗学理论而言,王士禛的神韵说在"康熙中期以后成为
左右诗坛的主流诗学,影响贯穿于整个清代"③。乾隆中期以后,高
密诗派崛起,"直到清末,高密诗派承传百余年并在较广大的地域产

① [清]卢见曾撰:《国朝山左诗钞·序》,清乾隆二十三年(1758)德州卢氏雅雨
　堂精刻本,第1a页。
② [清]马星翼撰:《东泉诗话》卷三,蔡振楚编:《中国诗话珍本丛书》第十九册,
　第204页。
③ 蒋寅:《清代诗学史(第一卷):反思与建构(1644—1735)》,第608、609、
　701页。

生影响,这在清代文学史上只有桐城派可以相提并论"①。可见,山东诗学在整个清代都深具影响力。但是,直到清代后期,山东地区才出现了王守训及其弟子赵蔚坊撰写的《登州诗话》和《登州诗话续编》两部郡邑诗话,这显然与其诗学地位极不相称。此外,清代畿辅诗学也比较发达。道光十八年(1838),陶樑主持编成《国朝畿辅诗传》,选录清初至当代的畿辅诗歌,网罗畿辅地区诗歌别集五百余种,收录畿辅诗人875家②。有学者指出:"在经历了明代200余年的低谷期之后,清代畿辅成为全国诗歌发展的核心区之一,并在乾隆朝一度达到巅峰状态,无愧于其政治文化首善之区的地位。"③但是,畿辅地区的郡邑诗话也极少,以本书所论,只有三种,即梅成栋《津门诗钞》附载的《天津诗话》、陶樑《国朝畿辅诗传》附载的《红豆树馆诗话》、史梦兰《永平诗存》附载的《止园诗话》,而且是迟至道光、同治年间才出现。李清华博士认为,上述情况一方面与山东诗学繁盛导致诗话卷帙浩繁而编纂难度大、主持风雅者忽视诗话一体而后继者有心无力有关,另一方面与山东和畿辅地区缺乏地域性诗话的编纂传统、南北学者对战乱引发的整理乡邦文献的紧迫感不同以及朱彝尊《明诗综》编纂体例的影响不同有关④。对于后者,笔者表示赞同,然所谓编纂难度大、忽视诗话、有心无力云云,似失之主观。梅成栋积三十余年之功,以一人之力编成《津门诗钞》,辑录元明以来津门地

---

① 蒋寅:《清代诗学史(第二卷):学问与性情(1736—1795)》,中国社会科学出版社,2019年版,第702页。
② 清代畿辅地区一般指直隶省所辖范围,大体相当于现在的京津冀地区。详参王明好、王长华:《清代畿辅方志艺文志的时空分布及文化成因》,《地域文化研究》2019年第1期,第11—19页。
③ 江合友:《清代畿辅诗歌的区域特色及其历史价值———以陶樑〈国朝畿辅诗传〉为中心的讨论》,《河北师范大学学报》2015年第6期,第45页。
④ 李清华:《清代地域诗话研究》,第21—22页。

区四百四十余位诗人、近三千首诗作,并附大量注文和《天津诗话》。
道光十六年(1836),陶樑邀梅成栋主裁《国朝畿辅诗传》,并在《传》
中大量引用《津门诗钞》。以此毅力、目力和能力,很难说他因难度大
等因素而无心于诗话。

　　笔者认为,清代郡邑诗话南北悬殊的原因,尚需考见于内部原
因。陶樑《国朝畿辅诗传·序》云:

　　　　盖昔者圣人采诗,凡列十五《国风》……二《南》者,先儒以
　　为周在岐山之阳,古公始居其地,迨后文王徙丰,乃分岐周故地
　　为周、召二公采邑。且使周公为政于国中,召公宣布于诸侯焉。
　　故二《南》之诗,独为正风。窃以为白山黑水,王气盘郁,如周之
　　岐阳;燕京幽蓟,风化首善,如周之丰、镐;而近畿渥被皇泽,承宣
　　懿媺,有如《周南》《召南》,及汉家三辅者然。然则此编之作,与
　　夫成周二《南》之领在乐官者,意旨不殊。①

《凡例》又云:

　　　　声音之道与政通,教化之行自近始,畿辅为首善之区,我朝
　　定鼎以来,重熙累洽,垂二百年。文治聿兴,人才蔚起。和其声
　　以鸣盛者,指不胜屈。
　　　　《清庙》《明堂》,《三百篇》以冠雅、颂,与变风、变雅体制各
　　殊。我国家文治武功,典礼明备,载笔诸臣,鸿章巨制,雍容揄
　　扬,足备一朝掌故,又如忠义节烈之事,垂之歌咏,足以翊名教而
　　植纲常。有关世道人心,尤非浅鲜。亟应采辑,以广流传,盖不

---

① [清]陶樑辑,江合友、程宇静点校:《国朝畿辅诗传·序》,国家图书馆出版社,
　2017 年版,第 1 页。

　　独以清词丽句见长,总期有裨实用。①

　　陶樑以清人发迹的东北拟于成周故地岐阳,以畿辅拟于西周丰、镐二京,而以《国朝畿辅诗传》拟于《诗》之二《南》,这种将诗歌总集的统绪归于《诗经》的做法,习见于明、清时期。它与其说是一种文化政治修辞,不如说是古代绵长的诗教传统的自觉表达。纂辑《诗传》时,陶樑是大名府知府,他再三致意,鼓吹诗教,既是他作为畿辅重镇长官的职责所在,也凸显了他对诗歌总集的功能认知。对诗教的强调也显示于《诗传》附载的《红豆树馆诗话》。如,卷四十二"纪昀"条下《诗话》云:"昔兰泉师辑《湖海诗传》时,《文达公全集》尚未板行,故仅就平日所录应制诸作入选是集。公孙香林观察于嘉庆十七年校梓,公生平精力已萃于《四库全书》,兹集特泰山之配林耳,然皆直抒胸臆,不事雕饰,而天姿超迈,闻见博综,风雅之旨,动合古人,故著录较多云。"②所谓"风雅之旨,动合古人"云云,正见陶樑着意风教之心。

　　又,梅成栋《津门诗钞弁词》云:

　　　　且夫都人氏之好尚,一方之风会系焉。自近时崇尚风雅者之衰也,士大夫适于兹土,罔所栖迹,而士亦少取程焉。操瓠之彦,八比外,试贴为急。不知饾饤陈言,骈虫俪鸟,制艺言文,未足为文也;试帖言诗,未足为诗也。学不汲古,何足致用;士不正性,奚足言情。是亦风会之忧也。③

①[清]陶樑辑,江合友、程宇静点校:《国朝畿辅诗传·凡例》,第3页。
②[清]陶樑辑,江合友、程宇静点校:《国朝畿辅诗传》卷四十二,第1210页。
③[清]梅成栋纂,卞僧慧、濮文起校点:《津门诗钞·津门诗钞弁词》,天津古籍出版社,1993年版,第2页。

又,《津门诗钞凡例》有云:

> 集中有题咏忠臣、孝子、义夫、节妇、高人、逸士者,其人有传纪可采,必附入诗后,以光幽潜。
> 诗有关人帷闼,及语涉媟亵,及讥弹时事,虽佳不录。[1]

梅成栋对当时士子醉心八股文和试帖诗的风气深感忧虑,故欲以蕴藉风教的诗歌讽而教之,以正士人性情,而对那些格调低下、讥刺现实的诗则不予选入。北方作者有此担心,南方作者亦如是。

东莞茶山人邓淳曾辑《宝安诗正》六十卷,其例言有云:

> 诗学所推为大家名家者,一代中无几人,在边省尤难言之,况偏方井邑,生才有限,只得就地取材。果能抒写性情,而不昧于正轨者,辑之以存一方风化。
> 若夫月露之词,秾纤之句,谀佞之章,无裨于世教,且易荡少年之邪心,故一切曼声艳语,弗敢滥登。[2]

邓淳之言与梅氏之意几乎全同。但是,张其淦在编辑《东莞诗录》时,对邓氏的做法有所批评。他说:

> 惟邓朴庵(引按:邓淳之号)征君辑有《宝安诗正》六十卷,自宋讫国朝,得六百余人。……乃晚年所辑,故其示子侄书云:

---

[1]〔清〕梅成栋纂,卞僧慧、濮文起校点:《津门诗钞·津门诗钞凡例》,第1页。
[2] 据杨宝霖先生考证,邓书现已散佚,只存序例、目录、卷一等零星文字。详参其文《东莞诗歌总集编纂源流》,收入东莞市政协、莞城区办事处编:《东莞地方文献整理与东莞学人研究文集》,齐鲁书社,2015年版,第323页。

"余近日选辑《诗正》,精神耗惫。"又云:"《广东新话》曰《宝安诗录》'尚得源流之正',便从'正'字上着想。上稽夫子之删《诗》,与《春秋》相为表里,中述朱子之《诗序》,为'正'字作根源,末靠《新语》言莞诗得源流之正,便非自夸之语。所选之诗删去浮荡淫邪之词,悉取正言庄论有关风化,暨乎借题抒写吐露胸臆者。"嗟乎,征君论诗之言,可谓雅矣! 征君辑诗之功,可谓勤矣! 然余犹疑其选择之未尽善也。韩昌黎曰"《诗》正而葩",其言最当。"思无邪",所谓"正"也;"可以兴观群怨,多识于鸟兽草木之名",所谓"葩"也。朱子注《诗》,谓"《郑风》多淫奔之作",然则孔子何以不删之而存之耶?《三百篇》后首推《离骚》,美人香草,寓意深远。……即谓因诗传人、因人传诗,必取庄词,尽删绮语,独不念陶渊明偶赋《闲情》,宋广平亦赋《梅花》。韩致尧之直节,乃有《香奁》一集乎? 征君之论可以训及门、示子孙,而持以选诗,其义则隘。①

邓淳以"有关风化"作为地方诗歌总集的入选标准,张其淦认为这一标准过于狭隘,指出"正"诗固可选,"葩"者亦可选,这实际上兼顾了思想性和艺术性,视野比邓氏要开阔,思想也更开明。张其淦之所以"正""葩"兼收,是为了更全面地呈现东莞的诗歌史。他撰编《东莞诗录》的目标之一就是完成《宝安诗正》编者邓淳的未竟之志,初稿完成后,又根据罗嘉蓉的《宝安诗正续集》和苏泽东的《宝安诗正再续集》进行了补改。邓、罗、苏三人各各为功,张氏总其成而有《东莞诗录》,可见乡邦诗史的建构端赖于有志之士的合力。张其淦于此深有感怀,故于斯编《后序》中表达了后人赓续乡邦诗史的期待:"吾邑

---

① [清]张其淦编,李君明点校:《东莞诗录·序》,第32—33页。

风雅之士蝉联不绝,后有作者搜罗选录以续斯篇,是则后贤之责也夫。"①

张氏的诗史建构实践和期待在南方有悠久的传统。明代景泰间朱翰曾编《橵李英华》,崇祯末蒋之翘编《橵李诗乘》,清初沈季友在二书的基础上即成《橵李诗系》四十二卷,收录汉晋至康熙初嘉兴一郡之诗共一千九百余家;乾嘉年间胡昌基《续橵李诗系》四十卷并附《石濑山房诗话》,踵武前编而成一邑诗史。康熙时许灿纂录《梅里诗辑》并附《晦堂诗话》,道光年间沈爱莲又纂《续梅里诗辑》并附《远香诗话》,梅里诗史于是可观。乾隆时浙江秀水人孟彬纂辑《闻湖诗钞》并附《赋鱼诗话》,咸丰时李王猷继之以《闻湖诗续钞》并附《耘庵诗话》,同光时李道悠又编《闻湖诗三钞》并附《求有益斋诗话》,闻湖风雅遂不坠于史。这些地方诗总集多附诗话,并以之为地方诗史建构的一部分。胡昌基《续橵李诗系·凡例》云:"诗评、诗话所以证明原诗断不可少,是编博采而约取之,详明原书或某人云,不敢掠美,间述旧闻私见,概以《石濑山房诗话》命名。"②在胡氏看来,郡邑诗话是地方诗歌的佐证,二者不可分割,于地方诗集的编撰而言,二者的诗史价值可以等量齐观。事实上,南方的单行郡邑诗话早已承担了诗史建构的使命。明代张鼎思就称郭子章《豫章诗话》"非徒说诗也者,盖诗史也"③。清初裘君弘在《西江诗话·编余随笔》的最后一则中概述了江西诗歌的发展历史,曰:

① [清]张其淦编,李君明点校:《东莞诗录·后序》,第 35 页。
② [清]胡昌基辑:《续橵李诗系·凡例》,《续橵李诗系》卷首,清宣统三年(1911)金陵刻本,第 1b 页。
③ [明]张鼎思撰:《豫章诗话·序》,[明]郭子章辑,王琦珍点校:《豫章诗话》卷首,陶福履、胡思敬原编:《豫章丛书·集部九》,江西教育出版社,2007 年版,第 9 页。

西江诗发灵于晋,萌芽于唐,而昌大于宋。宋诗至西江,其风雅葵丘之会乎? 然而亦有三变:一盛于欧、王,至豫章而一变;再盛于豫章,至诚斋诸公而又一变。元称虞、杨、范、揭,顾"四家"皆出西江,盖去宋未远,宗派之遗风未泯故也。若明朝二百余年,十五国中大都自桧无讥。虽有前、后"七子",及景陵、及虞山,然于唐阃宋阃,俱未拦入,西江宁独不然。特至于启、祯又当别论矣,气格有类中、晚,而佳什林立,于宋之帜为殿,于明之澜为砥,其世运之衰,诗道之复,意者所以兆国朝文明之盛,而为元音之先声乎? 西江诗千余年间,其大概不过如此。①

裘氏的诗史观念在咸丰时代还有呼应。杨希闵《乡诗摭谭题识》云:"此书缘起以问江西诗派故也,故首列商论《江西诗派图》,自后即以图所列者为《正集》,余蔓衍所及者为《续集》。"②杨希闵以江西诗派为江西诗史建构的基石,凸显了对乡邦诗史的历史体察和自觉承续。对于诗话的史学属性,稍后于裘君弘的闽人郑方坤的观点最为直接。乾隆十三年(1748),他在《五代诗话·序》中写道:"诗话云乎哉,即以作史家之外传焉可矣。"③六年后,他又在《全闽诗话·例言》中说:"诗史相因,诗话与志书亦互为表里。"④郡邑诗话区别于一般诗学著作的一个重要特征是,它通常在历史的维度上展开传述,因此它对乡

---

①[清]裘君弘撰:《编余随笔》,《西江诗话》卷首,《续修四库全书》第 1699 册,第 399 页。

②[清]杨希闵撰:《乡诗摭谭题识》,《乡诗摭谭》卷首,清宣统二年(1910)夏敬庄刊本,第 1b 页。

③[清]郑方坤撰:《五代诗话·序》,[清]王士禛原编,郑方坤删补,戴鸿森校点:《五代诗话》卷首,人民文学出版社,1989 年版,第 4 页。

④[清]郑方坤撰:《全闽诗话·例言》,[清]郑方坤编辑,陈节、刘大治点校:《全闽诗话》,福建人民出版社,2006 年版,第 8 页。

邦诗人诗作及其风雅遗闻的记录,实际上是建构了一种类型化的地方史,又由于诗歌在古代政治和社会中的独异地位而令其近于地方文学史和文化史,故通于志书。另一方面,地理风习的不同会造就诗人情性、诗作风格的差异,因此郡邑诗话亦可以彰显、传播地方文学和文化的独特性。

综上可见,南、北选家对地方诗歌总集的诗教功能看法基本一致,但是,对于地方诗歌总集的诗史功能,特别是郡邑诗话的诗史功能南方选家早有体认,故能履践不辍,代代有之。简言之,北方特重诗教,南方兼重诗教与诗史,是清代郡邑诗话两极格局的肇因之一。

不过,正如前文所揭,以南北来观察清代郡邑诗话的格局终究有些许粗疏,尽管它不离大体。从观念上说,清代诗学的一个基本特征是地域意识的显扬,清代郡邑诗话是这一意识的结果之一。蒋寅先生说:"文学史发展到明清时代,一个最大特征就是地域性特别显豁起来,对地域文学传统的意识也清晰地凸显出来。理论上表现为对乡贤代表的地域文学传统的理解和尊崇,创作上体现为对乡先辈作家的接受和模仿,在批评上则呈现为对地域文学特征的自觉意识和强调。以地域文学为对象的文学选本,也许是明清总集类数量最丰富、最引人注目的种群。而其中最主要的部分又是诗歌,数量庞大的郡邑诗选和诗话,显示出强烈的以地域为视角和单位来搜集、遴选、编集、批评诗歌的自觉意识。这种意识是诗歌创作观念中区域性视野和创作实践中地域性特征的自然反映,也是我们研究清代诗学首先必须注意的重要问题。"①有鉴于此,结合明清区域诗学的发展史和清代郡邑诗话文本的涵摄内容,本书将清代郡邑诗话按彼时的行政区划再整合为八种类型,包括:江南郡邑诗话、闽台郡邑诗话、岭南郡邑诗话、湖湘郡邑诗话、畿辅郡邑诗话、江西郡邑诗话、云南郡邑诗

①蒋寅:《清代诗学史(第一卷):反思与建构(1644—1735)》,第37页。

话和山左郡邑诗话(详下表),并略做说明。

表 3　清代郡邑诗话的区域格局

序号	区域类型	涉及地区	数量(种)
1	江南郡邑诗话	浙江、江苏、上海、安徽	31
2	闽台郡邑诗话	福建、台湾	16
3	岭南郡邑诗话	广东、广西	9
4	湖湘郡邑诗话	湖北、湖南	5
5	畿辅郡邑诗话	河北、天津	3
6	江西郡邑诗话	江西	3
7	云南郡邑诗话	云南	2
8	山左郡邑诗话	山东	2

　　其一,江南郡邑诗话,包括今日之浙江、江苏、安徽、上海四地。关于"江南"之所指,向有争议。周振鹤先生的《释江南》、李伯重先生的《简论"江南地区"的界定》,对历代"江南"的变迁有比较细致的梳理①。陈志坚先生在总结前人研究的基础上提出"建立起一个纵向时间轴上的'江南'地域概念谱系"②,笔者对此表示赞同。论清代江南郡邑诗话,自然要以"清代的江南"为准。不过,除了时间因素外,还必须考虑到地理文化因素。清初江南省包括今日之江苏、安徽两省,上海直到 1927 年特别市成立之前一直隶属于江苏省;浙江的杭、嘉、湖地区在明代以来一直是江南的区域中心。因此,从宽泛的

---

①周振鹤:《释江南》,《中华文史论丛》第 49 辑,上海古籍出版社,1992 年版,第141—147 页;李伯重:《简论"江南地区"的界定》,《中国社会经济史研究》1991 年第 1 期,第 100—105、107 页。
②陈志坚:《江东还是江南——六朝隋唐的"江南"研究及反思》,《求是学刊》2018 年第 2 期,第 161—172 页。

角度看,江南郡邑诗话的区域指涉可以包括浙江、江苏、安徽、上海三省一市。

　　其二,闽台郡邑诗话,包括今日之福建、台湾两地。清代的台湾在光绪十一年(1885)建省之前一直隶属福建,徐祚永《闽游诗话》就包括了台湾地区的相关内容。因此,闽、台郡邑诗话合一而观,应无不可。湖南、湖北地理相连,均是楚文化故地,清代郡邑诗话中的《楚天樵话》虽偏重于湖北一省,但亦涉及湖南,故合两省为湖湘郡邑诗话,亦较合理。畿辅郡邑诗话亦如是。

　　其三,岭南郡邑诗话,包括今日之广东、广西两地。清代岭南诗学发达,诗话亦不遑多让,吴承学、程中山两位先生曾合撰《岭南诗话与岭南诗学》一文,纵论岭南诗话对岭南诗史的建构和岭南诗学传统的自我认同及其阐释,其中有云:"广东,地处五岭之南,古称南越、粤、粤东、岭南。"[1]是则以广东为岭南也。观该文所论,所言"广东"其实不限于今日之广东。吴承学先生另有合撰论文《"岭南学"刍议》,云:"岭南是一个历史的地域概念,本泛指五岭以南的地区,历代行政区划都有变动。此以清末民初的广东省所辖范围为准,包括广东省、海南省以及广西的钦州地区。"[2]不过,本书所言的岭南郡邑诗话的地理空间要稍微宽泛一些。《岭南文化百科全书》说:"岭南,指中国五岭以南地区。……以其地北依五岭,南临南海,故名。历史上含今广东、海南全部,广西大部和越南北部。有时也泛指两广等地。"[3]故本书意取于此,合清代广东、广西之诗话为岭南郡邑诗话。

————————

① 吴承学、程中山:《岭南诗话与岭南诗学》,《学术研究》2020 年第 6 期,第143—153 页。
② 吴承学、翁筱曼:《"岭南学"刍议》,《华南师范大学学报》2007 年第 5 期,第7 页。
③ 岭南文化百科全书编纂委员会编:《岭南文化百科全书》,中国大百科全书出版社,2006 年版,第 1 页。

　　其四,江西诗学积厚流光,自宋人吕本中作《江西诗社宗派图》而江西诗派立,余波激荡,赓衍至清末同光诗派。江西亦乃郡邑诗话之发祥地,明人郭子章《豫章诗话》首倡郡邑之体,清人裘君弘、曾燠缵续其事各辑《西江诗话》,晚近吕光锡踵迹而撰《桃花源诗话》。故别立江西郡邑诗话,实属自然。畿辅地处枢要,康熙间王企埥刊《畿辅七名家诗钞》,道光间陶樑编《国朝畿辅诗传》,诗学自有传统。山东北联畿辅,但诗学传统不同,清初诗歌以"山左为盛",卢见曾编《国朝山左诗钞》,故两地郡邑诗话宜别立之,并据以上总集之名,称畿辅、山左郡邑诗话。云南地处祖国西南,文化多元,但诗学发展较缓。张国庆先生曾梳理过云南汉语言诗文论著的撰述史,并指出:"明代以前,云南尚无诗文论著。明中叶,滇中风雅勃兴,滇云诗文论著亦开始出现。明中叶至清康熙时期,滇云诗文论著获得了初步的发展,一些诗文论著陆续写就。清乾嘉至光绪时期,滇云诗文论著勃然兴盛,数量甚多,质量亦足称道";"在云南古代诗文论著中,诗话一类著作占有最突出的地位"①。云南古典诗话著作包括师范《荫椿书屋诗话》、严廷中《药栏诗话》、许印芳《诗法萃编》、朱庭珍《筱园诗话》、王寿昌《小清华园诗谈》、陈伟勋《酌雅诗话》、袁嘉谷《卧雪诗话》和由云龙《定庵诗话》等,其中《荫椿书屋诗话》是现存最早的滇人郡邑诗话。近代《云南》杂志连载的《滇南诗话》锐气勃发,独具一格。故云南郡邑诗话亦别立之。

　　有清一代郡邑诗话的区域类型和分布格局大体如上。八种之分较南北之别为多,但此一区分或许更契合清代郡邑诗话的乡邦诗学传统,也更能凸显其多区域并存共进的历史地理风貌。

---

① 张国庆:《云南古代诗文论著辑要·前言》,中华书局,2001年版,第1页。

第四章　清代早期的郡邑诗话

　　清代早期的郡邑诗话虽然数量较中、晚期要少,但总体具有发轫意义。杨廷撰的《五山耆旧前集》《五山耆旧今集初刊》附载有范国禄的《山茨社诗品》,可能是目前所知的最早的清代郡邑诗话,也是江南郡邑诗话的先河之作。许灿的《梅里诗辑》所附《晦堂诗话》是目前可见的最早的江南市镇诗话,沈爱莲《远香诗话》是其追步者。屈大均的《春山诗话》篇幅较短,然亦开岭南郡邑诗话书写的风气之先。裘君弘的《西江诗话》虽然不是郡邑诗话的肇创之书,却是早期郡邑诗话的典范之作。杭世骏的《榕城诗话》和林正青的《榕海诗话》几乎同时出现,是闽台郡邑诗话的早期著作。本章将对上述作品逐一讨论,以揭其基本风貌及其价值等。

第一节　清代郡邑诗话的
早期著作《山茨社诗品》

一、《五山耆旧集》及其附载郡邑诗话

　　杨廷撰,字述臣,一字异之,通州(今江苏省南通市)人,贡生,生卒年不详,活动于嘉、道年间。杨氏博学多识,著有《顾襄敏年谱》《孝经阐义》《法言补笺》等;又致力于整理乡邦文献,纂有《五山耆旧前集》二十卷、《五山耆旧今集初刊》八卷,并与徐缙共辑《崇川咫闻

录》十二卷,《一经堂诗话》即附载于三书。《五山耆旧前集》《五山耆旧今集初刊》合称《五山耆旧集》,乃通州地方诗总集,刊刻于道光四年(1824)。五山者,军山、剑山、狼山、马鞍山、黄泥山也,五峰并峙,拱江而立,为通州名胜,故代指其地。通州本隶扬州府,雍正三年(1725)升直隶州,并领如皋、泰兴二县,故《五山耆旧集》所辑诗人诗作涵盖二县,并及海门。

《五山耆旧前集》(以下简称"《前集》")收宋至明末通州作者439人,诗4570首。杨廷撰《自识》云:

> 吾通肇建后周,宋代名贤迭出,诗始萌芽,讫乎前明,作者林立,人各有集,然散佚者过半矣。廷撰十数年中左右采获,凡见闻所逮及,自吾郡外泰兴、如皋、海门三邑诗之存者,靡不搜辑。若其人介节义行,政事文章荦荦大者,爰举正史省志,洎家乘别集、志传碑铭、丛谈稗说,品录详核,备著于篇。①

《五山耆旧今集初刊》(以下简称"《今集》")收录清代顺治、康熙两朝通州作者174人,诗1903首。杨廷撰《自识》云:

> 余编宋、元、明以来乡先辈诗为《耆旧前集》,娑拖馨逸,掇拾丛残,几无漏什矣。国朝诗人辈出,稿如束笋,捃菁摭萼,复得衰次成帙,并采方闻为排缵其事,条分而件系之,以志崖略犹前志也。②

---

① [清]杨廷撰:《五山耆旧前集自识》,[清]杨廷撰辑:《五山耆旧前集》卷首,清道光四年(1824)杨氏一经堂刊本,第1a页。

② [清]杨廷撰:《五山耆旧今集初刊自识》,[清]杨廷撰辑:《五山耆旧今集初刊》卷首,清道光四年(1824)杨氏一经堂刊本,第1a页。

在体例方面，《五山耆旧集》前、今两编保持一致，均以人为目，先简述姓氏字号、籍里功名、诗集名称，次引方志或其他文献传论其人，再引诸家诗评和诗话，最后胪列其诗。

《五山耆旧集》是继陈心颖《紫琅诗集》和孙翔《崇川诗集》等书之后南通地区重要的地方诗总集。与众不同的是，该编摘录、附载了多种诗话作为评语，包括朱彝尊《静志居诗话》、王士禛《渔洋诗话》、范国禄《山茨社诗品》、阮元《广陵诗事》和杨廷撰自著《一经堂诗话》等，其中后三种属于清代郡邑诗话。就篇幅而言，集中附录《一经堂诗话》《山茨社诗品》甚多，《广陵诗事》则较寥寥，且《广陵诗事》是单行诗话，非附集诗话，杨集只是引用而已。

需要提出的是，《五山耆旧集》还选录了钱岳《里隽遗评》、佚名《里隽续评》中的评语，两书所评均是南通地区的诗人诗作，很可能也是郡邑诗话。钱岳是明清之际通州著名诗人，字五长，初名起元。《［光绪］通州直隶州志》有其传，云：

> 雄才博学，颖悟绝人，革代后弃诸生，杜门著书，不与人间事，凡五十年。无昼夜寒暑，手不释卷。晚年居如皋，作酒狂歌，《自序》云："狂歌以当痛哭，孰知余之初心。"盖托屈原遗志云。①

又，《［乾隆］直隶通州志》卷十五《人物志下》"隐逸"门亦载其人，云：

> 岳所著有《渔素阁随笔》《红蘪枕函》《雉水新骈》《衍波春茧》《谢华启秀》《五长偶抄》《萤窗新掇》《钱子扬葩》《里隽遗

① ［清］梁悦馨、莫祥芝修，［清］季念诒、沈锡篆：《［光绪］通州直隶州志》卷十三《人物志下·隐逸传》，清光绪元年（1875）刻本，第97a页。

评》，诸书皆手自抄写，以《千字文》编次，何其勤也！顾生时既流落不偶，又以贫不能付剞劂，遂使断简残编，什存一二，或且得之于饲鸯者几上，其所湮没曷可胜道哉！不附青云，声价不显，前之人盖痛乎其言之矣。①

可见钱岳以遗民自居，博学多才，著述丰赡。杨廷撰《前集》卷十九引州志传述其人，并收其《七贤诗分赋阮嗣宗》等诗计 12 首②。至于《里隽遗评》的撰写时间，志书称钱岳在明清鼎革之后杜绝人事、专心著书，"凡五十年"，又题名为"遗评"，则该书应该作于入清之后。《里隽遗评》的行文颇具特色，论诗、评人、纪事均极简挞，寥寥数语而隽永传神，且多用象喻批评。如：

> （窦承芳）鲠直敢言，屡挫益奋，一琴一鹤，宛尔清献同行。③
> （弋斌）秋桂连柯，独羡绣衣，持斧遗音，孤峭如雁阵惊寒。④

《里隽续评》应该是踵武《里隽遗评》之作，作者暂不可考，文风与钱书很相似。如：

> （保长治）慷慨有节气，所著诗文飘零殆尽，仅存口占《示子孙》一首，针砭末俗，足挽颓风。⑤

①［清］王继祖修，夏之蓉纂：《［乾隆］直隶通州志》卷十五《人物志下》，清乾隆二十年（1755）刻本，第 80b 页。
②［清］杨廷撰辑：《五山耆旧前集》卷十九，第 18b—21b 页。
③［清］钱岳撰：《里隽遗评》，［清］杨廷撰辑：《五山耆旧前集》卷二，第 7a 页。
④［清］钱岳撰：《里隽遗评》，［清］杨廷撰辑：《五山耆旧前集》卷二，第 8a 页。
⑤［清］佚名撰：《里隽续评》，［清］杨廷撰辑：《五山耆旧今集初刊》卷三，第 45a 页。

（邵干）风雅宜人，书法向髯苏乞钵。①

笔者注意到，在《五山耆旧集》两编中，《里隽遗评》只见于《前集》，且首见于卷二"刘文德"条下，文德是明初洪武年间通州人②；《里隽续评》只见于《今集》，而该集所录均为顺、康两朝通州籍诗人。是则两书或许是分别评论明、清两朝通州诗人之作，且有明显的继承性和连续性，至于它们是否均为钱岳所作、作于何时，限于资料和识见，暂难考定，故本书均不列入清代郡邑诗话。

二、范国禄、山茨社及《山茨社诗品》

范国禄（1624—1696），字汝受，号十山，又号秋墅，明末光禄少卿、著名诗人、藏书家范凤翼第三子，通州人，著有《十山楼稿》《漫烟集》《听涛集》《山茨社诗品》《赋玉词》等。范国禄才华横溢，博览群书，与王士禛、李渔等名流过从甚密。《今集》卷二收录范国禄诗歌计达177首，为该集之最，并多引时贤名家的评语，云：

> 国禄出自荜胄，好士能文。王阮亭尝赠以诗曰："翩翩浊世佳公子，只属扬州范十山"，其倾倒也至矣。……李笠翁曰："小范为人，冲夷而不流于俗，矫亢而不诡于时，交尽天下士而门无杂宾，括发著书，恒有歉然不自满之色。李青莲诗云'我寻高士传，君与古人齐'，可以移赠。"陈迦陵曰："十山得父膏腴，其性深醇，故其辞质而不肤；其情笃挚，故其词温而不削；其才豁达，故其词辨而不支；其气纵横，故其词逸而不促。"吴蔼次曰："《十

---

① ［清］佚名撰：《里隽续评》，［清］杨廷撰辑：《五山耆旧今集初刊》卷五，第31b页。
② ［清］钱岳撰：《里隽遗评》，［清］杨廷撰辑：《五山耆旧前集》卷二，第2a页。

山楼集》不屑优孟历下而雄伟典丽过之,不屑效颦公安而隽逸幽秀过之,不屑瓣香竟陵而淡远清深过之。"①

在上述评语之外,杨廷撰还附录了自己的《一经堂诗话》,云:

> 先生与杨庐云麓、孙酒人谟、喜太素越辑邑人诗为《狼五诗存》,其《自叙》云阅名稿三百余家,行卷、未刻卷、零缣断楮二千余番,约之又约,仅存此编,可谓精于采择者也。吾邑诗选萌芽于卢子明,得先生此刻起而张之,前贤遗编始得流传什一,搜讨之功不可没也。撰悉为编入并采其所著《山茨社诗品》以永其传云。②

范国禄等人编纂的《狼五诗存》是通州地区诗歌总集的开山之作,辑录了宋代至清初 231 位诗人之作,其《山茨社诗品》也是一部重要的诗论著作③。杨廷撰从地方诗集编撰史的角度,指出了这两部作品的历史价值,识见不凡。《五山耆旧集》常常引用《山茨社诗品》作为诗评,计近八十则。该书的单行本今已难觅其踪,端赖《五山耆旧集》的征引而得窥豹之一斑,杨廷撰所谓"以永其传"云云,并非虚言。

《山茨社诗品》与山茨社关联甚密。该社是范国禄之父范凤翼于明代万历三十五年(1607)创立,初名五山诗社,四年后更名为山茨社。山茨之名得自南朝刘宋学者周颙在南京钟山所建的

---

① [清]杨廷撰辑:《五山耆旧今集初刊》卷二,第 12a—12b 页。
② [清]杨廷撰辑:《五山耆旧今集初刊》卷二,第 13a 页。
③ 关于范国禄其人其著,可参陈晓峰:《明清通州范氏家族文学与文化研究》,中华书局,2021 年版,第 198—298 页。

山茨精舍①，蕴藉林壑可怀、归隐泉林之意。据陈晓峰教授的研究，该诗社从万历三十九年至乾隆四十九年（1611—1784），在以范氏家族为主体的数代文人努力下绵延近二百年，成员多为通州文人，是该地区历时最久、规模最大的诗社②。范国禄继其父之后主盟诗社，雅集酬唱，声势日盛，《山茨社诗品》即为赏论诗社诗人诗作、记录诗事而作，所见多是明末清初南通籍诗人。

三、《山茨社诗品》的特色与价值

《五山耆旧集》所附三种郡邑诗话中，《一经堂诗话》条目最多，《里隽遗评》最少，《山茨社诗品》居间，三者多分散在不同诗人名下，但亦有数处并而见之。如《前集》卷八论明代诗人卢纯学，杨廷撰分别引用了三种诗话，云：

> 《里隽遗评》：平心澄物，触物成诗，其诗静若寒山，洁如秋宇。
>
> 《山茨社诗品》：子明遇物不竞，处己常清，人称为"真静先生"，所著《食翠馆集》如泉流出峡，淳浅而濡长。

---

① 南朝齐孔稚珪《北山移文》开篇曰："钟山之英，草堂之灵。驰烟驿路，勒移山庭。"此处的"草堂"即钟山（北山）草堂寺。《文选》李善注引梁简文帝《草堂传》曰："汝南周颙，昔经在蜀，以蜀草堂寺林壑可怀，乃于钟岭雷次宗学馆立寺，因名草堂，亦号山茨。"（［梁］萧统编，［唐］李善注：《文选》，上海古籍出版社，1986 年版，第 1957 页）是则草堂寺又称山茨。不过，据王荣国、王智兰的考证，周颙于南朝宋泰始四年（468）自蜀返建康后造山茨精舍，后又在其前造草堂寺，二者是独立的建筑，且寺位于钟山西而非雷次宗学馆处。详参其文《周颙与宋齐佛教——以钟山隐舍与草堂寺为中心》，《西南民族大学学报》2018 年第 6 期，第 81—86 页。

② 陈晓峰：《通州范氏家族与山茨社考述》，《晋阳学刊》2017 年第 3 期，第 140—145 页。

　　《一经堂诗话》:四庐诗,子明尤杰出。少时随叔父宦游齐鲁,读书泰山十余年,故能开拓心胸,推倒豪杰。归复屏举子业,不肯就有司试,专业诗,诗成不自为成,并一切世事弃去之,戒家人不得以时关白。筑室狼山之麓,面大江开俯涛轩,陈箧其中,尽出古人诗读之,揣摩声律,穷搜变幻,上自汉魏六朝以及唐宋近代,靡不梨然腹中。或兀然而坐,或跃然而起,或冥然而思,或划然而啸,日夜吟哦不辍,如此者又十余年,得山川云物之助。其为诗,癯而实腴,检而实放,拙而实巧,疏而实密,戛戛独造,卓然成家,专一之功之所致也。

　　子明选《明诗正声》《广陵集》所存通人诗,多搜采隐逸,为论次而纂录之,俾幽光冷艳焕发于人间,后之人得因文以征献,厥功甚巨。郡人陈所轩明经有手录本,撰辑《耆旧集》,悉为编入。①

卢纯学,字子明,通州人,乡谥真静先生,著有《明诗正声》《广陵集》《类林探赜》《食翠馆集》《中山集》等。其中,《明诗正声》六十卷初刊于万历十九年(1591),是万历年间明诗总集编撰热潮中较为重要的一部②,亦多存通州诗作,故杨廷撰以“厥功其巨”誉之。从语言风格来看,《山茨社诗品》简洁隽永,多象喻式评语,近乎《里隽遗评》而不类《一经堂诗话》。如评张若材《东江诗文集》、王汝嘉《游艺草》、葛士隆《西泠草》,分别云:

　　《东江诗》如三春花草,烟景陆离。

---

① [清]杨廷撰辑:《五山耆旧前集》卷八,第5b—6a页。
② 陈正宏:《明代诗文研究史1368—1911》,收入复旦大学中国古代文学研究中心编:《中国文学研究》第2辑,江西教育出版社,2000年版,第112—113页。

汝嘉诗如吴罗越绮,机杼自出,不愧天工。

《西泠草》如晚霁凭高。①

一方面,《山茨社诗品》论诗,多用四言句式,此一语言方式可远溯至
《二十四诗品》。另一方面,范国禄喜用象喻批评,此一批评方式在南
朝钟嵘《诗品》中即有大量应用,如论范云、丘迟诗云"范诗清便宛
转,如流风回雪;丘诗点缀映媚,似落花依草";"《檍庵集》如茅山道
士",依稀可见"陈思之于文章也,譬人伦之有周孔"的影子②。

《山茨社诗品》除了正面揄扬之外,还有很多直截了当的批
评。如:

澜石少事风流,晚耽禅寂,居然名士高人,乃其诗无深思
大力。③

别驾沉酣六籍,腹笥便便,诗亦不喜白战,然食古未化。④

又升精天文理数,诗未及格,亦将以人传耳。⑤

以上诗话分别评论陈澜石、彭大翼、陈又升,其中"食古未化""诗未
及格"云云,是非常严厉的指责,在诗评著作尤其是乡邦诗学著作中
相当罕见。不过,《山茨社诗品》是一部具有同人性质的诗学论著,这
种直言不讳的批评风格或许暗示该书的撰作动机之一便是互相砥砺
以求精进。

<hr />

① [清]杨廷撰辑:《五山耆旧前集》卷九,第 8a、22a、30b 页。

② [梁]钟嵘著,曹旭集注:《诗品集注(增订本)》,上海古籍出版社,2011 年第 2
版,第 412、118 页。

③ [清]杨廷撰辑:《五山耆旧前集》卷七,第 19b 页。

④ [清]杨廷撰辑:《五山耆旧前集》卷九,第 21a 页。

⑤ [清]杨廷撰辑:《五山耆旧前集》卷十九,第 13a 页。

借由以上评论和其他评语,略可窥见范国禄的诗学思想。《前集》卷二载明代中期通州名臣姚继岩诗 3 首及同代循吏保睿诗 1 首。姚继岩(1481—1524),字元肖,号海山,明弘治十八年(1505)进士,官至太常寺少卿;嘉靖初,因涉"大礼议事件"被廷杖;有《海山诗文集》等。《山茨社诗品》论其诗云:"不为愤激之言,妙有含蓄可以观。"①保睿,字天与,弘治年间任曲江县令。《前集》所收其诗即《曲江署中作》:"不是神仙学炼丹,也应无计贿贪残。毫厘百姓心头肉,为尔操刀总是难。"《山茨社诗品》评曰:"读《曲江署作诗》,真激切痛快之言。"②范国禄对两位前朝乡贤之诗,评价迥异,表明其论诗并不持于一端,而以诗歌本身为据。又如以下诸评:

> 子中(引按:殷学思之字)违众独立,寄情文酒,诗如鹤步苍林,秀隐可玩。
>
> 《茗谿集》(引按:钱一骢之集)清气逼人,泠然入古。
>
> 麟兮(引按:胡公孙之字)性不喜谐俗,真气可亲。诗如苦行老僧,心有见解,而口齿不利。
>
> 元谷(引按:江中岩之字)诗草甚富,所传不多,晚年肆力陶、苏,风味颇近。
>
> 宇春(引按:苏应元之字)诗情雄壮,颇窥见唐人门仞。③

这些评论或揭其秀,或品其清,或述其拙,或赏其味,或称其雄,不一而足。前引陈维崧评价范国禄,云其人深醇、笃挚、豁达,此种超逸不凡的心性与其不拘一格的诗学认知之间应该有内在的关系。

---

①[清]杨廷撰辑:《五山耆旧前集》卷二,第 40a 页。
②[清]杨廷撰辑:《五山耆旧前集》卷二,第 41a 页。
③[清]杨廷撰辑:《五山耆旧前集》卷十四,第 35a、50a、52b、54a、57a 页。

　　《山茨社诗品》在评人论诗之外,亦兼记事。《前集》卷一载元代通州人钱灏,《山茨社诗品》云:"李山人翀游富春,得见钱豌家墨刻,题云'白狼钱灏'。寄托不轻,惜无可考。"①又,《前集》卷十六"李翀"条下《山茨社诗品》云:"羽中(引按:李翀之字)著作颇富,尝从许忠愍之难,罹于兵燹,间道而归,以贫愤赍志殁。"②此外,《山茨社诗品》还载录范国禄个人事历。《前集》卷六载明人钱相,后附《山茨社诗品》云:"家君在南都时,相国文贞公为大司马,余方弱冠,侍坐,公问汝衡(引按:钱相之字)乡评何如,吾邑人尚称说之,余实不知,未敢妄对。考之乘载,亦无详其大凡者,不识公所谓称说果何等也。代远人亡,为之一慨。"③凡此种种,既可助考通州诗人,亦可裨补范氏传记。

第二节　岭南郡邑诗话的
开山之作《春山诗话》

一、屈大均及其《春山诗话》

　　屈大均(1630—1696),初名邵龙,又名邵隆等,字翁山,又字骚余等,号莱圃,又号春山④,广州府番禺县人。明末清初著名学者、诗人,与陈恭尹、梁佩兰并称"岭南三大家"。早年矢志抗清,失败后削发为僧,中年还俗,改名大均,隐居著书,终身不出。著有《广东文集》

---

① [清]杨廷撰辑:《五山耆旧前集》卷一,第21b页。
② [清]杨廷撰辑:《五山耆旧前集》卷十六,第30a页。
③ [清]杨廷撰辑:《五山耆旧前集》卷六,第7a页。
④ 据考,屈大均因特殊的人生经历,一生共使用过4种姓氏、5个名、6个字、11个号,在古代文士中堪称独绝。详参陈丕武、刘海珊《屈大均姓名字号考》,《岭南文史》2020年第2期,第83—91页。

《广东文选》《广东新语》《皇明四朝成仁录》《翁山文外》《翁山易外》
《翁山诗外》等,其中后五种合称"屈沱五书"。

《广东新语》是一部方物专著,但因屈大均的身份,乾隆年间被
禁,有清一代罕见流传。关于该书的名称和撰述目的,屈氏《广东新
语自序》云:

> 夫道无小大,大而天下,小而一乡一国,有不语,语则无小不
> 大。然而何以"新"为名也? 曰:吾闻之君子知新,吾于《广东通
> 志》,略其旧而新是详,旧十三而新十七,故曰《新语》。《国语》
> 为《春秋》外传,《世说》为《晋书》外史,是书则广东之外志也。
> 不出乎广东之内,而有以见夫广东之外。虽广东之外志,而广大
> 精微,可以范围天下而不过。知言之君子,必不徒以为可补《交
> 广春秋》与《南裔异物志》之阙也。①

《南裔异物志》,又名《异物志》,东汉章帝时南海郡(今广东省广州市
等)人杨孚撰,是第一部见于史志的粤人著作,也是岭南第一部物产
专志。《交广春秋》,又名《交广二州春秋》,西晋南海郡人王范撰,成
书于西晋武帝太康八年(287),是岭南第一部志书,已佚,郦道元《水
经注》征引颇多。从以上序言看,屈大均追步两书而撰"新语",除有
赓续乡邦先贤高志、裨补桑梓史志的意图之外,更有超离广东、模范
天下的宏图。全书共二十八卷,每卷一语,专叙某类事物,每语有若
干目,如《天语》28 目、《地语》42 目、《山语》49 目、《水语》70 目,全书
计 869 目,四十四万余字。其中,第十二卷为《诗语》,共 18 目,在全
书中占比不高,但却具有开创性意义。吴承学、程中山两位先生在

---

① [清]屈大均撰,李默点校:《广东新语自序》,[清]屈大均著,欧初、王贵忱主
　编:《屈大均全集》(四),人民文学出版社,1996 年版,第 3 页。

《岭南诗话与岭南诗学》一文中说:"清初屈大均《广东新语·诗语》（一名《春山诗话》），凡十八则，刊于康熙十七年（1678），为现存清代广东最早的诗话。"①《广东新语》的成书时间，学界多有讨论，吴、程之文将《广东新语》一书的撰成时间系之于康熙十七年（1678），应该是依据汪宗衍先生《屈大均年谱》。不过，根据南炳文先生的考证，其成书时间是康熙十九年至二十六年之间（1680—1687）②。此一断限亦不妨碍"现存清代广东最早的诗话"的结论。

　　《广东新语·诗语》又称《春山诗话》，乃是屈大均自述。春山是屈氏众多的号之一，其番禺故里的室名亦称春山草堂。屈氏《黎太仆集序》云:"诗五古，若《从军》《结客》诸篇，激昂慷慨，义烈动人，使闻者掩泣沾襟，尽怀杀身成仁之志，是皆有补于人伦。予尝于《春山诗话》极论之，然窃怪五古始自河梁，而苏、李二人忠不忠迥别，论者谓都尉文士，汉武用失其所长，以至于丧师朔漠，名败身颣。然子卿《鹿鸣》《野草》之章，《黄鹄》《远别》之什，称为高古，非清庙朱弦一唱而三叹，更无可喻。"③所谓"若《从军》《结客》诸篇"是指其明末岭南书画名家黎美周所写的《古侠士磨剑歌》《结客少年场》等诗。"尝于《春山诗话》极论之"，是指《广东新语·诗语》第 8 则"黎美周诗":"美周诗，五古最佳。有《古侠士磨剑歌》云:'十年磨一剑，绣血看成字。字似仇人名，难堪醉时视。'《结客少年场》云:'生儿未齐户，结客少年场。借问结交人，不数秦舞阳。泣者高渐离，深沉者田光。醉者名灌夫，美者张子房。感恩思报仇，相送大道傍。'其困守虔州临危时，击剑扣弦，高吟绝命，有云:……美周又有《花下口号》云:……此

---

① 吴承学、程中山:《岭南诗话与岭南诗学》，《学术交流》2020 年第 6 期，第 145 页。

② 南炳文:《〈广东新语〉成书时间考辨》，《西南大学学报》2007 年第 11 期，第 74—75 页。

③［清］屈大均撰，李文约点校:《翁山文外》卷二《黎太仆集序》，［清］屈大均著，欧初、王贵忱主编:《屈大均全集》（三），第 54—55 页。

篇予亦爱之,是皆不失英雄本色。他体仿佛西昆,则伤于绮靡矣。"①
两文并观,可见屈大均有意为广东作诗话,《春山诗话》乃其用心之
作,且其所重在气而不在辞。据笔者有限的寓目所得,《春山诗话》不
仅是现存清代广东最早的诗话,也是清代岭南地区最早的郡邑诗话。

二、《春山诗话》的广东诗史书写

《春山诗话》虽然简短,但具有鲜明的诗史意识。从时间上看,屈
大均有意识地梳理了广东诗歌的发展史。第 1 则"诗始杨孚"云:

> 汉和帝时,南海杨孚字孝先,其为《南裔异物赞》,亦诗之流
> 也。然则广东之诗,其始于孚乎? 而孝惠时,南海人张买侍游苑
> 池,鼓棹为越讴,时切讽谏。晋时高州冯融汲引文华士与为诗
> 歌。梁曲江侯安都为五言诗,声情清靡,数招聚文士,如阴铿、张
> 正见之流,命以诗赋,第其高下,以差次赏赐之。此皆开吾粤风
> 雅之先者,至张子寿而诗乃沛然矣。②

本则叙述时间起自东汉和帝,讫于盛唐;人物从杨孚、张买侍、冯融、
安都、阴铿、张正见到张九龄,一贯而下,简挹地追溯了盛唐之前的广
东诗史。第 2 则"曲江诗"则顺此而下,突出了张九龄在广东诗史上
的地位。

> 东粤诗盛于张曲江公,公为有唐人物第一,诗亦冠绝一时。

---

① [清]屈大均撰,李默点校:《广东新语》卷十二《诗语》,[清]屈大均著,欧初、
　王贵忱主编:《屈大均全集》(四),第 316 页。
② [清]屈大均撰,李默点校:《广东新语》卷十二《诗语》,[清]屈大均著,欧初、
　王贵忱主编:《屈大均全集》(四),第 312 页。

玄宗尝称为"文场元帅",谓公所作,自有唐名公皆弗如,"朕终身师之,不得其一二"云。而公为人虚公乐善,亦往往推重诗人。为荆州时,辟孟浩然置幕府,又尝寄罗衣一事与太白,故太白有《答公寄罗衣》及《五月五日见赠》诗;而王摩诘有"终身思旧恩"之句;浩然则有《陪公游宴》诸篇。三子者,皆唐诗人第一流,他人鲜知罗致,独公与之相得,使玄宗终行公之道,不为小人谗间,则公之推诚荐引,以为国家经纶之用者,又岂惟诗人而已哉！剑阁蒙尘,始潸然追念,噫嘻！亦已晚矣。少陵云:"受谏无今日,临危忆古人",盖谓公也。丘文庄言:"自公生后,五岭以南,山川烨烨有光气。"信哉！①

本则诗话将张九龄目为广东诗史上的标志性人物,又在唐诗史的背景下,强调了张九龄对唐诗发展的贡献,特别是对唐代一流诗人孟浩然、李白、王维等人奖掖推扬之功,并隐有历史之慨。

张九龄之后,《春山诗话》点出了明人区大相的诗史地位。第7则"区海目诗"云:

> 岭南诗自张曲江倡正始之音,而区海目继之。明三百年,岭南诗之美者,海目为最,在泰泉、兰汀、仑山之上,其集有《前使》《后使》二编,及《海目诗选》行世。而虞山钱氏不获见之,此《列朝诗集》之憾事也。……海目有二子,启图、叔永,皆能嗣其音响。子尝与为雅约社,并序其诗,俾世之言诗者知吾粤,言粤诗

---

① [清]屈大均撰,李默点校:《广东新语》卷十二《诗语》,[清]屈大均著,欧初、王贵忱主编:《屈大均全集》(四),第312—313页。

　　者知区氏焉。①

　　区大相(? —1614),字用孺,号海目,广东高明(今广东省佛山市高明区)人;万历十七年(1589)与胞弟区大伦同中进士,选翰林院庶吉士,授检讨,历官至南京太仆寺丞,后以疾辞归;著有《图南集》《濠上集》等。《[光绪]高明县志》卷十三《区大相传》云:"明季前、后'七子'称诗,号翰林为'馆阁体',大相始力袪浮靡,还之风雅,《三百篇》以至汉、魏、盛唐,各造其极,陈言习气,为之一变。再奉勑桐命,历齐、晋、吴、越、嵩、洛、衡、湘,土风遗迹,民瘼国计,咸著篇咏,馆阁以来所未有也。"②明代永乐至成化年间,台阁体(馆阁体)诗流行,风格雅正平和,多应制唱和之作,缺乏现实关怀。前、后"七子"继起,以"文必秦汉,诗必盛唐"为号召,涤荡粉饰太平、歌功颂德的台阁诗风,但自身亦存拟古蹈袭、缺乏真情的弊端。区大相深识二者之病,倡导"还之风雅",强调关心社会现实,且身体力行,故能振起时弊,名垂诗史。朱彝尊选编《明诗综》,有感于钱谦益《列朝诗集》不选区大相之诗,特意溢选至48首;其《静志居诗话》云:"海目持律既严,铸词必炼,其五言近体,上自'初唐四杰',下至'大历十子',无所不仿,亦无所不合。岭南山川之秀,钟此国琛,非特白金水银丹砂石英已也。又云:海目五言律诗,如纯钩初出,拂钟无声,切玉如泥。又如铙吹平江,秋空清响。顾虞山钱氏置而不录,予特为表出,取之稍溢焉。"③可见,屈大均所谓"明三百年,岭南诗之美者,海目为最"云云,洵非一

①[清]屈大均撰,李默点校:《广东新语》卷十二《诗语》,[清]屈大均著,欧初、王贵忱主编:《屈大均全集》(四),第315页。
②[清]邹兆麟修,[清]区为梁纂:《[光绪]高明县志》卷十三《区大相传》,清光绪二十年(1894)刻本,第16b页。
③[清]朱彝尊著,姚祖恩编,黄君坦校点:《静志居诗话》卷十六,第472页。

孔之见。

区大相以下，又载明末黎美周、邝露等人，以为补充。以上数则诗话，在行文上以"始于""继之""嗣其音响"等语词突出历代岭南诗人的跨时代赓续，从而勾勒出广东诗史。除此之外，《春山诗话》还有专论性条目。如第 15 则综述广东诗社，包括南园诗社、越山诗社、浮丘诗社等①；第 17 则聚焦粤歌，载录了《摸鱼歌》《蜘蛛曲》《竹叶歌》，并指出："说者谓粤歌始自榜人之女，其原辞不可解，以楚语说译之，如'山有木兮木有枝，心悦君兮君不知'，则绝类《离骚》也。粤固楚之南裔，岂屈宋流风多洽于妇人女子欤！"②虽是推测之言，但显示了屈大均将岭南民歌与楚辞等主流诗歌联系起来的努力。

除广东一省诗史外，屈大均还特别留心东莞诗史。第 3 则"陈琴轩诗"记载了明代永乐初年东莞陈琏献《平安南》《巡狩》《平羌》等诗之事③。第 16 则"宝安诗录"，记载了东莞凤台、南园二诗社，称颂"其诗颇得源流之正"；又历数东莞诗歌总集的编纂，谓："琴轩陈公琏尝为《宝安诗录》，自宋、元以至国初，其后祁方伯顺，增损为《前集》；自琴轩至方伯时得数十人，为《后集》；……吾粤诸邑，惟东莞诗有合集，区启图尝梓同乡先辈选诗曰《峤雅》，凡五百余家，其书未成。予撰《岭南诗选》前、后集，《前集》自唐开元至明万历，《后集》自万历至今，人各有传，仿《列朝诗集》之体。积二十年亦未有成书，可叹

---

①［清］屈大均撰，李默点校：《广东新语》卷十二《诗语》，［清］屈大均著，欧初、王贵忱主编：《屈大均全集》(四)，第 321—323 页。

②［清］屈大均撰，李默点校：《广东新语》卷十二《诗语》，［清］屈大均著，欧初、王贵忱主编：《屈大均全集》(四)，第 326 页。

③［清］屈大均撰，李默点校：《广东新语》卷十二《诗语》，［清］屈大均著，欧初、王贵忱主编：《屈大均全集》(四)，第 313 页。

也。"①地方诗歌总集的编纂是诗史意识的显证,屈大均由陈琏的《宝安诗录》叙及祁顺的《宝安诗录后集》,再述及自己积二十年之力仍未定稿的《岭南诗选》,隐约指出了广东和东莞诗史书写的另一条路向。康熙十九年(1680)左右,屈大均的姻亲蔡均编成《东莞诗集》四十卷。屈氏为之作序云:"昔夫子作《春秋》以继《诗》,《诗》虽亡而《春秋》不亡。故《春秋》者,《诗》之所以赖以不亡也。士君子生当乱世,有志纂修,当先纪亡而后纪存,不能以《春秋》纪之,当以《诗》纪之。此蔡子平叔(引按:蔡均之字)《东莞诗集》之所以作也。东莞自宋嘉定间,竹隐李先生父子出,而后东莞始有诗。明兴,东莞伯罗山何公真继之。三百年来,洋洋乎家《风》户《雅》,为古体者,以两汉为正朔;为今体者,以三唐为大宗。固广东诗之渊薮也。"②此序不仅梳理了东莞诗史,更将东莞诗视为广东诗的源头,《春山诗话》论广东而多及东莞,其深层原因正在于此。

三、《春山诗话》的诗学观念和微言大义

在前引《黎太仆集序》和《春山诗话》第8则"黎美周诗"中,屈大均对美周不同风格的诗歌都做出了评价。《从军》《古侠士磨剑歌》《结客少年场》等篇,"激昂慷慨,义烈动人,使闻者掩泣沾襟,尽怀杀身成仁之志,是皆有补于人伦";《花下口号》"不失英雄本色。他体仿佛西昆,则伤于绮靡矣";《黄鹄》《远别》等篇,"非清庙朱弦一唱而三叹,更无可喻"。可见,屈大均之于诗歌有鲜明的倾向性:激赏有补于人伦的慷慨之音,而排斥雕彩巧丽、脱离现实的靡靡之音。

---

① [清]屈大均撰,李默点校:《广东新语》卷十二《诗语》,[清]屈大均著,欧初、王贵忱主编:《屈大均全集》(四),第323页。
② [清]屈大均撰,李默点校:《翁山文钞》卷一《东莞诗集序》,[清]屈大均著,欧初、王贵忱主编:《屈大均全集》(三),第279页。

《春山诗话》第 9 则屈大均论邝露云："至为诗,忧天悯人,主文
谲谏。若《七哀》《述征》之篇,虽《小雅》之怨诽,《离骚》之忠爱,无
以尚之。"①突出了邝露诗歌关怀天下、讽谏社会的现实主义精神。
又,第 15 则"诗社"论区大相之子区启图之诗云:"启图能承家学,与
李烟客、罗季作、欧子建、邝湛若四五公者唱和,其雄才绝力,皆可以
开辟成一家,而兢兢先正典型,弗敢隔越。所著悉温厚和平,光明丽
则,绝不为新声野体、淫邪佻荡之音,以与天下俱变,是皆岭南之哲匠
也。"②"诗社"一篇又云:

> 故予尝与同里诸子为西园诗社,以追先达,然时时讨论,亦
> 自各持一端。有举湛若之言者曰:"诗贵声律,如闻中宵之笛,不
> 辨其词,而绕云流月,自是出尘之音。"王说作则谓:"君等少年,
> 如新华乍开,光艳动人,然不久当落耳。必敛华就实,如果熟霜
> 红,甘美在中,悦目不足,而适口有余,乃可贵也。"湛若之言尚
> 华,说作之言务实,合而一之,斯为有体有用之作。嘻嘻! 吾其
> 勉之而已。③

是以屈大均论诗,着意体用合一,体则主文谲谏、慷慨明丽,用则风雅
兴寄、有补于世。
　　此一诗论直溯《诗》《骚》,既与屈大均"以诗言道"的主张无分,
也与他"《诗》《骚》相合"的认知有关。屈氏《三闾书院倡和集序》

---

①[清]屈大均撰,李默点校:《广东新语》卷十二《诗语》,[清]屈大均著,欧初、
　王贵忱主编:《屈大均全集》(四),第 317 页。
②[清]屈大均撰,李默点校:《广东新语》卷十二《诗语》,[清]屈大均著,欧初、
　王贵忱主编:《屈大均全集》(四),第 322—323 页。
③[清]屈大均撰,李默点校:《广东新语》卷十二《诗语》,[清]屈大均著,欧初、
　王贵忱主编:《屈大均全集》(四),第 323 页。

云:"《离骚》二十有五篇,中多言学,与圣人之旨相合。"①又云:"大抵古之圣贤,多以诗言道,见于《三百五篇》者,不一而足。《离骚》虽出忠愤,而所言皆至道阃奥,往往极乎广大,尽乎精微,发《三百五篇》之所未发。故汉代词人尊之为经,以与六艺并行于天壤,而独憾仲尼未及见,不得取而删定之,以补楚国之《风》也。今学士大夫,读《离骚》者,而忠者得其忠,文者得其文,盖自宋玉、景差、唐勒以至今兹,大抵皆三闾之弟子矣。然而师其文当师其学,师其学焉,而以之事父事君,知天知人,同死生,尽性至命,非即所以学夫《诗》耶?"②屈大均以无可置疑的语气指出,《离骚》与《诗经》在"至道"层面是一致的,而其所谓"至道",即"事父事君,知天知人,同死生,尽性至命"等。在《诗义序》中,"至道"被直接约化成忠孝。其文曰:

> 《诗》者,事父事君之具也。不知王之所以为王,则何以事其君父,将忠于其所不当忠,孝于其所不当孝,忠与孝至是而不得其正,徒为名教之罪人而已矣。夫子曰:"《诗》三百,一言以蔽之,曰:'思无邪。'"然则"思无邪"者,其亦无邪于忠与孝,求其所当忠、所当孝者而忠孝之,斯《春秋》之所亟褒,以为臣之志典型者哉。③

屈大均摈弃孔子"兴观群怨"之言,独取其"迩之事父,远之事君"之论,将《诗经》视为事父事君的名教渊薮,又将"思无邪"直解为"无邪

---

① [清]屈大均撰,李默点校:《翁山文钞》卷一《三闾书院倡和集序》,[清]屈大均著,欧初、王贵忱主编:《屈大均全集》(三),第282页。
② [清]屈大均撰,李默点校:《翁山文钞》卷一《三闾书院倡和集序》,[清]屈大均著,欧初、王贵忱主编:《屈大均全集》(三),第283页。
③ [清]屈大均撰,李默点校:《翁山文外》卷二《诗义序》,[清]屈大均著,欧初、王贵忱主编:《屈大均全集》(三),第38页。

于忠与孝”，是则《诗经》固忠孝之源也；进而又指出“思无邪”之“忠孝”乃是“求其所当忠、所当孝者而忠孝之”，是则非我族类，不可以忠孝事之。至此，屈大均直溯《诗》《骚》和《春秋》而论诸人诗篇，并借此宣扬忠孝、坚持正统、反抗清廷的意图呼之欲出。屈大均曾编写《皇明四朝成仁录》十二卷，为崇祯、弘光、隆武、永历四朝那些因反抗李自成、张献忠起义军或清廷而死难的“忠义之士”立传。在卷八《广东州县起义传》的末尾，屈大均特别指出：“我粤忠义之士，一盛于宋，再盛于明，事虽不成，亦足以折强敌之气，而伸华夏之威。使为史者以为无益于成败之数，削而不书，是不知《春秋》之义者也。……事不必成，功不必就，而已可传不朽矣！是故凡起兵者，得死其所，我皆著之于篇。”①事实上，为“忠义之士”立传的行为也见诸《春山诗话》。

《春山诗话》第8则“黎美周诗”、第9则“邝湛若诗”、第10则“僧祖心诗”、第11则“零丁山人诗”、第12则“张璩子诗”，连续5篇所载，均是明末抗清志士。屈大均在诸篇中以饱含深情的笔触记载番禺黎美周、南海邝露及其子邝鸿、博罗祖心及其家人、番禺李正和东莞张璩子的死难经过，并摘录诗句高扬其忠君爱国的气节。第10则“僧祖心诗”云：“祖心，博罗人，宗伯韩文恪公长子。……乙酉至南京，会国再变，亲见诸士大夫死事状，纪为私史，城逻发焉，被拷治惨甚，所与游者忍死不一言。傅律殊死既得减，充戍沈阳。痛定而哦，或歌或哭，为诗数十百篇，命曰《剩诗》。其痛伤人伦之变，感慨家国之亡，至性绝人，有士大夫之所不能及者。读其诗，而君父之爱，油

①［清］屈大均撰，李默点校：《皇明四朝成仁录》卷八《广东州县起义传》末附，［清］屈大均著，欧初、王贵忱主编：《屈大均全集》（三），第789页。

然以生焉。"①所谓"君父之爱"正是屈大均之忠孝诗学思想的体现。
又如,"邝湛若诗"载:

　　(湛若)庚寅奉使还广州,会敌兵至,与诸将戮心死守,凡十
阅月。城陷,幅巾抱琴将出,骑以白刃拟之。湛若笑曰:"此何物
可相戏耶?"骑亦失笑。徐还所居海雪堂,环列古奇器图书于左
右,啸歌以待骑入,竟为所害。……子鸿,字剧孟,亦负不羁之
才,年二十余能诗及击剑。先时丙戌之变,率北山义旅千余,战
敌于广州东郊,死之,得赠锦衣千户。父子皆烈士也,而世徒以
为风流旷达诗人也。噫!②

邝露(1604—1650),初名瑞露,字湛若,号海雪,广州府南海县人;出
身书香世家,工诗善词,精通书法,又娴悉兵法、击剑、文物鉴赏等;秉
性不羁,蔑弃礼法,时人以"奇人"目之;著有《赤雅》《峤雅》等。南明
永历四年(清顺治七年,1650)十二月,清军攻破广州,邝露拒绝投降,
以古琴、古剑、古物、古书环绕身侧,啸歌待清军,终至罹难。此前的
隆武二年(清顺治三年,1646),广州首次沦陷于清军之后,邝露长子
邝鸿亲率北山义军千余人,与清军鏖战于广州东郊,不幸殉难。对于
这样一对壮烈成仁的父子,世人多以诗人目之,屈大均深以为慨,特
以"烈士"誉之,在他们的诗人身份和诗歌价值之外,重之以政治身份
和历史价值。这种一再超离诗话文本固有属性的叙述方式,袒露了
屈大均呼吁忠孝节义的用心,也赋予《春山诗话》反抗清廷的潜流。

①[清]屈大均撰,李默点校:《广东新语》卷十二《诗语》,[清]屈大均著,欧初、
　王贵忱主编:《屈大均全集》(四),第318页。
②[清]屈大均撰,李默点校:《广东新语》卷十二《诗语》,[清]屈大均著,欧初、
　王贵忱主编:《屈大均全集》(四),第317页。

第三节　早期郡邑诗话的典范之作
裘君弘《西江诗话》

一、裘君弘《西江诗话》的自序与自得

清康熙四十二年(1703)，裘君弘辑成《西江诗话》十二卷，付之梨枣，而自序其著云：

> 《西江诗话》者何？仆以西江人说西江诗，如樵者指点峰谷高深，渔者谭芦花澄浅，皆是自家人说自家话，宜不同于门外汉隔壁帐也。其中有诗品焉，有诗志焉，有诗释焉，有补亡焉，有订谬焉，有类及焉，有源流焉，有异同焉，有辨证焉，统曰"诗话"者，示不敢僭也。……或曰：前贤之为诗话夥矣，大都拈警摘瑕、月旦昔氏，或明体制、记见闻、录异事、正讹误、资闲谭，未尝剖符划域而以地限之也。学人读书经世尚当求为天下之士，无廑廑一乡一国间，说诗而限以地，得无非私则隘乎？余曰：唯唯，否否。昔夫子删诗，至十五国而系以地曰《国风》，说者谓楚独无风，然江永汉广之什，见于《二南》；吴亦无风，而季子聘楚，凡列国诗歌，上迄虞、夏，皆有论次，江右固吴头楚尾之区也。编诗话而系西江，意者窃取夫子十五《国风》之旨，而吴、楚二风之补乎。且夫行迈屡税而过其故土则欣，去国于役而回念故井则怀，故"我徂东山"可以教忠，"我心西归"可以教孝，编《西江诗话》者，隐然有忠孝之思焉。杂纂诸家评录，随标一二佳什，大段仿《全唐诗话》，而微有不同者：详爵里出处，考时代先后；名公巨制，连幅不述；人微事渺，只字必登。凡以征文献之阙遗，补志乘之渗漏，

总祈无失"维桑与梓"之意而已矣。①

裘君弘(1670—1740),字任远,号香坡,别号妙贯堂主人,江西新建
人;康熙三十五年(1696)举人;博学洽闻,勤搜桑梓文献,所著《妙贯
堂余谭》《西江诗话》均涉江西人事。"西江"是"江西"的别称,多见
于明、清时期,如康熙五十九年(1720)江西巡抚白潢增修刻印的江西
省志即称《西江志》。《西江诗话》是一部大型郡邑诗话,收录东晋至
清初诗人五百四十余家,基本上都是江西籍。裘君弘在自序中"以西
江人说西江诗"为傲,又声称前人诗话"未尝剖符划域而以地限之
也",言辞之中颇见自得,"俨然以得风气之先者自居"②。不过,早在
102 年之前的明代万历三十年(1602),江西泰和人郭子章编撰的《豫
章诗话》就已梓行③。该书共六卷三百六十余则,收录东晋至明代诗
人一百五十余家,多半是江西籍。另外,明末曹学佺的《蜀中诗话》从
整体上看,也是一部关乎蜀地的诗话作品④。或许正是历史认知不

---

① [清]裘君弘撰:《西江诗话·自序》,《续修四库全书》第 1699 册,第 394—396 页。
② 张寅彭:《略论明清乡邦诗学中的"泛江西诗派"观》,《文学遗产》1996 年第 4
　　期,第 81 页。
③ 郭子章于万历二十六年(1598)以都察院右副都御使巡抚贵州,三十五年
　　(1607)回籍养亲。《豫章诗话》最早刻本是万历三十年(1602)吴献台刊本,其
　　卷首有张鼎思撰写的《豫章诗话·序》,谓:"而至于《诗话》一篇,虽未必尽出
　　于黔,然而成于黔也。"([明]郭子章辑,王琦珍点校:《豫章诗话》卷首,陶福
　　履、胡思敬原编:《豫章丛书·集部九》,第 9 页)据此可推知《豫章诗话》成书
　　于万历二十六年至三十年之间。
④ 明万历末年,曹学佺任四川按察使,搜罗各类史乘方志、笔记杂录、诗文别集
　　等,辑撰《蜀中广记》108 卷,备述蜀地名胜、人物、风习等。其中,第 101—104
　　卷为《诗话记》,共 266 则,后人抽出单行,题作《蜀中诗话》。孙小力《蜀中诗
　　话提要》谓:"本书为郭子章《豫章诗话》之后又一部地域性专门诗话。"参傅
　　璇琮总主编,刘德重主编:《中国古代诗文名著提要·诗文评卷》,河北教育出
　　版社,2009 年版,第 255 页。

足的缘故,导致裘君弘认为前代没有"剖符划域而以地限之"的郡邑
诗话著述。

不过,裘君弘的自得也未必尽由失察。《豫章诗话》虽以江西为
诗学地理空间,但并未严守乡贯分际,凡与江西有关的诗人、诗歌、诗
事皆在其撷萃范围之内。如,卷一共 31 则,所记围绕庐山、陶渊明和
江西诗派展开,除陶渊明、邢凯、欧阳修等人外,多半不是江西籍,包
括杜甫、白居易、朱熹、苏轼、李梦阳、王阳明、王世贞①;卷二共 54 则,
亦多涉非江西籍名家,如杜审言、李白、颜真卿、韩愈、罗隐、杜荀鹤、
苏辙等②。诚如张鼎思《豫章诗话·序》所言:"诗话而曰'豫章'者,
其人豫章之人也。不然,则其与也;不然,则宦而游、过而登览豫章之
山川也。网罗见闻,拱枰今古,运之以卓识眇论,而一于诗乎发
焉。"③《豫章诗话》所载诗事,甚至牵附鬼神,如卷二"麻姑七夕日降
蔡经家,貌似十八九岁女子"云云④。《蜀中诗话》共四卷,上起《吕氏
春秋》中的《候人歌》,下讫元末段功夫人高氏所作的《玉娇枝》;前三
卷辑录蜀地或与其有关的诗人、诗事,末卷则专记蜀地词人、词事,当
属词话而非诗话。可见,《豫章诗话》《蜀中诗话》两书虽然在性质上
与《西江诗话》一样,均属于郡邑诗话,但在体例和内容上的确没有后
者纯粹,在收录时限和诗话数量上也没有后者广泛。裘氏自重己著,
实有其理。

---

① [明]郭子章辑,王琦珍点校:《豫章诗话》卷一,陶福履、胡思敬原编:《豫章丛
　书·集部九》,第 13—23 页。
② [明]郭子章辑,王琦珍点校:《豫章诗话》卷二,陶福履、胡思敬原编:《豫章丛
　书·集部九》,第 26—36 页。
③ [明]张鼎思撰:《豫章诗话·序》,[明]郭子章辑,王琦珍点校:《豫章诗话》卷
　首,陶福履、胡思敬原编:《豫章丛书·集部九》,第 9 页。
④ [明]郭子章辑,王琦珍点校:《豫章诗话》卷二,陶福履、胡思敬原编:《豫章丛
　书·集部九》,第 28 页。

二、《西江诗话》之于郡邑诗话的意义

　　郭子章《豫章诗话》开郡邑诗话之先河,是古典诗话走向专门化的标志之一。但是,在随后的一百余年间,新出郡邑诗话寥若晨星,仅有曹学佺《蜀中诗话》、屈大均《春山诗话》、范国禄《山茨社诗品》等著作面世,但它们或篇帙短小,或附载他书,影响不彰,直到裘君弘《西江诗话》的出现,郡邑诗话才进入了新阶段。在自序中,裘氏引《诗经》为说,在诗话史上首次倡言"说诗而限以地",为郡邑诗话张本,此其一。

　　其二,关于《西江诗话》的编纂目的,裘氏不仅在自序中总结为"无失'维桑与梓'之意",而且在《记西江诗话缘起》和《编余随笔》中再三致意,谓:

> 　　本意咎通志人物传脱略颇多,非所以征文考献,备圣朝大一统志之采择也。因不揣弇鄙,欲旁搜博考,辑为一书,曰《江西通志·人物补》。顾其事重大,不敢速成。……因思吕舍人江西诗派之说,为《西江诗话》十二卷。此是书之所由起也。①
>
> 　　编中多录诗人姓名见于通志者十之七,不见者十之三,则知此编补正通志脱漏固非一端也。②

关于诗话的功能,宋人许颉在其《彦周诗话》中开宗明义,云:"诗话

---

① [清]裘君弘撰:《记西江诗话缘起》,《西江诗话》卷首,《续修四库全书》第1699册,第397页。
② [清]裘君弘撰:《编余随笔》第7则,《西江诗话》卷首,《续修四库全书》第1699册,第398页。

者,辨句法,备古今,纪盛德,录异事,正讹误也。"①斯言简扼明晰,后来的诗话大抵循此而行。裘君弘于此亦洞悉无遗,自序所谓"大都拈警摘瑕、月旦昔氏,或明体制、记见闻、录异事、正讹误、资闲谭"即是明证;不过,他又意识到郡邑诗话与其他诗话的不同功能:补正方志之阙,阐扬乡邦风雅。嗣后的郡邑诗话总为桑梓而鼓吹,虽然未必都是有意踵武裘氏,但他的确是诗话史上第一个明确并践行了郡邑诗话基本使命的人。

其三,裘君弘在《西江诗话》卷首列《编余随笔》13 则,并在最后一则中概述了自晋至清的江西诗歌发展史②。他纵观江西千年诗史,详于宋元,轻视于明,而称颂于清;又述宋诗三变,以欧阳修、王安石、黄庭坚和杨万里为枢机;又指"元代四大家"乃宋代江西诗派的余绪。上述文字出自《西江诗话》的《编余随笔》,"编余"二字表明,所谓"西江诗千余年间"的"大概"是裘君弘在编撰诗话之后总结出来的。本来,纵论乡邦诗歌,无论是以人为纲,还是以诗为经,都必须于时间的维度上展开。张鼎思《豫章诗话·序》谓:"大都人是先,而词次之,或累牍而未卒,或数言而已殚,靡不具有指归焉。余讽之再过,窃谓此非徒说诗也者,盖诗史也。"③作为郡邑诗话读者的张鼎思都能有"诗史"之慨,作为郡邑诗话作者的裘君弘能有"史"的领悟,就更在情理之中了。裘氏对江西诗史的种种看法,或有可议之处,但执"史"论"诗",如居高屋之上建瓴水,其方法论意义不可小觑。后来的撰辑者们,或由诗及史,或由史返诗,令郡邑诗话如地方诗歌总集

---

① [宋]许顗撰:《彦周诗话》,[清]何文焕辑:《历代诗话》,中华书局,2004 年第 2 版,第 378 页。

② [清]裘君弘撰:《编余随笔》,《西江诗话》卷首,《续修四库全书》第 1699 册,第 399 页。

③ [明]张鼎思:《豫章诗话·序》,[明]郭子章辑,王琦珍点校:《豫章诗话》卷首,陶福履、胡思敬原编:《豫章丛书·集部九》,第 9 页。

一样,呈现出地方诗史的建构性期待。

其四,自孔子宣导"思无邪""兴观群怨"的诗教以降,中国古典诗学便具有了强烈的道德意识和伦理色彩。《诗大序》云:"故正得失,动天地,感鬼神,莫近于诗。先王以是经夫妇,成孝敬,厚人伦,美教化,移风俗。"①孔颖达发挥其义,将《诗经》定位为"论功颂德之歌,止僻防邪之训",将其功用总括为"畅怀舒愤""塞违从正"②。两序虽然都是立足于《诗经》,但指向却不限于《诗经》,尤其是前者,可谓古典诗歌创作和诗学批评的纲领。裘君弘循此诠释理路,借由述解《诗经·豳风·东山》的相关诗句,将《西江诗话》的政教价值归结为"忠孝之思",而其书所述亦表明他没有悖言乱辞。费宏之忠君忧国③、黄伯端之忠孝④,以及谭友妻董氏、戴复古妻、旷维祯妻曾氏、吴皆苌妻鲁氏、倪玉、远山夫人朱中楣之贤淑贞烈等⑤,均是《西江诗话》着力赞颂的品德。论诗及人而极称其美,《西江诗话》及其继踵者自觉地接受了古老的诗教传统,并将其内化为郡邑诗话的一个显著特征。

总而言之,裘君弘《西江诗话》虽非郡邑诗话的发轫之作,但它在纯粹性和特征性等方面超轶前贤之作,标志着清代郡邑诗话纂述的大幕已然拉开。

---

① [西汉]毛亨传,[东汉]郑玄笺,[唐]孔颖达疏:《毛诗正义》,[清]阮元校刻:《十三经注疏》,中华书局,1980年版,第270页。
② [唐]孔颖达撰:《毛诗正义序》,[清]阮元校刻:《十三经注疏》,第261页。
③ [清]裘君弘撰:《西江诗话》卷八,《续修四库全书》第1699册,第550—552页。
④ [清]裘君弘撰:《西江诗话》卷九,《续修四库全书》第1699册,第584页。
⑤ [清]裘君弘撰:《西江诗话》卷十二,《续修四库全书》第1699册,第617—619页。

第四节　最早的江南市镇诗话
《晦堂诗话》及其踵武者

明清地域文化和文学昌盛的标志之一是地域诗歌总集和选集日渐丰富，规模不断扩张，层级渐次完备。其中，清代出现了很多前朝未见的市镇诗歌总集，特别是江南地区。据学者统计和判断，清代江南市镇诗歌总集超过 44 种，其中嘉兴府至少有 16 种，而该府的梅里又以 6 种独占鳌头，包括李光基的《梅里诗钞》、李维钧的《梅会诗人遗集》、李稻塍和李集的《梅会诗选》、许灿的《梅里诗辑》、沈爱莲的《续梅里诗辑》和《续梅里诗辑补遗》①。后三种总集均附载有编者自撰的郡邑诗话，其中《梅里诗辑》所附《晦堂诗话》是目前可见的最早的江南市镇诗话。《续梅里诗辑》及其《补遗》附有《远香诗话》。这两种诗话的编撰时间分别是在康熙、道光年间，但是它们的首次刊刻时间均是道光三十年（1850），且风格相类。因此，本节虽以讨论《晦堂诗话》为主，但亦合观以《远香诗话》。

一、《梅里诗辑》三种及其附载郡邑诗话

《梅里诗辑》三种即上述许灿《梅里诗辑》、沈爱莲《续梅里诗辑》和《续梅里诗辑补遗》。许灿（1653—1716）②，字恒之，一字衡紫，号

---

① 王文荣：《清代江南市镇的地方诗总集探论》，《苏州大学学报》2021 年第 1 期，第 168—176 页。
② 据李富孙《许晦堂先生传》，许灿未及弱冠时，因故被流放西北，康熙丙辰"奉恩昭免归……明年补博士弟子员，时年二十有五"；"甲午岁，先生年届六秩"；"卒年六十有四"。故可推断许灿生于顺治十年（1653），卒于康熙五十五年（1716）。详参李富孙撰：《校经庼文稿》卷十四，《续修四库全书》第 1489 册，第 481—482 页。

晦堂,嘉兴府梅里人,庠生。沈爱莲《续梅里诗辑》卷四载录其人,并附《远香诗话》云:

> 茂才天性既耽吟,弱冠即主讲燉煌,归游黉序,旋理行笈,近而苕雪于越,远则八闽、西江、樵川,皆布讲席,搜奇揽胜,发为篇章,有《燉煌》《击汰》《楚尾》《荔雨》诸集。晚年执耳骚坛,系心桑梓,为《梅里诗辑》,凡录三百余家,视李《选》为备。仪征阮文达公尝谓:"梅里自竹垞太史为大雅扶轮,提唱群彦,一镫相续,得晦堂而继起有人,《诗辑》之成,功在艺林,与沈南疑《诗系》并为檇李掌故之传。今《诗辑》得邑侯朱述之先生鉴定行世,而当湖胡昌基所纂《续檇李诗系》尚望能表而行之者。"①

可见《梅里诗辑》乃许灿晚年"系心桑梓"之作,不过在许氏生前未能刊行。百余年之后,里人沈爱莲继许氏之志,编《续梅里诗辑》。爱莲字远香,号琴伯,又号寿伯,道咸间嘉兴府梅里人,诸生;能诗善医工篆,著有《小灵兰仙馆诗钞》《青珊庵诗稿》等。

《梅里诗辑》与《续梅里诗辑》同时付之梨枣,乃朱绪曾之力。朱绪曾(1805—1860),字述之,号北山,上元(今江苏省南京市)人;道光二年(1822)举人,历官秀水、孝丰知县。朱氏嗜书如命,藏书十万余卷;又勤于著述,有《开有益斋读书志》《开有益斋金石文字记》《曹子建集考异》《昌国典咏》《北山集》《中论注》《论语义证》《金陵诗征》等。朱绪曾任嘉兴知县时,获许灿《梅里诗辑》稿本,其《梅里诗辑序》云:

①[清]沈爱莲编:《续梅里诗辑》卷四,清道光三十年(1850)嘉兴县斋刊本,第1a页。

　　　　暇即批阅,潜心抉择,删其繁芜,复得其所未采者数十家,按
　　时代以增入,属孙君次公雠校付梓,共得诗人三百三十四家,得
　　诗三千四百七十三首,分为二十八卷。里人多以编辑之名属于
　　余,余谢之曰:"晦堂以三十年精力成此编,余何敢掠美耶? 惟余
　　所增入管见所及者,加按语别之可耳。"①

可见,《梅里诗辑》之成编及其梓行,朱绪曾与有功焉,且事遂不掠美,
坚署许灿之名,踵事增华,不矜不伐,诚有君子之风。此亦中国古典
诗话史佳话之一。又,《续梅里诗辑序》云:

　　　　余既梓晦堂《梅里诗辑》,沈君远香又以别本诗辑至,为李芗
　　沚广文所藏,眉间有阮文达公笔,则辑《两浙辀轩录》时所选择
　　者,后有芗沚所续辑,凡十六家。余因与警石学博、味根山长两
　　钱君论,梅里诗人后先接迹,仍当广为搜采,以衍竹垞之诗派。
　　于是徐君砚芬、曹君玉俦、王君芑亭、王君春渔及竹垞后人西舲、
　　欣甫两君,各有所得。余又属沈君远香合芗沚所辑汇而续之,孙
　　君次公助为讨论,共得一百五十四家,一千二百五十六首,为卷
　　十二,自李晴峰以下是也。盖梅里之诗人于是乎略备矣。②

————————

① [清]朱绪曾撰:《梅里诗辑序》,《梅里诗辑》卷首,清道光三十年(1850)嘉兴
　县斋刊本,第 1b—2a 页。
② [清]朱绪曾撰:《续梅里诗辑序》,《续梅里诗辑》卷首,第 1a—1b 页。按:警石
　学博,即钱泰吉(1791—1863),字辅宜,号警石,又号深庐,别署甘泉乡人、读
　旧书生等,嘉兴甘泉人,官海宁州训导,著有《甘泉乡人诗文稿》《海昌学职禾
　人考》等。味根山长,即钱聚仁(1788—1852),字本之,号味根,嘉庆二十三年
　(1818)举人,历任四川彭山知县、江苏兴化知县。朱绪曾知嘉兴时,延请钱聚
　仁掌鸳湖书院。故序称"两钱君"。

可见，《续梅里诗辑》之成编，仍是朱绪曾总其任，用力者则较前《辑》
为多。诸贤一体同心，协力纂就梅里诗选，共同书写梅里诗史，其深
层动机乃在地域意识的勃兴。清代郡邑诗话之勃兴及其繁盛之由，
于斯可窥一斑。朱绪曾两《序》均作于道光三十年（1850），是亦两
《辑》梓行之年，两本即道光三十年嘉兴县斋刊本。《梅里诗辑》所
载，涉元、明、清三代，实则元代仅王纶一人，卷八以下为清人；《续梅
里诗辑》所载，均为清人。且两《辑》末卷均为闺秀和方外诗人。朱
绪曾除参与整理外，还多加考论，均以"绪曾按"的形式附于诗人小传
之后，或独行，或与诗话并置，均足资比勘。

　　据笔者统计，《梅里诗辑》附载的《晦堂诗话》共 221 则；《续梅里
诗辑》《续梅里诗辑补遗》附载的《远香诗话》分别有 108、8 则，共 116
则。另外，《续梅里诗辑》尚有《香沚诗话》，首见于《续梅里诗辑》卷
一"李宗淮"条下。朱绪曾于此按曰："李香沚所续自墨巢以下，止十
六家，未分时代先后。今沈远香重为编辑此十六家，题'香沚诗话'以
别之。"①李富孙（1764—1843），字既汸，号香沚（一作芎沚），嘉庆辛
酉（1801）拔贡；精研四部，为当世经学名家，著有《李氏易解剩义》
《七经异文释》《校经庼文稿》《曝书亭词注》《愿学斋文钞》《汉魏六
朝墓铭纂例》《梅里志》等；《清史稿》卷四百八十二有其传。《续梅里
诗辑》卷七载录其诗 10 题 24 首。是则《香沚诗话》为李富孙所作，不
过其名乃沈爱莲"重为编辑"时所取，以别于己撰之《远香诗话》。值
得注意的是，李富孙亦有《续梅里诗辑》，其《校经庼文稿》卷十二载
《续梅里诗辑小序》云：

　　　　吾里之有诗选，自家奕庵族祖始，顾锓本久已失传，后制府
　　余山族祖刊《梅里诗人遗集》，仅十五家而止。蜕庵翁复有《梅

─────────
① ［清］沈爱莲编：《续梅里诗辑》卷一，第 3b 页。

会诗选》,搜罗已广。至许晦堂先生《梅里诗辑》一书,采录四百余家,里中缀学之士,几于无人不登选,亦云勤矣。然自先生殁后,迄今又二十年,相继殂谢者复不少,令子端士属富孙校阅此书,将以呈学使阮公选入《輶轩录》,遂就近所见续辑之,以附于后。盖一章一句,皆其人苦心所在,庶几藉以流传,不至湮灭。其间或遗稿零落,或家藏秘惜,故所录亦止于是焉。①

嘉庆元年(1796)阮元督学浙江,启动《两浙輶轩录》的编纂工作,三年(1798)初成,六年(1801)重编刊行。序称"遂就近所见续辑之,以附于后",可见李富孙校阅《梅里诗辑》并续编其书的时间,当在嘉庆元年至三年之间,《香泲诗话》附载于其《续梅里诗辑》,其撰写时间亦当在斯时。另外,序称"自先生殁后,迄今又二十年",或有误。根据前文考证,许灿卒于康熙五十五年(1716),则"迄今又二十年"当是雍正十三年(1735)。但是,李富孙《续梅里诗辑》及其《小序》之作在嘉庆元年至三年之间,中间悬隔至少六十年。是则"二十年"或为"六十年"之讹。

　　沈爱莲编撰《续梅里诗辑》时,"益以李明经所纂十六家,及同人所采,都编为一集"②,故李富孙《续梅里诗辑》散见于沈编。考道光三十年嘉兴县斋刊本《续梅里诗辑》,内题"香泲诗话"者共 13 则。另有卷十二"陈受之"条下评论:"李明经富孙曰:'孺人尝手写唐贤诗数册,寻绎咏讽,遂深见解,为小诗不事雕饰,而婉丽可风。'"③前文已揭,"香泲诗话"之名,是沈爱莲编纂《续梅里诗辑》时所取,本则

---

① [清]李富孙撰:《续梅里诗辑小序》,《校经庼文稿》卷十二,《续修四库全书》第 1489 册,第 467 页。
② [清]沈爱莲撰:《续梅里诗辑·跋》,《续梅里诗辑》卷首,第 1a 页。
③ [清]沈爱莲编:《续梅里诗辑》卷十二,第 10b 页。

评语的风格与《香泏诗话》无甚差别，所以"李明经富孙曰"或许是一时疏忽，未及修改为"香泏诗话"所致。有研究者根据《两浙輶轩录》卷三十三"王焯"条下所引评论署"《梅里诗续辑》李富孙曰"，指出此条应为《香泏诗话》之一。又说："如此一来，于十六之数仍缺一家，存疑待考。"①据朱绪曾序及沈爱莲跋语所言，所谓"十六家"应该是指李富孙续辑所得诗人之数，每人之下未必尽附诗话，《晦堂诗话》《远香诗话》等附集郡邑诗话均是如此。因此，根据《香泏诗话》或"李明经富孙曰"推寻十六家之数，未必可靠；也因此，"仍缺一家"云云，或未必然。

　　李富孙所续辑十六家基本上都是家族诗人。其中，李宗淮、李宗信、李宗智、李鹤龄是其族祖；王澄是其外舅；徐士龙是其外祖父；李兰、李清华是其堂叔；陈受之是其亡妻。是故《香泏诗话》在郡邑诗话之外，又具有明显的家族诗话色彩。《香泏诗话》的记述中心并不是诗，而在其人其行。如评李宗淮云："族祖落拓不羁，兀穷以老。于诗挥洒腾踔，不事雕镂，淡而柔，清而壮。生平酷嗜空同子，故以'小崆峒'自号。篇什甚富，后客维扬，黄水灌城，稿为河伯所攫，深自痛惋。诗格略与王介人先生相似，其遭遇亦无不同。今存者什之三，惜无如竹垞诸公为之论定，以广其传也。"②是以《香泏诗话》有以诗存人，为家族风雅鼓吹之意。

二、《晦堂诗话》《远香诗话》的特色

　　沈爱莲《续梅里诗辑·跋》云："司马朱述之先生令吾邑时，既取许氏《梅里诗辑》序而行之，复命续为搜辑，以附许氏之后。先生治禾多惠政，阐幽表微尤不遗余力，不仅吾乡诗人有元晏之感也。顾谢陋

---

① 李清华：《清代地域诗话研究》，第 235 页。
② ［清］沈爱莲编：《续梅里诗辑》卷一，第 3b 页。

如余,何足与斯事。惟少侍先征士公,得接见里中诸前哲,往往习闻
其绪言逸事,间窥其撰述。不数十年,硕果晨星,凋谢略尽,即同时揭
裳角艺诸君,亦半随物化,而投贻赓倡之编,恒存箧中。于是益以李
明经所纂十六家,及同人所采,都编为一集,以就正先生。其间遗编
零落,或家藏秘惜,故所录止此。后有留意乡国文献者,尚冀补亡拾
遗,嬗流风于弗替云。"①这段略带感伤的跋语,吐露了《续梅里诗辑》
的编纂指向:补亡拾遗,阐幽表微,赓续乡邦诗史。《梅里诗辑》亦然。
作为附于两书而存的自撰诗话,《晦堂诗话》《远香诗话》也因此更着
意于考证文献、表彰贤德、存录遗闻,评诗论艺则退居其次。

　　其一,两种诗话专门评诗的条目都比较少,即使专论,文字也都
非常简扼。如《梅里诗辑》卷四《晦堂诗话》论范路诗云"不费锻炼,
旨意恳恻,精光炯然"②;卷十论郑超宗诗云"滚滚不休"③;卷十九论
陈鸣镰五言诗云"翛然不俗"④。《续梅里诗辑》卷五《远香诗话》论
朱赐书云"诗格苍秀"⑤;卷九论吴恒《卜葬诗》云"脍炙人口"⑥;卷十
论丁庆宵云"诗笔清锐,冥搜力创,出人意表"⑦。此类感悟式的评诗
方法虽然所来有自,是中国古典诗歌批评的特色之一,然终嫌简略,
表明评论者意不在兹。两种诗话的少数条目甚至完全无关诗作、诗
事。《梅里诗辑》卷九"周笙"条下诗话云:"山人精岐黄术,著有《灵
素宝要》《六治秘要》二书,有功医学。爱以墨写罂粟花,不轻界

①［清］沈爱莲撰:《续梅里诗辑·跋》,《续梅里诗辑》卷首,第 1a 页。
②［清］许灿编:《梅里诗辑》卷四,第 15b 页。
③［清］许灿编:《梅里诗辑》卷十,第 13b 页。
④［清］许灿编:《梅里诗辑》卷十九,第 19a 页。
⑤［清］沈爱莲编:《续梅里诗辑》卷五,第 10b 页。
⑥［清］沈爱莲编:《续梅里诗辑》卷九,第 23b 页。
⑦［清］沈爱莲编:《续梅里诗辑》卷十,第 32a 页。

人。"①《续梅里诗辑》卷七"冯光曦"条下诗话云:"上舍工楷书,兼精星学。"②此类评语不着意于诗论,而从艺文层面传述人物,论诗及艺,并借以存人,其撰述策略和鹄的正与朱彬《游道堂诗话》相同。

其二,两种诗话对地方诗史都颇为关注。《梅里诗辑》卷一"李应征"条下诗话云:

> 嘉隆之际,于麟、元美(引按:李攀龙字于鳞,王世贞字元美)狎主吟坛,海内靡然向风。博士稍后出,及与元美游而不为苟同,独以清矫之气行其卓越之才。五言多宗鲍、谢,七古酷肖青莲,近体多师为师、凝清振丽,今乐府志感丝篁、气变金石,允推作手。自时厥后,秋槐(引按:王翃之号)崛起,群英辈出,流风余韵,迄今不衰。吾里声诗之盛,实自博士创始。③

李应征(1551—1612),初名万山,又名衷毅,字伯远,号霁岩,万历癸酉(1573)举人,选临安教谕,迁国子监博士,著有《霍园诗存》等。许灿追溯近世梅里诗史,以李应征为尊,指出其不苟于李攀龙、王世贞等"后七子"的复古主张,而转益多师,清矫卓拔,流风所及,影响王翃等乡邑后辈,实梅里诗歌盛况的肇创者之一。《晦堂诗话》通观乡邦诗史,揭出李应征的源头性价值,洵信而有征。

其三,两种诗话对乡贤诗作和著述留存情况着墨甚多。《梅里诗辑》卷一收明初王镛、王钧兄弟的诗歌各一首:《水竹居为朱克恭赋》《题水竹居》,又附诗话云:"编修(引按:指王镛)兄弟有合刻诗稿,而不能永其传,并蒋布衣楚稚采入《诗乘》者,亦不可得,仅从《诗综》各

---

① [清]许灿编:《梅里诗辑》卷九,第16a页。
② [清]沈爱莲编:《续梅里诗辑》卷七,第14b页。
③ [清]许灿编:《梅里诗辑》卷一,第7a页。

得一篇,盖钞自《水竹居》卷中者。"①可见诗话旁搜乡贤之诗以广其传之用心。《续梅里诗辑》卷十载录了清代嘉兴经学大家冯登府,并附《远香诗话》云:

> 国朝里中诗人类,多蕉萃专壹之士,登玉堂窥中秘者,金风亭长(引按:指朱彝尊)而后,唯采江太史(引按:指金蓉)及教授二人而已。教授生有异质,擘经通艺,蔚为词宗,精诣所及,几掩前哲。入词垣即以忧去,出宰将乐,未两月,告终养归。制府孙文靖公延修闽省通志,旋改教授,四明文教赖以振兴。著述等身,次第付梓,海氛不靖,梨枣尽毁,故流传极鲜。诗出入晚唐、北宋之间,《秋笳》一集,直逼《浣花》。②

冯登府(1783—1841),字云伯,号勺园,又号柳东,嘉庆二十五年(1820)进士;曾任福建长乐知县、宁波府学教授;登府文宗桐城,诗崇竹垞,善律工词,醉心经史;著有《石经补考》《三家诗异文疏证》《种芸仙馆词》等,另有《梅里词辑》。潘衍桐《缉雅堂诗话》卷上谓:"柳东诗宗锡鬯,曾搜录曝书亭未刻稿为外集,所著经学书已刊入《学海堂经解》《十三经诂答问》,近有刻本,颇涉破碎。其《闽中金石志》十四卷、《石余录》四卷、《唐宋词科题名录》一卷、《玉堂书史补》六卷,皆未刻。《浙江砖录》曾见于焦山书藏,当与张氏燕昌《三吴古砖录》并传。"③本则诗话所述,着墨于冯氏的学术成就,特别是经学金石著作,于诗关涉甚少,有悖诗话本色。相较之下,《远香诗话》则视登府

---

① [清]许灿编:《梅里诗辑》卷一,第2b页。
② [清]沈爱莲编:《续梅里诗辑》卷十,第1a页。
③ [清]潘衍桐辑:《缉雅堂诗话》卷上,清光绪十七年(1891)杭州刊本,第25a—25b页。

为雅才之士,聚焦于其词翰,首先揭出其在嘉兴诗史上的独特地位,继而对其著述毁而不传深表遗憾,最终落笔于其诗歌渊源和成就。又,《续梅里诗辑》卷九"范玉枢"条下诗话云:"惜其篇什散佚,仅得《赠公诗》一首,亟为录入。"①又,《续梅里诗辑补遗》"方潮"条下诗话云:"诸君刻意为诗,而篇什不少概见,异日当访求之。"②亟录之行、访求之愿,足见对乡邦文献孜孜以求之切。

其四,两种诗话对秀出群伦、不慕荣华的乡贤不吝文字,称颂有加。《梅里诗辑》卷六"周筼"条下诗话曰:

> 布衣古文陶铸《史》《汉》,出入欧、曾,惜其散佚,世无知者。诗篇真趣流行,清超朴淡,五言尤胜。尝有戴丙鬻女巨室,及长,将以配僄从,亟解囊赎而嫁之。采石佑寄千金而溺死,为具棺敛,手书招其子,倾笥还之。岁饥,率私钱散米食饿者。客京师时,贵人小妻周买自楚,诡言本禾人,谓布衣我叔,将出拜,峻辞之。有削三缄赠行者,曰:"挟此可得百金。"却不受,曰:"下有漆人头为饮器者。"坐客莫敢视,独引满三杓。其严正而豪迈若此。③

周筼(1623—1687)是"梅里诗派"的早期重要成员之一,初名筜,字青士,又字公贞,号笤谷;一生布衣,嵚崎磊落;著有《采山堂集》《析津日记》《投壶谱》等书,又编《词纬》《今词综》《乐章考索》等集。周筼客居京城二十余载,睥睨权贵,《晦堂诗话》所载即其在京轶事。又,《静志居诗话》卷二十二云:"青士遭乱,弃举子业,受廛卖米。有

---

①[清]沈爱莲编:《续梅里诗辑》卷九,第20b页。
②[清]沈爱莲编:《续梅里诗辑补遗》,第10b页。
③[清]许灿编:《梅里诗辑》卷六,第1a页。

括故家遗书,连船鬻于市者,买得一船积楼下,每日中交易,筐筥、斗
斛、权衡堆满肆,读之糠秕中。其为诗,句敦字琢,不轻袭前人片语。
胸无柴棘,急人患难,视朋友如一身,人或忘大德而思小怨者,不以置
诸怀也。晚年诗趣率易,好舆浮屠、道士游,题咏极多。尝醉书五言
云:'似士不游庠,似农曾读书。似工不操作,似商谢奔趣。立言颇突
兀,应事还牾疏。饥冻不少顾,吟诗作欢娱。'可当一幅写照也。"①两
则诗话合观,可见周笕的心性,非一般士子可拟。许灿详述其事,意
在传人也。《续梅里诗辑》卷六"沈世德"条下诗话,盛赞其为"襄阳、
太祝一流人也"②,亦复如是。

其五,两种诗话对言行符契正统观念并具有教化价值的乡贤更
是大力揄扬。《梅里诗辑》卷二"李士标""李寅"父子条下诗话分
别云:

> 司丞表穷嫠之节,安欲发之愤;赎良家之鬻身,全少妇之守
> 志;陈坊役之弊,而里人蒙其惠;逆上官之意,而势家抵法,嫩行
> 非一。其在围城也,州乏长吏,独以忠义激劝,虽势迫累卵,民无
> 异心,积劳致疾,身殒而城随陷,阖门死义者二十有三人。厥配
> 沈安人,吴江词隐先生从女也,工诗词,无片楮存者。
>
> 　太学复社名流,砥厉风节,志存用世。崇正(引按:"正"本
> 为"祯",避讳而改)末年,江以南不逞之徒动相煽诱,里中恶少
> 以蓝帛缠腰,结群暴横,号"青腰党"。二三巨魁实李氏臧获之
> 裔,太学以计诱致之,缚而挞诸市,余党解散,闾里以安。既而以
> 结客破家,卒于岭表。论诗于唐取太白,不取昌谷,于明爱大复、
> 昌穀(引按:分别指何景明、徐祯卿),亦置钟、谭为逸品。华亭杨

①[清]朱彝尊著,姚祖恩编,黄君坦校:《静志居诗话》卷二十二,第710页。
②[清]沈爱莲编:《续梅里诗辑》卷六,第14b页。

四规序其集,以"三间少陵"之忠爱比之。①

李士标(？—1642),字霞举,号窿庵,李应征子,李寅父,崇祯间举人;历官上林苑丞、山东宁海州同知。崇祯十五年(1642),冷口兵入,卒于城守,恤赠尚宝司丞;著有《苍雪斋诗存》二卷。李寅,字寅生,又字晓令,号珠仍,赠尚宝丞士,著有《视彼亭诗存》。诗话对李士标、李寅父子精忠报国、护持乡里的忠烈高行予以高度肯定。又,《续梅里诗辑》卷一"李陈常"条下诗话云:

> 醝院官刑部时,内府贾人控涿民借帑,连千三百人,力争不得,阅数月十四司,积案累累,逮系遍直省。大司寇专以相委,入内府审诬,执法不挠,省释冤民万计。官盐政,洁已惠商,与张鹏翮、赵申乔、张伯行诸公称"十廉"。②

忠臣、循吏是古代官僚体系的柱石,也是传统政教的宣扬典范。《晦堂诗话》《远香诗话》虽然是地方性诗学著作,但依然自觉地传承了国家政教意识,将其视为诗话的题中之义,这一点在其他的郡邑诗话中也可窥见,显示了清代主流意识形态对地方诗学的笼罩。不过,将文献留存、明德敦教作为诗话的中心,使得诗话在撰写策略方面以传人为先、论诗为后,其结果便是文字简略,几有点缀之虞。

三、《晦堂诗话》《远香诗话》对朱彝尊的推重及其诗学倾向

作为载录梅里诗歌的乡邦总集,梅里诗史巨擘朱彝尊是《梅里诗辑》诸编无可回避的存在。事实上,朱绪曾在前、后两《辑》的序言中

---

① [清]许灿编:《梅里诗辑》卷二,第12a、16b页。
② [清]沈爱莲编:《续梅里诗辑》卷一,第1a页。

再三致意,称两编之纂乃因"大慰竹垞之志"①,"以成竹垞太史之志"②,甚至将梅里诗人诗作统归于"竹垞之诗派"③。推重其人若此,自然不能不详载其诗。《梅里诗辑》共二十八卷,朱彝尊独占卷十二、十三两卷,许灿又附诗话云:

> 论诗于本朝,必推"南朱北王"为大家,人无异词。渔洋早掇巍科,从容显仕,天才第一,而学足副之,故其神远,其气昌,凤翥鸾骞,云蒸霞蔚,摇五岳而凌沧州也。先生多历艰辛,崎岖晚遇,博奥无双,而才足达之,故其思深,其骨重,龙跳虎卧,霆撑月裂,垂天云而立海水也。两雄真伯仲哉! 又曰:先生诗感人最深。如《归自山阴》云:"妻儿空待米,风雨独还家。"《挽龚尚书》云:"寄声缝掖贱,休作帝京游。"每一讽诵,凄然欲泣。至若《谒张曲江祠》云:"芳尘羽扇冷,春燕玉堂空",《固陵怀古》云:"天寒竹箭参差见,日暮乌鸢下上飞",用事之妙,何减少陵橘柚龙蛇之句乎。归田以后,五、七言古诗如万斛泉源,随地涌出,神奇变化,莫可端倪。李稔乡诗"暮年诗笔压渔洋",殆谓是欤。居节廉桥时,值岁凶,比邻王氏有老仆,讶其日午无炊烟,而书声琅琅不辍,因叩门馈以豆粥,先生喜甚,急以奉安度先生(引按:朱彝尊之父朱茂曙),而忍饥读书自若也。里人至今乐道之。④

许灿在诗话中首先以骈俪的文字讴歌"南朱北王",称二人难分伯仲,用笔看似不偏不倚,但旋即以朱彝尊诗歌感人至深与变化莫测为论,

---

① [清]朱绪曾撰:《梅里诗辑序》,《梅里诗辑》卷首,第2a页。
② [清]朱绪曾撰:《续梅里诗辑序》,《续梅里诗辑》卷首,第1b页。
③ [清]朱绪曾撰:《续梅里诗辑序》,《续梅里诗辑》卷首,第1a页。
④ [清]许灿编:《梅里诗辑》卷十二,第1a—1b页。

并引李稚乡"暮年诗笔压渔洋"作结,机智地颂扬了这位比自己年长
25 岁的前辈乡贤和骚坛宗匠,用心之苦、笔意之巧,清代郡邑诗话
罕见。

　　不过,许灿所谓"感人最深""神奇变化"云云,终究是对朱彝尊
诗歌风格的主观感受,而非严肃的诗学论述。今人严迪昌先生将朱
氏的诗学思想概括为"力主扶'正',力求其'醇',尊唐贬宋,博'学'
取'材'"①,颇见精切。《晦堂诗话》《远香诗话》的诗学论述不多,但
依然显示了尊唐的倾向。《梅里诗辑》卷十六"缪其器"条下诗话云:
"诗篇雅正,不失唐音。"②《续梅里诗辑》卷十一"汪澍"条下诗话云:
"里中布衣称诗,自筜谷先生后,鲁哉、一江(引按:分别为薛廷文之
字、汪澍之号)皆能嗣响唐贤,不落凡谛。"③以唐为尊,与朱彝尊之论
一致。又,严迪昌先生认为,朱彝尊倡言之醇雅,"实即古雅",并因此
"最推重五言古体"④。《晦堂诗话》《远香诗话》亦时见对此种诗风
的揄扬。《梅里诗辑》卷五诗话称屠燨"高致可想","诗最苍雅"⑤;
《续梅里诗辑》卷七诗话称颂李富孙"诗亦典雅,继美前型"⑥。凡此,
均可见朱彝尊诗学观念对两种诗话的影响。

四、《晦堂诗话》《远香诗话》的差异与价值

　　《晦堂诗话》《远香诗话》两书,虽然风格类似,特点相近,但毕竟
前后相距数十载,时风之变,亦浸于文。二者最显著的差异是后者在
传人述事时,多涉经学和考据。《续梅里诗辑》卷七"李富孙"条诗话

①严迪昌:《清诗史》(上册),人民文学出版社,2011 年版,第 460 页。
②[清]许灿编:《梅里诗辑》卷十六,第 15a 页。
③[清]沈爱莲编:《续梅里诗辑》卷十一,第 1a 页。
④严迪昌:《清诗史》(上册),第 463 页。
⑤[清]许灿编:《梅里诗辑》卷五,第 1a 页。
⑥[清]沈爱莲编:《续梅里诗辑》卷七,第 9b 页。

云："明经与伯兄超孙、从弟遇孙，有'小三李'之目。明经尤深经术，所著《七经异文释》《周易较异》《集解胜义》《汉魏六朝墓志纂例》《鹤征前后录》《曝书亭词注》，皆已刊行。"①同卷"李超孙"条下诗话云："广文与弟明经富孙，同受业于敬堂大令，剖析经义，务求为根柢之学，尤深于《诗》，著《诗氏族考》。"②卷九"张昌衢"条下诗话云："孝廉厉行绩学，长于考证。有《礼记地理考》《经义咫闻》等著。"③论人则述其孔郑之学，论学则明其经术之习，论著则录其考据之书，可见《远香诗话》虽然本身考据痕迹不显，但已然烙上了乾嘉之学的印记，是清代中期学术思潮渗透于诗学著作的显证，这也是该诗话的价值之一。

不过，总体而言，《晦堂诗话》《远香诗话》的主要价值仍落在乡邦层面。《梅里诗辑》卷十五载录褚越《寄王泭》诗云："怀君不能寐，永夜复何如。浪迹惭吾友，飘蓬更索居。青云平野合，芳树暮春疏。一水相思隔，何由慰尺书。"诗下有一则很长的《晦堂诗话》，云：

> 当明之季，流寇肆毒中原而不及吴越，皇朝兵至，父老牛酒犒师，兵不登岸，鸡犬晏然。承平日久，风尚奢靡，元宵灯火甚盛，好扮台阁杂戏，金银为饰，珠玑制衣，光彩夺目。妇女倚楼而观，明珰耀首，宝钏推帘，鬓影衣香，荡心惑志，实为盗媒。吴兴之舍山，萑苻窟穴，宵临昼劫，至再至三。里人李明辅，武勇绝伦，家亦殷富，洞开重门，臂双刀待之，盗不敢入。平楼陈氏妇女，尽为男装，登崇垣拒守，盗魁富二戎服立板桥，指挥群盗射杀陈氏一仆，陈亦发矢殪其从盗一人。不被劫者，两家而已。顺治

---

① ［清］沈爱莲编：《续梅里诗辑》卷七，第9b页。
② ［清］沈爱莲编：《续梅里诗辑》卷七，第1a页。
③ ［清］沈爱莲编：《续梅里诗辑》卷九，第1a页。

庚子五月,既劫财物,复絷人归巢,勒金取赎,而王先生汸与焉。
汸字千明,秀水县学生,绩学砥行,恂恂儒者也,骂盗死。盐枭金
大者,盲于目,善皮鞋卜,又能嗅风知敌,盐徒奉以为魁,与其弟
金二皆善斗。时统私艘南来,至双板桥,金大立船头,疾风过之,
咤曰:"此盗风也,王店其有盗乎?"脱鞋以卜,曰:"胜之矣。"于
是先遣其徒至里,密解散南北两栅,木排于河,以阻盗归,而亲帅
数艘之众,登岸奋击。居民升屋,发瓦石助之,擒数百人,戮诸塘
桥之上,投尸于河,水为之赤。时亦有乡人晓入市而误被擒者,
临刑呼冤,乃令举里人识认者,辨之即释。有举先高祖冲元公
者,固佃人也,公至释之。群被缚在近者,多称识公,公唯唯,由
公得释者数十人,实未尝识也。含山之盗,流毒数郡,盘踞数十
年,其后为我郡同知季公所灭。①

含山介于嘉兴府、湖州府之间,若含物然,故名;又四水涵之,故一名
涵山;或又作寒山。明末清初有盗聚啸于此,四出劫掠,嘉、湖士民,
深受其害。朱彝尊《静志居诗话》载:"予年十七,避地练浦。岁己丑
(1649),萑苻四起,乃移家梅会里。里在大彭、嘉会二都之间,市名王
店。"②此处所谓"萑苻",或即含山盗。顺治十七年庚子(1660)五月,
含山盗昼掠梅里,是该地历史上的一次劫难。朱彝尊友人王汸在此
劫中不幸遇害。朱彝尊有《寇至二首》,其一述梅里此劫,云:"百里
寒山下,萑苻远近齐。探丸分赤白,放溜各东西。都尉金争摸,蚩尤
雾忽迷。今宵闻野哭,应有万行啼。"其二记王汸遭难,云:"我友遭维
絷,空留旧竹林。徒闻鞭宁越,犹未释陈琳。黄犊诚难卖,青毡讵可
寻。垂堂原有诫,端不为千金。"诗末注云:"里中王秀才汸为寇执至

———————————

① [清]许灿编:《梅里诗辑》卷十五,第6a—6b页。
② [清]朱彝尊著,姚祖恩编,黄君坦校:《静志居诗话》卷二,第44页。

营中,家贫无金可赎,遭害。"①本则《晦堂诗话》亦记其事。虽然诗话
开头"皇朝兵至"云云不无谀辞之嫌,"妇女倚楼而观……实为盗媒"
云云亦不脱卫道习气,但全篇生动详赡,兼有传奇色彩,是清代郡邑
诗话中比较少见的精彩长文。《续梅里诗辑》卷十一姚驾鳌《梅华溪
棹歌》组诗注中两引本则诗话。其一在《花篙游艇贩盐来》下,注曰
"《晦堂诗话》有盐枭金大杀贼事";其二在《鳌山顶上铁条纤》下,注
曰:"《晦堂诗话》:承平日久,元宵灯火甚盛,鬓影衣香,荡心惑志,实
为盗媒。"②可见,《晦堂诗话》因诗及事,记述乡邦历史,颇有可采,为
后人所重,诚有补于方志史乘。

　　《晦堂诗话》《远香诗话》虽然不详于诗论,但于诗人之交往、雅
集、结社之事颇为关注。《梅里诗辑》卷九"史翼经"条下诗话云:"国
初士人承明季余习,文社四起。吾里有景山社,实始'苹园八子'之
会,远近翕然。附之八子者:吴给谏准庵、郭大尹龙威、李学博梦白、
金文学枚叔、崔文学止庵、孔文学昭素,其二子则史伯子、仲子也。
《吹篪集》才藻不及伯子,而蕴藉胜之。"③史伯子即史宣纶,字王言,
号练溪,有《茗游草》;史仲子即史翼经,字人肇,号颐庵,有《吹篪
集》。兄弟二人皆风华踔厉,预"苹园八子"之会,足征乡邦风流。此
处还提及景山诗社与"苹园八子"的渊源,亦备参考。又,卷六许箕
《癸丑花朝集方穀弟永和楼观海棠有作》下诗话云:

　　　是集凡六君子各有诗,徐梗庾清诗云:"今日花开知为谁,怜
　　君有子苦吟诗。落红几点思亲泪,抚树浑如风木悲。"周赟诗云:

①［清］朱彝尊著:《曝书亭集》卷四,沈松勤主编:《朱彝尊全集》第 17 册,浙江
　　大学出版社,2021 年版,第 248 页。
②［清］沈爱莲编:《续梅里诗辑》卷十一,第 12a、19a 页。
③［清］许灿编:《梅里诗辑》卷九,第 14a 页。

"中庭嘉树知先泽,惨淡无花已二年。今日我来舒醉眼,忽惊繁
藻发楼前。"……先祖亦有二诗酬和。同里屠焯昭仲跋云:"余友
许子古力,绩学砥行,淡于世荣,没未几,长君礼我相继逝。有手
植海棠一,本竟尔憔悴,今春葩艳重发,其次君方毂不胜手泽之
感,兼恻埙箎,赋诗纪其事。故交数人访花下,如见故人,又嘉方
毂之孝且友,谓此花当与孔氏之桧、田宗之荆相为盛衰矣。"①

此记地方文士雅集,更及家族诗人,是乡邦诗学的重要资料。前引
《续梅里诗辑》卷七诗话中,时人以李富孙、李超孙、李遇孙三兄弟为
"小三李",亦是如此。又,卷八"丁子复"条下诗话云:"明经为王广
文焯婿,李大令集外孙婿,诗法渊源有自来也。"②本则诗话不仅缕析
家族诗人之间的关系,而且注意到家族关系与诗风之间的内在联系,
已然具备诗学理论的意义。

　　《晦堂诗话》《远香诗话》对乡邑方外之人和闺秀亦予关注。《梅
里诗辑》卷二十八载录智通,遁字天山,号拙崖,俗姓沈,甲申后弃诸
生为僧。许灿在诗话中论曰:"拙崖诗格老气苍,思深味永,可与黄
叶、冬关伯仲。"③黄叶,即释智舷(1557—1630),俗姓周,字苇如,号
秋潭、黄叶头陀、黄叶老人,明末秀水(今浙江省嘉兴市)人;工诗,善
行草,有《黄叶庵集》。冬关,即释通复(1609—1679),俗姓胡,字文
可,号冬关老人,亦嘉兴人;少与曹溶同窗,晚岁托迹禅门;有《冬关诗
钞》,《四库全书总目》卷一百八十一著录④。两人俱见《续梅里诗
辑》卷十二。沈爱莲《远香诗话》云:"黄叶主持石佛庵,诗与冬关齐

①［清］许灿编:《梅里诗辑》卷六,第24a页。
②［清］沈爱莲编:《续梅里诗辑》卷八,第5b页。
③［清］许灿编:《梅里诗辑》卷二十八,第15b页。
④鲁小俊:《〈清人别集总目〉僧侣资料补正》,吴光正、高文强主编:《中国宗教
　文学史编撰研讨会论文集》,北方文艺出版社,2015年版,第44页。

名,书法高古。"①朱绪曾按语引《嘉禾杂吟》谓:"黄叶诗清方外格,冬
关句老士林称。祇林二妙飞锡,一乡莲社风流,于斯为盛。"②是则三
人皆为嘉兴禅诗史重要人物。本卷又载明末清初著名女性书法家徐
范。范字仪静,号蹇媛,徐海门之女,徐贞木女兄。《远香诗话》云:

> 蹇媛有足疾,终身不字。工诗,为沈夫人纫兰所刻,已佚。
> 厉征君鹗曾录入《玉堂书史》。工书,程朗岑明府璋所刻《玉台
> 名翰》,相传皆出临摹,真巾帼中书圣也。③

《玉台名翰》原题《香闺秀翰》,是徐范临摹晋、唐、宋、元四朝女书法
家,包括卫夫人、长孙皇后、吴彩鸾、胡惠斋、张妙净、薛涛、朱淑真及
管道升八家书法而成。又载冯登府妻室李畹,畹号梅卿,嘉兴诸生能
容女,著有《随月楼残稿》。《远香诗话》曰:

> 梅卿夫人,早娴翰墨,倡随静好。教授家素贫,鬻衣典钗以
> 佐读书,锦瑟华年,惜未及见其登第也。吴江郭麐摘其句入
> 诗话。④

徐范、李畹皆是明清时期江南一代才女,《远香诗话》虽然没有讨论二
人诗作,但为其宣导,无疑会丰富后人对她们及梅里闺阁风雅的认
知。另外,《梅里诗辑》卷二十八还载录了女僧行刚,并附《晦堂诗
话》云:

---

① [清]沈爱莲编:《续梅里诗辑》卷十二,第 11b 页。
② [清]沈爱莲编:《续梅里诗辑》卷十二,第 11a 页。
③ [清]沈爱莲编:《续梅里诗辑》卷十二,第 1a 页。
④ [清]沈爱莲编:《续梅里诗辑》卷十二,第 7a 页。

祇园,处士胡日华女,嫁诸生常公振,未期而寡。中岁出家,
为石车通乘禅师弟子。师以如意付之,实力焚修,讲明秘典,洵
女僧之坊表也。①

行刚(1597—1654),俗姓胡,法号祇园,行刚是其法名,嘉兴人,明末
清初临济宗大师,有《孟夏关中咏》等诗传世。历代诗话不乏载录方
外、闺秀者,女僧则较少见。此亦《晦堂诗话》的别致之处。

第五节 早期闽台郡邑诗话《榕城诗话》

早期闽台郡邑诗话有杭世骏的《榕城诗话》和林正青的《榕海诗
话》,两书先后撰结于雍正十年(1732)、十一年(1733),前后仅相差
一年。杭书最早刊刻于乾隆四十年(1775),林书则一直未曾刊刻,仅
以稿本传世。国家图书馆藏林正青《榕海旧闻》残钞本 12 册,其中,
第 1 册卷首《凡例》有云:"各□评定诗句,荟萃有百余□,选其有关
者附于各传,余则散入逸事杂缀,但分见错出,反同嚼蜡,今另立诗话
一目,合为一帙,则微言奥义,叠出不穷,不特鸳鸯绣出,又把金针度
□。"②此中所言"诗话"应该就是《榕海诗话》,是则《榕海诗话》是林
正青编撰《榕海旧闻》的副产品。又据前述各家书目或叙录介绍,
《榕海诗话》原有八卷,现存残本三卷,藏湖北省图书馆。陈水云先生
撰有《〈榕海诗话〉考述》一文,对该书的主要内容和特色已有述解③,
故本节暂时存而不论,而专注于《榕城诗话》。

---

① [清]许灿编:《梅里诗辑》卷二十八,第 29b 页。
② [清]林正青撰:《榕海旧闻》第 1 册卷首,国家图书馆藏残钞本。按:原文未见
页码。
③ 陈水云:《〈榕海诗话〉考述》,吴宏一主编:《清代诗话考述》,第 368—369 页。

一、杭世骏与《榕城诗话》

杭世骏(1696—1773)，字大宗，号堇浦，浙江仁和县(今浙江省杭州市)人。雍正二年(1724)中举，乾隆元年(1736)举博学鸿词科，授翰林院编修。八年(1743)因策论忤乾隆意，革职罢归；十六年(1751)平反。晚年主广东粤秀书院、扬州安定书院。世骏幼而慧悟，长而博识，工书善诗，尤擅经史小学，著述极丰，有《两浙经籍志》《诸史然疑》《史记考证》《两汉书疏证》《三国志补注》《晋书补传赞》《石经考异》《订讹类编》《续方言》《道古堂集》《榕城诗话》等。

雍正十年壬子(1732)，杭世骏受聘往福州分校乡试，得睹闽中风华，因于职暇辑成《榕城诗话》以彰之。福州又名"榕城"，故以名诗话。然观其所载，并不囿于福州一地，而涉福建全省。杭世骏以浙人而撰闽省诗话，令《榕城诗话》成为清代郡邑诗话中少数几部非本邑人撰的郡邑诗话之一，且其成书时间比闽人林正青的《榕海诗话》早一年。也就是说，目前可见的最早的福建郡邑诗话或闽台郡邑诗话并非福建人所撰。

关于《榕城诗话》的内容，汪沆《榕城诗话序》所述甚详。其文曰："《榕城诗话》三卷，予友杭君堇浦壬子入闽分校乡试时所辑也。凡山川之丽崎，人物城郭之隐赈，风土物产之异尚，朋友宴饮之往来赠答，三月中见闻所及，或因诗以存事，或因事以存诗，甄录不遗，掇拾必广，洵艺圃之新闻，词林之佳构矣。……是编体备洪纤，义归彰瘅，后之读是诗者与今作者之意，洞若观火，岂非知人论世之一快乎？闽中诗派，前明一代自林子羽、高廷礼而下互相承袭，举以律调圆稳为宗，磨砻沙荡，如出一手，故卒未能争长诸夏。国朝百年以来，风声所被，月异岁迁，虽卷中所载不尽闽人，即就闽人诸诗以观，以雅以南，可登明堂清庙，则此一编也，不特援据繁博，足以补林谞、梁克家、陈鸣鹤诸志乘之未备,而昭代文教之隆亦于此可觇也已。"①杭氏自序亦云:"壬子之岁,余以试举人入闽,触暑刻程而至。牢闭僧国,未能遍交其贤豪长者,与之剖字钻响,盘敦一时,矧能掇其秀句而扬抉之? 颇有见闻,未忍删弃,随意笺述,勒为三卷。意主于表章,而事存乎风雅。述而不作,论而不议。其或醒䁖偏解,未当于诗人之铨序,抑以为篇章之外乘,风始之脞说,盖庶乎其可也。"②是则《榕城诗话》之意,亦在阐幽表微,扬抉风雅。

《榕城诗话》卷分上、中、下三帙,各有诗话 26、46、7 则,计 79 则。因"随意笺述"之故,《榕城诗话》诠次不甚明晰。大体而言,卷上以记闽中风土人情及杭氏入闽前后与友朋的往还唱和为主,卷中以记闽省诗人诗作诗事为主,卷下杂记闽省物产风习,衍及考证。就记述对象的时代而言,《榕城诗话》以明清两朝为主,偶及元代。卷上第19 则论福建、广州荔枝之优劣,引及李京《云南志略》③。李京为元人,成宗大德五年(1301) 为乌撒乌蒙道宣慰副使,后集其见闻而撰《云南志略》四卷。就记述对象的籍里而言,《榕城诗话》诚如汪沆所言"所载不尽闽人",如卷上第 11 则所记,为杭世骏与浙江吴兴籍进士章有大讨论李商隐诗注问题④。

《榕城诗话》在内容方面有一个令人印象深刻之处,就是卷下首则抄录了雍乾时人王延年的《闽江考》,长约两千五百字,为诗话诸篇

① [清]汪沆撰:《榕城诗话序》,[清]杭世骏撰,林朝霞点校:《榕城诗话》卷首,福建人民出版社,2012 年版,第 1 页。
② [清]杭世骏撰:《榕城诗话自序》,[清]杭世骏撰,林朝霞点校:《榕城诗话》卷首,第 4—5 页。
③ [清]杭世骏撰,林朝霞点校:《榕城诗话》卷上,第 10 页。按:原本、点校本均未标明诗话序号,本书为论述之便而次第之。又,本书所称诗话序号,除特别说明外,均是笔者所加。又,《云南志略》,原文作"《云南志》"。
④ [清]杭世骏撰,林朝霞点校:《榕城诗话》卷上,第 4 页。

之最,且无关诗事。杭世骏是当世名儒,擅经史,亦长于考证,四库馆臣称颂他"在近时小学家犹最有根柢者"①。同时,他也主张"以学问为诗"。其《沈沃田诗序》云:"学裕于己,运逢其会,雍容揄扬,而雅颂以作,经纬万端,和会邦国,如此其严且重也。后人渐昧斯义,勇于为诗而惮于为学,思义单狭,辞语陈因,不得不出于稗贩剽窃之一途。……余特以'学'之一字立诗之干,而正天下言诗者之趋,而世莫宗也。……然则诗非一人一家之事,识微之士,善持其敝,担斯责者,固非空疏不悦学之徒所能任矣。"②可见,杭世骏视学问为诗歌的基石。他将《闽江考》抄录进诗话著作,是他重视学问的表现,也显示了清代早期郡邑诗话的某种新变。后来阮元的《广陵诗事》等郡邑诗话也有不少考证性文字,表明清代郡邑诗话在世风的熏染下有学术化的倾向。

关于《榕城诗话》之名,还有一点需要说明。郑杰《国朝全闽诗录》、郑方坤《全闽诗话》均引有所谓"榕阴诗话"者,未题撰人。晚清学者谢章铤《论诗绝句三十首·序言》有"杭大宗之《榕阴诗话》"之谓。此以《榕阴诗话》为杭世骏之作。又,蒋寅先生《清诗话待访书目》载:"《榕阴诗话》,卷数不详,佚名撰。郑杰辑《国朝全闽诗录》卷五、卷七、续编卷九引之。"③此以《榕阴诗话》为佚名之作。今据学者考证,《全闽诗话》所引《榕阴诗话》一书,实即杭世骏《榕城诗话》④。又或以为,"《榕城诗话》在当时另有《榕阴诗话》之名,并不是郑方坤一家杜撰"⑤。"杜撰"《榕阴诗话》之名,郑方坤自无必要,郑杰亦

①［清］永瑢等撰:《四库全书总目》卷四十,第343页。

②［清］杭世骏撰:《沈沃田诗序》,［清］杭世骏著:《道古堂文集》卷十,《续修四库全书》第1426册,第296页。

③蒋寅:《清诗话考》,第133页。

④陈开林:《七部清人诗话考辨》,《西华师范大学学报》2016年第5期,第32页。

⑤李清华:《清代地域诗话研究》,第57页。

然。不过,《四库全书总目》收录杭世骏《榕城诗话》并作提要,又在其他提要中先后7次引用该书,均称"杭世骏《榕城诗话》",未提该书尚有异名。典册浩繁,辗转传抄,误植书名,常常有之,亦不必讳言。

二、《榕城诗话》对闽诗史的描述

《榕城诗话》成于途次,随思随录,体例不甚严整,但草蛇灰线,于其序言及正卷之论人述事中,约可窥见杭世骏之于闽省诗史的认知。《榕城诗话自序》云:

> 闽设郡自秦始。汉五年始立亡诸为闽粤王,王闽中故地,都冶,颜师古谓即侯官县,是。闽之有儒家,自唐成公李椅立教始,而常建因之以设乡校。闽人之举进士,唐自欧阳詹始。黄璞著《名士传》,又以为其前有薛令之、林藻。令之、藻以赋传,而詹得交于昌黎,始以诗著。暨后黄滔文山辈蔚尔继兴,闽之文学乃郁郁乎彬布矣。宋诗在闽独无支派,见于史书艺文志者,林、黄、朱、郑数集而外,类皆魁儒硕学,以经业显,风骚之旨固殊焉。明初"十子",奕奕清畅。迨至末造,谢在杭、曹能始、徐惟和兄弟(引按:分别指谢肇淛、曹学佺、徐𤊹及其弟徐熥),标声阐义,鼓吹海隅,犹未能登述作之堂也。[1]

序言由地及史,因人述诗,杭世骏对闽省诗史的认知略备于此。又,序称"宋诗在闽独无支派",故其正卷论闽诗,自朱明始,且先述诗选,次论诗人。

---

[1] [清]杭世骏撰:《榕城诗话自序》,[清]杭世骏撰,林朝霞点校:《榕城诗话》卷首,第4页。

《榕城诗话》卷中前5则,均涉闽人诗集和诗选,曰:

有明选辑闽诗者,闽县邓汝高原岳撰《闽诗正声》,怀安陈仲声元珂撰《三山诗选》,闽县徐惟和熥撰《晋安风雅》。徐兴公𤊹《榕阴新检》中恒引《晋安风雅》,其全书不可见。

虞山钱氏云:"汝高以《唐诗正声》为宗,大率明诗之声调圆稳、格律整齐者,几以嗣响唐音,而汰除近世叫嚣跳踉之习。然其所谓唐音者,高廷礼《正声》《品汇》之唐,而非唐人之唐也。"

《晋安风雅》凡十二卷,自洪、永迄万历,总二百六十余人。《凡例》云:"闽得什六,侯官、长乐各得什一,怀、福共得什一,古田、永福、连江仅得什一,若罗源、闽清则风气未开,或有待也。"《序》谓:"不论穷达显晦,皆因诗采拾。至于野狐外道、格律稍畔者,虽有梁、窦之权,不敢滥厕片语,为雅道蟊贼。"

《十才子集》有刊本。《周黄二玄集》,谢编修道承云"见于戚属某家",今则亡之矣。稍散见能始、惟和、牧斋、竹垞数家选本,当钞撮合之。

"闽中十才子"皆生胜国之初,曰膳部员外郎福清林鸿子羽,有《鸣盛集》;曰征士长乐陈亮景明,有《沧洲集》;曰翰林典籍长乐高廷礼彦恢,有《啸台》《木天清气》二集;曰翰林典籍闽县王恭安中,有《白云樵唱》《凤台清啸》《草泽狂歌》三集;曰陕西副使闽县唐泰亨仲,有《善鸣集》;曰国子助教闽县郑定孟宣,有《淡斋集》;曰国史院简讨永福王偁孟敭,有《虚舟集》;曰翰林修撰闽县王褒中美,有《养静斋集》;曰祠部尚书郎闽县周玄微之,有《宜秋集》;曰泉州训导侯官黄玄玄之,集不传。万历中,三山袁表景从、马荧用昭选辑为《十才子集》,吴兴徐中行子与为之序,林鸿弟子又有林敏、陈仲完、郑关、张友谦、赵迪。①

又,卷中第9则载:

> 《二蓝集》闽人无知者。何氏《闽书》:"蓝仁有《蓝山集》,蓝
> 智有《蓝涧集》。"竹垞尝辑入《诗综》中,以为"十子"之先,闽中
> 诗派实其昆友倡之。集本合刻。吴明经焯尝于吴门买得《蓝山
> 集》,是洪武时刊,有蒋易、张槃二《序》,与竹垞言吻合,而《蓝涧
> 集》究不可购。惟和辑《风雅》时,"二蓝"阙焉,则此集之亡
> 久矣。②

以上6则诗话合自序观之,可窥杭世骏对闽诗历史的基本认知。首
先,他认同朱彝尊的观点,以元末明初"崇安二蓝",即蓝仁、蓝智兄弟
二人为闽中诗派的肇创者,并认为他们是"闽中十子"的先导。其次,
他列举了"闽中十才子"及其诗集,赞赏他们清畅的诗风。再次,他以
谢肇淛、曹学佺以及徐𤊹、徐熥兄弟为明末闽中诗派的代表,但认为
他们的诗歌"未能登述作之堂"。最后,他列举了三部明诗选集及其
存佚情况,即陈元珂《三山诗选》、邓原岳《闽诗正声》、徐熥《晋安风
雅》,暗示三人构建地域诗学传统的努力③;又引钱谦益之论,指出邓
原岳倡言以初、盛唐为"正声"的选诗准则实际上来自高棅,并未得唐
诗之正。

---

① [清]杭世骏撰,林朝霞点校:《榕城诗话》卷中,第15—16页。
② [清]杭世骏撰,林朝霞点校:《榕城诗话》卷中,第17页。
③ 关于《闽诗正声》《晋安风雅》等诗选与明代后期福建诗坛的新变及其与晚明
　诗歌格局的关系,可参陈广宏:《晋安诗派:万历间福州文人群体对本地域文
　学的自觉建构》,《中国文学研究》第十二辑,中国文联出版社,2008年版,第
　82—117页。

三、《榕城诗话》的诗学观念

作为一代醇儒,杭世骏的诗学立场非常正统,坚守敦伦宣化的儒家诗教观。他在《江警堂遗稿序》中说:"诗萌牙于闺门,而起教乎微渺人伦之际,王化之原于是焉备。后世鲜通斯义,争以雕刻物理为贵,扇侧艳之辞,狃狷巧之习,繁枝叶而丧本根,先王之遗教泯矣。"①因此,诗歌贵乎达意,抒情则须以礼义为规范,如此才能和心正性。《王东侯竹香阁诗钞序》云:"今之诗歌,古之乐章也。诗贵达意,意达即止,无取乎铺张也;诗贵抒情,情抒则流,无取乎侏离也。天地和而万物理,而乐以作;人心和而性情正,而诗亦以作。"②此一诗学观念在《榕城诗话》中也有呼应。卷上第 14 则云:

> 若乐只言,是能以礼义止情也。古之圣王,名察发敛,春非我春,秋非我秋,因其势而导之,斯已矣。婵娟豸趾(引按:疑为"婵娟趾豸"之倒文;"趾"一般作"此"),下士乐道,而贤哲羞称。然原其指归,迄于丽则,亦可以参《雅》《颂》而登郊祀。律乐只于《关雎》不淫,若轨之赴涂而钧之埏埴也。阴淫案衍之音,盖非所以劝矣。蒙者不察,缀辑芳华,波荡不已,说者以为失诗人之本始云。③

圣王治世,要在因势利导。诗歌之教,要在以情宣教,以礼制情。因此,轻佻放荡之情,绮靡藻饰之辞,均非正道。《榕城诗话》卷上最后

---

① [清]杭世骏撰:《江警堂遗稿序》,[清]杭世骏著:《道古堂文集》卷九,第291 页。
② [清]杭世骏撰:《王东侯竹香阁诗钞序》,[清]杭世骏著:《道古堂文集》卷十二,第 315 页。
③ [清]杭世骏撰,林朝霞点校:《榕城诗话》卷上,第 6 页。

一则,杭世骏抄录自己写给亲友的尺牍和绝句,内多俪辞,又云:"予夙耽禅悦,而结习未尽,客舍凄灵,每盘谈而睎梵夹,斋鱼粥鼓,是有会心。绮语纷纶,不免汤休之障,是其病也。"①《宋书》卷七十一《徐湛之传》载:"时有沙门释惠休,善属文,辞采绮艳,湛之与之甚厚。世祖命使还俗。本姓汤,位至扬州从事史。"②是则汤休之障在惑于丽藻之饰而不能证悟佛理也,诗歌之道亦然。

职是之故,杭世骏在《榕城诗话》中推崇自然有致的诗风,反对刻意直露的诗歌。卷中第 17 则云:"崔嶷,字殿生,闽县人,十三能诗……古诗摹形长吉,文深义浅,近体尤纤微憔悴。……《寒食》五言云:'晨磬全喑雨,春峦半养烟。'乃为渐近自然。"③又,卷中第 24 则云:"何梅选《绥安两布衣集》,其一为丁之贤,字德峰。……之贤在秦中时,曾刻诗百余首,五言若'林壑秋摧叶,江喧夜聚航'……七言若'潼关东抱成金陡,灞水西来作御沟',皆清峭刻露。余可诵者亦希。"④两则诗话正、反两个层面透露了杭世骏对自然诗境的欣赏。所谓"致",即指有风致。《榕城诗话》又多次以"致"论诗。卷上第 10 则:"张参议廷枚,三韩人,诗骨婉丽,在韩致尧、吴子华间。所刻《春晖堂诗》丐予制序。其《瓶花》绝句云:'垂帘莫放西风人,留取秋光在草堂。'风致可想见也。"⑤又,卷中数则诗话提及清代早期福建著名诗人黄任及其诗歌。黄任(1683—1768),字于莘,又字莘田,福建永福(今福建省永泰县)人;康熙四十一年壬午(1702)举人,官四会知县,有《秋江集》《香草笺》等。杭世骏在诗话中论黄任《夜来香》

①[清]杭世骏撰,林朝霞点校:《榕城诗话》卷上,第 14 页。
②[梁]沈约撰:《宋书》卷七十一,中华书局,1974 年版,第 1847 页。
③[清]杭世骏撰,林朝霞点校:《榕城诗话》卷中,第 18 页。
④[清]杭世骏撰,林朝霞点校:《榕城诗话》卷中,第 20—21 页。
⑤[清]杭世骏撰,林朝霞点校:《榕城诗话》卷上,第 3 页。

绝句云："风致固自不浅。"①至于"风致"的内涵,可从杭世骏《马思山南培诗稿序》中窥见。其文有曰:

> 诗无定格,以清贵为宗。有山水之助,不有云霞之情,非清也;有经籍之腴,不有高远之见,非贵也。②

所谓"山水之助"者,是诗景清新灵秀;所谓"云霞之情",是指诗情超逸洒落;所谓"高远"者,是指诗思迥出流辈。三者合观,即杭世骏所谓"清贵"也,亦即"风致"也。

要而言之,杭世骏在《榕城诗话》中表露的主要诗学观念是:在坚守儒家正统诗教立场下,追求自然有致的诗风。

四、《榕城诗话》与《四库全书总目》

《四库全书总目》收录《榕城诗话》,列卷一百九十七《诗文评类存目》之末,其提要云:

> 是编乃雍正壬子世骏以举人充福建同考官所作,故以"榕城"为名。其论诗,以王士祯(引按:即王士禛)为宗。故如冯舒、冯班、赵执信、庞垲、何焯诸人不附士祯者,皆深致不满。于同时诸人,无不极意标榜,欲以仿士祯诸杂著。然士祯善于选择,每一集节取一二联,往往可观,世骏则未之能也。③

---

① [清]杭世骏撰,林朝霞点校:《榕城诗话》卷中,第 27 页。
② [清]杭世骏撰:《马思山南培诗稿序》,[清]杭世骏著:《道古堂文集》卷十,第291 页。
③ [清]永瑢等撰:《四库全书总目》卷一百九十七,第 1806 页。

此篇文字与其说是提要,不如说是批判。四库馆臣一方面指摘杭世骏党同伐异,对诗论与己不同调的冯舒、冯班、赵执信、庞垲、何焯等人"深致不满";另一方面指出杭世骏步武王士禛而作诗话,但识见不足,摘录不精,致其书有连篇累赘之弊。关于第二点,馆臣之见不无道理。较之王士禛《渔洋诗话》的摘句式批评,《榕城诗话》倾向于整体抄录诗歌,但往往又吝于诗论,确有繁芜之感。如卷中最后一则述及郑方城、郑方坤兄弟的《却扫斋倡和集》,全篇长约七百六十字,但评论仅有4字:"颇著奇警",其余均是抄录郑氏兄弟的唱和诗《咏暖锅》①。

　　至于汪沆在《榕城诗话序》中说杭书"不特援据繁博,足以补林谓、梁克家、陈鸣鹤诸志乘之未备,而昭代文教之隆亦于此可觇也已"云云②,乃友朋鼓吹之辞,未必客观。

　　对于第一点,四库馆臣所指乃《榕城诗话》卷上第12则,其文曰:

　　　　戚进士岌言,德清人,每为"二冯"左袒。予跋其《才调集》点本后曰:"固哉!冯叟之言诗也。承转开合,提唱不已,乃村夫子长技。缘情绮靡,宁或在斯?古人容有细心,通才必不当为此迂论。右西昆而黜西江,夫西昆盛于晚唐,西江盛于南宋。今将禁晋、魏之不为齐、梁,禁齐、梁之不为开元、大历,此必不得之数。风会流转,人声因之。合三千年之人,为一朝之诗,有是乎?'二冯'可谓能持诗之正,未可谓遂尽其变也。益都赵秋谷(引按:赵执信之号)、吴门何屺瞻(引按:何焯之字)皆宗尚其说,而并好其诗。《钝吟》《小集》诸刻,几庶冬郎语乎?李、杜之光焰,

①［清］杭世骏撰,林朝霞点校:《榕城诗话》卷中,第27—29页。
②［清］汪沆撰:《榕城诗话序》,［清］杭世骏撰,林朝霞点校:《榕城诗话》卷首,第1页。

韩、孟之崛奇,概乎未有闻焉。秋谷《谈龙》,敢于集矢新城,至钝吟竟欲范金事之,岂昌歜、羊枣,性各有偏嗜耶?"①

戚牧言(1699—1742),字魏亭,号渭艇,又号研斋,浙江德清人;雍正庚戌(1730)进士,曾知福建连江县。戚氏点校韦縠《才调集》,杭世骏为作跋语,并借机发表对"二冯"诗论的看法。"二冯"即明末清初江苏常熟冯舒、冯班兄弟,人称"海虞二冯"。冯舒(1593—1649),字己苍,号默庵,著有《默庵遗稿》《空居阁集》《诗纪匡谬》等。冯班(1602—1671),字定远,号钝吟,钱谦益弟子,著有《钝吟集》《冯氏小集》等。"二冯"论诗,推重温、李,反对江西诗派和严羽《沧浪诗话》,又借评点五代韦縠的《才调集》,宣扬其诗学思想。其中,冯班更由晚唐上溯齐梁,将李商隐视作"晚唐齐梁体诗人的代翘楚,认为他的齐梁体诗既葆有华艳鲜妍的形式,又能够注入兴寄精神。这种文字上接续齐梁传统、精神上又近于老杜的诗歌形式是冯班理想中的诗歌范本"②,故大力倡导而排斥其余。杭世骏认为世有因革,风雅代变,必若以晚唐为尊而贬江西诗派,未免固执。事实上,相较于王士禛对"二冯"诗论的全盘否定,杭世骏的批评要温和得多。《带经堂诗话》卷二云:

> 严沧浪《诗话》借禅喻诗,归于妙悟。如谓盛唐诸家诗,如镜中之花,水中之月,镜中之象,如羚羊挂角,无迹可求,乃不易之论。而钱牧斋驳之,冯班《钝吟杂录》因极排诋,皆非也。常熟冯班字定远,著《钝吟杂录》,多拾钱宗伯牙慧,极诋空同、沧溟,于

① [清]杭世骏撰,林朝霞点校:《榕城诗话》卷上,第5页。
② 刘一:《论冯班以晚唐为体、齐梁为用的诗学观》,《江苏社会科学》2016年第3期,第233—234页。

弘、正、嘉靖诸名家多所訾謷。其自为诗,但沿香奁一体耳。教
人则以《才调集》为法。余见其兄弟所评《才调集》,亦卑之无甚
高论。乃有皈依顶礼,不啻铸金呼佛者,何也?①

王士禛首先肯定严羽《沧浪诗话》对盛唐的推重和评断,继而指出冯
氏排诋严羽的渊源,并对"二冯"评点的《才调集》不屑一顾。相较于
王氏拾人牙慧、卑之无甚高论等轻蔑之语,杭世骏"迂论""庶几冬郎
语"云云,显然更冷静客观。不过,在对赵执信的批评上,杭世骏却比
王士禛更进一步。王士禛所谓"有皈依顶礼,不啻铸金呼佛者",意指
崇敬冯班之人,没有点名赵执信,但杭世骏却直言赵执信欲"范金事
冯班"②,并对赵氏在《谈龙录》中批评王士禛"诗如神龙"大为不满。
然而,四库馆臣在《榕城诗话提要》中并未注意到这些区别,笼统认定
杭世骏论诗"以王士禛为宗",进而指摘其标同伐异。

　　吊诡的是,在另外的提要中,四库馆臣对杭世骏上述诗话的态
度,又有不同。《四库全书总目》卷一百九十一《二冯评点才调集提
要》云:

　　　　国朝冯舒、冯班所评点,其犹子武合刊之。班有《钝吟杂
　　录》,已著录。此书去取大旨,具见武所作《凡例》中。凡所持
　　论,具有渊源,非明代公安、竟陵诸家所可比拟。故赵执信祖述
　　其说。然韦縠之选是集,其途颇宽,原不专主晚唐。故上至李

①［清］王士禛撰,［清］张宗柟纂集,戴鸿森点校:《带经堂诗话》卷二,人民文学
　出版社,1963年版,第65页。
②赵执信《钝吟冯先生宅感怀二绝句》有云:"敝庐未解相料理,枉被名卿妒范
　金。"其下自注:"阮亭司寇谓余尊奉先生,几欲范金事之,为不可解。"自行对
　号入座,坐实"范金事冯班"的传言。详参赵执信:《诒山诗集》卷十三《浮家
　集》,《清代诗文集汇编》第210册,第283—284页。

白、王维,以至元、白长庆之体,无不具录。二冯乃以国初风气矫太仓、历城之习,竞尚宋诗,遂借以排斥江西,尊崇昆体。黄、陈、温、李,断断为门户之争。不知学江西者其弊易流于粗犷,学昆体者其弊亦易流于纤秾。除一弊而生一弊,楚固失之,齐亦未为得也。王士祯谓赵执信崇信是书,铸金呼佛,殊不可解。杭世骏《榕城诗话》亦曰"戚进士孹言,德清人,每为'二冯'左袒。予跋其《才调集》点本后曰:'固哉!冯叟之言诗也。承转开合,提唱不已,乃村夫子长技。……"二冯"可谓能持诗之正,未可谓遂尽其变也'"云云,其论颇当。惟谓"承转开合乃村夫子长技",则又主持太过。孟子曰:"梓匠轮舆能与人规矩,不能使人巧。巧在规矩之外,而亦不能出乎规矩之中。"故诗必从承转开合入,而后不为泛驾之马,久而神明变化,无复承转开合之迹,而承转开合自行乎其间。譬如毛嫱、西子,明眸纤步,百态横生,要其四体五官之位置,不能与人有异也。岂有眉生目下、足著臂旁者哉?王士祯《蠡勺亭观海诗》曰:"春浪护鱼龙,惊涛与汉通。石华秋散雪,海扇夜乘风。"竟不知士祯斯游为在春、在秋、在书、在夜,岂非但标神韵,不讲承转开合之故哉!世骏斯言,徒欲张新城之门户,而不知又流于一偏也。①

在这则提要中,四库馆臣引用了上述《榕城诗话》的前半段(本书为避烦琐,予以省略),并说"其论颇当",同时对杭世骏"承转开合乃村夫子长技"的看法进行了辩驳。虽然有正亦有反,但较之《榕城诗话提要》的全盘批评,差别甚大。这种态度应该与杭世骏曾遭乾隆诘问黜归无关。除《榕城诗话》外,《四库全书总目》还收录了杭世骏其他三种著作,且均以肯定为主。卷四十《续方言提要》称,该书虽有"失

---

① [清]永瑢等撰:《四库全书总目》卷一百九十一,第1735—1736页。

检","然大致引据典核,在近时小学家犹最有根柢者也"①。卷四十五《三国志补注提要》称,该著"足以资考证,故书虽芜杂,而亦未可竟废焉"②。卷八十六《石经考异提要》称,该书"考证皆极精核",对于明显的遗漏之处,甚至以"足见考证之难矣"予以回护③。那么,两则提要的差别究竟因何而生呢?

　　细究两则提要,可以发现四库馆臣在《榕城诗话提要》中对杭世骏的指责集中于其党同伐异,《二冯评点才调集提要》对杭世骏的褒贬互见则基于其诗学观点。前者是思想问题,后者是学术问题。清廷有鉴于宋、明朋党政治的危害,于此深以为鉴。此一立场于《四库全书总目》亦可窥见。卷四十五《史部总叙》谓:"盖宋、明人皆好议论,议论异则门户分,门户分则朋党立,朋党立则恩怨结。恩怨既结,得志则排挤于朝廷,不得志则以笔墨相报复。其中是非颠倒,颇亦荧听。"④又,卷一百四十八《集部总叙》谓:

　　　　大抵门户构争之见,莫甚于讲学,而论文次之。讲学者聚党分朋,往往祸延宗社;操觚之士笔舌相攻,则未有乱及国事者。盖讲学者必辨是非,辨是非必及时政,其事与权势相连,故其患大;文人词翰,所争者名誉而已,与朝廷无预,故其患小也。然如艾南英以排斥王、李之故,至以严嵩为察相,而以杀杨继盛为稍过当。岂其扪心清夜,果自谓然?亦朋党既分,势不两立,故决裂名教而不辞耳。至钱谦益《列朝诗集》,更颠倒贤奸,彝良泯绝,其贻害人心风俗者,又岂鲜哉!今扫除畛域,一准至公。明

①〔清〕永瑢等撰:《四库全书总目》卷四十,第343页。
②〔清〕永瑢等撰:《四库全书总目》卷四十五,第404页。
③〔清〕永瑢等撰:《四库全书总目》卷八十六,第743页。
④〔清〕永瑢等撰:《四库全书总目》卷四十五,第397页。

以来诸派之中,各取其所长,而不回护其所短。盖有世道之防
焉,不仅为文体计也。①

四库馆臣于史、集两部《总叙》中一再论及朋党的危害,绝非偶然。盖
史籍关乎历史认知,诗文关乎政教人伦,故不能不慎,念兹在兹。就
诗话著作而言,朋党立场也是四库馆臣关注的重点。卷一百九十五
《临汉隐居诗话提要》曰:

> 及作此书,亦党熙宁而抑元祐。如论欧阳修则恨其诗少余
> 味,而于"行人仰头飞鸟惊"之句始终不取;论黄庭坚则讥其自以
> 为工,所见实僻,而有"方其拾玑羽,往往失鹏鲸"之题;论石延年
> 则以为无大好处;论苏舜钦则谓其以奔放豪健为主;论梅尧臣则
> 谓其乏高致。惟于王安石则盛推其佳句。盖坚执门户之私,而
> 甘与公议相左者。②

《临汉隐居诗话》的作者魏泰,是王安石新政的重要支持者曾布的内
弟。北宋新旧党争主要围绕神宗熙宁二年(1069)开始的王安石变法
展开,但石延年、苏舜钦、梅尧臣三人在这之前就已辞世,难称旧党,
更无预元祐时期的党争。以四库馆臣的学养,很难说他们不知道此
一常识,但依然牵攀欧阳修、黄庭坚并而论之,认为魏泰基于新党立
场,在《临汉隐居诗话》中刻意贬低三人的诗歌成就。于此可见四库
馆臣对朋党忌惮之切。同卷《石林诗话提要》亦见此意③。事实上,
《榕城诗话》全篇 79 则中,仅上述那 1 则诗话直接关涉"二冯"诗论

① [清]永瑢等撰:《四库全书总目》卷一百四十八,第 1267 页。
② [清]永瑢等撰:《四库全书总目》卷一百九十五,第 1782 页。
③ [清]永瑢等撰:《四库全书总目》卷一百九十五,第 1783 页。

和王、赵之争,且杭世骏在诗话中对"二冯"的批评与王士禛有所不同,但馆臣同样视而不见。可见,四库馆臣对《榕城诗话》党同伐异的指摘,并非基于诗学立场,而是源出压制朋党的政治立场。此一立场尤须阐明于针对本书的提要,以显示自己与朝廷政统的一致性,但脱离了本书提要的限制性环境后,书写策略便可涉入或者说回归学术立场,发掘对象的真正价值。因此,《二冯评点才调集提要》对《榕城诗话》的诗学价值进行了双向审视。

　　《二冯评点才调集提要》之外,《四库全书总目》还6次引及《榕城诗话》。卷一百六十九《蓝涧集提要》曰:

　　　　观焦竑《经籍志》所载,惟有《蓝静之集》,而《蓝涧集》独未之及。是明之中叶已有散佚,近亦未见传本。故杭世骏《榕城诗话》曰:"《二蓝集》闽人无知者。何氏《闽书》:'蓝仁有《蓝山集》,蓝智有《蓝涧集》。'竹垞尝辑入《诗综》中,以为'十子'之先,诗派实其昆友倡之。集本合刻。吴明经焯尝于吴门买得《蓝山集》,是洪武时刊,有蒋易、张榘二《序》,与竹垞言吻合,而《蓝涧集》究不可购。徐惟和辑《晋安风雅》时,'二蓝'阙焉。则此集之亡久矣"云云。①

这是援引《榕城诗话》以为论据。卷一百八十四《秋江诗集提要》亦云:"国朝黄任撰。任字莘田,永福人,康熙壬午举人,官至四会县知县。杭世骏《榕城诗话》称其工书法,好宾客,诙谐谈笑,一座尽倾。罢官归里,压装惟端溪石数枚,诗束两牛腰而已。其诗源出温、李,往往刻露清新,别深怀抱。如《杨花绝句》云:'到底不知离别苦,后身还去作浮萍。'《春日杂思》云:'夕阳大是无情物,又送墙东一日春。'

―――――――

① [清]永瑢等撰:《四库全书总目》卷一百六十九,第1471页。

所为缘情绮靡,殆于近之。而低徊宛转,亦或阑入小词,大致古体不如今体,大篇又不如小诗,故《榕城诗话》独称其七绝,盖才分各有所长云。"①其他如卷十九《周礼述注提要》②、卷一百八十三《超然诗集提要》③、卷一百九十四《百名家诗选提要》④,均是如此。

另有引用《榕城诗话》相关记载以商榷者。卷二十《仪礼章句提要》曰:

> 吴廷华撰。廷华字中林,初名兰芳,仁和人。康熙甲午举人,由中书舍人历官福建海防同知。乾隆初,尝荐修《三礼》。杭世骏《榕城诗话》称:"廷华去官后,寄居萧寺,穿穴贾、孔,著《二礼疑义》数十卷。"案:廷华所著《周礼疑义》,今未之见。而此书则名《章句》,未审别有《仪礼疑义》,抑或改名《章句》也。⑤

这是怀疑《榕城诗话》误记吴廷华的著述,然论其口吻,与《榕城诗话提要》全然不同,于此亦可见《四库全书总目》对包括清代郡邑诗话在内的诗话著作批评立场的复杂性。

---

① [清]永瑢等撰:《四库全书总目》卷一百八十四,第 1668 页。
② [清]永瑢等撰:《四库全书总目》卷十九,第 155 页。
③ [清]永瑢等撰:《四库全书总目》卷一百八十三,第 1660—1661 页。
④ [清]永瑢等撰:《四库全书总目》卷一百九十四,第 1771 页。
⑤ [清]永瑢等撰:《四库全书总目》卷二十,第 164 页。

第五章 清代中期的郡邑诗话

清代中期,社会经济文化趋向鼎盛,地域意识愈加蓬勃,地方诗学也随之跃进。以清诗总集的编纂为例,清初全国类清诗总集占据主导位置,但到了清代中期,地方类清诗总集则取而代之①。与之相应,郡邑诗话著述纷出,进入高峰期。就清代中期郡邑诗话的数量而言,江南地区继续以先驱者的姿态独占鳌头,多至 20 种,几近整个清代郡邑诗话的三分之一;其次是闽台郡邑诗话,计有 10 种,亦不遑多让。其他如江西、湖湘、畿辅、岭南等地区,也出现了颇具特色的郡邑诗话。这一时期的郡邑诗话编撰者中,最值得注意的是梁章钜,独撰 7 种郡邑诗话,其中 6 种属闽台,1 种属广西,实乃"清代郡邑诗话第一人"。本章将以江南、闽台郡邑诗话和梁章钜为重点展开讨论。

第一节 清代中期的江南郡邑诗话

清代中期的江南郡邑诗话包括单行独撰诗话 12 种、附集诗话 7 种,另有汇编诗话 1 种,即陶元藻《全浙诗话》。陶书是清代汇编诗话中篇幅最巨者,收录先秦至清代的浙江籍诗人和少数宦游、寓居浙地者,几近一千九百家,征引书目近七百种,得诗话两千余则,是浙江古代诗学资料的集大成者。学界对该诗话已有较详细的专论,故本书

---

① 夏勇:《清诗总集研究(通论)》,浙江大学博士学位论文,2011 年,第 40 页。

不再单独考察,而是根据需要随文述及。咸丰三年(1853),钱塘人张道撰《全浙诗话刊误》一卷①,订其编纂重出、失次、失名及失实,共25处,并附辨析1处,诚有裨于校勘《全浙诗话》。此期江南郡邑诗话还有一个值得注意的现象,就是出现了经学大师撰写的郡邑诗话著作,包括阮元的《广陵诗事》和朱彬的《游道堂诗话》,在一众诗人、选家诗话著作中独标一格。另外,杨廷撰的《一经堂诗话》与范国禄的《山茨社诗品》同见于杨氏编纂的《五山耆旧》二集,又见于杨氏与徐缙曾共同辑录的《崇川咫闻录》,也比较特殊。因此,本节将以三部诗话为中心,以点带面,对此期江南郡邑诗话进行初步讨论。

一、阮元的《广陵诗事》及其学术史、诗话史价值

(一)《广陵诗事》的基本内容

阮元是清代乾、嘉时期博学淹通的硕彦鸿儒,也是扬州学派巨子之一,其学术成就涵盖经学、小学、历史、舆地、金石、天文、历算、文学等领域,世人重之,推为山斗。阮元洋洋大观的著述除笼罩以上领域外,还衍及诗学,编撰有《小沧浪笔谈》《定香亭笔谈》《广陵诗事》等。其中,《广陵诗事》成书于阮元督学浙江期间,是阮元编辑《淮海英灵录》的副产品,撰成于嘉庆四年(1799)六月,初刻于嘉庆六年(1801),所记为清初至嘉庆初的扬州诗事。《广陵诗事叙》云:

> 余辑《淮海英灵集》既成,得以读广陵耆旧之诗,且得知广陵耆旧之事,随笔疏记,动成卷帙。博览别集,所获日多,遂名之曰

---

① 《全浙诗话刊误》卷首有张道撰于咸丰三年(1853)的序,称《全浙诗话》“搜罗颇称繁富,但雠校未精”,故有刊误之举。详参《全浙诗话刊误》卷首,清光绪六年(1880)重刊本,第1a—1b页。按:张道,原名炳杰,字少南,一字伯几,号劫海逸叟,诸生,工诗文戏曲,兼擅书画。张道博学多识,著有《渔浦草堂诗集》《全浙诗话刊误》《苏亭诗话》《定乡小识》等。谭献《复堂类稿》有其传。

《广陵诗事》。①

又，《淮海英灵集·凡例》云：

> 忠孝节义之事迹，及谦会之韵事，园庭之废兴，彝言名句之
> 流传，书画古器之赏鉴，元已别为《广陵诗话》若干卷，伺定稿后，
> 再为付梓。②

《淮海英灵集》旨在收集家乡扬州耆旧之诗，以其诗歌或是诗集为本。阮元在编辑该书的过程当中，发现了很多与家乡诗人或其诗歌密切相关的逸闻故实，材料既多，可堪流布，因此他决定另行辑成一书。可见，《广陵诗事》是阮元编纂《淮海英灵集》的副产品，二者重心有别，前者重在辑录广陵耆旧之诗事，是为诗话；后者意在收录广陵耆旧之诗，是为诗集。

《广陵诗事》全书共十卷，计554则诗话。每卷所记，自有重点，这与阮元脉理明晰的学术意识应该不无关系；就内容而言，大体不出《淮海英灵集·凡例》所自述。如，卷一记士林之事，其第7则云：

> 汪检讨楫，字舟次。有《送弟归里诗》，句云："客梦无多时
> 上冢，君恩未报敢思乡"，真见忠孝之忱。舟次于康熙癸未，奉命
> 充册封琉球正使，乘传过扬州，渡闽海遇神飙，三日而至，宣示威
> 德，改订典礼。其《观海诗集》有天风海涛之势，较早年诗境大
> 异。彼国长史郑洪良以王命请画舟次像留国中，舟次以诗答之

---

① ［清］阮元撰：《广陵诗事叙》，［清］阮元撰：《广陵诗事》卷首，第1页。
② ［清］阮元撰：《淮海英灵集·凡例》，［清］阮元编：《淮海英灵集》卷首，第2页。

云:"岂是中朝第一流,偶持龙节拂麟洲。大名那得齐诸葛,遗像
何劳比益州。稍喜文章堪报国,谁凭骨相取封侯。灵台一片真
难状,多谢传神顾虎头",真得使臣之体矣。归作《乘风破浪
图》,一时诗人皆题咏焉。①

汪楫(1626—1689),字次舟(或作"舟次"),号悔斋,安徽休宁人,寄
籍江苏扬州。康熙二十一年(1682),汪楫被任命为册封琉球正使,翌
年率团出使琉球,归国后汪楫写成《中山沿革志》《册封琉球疏抄》
《使琉球杂录》等,为中日关系留下珍贵史料。《广陵诗事》本则诗话
即记载汪楫出使琉球之事,并颂其爱国、谦逊之品性,不仅具有诗学
价值,更具特殊的历史意义和现实价值。所谓"渡闽海遇神飙"云云,
汪楫有《神飙》诗述及,云:"惊涛万里势搏空,三日神飙笑卷篷。此
际高堂念游子,犹从五两祝南风。"②所谓"神飙"即经过钓鱼岛海域
黑水沟附近时遇到的惊涛骇浪。汪楫《使琉球杂录》卷五记载:"二
十五日见山,应先黄尾后赤屿,无何遂至赤屿,未见黄尾屿也。薄暮
过郊(或作'沟'),风涛大作。……久之始息。问:'郊之义何取?'
曰:'中外之界也。''界于何辨?'曰:'悬揣耳。'然顷者恰当其处,非
臆度也。"③此处的"郊"(或"沟"),即黑水沟,今称琉球海沟。据日
本学者井上清的说法,钓鱼岛群岛位于中国东海大陆架的南部边缘
地区,东西向排列,其北侧水深不足 200 米,海水蔚蓝,但其南侧以南
的海沟,水深骤然达到了 1000 多米至 2000 米以上,黑潮经过这里由

---

① [清]阮元撰:《广陵诗事》卷一,第 2 页。

② [清]汪楫撰:《观海集》,《清代诗文集汇编》第 140 册,第 776 页。

③ [清]汪楫撰:《使琉球杂录》,黄润华等编:《国家图书馆藏琉球资料汇编》上
　册,北京图书馆出版社,2000 年版,第 872—873 页。

西向东流过,赤尾屿的南侧紧靠深海沟,因此海上风大浪高①。汪楫诗中"惊涛万里势搏空"的"神飙"即由而生,而其势成之地正是"中外之界"的黑水沟,穿越此地即至异邦之境。换言之,诗话叙及的"渡闽海遇神飙",在当时或许只是秘境奇遇,在当下却与国家主权相涉。这一点,无论是汪楫还是阮元,应该都未曾逆料。

又,卷二记贞节仁善,其中阮元对老师李道南的母亲"断针励学"之事述之最详,其文曰:

> 吾师李先生讳道南,与兄雷皆侧室胡氏出。先生既孤,胡太孺人以女红抚之读,或劝理旧业。太孺人曰:"吾将以贫励子学,不愿使从富家子游。"针黹数十年,遗断针盈筐,先生每抚之泣。海内通人名士,为咏其事,先生录为《断针吟》一卷。②

又,卷九主要记闺阁韵事。如:"朱直方九岁工吟咏,每有惊人之句。如'鸟啼花里声,诗成夜气凉',殆非寻常人语。"③其中记董小宛、冒辟疆之事最详,曰:

> 冒辟疆姬人董小宛者,名白,一字青莲。以文慧事辟疆,尝佐辟疆选《唐诗全集》,又另录事涉闺阁者续成一书,名曰《奁艳》;又有手书唐人绝句一卷,落笔生姿,杜于皇极赞赏之。辟疆尝挈家避难渡江,屡濒于危,小宛不以身先,则愿以身后,云:"宁使贼得我则释君,君其问我于泉府耳。"中间知计百出,保全实

---

① [日]井上清著,贾俊琪等译:《钓鱼岛的历史与主权》,新星出版社,2013年版,第44—45页。
② [清]阮元撰:《广陵诗事》卷二,第24页。
③ [清]阮元撰:《广陵诗事》卷九,第128页。

多。后辟疆虽不死于兵,而几死于病。小宛侍药,不问寝食者百
昼夜。吴梅村《题小宛像》诗序云:"奔进流离,缠绵疾苦;支持
药裹,慰劳羁愁。苟君家免乎,勿复相顾。宁吾身死耳,遑恤其
劳。"盖纪其实也。①

总而言之,《广陵诗事》诚如其名,多记诗事,颇有补于史乘方志。

(二)《广陵诗事》的文化意涵与价值

另一方面,作为一代学人所著之诗话,《广陵诗事》具有明显的扬
州学派的学术精神。张舜徽先生论扬州学派,标举一"通"字:"余尝
考论清代学术,以为吴学最专,徽学最精,扬州之学最通。……扬州
诸儒,承二派以起,始由专精汇为通学,中正无弊,最为近之。"②此论
已是学界共识。阮元是扬州学派中坚,其博学淹通亦是定评。《广陵
诗事》在文本上亦体现了其淹通之特色。与一般诗话论诗及辞、论诗
及理不同,《广陵诗事》重在论诗及事,且其"事"不仅有"诗事",且有
"忠孝节义之事迹,及谦会之韵事,园庭之废兴,彝言名句之流传,书
画古器之赏鉴"等。这些"事"与诗并不疏离,大多反而是紧密相连。
就是说,《广陵诗事》事类之广,已超越了一般诗话,此可见"通"。然
而,这些"通"只是表面,如无"求实"精神作支撑,扬州学派之"通"恐
只是沙上之塔、空中楼阁。

阮元精于金石学,其《商周铜器说》《金石十事记》考证之精密,
也是其学术特点的重要体现。《广陵诗事》以汇通的学术眼光将金石
彝器纳入诗话之作,在阮元之前,并不多见。更重要的是,他在此间
同样展现了求实之精神。卷五记"扬人多铜鼓歌",又记赵执信和汪
懋麟关于铜鼓究竟是马援还是诸葛亮所制的论争。阮元不仅因赵执

---

①[清]阮元撰:《广陵诗事》卷九,第129—130页。
②张舜徽:《清代扬州学记》,上海人民出版社,1962年版,第2页。

信广为流传的诗作《铜鼓歌》而论及其事，更对这一重要论争发表了
自己的看法。其说云：

> 扬人多为《铜鼓歌》，明《刘显传》载"诸葛铜鼓"事，鼓为王
> 勤中所藏。赵秋谷诗盛传于时，题曰《诸葛铜鼓》，独汪蛟门主伏
> 波而不言诸葛。蛟门为渔洋门下士，秋谷始为渔洋所称引，继乃
> 反攻渔洋，并及蛟门《浯溪碑诗》事，抵之于地。自为《谈龙录》
> 云"蛟门效吾《诸葛铜鼓诗》作歌"云云。其实秋谷《诸葛铜鼓
> 歌》，集中不载。乾隆丁未，曲阜桂未谷馥从颜运生崇椠家录出，
> 洋洋四十韵，器器不已，盖秋谷手书以贻颜考功光敏者。秋谷序
> 冯大木舍人诗云："此诗因经阮翁所赏，故反弃之。"元谓此说不
> 然。考铜鼓本造于黔粤猺獞部落，盖猺獞之富者造此鼓，遇警则
> 敲，以聚种类耳。伏波想亦得之于征蛮时，非自造也。事详载
> 《隋书》。秋谷不读书，空疏多舛，故暮年自订诗集时，删之不载，
> 盖自知其舛，惧有反稽之者。蛟门主伏波而不言诸葛，此其考证
> 精核，宜为秋谷所妒矣。①

同样的，在对枚乘《七发》所云之曲江究竟在扬州还是海宁的争议中，
阮元亦以其严谨的学术精神进行了分辨。其文曰：

> 观中与思谦二君《广陵曲江考》，则曲江在扬无疑。按：《禹
> 贡》三江，今扬州瓜润之间入海为北江，由东坝入太湖至松江入
> 海为中江，由石门过钱唐至余姚入海为南江。元考览二十年，参
> 稽载籍，博问通人，复亲历江浙两省各县形势，详加推验意见，自
> 为反覆者凡数次，今可决然定之。盖古今地势变迁，迥然不同，

---

① [清]阮元撰：《广陵诗事》卷五，第63页。

未可以今疑古,为夏虫之语也。①

　　且不论阮元之观点是否正确,单观其不仅广参载籍,更多次实地考察,然后才敢得出结论的审慎求实的学术精神,就足以令后学叹服了。所以,《广陵诗事》不仅在诗事的范围方面,更在其诗事的考论方面,展现了扬州学派汇通求实的学术文化精神。此正如张舜徽先生所言:"扬州学派的治学态度和所取得的成绩,都有'圆通广大'的气象。"②

　　关于编纂《广陵诗事》的动机,阮元在序言之中说得非常清楚,曰:

> 其间有因诗以见事者,有因事以记诗者,有事不涉诗而连类及之者。大指以吾郡百余年来名卿贤士、嘉言懿行,综而著之,庶几文献可征,不致零落殆尽。且余生于诸耆旧百余年后,亦藉此收罗残缺,以尽后学之责也。③

可见,自觉为乡邦保存文献、阐扬风雅,是阮元编撰《广陵诗事》的第一目标。这种行为的背后,则是强烈的乡邦意识。在《淮海英灵集》序言中,阮元对此也有明确的表达:

> 吾乡在江淮之间,东至于海。汉唐以来,名臣学士,概可考矣。我国家恩教流被百余年,名公卿为国树绩,其余事每托之歌咏。节臣孝子、名儒才士、畸人列女,辈出其间。虽不皆藉诗以

---

①［清］阮元撰:《广陵诗事》卷五,第72页。
②张舜徽:《清代扬州学记》,第16—17页。
③［清］阮元撰:《广陵诗事叙》,第1页。

传，而钟毓淳秀，发于篇章者，实不可泯。元幼时即思辑录诸家以成一集，而力未逮。入都后，勤于侍直，亦未暇及此。乾隆六十年，自山左学政，奉命移任浙江，桑梓非遥，征访较易，遂乃博求遗籍，遍于十二邑，陈编蠹稿，列满几阁。校试之暇，删繁纪要，效遗山《中州》十集之体，录为甲、乙、丙、丁、戊五集，又以壬集收闺秀，癸集收方外，虚巳、庚、辛三集，以待补录。曰《淮海英灵》者，宋高邮秦少游尝名其集曰《淮海》；唐殷璠选唐诗亦曰《河岳英灵集》矣。书成雕板，用广流传。余之录此集，非敢取乡先生之诗，衡以格律而选定之也，亦非藉巳故诗人，为延誉计也。广陵耆旧零落百余年矣！康熙、雍正及乾隆初年，已刊专集，渐就散失，近年诗人刻集者鲜，其高情孤调卓然成家者固多，即残篇断句仅留于敝箧中者，亦指不胜数，亟求之犹惧其遗佚而不彰，迟之又久不更替乎！且事之散者难聚，聚者易传。后之君子，怀耆旧之逸辙，采淮海之淳风，文献略备，庶有取焉。[1]

阮元编辑《淮海英灵集》，不是为了邀名获誉，而是有感于"广陵耆旧零落百余年矣"——家乡先贤的诗文零落散佚，他作为后学有责任和义务为家乡保存逸辙淳风。同时，家乡"节臣孝子、名儒才士、畸人列女，辈出其间"的盛景也激发了他的热情，促使他将对乡邦的热爱化为实际行动。作为《淮海英灵集》的副产品，《广陵诗事》自然也蕴含了这样的意识。在该书中，条目长短不一，而那些详细描述和记载的正是动人心扉的名臣勋将、高士大儒、节妇孝行等。

《广陵诗事》卷一记载了仪征人刘钦邻自杀殉国之事[2]。康熙十二年（1673），吴三桂叛乱，刘钦邻时任广西富川知县，富川陷落后，刘

---

①［清］阮元撰：《淮海英灵集·序》，第 1 页。
②［清］阮元撰：《广陵诗事》卷一，第 3 页。

率家丁数十人与叛军展开激战,终因寡不敌众而被俘,叛军诱降之,遭坚拒,旋在狱中自杀殉难。刘钦邻的爱国之行在当时就广为流传,王士禛、纳兰性德等皆有诗文凭吊颂扬。《广陵诗事》在略述其事后,又收录了陶鉴的挽诗和李天馥、王士禛的《刘富川死事诗》以彰其行,足见阮元对于这样一位为国赴难的英雄同乡,也十分钦服。卷二述李道南之母"断针励学"之事后,阮元还收录了马荣祖、蒋德、程梦星、陈章、张四科、马曰璐、郑虎文、边连宝、徐德音等人咏叹其事的诗歌①,一方面彰显胡太孺人感人行事影响至深,另一方面也可见阮元对家乡拥有这样一位堪比孟母的伟大母亲的自豪。忠烈、贞行是儒家政教伦理的核心内容,对它们的推崇显扬祖露了阮元思想意识的正统性。总之,《广陵诗事》传述父老旧闻、导提乡邦风雅,体现了阮元强烈的桑梓意识,更重要的是,在叙述诗事时,作者特别强调本邑名将之忠烈、节妇之贞行等,这表明阮元在通过书写地方诗学史以建构地域文化的同时,更注意贯通地方文化传统和国家政教诉求,其所建构的"小传统"背后,是对"大传统"的自觉体认和宣扬。张嘉显称这一现象为"大小传统的文化互涉"②,颇有见地。事实上,这一现象普遍存于清代郡邑诗话之中,是其主要特征之一。

　另一方面,《广陵诗事》因作者的学者身份和时代学风的影响具有鲜明的考据色彩。《广陵诗事》全书 554 则诗话中,篇幅最长的一则出现于卷五,共近六千字,所述为曲江的归属问题。阮元在该则诗话中以学者的审慎姿态和求实精神,详细论证了汉代枚乘《七发》所提到的"曲江"属于他的家乡扬州! 这既是其炽热的乡邦情结的显证,也是乾嘉朴学精神渗透至郡邑诗话的表征。前文述及,杭世骏在

---

① [清] 阮元撰:《广陵诗事》卷二,第 24—27 页。
② 张嘉显:《学人诗话——阮元〈小沧浪笔谈〉〈定香亭笔谈〉〈广陵诗事〉研究》,彰化师范大学硕士学位论文,2011 年,第 160 页。

《榕城诗话》卷下抄录了王延年撰写的长约两千五百字的《闽江考》，显示了郡邑诗话的某些新变，但杭氏只是抄撮他人的考证文字，而阮元是直接以考据为乡邦争胜，这显然已超越传统诗话"辨句法、备古今、纪圣德、录异事、正讹误"的范畴，体现了征实博通的学术精神，可谓"深于学术"。蔡镇楚先生说：

> 在中国诗话史上，诗话之体崛起于宋以后，经过金元时期诗话的衰竭与徘徊，其所以又能够由明诗话的复兴发展到清诗话的艺术高峰，此间的桥梁和基石，也正是乾嘉朴学大师们架设和铺垫的。这里面，不仅是乾嘉学派以严谨的治学态度、严密的逻辑思维和求实的研究精神影响清代诗话的创作，而且许多朴学大师同时又是诗话大家，如纪昀、杭世骏、赵翼、翁方纲、李调元、洪亮吉、张惠言、阮元、焦循、舒位、梁章钜等。他们治学严谨，长于考据，善于思辨，既是学术带头人，又是诗话创作骨干……阮元有《广陵诗事》《小沧浪笔谈》《石渠随笔》……都以辉煌的学术研究和诗话创作成果，卓然立于中国诗话之林，为清代诗话的系统化、理论化、专门化及其繁荣进步，做出了不可估量的巨大贡献。[1]

蔡先生特别强调了清代朴学大师们对古典诗话的贡献，其中就有阮元及其郡邑诗话著述。可见，《广陵诗事》的文本突破不仅具有学术史的意义，更具有诗话史的价值。

---

[1] 蔡镇楚：《中国诗话史（增订本）》，第255页。按：《石渠随笔》是一本讨论历代书画著录的作品，虽旁及文学，但观其主要内容，似与诗歌关涉不深。

二、清代中期其他江南单行郡邑诗话概述

清代中期单行的江南郡邑诗话,以浙江省居多,江苏、安徽次之。这些诗话大体均不主于诗论,而以诗事为主,且各有特色。以下依其成书时间的先后稍做论述。

(一)张懋延《蛟川诗话》的特色与价值

张懋延的《蛟川诗话》是浙江宁波府镇海县(今浙江省宁波市镇海区)第一部郡邑诗话。张懋延,字东贤,号双山,又号小饶,镇海人。据《蛟川诗系》,张氏以乾隆癸酉(1753)拔贡终其身,著述甚富,有《求定斋诗集》《蛟川诗话》《蛟川人物志》《明季遗献征》《梓里见闻录》《强恕录》《读经随笔》《读史随笔》等。

关于张懋延的生卒年,载籍有限。蒋寅先生在《清诗话考》中说:"张寅彭据卷三言及'国初及仁庙吾邑诗学为最盛',定其作于嘉庆以后,甚是。"①嘉庆帝卒于 1820 年,庙号仁宗,故称"仁庙",这就意味着《蛟川诗话》作于 1820 年以后,张懋延的卒年更在其后。但是,这一推论与其他记载互相冲突。据宣统元年刻《清泉张氏宗谱》,张懋延"生于康熙五十二年癸巳八月初六日,卒于乾隆四十三年戊戌八月初九日,享年六十六岁"②,则其生年为 1713,卒年为 1778。又,《蛟川诗话》卷四第 12 则曰"余弱冠时,从孟兄、仲兄宿李氏松梧阁中",文末附记云:"今上癸酉,复重此选,皆亲试于廷。按己酉诸贡士,试桌尽用低桌,席地坐。及懋延癸酉试,俱用高桌椅子,真异数也。"③既称"今上癸酉",则书必作于乾隆之时。《蛟川诗话》向以钞

---

①蒋寅:《清诗话考》,第 550 页。

②〔清〕张懋延撰,王雷点校:《蛟川诗话》附录二《清泉张氏宗谱》,宁波出版社,2015 年版,第 156—157 页。

③〔清〕张懋延撰,王雷点校:《蛟川诗话》卷四,第 139、140 页。

本流传,至宣统三年(1911)始刊,中间或有误抄、羼入,而《清泉张氏宗谱》记述张懋延的生卒时间,详至某日,言之凿凿,当有所据,故"仁庙"讹误的可能性更大。是以本书暂依该谱所记定其生卒年,并定《蛟川诗话》作于乾隆年间。

《蛟川诗话》共四卷,按朝代记历代镇海诗人诗事,兼及遗闻掌故和在地风习,不主于诗论,其中卷一所叙是汉至元代,卷二是明代,卷三是清代早期,卷四为近世,其间亦见张懋延本人所历和家族诗事。总体而言,《蛟川诗话》每则诗话的篇幅比较长,其叙述策略是以人为中心展开对个别诗事的记载,同时也借此展开对宏观的诗史考察。卷三第2则诗话概述了清初镇海诗学的发展,曰:

> 当其时,明季遗老,如薛孝定、谢给谏、陈鸿宾,先遗献、艾仲可、周方人、陈孚白、洪石香、虞尔锡、范香谷、邵兹文、尧民、谢翼昭诸先生俱在,栖山隐谷,啸林咏泉,追首阳之孤踪,发麦秀之歌咏。而虞佥事二球、薛书岩士学、任指挥德敏、谢孝廉泰交、谢德化归昌、谢侍御兆昌、谢平湖师昌、谢封翁泰定、谢孝廉庚昌,会际风云,相与导扬盛美。其时更有李韬仲、许孟祥、胡嗣佐、梅圣又、魏二韩、谢对越、沈成则、邵之如、谢大周、外大父刘逊斋诸先生,往来唱和,篇什弥多。即郎双梧、邵宾王、谢崧轩、王双浃、傅公孝、先伯父绳庐、谢汉倬诸先生,接踵而起,鸣钟伐鼓,金石铿鞫,风雅之道,于斯为美。①

与一般诗话的诗史描述不同,《蛟川诗话》不惮烦琐,以人为经,以类相从,简扼明快地勾勒出了清初镇海诗坛的基本格局和世代嬗迁。

另外,《蛟川诗话》比较注意从类型化的视角来记述诗歌。如卷

---

① [清]张懋延撰,王雷点校:《蛟川诗话》卷三,第100页。

三记：

> 和诗中，如任大宗伯兰枝"山中得趣无过静，世外忘怀耐独
> 廉"；邓阁学钟岳"道洽春台时习静，神如秋水足风廉"；……葛
> 礼部祖亮"重门半掩容人静，嘉树无多信我廉"。皆赠公所珍
> 爱者。①
>
> 又，题咏中，五言如陈相国元龙"静气如养婴，廉情似守
> 节"；……七言如万太史经"松风欲静送余响，梧月能廉沐远
> 芳"；……王明经谕"个中静趣鸢鱼领，世外廉情风月知"。真如
> 珠玑在前，美不胜收。②

总之，作为镇海首部郡邑诗话，《蛟川诗话》不仅可补清初浙东诗
坛之史料，而且因其与众不同的叙述视角可在清代郡邑诗话史上占
据一隅。

（二）戚学标《三台诗话》《风雅遗闻》的成书与特色

《三台诗话》《风雅遗闻》均是戚学标所撰的郡邑诗话著作，分别
成书于乾隆五十一年（1786）、五十八年（1793）。戚学标（1742—
1825），字翰芳，号鹤泉，浙江省台州府太平县泽国（今浙江省温岭市
泽国镇）人；乾隆三十年（1765）拔贡，三十九年（1774）中举，四十六
年（1781）中进士；先后任河南涉县知县、宁波府学教授等，又历掌太
平鹤鸣书院、杭州紫阳书院等。戚氏博通经史，尤精小学，著作繁富，
有《汉学谐声》《毛诗证读》《读诗或问》《四书偶谈》等。《三台诗
话·自序》云：

---

① ［清］张懋延撰，王雷点校：《蛟川诗话》卷三，第 126 页。
② ［清］张懋延撰，王雷点校：《蛟川诗话》卷三，第 127 页。

　　《三台诗话》二卷,余客曲阜时所手辑也。曰"三台"者,吾
郡以上应三台星得名,志地也。为书杂采唐宋来郡之遗文故事,
假韵语纪之,用以表章遗逸而导扬风雅,名曰《诗话》,固与夫论
诗者异旨也。……书成,爰志原起,见余眷眷怀土之意,而征文
考献于桑梓,固亦不无小补云尔。①

又,《风雅遗闻·自叙》云:

　　予前有《三台诗话》之刻矣,继又辑《诗录》三十余卷,人系
以传,诗缀以评,搜采大抵郡邑志所未及。久之,检阅群书,复有
所得,会诗话板已灾于火,因重排纂为四卷。前二卷多论台人
诗,后二卷则假韵语杂记乡邦事地人物,所引诗不必皆台人,亦
不尽系乎论诗。总之,为风雅之事,有益于梓里文献,统名曰《风
雅遗闻》,附之《诗录》之后。后人继事志乘,当有取于此。若谓
区区足资谈助,岂予撰述之本意哉!②

是则《风雅遗闻》是在《三台诗话》的基础上辑补而成,两书均意在为
乡邦阐扬遗逸、传承风雅。清代郡邑诗话基本悬此鹄的,而再三致意
如此者,似唯有戚学标一人。

　　《三台诗话》卷上第 3 则云:"郑司户虔初至台,见风俗朴野,选
民间子弟教之。一日,与弟子林元籍辈郊行,举一对曰:'石压笋斜

---

① [清]戚学标撰:《三台诗话·自序》,临海徐三见名家工作室校注:《清戚学标
　台州史事杂著三种》,吉林文史出版社,2017 年版,第 303 页。
② [清]戚学标撰:《风雅遗闻·自叙》,临海徐三见名家工作室校注:《清戚学标
　台州史事杂著三种》,第 193 页。

出。'元籍应声云:'谷阴花后开。'司户大惊异曰:'何教化神速如是?'"①又,《风雅遗闻》卷一谓:"吾台界山海间,自唐以前为灵仙窟宅,文人稀见。迨郑著作虔贬台司户,于是文教兴焉。至宋、元、明,遂彬彬诗礼之壤,号'小邹鲁'矣。相传,虔始至台,嫌州俗乔野,选民间子弟亲教之。一日,与弟子林元籍辈郊行,举一语令对曰:'石压笋斜出。'元籍应声曰:'谷阴花后开。'虔大喜,谓'台人聪敏易教'。今吾郡人俎豆司户,犹潮州人之于昌黎也。"②两则诗话的内容基本相同,而后者细节更丰富,且郑虔之言由夸赞自己变成颂扬三台子弟,意蕴更契合书旨。正所谓后出转精是也。

　　台州天台山禅宗、道教文化底蕴深厚,故《三台诗话》颇注意辑存相关诗事和异闻。杜光庭(850—933),字圣宾,号东瀛子,处州缙云(今浙江省缙云县)人,唐传奇名篇《虬髯客传》即出自其手,又执着于道教经典、斋醮科范的整理,著有《道德真经广圣义》《道门科范大全集》等。《三台诗话》卷上载:"杜光庭入天台山为道士,僖宗召赐紫,充麟德殿文章应制,高士张令闻与诗曰:'试问朝中为宰相,何如林下作神仙。一壶美酒一炉药,饱听松风白昼眠。'"③此处记载杜光庭与道教相关的事历和诗作,或有裨于其生平思想研究。《三台诗话》还记述了道教南宗紫阳派祖师张伯端焚稿之事,曰:"紫阳真人张用成即伯端,熙宁中,遇异人于成都,著五、七言诗及《西江月》百篇,末卷为禅宗歌颂,注者凡数家。郡志称其为府吏,疑婢窃所食鱼,挞婢,婢自经。后审其诬,因悔,赋诗云:'刀笔随身四十年,是非非是万

---

① [清]戚学标撰:《三台诗话》卷上,临海徐三见名家工作室校注:《清戚学标台州史事杂著三种》,第304页。
② [清]戚学标撰:《风雅遗闻》卷一,临海徐三见名家工作室校注:《清戚学标台州史事杂著三种》,第194页。
③ [清]戚学标撰:《三台诗话》卷上,临海徐三见名家工作室校注:《清戚学标台州史事杂著三种》,第307页。

千千。一家温饱千家怨，半世功名百世愆。紫绶金章今已矣，芒鞋竹杖任悠然。有人问我蓬莱路，云在青山月在天。'遂悉案卷焚之，遗戒，路至百步溪花去。"①焚稿常见于明清士林，冯金伯《墨香居诗话》记有叶承点焚稿之事②，至若道士焚稿则较罕见，何况张伯端乃宋代人，其行或有助于探赜焚稿风习之源。《三台诗话》又载："天台僧一愚，名子贤，聪悟绝人，禅定外，肆意作诗，最为铁厓所赏。警句如《题绿筠楼》云：'五色云开丹凤下，九天风动翠蛟飞'；……皆极闳整，无些子馂馅气。"③所谓"馂馅气"即"酸馅气"或"蔬笋气"。周裕锴先生认为"蔬笋气"主要是指意境过于清寒、题材过于狭窄、语言拘谨少变化和作诗好苦吟四个方面④。诗话称一愚之诗肆意闳整，正与一般僧诗相异。总之，以上三则诗话均可备相关文学史之考，亦可见《三台诗话》多载佛道诗事之特色。

　　《风雅遗闻》末则诗话引友人宋世荦《愚得笔记》云："台音平仄多误，后生相沿，用之场屋，为害不浅。如'胼胝'之'胝'……'梵呗'之'呗'。至于上误为去，去误为入者，更难枚举，作诗先讲声律，唯平日留心改正，庶不致袭用贻误耳。"又自注云："近丁酉孝廉项君以'镰刀'之'镰'读若'子'音，几被磨勘。甲午，余内弟王君若浩卷已中式，因'急湍'之'湍'诗中用作去声，被落，至壬子始捷去。皆方音之误，此条为功桑梓后进不少，因备录之。"⑤本则诗话专记方音之

---

① ［清］戚学标撰：《三台诗话》卷上，临海徐三见名家工作室校注：《清戚学标台州史事杂著三种》，第309页。
② ［清］冯金伯辑：《海曲诗钞》卷十一，［清］冯金伯、［近代］黄协埙辑，陈旭东整理：《海曲诗钞》，第223页。
③ ［清］戚学标撰：《三台诗话》卷下，临海徐三见名家工作室校注：《清戚学标台州史事杂著三种》，第348页。
④ 周裕锴：《中国禅宗与诗歌》，复旦大学出版社，2017年版，第51—54页。
⑤ ［清］戚学标撰：《风雅遗闻》卷四，临海徐三见名家工作室校注：《清戚学标台州史事杂著三种》，第300页。

讹,在郡邑诗话中非常罕见。戚学标称本篇意在为乡邦举子应试之
助,但亦可借此观察清代科举考试的某些细节。此又《风雅遗闻》价
值之一也。

(三)戴璐《吴兴诗话》的特色与价值

戴璐,字敏夫,号虙塘,一号吟梅居士,浙江乌程(今浙江省湖州
市)人;乾隆二十八年(1763)进士,历官工部郎中、太仆寺卿,充文渊
阁详校官,晚年主持扬州梅花书院;著有《藤荫杂记》《石鼓斋杂记》
《秋树山房诗稿》等。关于《吴兴诗话》的编纂缘起和宗旨,戴璐在作
于嘉庆元年(1796)的自序中有所交代。乾隆五十九甲寅(1794)戴
璐丁忧归里,搜集乡贤著述,得沈艃翁辑《湖州诗摭》一百八十卷,该
书选讫于康熙中,上距当世八十余年,其间风雅赓续,诗家辈出,理当
增补,故"悉仿竹垞翁因诗存人、因人存诗之旨,凡缙绅、韦布、名贤、
宦迹、闺秀、方外,已得二百家,尚欲广搜博采,俾免挂漏。按诸选本
俱系小传,诗话仿而行之,先成十六卷。征文考献,具有苦心,庶几前
贤芳躅不致湮没无传,而一邦文献藉以留贻,或以补郡志旧闻之
缺"①。可见,《吴兴诗话》辑于乾隆五十九年至嘉庆元年之间,编纂
目的与《三台诗话》等相类。

关于戴璐《吴兴诗话》的性质,蒋寅先生说:"所载人物多不取本
人之作而录他人赠送之诗,此虽无碍于诗话之名,却非郡邑诗话之体
矣。"②戴氏《吴兴诗话》的确有很多赠酬唱和之作。如,卷三载毛奇
龄《送姚聚中还湖州》诗③,奇龄是浙江萧山人,其送湖州人诗入载
《吴兴诗话》,诗涉邑人而非乡邑诗事,确实有碍。不过,《吴兴诗话》
还有很多酬赠之作发生在乌程、归安等同邑人之间。卷五第15则:

---

① [清]戴璐:《吴兴诗话·序》,《吴兴诗话》卷首,第 1a—1b 页。
② 蒋寅:《清诗话考》,第 435 页。
③ [清]戴璐辑:《吴兴诗话》卷三,第 7a—7b 页。

"吴侍御延熙字铭佩,号敬斋,甲辰翰林,改御史主闽试、视滇学,归主端溪书院。时先祖守浔,邮书倡和,赠诗云:……侍御戊寅年卒,先君挽诗云:'五日惊呼隔死生,廿年话旧语分明。……如公高举云罗外,岂谓先秋遽铩翎。'"①吴延熙是乌程人,与戴璐祖父戴永椿同邑,两人有二十余年的交谊,他们之间的赠诗、挽歌自是乡邦诗事。卷七所载戴璐赠归安人潘汝诚之诗②,亦是此类。据笔者初步统计,《吴兴诗话》共481则,其中述及外邑人赠本邑人诗作者,共78则,数量并不多,无碍诗话的主体性,故本书认为其符合郡邑之体。

事实上,《吴兴诗话》重视唱酬之作的诗作,正是其特色之一,亦有裨于考见诗人交游。该书亦留心诗社和唱和诗集。卷十五有云:"康熙中叶后,吾湖诗派极盛于竹墩、前坵,两溪相望不三里,而近所传《双溪倡和诗》是也。……迄今读之,远想慨然,而诗之美,实不胜收也。"又谓:"《双溪倡和集》锓刻精好,已行于世,复有《竹溪倡和诗》,未刻本。起于康熙辛卯,一、二卷为何义门所选,三、四卷为徐澄斋所选,五卷为柯南陔所选,六卷为杨皋里所选。后附《探梅集》,厉樊榭序之;《苕颖集》,柯南陔选之则已。至雍正癸丑年后,于双溪倡和所增之人则有:……二十七人,虽小有不逮,而合诸前集二十九人,共得五十六人,辉映后先,亦可侈矣。"③双溪雅集和竹溪文会是清代早期吴兴地区的诗坛盛景,两则诗话均载其事,尤详于《双溪倡和诗》《竹溪倡和诗》的选录情况,不啻一部吴兴艺苑小史。

值得注意的是,《吴兴诗话》载录了德清人戚振鹭,并提及其子蓼生,蓼生是早期红学史上的重要人物。戚蓼生(约1730—1792),字念功,号晓堂、晓塘,浙江德清人,乾隆三十四年(1769)中进士,历官

①［清］戴璐辑:《吴兴诗话》卷五,第9a—9b页。
②［清］戴璐辑:《吴兴诗话》卷七,第3a—3b页。
③［清］戴璐辑:《吴兴诗话》卷十五,第6b—8b、9a—9b页。

刑部主事、江西南康知府、福建按察使等。戚蓼生早年赴京应试期间，购得八十回本《石头记》早期钞本，并作序一篇，此即红学中的"戚本"与"戚序"。鲁迅先生《中国小说史略》述论《红楼梦》时，即采用戚本，足见其价值。《吴兴诗话》卷六有谓："戚太守振鹭，字我雒，号晴川，德清人，庚戌进士，由青阳知县历抚州知府，谪戍军台，宥归；以子蓼生任按察使，赠通议大夫；有《晴川诗钞》。太守自塞外归，至扬州，和卢雅雨山人《红桥诗》，有'《白雪》文章今历下，红桥烟月旧扬州'之句，雅雨立赠千金。今读全诗，如'《白伫》竞传连幕咏，绿杨曾系绣衣船'、'入座衣香吹细细，隔帘花影看蒙蒙'，亦佳。"①诗话记戚振鹭之履历和交游，并涉蓼生，对研究戚氏父子或有一定的价值。

（四）赵知希《泾川诗话》对南社成员的载录及其价值

赵知希《泾川诗话》三卷，载录明万历至清乾隆时期安徽泾县诗人、诗作、诗事，是目前可见的最早的安徽郡邑诗话。赵知希，字太音，康熙五十九年（1720）中举，授山东馆陶县令，后调江西奉新，乾隆五年（1740）调任贵溪知县，旋升直隶晋州知州，不久以忧归；工诗文、善草书，著有《环石诗钞》《泾川诗话》等。《泾川诗话》卷下云："辛酉之秋，廿一复典浙试，闻命恭纪。"②知希弟青黎，家族排行廿一，故称。青黎字然乙，号星阁，方苞弟子，乾隆元年（1736）进士，著有《读左管窥》《星阁史论》等。据其生平事历可知，本则诗话中的"辛酉"乃乾隆六年（1741）。又，《泾川诗话》刊刻时，末附赵知希侄孙绍祖作于嘉庆五年（1800）的跋语，内称"属诸弟等检遗稿"云云③。故知

---

① ［清］戴璐辑：《吴兴诗话》卷六，第3a—3b页。
② ［清］赵知希著，朱普明点校：《泾川诗话》，贾文昭主编：《皖人诗话八种》，黄山书社，1995年版，第190页。
③ ［清］赵绍祖撰：《泾川诗话·跋》，赵知希著，朱普明点校：《泾川诗话》卷末，第198页。

《泾川诗话》作于乾隆六年至嘉庆五年(1741—1800)之间。

《泾川诗话》三卷,次第大体分明,卷上多记明末清初南社成员,卷中多载记泾人诗作诗事,卷下多及作者自己与友朋的酬唱。卷上云:"余曾祖维生公,当明季时,与同邑万道吉、宣城沈眉生寿民及家雪度初浣等,倡为'南社',后合于吴为'应社',又谓之'复社'。"①又谓:"南社初起,万道吉尝为主盟。甲乙以后,道吉居山尚数十年,有先后遥祭夏彝仲、陈卧子、吴日生、黄蕴生、侯几道诸诗。其《七十初度》一律,伤知交之零落,感时事之盛衰,盖老而见道,自悔自喜,真不朽之名言也。诗云:'忆昔清高妄自尊,公卿折节徇虚论。晚知此道能亡国,何敢今时尚署门。齐毂自然辞暮市,鲁戈曷久驻朝暾。平心检点盈亏事,莫说当年八恺元。'"②这两则诗话涉及南社的形成及其早期主盟者万道吉,其所录道吉诗可见其晚年对结社之事的省思,是研究南社早期历史和万道吉的重要资料。

又,卷中记载了不同作者的多首《桃花潭送客行》。翟泉初诗云:"愿为潭上云,片片逐客舟。愿为潭中水,点点随舟流。汪伦不作万巨死,客不来兮我心忧。"赵青黎诗云:"桃花潭上花如焚,潭外斜飞一片云。片云飞起不肯下,悠悠谁是汪伦者。踏歌古岸人无语,独泛扁舟送花雨。"赵知希诗云:"谪仙人在云中走,一两句诗天边有。谁向云天推落来,汪伦十年藏美酒。请君来,花为君开三百里,泾川寻源直到碧山崖。侠骨香,酒一杯,无情桃片纷如雨,引君来又引君去。踏歌声,何时已,君行抱月还太虚,挥手一别千古矣。"③这些诗作虽

①[清]赵知希著,朱普明点校:《泾川诗话》卷上,贾文昭主编:《皖人诗话八种》,第161—162页。

②[清]赵知希著,朱普明点校:《泾川诗话》卷上,贾文昭主编:《皖人诗话八种》,第162页。

③[清]赵知希著,朱普明点校:《泾川诗话》卷中,贾文昭主编:《皖人诗话八种》,第173、174、176页。

非上乘,但朗朗上口,可借此一窥李白《赠汪伦》的遗风余韵并其接受史的侧影。

(五)徐传诗《星湄诗话》的特色

徐传诗,生卒年不详,字蕴存,一作韵岑,号西亭,乾嘉时代江苏昆山真义(今江苏省昆山市正仪镇)人。《星湄诗话》成书于嘉庆四年(1799),所记为元代至清乾隆时期江苏昆山真义诗事,是江南又一市镇诗话。真义古称星溪、星湄,又称信义、正谊、进义等,民国间称正义,中华人民共和国成立后称正仪①,《星湄诗话》之名,盖取古称之一也,内中又时或称星溪。

《星湄诗话》分上、下两卷,据笔者统计,各有诗话49、48则,计97则,大多数条目的篇幅都比较长。如,卷下第29则记徐传诗祖父石泉公的存诗,长达一千七百余字②,在清代郡邑诗话中也属长篇。《星湄诗话》首先叙及真义诗学的开创者元代顾仲瑛,云:

> 星溪诗学自元顾仲瑛筑玉山草堂于界溪之上,延揽四方之士,诗歌唱和,佳篇络绎,为风雅肇起。……有明三百年,星溪十里,人文蔚起,科甲连绵。……国朝来,先伯祖太史公畏垒讳昂发以诗名鹊起,领袖星溪诗社,同宗若云拂筠、芳来杏辅,并刻苦吟诗,湛深古学。黄处士野鸿先生子云继之,健笔凌云,力追正始,所著《长吟阁集》,直欲仰跻少陵。自是而星溪风雅几可度越前贤,卓然为一邑之冠矣。③

---

①中国人民政治协商会议江苏省昆山市委员会文史征集委员会编:《昆山文史》第12辑《昆山习俗风情》,昆山市文化馆印行,1994年版,第379页。
②[清]徐传诗撰:《星湄诗话》卷下,第20b—24b页。
③[清]徐传诗撰:《星湄诗话》卷上,第1a—1b页。

这则诗话略述真义诗史，可以看作《星湄诗话》的纲领。事实上，《星湄诗话》上卷的述载中心就是顾仲瑛及其《草堂雅集》，兼及邑人和徐氏家族诗人。下卷记叙乡邑诗人和本地古迹、掌故、逸事，其中多涉黄野鸿和徐氏家族诗人，其中第 8 到 14 则均叙及黄野鸿，第 15、16、17、29、30、31、32、33、34、35、36、37 均叙徐氏家族诗人，包括同宗徐云拂、徐芳来、伯祖徐昂发、祖父徐石泉、从祖徐晟雅、父亲徐毅斋、弟弟徐来吉、侄子徐象贤等。另外，还有多则诗话叙及作者自己与他人的交游唱和，如最后一则所记，就是徐传诗为沈德潜从孙沈次鸥的诗稿题诗之事①。

可见，《星湄诗话》实际上是以顾仲瑛、黄野鸿和徐氏家族诗人为重点而撰写的一部市镇诗话。郡邑诗话载录编撰者个人和家族的诗歌和诗事，符契"郡邑书写"的地方性逻辑，在整个清代郡邑诗话史中屡见不鲜，如《吴兴诗话》《泾川诗话》《续澉浦诗话》等，但将其作为中心而展开记述，似无有出《星湄诗话》右者。

（六）父子相续而作的《澉浦诗话》《续澉浦诗话》

《澉浦诗话》《续澉浦诗话》是清代中期的县邑诗话，载录唐至清初海盐一邑的诗人诗事，兼及山川风物等。比较特别的是，两种诗话成于一对父子之手，即吴文晖、吴东发，是清代郡邑诗话中的特例。

吴文晖，原名文阵，字翼万，号灯庵，乾隆十二年（1747）举人，浙江海盐澉浦人；笃学敦行，好藏书；著有《灯庵诗钞》《灯庵藏书跋尾》《灯庵文钞》《补罗书屋日记》等②。文晖子东发（1747—1803），初名旦，字侃叔，号芸父，又号耘庐，乾隆诸生，嘉庆岁贡生；早年失怙，家境贫寒，屡困场屋，遂废科举而致力于金石考据之学。尝从钱大昕、

---

①［清］徐传诗撰：《星湄诗话》卷下，第 32b—33b 页。
②《嘉兴市文化志》编纂委员会编：《嘉兴市文化志》，杭州出版社，2000 年版，第 336—337 页。

阮元游,深受赏识。阮元《定香亭笔谈》卷二载:"嘉兴吴侃叔东发,老诸生也,博古能文,识古文奇字。尝为《石鼓文章句》,谓石鼓文中有次章即用首章之前半,重叠读之,如《毛诗》之例,徒因刻石简省不重书刻之耳,所言颇为前人所未发。"①故延其参编《经籍纂诂》。东发博学淹贯,又工诗文,擅篆隶,著有《石鼓文读七种》《金石文跋尾绩》《群经字考》《经韵六书述》《钟彝疑识释文》《商周文拾遗》《遵道堂诗文稿》《耘庐诗草》等。吴文晖著《澉浦诗话》二卷,生前未及刊刻,后东发加以整理并加按语,又自著《续澉浦诗话》四卷,求序于父亲旧交周春。其序云:"余尝病世之作诗话者,大都声气结纳,借以标榜词场,而先生独搜辑遗编,表章往哲,可备海盐文献。"该序末署"嘉庆四年岁次屠维协洽中伏日"②,即嘉庆四年己未(1799)六月,是知两书完稿于此前。

《澉浦诗话》《续澉浦诗话》初刊于嘉庆八年(1803),前者二卷,分别有诗话 11、21 则,计 32 则;后者四卷,分别有诗话 20、12、12、9 则,计 53 则。与《星湄诗话》一样,两书条目不多,但每则诗话的内容较丰。另外,两书不少条目后都有吴东发的按语或自注文字。如,《澉浦诗话》卷下第 17 条"《静志居诗话》:磊斋在八舍知无不言"云云,东发按语近七百字③;《续澉浦诗话》卷二第 6 条"鹰窠顶十月观合朔"云云,东发注语近九百字④。此种体例当与吴东发的经学注疏意识和考据专长有关,是清代郡邑诗话学术化的又一例证。

澉浦是海盐县治所在,两种诗话所录并不止于澉浦一镇,而衍及

①[清]阮元撰:《定香亭笔谈》卷二,清光绪二十五年(1899)浙江书局重刻本,第 39a—39b 页。
②[清]周春撰:《澉浦诗话序》,《澉浦诗话》卷首,清嘉庆八年(1803)吴东发刊本。
③[清]吴文晖撰:《澉浦诗话》卷下,第 15a—17a 页。
④[清]吴东发撰:《续澉浦诗话》卷二,清嘉庆八年(1803)吴东发刊本,第 7a—8b 页。

海盐一县。《澉浦诗话》杂记一邑人物、风物之诗并录其事，多次引用了朱彝尊《静志居诗话》。如，卷下第 6 则云：

> 云村淡于宦情，居紫云山四十年，不入城市。其卒也，闻人嘉言挽以诗云："平生城市无双屐，何物荣枯到两眉。"盖实录也。诗集出其手写，自序谓："弃其脱落不可读者，存其余可读者。"自题绝句云："云村病老语多哤，造次诗成杂宋腔。还溯开元论格调，拾遗坛上树旌幢。"由今诵之，诸体皆清润，不全杂以宋腔。若"老如旧历浑无用，病恋残灯亦暂明"，此则宋腔之佳者。紫云山在茶磨之南，山之下名紫云村。①

上文出自《静志居诗话》卷十一"许相卿"条，文字稍有差异②。云村是明人许相卿的号。许氏本世居海宁黄山，因喜海盐紫云村而隐居在此地茶磨山，后遂为澉浦人。《澉浦诗话》此引《静志居诗话》为说，是视许相卿为乡贤而表彰之。

吴东发《续澉浦诗话》体例类似乃父之作，惟内中多记家族诗人。卷三第 9 则云：

> 吾族自中丞倡率园诗社，孝节、志仁、采山、托园诸君，相继而起，一时诗学称盛，自此里中言诗者众。余先大人灯庵府君独喜诗，七岁即事吟咏，然不苟作。尝语学者曰："诗道性情，风云月露无与于性情，不作可也。"又曰："诗宜歌，抑扬咏叹，以尽其致，然后作者之性情出，而入人者深，古者所以贵歌诗也。"……先大人尝自言："初学诗，偶得《陆放翁集》，习之专，合眼即见放

---

① ［清］吴文晖撰：《澉浦诗话》卷下，第 3a—3b 页。
② ［清］朱彝尊著，姚祖恩编，黄君坦校：《静志居诗话》卷十一，第 295 页。

翁来论诗。后读唐诸大家诗,以为放翁诗殆不足学,遂不复梦见放翁矣。因曰人之精神诚则能通,凡事皆如是也。"①

于此可见吴文晖学诗,出宋入唐,此或与时风有关;在诗学上,既倡导性情,又主张歌咏见性。另外,卷二第 11 则详细记载了吴志仁的诗作,称其"涵养深醇,唱叹有遗音",目之为家族诗歌传统的最佳传承人②。《续溆浦诗话》对家族诗人的详述和高扬,既是出于家族自豪感,也是清代中后期郡邑诗话家族书写渐盛的又一证明。

(七)单学傅《海虞诗话》的特色

单学傅《海虞诗话》十六卷,撰成于道光三年(1823),载录了清代顺治至道光年间常熟地区 381 位诗人诗作诗事。单学傅(1778—1836?),字师白,号钓翁,江苏常熟钓渚人,博学多识,著述丰富,有《海虞诗话》《钓渚小志》《四书盲辨》《经解求是》《考古通史》等。《海虞诗话》原为未尽稿,经庞郦亭访得手稿后,延请张守诚厘正校勘,三年乃成;至民国四年(1915),由翁永孙刊出,此即铜华馆铅印本《海虞诗话》③。单学傅《海虞诗话自序》曰:

> 虞山之阳,本为三吴文学渊薮。仆生长于斯而少有吟癖,习见风流文雅之士名章秀句,辄恋恋不忍去手,然力又弗能如王柳南(引按:王应奎之号)之搜罗散佚选刻《诗苑》,惟就柳南所不及收而及见其诗集,并后辈以诗来质者,摘选所爱,辑为《诗话》,将置之箧中,以挹虞山百余年灵秀之气。盖窥豹一斑可知全豹,

①[清]吴东发撰:《续溆浦诗话》卷三,第 13b—14a 页。
②[清]吴东发撰:《续溆浦诗话》卷二,第 15a—17b 页。
③详参张守诚《海虞诗话后序》和翁永孙《海虞诗话跋》,《续修四库全书》第 1706 册,第 103—104 页。

或见骥一毛未知全骥也。①

是则单学傅撰辑《海虞诗话》，目的是接续王应奎《海虞诗选》，传承乡邦风雅，故其体例亦依王《选》。张守诚《海虞诗话后序》云："因人及诗，即藉诗存人，举凡衮衮诸公、槃槃大集，皆在所略，一遵柳南之例。"②整体而言，《海虞诗话》最大的特点是以人为目，体例严整。诗话首条云：

> 季遗民京，字轶万，宋太常卿陵之后，明为文村望族。钱湘灵序其《浣花集》，称轶万明年八十，而予又加六，则辈行相同也。诗工琢句。"穷到不知方有味，老归无用始为安"，冯窦伯叹为名句。余如："对月情长怜夜短，惜花心热怨秋寒"……"身悴幸留诗骨健，年衰喜阅世情多"，盖皆宗仰剑南者。家有梅棠，繁盛罕匹，俗有"季家海棠十八瓣"之说。故白堤卖花者，辄以"文村种"三字签标于梅棠，而里人则呼为"东皋锦树"。③

其他条目的写法大体类此，皆是先记字号、郡望、家世，然后或因人及诗，或因事间诗，或因诗述事。这种整齐划一的写法，使得《海虞诗话》在体例上更接近史传，将它的每个条目均看作诗人小传，也未尝不可。

前述王柳南是虞山诗派的重要人物。《海虞诗话》卷二云：

> 王文学应奎，字东溆，号柳南，居凤塘桥，恒以四几绕身，堆

---

①［清］单学傅撰：《海虞诗话自序》，《续修四库全书》第 1706 册，第 3 页。
②［清］张守诚撰：《海虞诗话后序》，《续修四库全书》第 1706 册，第 103 页。
③［清］单学傅辑：《海虞诗话》卷一，《续修四库全书》第 1706 册，第 7 页。

积卷素,铅黄其中,往还皆一时知名士。先是虞山诗派钱东涧主
才,冯定远主法,后学各有所宗。柳南并饫闻其说,而序许惠时
诗则曰:"杰魁之才,肆而好尽,则学钱而失之;轻俊之士,巧而近
纤,则学冯而失之。"故沈文慤公序柳南诗,谓窥其意殆欲以隽永
超诣,化学两家者之不足。然学傅遍观所著诗文,用意处毕竟近
冯氏为多矣。①

　　钱东涧即钱谦益,冯定远即冯班,二人在明末清初诗坛先后主盟虞山
诗派。《海虞诗话》此处提及"虞山诗派"这个概念,虽然不是其最早
出处,但对于厘清该诗派的认知史有较重要的价值。另外,单学傅在
本则诗话中指出,王应奎声称虞山诗派后学有宗钱、宗冯两条路线,
且各有所失,但他自己并没有走调和路线,而是宗冯为多。据蒋寅先
生的研究,清初二冯诗学大体与钱氏诗学并行于世,但是,"虞山后学
没有宗法钱谦益,却衍伸了二冯的余绪"②。也就是说,王应奎宗冯
为多,实际上是顺应了虞山诗学的主流,可见单学傅的结论颇具
洞见。

　　就思想意识而言,《海虞诗话》具有突出的儒家伦常观。卷二记
载了本邑谢节母潘氏守贞四十余年的事迹,并录有多篇时人的颂诗:

　　　　谢节妇潘氏,江阴教谕谦光侄女,年十六适谢文学廷爵,二
　　十而寡,六十一而卒。家南郭之凌云桥左。遗《治家诗》四卷。
　　程匀至观察光钜评云:"通阅节母诗,矢志坚贞。"……所录四绝
　　句有云:"五载替夫勤奉侍,敢偷片刻绩麻闲。"又:"可怜告贷无
　　头路,便剪青丝值几钱。"又:"漫叨闾里称贞节,铭勒深恩到九

---

①[清]单学傅辑:《海虞诗话》卷二,《续修四库全书》第1706册,第17页。
②蒋寅:《清代诗学史(第一卷):反思与建构(1644—1735)》,第219页。

泉。"一时士夫题咏成帙。①

　　在这里,谢节母与《广陵诗事》中李道南之母胡太孺人一样,也被视作贞节典范,其行为还在乾隆二年(1737)获得朝廷旌表并编入《一统志》,名垂后世。事实上,《海虞诗话》目录所示的 31 位女性中,被明确地标为"节妇""孝女"的就有 10 位。可见,单学傅赋予《海虞诗话》的不仅有表彰幽潜之意,亦存阐扬名教之心。

　　(八)《紫琅诗话》《蟂溪诗话》概述

　　顾鹓的《紫琅诗话》完成于道光三年(1823)。鹓字宸班,号巢云居士,道光时通州人,廪生;著有《芳润集》《鸣盛集》《经解集》《律赋荤新》等。《紫琅诗话》八卷,罕见流传,南通图书馆藏钞本,然因各种原因,至今无缘寓目。以下据张寅彭先生之说,略做介绍:"此书为南通地方诗话,故以其地名胜紫琅山代称。辑自北宋中起,迄于清道光初。有道光三年自序及道光五年贺长龄序。自序云八卷,则卷九为道光三年后补辑者。所辑清乾隆中叶以前通州地区之诗学资料,最称详备。此书刊本流传甚罕,顾仰基《嚚隐诗话自序》曾谓'遍求未获',今南通图书馆所藏道光初刊本亦为残本,仅存卷五至卷九,钞本则为全帙。"②又,《[光绪]通州直隶州志》卷十六《艺文志·集部》载:"《紫琅诗话》四卷,顾鹓撰。"③"四卷"云云,或是误记。

　　何絜人的《蟂溪诗话》完成于道光九年(1829),记述苏州府长洲县蟂溪(今属江苏省苏州市虎丘区浒墅关镇)诗人诗事及在地风物,

①[清]单学傅辑:《海虞诗话》卷二,《续修四库全书》第 1706 册,第 21 页。
②张寅彭:《新订清人诗学书目》,第 105 页。按:以上说法又见于张寅彭先生的《〈紫琅诗话〉考述》一文,惟行文稍详。参吴宏一主编:《清代诗话考述》,第 827 页。
③[清]梁悦馨、莫祥芝修,[清]季念诒、沈锡篆:《[光绪]通州直隶州志》卷十六《艺文志·集部》,第 104a 页。

是清代郡邑诗话中的市镇诗话。关于作者,蔡镇楚先生《〈嵺溪诗话〉考述》云:"何絜人(生卒年不详),清江苏嘉定人。"①语焉不详,且有不确。以下根据目前所得资料略做考索。翁同龢之父翁心存(1791—1862),字二铭,号邃庵,江苏常熟人,道光二年壬午(1822)进士,著有《知止斋诗集》。其中卷八载有壬午年所作诗歌《送何絜人同年觐扬出宰中州兼寄邵子山大令堂》②,是知何絜人与翁心存同在1822年中进士。又,冯桂芬纂《[同治]苏州府志》卷六十三《选举五》载:"道光二年壬午戴兰芬榜。长洲:毛绣虎,步曹户部主事;顾元恺宾四,浔州知府;何觐扬,廷对知县。"③卷六十五《选举七》载:"何觐扬,大兴籍,改归本籍。见《进士》。"④由此可知,何絜人,字觐扬,原籍大兴,改籍苏州府长洲县,道光二年(1822)进士。又,道光时期的吴中诗歌名家曹楙坚著有《昙云阁集》,其中卷六有诗曰《题何絜人明府觐扬〈枫江吟社图〉即送之官粤西》,这首诗前有《甲辰除夕口号》《乙巳新正试笔十首》等诗,后有《十月三日潘季玉曾玮招游天宁寺看菊有诗纪事即次原韵》等诗⑤,可知其题赠何絜人之诗当作于道光二十五年乙巳(1845)。又,苏时学《宝墨楼诗册》卷六有诗曰《题何絜人明府〈枫江吟社图〉四首,即送其入都引见》,题下小序云:"代徐蓉村刺史作。附蓉村来札云:'絜人名觐扬,苏州长洲人。由进士前任河南知县后,来粤西署永宁州牧。因凭限迟延,经部调取引见。

①蔡镇楚:《〈嵺溪诗话〉考述》,吴宏一主编:《清代诗话考述》,第887页。
②[清]翁心存撰:《知止斋诗集》卷八,清光绪三年(1877)常熟毛文彬刻本,第2b页。
③[清]冯桂芬纂:《[同治]苏州府志》卷六十三《选举五》,清光绪九年(1883)刊本,第28b页。
④[清]冯桂芬纂:《[同治]苏州府志》卷六十五《选举七》,第28b页。
⑤[清]曹楙坚撰:《昙云阁集》卷六,《清代诗文集汇编》第552册,第373、371、371、376—377页。

能诗文,情落拓豪宕。与予穷交数年,甚相得。又与予师顾南雅先生同乡,相友善。先生为一时山斗,是余所最受恩者,今归道山久矣。去年余入都,絜人有《谒金门词》赠行,今题此。子适有昭平之行,送其人都,望其早还也。'"①

据诗集时序,该诗作于道光甲辰年(1844),早于上引曹楸坚之诗;可能正是在这一年何絜人完成了《枫江吟社图》,师友遂纷纷题赠。综上,何絜人主要活动于道光年间,曾任广西永宁知州等。

关于《嫪溪诗话》的主要内容,蔡镇楚先生介绍说:"是书为地方诗话之作,以陆廷灿《嫪溪诗钞》为经,他所见闻为纬,专录取作者乡人之诗而论述之。全书二卷,凡一三八则诗话条目,其中卷一收录八十则诗话,卷二收录五十八则诗话。全以记述诗事为主,凡嫪溪人之诗及其诗事,一一俱录,历代无以遗者,不啻会是一部嫪溪之地方诗史也。而作者之诗论见解,则往往间寓于繁复的诗事之中,却亦时见有吉光片羽,如卷一谓'率真之语最耐寻味'者云云。"②简明有序,可备参考。

三、朱彬的《游道堂诗话》及其特色

(一)《白田风雅初编》《白田风雅》与《游道堂诗话》

清代著名经学家朱彬撰有《游道堂诗话》,很长一段时间以来,学术界都认为该诗话存佚难详。蔡镇楚先生的《石竹山房诗话论稿》著录该诗话,称"不分卷,存佚未详"③。吴宏一先生主编的《清代诗话知见录》据蔡书著录,《清代诗话考述》则称"诗话未见,待考"④。蒋

---

① [清]苏时学著,阳静校注:《宝墨楼诗册校注》,巴蜀书社,2014 年版,第 118 页。按:点校本"絜""觀"分别误作"潔""觀"。
② 蔡镇楚:《〈嫪溪诗话〉考述》,吴宏一主编:《清代诗话考述》,第 888 页。
③ 蔡镇楚:《清代诗话考略》,《石竹山房诗话论稿》卷四,第 403 页。
④ 吴宏一主编:《清代诗话考述》,第 667 页。

寅先生的《清诗话考》列入待访书目，并谓："《吴江叶氏诗录》卷二引《游道诗话》论叶燮一则，称叶燮'莅任吾邑，正值水灾，租税俱蠲，年余即不职罢官，非其罪也'，作者亦宝应人，殆即此书。"①其实，《游道堂诗话》附见于朱彬编撰的地方诗总集《白田风雅初编》和《白田风雅》，因两集流传甚罕，致诸家均未及详考。蒋书所引"莅任吾邑"云云，见于《白田风雅初编》卷六、《白田风雅》卷二十四"叶燮"条，二者文字相同②；至于《吴江叶氏诗录》卷二所引"《游道诗话》"，应是脱一"堂"字而误。近年程希博士据《白田风雅初编》和《白田风雅》，辑录整理了《游道堂诗话》，并对其中的人物及其著述等进行了考释，廓清之功，当值嘉许③。以下拟结合《白田风雅初编》和《白田风雅》，对该诗话做进一步的讨论。

朱彬（1753—1834），清代扬州学派巨子，字武曹，一字郁甫，江苏宝应人；乾隆六十年（1795）举人。朱氏笃性嗜学，于训诂、声音、文字之学用力尤深，著有《经传考证》八卷、《礼记训纂》四十九卷、《游道堂诗文集》四卷等。《白田风雅》二十四卷，白田为宝应古称，李白曾过访白田，留下《白田马上闻莺》等诗。据集前姚椿序，《白田风雅》完成于道光元年（1821），但该书在朱氏生前并未刊刻，直至光绪十二年（1886）才由金陵书局梓行，《历代地方诗文总集汇编》和《扬州文库》所收即此本。《白田风雅》收录清初至道光早年江苏宝应籍和流寓于此的诗人316家、诗作一千三百余首，颇多名士硕儒，如王岩、乔

---

① 蒋寅:《清诗话考》，第 162—163 页。
② ［清］朱彬辑:《白田风雅初编》卷六，台北"国家图书馆"藏稿本，原稿无页码；《白田风雅》卷二十四，卢桂平主编:《扬州文库》第五辑总第 82 册，广陵书社，2015 年版，第 429 页。
③ 程希:《扬州学派诗论遗珍——朱彬〈游道堂诗话〉辑释》，张伯伟、蒋寅主编:《中国诗学》第二十六辑，人民文学出版社，2018 年版，第 266—276 页。按:本节对《游道堂诗话》所涉人物生平、个性、著述的介绍，多据程文。

迈、乔亿、乔莱、陶蔚、陶激、刘雨峰等。其中,卷二十、二十一为家集,收录朱氏先祖朱克简以下至朱静等宗亲 26 人之诗共 140 首;卷二十二、二十三、二十四为闺媛、释子、羽士、官师、流寓、酬赠之诗,涉及施闰章、朱彝尊、沈德潜、袁枚等。在体例上,该集以人为目,姓名之下列字号、功名、官秩、诗集,然后附以简评,再载录其诗歌,诗末偶见小注。所附简评,并非人人有之,亦不尽为诗论,其评或征引他人之言,其中出现频次较多者包括"邓孝威曰""汪蛟门曰""刘雨峰曰""刘楚桢曰";或自署"游道堂诗话",系朱彬本人之见。

值得注意的是,台北"国家图书馆"藏有《白田风雅初编》稿本六卷,学界罕睹,笔者承程希博士惠赐该本复印件,得见其详。该本封面署其著录形态:"全幅(公分)26.8×17""清朱彬编,六卷六册""编者手定底稿本",又有"东大 193"字样。与金陵书局刻本《白田风雅》一样,该本也是以人为目,但部分人名之下标示的收录诗歌数目与正卷差别较大。如,"赵开雍"条下注"十一首",但正文所收有 26 首之多,且编排次序与《白田风雅》刻本不一致。此其一。其二,《白田风雅初编》为稿本,字迹多是行书,亦有草书,圈点涂抹较多,且据笔者比对,全编至少有三种字体。其三,《白田风雅初编》最后一页,居中有楷书"白田风雅补编,里人朱百度荃滋编次,流寓"字样,左上有行书"白田风雅第廿四卷流寓门",其左又有行书"梁以樟、王洁、王苍、王猷定、李振裕、程名世,共六人"。朱百度,道咸时人,字荃滋,号午桥,系朱彬侄孙,著有《汉碑征经》等。《白田风雅初编》目录和正文均只标六卷,此处却说"白田风雅第廿四卷",正合于刻本《白田风雅》的卷数;而所列梁以樟等 6 人的次序,在刻本中除王苍的位次被提前外,其余 5 人次第一致。凡此种种,均表明《白田风雅》于道光元年编成后,其稿本可能为朱百度所得,经其增删之后成二十四卷补编本,刻本即由此而来。

《白田风雅》刻本、《白田风雅初编》稿本中所载录的《游道堂诗话》分别有 60、42 则,且后者均见于前本,内容也基本无别,但有两个特例。《白田风雅初编》卷六"王猷定"条下小传后有一则"游道堂诗话":"邓孝威曰:先生与公狄同寓八宝,不独文字契合,而身世之际关切最深,于今交道中罕有其俪。"这则"诗话"也见于《白田风雅》卷二十四"王猷定"条,却是以"小注"的形式出现在《泾上有感兼怀梁公狄(二首)》的末尾①,二者文字完全相同。吊诡的是,《白田风雅初编》卷六"叶燮"条载其诗《答朱恭亭仍限覃韵二首》,末尾"小注"云:"诗见《白田倡和集》,当是重至宝应作。"然而,同样的话出现在《白田风雅》卷二十四"叶燮"条下《答朱恭亭仍限覃韵(二首)》时,却从"小注"变成了"诗话":"《游道堂诗话》:二诗见《白田倡和集》,当是横山重至宝应时作。"②较之前者,《白田风雅》此处仅多了一个"二"字。换言之,从《白田风雅初编》到《白田风雅》,有 1 例"游道堂诗话"变成诗末"小注"的情况,也有 1 例诗末"小注"变成"游道堂诗话"的情况。两个特例均出现在第二十四卷,这是偶然笔误? 还是另蕴深意:《白田风雅》诗末"小注"与所谓"游道堂诗话"二者本来无别? 如果是后者,那么《游道堂诗话》之数可能不止 60 则。

(二)《游道堂诗话》的以诗存人意识及其超越

明清诗选多以以诗存人或以人存诗或兼而有之为取向,《白田风雅》也不例外。《游道堂诗话》作为地方诗集《白田风雅》的构成要素之一,其指向既受制于诗选的传统,又须符契郡邑诗话的体制。编撰者朱彬大约也意识到这一点,在诗话中多次明确表达了以诗存人和以人存诗的意图。

---

① [清]朱彬辑:《白田风雅》卷二十四,卢桂平主编:《扬州文库》第五辑总第 82 册,第 433—434 页。

② [清]朱彬辑:《白田风雅》卷二十四,卢桂平主编:《扬州文库》第五辑总第 82 册,第 430 页。

　　山人以古文名,诗其余事,《异香集》其一斑也。余尝得其全集,于北宋诸公颇称具体,恐数十年后无有知其姓字者矣。①

　　荇溪喜绘山水,工弹琴,诗不多作,搜集一二,以存其人。②

　　从父少承家学,长受业于王予中先生,以胡敬斋为归,粹然有道君子也。诗不多作,录此以存其人。③

上引三则诗话分别评论王岩、刘赞揆、朱光进。王岩,字平格,一字筑夫,诸生,明亡后绝意仕进;以孝闻,又长于古文;著有《白田布衣集》《白田文集》《异香集》等。刘赞揆,字弼谐,号荇溪,附贡生。朱光进,字宗洛,一字学程,附贡生;其性至孝,居母丧,以哀毁卒,光绪十二年(1886)旌表孝子;光进是名儒朱泽沄之子,幼承庭训,又师从其父"最亲密的学侣"、朱子学名家王懋竑④,遂于理学,著述丰富,有《朱宗洛诗文集》《师文堂集》《周易观玩篇》《宋稽古录》《读礼偶钞》《过庭纪闻》《梁溪纪闻》等,故朱彬誉之为"粹然有道君子"。以上三人中,王岩、朱光进皆以侍母至孝、长于学问著称,刘赞揆虽不以学闻,但"喜绘山水,工弹琴",是乡邦风雅之士。三人各有所长,故并录其诗以见其人,以免"数十年后无有知其姓字者矣"。

　　值得注意的是,以上三人均非以诗名家。王岩"以古文名,诗其余事",《白田风雅》5题6首;刘赞揆"诗不多作,搜集一二",《白田风雅》仅收1首;朱光进长于经学,也亦"诗不多作",《白田风雅》收2

---

①[清]朱彬辑:《白田风雅》卷二,卢桂平主编:《扬州文库》第五辑总第82册,第308页。

②[清]朱彬辑:《白田风雅》卷十四,卢桂平主编:《扬州文库》第五辑总第82册,第373页。

③[清]朱彬辑:《白田风雅》卷二十一,卢桂平主编:《扬州文库》第五辑总第82册,第416页。

④张舜徽:《清代扬州学记》,第35页。

题4首。综观以上诗篇,少见上乘之作。比如,刘赞揆被收录的1首诗,题曰《约朱直方游松岗不果》:"风景日向好,郊原花满枝。将携一樽酒,相与赋新诗。傍郭松阴合,连冈草色滋。素心人不去,负此暮春时。"①此诗抒写约友游冈而不果的遗憾,用语平实,物情俱淡,并见散文化色彩,其入选之由或许不在诗艺,而在其人"喜绘山水,工弹琴"。这表明《白田风雅》不仅以诗存人,而且以学存人,以文存人,以艺存人。事实上,与其他郡邑诗话不同的是,《游道堂诗话》特别重视入选者的书画修为。如:

> 雪屋工诗,尤善绘事,今所传绝少。②
> 楮堂先生为曾王母之兄,工诗暨八法。绘事取法北宋人,花鸟尤入神品。年未三十而殂,故所传止此。③
> 固翁先生善鉴法书名画,尤工八分。得其片楮者,人争宝之。④

以上三则诗话分别评论郑乾清、乔崇让、乔崇修。书画诗词皆是文士风雅之事,古之作者多能兼擅。《白田风雅》载录乡贤诗作,以诗存人,《游道堂诗话》附论其诗,并述其人其事,则所谓存者固不限于诗艺,书艺、绘事等皆可借而述之;既以存人为鹄的,则人之心性亦可纪

---

① [清]朱彬辑:《白田风雅》卷十四,卢桂平主编:《扬州文库》第五辑总第82册,第373—374页。
② [清]朱彬辑:《白田风雅》卷七,卢桂平主编:《扬州文库》第五辑总第82册,第336页。
③ [清]朱彬辑:《白田风雅》卷八,卢桂平主编:《扬州文库》第五辑总第82册,第340页。
④ [清]朱彬辑:《白田风雅》卷八,卢桂平主编:《扬州文库》第五辑总第82册,第341页。

而传之;既传叙人之心性,则人生之镜鉴又可昭而明之。朱彬在诗话中论乔出尘云:

> 云堂先生为石林侍读从子,性耽风雅,家饶于赀,凡冠盖往来与侍读游者,未尝不纳交于云堂也。汤西崖(引按:汤右曾之字)少宰《忆安宜旧游》诗云:"书巢风义我师友,海内论交托契真。四百顷田垂老尽,几人还念郑公贫。"可想见其挥金结客之概。①

乔出尘(1622—1701),字云渐,号疑庵,又号留云子,别号云堂翁,乔可聘从孙、乔荫子、乔莱侄;工诗文,性豪迈;著有《疑庵诗集》《双烛集》等。《白田风雅》收其诗 17 首,多交游、咏怀诗,其中《喜栩道人至》云:"日日迟君至,相逢已岁残。青山何处买,白发几茎看。云暗琴声咽,风鸣剑气寒。仰天同一笑,且共酒杯欢。"②欲扬先抑,以乐遣悲,可见洒落。他曾与梁以樟、陈钰、朱克生、刘中柱一起组织文字社,又与汪懋麟等人交好。康熙二十五年(1686)春,懋麟游白田,或留饮出尘留云堂,或互相酬唱,汪氏《百尺梧桐阁遗稿》卷八《饮留云堂,酒竟,以空尊返之,戏题二绝》等诗即记此事③。汤右曾所谓"海内论交托契真",非虚言也。

　　朱彬认为乔出尘有"挥金结客之概",这是个性认知;而他对汤廷琏被杀的评价,则体现了对人性的思考。《白田风雅》卷二载录了汤廷相的诗歌《怀三兄粤东步孙东山韵》:"北堂萱草茂,万里胡远游。

---

①［清］朱彬辑:《白田风雅》卷六,卢桂平主编:《扬州文库》第五辑总第 82 册,第 331 页。

②［清］朱彬辑:《白田风雅》卷六,卢桂平主编:《扬州文库》第五辑总第 82 册,第 332 页。

③胡春丽:《汪懋麟年谱》,复旦大学出版社,2014 年版,第 389 页。

矰缴匝地布,聊避弋者求。回翔慎高举,饮啄毋淹留。倦飞当知还,故乡有林丘。"朱彬评曰:

　　此当即怀荐元之作,后荐元竟为武人所杀,君子未尝不惜其才而悲其遇,然不能审几以取祸,宜哉?①

荐元是汤廷相之兄廷琏的字,廷琏号蛰庵,活动于明末清初,恃才傲物,与名士侯方域、吴应箕等过从甚密,入清后为仇人所害。刘宝楠《宝应图经》记其事甚详,云:

　　廷琏,右通政李茂英婿也。有李黑三者,为人狡黠善讼,营入茂英门下,茂英遇之厚,因名茂贤,廷琏深嫉之……茂英卒,将邀祀典,选贡生刘永沁持不可,廷琏议论合于刘氏,茂贤不能平,奋臂攻廷琏。各募死士以斗,而茂贤所募士中有被殴死者。初,邑令刘逵善廷琏,廷琏才气横发,数窘辱逵,至是当廷琏杀人律,对簿时语仍不逊,逵怒甚,推案而起,遂有意杀之矣。廷琏系六年,数赋诗言,怀语酸楚,闻者哀之。时方域在北,不及营救……而逵已擢御史,阁部史可法主其狱,终不可脱。王师下江南,出狱,携一妓走广东,相传登仕籍矣。有仇之者,遂遇害,仆汤秉义负其骨归葬。著《蛰庵集》。②

汤廷琏先是身陷图圄,继而为仇人所害,时人多惜而哀之,朱彬亦然,

---

① [清]朱彬辑:《白田风雅》卷二,卢桂平主编:《扬州文库》第五辑总第82册,第306—307页。
② [清]刘宝楠撰:《江苏省宝应县图经》卷六,清道光二十八年刊本《宝应图经》影印本,台北成文出版社,1970年版,第583—585页。

但他同时也指出廷瑝的悲剧是其"不能审几"所致。《周易·系辞下》借孔子之口云："几者,动之微,吉之先见者也。君子见几而作,不俟终日。……君子知微知彰,知柔知刚,万夫之望。"孔颖达疏曰:"几,微也。是已动之微,动谓心动、事动。初动之时,其理未著,唯纤微而已。……凡豫前知几,皆向吉而背凶,违凶而就吉,无复有凶";"君子既见事之几微,则须动作而应之,不得待终其日";"刚柔是变化之道,既知初时之柔,则逆知在后之刚。言凡物之体,从柔以至刚,凡事之理,从微以至彰,知几之人,既知其始,又知其末,是合于神道,故为万夫所瞻望也"①。是故儒家强调君子立身处世,不仅要有至大至刚的正气和胸怀天下的壮志,而且要有综事应物的意识和审几虑变的智慧。朱彬深识此理。廷瑝为人自傲,不屑宵小,是其正气之所在,然而他知刚不知柔,负气自雄,一再昧于审几,终致身死。朱彬在悲惜其才的同时,也批评了汤廷瑝的为人之失,暗示他的悲剧是咎由自取。较之汤廷相诗歌的深情怀想,朱彬的评论显然有惩前毖后、警示来者的意图,这也凸显了《游道堂诗话》在以诗存人方面的超越性。

(三)《游道堂诗话》的以人存诗意识及其特点

以诗存人,其意在人,而以人存诗,其意则在诗,二者取向不同,《游道堂诗话》在表述上亦有侧重。

> 先生为先大父外祖,立朝岳岳,尝论下河事,上《四不可议》,当事心嗛之,竟不可夺,然卒以此罢官。诗其余事,亦卓然可传。②

①[三国魏]王弼注,[唐]孔颖达疏:《周易正义》,[清]阮元校刻:《十三经注疏》,第88页。

②[清]朱彬辑:《白田风雅》卷五,卢桂平主编:《扬州文库》第五辑总第82册,第323页。

　　薤浦先生乃先大母刘太夫人之外祖也,子四人,并邑诸生,
其长子纲与先生俱有声庠序。……薤浦未脱诸生籍,后嗣陵替,
无知其姓字者。今从乔子纯如处得先生手录遗诗数十纸,亟录
而存之。①

以上两则诗话分别评论乔莱、汤辉祚,凸显以人存诗的意识。乔莱
(1642—1694),字子静,一字石林,康熙六年(1667)进士,历官内阁
中书、翰林院侍读。乔莱英敏绝伦,学问优长,曾参纂《明史》《清实
录》,著有《乔氏易俟》《归田集》《柘溪草堂集》《直庐集》《使粤集》
《应制集》等。乔莱为人刚正不阿,所谓"尝论下河事,上《四不可
议》"即是典型例证,事在康熙二十四年(1685)。《清史稿》卷四百八
十四《文苑传一》载:

　　时御史奏浚海口,泻积水,而河道总督靳辅言其不便,请于
邵伯、高邮间置闸泄水,复筑长堤抵海口束之,使水势高则趋海
易,廷议多主河臣言。适莱入直,诏问莱,疏陈四不可行,略谓:
"开河筑堤,势必坏陇亩,毁村落,不可行一。淮、扬地卑,多积
潦,今取湿土投深渊,工安得成? 不可行二。筑丈六之堤,束水
高一丈,秋雨骤至,势必溃;即当未溃,潴水屋庐之上,岂能安枕?
不可行三。至于七州县之田,向没于水,今更束河使高,则田水
岂复能涸? 不可行四。"帝是之,议乃寝。②

乔莱束水注海四不可之议,非仅为桑梓争,更是为苍生计,公心日月

---

①[清]朱彬辑:《白田风雅》卷七,卢桂平主编:《扬州文库》第五辑总第82册,
　第334页。
②赵尔巽等撰:《清史稿》卷四百八十四,中华书局,1977年版,第13350页。

可鉴，却触犯权贵，终被中伤罢官。既有斯人，虽则"诗其余事"，"亦卓然可传"，故《白田风雅》收其诗22首。汤辉祚，字蔚宗，号蓬浦，著有《蓬浦诗稿》，但散佚甚多，朱彬得其遗诗，"呕录而存之"，言辞之中，不乏遗憾。

朱彬在《游道堂诗话》中注意说明人物之间的亲属关系，特别是相关人物与自己的亲缘关系。如前引"楮堂先生为曾王母之兄"，是说乔莱之女、乔崇让的妹妹是自己的曾祖母；"先生为先大父外祖"，是说乔莱是自己的祖父朱泽代的外祖父；"蓬浦先生乃先大母刘太夫人之外祖也"，是说汤辉祚是自己的祖母刘太夫人的外祖父。其他如：

> 先生为先太夫人曾大父，在台州屡摄令，惠爱在民，咸讴思之。齐息园侍郎为文记其事。诗亦"七子"遗响。①
>
> 氏为余表妹，适姑母之子刘君惠，生时未知其能诗，殁后只得二首，君惠丐余识其尾。②

第一则评成康保，指出他是自己母亲成氏的曾祖父。第二则评成氏，她是朱彬的表妹，也是朱彬表兄弟刘君惠的妻子，《白田风雅》收其诗2首；在诗话中朱彬明确指出自己是因亲戚之请而载录其诗作。

朱、刘、乔、王四姓是明清时期宝应一地的高门望族，不仅科甲鼎盛，人才辈出，而且四族互结婚姻，盘根错节，形成以乡党、学友、血亲、姻亲为纽带的复杂关系网络。就《游道堂诗话》述及的部分人物

---

① ［清］朱彬辑：《白田风雅》卷五，卢桂平主编：《扬州文库》第五辑总第82册，第325页。
② ［清］朱彬辑：《白田风雅》卷二十二，卢桂平主编：《扬州文库》第五辑总第82册，第425页。

而言,王懋竑是王式丹的侄子,王懋竑的儿子王箴传是朱泽沄的女
婿,乔莱的四女是朱彬的曾祖母,乔莱之孙、乔崇修之子乔亿是朱彬
伯父朱宗光的岳父,乔亿的孙女是刘宝楠的母亲,刘宝楠的叔父刘台
拱是朱彬的表哥。宝应是扬州学派的重镇,《游道堂诗话》中的人物
多数术业有专攻,更不乏扬州学派的代表人物。血亲姻亲关系的呈
现,不仅令该诗话具备家族化的特色,而且为考察扬州学派的学术传
承和学术网络提供了绝佳的视角。

(四)《游道堂诗话》的诗学观念

《白田风雅》所见《游道堂诗话》的数量并不算多,且篇帙大多较
短,直接论诗之句也较少,但仍可见其诗学主张。

> 文虎意气粗豪,不足嗣音名父,然乱头粗服中,亦有戛戛独
> 造处。①
> 杨丈隐居射水之阳,攻苦力学,自经史百家旁及地舆星卜之
> 学靡不研究,意所不可,虽古人不屑也。诗文亦戛戛独造,迥不
> 犹人。惜其屏迹荒村,未获丽泽之益尔。②

以上二则诗话分别评论陶蔚、杨景涟之诗,皆以"戛戛独造"出之,可
见朱彬比较欣赏别出心裁、风格独特的诗歌。

对于那些特色鲜明、超迈不群的诗人诗作,特别是学古而能得
"唐调"者,朱彬则是不吝称许。

---

① [清]朱彬辑:《白田风雅》卷七,卢桂平主编:《扬州文库》第五辑总第 82 册,
　第 336 页。
② [清]朱彬辑:《白田风雅》卷十二,卢桂平主编:《扬州文库》第五辑总第 82
　册,第 361 页。

　　棕笠与乔方立守之、刘兆彭述民、弟襄隆荆垣、刘玉麟又徐、乔大鸿仪上、乔大钧秉之合刻《敦素园七子诗》，后复自悔，不复存其少作，风貌朴古，不欲以诗人自命。辛卯省试，殁于金陵，无子，念之怃然。①

　　叔祖工画山水，宗仰净垢老人。诗不多作，五言如"窗鸣千涧雨，人卧一楼云"、"寒风吹古屋，乱木啸空园"，七言如"万壑秋声虚馆夜，一灯萧寺古人情"、"千家树色迎秋动，一片潮声带雨来"、"有田负郭更新主，无酒留宾愧故人"，皆不愧古作者。②

　　从叔少从乔剑溪先生学诗，闭门觅句，苦思力索，尝累月而成篇，有一字未惬，斟酌尽善而后已。锦囊所贮，或盈数箧，而所存无几，成篇后，每欲上掩古人。③

　　先生诗早宗六朝、三唐，晚岁肆力于杜。自少至老，无一日去书。与沈尚书德潜、沈光禄起元为忘年交。然诗品清高深稳，不难上掩古人，不因揄扬而重也。④

　　以上四则诗话，不仅篇幅较长，而且评语之中皆见"古"字。第一则评论汤应隆，指出其诗有古风。第二、三两则分别评论朱宗大、乔亿。宗大，字直方，号小射，幼而颖悟，有神童之誉，后为乔亿入室弟子，著有《杜诗识小》《李诗臆说》《剑溪说诗》《寿藤轩吟稿》《冬容馆诗》

①［清］朱彬辑：《白田风雅》卷十六，卢桂平主编：《扬州文库》第五辑总第82册，第380页。
②［清］朱彬辑：《白田风雅》卷二十一，卢桂平主编：《扬州文库》第五辑总第82册，第416页。
③［清］朱彬辑：《白田风雅》卷二十一，卢桂平主编：《扬州文库》第五辑总第82册，第420页。
④［清］朱彬辑：《白田风雅》卷十一，卢桂平主编：《扬州文库》第五辑总第82册，第353页。

《无尽藏书屋诗》等;《白田风雅》收其诗 12 首。乔亿(1702—1788),
字慕韩,号剑溪,博学工诗,自树一帜,与沈德潜是忘年交,又与朱彬、
刘台拱等人过从甚密,有诗集《窥园吟稿》《三晋游草》《夕秀轩吟草》
等;《白田风雅》中收录乔诗多达 61 首,为集中作者之最。乔亿又深
识于诗,其《大历诗略》《杜诗义法》《剑溪说诗》《杜诗偶评》《王孟韦
柳诗评》皆诗论名作,他主张有为而作,推崇大历诗派,亦强调性情之
真。朱彬用"上掩古人"来形容乔亿、朱宗大师徒的诗歌,评价不可谓
不高;当然,一"欲"一"不难",意思有别,也可见朱氏作为经学家的
严谨态度。朱彬评乔亿《拟古三首》云"先生诗得唐杜风味,用意清
高,运笔雅淡"①,谓其能得"唐调"。事实上,在朱彬看来,能得"唐
调"者,不惟乔亿,尚有他人。如:

> 孝廉诗集未见,唯王阮亭尚书《感旧集》载数首,风味颇近储
> 太祝。②
> 文玉诗幽折奥特,尝注《昌谷集》,可想见取径之奇。③

这两则诗话分别评论李藻先、王玫,皆远溯唐代,指出二人之诗与储
光羲、李贺诗风的相似性或渊源关系。

　　清代中叶,以沈德潜为首的格调派影响甚巨,其论诗注重雅音,
推崇"唐调"。朱彬称乔亿"早宗六朝、三唐,晚岁肆力于杜",又与沈
德潜交好,暗示乔诗与格调派关系密切。蒋寅先生认为乔亿是"格调

---

① [清]朱彬辑:《白田风雅》卷十一,卢桂平主编:《扬州文库》第五辑总第 82
　册,第 354 页。
② [清]朱彬辑:《白田风雅》卷一,卢桂平主编:《扬州文库》第五辑总第 82 册,
　第 303 页。
③ [清]朱彬辑:《白田风雅》卷二,卢桂平主编:《扬州文库》第五辑总第 82 册,
　第 305 页。

诗学的真正传人"，"他的诗论更典型地体现了格调派的艺术倾向，他的诗歌批评也更全面、系统地展示了格调派的批评话语"①。朱彬既推崇古风古调，又重视对其超越，显示了他慕古而不泥于古的诗学追求，而其所称"古"者，多是唐代，这或许也是受格调派影响的结果。《游道堂诗话》有云：

> 佳句有"梦里故乡僧白发，灯前细雨客黄昏"、"烟和日抱孤村暖，水接天流一艇来"，清朗可诵。②
> 尝有句云："恨无绿酒堪留客，再有黄金也赠人。"其豪气可想。③

以上两则诗话分别评论潘遇龙、潘学徐，皆就其诗风而略言之，曰逸致，曰豪气，曰清朗可诵，皆合于格调派"深造浑厚、和平渊雅"的论诗宗旨。

四、杨廷撰《一经堂诗话》的内容及诗学观念

（一）《一经堂诗话》的基本内容

《一经堂诗话》与范国禄《山茨社诗品》同见于杨廷撰编纂的《五山耆旧》二集，又见于杨廷撰与徐缙曾共同辑录的《崇川咫闻录》。在《五山耆旧》二集中，杨廷撰将自著诗话置于诗评之末，以"一经堂

---

① 蒋寅：《清代诗学史（第二卷）：学问与性情（1736—1795）》，第153、165页。
② ［清］朱彬辑：《白田风雅》卷九，卢桂平主编：《扬州文库》第五辑总第82册，第345页。
③ ［清］朱彬辑：《白田风雅》卷九，卢桂平主编：《扬州文库》第五辑总第82册，第347页。

诗话"领起。"一经堂"乃杨氏书斋名,故称①。《崇川咫闻录》十二卷,性质颇类方志,包括疆域录、建置录、山川录、列女表、物产录等,《一经堂诗话》主要见于卷三至卷七的文征录和献征录。据笔者统计,《五山耆旧集》共见《一经堂诗话》162 则,《崇川咫闻录》则有 8 则,共计 170 则。值得注意的是,两者所见《一经堂诗话》并不重合。《前集》卷一"王观"条下云:"《一经堂诗话》:撰辑《耆旧集》,喜采丛书小说,友人陈君长春以体例破碎属尽删之,撰心是其言,汰去十之七八,然不能割爱者尚多,嗜琐贪奇,辗转稗贩,知不免为识者所呵也。"②这是直指编纂《五山耆旧集》时的资料取舍问题,径以"一经堂诗话"为目,表明《一经堂诗话》原非单行专书,而是因应编纂选集志书的需要,随辑随著而成。

　　《一经堂诗话》条目长短不一,短者十数字,如《前集》卷七论白书诗集"《墨妙堂》诗甚有法度,大可颉颃子愚"③;长者可达千余字,如《前集》卷十五论明人陈世祥及其诗风④。《一经堂诗话》内容丰富,主要包括以下几个方面:

　　其一,纪行论品。《今集》卷一载录清代通州举人王綮隆,并附诗话云:"先生赋性坦易,淡情仕宦,徜徉诗酒,不修边幅,雅好倚声,深于言情,歌楼酒肆,游踪所至,辄有斜行。"⑤这是说王綮隆为人淡泊,

---

① 杨廷撰尚有《一经堂诗录》。徐宗干《杨述臣〈一经堂诗录〉序》云:"读其《一经堂诗录》,正变并为雅音,诗而经也;朝野同此直笔,诗而史也。忠孝之心郁于中,而大作于外,则又当痛饮,与《离骚》并读也。"颇见揄扬之意。详参徐宗干:《斯未信斋文编·艺文》卷四,《清代诗文集汇编》第 593 册,第 287—288 页。

② [清]杨廷撰辑:《五山耆旧前集》卷一,第 9b 页。

③ [清]杨廷撰辑:《五山耆旧前集》卷七,第 13b 页。

④ [清]杨廷撰辑:《五山耆旧前集》卷十五,第 21b—22b 页。

⑤ [清]杨廷撰辑:《五山耆旧今集初刊》卷一,第 8b 页。

个性洒落,可见其诗酒风流。《崇川咫闻录》卷五记载了通州名士李方膺,并附诗话云:"晴江(引按:方膺之号)先生性通脱不羁,有嫉俗善嫚,骂人不避权要。"①可见李方膺个性之傲岸不群。

其二,列述科名。《前集》卷四在述及海门人李梦周时,附诗话云:"先生与马尚书公同榜进士,殿试第三甲一百二十名。"②这是载录科名,显示了明清方志体例的影响。

其三,记载轶事。诗话的要义之一是以诗存事,《一经堂诗话》亦然。《前集》卷十九"吴谷王"条下诗话云:"撰戚某,冉君(引按:谷王之号)先生裔孙也,出家传示撰,纪先生轶事甚悉,言之不文,撰因次其语,为作传曰……"③对于某些具有历史影响的乡贤,杨氏更予以特别关注。季开生(1627—1659),字天中,号冠月。顺治六年(1649)进士,授翰林院庶吉士,后任兵科右给事中,掌稽察违误等事,以直言著称。顺治十二年(1655),以谏买扬州女子,触怒顺治帝,戍辽东尚阳堡,后竟为当地无赖殴死,官司不问,国人惜之。杨廷撰在《今集》卷一引州志《宦迹传》、县志、阮元《广陵诗事》、沈德潜《国朝诗别裁集》诸书后,附写约五百字的诗话,"纪给谏轶事数则"④,以存其生平之历,彰其谏臣之名。

其四,考论文献。《五山耆旧集》本为保存乡邦文献而编,《一经堂诗话》也不可避免地渗透了这一意识。《今集》卷三"冯树"条下诗话云:"《冯氏见闻录》六册、《世德编》一册,余得之于同里冯明经崐,随手札录,体例破碎,非传世之书也。然直书不讳,前贤遗事藉此而

---

① [清]徐缙、杨廷撰辑:《崇川咫闻录》卷五,清道光十年(1830)徐氏芸晖阁刊本,第6b页。
② [清]杨廷撰辑:《五山耆旧前集》卷四,第32a页。
③ [清]杨廷撰辑:《五山耆旧前集》卷十九,第21b页。
④ [清]杨廷撰辑:《五山耆旧今集初刊》卷一,第10b页。

存,亦可为考献征文之一助。"①杨廷撰指出,冯树的著作尽管不尽完善,但颇具文献价值,可备参考。另外,上引诗话提到的卢子明,即明代万历间通州人卢纯,著有《明诗正声》《广陵集》《类林探赜》《食翠馆集》《山中集》等,杨廷撰在《一经堂诗话》中指出他是通州地方诗选集的开创者并大加褒扬②。

以上四个方面的内容,多数诗话条目侧重其一,也有部分条目兼而备之。《崇川咫闻录》卷六附载的一则《一经堂诗话》就比较详细地记录了李渔衫的生平,曰:

> 渔衫先生为吾乡祭酒,于书无所不读,著作甚富,为人性情乐易,霭接后进,其言蔼如。数奇屡困,乙未做装入都,庚申考职,钦取一等第一名,注官州司马,不赴,铨曹复以武英殿校录议叙,改官广文。甲子春,恭逢圣驾幸翰林,进《九叙歌》二十四章,钦取一等第二名,进册著陈设毓庆宫。夏初南旋,暇日仍理旧业,与余辈联诗社。丁卯正月招集一经堂,作《踏灯歌》,有句云"欲上绿章求展夜,韶光隔岁可能赊",讶其言之不祥随。于是月檄赴铜陵学博任,谒选之吴门,遇暴疾,卒于旅邸。王柳邨《群雅集》谓马践而死者,误也。③

作者以诗友身份述载李渔衫的生平,集其个性、科名、交游、诗句,备于一篇,并澄清传言,当是可信之辞,可视作李渔衫小传,诚有补于志乘也。

《一经堂诗话》的内容及其叙述策略在江南郡邑诗话中具有代表

---

① [清]杨廷撰辑:《五山耆旧今集初刊》卷三,第47b页。
② [清]杨廷撰辑:《五山耆旧前集》卷八,第5b—6a页。
③ [清]徐缙、杨廷撰辑:《崇川咫闻录》卷六,第50b页。

性,其他诗话亦见以上内容。冯金伯《海曲诗钞》所附《墨香居诗话》有云:

> 中峰先生,为予节孝曾祖姒之从弟。曾祖姒建坊入祠,先生贻以诗,至今藏之。先生入词垣后,以文行受知宪庙,既命纂修《圣祖实录》,旋命上书房行走,又总裁《八旗志书》,不数年而由编修洊历宗卿,恩殊渥矣。惟先生督学云南,任满复命,忽被姜菲之谤,遂有明珠薏苡之疑。查抄严密,囊橐倏然,不旋踵而雷收雨霁,反若为先生表精白之忱矣。先是,同邑顾孝廉良哉与先生相契,所著有《金管集》,属先生作序,序未成而事起。抄呈御览,编首有圣祖仁皇帝挽诗六章,宪庙见之,谓微臣而有忠孝之心,遂得召见,赐第,官至侍讲,遇亦奇矣。先生手抄诗一册,皆奉使时作,长于近体,而七绝尤佳,亟选数首入《海曲诗钞》而并识之。①

蔡嵩,字宣问,号中峰,江苏南汇(今属上海市浦东新区)人;康熙五十二年(1713)进士,雍正元年(1723)奉命撰修《康熙实录》,后入值南书房,督学云南,正直清谨,颇得时誉。本则诗话传述蔡嵩之行,兼论其人,简扼畅达,颇见错综,与前引《一经堂诗话》载述李渔衫之文有异曲同工之妙。

又,朱彬《白田风雅》附载之《游道堂诗话》谓:

> 括翁生平足迹半天下,诗体源少陵,兼有高、岑,故多变徵之声,国朝为吾乡第一作手。其当"二吏""三别"诗,《舟车集》中

---

① [清]冯金伯辑:《海曲诗钞》卷九,[清]冯金伯、[近代]黄协埙辑,陈旭东整理:《海曲诗钞》,第167页。

未见,盖生丁末造,目击明季秕政,感愤而作。今集为乔侍读(引
按:即乔莱)所刊,前诗已入《湖边草堂集》故也。然唯王阮亭
《感旧集》一著其名,问其裔孙,无复知有此集者矣。①

陶澂,字季深,号昭万,晚号括庵,故朱彬尊称括翁。陶澂少而颖悟,
明亡后弃诸生而游四方,与王士禛、龚鼎孳等过从唱和,著有《湖边草
堂集》《舟车集》《南渡集》等;《白田风雅》收其诗 56 首。上述诗话考
论陶澂的诗集留存情况,遗憾之情,溢于言表。

(二)《一经堂诗话》的诗学观念

作为诗人和诗选家,清代地方诗总集和选集的编撰者们对乡贤
诗歌、诗集时加评论,并常常附于诗话,其诗学观念因此可窥一斑。
《一经堂诗话》等江南郡邑诗话亦是如此,且体现了一些共同的诗学
思想。

在诗歌创作上,杨廷撰主张机杼自出,反对模拟。《前集》卷七论
"琅五七子"王勋、钱兆贤、白书、凌东京、陈大震、凌飞阁、张成诏云:
"'七子'俱长于五言,格调窠臼盛唐。"②又,卷十三"白正蒙"、卷十
四"王松龄"两人条下诗话分别云:

> 后之作诗者身未经离乱,足不出里闬,辄喜作闵时病俗语,
> 优孟少陵,无疾呻吟,恬不知怪。读先生《自序》,其亦爽然若有
> 失矣,故备录之。③
> 先生以诸生应例,官广西理问,公余性好吟咏,著《巴斋集》

---

①[清]朱彬辑:《白田风雅》卷三,卢桂平主编:《扬州文库》第五辑总第 82 册,
第 311 页。
②[清]杨廷撰辑:《五山耆旧前集》卷七,第 11a 页。
③[清]杨廷撰辑:《五山耆旧前集》卷十三,第 4a 页。

十四卷。余从江君璘度处获观其全集，刻意摹拟，未免效颦夷旦，择其自出机杼者录存之。①

明代前、后"七子"倡言复古，主张诗学盛唐，积久而有模拟刻意之弊；于是公安派出，宣扬"独抒性灵，不拘格套"，然又生俚俗狭隘之病；于是竟陵派出，以"幽情单绪""孤行静寄""幽深孤峭"为"性灵"之真，然又见雕琢险怪之风。清初钱谦益力矫模拟因袭，倡导情真情至，诗坛风气为之一变。杨廷撰对摹古的厌恶，亦是诗风代变的体现。事实上，杨氏除了反对模拟旧调外，亦不满"钟、袁结习"。《今集》卷八"朱木"条下诗话云：

> 先生《咏炉烟诗》有"香云闭一天"句，一时传诵，然尚沿钟、袁结习，不如其"草绿春城雨，花红水驿楼"、"十年旧事孤蓬转，一夜新霜两鬓生"，不假雕琢，自然幽秀，得中晚人佳境。②

所谓"钟、袁结习"即公安、竟陵二派之弊，杨廷撰颇痛心于步趋两派的乡贤。如，《今集》卷一"马振飞"条下诗话云：

> 先生与其室人玉绣君同著《鸳鸯社草》，如《焚香》《煮茗》《剪蕉》《藏菊》《炙砚》《补琴》等题，连篇累幅，自写其闺中唱随之乐，题既纤琐，诗亦率意不足存也。③

又，《前集》卷十九"杨麓"条下诗话云：

---

① [清]杨廷撰辑：《五山耆旧前集》卷十四，第 4b 页。
② [清]杨廷撰辑：《五山耆旧今集初刊》卷八，第 26b 页。
③ [清]杨廷撰辑：《五山耆旧今集初刊》卷一，第 43a 页。

> 户云(引按:杨麓之字)少弃经生业,遍游吴越山水,归与里中范十山、孙皆山、胡麟夸结社山茨,其诗钩棘索隐,然□染钟、谭习气,未免走入醋瓮。老死无子,所著今不存,□稿余得之于李少山,录其流利清越者数章。①

对于能够意识到两派之病的前辈,杨氏则不吝赞赏。《今集》卷一论程天旋之诗云:"先生任侠,以气节自命,诗非所长,然造语多奇思。如,'日烘花半睡,风止竹皆暗'、'卷帘招燕子,徙石护龙孙',虽非正宗,尚不至堕入魔道。"②言辞之中,甚见欣慰。

需要指出的是,杨廷撰并不反对公安、竟陵二派的主要诗学观念,只是痛恨其末流之病。《前集》卷十九"凌录"、《今集》卷一"袁仍獬"条下诗话分别云:

> 先生遭世险巇,没身坎壈,困窘诟辱,胸臆郁郁,不得吐尽,发之于诗,其《自序》云:"奔林之猿声愈蹙,经霜之叶响愈凄。"……范十山谓其妙为竟陵所未解。廷撰读其全集,大旨专主性灵,有竟陵之清机,而不坠其魔障,洵为善学竟陵者。③
>
> 《郑堂集》瓣香剑南,有中郎虎贲之似。如"友逢明月圆时少,诗到春花尽后多"、"积雪初消新月上,残梅未落故人来"、"匆匆书就情难尽,草草诗成句欠工"、"对酒无端提往事,闻香未免触闲情",皆所谓性灵语也。④

---

① [清]杨廷撰辑:《五山耆旧前集》卷十九,第59b页。
② [清]杨廷撰辑:《五山耆旧今集初刊》卷一,第37a页。
③ [清]杨廷撰辑:《五山耆旧前集》卷十九,第1b页。
④ [清]杨廷撰辑:《五山耆旧今集初刊》卷一,第8b页。

对于前代诗学之弊，杨廷撰也有矫治之道，那就是以自然去雕琢，以清幽救险怪。《今集》卷三"沙一驹"条下诗话云：

> 先生《梅花诗》凿险缒幽，为谢公屐齿所不到，然如"人间嫠妇冰千丈，天下春风草一庭"等句，造语怪僻，仍落竟陵窠臼，不若此首之天然去雕琢也。①

纵观《一经堂诗话》的论诗用语，"清""幽""秀""自然"等词不时有之。如，《今集》卷三论何龙光之诗云："秋山诗不尚声臭，得自然之趣。"②卷七论陶元运之诗云："笔情幽秀，迥殊凡艳。"③"自然""清"等作为传统诗学范畴，渊源甚早，杨廷撰对耽溺三派末流而致的噍音促节、凄声寒魄、孤衷峭性等作诗弊病，提出纠偏之道，虽非独创，但亦难能可贵。

(三)《一经堂诗话》的价值

杨廷撰纂辑《五山耆旧集》和《崇川咫闻录》以保存乡邦文献为职志，《一经堂诗话》在论诗的同时，也多见文献梳理、考证文字，它们不仅显示了乾嘉朴学对于郡邑诗话的影响，也具有文史互证的价值。许直（？—1644），字若鲁，如皋人，崇祯甲戌（1634）进士；一生清贫，常以名节自砺，李自成入京，自尽殉国，赠太仆卿，谥忠节，清赐谥忠愍。但是，对于这样一代名臣，其墓葬却有不同说法。《前集》卷十五"许直"条下的诗话云："旧志载忠愍公墓在县南三里马塘河高家桥东。撰按：此忠愍公衣冠墓也。忠愍公死后并未归葬故里，今吏部文选司署有许公祠，祠内函骨木匣尚在，大学士程公景伊、郎中李公调

---

①［清］杨廷撰辑：《五山耆旧今集初刊》卷三，第8a页。
②［清］杨廷撰辑：《五山耆旧今集初刊》卷三，第36a页。
③［清］杨廷撰辑：《五山耆旧今集初刊》卷七，第21b页。

元碑文可证。"①杨廷撰引文为证,言之凿凿,当是廓清之论。

　　《一经堂诗话》的文献互证价值不仅有补于地记方志,亦有补于正史传记。清顺治十四年(1657)的"丁酉科场案"是科举史上的著名弊案之一,《今集》卷一"王兆升"条下长篇诗话述及该案,曰:

> 是科江南贡士有中飞语者,一榜尽停。会试戊戌三月十三日,世祖皇帝御太和殿亲加覆试。第一场表一、论三、五言排律一,十五日第二场四书义三、经义二,十八日第三场策一、序辨杂文二,以摆牙喇监之。二十一日礼部引见乾清宫听唱名,王兆升蒙钦定上上卷第三名。世祖皇帝欲以前列卷尽赐及第,乃谘问之次,有以乡音对者,圣意不怿,遂仅赐首名武进吴珂鸣,殿试而罢。己亥初夏,再行御覆,第一场赋一、论一,第二场四书义四,第三场序说解杂文三。礼部引见瀛台听唱名,王兆升复蒙钦定上上卷第五名,御试卷选入《砖花集》。张玉书曰:"兆升两试荷先皇帝特达之知独深,听政之暇,屡举其姓名询问近臣,以不即成进士为憾。乃辛丑以后,复八上春官,卒不获一遇,何数奇不偶如是。然珠光剑气,固历久弥新也。"任塾曰:"是秋举行会试,凡两经御覆前列之士,拔居鼎甲者二人,余尽授庶常,而兆升独铩翮南官,不获与胪传。先皇帝再三询问江南王兆升在京与否,仪部以南回对,圣主临轩太息久之。人无不重为兆升惜,然恩遇隆重,叠邀天语褒奖,兆升宜何如感激,亦后之数典者所不忘也。"②

这则诗话的前半段简述了该科覆试的详细日程和科目,所谓"有以乡

---

①［清］杨廷撰辑:《五山耆旧前集》卷十五,第18a页。
②［清］杨廷撰辑:《五山耆旧今集初刊》卷一,第37b—38a页。

音对者,圣意不怿"云云,为这一科场大案增添了历史的细节。后半
段则抱憾于王兆升未入进士列,并多引他人之言为证。王兆升后来
曾任福建台湾府台湾县知县。《[乾隆]续修台湾府志》载:"王兆升,
通州人,举人,康熙二十七年任,三十年升兵部职方司主事。"①但是,
林葆恒辑、张璋整理的《词综补遗》谓:"王兆升,字仙珮,江南通州
人。顺治乙丑进士,山西布政使。"②顺治朝有己丑而无乙丑,这是时
间上的错误;所谓"进士"云云,合《一经堂诗话》和府志而观,可知也
是误传。是则本则诗话还有补正价值。

竟陵诗学在清初遭到激烈批判,钱谦益以纠偏的姿态对其大加
排击斥之为"鬼趣""诗妖",后来朱彝尊更是直接以"亡国之音"定
案。相较而言,杨廷撰虽然批判"七子"、公安、竟陵三派之弊,但同时
也肯定了他们的基本主张,就诗论诗,可见持平。就此而言,《一经堂
诗话》应能在明清诗学接受史上占据一隅之地。

对于某些具体的诗学问题,杨廷撰也提出了自己的看法。《今
集》卷一收录了顺治丁亥(1647)科进士季正宜的36首诗,包括长诗
《寄严颢亭一百韵》,并附诗话云:

> 赵瓯北云:古人诗有重韵者。韩昌黎《郾城联句》云"两厢
> 铺氍毹,五鼎调勺药",又云"但掷雇笑金,仍祈却老药",一首乃
> 用二"药"字。袁文云:前"药"字本《子虚赋》中"芍药之和,具而
> 后御之",勺音酌,药音略也;后"药"字乃如字也。则字虽同而
> 音义各别,固不妨两押。至李梦阳《送徐子将适湖湘》有云"长

---

① [清]余文仪修:《[乾隆]续修台湾府志》卷三《职官·官秩》,清乾隆三十九年
　(1774)刻本,第15a页。
② [清]林葆恒辑,张璋整理:《词综补遗》第2册,上海古籍出版社,2005年版,
　第1302页。

安绣陌行麒麟",末句又云"归来著书追获麟",两"麟"字无两音两义。廷撰按:此诗两押"烟"字:上"烟"字,因肩切,音燕,《说文》"火气也";下"烟"字,伊真切,音因,《周礼注》"烟气之臭闻者"。……此两音两义,亦不妨两押也。①

近体诗向以重韵为诗病之一,杜甫《饮中八仙歌》船、眠、天、前4字均见重韵,后世议论纷纷。或以为是"古无其体"的"重叠用韵";或以为是学习《诗经》分章之意,"虽重押韵,无害";或以为是"各极其致"的"老杜独创"②。季正宜《寄严颢亭一百韵》亦见重韵:"宫树摇残月,朝衣染禁烟""茶笋浇魔浆,器钵蔚风烟"③。杨廷撰认为,季诗这两句虽然用字相同,但"两音两义,亦不妨两押"。这一思路虽非杨氏独创,但对于格律诗中屡见不鲜的重韵现象而言,不失为一种较圆通的解释。

不过,《一经堂诗话》也见猎奇之病。白正蒙(1581—1616),字尔亨,号五石,通州人,明神宗万历四十一年(1613)进士;四十四年(1616)奉命出使开封,行周藩出封之礼,归家病卒;著有《大梦斋集》《吹剑集》等。杨廷撰在《前集》卷十三相关条目下的诗话中记述白氏之死,云:"使蜀时途中得异梦,夙世为峨嵋山神小谪,应三十六年当复位,因自识死期,颜其斋曰'大梦',旋改为'梦醒',果三十六岁而卒。古所谓赴玉楼召、作蓉城主者,岂尽不足征信欤?"④所谓"赴

---

① [清]杨廷撰辑:《五山耆旧今集初刊》卷一,第23b页。按:《郧城联句》即《晚秋郧城夜会联句》。
② 陈伯海主编:《唐诗汇评(增订本)》第3册,上海古籍出版社,2015年版,第1408—1410页。
③ [清]季正宜:《寄严颢亭一百韵》,[清]杨廷撰辑:《五山耆旧今集初刊》卷一,第22b、23a页。
④ [清]杨廷撰辑:《五山耆旧前集》卷十三,第4a页。

玉楼召",或作"赴召玉楼""玉楼受召",意指文人早死,典出李商隐
《李长吉小传》。"作蓉城主"即"作芙蓉城主",意与前典同,据传与
北宋诗人、书法家石延年有关。欧阳修《六一诗话》:"曼卿(引按:延
年之字)卒后,其故人有见之者,云恍惚如梦中,言我今为鬼仙也,所
主芙蓉城,欲呼故人往游,不得,忿然骑一素骡去如飞。"①欲彰乡贤
令名而搜奇志异,虽是郡邑诗话之通弊,但亦确乎《一经堂诗话》之
微瑕。

五、清代中期江南其他附集郡邑诗话概述

　　清中期江南地区的附集郡邑诗话有冯金伯《海曲诗钞》及其《补
编》附载的《墨香居诗话》、孟彬《闻湖诗钞》附载的《赋鱼诗话》、朱彬
《白田风雅》附载的《游道堂诗话》、杨廷撰《五山耆旧前集》《五山耆
旧今集初刊》附载的《一经堂诗话》、胡昌基《续檇李诗系》附载的《石
濑山房诗话》、许乔林《朐海诗存》《朐海诗存二集》附载的《弇榆山房
笔谭》、沈爱莲《续梅里诗辑》附载的《远香诗话》。其中,《远香诗话》
已于前章讨论,《一经堂诗话》《游道堂诗话》已于本节单独讨论,故
以下对其他诗话稍做说明。

(一)《墨香居诗话》多记采访选辑之事

　　冯金伯(1738—1810),一作金柏,字冶堂,一作冶亭,号南岑,一
作墨香,江苏南汇(今属上海市浦东新区)人,清代中期著名书画家、
诗人;乾隆贡生,官句容县训导;著有《国朝画史》《墨香居画识》《词
苑萃编》等。乾隆五十七年壬子(1792),冯金伯应知县胡志熊之邀,
主纂《南汇县志》,得以接触到先贤大量诗文稿,遂据以抄录,积成巨
册,至乾隆六十年乙卯(1795),《海曲诗钞》初成。其编正集十六卷,
共收北宋至清代嘉庆间乡邑诗人 318 家、诗 1331 首;《补编》一卷,收

明代诗人朱正中 1 家、诗 4 首及清代诗人 39 家、诗 105 首；后又纂成《海曲诗钞二集》六卷，收清代诗人 93 家、诗 517 首。民国初，黄协埙仿其书，辑录《海曲诗钞三集》，收录明清南汇诗人 361 家、诗 2285 首①。

"海曲"指南汇，属江苏省松江府统辖。冯金伯自序云："上海固濒海地，雍正丙午复割东南境，设南汇，真濒海一隅之地也。宋时储泳偕弟游隐于周浦，以能诗名，元则有王泳、朱仲云，至明而盛，至国朝而极盛，不特通显者鼓吹休明，凡士流韦布辄喜肆雅歌风，吟咏之声洋溢于里闬间。乾隆壬子，邑侯胡公聘修邑志，采访诸君以诗文稿投局者，摘付小胥录之，积成数巨册。……其中以诗存人者居多，以人存诗者亦间有之，不敢谓搜罗既尽、取去悉当，聊葺一隅之诗以备辖轩之采尔。陆文裕尝云：'南汇者，海之一曲也。'故即名为《海曲诗钞》云。"②《海曲诗钞》及其《补编》，体例仿《明诗综》，以人为目，每位作者名下先载小传，复间附评论和编者自撰之《墨香居诗话》，数量较少，共 28 则，其中《补编》仅 2 则。至于《海曲诗钞二集》，则未附诗话，《海曲诗钞三集》附黄协埙撰写的《畹香留梦室诗话》，但它属于民国郡邑诗话，不在本书讨论范围之内。

《墨香居诗话》所记，多与乡贤文献之存佚有关，尤涉《海曲诗钞》采辑之事。卷十一"叶承点"条下诗话谓：

> 子异（引按：叶承点之字）先生才华卓荦，数奇韬晦。晚年单居一室，客至则避之，并家人亦不得见面。日夕赋诗，必端楷书

①陈旭东：《海曲诗钞整理说明》，[清]冯金伯、[近代]黄协埙辑，陈旭东整理：《海曲诗钞》卷首，第1—6页。
②[清]冯金伯撰：《海曲诗钞自序》，[清]冯金伯、[近代]黄协埙辑，陈旭东整理：《海曲诗钞》，第3页。

之,浓圈贯之,旋付诸火。其未病时,尝集生平诗为四大册,自题曰《沂川集》,后不知所在。①

唐宋以降,文人焚稿屡见不鲜,至明清尤甚。清代焚稿不仅成为士林的一种文化风尚,而且进入文学创作领域,成为一种题材。罗时进先生指出:"焚稿事件在清代文人谱系中占有了一定位置,不仅具有客观记录的必要,而且作为生活众相的一个侧面,具有了成为文学作品题材的典型意义。这类作品不但可以填补清代文人履迹,对古代文献史料学、古代文人生活与创作心态研究有参考价值,其文本作为抒情作品亦不乏审美功能。"②叶承点是雍乾时人,乾隆元年丙辰(1736)与刘大櫆、沈德潜、厉鹗等人应举博学宏词科,结果皆与试未用,这可能是导致他晚年避独居世、焚稿不绝的原因之一。叶氏的此一行为被冯金伯写入诗话,表明焚稿在清代不仅是文学创作的题材之一,而且是文学批评的观照对象。

又,《海曲诗钞》卷十二"丁岵瞻"条下诗话云:

> 外舅中年以后,离宅二里许,构茅舍三楹,环植竹树,耕时则徙居之,收获则仍居老屋中。每当农隙萧闲之际,非危坐观书,即捻须觅句。每岁必订一小册,诗成即书于上,晤时出以见示,然至来岁即不复问今年诗册何在。盖借此陶写性情,消遣岁月,并不欲与骚坛争风雅之名也。以故知其能诗者甚罕。予自乙未游楚,至己亥归里,外舅已游道山。后嗣不振,田宅尽为他人有,

①［清］冯金伯辑:《海曲诗钞》卷十一,［清］冯金伯、［近代］黄协埙辑,陈旭东整理:《海曲诗钞》,第223页。
②罗时进:《清人焚稿现象的历史还原》,《文学遗产》2017年第5期,第119—133页。

无论手泽矣。既而有《海曲诗钞》之役,购得外舅手钞诗数十余首,录而存之。迩年来亲友复以零星散稿见示,然求其体格完善,无如前所录者,故亦不复另采云。①

这则引人入胜的诗话透露出冯金伯采辑诗歌的一个原则,即以篇帙完整者为先,零星散稿一般不予收录。

《墨香居诗话》偶尔也载人论迹。如卷六记朱绍凤云:

蒿庵先生居谏垣者四载,弹章数十上,鲠直之名满天下。然所条陈,皆关纲纪、风俗之大,而又本于笃挚,出以剀切,故奏辄报可。至顺治戊戌八月,因论周亮工"保闽有功,案宜速结"等事,忤旨降谪,而先生遂有闽海之行矣。计存奏疏二十六篇,魏昆林、龚芝麓、冯易斋三公序而行之。披读一过,犹觉凛凛有生气。惜此外并无著作。今丙寅秋,假归过石笋里,闵君春浦以先生庚子诗一册见示。是年正在迁谪流离之候,宜多慷慨不平之鸣,乃如"龙钟两袖忧时泪,飘泊孤舟去国心"、"自信从龙原有命,肯教谏猎遂无人"、"官辞左掖恩逾重,身到长沙泪尚新"、"百折生还犹剩舌,九重梦断岂忘恩"诸联,觉忠爱之忱溢于纸上,于以知先生之抱蕴深矣,惜其一蹶不振也。②

朱绍凤(1601—1664),字仪圣,号蒿庵,松江府上海县人,顺治六年(1649)进士,官给事中。顺治十五年(1658),周亮工等人被劾贪赃,

①[清]冯金伯辑:《海曲诗钞》卷十二,[清]冯金伯、[近代]黄协埙辑,陈旭东整理:《海曲诗钞》,第250—251页。
②[清]冯金伯辑:《海曲诗钞》卷六,[清]冯金伯、[近代]黄协埙辑,陈旭东整理:《海曲诗钞》,第103页。

系狱一年余而未有下文,次年朱绍凤上疏奏请速为审结,因此忤旨被谪,降为福建建宁府司狱。龚鼎孳作《慰朱蒿庵都谏以言事谪官》《蒿庵都谏谪官建宁》二诗,为其鸣不平①。是则朱绍凤本为骨鲠谏臣,遭此祸而不振。冯金伯深为乡贤叹之惜之,故撰此一诗话表而彰之,虽以褒扬忠贞为本,然亦存鸣不平之意也。

(二)《石濑山房诗话》述事记人并及论诗

胡昌基《续檇李诗系》是继沈季友《檇李诗系》而作。檇李乃嘉兴故称。沈集四十二卷,收录嘉兴一郡之诗,自两汉迄清康熙初,共一千九百余家。胡昌基,字星禄,号云仁,浙江平湖人,乾隆五十四年己酉(1789)副贡;博综经史,工于诗文,著有《石濑山房诗集》。《续檇李诗系》成书于嘉庆二十二年(1817),析为四十卷,收康熙至嘉庆初嘉兴府诗人,亦一千九百余家。该书历经劫难而幸存,至宣统三年(1911)始刻,前有沈曾植、劳乃宣、朱福诜三序,皆述及斯事。又有胡昌基自撰《凡例》8则,谓:"前编于诗后详注山川、古迹、风俗、土物,以备一郡掌故,是编于纤悉隐僻者,务为考证,余不多赘,以郡邑志已详载故也";"若谣谚、仙鬼,历年未久,不敢烂登"②。是则该书较之其他乡邦诗集更见审慎。此外,该集于诗人小传、评论之后间附编纂者的记述或评论,皆署"石濑山房诗话",其撰就时间当亦在嘉庆二十二年。

《石濑山房诗话》多述事记人。卷二"钱黯"条下诗话谓:

先生为塞庵相国孙,仲芳孝廉子,十岁刊《钱孺子稿》,总角游庠,弱冠成进士,授池州府推官,以敏练受知。台使卫公所至,

---

①详参石玲、王小舒、刘靖渊:《清诗与传统:以山左与江南个案为例》,齐鲁书社,2008年版,第317—318页。

②[清]胡昌基撰:《续檇李诗系·凡例》,《续檇李诗系》卷首,第1b、2a页。

辄令随巡运弁韦某索贿,鼓卒哗属邑,先生执数人,弁不服,遂并执弁,用军法缚而挞之,由是南省漕政肃清。己亥岛寇突入江,南北望风奔溃,先生时迎操抚受代,奉委赍旗印渡江,闻变驰还,池阳已破,乃保齐山,招集乡勇图恢复。俄江宁大捷,群贼宵遁,遂入城安抚吏民复业。寻罢归,年始及壮,由是杜门奉亲,五十遭丧,犹孺子泣。年九十五卒。①

钱黯(1635—1729),字长孺,号书樵,钱棻子,清初进士,池州推官,工书画,与魏儒鱼、徐本润、蒋光祖、释宏畴有"艺苑五虎"之目。本则诗话详述其壮年罢官之事,又述其孝,实为人物小传。

《石濑山房诗话》亦涉诗论,并及诗人交游酬唱。如,卷五"叶燮"条下诗话云:

> 横山诗奇险警拔,语必惊人。尝自谓古今诗人,只有唐杜甫、韩愈、宋苏轼三人而已。解组后,隐居横山之阳,与石门吴孟举相友善。又尝于丙寅九日集江浙风雅之士,大会于二弃草堂,用昌黎《赠张秘书》与《人日城南登高》韵,赋诗纪事,刻用九集,见者以不得与会为恨。②

叶燮(1627—1703),原名世倌,字星期,一字已畦,号横山;康熙九年(1670)进士,授江苏宝应知县,后因忤逆上官被劾罢官,遂绝意仕途,以著述讲学为务,其《原诗》是古代诗学史的经典之作。叶氏晚年居江苏吴江之横山,故世称横山先生。又于横山之阳筑园,取南朝鲍照"身世两相弃"句,名之曰"二弃草堂",风雅之士时相唱和于斯,查慎

①[清]胡昌基辑:《续樵李诗系》卷二,第12a—12b页。
②[清]胡昌基辑:《续樵李诗系》卷五,第8a—8b页。

行《过叶已畦二弃草堂出新刻见示》、曹寅《过叶星期二弃草堂留饮即和见赠原韵》等即是。本则诗话所记,可为参证。

（三）《弇榆山房笔谭》的逸笔

许乔林(1775—1852),字贞仲,号石华,海州(今江苏省连云港市)人,嘉庆三年(1798)中举,道光四年(1824)任山东平阴县县令,勤政爱民,颇受赞誉;乔林博学多识,与其弟许桂林并称"海州二许";主编《海州文献录》等,著有《球阳琐语》《榆山房诗略》《朐海诗存》《朐海诗存二集》等。其中,后两书各十六卷、十卷,分别编成于道光十一年(1831)、二十八年(1848)。朐海即海州,因境内有朐山,故名。两集只收海州诗,不收海州所辖赣榆、沭阳两县诗。两集之选意在端诗教、持人心。许乔林《朐海诗存叙》谓:"人心之精者为言,其发于诗,尤言之精者也,即其心之最精者也。凡人之心或资以经纬文武,或用以营画利名,至殚心于五言、七字之间,无论其才力何如,莫不各有千秋自喜之意。此意何可负乎? 虽然诗之途博而其教甚尊。善学《国风》,何必言好色;善学《小雅》,何必言怨诽。诗者,持也,其义足以持世而人心以正。凡善良用其心于诗者,其心未有不正者也;不然,则非《国风》《小雅》之义也。频海舄卤之区,地瘠而人向义,民气清淳,无鸷冘之俗,使尽知以正心为诗教,其长葆邹鲁旧风乎?"①《朐海诗存二集叙》亦称"要以诗心诗教为权度"②。是故侧词艳语、寿挽之诗等非承平雅颂之音一概不录。

《朐海诗存》《朐海诗存二集》共选录清代道光十一年(1831)之前已故海州籍诗人 236 人、存诗 1263 首,其中许桂林独占三卷,选诗达 196 首,为两集之最,盖有缅怀、揄扬之意也。两集体例相同,皆以人为目,人名下先附小传,再间附诗话,即《弇榆山房笔谭》,然后录

---

① [清]许乔林撰:《朐海诗存叙》,《朐海诗存》卷首,第 1b—2a 页。
② [清]许乔林撰:《朐海诗存二集叙》,《朐海诗存》卷首,第 1b 页。

诗。值得注意的是,两集小传后仅附《弇榆山房笔谭》,别无其他引评,这与很多清代地方诗选集都不一样。两集俱见《弇榆山房笔谭》,合计 190 则,在清代附集郡邑诗话中数量颇富。该诗话不主论诗,偶或见之,亦不离诗教之说。如《朐海诗存》卷六"李汝乔"下诗话云:"李栎亭(引按:汝乔之字)先生诗集最富。自乾隆戊寅至辛亥,得诗五千首;壬子迄乙卯,续稿又得二百首。自删为《巴音耻存》四卷,缘情赴景,体物章性,如苏子戒爱景光,少卿厉崇明德,有古诗人忠厚之义。闻其行已甚,峻孝于节母,宜深于诗教矣。"①

《弇榆山房笔谭》以述人记事为主,除本邦先贤外,亦录流寓。《朐海诗存》卷十四首列凌廷堪,并附诗话云:

> 外兄凌仲子(引按:廷堪字之一)先生,世居海州之板浦,以歙县籍举京兆。先生长余二十岁,乾隆甲寅余自吴门归应州试时,读戴氏《勾股割圆记》,就先生质疑。先生曰:"此书惟斜弧两边夹一角及三边求角用矢,较不用余弦为补,梅氏所未及,其余皆梅氏成法,亦即西洋成法,但易其名耳。如,角曰觚、边曰距、切曰矩、分弦曰内矩、分割曰经引数,同式形之比例曰同限互权,皆因也,非创也。吾子覃思锐入,能悟澈其所以然。然而二亲老矣,非科第何以养志,此非所急也。"余甚感其意。先生著有《礼经释例》,阮芸台尚书为雕板浙中。其《燕乐考原》《校礼堂集》,门人宣城张君其锦、吾乡程君立中为刊行于世。江郑堂先生曰:"仲子于诗,不分唐、宋门户,专论声韵之协,对偶之工,雅擅属文,尤工骈体,得汉魏之醇粹,有六朝之流美,在胡稚威孔㧑约轩之上,而世人不知,则以为经学所掩也。"②

---

① [清]许乔林撰:《朐海诗存》卷六,第 1a 页。
② [清]许乔林撰:《朐海诗存》卷十四,第 1a—1b 页。

这则诗话倡言经学家凌廷堪的诗歌成就,却因人及事,先述戴震《勾股割圆记》的争议。戴书接续清初数学家梅文鼎《平三角举要》《弧三角举要》两著而作,确有所补,然戴氏又改换梅书相关概念而易之以新名词,以证"西学中源"。当时即有疑者,凌廷堪是其中之一。诗话所记凌氏之言,在其《与焦里堂论弧三角书》一文中更为细致,曰:"戴氏《勾股割圆记》惟斜弧两边夹一角及三边求角,用矢较不用余弦,为补梅氏所未及,其余皆梅氏成法,亦即西洋成法,但易以新名耳。如上篇即《平三角举要》也,中篇即《堑堵测量》也,下篇即《环中黍尺》也。……其所易新名,如角曰觚、边曰距、切曰矩、分弦曰内矩、分割曰经引数,同式形之比例曰同限互权,皆不足异。最异者,经纬倒置也。……又《记》中所立新名,惧读之者不解,乃托吴思孝注之,如矩分今曰正切云云。夫古有是名,而云今曰某某可也。今戴氏所立之名皆后于西法,是西法古而戴氏今矣,而反以西法为今,何也?凡此,皆窃所未喻者。"①《弇榆山房笔谭》本为诗事而作,却衍及数学史上重要问题,在清代郡邑诗话中甚是罕见。

此种逸出之笔,自可为《弇榆山房笔谭》增色。又如《胸海诗存二集》卷六"程立中"条下诗话云:"梅溪(引按:立中之号)性情高洁,其字梅而契梅者乎? 方其少也,雪友霜媒,俨占百花头上,而梅溪自若也。及其老也,节坚格瘦,几如醋浸曹公,而梅溪亦自若也。每当门外雪深三尺时,高卧不起,与园中老梅相对怡然,不知梅之为梅溪欤? 抑梅溪之为梅欤? 其诗亦韵胜品高,合号'花中巢许'。"②此述程立中其人其性,颇得庄子《逍遥游》"庄周梦蝶"之神韵。

---

① [清]凌廷堪著,王文锦点校:《与焦里堂论弧三角书》,《校礼堂文集》卷二十四,中华书局,1998 年版,第 213—214 页。

② [清]许乔林撰:《胸海诗存二集》卷六,第 17a—17b 页。

第二节　清代中期的闽台郡邑诗话

　　清代中期的郡邑诗话中,闽台郡邑诗话有 10 种,一如江南郡邑诗话,其文本生成也比较多样化,有汇编郡邑诗话,如郑方坤《全闽诗话》;有附集郡邑诗话,如郑王臣《兰陔诗话》;有自撰单行郡邑诗话,如徐祚永《闽游诗话》等。此期该地还出现了梁章钜这样的诗话大家,独撰 7 种郡邑诗话,不仅是诗话史上的传奇作手,而且堪称"清代郡邑诗话第一人"。郑方坤的《全闽诗话》是最早的闽台汇编诗话,《四库全书总目》卷一百九十六谓:"是编皆荟萃闽人诗话及他诗之有关于闽者。……采摭繁富,未免细大不捐,而上下千余年间,一方文献,犁然有征,旧事遗文,多资考证,固亦谈艺之渊薮矣。"①该书乃各类涉及闽诗资料的汇编,其最大的贡献在于系统地整理了清代中叶之前的福建诗学资料,所谓"多资考证""谈艺之渊薮"云云,确然不虚。当代学者对其资料来源、历史价值和不足等已有较详细的述论②,故本书暂不做专论,而随文述论。本节拟对此期其他的闽台郡邑诗话进行整体考察,尤重其文本特性和诗学观念。

----

① [清]永瑢等撰:《四库全书总目》卷一百九十六,第 1795 页。
② 相关研究可参李清华:《清代地域诗话研究》第二章第一节《全闽诗话》,第 48—59 页。又,《全闽诗话》成书约二十年后,福建龙溪(今福建省漳州市龙海区)人黄日纪(1718—1783)编成《全闽诗俊》(或作《全闽诗隽》)六卷,收录中唐至清代乾隆年间的闽地诗人计 333 家,其体例是先列小传,次录诗歌,再附诸家评论。或以为该书亦属诗话或郡邑诗话,然考其编撰目的与体例,似宜视作地方诗歌总集。嘉庆时,郑杰仿照《全闽诗俊》等书的体例纂辑《国朝全闽诗录》,所附评论中有自撰《注韩居诗话》,乃属郡邑诗话。关于《全闽诗俊》的基本情况,可参李霜琴:《〈全闽诗隽〉考述》,吴宏一主编:《清代诗话考述》,第 506—508 页;朱思凡:《黄日纪研究》,福建师范大学硕士学位论文,2012年,第 5—10 页。

一、附集郡邑诗话《兰陔诗话》与《注韩居诗话》

乾嘉时期的闽台郡邑诗话中,有两部附集郡邑诗话,即《兰陔诗话》与《注韩居诗话》。前者附载于郑王臣的《莆风清籁集》,首刻于乾隆三十七年(1772),后者附载于郑杰的《国朝全闽诗录初集》和《国朝全闽诗录初集续》,首刻于嘉庆五年(1800)。两部诗话均是编纂者自撰诗话,出现时间相距不远。值得注意的是,郑杰在《国朝全闽诗录》中引用了很多则《兰陔诗话》,但同一条目下《兰陔诗话》和《注韩居诗话》不会同时出现,显然是交错而用。

郑王臣,字慎人,号兰陔,福建莆田人,乾隆六年(1741)拔贡;历知铜梁、成都,迁兰州知府。著有《兰陔诗集》《兰陔四六》《莆风清籁集》等。《莆风清籁集》六十卷,收录唐至清代莆田(含仙游)地区的诗人1075人,诗作三千一百余篇,是该地区的第一部诗歌总集。《兰陔诗话》附载其间,未单行。郑杰,又名人杰,字昌英,福建侯官(今福建省福州市)人;出身布衣,酷爱韩愈,故室号注韩居,自号注韩居士。因感于乡邦文献的零落,矢志编纂《全闽诗录》,选录上自有唐下迄乾隆年间的闽诗数千家,嘉庆庚申年(1800)先行刻录其中的《国朝全闽诗录初集》《国朝全闽诗录初集续》二集,孰料工未及半,郑杰溘然病逝。其后,遗稿由乃父郑廷苣及友人共同校订续梓。《国朝全闽诗录》三十二卷,其中《初集》二十一卷,《初集续》十一卷,合计收录诗人近五百家、诗作两千余首。在体例上,《国朝全闽诗录》仿朱彝尊《明诗综》之例,以人为目,每家名下先述字号、功名、仕履及主要著作,再间附评论或诗话,其中诗话以郑王臣《兰陔诗话》和自撰《注韩居诗话》为主。

两部诗话行文风格有异。蒋寅先生说《注韩居诗话》的评论"皆独抒己见,言简意赅,引人玩味","皆按之目验,非随人短长虚调溢美者";又说其评论乾隆诗人"切近可信,胜于后代辑前朝诗者也"①。揆诸诗话之文,所见确然。此外,《注韩居诗话》还颇具文学意味。《初集》卷九"黄任"条下诗话云:

> 先生丰髯秀目,好宾客,善剧谈,素有砚癖。出宰高要,适领端溪三洞,得坐卧其间,称端溪长吏。罢归后,选尤佳者十枚,藏之东轩,朝夕摩挲不倦,自号十砚老人。一时余京兆、谢阁学、林涪云兄弟多出所蓄,互为铭词以相质。文士赓和如林,由是十砚名传海内矣。诗逼真玉溪生,脍炙四方人口,不独倾倒吾闽已也。②

又,卷十三"陈纯"条下诗话云:

> 德园(引按:陈纯之号)少警敏,能诗,与陈省斋联谱。以太学随官入都,入北闱副车,交张匠门、顾侠君、郭元钎、禹之鼎、吾乡郑鱼门,联文酒会,诗名籍甚。继乃赴湖湘,又赴粤,卒于惠州,年三十一。有遗诗四卷,张超然评云:"天分既高,取材亦别,加以年岁,古人不难到也。"③

上述诗话皆行文简捷,描述生动畅达,又多用短句,且常见四言,文气雅致。相比之下,《兰陔诗话》的文风比较平实稳重。如卷七"郭完"条下诗话云:

---

① 蒋寅:《清诗话考》,第453页。
② [清]郑杰辑录:《国朝全闽诗录初集》卷九,[清]郑杰辑录,福建省文史研究馆整理:《全闽诗录》第五册,福建人民出版社,2011年版,第178页。
③ [清]郑杰辑录:《国朝全闽诗录初集》卷十三,[清]郑杰辑录,福建省文史研究馆整理:《全闽诗录》第五册,第280页。

　　壶山文会共二十二人。初会九人：宋贵诚、方朴、朱德善、邱伯安、蔡景诚、陈本初、杨元吉、刘晟、陈观；续会者十三人：陈惟鼎、李芯、郭完、陈必大、吴元善、方炯、郑德孚、黄性初、黄安、陈熙、方坦、叶原中、释清源。月必一会，赋诗弹琴，清谈雅歌以为乐。钱牧斋言十二人，偶失考耳。沧州旧隐在壶山白云院后，涧边基址已荒。所著诗无全稿，惟见《壶山文会集》中。评者谓置之许浑、薛能集中，未易辨也。①

　　壶山文会是元末莆田风雅的显著表征，也是明初诗社文会风潮的先导之一。本则诗话记述壶山文会的参与者，以初会、续会为纲，胪列先后与会士人，兼驳钱谦益之误记，一目了然，堪为史料。陈田《明诗纪事》甲签卷十五即引有本则诗话。

　　就内容而言，《兰陔诗话》也有自己的特色。其一是比较重视对诗社的记载，除上引壶山文会外，还有颐社、七子社、逸老会、八仙会等②。其二是对忠孝气节之人，特别是明末殉节士子多有颂扬。《莆风清籁集》卷十七"林若周"条下诗话：

　　明代吾乡士大夫皆尚气节。正德丁丑登进士者十九人，林御史若周以劾霍韬、张璁乱大礼杖，张御史曰韬、邱郎中其仁以议大礼杖，姚御史鸣凤、郑御史洛书以争大狱杖，林员外应骢以救朱、马二御史杖，黄郎中待显以谏章圣尊号杖，林员外迁乔、朱郎中可宗以谏南巡杖，同科拜杖者九人。又，其时林大辂、黄巩、

---

① ［清］郑王臣辑选：《莆风清籁集》卷七，《四库全书存目丛书》编纂委员会编：《四库全书存目丛书·集部》第 411 册，第 369 页。
② 相关梳理可参陈郁文：《郑王臣〈莆风清籁集〉研究》，华中师范大学硕士学位论文，2021 年，第 49—54 页。

余瓒、周宣以谏南巡杖，郑一鹏、林有孚、陈廷鸾、郭日休、方一兰以议大礼杖，朱淛、马明衡以谏昭圣太后诞辰免朝杖，方一桂以劾汪铉杖，郑懋德以劾钱宁杖。同时拜杖者二十余人，亦吾乡盛事也。①

正德十六年（1521）三月，明武宗朱厚照驾崩，大学士杨廷和等朝廷重臣嗣立武宗堂弟、兴献王朱祐杬次子朱厚熜，是即嘉靖帝，由此引发了嘉靖初年的"大礼议事件"，其核心是嘉靖生父朱祐杬是否应该追尊皇考，霍韬、张璁等人认为可以，林若周等人以为不可，由此被廷杖。嘉靖五年（1526），李福达案爆发，姚鸣凤、郑洛书等上疏言武定侯郭勋涉嫌包庇，因此被杖责、革职。诸如此类的政治纷争和刑狱要案，其细节或有疑虑，但林若周等人对儒家礼教的维护是显而易见的。郑王臣将先贤被杖罚等事称为"盛事"，表明他所尊重的不唯是铮谏之臣，更是其背后的儒家正统。又，卷三十二"朱继祚"条下诗话云：

　　相国举兵应鲁王攻取兴化城，及师溃见执。临刑赋《绝命辞》云："嗟予生兮不辰，逢惨祸兮撄身。乾坤崩溃兮陆海为尘，日星掩曜兮万象沉沦。人谁无死兮鸿毛泰岳，惟其所处兮殇延彭促。旦夕毕命兮去将安之，夫妻子母兮不得相依。上告苍天兮鉴此微词，虽为齑粉兮甘之如怡。千秋万古兮谁其予知，与化俱徂兮于戏噫嘻。"从容就义，视死如归。乃里中野人，有悲惧流涕之诬，蟾蜍掷粪，自其口出，又何伤于日月哉。公遗集不传，林搏九上舍出公手书诗卷见示，录得三首，其翰逸神飞，

————————————

① ［清］郑王臣辑选：《莆风清籁集》卷十七，《四库全书存目丛书》编纂委员会编：《四库全书存目丛书·集部》第 411 册，第 456 页。

亦无惭世珍也。①

朱继祚(1593—1649)，字立望，号胤岗，福建莆田人；万历四十七年
(1619)进士，改庶吉士，授编修，历官至南京礼部尚书。南明永历元
年(1647)，监国鲁王朱以海入闽，继祚举兵响应；二年(1648)继祚与
郑成功部将杨耿协力收复兴化城(今福建省莆田市)，清兵旋反攻，城
陷，继祚被俘；三年(1649)继祚就义于福州。郑王臣详载朱继祚绝命
诗，纪其忠勇，亦可见王臣之勇。卷三十五"林佳鼎"条，亦记其忠勇：
"侍郎奉命督师，与广州将陈际泰战于三水，际泰败走。既与林察战
于海，察使海上石、马、郑、徐四盗伪降，侍郎误信之，至三山口乱作，
全军俱没，侍郎赴水死。《莆志》于明末殉难诸公多讳而不书，今俱列
之以补缺漏。"②方志不载乡贤之殉难烈行，自是顾忌新朝的威慑，但
郑王臣却直书不讳，以诗话为史册，既是诗人亦是良史，故可谓勇矣。
刘尚文《莆风清籁集·跋》谓"所附各诗话足补梓桑遗闻，又为明季
殉节诸公阐扬遗烈，厥功尤不可没"③。所言甚是。

在诗学观念方面，《兰陔诗话》《注韩居诗话》都表达了对竟陵派
的不满。《初集》卷六"蓝涟"条下《注韩居诗话》云：

> 公漪(引按：蓝涟之字)遨游江湖，诗磊落有奇气，字带隶体，
> 画效云林。集中有《临倪迂画》五古云："倪迂妙意匠，空灵抗多
> 师。疏秀点林木，纤折藏山陂。心与孤亭远，秋空迥无涯。古人

---

① [清]郑王臣辑选：《莆风清籁集》卷三十二，《四库全书存目丛书》编纂委员会
　编：《四库全书存目丛书·集部》第411册，第568—569页。
② [清]郑王臣辑选：《莆风清籁集》卷三十五，《四库全书存目丛书》编纂委员会
　编：《四库全书存目丛书·集部》第411册，第588页。
③ [清]刘尚文撰：《莆风清籁集·跋》，《四库全书存目丛书》编纂委员会编：《四
　库全书存目丛书·集部》第411册，第773页。

重持论,刻画争毫厘。所以顾陆辈,纤悉入须眉。如何返疏略,
天机谢人为。书画及文章,关捩同一逵。犹明七子后,雅有钟谭
诗。此理惟意会,难与常人知。"窃谓画之淡远者或胜于纤秾,故
顾、陆之后,不可无元稹。诗之空疏者,必流于鄙俗,则高、李之
后,不必有竟陵。公漪相持并论,未免比拟失伦。全稿中古体间
有俚率之句,似染钟、谭余习。近体则纯乎唐音,百余年来,闽中
言诗者,必推及《采饮》,良有以也。①

此处批评蓝涟的古体诗沾染竟陵派俚俗之弊,但行文比较委婉,且末
句又高扬其近体诗,似有意曲护。相较之下,《兰陔诗话》的批评则毫
不留情。卷三十六"黄标"条下诗话云:

> 闽中自"十才子"称诗,高廷礼论列唐人源流,不差圭乘,遂
> 传为闽派。至隆、万间,景陵(引按:即竟陵)邪说盛行,吾莆如宋
> 比玉、姚园客诸君皆与钟、谭定交,而不为所染。厥后如颐社、红
> 琉璃社、遗老社诸名流多降心从之,风雅渐替,故其遗集具在,所
> 取特少。②

直斥竟陵派为"邪说",并认为其说与明末莆田诗风的堕落有直接关
系。此论自是意气之见,不过"邪说"云云,也是明末清初主流诗坛对
竟陵派的共同认知,王臣所述,不过是从俗而已。

　　整体来看,《兰陔诗话》质实无华,诗学思想所见不够,《注韩居

---

① [清]郑杰辑录:《国朝全闽诗录初集》卷六,[清]郑杰辑录,福建省文史研究
　　馆整理:《全闽诗录》第五册,第119—120页。
② [清]郑王臣辑选:《莆风清籁集》卷三十六,《四库全书存目丛书》编纂委员会
　　编:《四库全书存目丛书·集部》第411册,第599页。

诗话》则不然。除批判竟陵派外,《注韩居诗话》还展现了其他的诗学观念。比如,注重古今诗风的承续。《初集》卷三"叶矫然"条下诗话云:

> 思庵(引按:矫然之号)诗五古取法魏晋,得力于陶尤多。常自颜其轩曰"慕陶"。七言亦饶有气力。所著《龙性堂诗话》谓:"作诗须生中有熟,熟中有生。"又谓:"作诗高手,首在炼意,而炼格、炼词次之。"又谓:"予最喜昌黎、长吉、义山、子瞻四公诗,间有所得,辄标识于上。"观此,则其生平命意,具可见矣。①

另一方面,《注韩居诗话》还强调诗人应该"才、学、识"并重。卷十五"叶观国"条下诗话云:

> 昔刘知几有云:"史有三长:才、学、识是也。"窃谓诗亦宜然,而识尤不可少。苟无卓识,虽裒成巨帙,不过嘲风弄月之词。譬之过眼烟云,旋灭旋生,亦旋生旋灭,非不朽之盛事也。毅庵(引按:观国之号)先生学力深邃,本其生平所得,发为诗歌,故持论迥超流俗。夫自前明悬房书为标准,而天下不知有文章;颁《大全》于学官,而天下不知有经术。至于言诗,非惑于严沧浪"诗有别才非关学"一语,即泥于高廷礼"初、盛、中、晚"之分。溺于所闻,毁所不见,数百年于兹矣,可胜叹哉!先生《秋斋杂诗》有云……皆非俗学所能窥见。吁!以此提唱后进,学术其庶几有

---

① [清]郑杰辑录:《国朝全闽诗录初集》卷三,[清]郑杰辑录,福建省文史研究馆整理:《全闽诗录》第五册,第49页。

豸乎！岂特风雅不坠云尔哉！①

郑杰移史论诗，反对严羽的"诗有别才"之说，认为作诗应该才、学、识兼备。其作诗的理想境界即如卷十"谢道承"条下诗话所云："生平学有根柢，诗皆灵气往来。"②严羽之说后世争议颇多，清代郡邑诗话也往往论及，徐祚永《闽游诗话》即有之，本书拟详论于下节，故此不赘。

《注韩居诗话》有的文字完全与诗无涉，但借此可窥见郑杰思想的多个层面。《初集》卷十二"蓝鼎元"条下诗话云：

> 鹿洲明韬钤，习吏治。童时即自厦泛海，溯全闽岛屿，历浙洋舟山而归。南至南澳、澄海、海门，往返波涛，熟悉形势。及长，佐族兄南澳总兵廷珍幕。康熙六年（引按："六"应为"六十"），台湾朱一贵倡乱，全郡俱陷。廷珍提万人往剿，七日平之。旋授台填，安民弭盗，朝廷无南顾之忧，皆鹿洲经画也。……凡讲学谈经，均未免拘墟之见，惟指陈时务，动合机宜。其经济诚有大过人者，如论海洋捕盗之法，谓商船患在不能御贼，宜给炮械，使之有恃。哨船患在不能遇贼，出哨官兵宜密坐商船，勿张声势。贼船在近不在远，沿边澳口可停泊之区，忽往搜捕，百不失一。贼船向迩，可追即追。否则佯为退避，以坚其来。挽舵争据上风，贼已在我掌握，既获贼船，即以所得尽赏士卒。首功兵丁，拔补把总，将弁以次升迁。如此则将士之功名财利俱在贼

---

① [清]郑杰辑录：《国朝全闽诗录初集》卷十五，[清]郑杰辑录，福建省文史研究馆整理：《全闽诗录》第五册，第323—324页。

② [清]郑杰辑录：《国朝全闽诗录初集》卷十，[清]郑杰辑录，福建省文史研究馆整理：《全闽诗录》第五册，第215页。

船,将不遑寝食以思出哨矣。又谓洋匪接济,多由哨船。火药军器,犯禁之物,惟哨船可以携之。转货贼船,利愈十倍。故兵士谓坐港之利,甚于通番。民船作弊,官兵可缉;官船作弊,孰敢撄锋。是在提镇留心稽察,皆今日吾闽之急务也。①

蓝鼎元(1680—1733),字玉霖,号鹿洲,福建漳浦人,有经世才。康熙六十年(1721),蓝鼎元随族兄蓝廷珍出师入台,平台后提出了很多治台方略。连横《台湾通史》称其"讨论机宜,经理善后,尤中肯要";"其后增设彰化县及淡防厅,升澎湖通判为海防同知,添兵分戍,皆如其言"②。郑杰称"指陈时务,动合机宜。其经济诚有大过人者"云云,可见不虚。诗话详细述介蓝鼎元海洋捕盗之法,显然是觉得该法可用于"今日吾闽之急务",是知郑杰亦关注时势,并主张致用之学,不独深于诗学也。

二、《闽游诗话》的诗学论述与台湾书写

徐祚永,字介人(一作价人),自号散樵,又号佘山山人,江苏华亭(今上海市松江区)人;生平事迹不详,活动于乾隆年间;著有《芳润堂诗钞》等③。徐祚永《闽游诗话·跋》云:"乾隆壬辰(1772)至丙申(1776),五阅寒暑,或客馆孤灯,或篷窗夜雨,偶有见闻,辄为捃摭,共

---

① [清]郑杰辑录:《国朝全闽诗录初集》卷十二,[清]郑杰辑录,福建省文史研究馆整理:《全闽诗录》第五册,第250—251页。
② 连横:《台湾通史》卷三十四《列传六》,生活·读书·新知三联书店,2011年版,第703、704页。
③ 此据张寅彭:《新订清人诗学书目》,第63页。其中,"自号散樵,又号佘山山人"出自《闽游诗话》,乃徐氏自述。详参徐祚永撰、林朝霞点校:《闽游诗话》卷上,福建人民出版社,2012年版,第4页。或谓:"徐祚永,字介人,号学斋,娄县人";"现存集部著作:《芳润堂诗钞》六卷,乾隆四十三年序刻本"。详参徐侠:《清代松江府文学世家述考》,第862页。

得《诗话》三卷。"①又,朱景英《闽游诗话·序》云:"《闽游诗话》者,
系于游,故系于闽;以诗传,仍以话传也。徐君学斋工诗而好游,又好
与诗人游,寓闽既久,闽中轶事有与诗相附丽者辄话之,且裒而成帙,
庶几游而不废学者欤!"②是则徐祚永曾游闽五载,《闽游诗话》乃寓
闽闻见之作也。诗话第 1 则谓:"长洲皇甫子循于燕、齐、秦、晋、楚、
豫、吴、越之诗,各予以一字之贬,而独不及闽,闽故风雅薮也。"③此
处的"长洲皇甫子循"即皇甫汸(1497—1582)。汸字子循,号百泉、
百泉子,江苏长洲(今江苏省苏州市)人;皇甫录第三子,与兄弟冲、
涍、濂并称"皇甫四杰";嘉靖八年(1529)进士,曾任南京稽勋郎中、
云南按察司金事等;著有《皇甫司勋集》六十卷。是则徐祚永借皇甫
汸之论阐扬闽地,《闽游诗话》乃鼓吹闽地风雅之作也。

　　《闽游诗话》初刊于乾隆四十二年(1777)。与杭世骏的《榕城诗
话》一样,其书也分上、中、下三卷,分别有诗话 59、56、64 则,共 179
则,在分卷数量上比前者更平衡,但诠次同样散乱,应该是即见即录
之故。《闽游诗话》对闽地诗人诗事的载录,自宋而清,尤详于闽诗史
上的杰出人物,意在借此呈现闽地诗史也,这一点与《榕城诗话》也颇
为相似。两种诗话都多次提到了清代早中期闽地诗坛的领军人物黄
任,《闽游诗话》三卷皆见相关文字。如:

　　　　黄莘田先生有砚癖,购得古砚十枚,筑十砚轩藏之。既宰四
　　会,兼摄高要,高要故领端溪三洞,遂自号端溪长吏。尝得一石,

①[清]徐祚永撰:《闽游诗话·跋》,[清]徐祚永撰,林朝霞点校:《闽游诗话》,
　　第 58 页。
②[清]朱景英撰:《闽游诗话·序》,[清]徐祚永撰,林朝霞点校:《闽游诗话》卷
　　首,第 1 页。
③[清]徐祚永撰,林朝霞点校:《闽游诗话》卷上,第 1 页。

制井田砚,系以诗云:"他山半亩佃秋烟,琢得方形井地连。自笑不曾持一砚,留将片石当公田。"余田生京兆和云:……时余京兆家亦多砚,常出其所蓄与莘田相质,互题铭词。自是三山士夫家多以案头无片石为俗,且以不得佳铭为憾事,亦一时风尚使然也。①

重宴鹿鸣,熙朝盛事。黄莘田先生举康熙壬午乡试,至乾隆壬午复会,先生有诗云:"六街传看旧嘉宾,已是龙钟八十身。听了笙簧沾了宴,荷锄长作太平民。"朱研北司马赠先生诗:"无多栖鹤地,两度看花人。"谓斯事也。②

闽中近时诗当以莘田先生为冠。先生诗各体俱工,而七言律绝尤为擅场,清丽芊绵,直入中唐之室。先生有绝句云:"蓬莱采采一微吟,此趣惟应味外寻。不独朱弦发三叹,候虫啁哳有元音。"可知其诗品矣。③

这些诗话从不同侧面,展示了黄任的心性与成就,与杭世骏《榕城诗话》合观,亦可知黄任之于闽诗史的重要地位。

此外,《闽游诗话》还提到了"闽中十子"。第63则云:

明初,"闽中十子"为福清林员外鸿子羽、长乐陈山人亮景明、高典籍棅廷礼、闽县王典籍恭安中、唐副使泰亨仲、郑助教定孟宣、侯官黄广文玄玄之、永福王检讨偁孟敭、闽县王修撰褒中美、周祠部玄又玄。《黄吾野集》有《十子咏》,《曝书亭集》有林鸿、王偁、高棅传,陈、王"七子"附见焉。按,是时吴有"北郭十

①[清]徐柞永撰,林朝霞点校:《闽游诗话》卷上,第10页。
②[清]徐柞永撰,林朝霞点校:《闽游诗话》卷中,第26页。
③[清]徐柞永撰,林朝霞点校:《闽游诗话》卷下,第48页。

子"，粤有"南园五先生"，名誉实相埒云。①

与《榕城诗话》相比，该则诗话少了"十子"诗集的介绍，但多了他集
传述，也多了闽中、吴中、南粤三地并称诗人的比较，虽有揄扬乡邦诗
人之意，但亦可见视野之开阔。通过介绍诗坛重镇，《闽游诗话》实现
了对闽地诗史的高度概括性呈现，这也是诗话著作常见的一种叙述
策略。

《闽游诗话》在诗学论述上与《榕城诗话》的不同之处主要有两
点。其一，多次直接表露了作者的诗学观念。如，第29则指出"诗中
贵有画，画中尤贵有诗"；第33则指出"和韵难矣，叠韵更难"②。其
二，多次对其他诗学著作进行了辨析和讨论，其中不乏名家之作，这
一点在清代郡邑诗话中比较罕见。如，第146则批评黄崑圃刻王士
祯《五代诗话》"不精不备"，经郑方坤删改订讹之后，"始为完书"③。
徐祚永的直言不讳还体现在对高棅《唐诗品汇》的批评之上。第112
则云：

> 高典籍《唐诗品汇》卷首载诗人爵里多有舛误。如闽人登第
> 自薛令之始，《品汇》沿袭韩昌黎之言，谓自欧阳詹始。陈通方，
> 闽县人，贞元十年进士，志乘载之甚详，《品汇》只谓元和中崔立
> 之同时。陈陶，剑浦人，后隐豫章西山，见《南唐书》，《品汇》作
> 鄱阳人。周朴，吴人，流寓侯官，《品汇》竟书闽人。翁承赞，福清

①［清］徐祚永撰，林朝霞点校：《闽游诗话》卷中，第21页。
②［清］徐祚永撰，林朝霞点校：《闽游诗话》卷上，第9、10页。
③［清］徐祚永撰，林朝霞点校：《闽游诗话》卷下，第47页。

人,乾宁三年进士,《品汇》作建安人。典籍闽人,不应疏误若此。①

高棅是福建长乐人,"闽中十才子"之一,诗才不凡,论诗主唐音,其《唐诗品汇》是重要的诗学著作,"四唐七变"说影响至今,但其文字讹误亦不容回避,徐祚永的辨析对于正确认识该书不无裨益。

徐祚永游闽期间,曾渡海赴台湾。《闽游诗话》第171则有"乙未元夕,余在温陵旅店"云云,其下自注:"时将赴台湾。"又,第168则云:"乙未上巳,予修禊台湾北路理番厅署西园,赋七言古诗八章。"又,第177则:"丙申秋暮,余客台湾观察冯康斋先生署中。观察用'满城风雨近重阳'句赋律诗五首,同人俱和之。余诗先成,朱研北先生评曰:'骚屑无端,意言俱隽妙,有风骨揩挂,故非漫尔呻吟。'诗详《秋室唱和集》。"②两则诗话中的乙未、丙申分别是乾隆四十年(1775)、四十一年(1776),徐祚永即在彼时赴台,并与当地官员和诗人往还唱和,这是闽台诗史的重要资料。也正因此,《闽游诗话》对台湾地区的风土人情和诗歌传统颇为关注,留下了不少记载。

> 台湾土番,种类各别,有土产者,有自海舶飘来者。或又传元人灭金,金人有浮海避之,遭风飘至,各择所居,数世之后忘其自,而语不尽改,故多作"都卢啁辘"声。又番性善饮,呼酒曰"打喇酥"。仁和郁沧浪诗云:"土番舌上掉都卢,对酒欢呼打喇酥。闻说金亡避元难,飓风吹得到荒区。"沧浪名永和(引按:当作永河),康熙中幕游台湾,著有《稗海纪游》数卷,多载台地逸

---

① [清]徐祚永撰,林朝霞点校:《闽游诗话》卷中,第37页。按:原文"之始"下注云:"令之神龙二年登进士。"
② [清]徐祚永撰,林朝霞点校:《闽游诗话》卷下,第55、51、56页。

事,纂郡邑志者每取资焉。①

　　台湾常年气候皆燠,游客三月辄着轻纱,至九月不更。每朔
风骤凛,遽易薄裘,曦光一射,仍被縠衫,一日之间,暄凉数变。
予有《早起乍凉口号一绝》云:"秋高犹尔滞蛮方,秋雨秋风作意
狂。今着棉衣乍衣葛,如何一昔换炎凉。"②

　　台湾每至九月,北风初烈,常连日夜不止,土人谓之九降风。
予有诗云:"一行疏柳三秋感,连日飞沙九降风。"③

以上三则诗话,第 1 则虽记传说,但突出了郁沧浪《稗海纪游》的价
值。郁氏于康熙三十六年(1697)自福建去台湾采集硫黄矿,期间对
台湾进行了深入的考察,著成《采硫日记》,即《稗海纪游》,是台湾历
史地理的重要文献。第 2、3 则述台湾气候,其中徐氏关于"九降风"
的诗句是历代"九降风歌咏"的一环,值得注意。

　　《闽游诗话》还提到了台湾的诗学。第 109 则云:

　　台湾诗学倡自鄞人沈斯庵。康熙中,斯庵兴东吟社,与同人
酬倡,有《东吟社集》,又名《福台新咏》,其书虽佚不传,而郡人
至今犹能称之。斯庵名光文,字文开,明副榜,由工部郎中晋太
仆寺少卿,监军广东。顺治辛卯,应李制府招,自潮州航海至金
门,将入泉州,遇风,飘至台湾。时郑逆陆梁海外,礼以宾客。后
斯庵以赋寓讽,几罹不测,遂变服为僧入山,台平不能归,因家
焉。郡志载其诗文甚夥,句云"事业饥寒后,身名忍辱中","人

———————————

① [清]徐祚永撰,林朝霞点校:《闽游诗话》卷上,第 13 页。
② [清]徐祚永撰,林朝霞点校:《闽游诗话》卷中,第 38 页。按:原文"乍衣"下
　注云:"于既切。"
③ [清]徐祚永撰,林朝霞点校:《闽游诗话》卷下,第 56 页。

以悲秋老,身当避地轻","筋骸无恙悲徒老,著述方成悔欲焚"。朱幼芝《海东札记》谓:"頠唐之作,连篇累牍,殊费持择,然论其世、原其志可耳。"①

沈光文(1612—1688),字文开,一字斯庵,明末清初浙江鄞县(今浙江省宁波市)人;贡生,南明永历时官太仆少卿,后居台湾以终;著有《台湾舆图考》《草木杂记》《台湾赋》《流寓考》《文开诗文集》等。诗话提到的《福台新咏》是沈光文与宛陵韩文琦、关中赵行可、榕城林弈等人结东吟社,酬唱而成的诗集,故又称《东吟社集》。学者指出:"沈光文与清吏及寓公共组诗社'东吟社',不只是单纯的文人吟咏酬唱,而是怀有与遗老互通声气、共抒怀抱并借以延续传统文化命脉的苦心。虽然东吟社最终在康熙二十五年因为清廷严厉查禁社学而终止活动,但是它对台湾诗学的发展具有推动作用,往后直到日本殖民统治时期台湾诗社活动蓬勃发展,沈光文等开创之功值得铭记。"②徐祚永的记载,对了解沈光文之于台湾诗学的贡献以及台湾诗歌的历史渊源等有重要的价值。

三、梁章钜郡邑诗话著作的特色与成就

(一)贯穿一生,撰作最多,乃为第一人

梁章钜(1775—1849),字闳中,一字茝林,晚号退庵,祖籍福建省福州府长乐县(今福建省福州市长乐区),生于福州府城。乾隆五十九年(1794)中举,嘉庆七年(1802)进士,历任军机章京、山东按察使、江苏布政使、广西巡抚、江苏巡抚兼署两江总督等职。梁氏天赋

---

① [清]徐祚永撰,林朝霞点校:《闽游诗话》卷中,第36页。
② 陈启钟作,陈支平编:《台湾通史》第2卷《明郑时期》,福建人民出版社,2020年版,第136页。

纯明,出入四部,仕不废学,笔耕不辍。林则徐撰《诰授资政大夫兵部侍郎督察院右副都御史江苏巡抚梁公墓志铭》,谓其"自弱冠至老,手不释卷,盖勤勤于铅椠者五十余年矣",并详列其书目,计有 68 种七百九十余卷①。今有学者认为,梁章钜著述多达 85 种②。这些著述中,有多部诗话作品。蒋师凡先生曾对梁章钜的诗话创作进行了总结,指出:

> 梁氏诗话之著,从 1806 年的《长乐诗话》始,止其 1849 年去世前的一、二年,在温州编纂的《雁荡诗话》《闽川诗话》《闽川闺秀诗话》,历时四十余年,坚持不稍懈怠。其用功之勤,人所罕见,其精神令人敬佩。③

这是基于梁章钜诗话创作的历程而论,可以说诗话纂述贯穿了梁氏的一生,其用力之勤和著述之赡,诗话史罕有其匹。蒋师凡先生又说:

> 梁氏诗话著作之富,世不多见。现存十二种,可分为以下几方面:一是地方性诗话,如《长乐诗话》《南浦诗话》《东南峤外诗话》《三管诗话》《雁荡诗话》《闽川诗话》等;二是断代性地方诗话,如《乾嘉全闽诗传》,专论乾隆、嘉庆二朝的闽省诗人;三是专论女性的《闽川闺秀诗话》,体现了作者对于妇女文学的重视;四

---

① [清]林则徐撰:《诰授资政大夫兵部侍郎督察院右副都御史江苏巡抚梁公墓志铭》,《林则徐全集》编辑委员会编:《林则徐全集》第 5 册《文录卷》,海峡文艺出版社,2002 年版,第 486—487 页。
② 蔡莹涓:《梁章钜研究》,福建师范大学博士学位论文,2009 年,第 41—55 页。
③ 蒋凡:《关于编纂梁章钜诗话著作全编之设想》,复旦大学中国古代文学研究中心编:《中国文学研究》第六辑,第 265 页。

是专家诗话,如《读渔洋诗随笔》;五是专体诗话,如《试律丛谈》
之专论试律诗;六是传统诗话体式的杂谈总论,如《退庵随笔·
学诗》、《浪迹丛谈·诗话》等。①

这是基于梁章钜诗话著作的类型而论,条分缕析,言简意赅,实为探
赜梁章钜诗话创作及其成就的门径之一。

关于梁章钜的诗话作品,还有一部值得注意。《南浦诗话·例
言》谓:

> 《全闽诗话》以郭璞、谢朓(引按:"朓"为"脁"之讹)与薛令
> 之、欧阳詹并列,未免部居混淆。今专标举浦产,自唐迄明,约得
> 九十余人。或以人而存诗,或以诗而存人,其他邦名人投赠往来
> 之什,以次相附,并各注明所引之书。群书所逸者无可录,群书
> 所略者不能详也,间注《补萝山馆诗话》者,以无书可据,聊借章
> 钜比年所辑书名,附列各部之后。盖沿徐兴公《榕阴新检》注
> 《竹窗杂录》、郑荔乡《全闽诗话》注《诗钞小传》之例。至如非浦
> 人诗,无可类附,而实与浦地、浦事相关者,别为"宦游"一门,以
> 意纂录而论辨之云。②

《榕阴新检》《竹窗杂录》均是徐兴公之作,《全闽诗话》《本朝名家诗
钞小传》均是郑方坤之作,梁章钜称沿袭二人"以自著注己编"之例,
则《补萝山馆诗话》为梁氏之作无疑。梁氏在《长乐诗话》《南浦诗

---

①蒋凡:《关于编纂梁章钜诗话著作全编之设想》,复旦大学中国古代文学研究
　中心编:《中国文学研究》第六辑,第265页。
②[清]梁章钜撰:《南浦诗话·例言》,[清]梁章钜撰:《南浦诗话》卷首,广文书
　局影印清刊本,1977年版,第2—3页。

话》中也不时征引该书。蔡莹涓博士认为《补萝山馆诗话》是梁章钜最早的诗话著作,并对其进行了辑评①。

　　总之,根据目前的资料,梁章钜的诗话作品中,属于郡邑诗话的有7种,包括《长乐诗话》《南浦诗话》《东南峤外诗话》《三管诗话》《闽川诗话》《闽川闺秀诗话》《退庵诗话》。另有《雁荡诗话》,本书认为不契郡邑诗话之例,已于首章辨之,兹不再赘。清代郡邑诗话据主客身份而言,绝大多数是本乡人为本邑而作,也有少数是外乡人为他邑而作,如浙江仁和人杭世骏所作的闽地诗话《榕城诗话》、广东南海人潘衍桐所作的浙地诗话《缉雅堂诗话》;就郡邑层级而言,一般都是限于一省或一府或一县或一镇。但是,梁章钜却跨越了主客身份和郡邑层级,不仅为本邑纂述诗话,如《长乐诗话》,而且为他省编撰诗话,如《三管诗话》;不仅辑录一县之诗话,如《南浦诗话》,而且选编一省之诗话,如《东南峤外诗话》;不仅纂录传统郡邑诗话,如《闽川诗话》,而且突破窠臼专为郡邑女性编订诗话,如《闽川闺秀诗话》。

　　总之,梁章钜郡邑诗话撰述时间之长、著作数量之多、样态之富,在清代无有出之右者,是当之无愧的"清代郡邑诗话第一人"。

　　(二)拾遗捃逸,细大不捐,存多地风雅

　　关于相关郡邑诗话的编撰鹄的,梁章钜多有自识。他在《南浦诗话·例言》中说:"是编意在抱残守缺,不专论诗,故零星掇拾,细大不捐,亦间有美闻轶事,弗忍舍置,及蒙识所及,足以订志乘之误者,虽于诗无取,仍附为按语于后,将以助一方之掌故。"②《三管诗话·自序》亦云:"余抚粤西将五年,随时访录都人士旧诗,已得数百家,约可

---

①参详蔡莹涓:《梁章钜研究》之《附录二:〈补萝山馆诗话〉辑评》,第187—193页。

②[清]梁章钜撰:《南浦诗话·例言》,[清]梁章钜撰:《南浦诗话》卷首,第5页。

编成四十余卷。闲缀诗话若干条,附于各家之后。……惟所缀诗话,
好事者皆以先睹为快,乃复略加删润,别为三卷,先付梓人。昔秀水
朱氏编《明诗综》,缀以《静志居诗话》;近人即有专取诗话别订成书
者。今亦窃仿其例。楮墨无多,则时地限之。而区区抱残守缺之心,
当亦都人士所不忍听其湮没者。拾遗捃逸,尚望同志者扩而充之云
尔。"①可见,梁章钜郡邑诗话著作的一个共同特征是不专主论诗,而
是着意留存地方诗史资料和相关诗学文献。

　　《长乐诗话》是梁章钜郡邑诗话诸作中最早的一部②,嘉庆十一
年(1806)编于福州,辑录福建长乐一县诗人诗作,间附评论。就目前
所知,该书有南开大学图书馆藏张东皓旧藏稿本六卷二册、上海图书
馆藏清钞本六卷二册。今之刊本则有张善贵校点、政协长乐市文史
资料委员会 1999 年印本,其底本是蒋师凡先生过录自上海图书馆藏
清钞本的钞本③。该本共六卷,另附闺秀、方外二门,共载录长乐县
自唐至清 62 位诗人及其诗作。《长乐诗话》有 13 处"章钜按",另有
1 处随文按语④,从中可略窥梁章钜的编撰意图和该本的特色。卷五
"陈希友"条下"章钜按"云:

　　　　谢青门《义节录》云:"鲁藩监国,以荐为兵科事中,戊子后

①[清]梁章钜撰:《三管诗话·自序》,[清]梁章钜著,蒋凡校注,梁超然审订:
　《〈三管诗话〉校注》,广西人民出版社,1996 年版,第 1 页。
②据蔡莹涓博士的考证,《长乐诗话》又名《吴航诗话》。参详其《梁章钜研究》
　之《附录三:梁章钜〈吴航诗话〉考证》,第 194—198 页。
③张善贵:《长乐诗话弁言》,[清]梁章钜辑,张善贵校点:《长乐诗话》,政协长
　乐市文史资料委员会,1999 年版,第 1—2 页。按:张校本《长乐诗话》的标点
　或有失察,本书在征引时,于明显有误处径加修正,不详注。
④《长乐诗话》卷一"陈毅"条下引《三山志》云:"法涧院在敦素里,县志作咸通
　四年林渎舍地创。"其下按云:"今本《长乐县志》未载此语。"详参梁章钜辑,
　张善贵校点:《长乐诗话》卷一,第 3 页。

乃归,祝发。后为楚世子成怡株连,逮至广东,卒于狱。一生牢
落不平之气,恒藉笔端发泄"云云。今《蓼岩集》不可得,惟《灵
峰寺志》尚录二首,足见一斑,急登于此。《宿灵峰寺》云:"闲游
无适意,古寺暗经过。春风海边大,寒气山上多。孤钟殷夜磬,
篝火飐风萝。暂得清机发,浮生若事何。"《寿灵峰僧印中》云:
"我爱龙龛叟,年来讲道欢。所知因竹击,得果正梅酸。海内荒
云乱,山中老梦安。须眉推古德,杖出万山寒。"[1]

《长乐诗话》作为一部选编诗话,为长乐诗史保存了诸多资料,而此一
按语正可说明梁章钜编辑此一诗话的目的。又,卷四"陈亮"条下梁
氏按语云:"闽中十子诗,今惟林子羽、高廷礼、王安中有专集传世,余
则均在显晦之间。而陈景明、郑孟宣,所存尤仅。《长乐县志》仅载陈
诗两首、郑诗一首,而《全闽诗话》遂至不能附列一条。今就王应山
《闽都记》所登,全录于右。《闽都记》亦藏书家所鲜有,故甄采尤不
厌其详,亦表微阐幽之意云而尔。"[2]是则《长乐诗话》正为表微阐幽、
彰显乡邦诗史而纂。

　　梁章钜的郡邑诗话不仅为乡邦保存诗歌和相关诗学文献,而且
保存类似文献和相关遗闻。《南浦诗话》撰辑于嘉庆十五年(1810),
梁章钜时主浦城南浦书院。该诗话辑录自唐迄明的蒲城和宦游本邑
的诗人诗作诗事等,体例与《长乐诗话》相同,亦是以人为目,间附
"章钜按"。卷五"何选"条下按语曰:

　　　　何选,字子远,自号韩青老农,去非之子,东都遗老,入南渡
　　尚存。有所撰研铭数首,见《春渚纪闻》,亦诗之类也,附辑于此。

---

①[清]梁章钜辑,张善贵校点:《长乐诗话》卷五,第13页。
②[清]梁章钜辑,张善贵校点:《长乐诗话》卷四,第4页。

高平吕老,遇异人传烧金诀,煅出视之瓦砾也。有教之为研者,研成,坚甚宜墨,光溢如漆,每研首必有一白书"吕"字为识。余为之铭曰:"真仙戏幻,煅瓦成金。老吕授之,铸金作瓦。置之篱壁,以眂其璞。顾彼瓴甓,为有惭德。范而为研,以极其妙,则金瓦几于同价。"

……

余经霅川,偶得数雷斧于耕夫,因择其厚者洼而为研,但憾其大,而薄者不容治,则以铁为周郭,如青州提研所制,亦几案间一尤物也。因铭之曰:"石化殒星,龙雨刀槊。是从震霆,散坠风雹。形实斧也,其质玉璧,洼而为砚,以资锐泽。与翰墨而周旋,诛奸谀之死魄。"①

何选是宋代浦城人,曾受知于苏东坡,《春渚纪闻》是他撰写的一部遗闻逸事类随笔著作,颇涉志怪。梁章钜辑录该书中的相关故事并载其砚铭,认为它们"亦诗之类也"。以铭文为诗歌,其实比较勉强,但可见梁氏为浦城存风雅之心。

《东南峤外诗话》记录了明代万历年间册封琉球副使谢杰所作的《梅花开洋》(即《奉使册封发梅花江》)诗:"仙崎渡口水飞楼,十丈青莲太乙舟。风笛数声江阁暮,梅花五月海门秋。天高北极星辰转,地坼南溟日夜浮。此去若过乌鹊渚,好将消息问牵牛。"谢杰(1535?—1604),字汉甫,号绎梅,福建长乐江田(今福建省福州市长乐区江田镇)人,万历七年(1579)充册封副使,随萧崇业至琉球。梁章钜在该诗下附按云:"本朝册封琉球,使舟皆由五虎门开洋,而梅花、广石之

---

① [清]梁章钜撰:《南浦诗话》卷五,第213—218页。按:原文"研""砚"混用。

名不著,绎梅为吾邑江田里人,熟习其地,故独著于诗耳。"①这条按语说明谢杰册封途次诗歌与其他使者不同的原因,颇裨益于理解其诗,亦可见长乐与众不同的地貌,此即诗话所谓因诗而及之者也。无独有偶,梁章钜在其所撰的另一部郡邑诗话《退庵诗话》中也载录了一位册封琉球使,云:"北瀛以编修赐一品服,充册封琉球正使。时重亲在堂,给假省视,以莱衣之艳,兼昼锦之荣,吾乡尤传为旷事。生平不甚措意于诗,适躬持龙节,远涉鲸涛,诗胆骤雄,吟情遂盛。所刻《东瀛百咏》乃斐然可观,兹录其尤健者,以存梗概。"②齐鲲(1773—1817),字腾霄,又字北瀛,闽县人,嘉庆六年(1801)中进士,十三年(1808)以翰林院编修身份充册封琉球正使,是清代第一个福建籍的册封琉球正使。《东瀛百咏》所收诗歌多涉此次奉使,包括行前唱和、途次感受、册封经过、琉球见闻等,在齐鲲归国后不仅即结集梓行,末附梁章钜跋语,其中有云:"今是集出而君之素所蓄者,无一不明;与夫中外之所期于君者,无一不称。"③将跋语和诗话并而观之,可见梁章钜对齐鲲的赞赏及其奉使册封的自豪。更重要的是,梁氏对此类乡贤及其诗歌的关注,也令其郡邑诗话著作在保存乡邑风雅的一般意义之外,具有了更广阔的历史和文化价值。

(三)广搜博引,析疑匡谬,见学人本色

梁章钜精通经史,长于考证,其所著《称谓》《文选旁证》等书皆以沉博美富见称。阮元《文选旁证序》云:"闽中梁茞林中丞乃博采唐宋元明以来各家之说,计书一千三百余种,旁搜繁引,考证折衷,若

---

① [清]梁章钜撰:《东南峤外诗话》,蒋寅主编:《清代诗话珍本丛刊》第一辑第四十四册,第357—358页。

② [清]梁章钜撰:《退庵诗话》,[清]梁章钜辑:《乾嘉全闽诗传》卷十二,国家图书馆藏稿本,第6a页。

③ [清]梁章钜撰:《东瀛百咏跋》,[清]齐鲲撰:《东瀛百咏》卷末,王菡选编:《国家图书馆藏琉球资料三编》下册,北京图书馆出版社,2006年版,第386页。

有独见,复下己意,精心锐力,舍易为难,著《文选旁证》一书四十六卷,沉博美富,又为此书之渊海矣。"①梁章钜的郡邑诗话著作同样体现了此一特色。据学者统计,《长乐诗话》计 172 则,引书 73 种;《南浦诗话》计 289 则,引书 148 种②。《长乐诗话》卷三"高棅"条,先后引用《四库全书总目》《唐诗品汇序》《列朝诗集》《静志居诗话》《明诗综》《明诗别裁》《闽书》《诗薮》《说诗晬语》《小草斋诗话》《香祖笔记》《丹铅总录》《竹窗杂录》等各类著述,计逾五千字③。博搜之外,梁氏诗话亦多考据文字。《长乐诗话》卷四"李骐"条下按语云:

> 俗传马铎、李骐为同母异父兄弟。铎之母,初适马氏,生铎;再适李氏,将生骐,梦其故夫,遂名以马。及登第,胪传日,成庙怪其名,遂以"马"旁加"其",今乡党犹艳称之。王世贞《史料》、何乔远《闽书》,俱载其事。按:沈景倩《野获编》言,尝考两家志铭,铎之母为卓氏,骐之嫡母为叶氏,先亡,继母黄氏,俱封安人。然则两人固风马牛不相及也。周栎园《闽小纪》亦云,尝属长乐令访其邑中前辈,俱云无之,而两家后人亦云世俗谬传,绝无影响,且当时亦无增"马"为"骐"之事。(引按:此处"马"字,疑"其"之讹)即一母所生,方且为母讳,何至以前夫之姓为名,公然暴母之短? 然弇州(引按:王世贞又号"弇州山人",故称)传闻失实,容或有之;而何氏以吾闽人作《闽书》,岂宜不加详考,而承讹若此乎?④

---

① [清]阮元撰:《文选旁证序》,[清]梁章钜撰,穆克宏点校:《文选旁证》,福建人民出版社,2000 年版,第 9—10 页。
② 蔡莹涓:《梁章钜研究》,第 107 页。
③ [清]梁章钜辑,张善贵校点:《长乐诗话》卷三,第 1—12 页。
④ [清]梁章钜辑,张善贵校点:《长乐诗话》卷四,第 13—14 页。

针对马铎、李骐为同母异父兄弟的传闻,梁章钜引明人沈德符的《万历野获编》和周亮工的《闽小纪》,力证其为讹传。有趣的是,他对两位传讹者采取了不同态度:回护王世贞,批评何乔远。盖前者是异乡人,不辨传闻,情有可原;而后者是闽省晋江人,以讹传讹,情理难容。这种以乡贯为准绳进行考据批评的方法,实在可议,却也凸显了考据思维对梁章钜诗话著作的渗透。

《闽川闺秀诗话》也见辨疑纠偏。卷二"张季琬"条云:"闽县张宛玉,能诗,尤工绘事。《题画蝶》诗云:'薨薨飞过宋东家,春去何心恋落花。留得滕王新粉本,小窗只当写《南华》。'题画不即不离,出之闺媛,尤为难得。宛玉归金陵朱豹章参军文炳,自号月鹿侍史,吾乡人所熟闻。而《随园诗话》以为黄莘田妻,与莘田同有研癖,捕风捉影之谈,随园老人往往孟浪如此。"①这是指陈《随园诗话》之失。《随园诗话》卷四第49则云:"黄莘田妻月鹿夫人,与莘田同有研癖。先生罢官时,囊余二千金,以千金市十研,以千金购侍儿金樱以归。"②张季琬为金陵章文炳之妻,而非福建黄任(莘田)之妻,袁枚不仅混淆于此,而且称张季琬与黄莘田同有砚癖。梁章钜指出此乃捕风捉影之谈,并批评了袁枚的孟浪之习。又,卷三"梁兰省"条云:"《随园诗话》称'雁荡山观音洞中,有前明按察使刘允升偕二女成仙于此,今大士座旁塑像并二女甚美,余低徊久之,因作口号'云云,其说颇无稽。"③同样是批评袁枚,指其作无根游谈。

《东南峤外诗话》载黄道周《告兄》诗,"吾兄六十八"句下按云:"先生年谱:崇祯丙子年五十有二,奉环命改荔衣,拟拜疏请告,已而

①[清]梁章钜辑,张丽华校点,王英志校订:《闽川闺秀诗话》卷二,王英志主编:《清代闺秀诗话丛刊》(壹),第206页。
②[清]袁枚著,顾学颉校点:《随园诗话》卷四,第120页。
③[清]梁章钜辑,张丽华校点,王英志校订:《闽川闺秀诗话》卷三,王英志主编:《清代闺秀诗话丛刊》(壹),第234页。

有司敦促上道,至秋乃发,此别兄诗也。以相差十六年计之,则兄年当为六十八,而陈恭甫所校本作七十八,不考甚矣。"①这是经由简单的推论指出陈恭甫校勘本疏于考证,反衬梁章钜对考据的敏感性。《三管诗话》亦颇多考证辨析,多涉及诗歌语词或出处。如,第 71则云:

> 唐郑叔齐《独秀山新开石室记》云:"城之东北维有山曰独秀。宋颜延之尝守兹郡,赋诗云:'未若独秀者,峨峨郭邑间。'嘉名之得,盖肇于此。"按:此十字别无所见,今张溥、汪士贤所编《颜光禄集》并无之;而《赤雅》引此诗,"郭邑"别作"郭郭",似误。《赤雅》语多凭臆造,如引山谷诗"桂岭环城如雁宕,苍山平地忽嵯峨","嵯峨"作"蚁封",其误亦显然也。②

桂林境内有独秀峰,孤标特秀,引人注目。唐代郑叔齐在其摩崖石刻文《独秀山新开石室记》中指出,独秀峰之名得自南北朝诗人颜延之的两句诗"未若独秀者,峨峨郭邑间",当时颜氏为始安郡(即桂林)太守。然而,这两句诗并未出现在传世的《颜光禄集》中,最早的出处就是郑文。梁章钜对郑说怀有疑虑,但因为没有直接证据,遂借《赤雅》的不严谨间接地表达了怀疑。可见,梁章钜不仅以朴学方法编撰郡邑诗话,而且将严谨审慎的学风融入其中。《长乐诗话》卷三"高棅"条,梁章钜在按语中罗列了各家记载的《唐诗正声》卷数之异,并说:"均莫能详其歧误之故也。"③又,南朝著名诗人江淹有《游黄檗

①[清]梁章钜撰:《东南峤外诗话》,蒋寅主编:《清代诗话珍本丛刊》第一辑第四十四册,第 456 页。

②[清]梁章钜著,蒋凡校注,梁超然审订:《〈三管诗话〉校注》卷下,第 210 页。

③[清]梁章钜辑,张善贵校点:《长乐诗话》卷三,第 10 页。

山》诗,内有"长望竟何极,闽云连越边"云云,历代注家多认为江淹所写乃福州福清的黄檗山。但是,梁章钜考据后指出,江淹的在闽行踪未达福州,而且诗中所写景物与福清黄檗山不符,其所游应该是浦城黄檗山①。其论细密有据,可备一说。凡此,均可证其郡邑诗话的学人本色。

(四)郡邑为域,家族为本,彰女性诗学

郡邑诗话以呈现在地诗学为鹄的,家族诗学是其中的一环,梁章钜的相关著作也不例外。《退庵诗话》所述,多及梁氏家族诗人,包括梁章钜的叔父梁上泰和梁上国、堂兄梁际昌和梁运昌、堂弟梁云镶等②。更重要的是,梁章钜还特别关注本邑和本家族的女性诗人。一般认为,闺秀诗话著述出现于晚明时代,与郡邑诗话约略同步。湖南桃源人江盈科的《闺秀诗评》、安徽桐城人方维仪的《宫闺诗评》是早期闺秀诗话的代表作,它们也恰好表征着闺秀诗话的两个方向:男性创作的闺秀诗话和女性创作的闺秀诗话。至于清代闺秀诗话,蒋寅先生在《闺秀诗话十二种叙录》中指出,"见存书二十二种,亡佚书十四种"③。在这些著作中,成书于道光二十九年(1849)的《闽川闺秀诗话》与众不同,因为它是第一部将郡邑与闺秀结合在一起的诗话。

《闽川闺秀诗话》前有梁章钜堂妹梁韵书所作的序言,其文曰:

> 晋安风雅一事,自郑荔乡先生有《全闽诗话》、林苍岩先生有《榕海诗话》,此后继响无闻,而闺媛一门,则并未有涉笔者。余

---

① [清]梁章钜撰:《南浦诗话》卷八,第411—415页。
② 以上5人分别见于国家图书馆藏稿本《乾嘉全闽诗传》卷四第47页、卷五第29a页、卷七第25a页、卷十第26a页、卷十一第25a页。
③ 蒋寅:《闺秀诗话十二种叙录》,《文献》2004年第3期,第253页。

同堂兄茝林中丞公，著作等身，尤留意梓邦故实，尝辑唐以来《闽川诗钞》数十卷，并仿秀水朱氏《明诗综》之例，间缀诗话，而于国朝诸诗事尤详，已有十二卷成书，意欲先为脱稿单行。尝以闺秀门嘱余任之……爰就同时亲串诸家耳目较近者，详加采访，录寄吾兄，以资编附。时吾兄就养东瓯，郡斋多暇，已将闺秀一门按先后次成四卷，先付梓人。承以稿本寄余，读之窃叹：吾乡名媛旧有诗名于世者，以郑荔乡家为最盛；今则吾家自王太夫人、许太淑人以下，亦有十余人，足与荔乡家后先辉映，为闾里荣。①

可见，梁韵书也参与了《闽川闺秀诗话》的编撰工作，有功于该书。她在序中指出，在该书出现之前，闽地郡邑诗话中还没有专辑乡邑女性诗人、诗作、诗事的著述，确是事实。清代郡邑诗话中，常见闺秀之目，一般是与方外、流寓同附卷末，即如梁章钜的《长乐诗话》《南浦诗话》，亦是如此，这是受诗歌总集影响的结果。梁章钜将"闺秀门"之任委托给堂妹韵书，说明他意识到以往郡邑诗话对女性诗人、诗作、诗事的处理具有局限性，因此要专门为郡邑女性编纂一集诗话。这是郡邑诗话书写观念上的重要突破，《闽川闺秀诗话》正是这一新观念的产物。

　　梁韵书还在序言中写到了自己阅读《闽川闺秀诗话》稿本的感受，即闽川诗学世家，旧时以郑方坤家族为翘楚，今则以自己所在的梁氏家族为盛，前后辉映，彬彬于盛，自豪感溢于言表。这也暗示了《闽川闺秀诗话》以家族为中心的编纂策略。诗话以人为目，共辑录了104位明清福建女性诗人及其诗作诗事。其中，卷一所载的林琼

---

① ［清］梁韵书：《闽川闺秀诗话·序》，［清］梁章钜辑，张丽华校点，王英志校订：《闽川闺秀诗话》卷首，王英志主编：《清代闺秀诗话丛刊》（壹），第189页。

玉,卷二又见,故实载 103 位。在诗话涉及的家族中,黄任家族、郑方坤家族以及梁氏家族均引人注目。

　　黄家女诗人包括黄任妻子庄氏、亲戚庄九畹、长女淑窈、次女淑畹、外孙女游合珍和林琼玉,共 6 人。诗话卷二"黄淑畹"条曰:

　　　　纫佩为莘田先生次女,与姒洲同承庭训,于诗工力尤深。杭
　　董圃《榕城诗话》只录其《题〈杏花双燕图〉》二绝句,此外佳什尚
　　多。如《春阴》云:"朱户半扃人语碎,粉廊回合鸟声多";……皆
　　清丽可喜。而《游鼓山》句云:"负郭磻田春水绿,隔江画舸夕阳
　　红",尤堪入画也。①

所谓"杭董圃《榕城诗话》只录其《题〈杏花双燕图〉》二绝句"云云,指杭世骏《榕城诗话》卷中第 45 则诗话:"莘田先生二女皆擅诗名,长曰淑窈,字姒洲;次曰淑畹,字纫佩。纫佩有《题〈杏花双燕图〉》诗云:'艳阳天气试轻衫,媚紫娇红正斗酣。记得春明池馆静,落花风里话呢喃';'夕阳亭院曲阑东,语燕时飞扇底风。不管春来与春去,双双长在杏花中'。时人皆称之。"②梁章钜于此补充了黄淑畹的不少佳句,二者可谓相得益彰。

　　郑方坤家族的女诗人中,《闽川闺秀诗话》提到的"膝前九女"令人印象深刻。卷二"郑镜蓉"条曰:

　　　　荔乡先生一门群从,风雅蝉联,膝前九女,皆工吟咏。长即
　　镜蓉;次云荫,字绿落;三青苹,字花汀;四金銮,字殿仙;五长庚,

---

①[清]梁章钜辑,张丽华校点,王英志校订:《闽川闺秀诗话》卷二,王英志主编:
　《清代闺秀诗话丛刊》(壹),第 209—210 页。
②[清]杭世骏撰,林朝霞点校:《榕城诗话》卷中,第 27 页。

阙其字;六咏谢,字凌波,又字林风;七玉贺,字春盎;八风调,字碧笙;九冰纨,字亦未详。九人中惟冰纨未嫁而殇,长庚诗无可考,余则人人有集。荔乡先生守兖州时,退食余闲,日有诗课,拈毫分韵,花萼唱酬,有《垂露斋联吟集》。自古至今,一家闺门中诗事之盛,无有及此者。近人撰《闺秀正始集》,但云先生四女能诗,所登又仅玉台(引按:郑镜蓉之字)、花汀两人诗,殆未之详考耳。①

梁章钜对恽珠编纂的《国朝闺秀正始集》仅载郑方坤四女表示不满,故其诗话对无诗可考的郑长庚之外的八女均加载述,甚至包括早殇的郑冰纨:"荔乡先生第九女,许字林天桓,早殇。十许岁,《咏桃花》句云:'施粉施朱纷作态,乍晴乍雨为谁开。'先生为之不乐,果不克长成。"②所言虽然有宿命论色彩,却是纪实。

梁氏家族女诗人在《闽川闺秀诗话》中载述最多,计4代19人,包括:第一代先妣王太夫人(淑卿)、先叔母许太淑人(鸾案,先叔父九山公妻);第二代先室郑夫人(齐卿,梁章钜妻)、六妹梁韵书(蓉函,九山公次女、许濂妻)、林炊琼(粲香,许濂侧室)、梁符瑞(紫瑛,九山公长女)、梁秀芸(九山公三女)、周蕊芳(十弟兰笙继室);第三代梁兰省(筠如,钜长女)、梁兰台(寿研,钜次女)、杨渼皋(婉蕙,钜三子妇)梁赋茗(藻芬,四兄泽卿女)、梁兰芬(楚畹,四兄泽卿女)、梁金英(淡如,四兄泽卿女)、梁佩茳(梅史,十弟兰笙女)、许还珠(月津,蓉函长女)、许季兰(湘苹,蓉函三女);第四代梁瑞芝(玉田,四兄

---

① [清]梁章钜辑,张丽华校点,王英志校订:《闽川闺秀诗话》卷二,王英志主编:《清代闺秀诗话丛刊》(壹),第213页。
② [清]梁章钜辑,张丽华校点,王英志校订:《闽川闺秀诗话》卷二,王英志主编:《清代闺秀诗话丛刊》(壹),第217页。

泽卿孙女）、赵玉钗（蓉函子妇）。方秀洁教授在讨论清代女诗人沈善宝编纂的《名媛诗话》时指出，家族世系是该诗话"描述的女性文学共同体最为基础的人际关系背景"①，《闽川闺秀诗话》亦是如此。不过，与《名媛诗话》等著作对女性社群关系的隐含描绘不同，梁章钜在诗话中清晰地指明了上述女性的家族代系和社群关系，从而借此建构了清代郡邑诗话中罕见的家族女诗人群像，并使其具备家族与文学双重共同体的特征。

在内容层面，《闽川闺秀诗话》不仅载录了家族女性的诗作，而且记述了她们的往还唱和。卷三"杨涣皋"条曰：

> 余三子妇杨涣皋，字婉蕙，为竹圃方伯之女。竹圃口不称诗，但授以书义，故婉蕙少不知有声韵之学。迨归余三子恭辰时，恭儿方习举子业，亦不暇言诗。而余同堂妹蓉函好作诗而工，婉蕙喜从之游。适余长女筠如、次女寿研方学为诗，遂相约受业，请题为课，而婉蕙骤有所解。女红酒食之隙，舟车侍游之余，复随题有作，数年间积至百数十首。婉蕙素善病，其于诗又好为苦吟，余常诫其以节思虑、养心性为要，而作者辄不能自休。喜其慧且勤也，遂亦听之，而婉蕙遂自次所作为《榕风楼诗存》矣。②

这则诗话简扼地描述了杨涣皋学诗的历程及其成果，同时也表明闺阁是彼时女性诗学的主要生成空间，而家族世系则是女性诗学的成长支柱，她们通过相互之间的从游、受业、唱和、编纂等活动，隐约建

① 〔加〕方秀洁著，周睿、陈昉昊译：《卿本著者：明清女性的性别身份、能动主体和文学书写》，江苏人民出版社，2024 年版，第 184 页。

② ［清］梁章钜辑，张丽华校点，王英志校订：《闽川闺秀诗话》卷三，王英志主编：《清代闺秀诗话丛刊》（壹），第 235 页。

构了一个闺秀共同体，在一定程度上深化了女性的自我认知和生命自主性，所谓"余常诫其以节思虑、养心性为要，而作者辄不能自休。喜其慧且勤也，遂亦听之"云云，即是证明。

除以上三大家族的女性作者外，《闽川闺秀诗话》也记载了其他女诗人。如卷一"许琛"条："乾隆间吾乡闺媛之能诗者，无过素心老人。遇亦最苦，妇孺皆能详其事。素心名琛，字德瑗，瓯香先生友曾孙女，月溪先生遇孙女，澳门郡丞良臣之女也。早寡，以节终。有《疏影楼稿》，已梓行。闽中女士家有其书，林樾亭先生为之传，足以传素心矣。"以下详载林樾亭所作的许琛传记及评论，并对其不幸的一生寄寓了深刻的同情①。

总体看来，《闽川闺秀诗话》实际上是以梁氏家族为中心，衍及其他家族和其他女诗人，从而建构了清代闽川女性诗史。虽然有失察重出之误，但开创之功不可忽视。光绪年间，丁芸模仿其书，又编撰了《闽川闺秀诗话续编》和《历代闽川闺秀诗话》，前书收录闽川女诗人135人；至若后书，蒋寅先生评论云："所采书以志乘为主，旁及笔记杂著与选集诗话，照录原文，间下按语补充参证资料，偶有纠梁章钜之失处，要之仅为存文献起见也，殊无评论。然有此书，配梁章钜《闽川闺秀诗话》及丁氏所纂续编，八闽历代名媛闺秀之诗歌风雅乃具完史，其功亦不可泯云。"②堪称的论。

第三节　清代中期的其他郡邑诗话

清代中期的郡邑诗话除上述诸作外，尚有以下数种：师范的《荫

---

① [清]梁章钜辑，张丽华校点，王英志校订：《闽川闺秀诗话》卷一，王英志主编：《清代闺秀诗话丛刊》（壹），第206—208页。

② 蒋寅：《清诗话考》，第633页。

椿书屋诗话》；曾廷枚口述、曾燠编次的《西江诗话》；张清标的《楚天樵话》、熊士鹏的《竟陵诗话》；梅成栋的《天津诗话》、陶樑的《红豆树馆诗话》；刘彬华的《玉壶山房诗话》、伍崇曜的《茶村诗话》，分别涉及云南、江西、湖湘、畿辅和岭南五个地区。其中，《荫椿书屋诗话》是白族文学史上的第一部诗话，共 68 则①，呈现了清代中期云南，特别是大理地区的诗坛状况。在诗学思想方面，该诗话坚持"温柔敦厚，诗教也"的传统立场②，也见"诗谶之说，予多不信""集句起于王介甫"等观点③。关于该诗话的基本内容、价值等，已有学者进行了比较详细的讨论，本书暂不赘述④。以下对其他诗话分别稍做讨论。又，熊士鹏《竟陵诗话》抄撮了张清标《楚天樵话》中的不少条目，丁宿章编纂的《湖北诗征传略》虽成书于同光年间，但与两书关系密切，故本小节将三书合并讨论。

一、第二种《西江诗话》及其逸笔

（一）两种《西江诗话》及其异同

曾廷枚（1734—1816），字升三，一字修吉，号香墅，一作芗屿，江西南城人；工诗善书，著有《香墅漫钞》《历朝诗话腋》等。曾氏又有独撰丛书《芗屿裒书》，收《字源征古》《音义辨同》《乐府津逮》《禊帖绪余》《西江诗话》《游戏三昧》《古谚闲谭》七种，国家图书馆藏有嘉庆十三年（1808）刊本。其中，《西江诗话》由曾廷枚口述、其侄曾燠

①此据张国庆先生点校本，详参张著《云南古代诗文论著辑要》，第 3—20 页。
②［清］师范：《荫椿书屋诗话》，张国庆点校：《云南古代诗文论著辑要》，第 8 页。
③［清］师范：《荫椿书屋诗话》，张国庆点校：《云南古代诗文论著辑要》，第 8、15 页。
④周锦国：《再现清代中叶云南诗坛的景象——师范〈荫椿书屋诗话〉评介》，《大理学院学报》2013 年第 11 期，第 1—6 页。

编次而成,分上、中、下三卷。内容上,该书略述江西历代诗人诗集、诗事,多见议论;体例上,该书不以人为目,而是随文命题,不拘定式,甚或直接以古人诗、词集之名为诗话之题。曾廷枚《西江诗话》与裘君弘《西江诗话》同名,且均以江西为畛域,故二书之异同,引人注目。蒋寅先生说:"此编继裘君弘同名书之后出,彼详此略。于古人皆取名家,于本朝则兼表幽微,同时志行高洁、文学优长之士得藉以不朽。其采辑虽不及裘书宏富,体例亦不似裘书之更合体裁,然品鉴精当则有以过之,盖意在品诗论艺而不在网罗乡邦文献也。"[1]片言按断,如指诸掌,凿凿有据,信然可从。

曾廷枚的诗学思想,由卷中《西江月》一则可窥豹之一斑。其文谓:"吉水邹忠介公《赠魏节妇诗》:'一别良人岁月侵,孤灯永夜伴寒衾。年年只有西江月,独照春归不二心。'阐扬贞节,寄托遥深,是有关于风化之作。"[2]论诗以风化为重,可见不离正统。邹忠介公即邹元标(1551—1624),字尔瞻,号南皋,江西吉水人,万历五年(1577)进士,与赵南星、顾宪成号为"东林党三君"。值得注意的是,本则诗话也见于裘君弘《西江诗话》卷八"邹元标"条[3],唯文字稍异。裘君弘论诗,亦以诗教为重,抑或曾氏之《西江诗话》有取于裘氏之《西江诗话》也。

(二)曾廷枚《西江诗话》的"尊陶"倾向

《西江诗话》卷首为黄旭题辞,内有"谭诗欲空仰与俯,居仁《西江诗派图》,只从山谷总偏枯"之言[4],是则曾廷枚论江西诗史,不遵吕本中《江西诗社宗派图》,而推迹至陶渊明始。诗话第 1 则《圣门

---

① 蒋寅:《清诗话考》,第 475 页。
② [清]曾廷枚述,曾燠编次:《西江诗话》卷中,国家图书馆藏清嘉庆十三年(1808)《芎屿裘书七种》本,第 40a 页。
③ [清]裘君弘撰:《西江诗话》卷八,《续修四库全书》第 1699 册,第 569—570 页。
④ [清]黄旭:《西江诗话题辞》,[清]曾廷枚述,曾燠编次《西江诗话》卷首,第 1a 页。

弟子》即述陶渊明,云:

> 晋陶渊明字元亮,入宋名潜,浔阳紫桑人,太尉长沙公侃之
> 曾孙。少有高趣,工于诗。亲老家贫,趣为州祭酒,不堪吏职,解
> 归躬耕。未几为彭泽令,在县八十余日。暨入宋,终身不仕。颜
> 延年诔之,谥曰"靖节征士"。公诗清远闲放,是其本色,而其中
> 自有一段渊深朴茂不可几及处。长洲沈宗伯云:"晋人诗,旷达
> 者征引老、庄,繁缛者征引班、扬,而公专用《论语》。(如,'贤者
> 避其世''忧道不忧贫''凤鸟虽不至'等句)汉人以下,宋儒以
> 前,可推圣门弟子者,渊明也。康乐亦善用经语,而逊其
> 无痕。"①

本则诗话简述陶渊明生平,又论陶诗风格,中规中矩,然引沈德潜《古
诗源》盛推陶渊明为"圣门弟子",虽过于主观,却彰其崇陶之心。
又,卷下有《陶诗》一则,称颂清代雍、乾时人陶金谐云:

> 居官孤介有守,而肫诚恻怛之怀,盎然流露,民以故归之。
> 公余藉经菲史,发而为诗,典雅关风教,彭泽家风于兹未坠云。②

陶金谐字挥白,号适斋,江西南城人,乾隆十三年(1748)进士,曾任湖
南溆浦、江华知县,有《陶适斋先生诗稿》传世。此处曾廷枚以陶金谐
为渊明后裔,谓其心性、诗作皆有先祖之风,内中尊陶之意,与《圣门
弟子》一篇声气相通。

---

① [清]曾廷枚述,曾燠编次:《西江诗话》卷上,第 1a—1b 页。按:括号中语非沈
　德潜原文所有,乃曾廷枚所增。
② [清]曾廷枚述,曾燠编次:《西江诗话》卷下,第 21a 页。

《诗话》卷中又有《江西诗派图》一则,专论吕书,曰:"东莱吕本中居仁学山谷为诗,自言传衣豫章,尝作《西江宗派图》,以山谷为祖,傍列陈师道、谢逸……合二十五人,以为法嗣,谓其共源流,皆出豫章也。……愚按:宋中丞漫堂先生(引按:即宋荦)以江西诗派论课士豫章,或昧于题旨。时新建张扶长吏部致政家居,耄犹好学,撰《江西诗派图录》,首述吕本中所论宗派,次总论,次小传,次与客问答,甚盛举也。渔洋《论诗绝句》云:'涪翁掉臂自清新,未许传衣蹑后尘。却笑儿孙媚初祖,强将配飨杜陵人。'山谷诗得未曾有宋人作《江西宗派图》,强以拟杜,反来后世弹射。"①宋人吕本中作《江西诗社宗派图》,谓江西诗派皆出黄庭坚。曾廷枚不认同此论,故于诗话中辨析之。

(三)曾廷枚《西江诗话》的逸笔

曾氏《西江诗话》除论诗外,偶尔也会论词。卷中有《小山集》一则,谓:"晏几道字叔原,元献公第七子,工乐府,其词有《小山集》,清壮顿挫,士大夫传之,以为有临淄之风焉。其词中佳句,如'墙头红杏雨余花,门外绿杨春后絮'、'衣化客尘今古道,柳含春意短长亭'、'户外绿杨春系马,窗前红烛夜呼卢'、'晓寒料峭尚欺人,春意苗条先到柳',艳冶宕逸,知者以为玩世不羁,不知者未免摇心动魄矣。"②以知与不知论晏几道词,颇有理解之同情的意味。《西江诗话》又有

---

① [清]曾廷枚述,曾燠编次:《西江诗话》卷中,第 7b—8b 页。按:宋荦《筠廊二笔》卷上云:"余襄以西江诗派论课士豫章,率昧于题旨,鲜有当人意者。新建张扶长泰来吏部致政家居,耄犹好学,撰《江西诗派图录》,首述吕本中所论宗派,次总论,次小传,次与客问答,甚盛举也。"([清]宋荦撰,蒋文仙校点:《筠廊偶笔二笔》,上海古籍出版社,2012 年版,第 56 页)是知所谓"以江西诗派论课士豫章……甚盛举也",乃宋荦自言。又,查为仁(1693—1749)《莲坡诗话》第 171 则,亦见此条([清]丁福保编:《清诗话》,上海古籍出版社,2015 年版,第 530 页)。

② [清]曾廷枚述,曾燠编次:《西江诗话》卷中,第 4a 页。按:"红杏""春后",通行本分别作"丹杏""风后"。

《牡丹亭》一则,谓:"《临川四梦》掩抑金元,而《牡丹》为最,然非知音未易度也。故诗云:'伤心拍板无人会,自捎檀痕教小伶。'因思局促辕下者,不知轮扁斫轮有不传之妙。"①凡此之类,或因人及之,或因诗及之,皆是该诗话的逸出之笔。

二、湖湘诗话之《楚天樵话》《竟陵诗话》《湖北诗征传略》

(一)张清标、熊士鹏的生卒年及《楚天樵话》的作年

张清标的《楚天樵话》主要记录明清时期湖北、湖南地区的诗人诗作诗事,兼述楚地风物;诗话分两卷,各有 50、58 则,共 108 则②。熊士鹏的《竟陵诗话》主要记载上古至清代竟陵地区(今湖北省天门市)的诗人诗作诗事,亦涉两湖其他地区,共 155 则;其乃汇编诗话,所采资料只有 4 种,包括钟惺和谭元春的《诗归》、张清标的《楚天樵话》、彭石浪的《史疑》和自著的《吾同山馆杂记》。《吾同山馆杂记》为熊士鹏所作的随笔杂纂,内容多涉楚地诗人诗事,亦存士林掌故、个人交游等,是书除引用蔡复一《遁庵全集》、施闰章《愚山文集》、王士禛《池北偶谈》等书外,颇多自作。丁宿章《湖北诗征传略》数引该书。熊氏又有《吾同山馆试帖》《吾同山馆改课》等著,则吾同山馆或为其课徒之所。或以为"吾同山馆杂记"意谓"作者的《同山馆杂记》",误③。士鹏字两溟,一字莼湾,晚号东坡老民,竟陵人;嘉庆十年(1805)进士;曾任武昌府教授;著有《鹄山小隐诗集》十六卷、《鹄山小隐文集》十卷、《壮游草》两卷等,编有《竟陵文选》三卷、《竟陵诗选》十四卷。《竟陵诗话》附载于《竟陵诗选》之后,目前所见只有道

---

① [清]曾廷枚述,曾燠编次:《西江诗话》卷中,第 40a 页。按:"拍板",通行本作"拍遍"。

② 据清光绪十八年(1892)汉川甑山书院重刻本《楚天樵话》统计。

③ 何宝民主编:《中国诗词曲赋辞典》,大象出版社,1997 年版,第 1201 页。

光三年(1823)鹄山小隐刻本,藏上海图书馆等地。

张清标、熊士鹏二人相善,时相过从,但二人的生卒年均不甚清楚,以下试做考辨。但文恭《耄学集序》云:"时道光乙未,恭方调零陵首剧,适先生邮寄《耄学集》数卷,恭手浣蔷薇露,携读于潇湘清绝处,虚无缥缈,藐姑绰约之姿,宛然在望,觉今虽八十,尚如四十也。仙乎仙乎,其超今人而有友古人乎。"①道光乙未即道光十五年(1835),是年熊士鹏八十岁,则其生年当为乾隆二十一年(1756)。又,《耄学集》卷首载有清代著名画家黄均所绘的熊士鹏画像一幅并题诗,云:"神仙中人不易得,石作莲花云作台。至今八十如四十,茅山道士寄书来。"末有熊氏弟子史纪纶记云:"此甲午年黄谷原集唐题吾师画像也。"②道光甲午即道光十四年(1834),则其生年当为乾隆二十年(1755)。两者有一年之差,该以何者为准?甲午在前、乙未在后,古人一般以虚岁计算年龄。如果熊士鹏的生年在乾隆二十一年,那么至道光十四年,其年龄为虚79岁,不能称"至今八十";相反地,如果其生年在乾隆二十年,则至道光十四年恰好为虚80岁,至道光十五年为80周岁,称"至今八十"或"觉今虽八十",都没有问题。又,熊氏《耄学集》后附《耄学集续刻》,其中第二首为《八十四岁始用杖》,倒数第四首为《戊戌正月初二夜纪异》③。此处的戊戌即道光十八年(1838),上距乾隆二十年恰好是84年。如此,熊士鹏的生年当为乾隆二十年(1755)。《戊戌正月初二夜纪异》诗的末四句云"造化先垂象,殃祥早识机。为呼处堂芜,失尔慎言归",交织着窥破天机的志忑和趋向生命终点的隐忧。《耄学集》依年序编诗,该诗之后仅有

---

① [清]但文恭:《耄学集序》,[清]熊士鹏撰:《耄学集》卷首,《清代诗文集汇编》第444册,第748页。
② [清]熊士鹏撰:《耄学集》卷首,第749页。
③ [清]熊士鹏撰:《耄学集续刻》,《清代诗文集汇编》第444册,第812、817页。

3 首诗,很可能熊氏于当年即去世。如此,熊士鹏的卒年应在道光十八年(1838)或稍后。

关于张清标的生卒年,有学者定为乾隆二十二至五十二年(1757—1787)①,其卒年之见可以信从,生年之说则嫌武断。熊士鹏《荆湖知旧诗钞序》曰:"始予乾隆甲午岁,与张竹樵、星海读书芦浦,即有事乎诗。"②乾隆甲午即乾隆三十九年(1774),是年熊士鹏20岁,张竹樵既是同窗,年纪应该相仿。又,熊士鹏《周鹤汀六十寿序》曰:

> 丁巳九月十三夜,周鹤汀舟过横林,走伻邀余至舟中。……其子方拥被卧,家兄醉亭携茶饼啖之,已楚楚十龄矣,余始讶鹤汀今年亦六十也。记忆丁未八月秋,馆谷第一山,谭白畦邮余书,言张竹樵于初五日物故,魏汇古诸友移鹤汀生期于十四日,称觞上寿。……既而汇古死,白畦贫且病,余头颇如故,项下须已五寸余,而鹤汀尚强健,复生子且三岁,不意双珠近出老蚌,今忽忽六十。③

蒋寅先生认为此处的"丁未"乃是道光二十七年丁未(1847),故定张清标卒于该年④;又据《楚天樵话》卷上第 5 则"壬辰客沌阳……今相

---

①刘喻枫:《咏古怀人话楚天——清代汉川诗人张清标〈楚天樵话〉初探》,《长安学刊》2020 年第 6 期,第 70—72 页。

②[清]熊士鹏:《荆湖知旧诗钞序》,湖北省人民政府文史研究馆、湖北省博物馆整理:《湖北文征(全本)》第 9 卷,湖北人民出版社,2014 年版,第 58 页。

③[清]熊士鹏撰:《鹄山小隐文集》卷六,《清代诗文集汇编》第 444 册,第 580 页。

④金陵生(蒋寅):《〈楚天樵话〉作者张清标之卒年》,《文学遗产》1998 年第 4 期,第 121 页。

距十三年"云云,推测该书作于道光二十五年(1845)①。此论似有疏
失。道光三年癸未(1823)熊士鹏编成《竟陵诗选》,并撰《竟陵诗
话》,其中46则摘录自《楚天樵话》。故张书不可能作于道光二十五
年,张氏亦不可能卒于二十七年。那么,此处的"丁未"只能是乾隆五
十二年丁未(1787)。又,熊士鹏《鹄山小隐诗集》卷五《悼张竹樵(二
首)》诗前小序云:"白苇黄茅,三十日之冥鸿遂杳;红灯绿酒,十四年
之旧雨何堪?"②所谓"十四年之旧雨",是说张清标与自己相识距今
已有14年。由此前推14年,正好是乾隆三十九年甲午。是则,张清
标的卒年在乾隆五十二年(1787)。同时,上述诗话中的"壬辰"应该
是乾隆三十七年(1772),是则《楚天樵话》的作年当在乾隆四十九年
(1784)。又,《[同治]汉川县志》卷十七载:

> 　　张清标,字令上,号竹樵,少负异姿,读书十行俱下,刻苦无
> 寒暑。间所为诗、古文、词,使笔如飞,长啸高歌,人莫能测其底
> 蕴。好订证古今人物故实,于楚中文献尤留心考辑。自弱冠为
> 诸生,名噪艺林二十年。清标死,其父恸其才命不偶,取生平著
> 作焚之,存者有《咏史诗》《樵唱轩集》《竹樵诗集》《楚天樵话》
> 《楚诗选》《剑侠吟》,载著录志。③

据此,张清标约四十岁即辞世,壮年而卒,故有"才命不偶"之痛惜。
需要指出的是,光绪十八年(1892)汉川甑山书院重刻本《楚天樵话》
卷首有刘洪烈《楚天樵话跋》,其中有云:"先生博洽渊雅,名噪艺林

---

① 蒋寅:《清诗话考》,第536页。
② [清]熊士鹏撰:《鹄山小隐诗集》卷五,《清代诗文集汇编》第444册,第399页。
③ [清]德廉、袁鸣珂修,[清]林祥瑗纂:《[同治]汉川县志》卷十七《列传下·文
　苑》,清同治十二年(1873)刻本,第12a—12b页。

者数十年。所著诗、古文、辞及考订经史诸书,殁之日,其父恸其才命不偶,取投之火,遗有《樵唱轩集》《竹樵诗集》《咏史诗》《楚诗选》《剑侠吟》《楚天樵话》。"①所记与县志大体相同,可见确有清标父亲焚稿之事,只是"名噪艺林数十年"之言,恐有不确。果若如此,其父何以"恸其才命不偶"? 两相比较,县志"名噪艺林二十年"之语,比较契合情理。以此推之,张清标的生年当在乾隆十三年(1748)或稍前。

(二)《楚天樵话》《竟陵诗话》的诗学观念及其对乡贤的回护

《竟陵诗话》《湖北诗征传略》均是汇编诗话,不主于诗论,其诗学观念比较隐晦。不过,《竟陵诗话》所载的《吾同山馆杂记》对钟、谭及竟陵诗派颇见维护。其文曰:

> 伯玑《复愚山书》云:"伯敬所处在中、晚之际,复为党论所挤。当时以大行拟科,忽出而为南仪曹,志节不舒,故文气多幽抑处,亦如子厚之不能望退之也。党论以十乱呼之,与邹臣虎诸公同列,皆好学孤行,不肯逐队之士,几同子厚见累于王叔文矣。'冷'之一言,其诗、其文皆主之,即从古人清警出,如东坡《留侯论》。且其意不在书,史迁赞留侯,意为魁梧,乃如妇人女子,此皆是冷处,岂以专近寂寞,不用事、不换字为冷乎?"不俗之说,尤为至言。……伯敬之究心经、史、庄、骚,以宦为隐,以读书为宦,其人实不可及,而于友谊尤笃。惟徐元叹、张草臣诸君绝不师古,附和景陵灵朴之说,日趋俚弱,致伯敬独受恶名,词场诸公无

①[清]刘洪烈:《楚天樵话跋》,《楚天樵话》卷首,清光绪十八年(1892)汉川甑山书院重刻本,第1b页。

不相讥刺,何哉?①

陈允衡(1636? —1672),字伯玑,江西南城人,与王士禛时相过从,工五言诗,著有《爱琴馆集》等。愚山是施闰章的号。此处熊士鹏借伯玑的书信,为竟陵派特别是钟惺正名,指出俚俗并非钟氏和竟陵派之过。在下一则诗话中,熊氏进一步发挥此说:"予于钟、谭二公诗,探幽索隐,各取其胜。其尚有奇奥之语、深秀之词,犹珍如吉光片羽,非拾沈者比也。……后来词坛诸公,群吠同噪,忌其名太盛也。使当日不登坛,不著书立说,如陈白云、宋登春辈甘心枯落,一旦为诸公得之,能不叹为嵚崎历落之士?"②以钟、谭奇奥深秀之诗,反击俚俗之讥,不失为一法,只是转以嫉妒立论,恐难服众;且较之前文,此处更见情绪化,可见回护乡贤之心切。

《楚天樵话》亦竭力颂扬乡贤。如第11则,记清初湖湘诗歌名家刘杜三、王岱,曰:"刘词旨清深,有老树着花之态,王意态雄杰,有鲸鱼拔浪之观,皆超超然不染竟陵派者,国朝名家中亦当称上驷。乃渔洋《感旧集》仅录其劣者数篇,而沈归愚《别裁》竟概从芟薙。然则文人铢肝刿肾,其清裁妙制埋没故纸堆中者何可胜道,选家爱憎不一而自谓沧海无遗珠,果足信与?"③对于刘、王之诗不见重于王士禛和沈德潜,张清标直斥是他们"爱憎不一"的私心作祟之故,回护乡贤之心,可见一斑。又,第24则谓:"嘉隆间王、李登坛,天下翕然宗之。吾楚诗人与相酬唱者,吴明卿外,复有蒲圻魏润甫裳、京山高伯宗岱,

①[清]熊士鹏撰,郭星明、周雪晴点校:《竞陵诗话》卷一,张寅彭编纂,姚蓉点
　校:《清诗话全编·嘉庆期》(五),上海古籍出版社,2022年版,第2965页。
②[清]熊士鹏撰,郭星明、周雪晴点校:《竞陵诗话》卷一,张寅彭编纂,姚蓉点
　校:《清诗话全编·嘉庆期》(五),第2966页。
③[清]张竹樵撰:《楚天樵话》卷上,第4b页。

皆铁中铮铮。伯宗五言如《出塞》云：……润甫七言如《送万章甫兵宪滇南》云：……皆气格高亮之作，置之王、李集中，几不能辨。"①张清标认为魏裳、高岱之诗，可与王世贞、李攀龙相伯仲，可谓推崇备至。或许是因为恭敬桑梓之心太过，张清标将皎然、严羽都认作楚人，所谓"吾楚诗僧皎然"②、"宋严沧浪羽，湖南樵川人"云云③，令人讶异。张清标、熊士鹏对"吾楚"的高扬，应该与竟陵派在清初受到批判而消失之后，楚地诗学总体比较落寞有关，二人希冀通过对乡邦风物和先哲诗事的记载，重振楚诗。

　　张清标的诗论，在《楚天樵话》中最可注意的有两点，其一是兼宗唐宋，无门户之见。第 33 则曰："操觚家略能拈弄，便自诩三唐，不知宋人诗亦有不易及者。如米襄阳《甘露寺》云：……今谈艺家皆一笔勾之。"④又，第 61 则论及杜濬的长诗《初闻灯船鼓吹歌》，曰："行文尚体要，气格、声调次之。茶村(引按：杜濬之号)扫去依傍，一灯船琐事，而衡其盛，则推原江陵之当国；考其衰，则归咎马、阮之秉政。一篇中，于理乱兴亡三致意焉。能使读者痛痒无端，久之欷歔太息而不自禁，是谓能见其大。若但讲格律、声调，则当时名士优为之，要不足以下铜仙之泪，脱缠臂之金也。"⑤可见，张清标主张诗歌要以立意深远为先，格律声调次之；而立意之"大"者，乃在治乱兴亡。

(三)《湖北诗征传略》概述

　　《湖北诗征传略》是清末学者丁宿章于光绪四年至七年(1878—1881)编纂的一部大型郡邑诗话，以人为目，以地分置，辑录先秦至清

---

①[清]张竹樵撰：《楚天樵话》卷上，第 9a—9b 页。

②[清]张竹樵撰：《楚天樵话》卷上，第 5a 页。按：皎然，唐代诗僧，俗姓谢，字清昼，吴兴(今浙江省湖州市)人。

③[清]张竹樵撰：《楚天樵话》卷上，第 14a 页。

④[清]张竹樵撰：《楚天樵话》卷上，第 12a 页。

⑤[清]张竹樵撰：《楚天樵话》卷下，第 4b 页。

末湖北各地已故诗人及其诗作诗事。丁宿章（1829—?），字星海，湖北孝感人，光绪贡生。其书《凡例》云："诗人冠以传略，用殷璠《河岳英灵集》例。又仿朱竹垞《明诗综》《静志居诗话》例，选载诸家评语，间采零句断章，而于诗人之伟节畸行，必详纪之。不仅备一代之文献，且使读其诗知其人。"又云："征诗与选诗，似相类而实不相侔。于寻章摘句之中，寓知人论世之义。以诗存人，亦以人存诗。凡忠孝节烈、理学文苑及方外闺秀、艺术童稚，莫非山川间气所钟。其人虽不尽以诗名，而一行足称、一言足纪，即未容任其迹匿声销。兹编于此等处特加之意，或见谅于兴观之君子，而免冗滥之讥焉。"①可见，《传略》之体例除循先哲撰著外，更增以"艺术童稚"，约略可窥时代之变；至若其鹄的，既以诗存人又以人存诗，则兼宗前人之意也。全书征引书目达 180 种②，其中包括《楚天樵话》《竟陵诗话》，但所引文字与两书的通行本间或有异，甚至有未见者，而《楚天樵话》《竟陵诗话》两书的关系又至为密切，因此三者在文献层面有剪不断理还乱的复杂关系，在清代郡邑诗话中亦属罕见，体现了郡邑诗话的文献价值。对于这一点，本书将在末章予以详述，在此暂且按下不表。

三、畿辅诗话之《天津诗话》《红豆树馆诗话》

（一）最早的津门诗话《天津诗话》

梅成栋《天津诗话》附见于《津门诗钞》卷二十末，不像其他附集诗话散见于全编。第 11 则云："余少年著诗话一卷，久为人携去，茫

---

① ［清］丁宿章辑，陈于全点校：《湖北诗征传略·凡例》，华中科技大学出版社，2021 年版，第 6 页。
② 据陈于全点校本《湖北诗征传略》附录三《引用书目》统计，详参该书第 1278—1282 页。

不记忆,幸朴亭钞有副本,及今岁辑诗钞,颇得其用,亦朴亭力也。"①疑即《天津诗话》,如是,则该诗话是梅成栋少年之作,其成书时间还要上推二十年左右。只是暂无其他旁证,故存而备考。梅成栋(1776—1844),字树君,号吟斋,嘉庆庚申(1800)举人,官永平训导;道光六年(1826)与友人组梅花诗社,为一时风会所系;著有《四书讲义》《吟斋笔存》《欲起竹间楼存稿》《欲起竹间楼古文》《管见篇》等。《津门诗钞》成书于道光四年(1824),是天津地区的第一部诗歌总集。《天津诗话》仅16则,除抄录查为仁《莲坡诗话》、袁洁《蠡庄诗话》等资料外,多为自撰条目,颇记友朋、弟子诗事。其中第1则抄录纪昀《滦阳消夏录》中的一则故事:"天津孟生文熺,有俊才,张石粼先生最爱之。一日扫墓归,遇孟于路旁酒市,见其壁上新写一诗曰:'东风剪剪漾春衣,信步寻芳信步归。红映桃花人一笑,缘遮杨柳燕双飞。徘徊曲径怜香草,惆怅乔林挂落晖。记取今朝延伫处,酒楼西畔是柴扉。'诘其所以,讳不言。固诘之,始云:'适于道侧,见丽女,其容绝代,故坐此,冀其再出。'张问其处,孟手指之。张大骇曰:'是某家坟院,荒废久矣,安得有是?'同往寻之,果见马鬣蓬科,杳无人迹。"②此篇虽曰诗话,实已涉入志怪;而梅氏撰诗话以纪昀之文为首,盖以其为乡邦之光也。《天津诗话》以记事为主,诗论不显,偶见评点,亦甚简短。如,第12则评金朴亭绝句"轻脱有致"、第13则评张也痴诗"雄旷可喜"③,俱简扼分明。此外,第5则记:

天津武孝廉沈毓德,其兄为仇所殴。孝廉闻之,持刀赴救,

①[清]梅成栋纂,卞僧慧、濮文起校点:《天津诗话》,《津门诗钞》卷二十附,天津古籍出版社,1993年版,第638页。

②[清]梅成栋纂,卞僧慧、濮文起校点:《天津诗话》,第634页。

③[清]梅成栋纂,卞僧慧、濮文起校点:《天津诗话》,第638页。

得生。仇势众，环数十人刺之，孝廉溃围出，众复围之，自背后刺
而死。事在嘉庆庚午年。栋哀之，为赋《义弟行》……①

向来的郡邑诗话多载文士，本则诗话述武举人，甚为特别。总之，《天
津诗话》作为目前可见的最早的津门地区诗话，虽然篇帙精悍，但有
可观之处。

（二）内容丰富的《红豆树馆诗话》

陶樑的《红豆树馆诗话》附载于其辑录的畿辅诗歌总集《国朝畿
辅诗传》。

陶樑（1772—1857），字宁求，号凫芗，一作凫香，江苏长洲（今江
苏省苏州市）人；嘉庆十三年（1808）进士，历官至礼部侍郎；著有《红
豆树馆诗稿》等。道光十二年（1832），陶樑任大名知府，开始编辑
《国朝畿辅诗传》，至十八年（1838）成书，次年付梓。在体例上，《国
朝畿辅诗传》以人为目，名下先附小传，次引诸家评论，其中尤多《四
库全书总目》，再间附《红豆树馆诗话》。该诗话长短不拘，内容丰
富，大体不出以下数种。

其一，交代选录理由。《国朝畿辅诗传》首列李霨，条下列诗
话云：

> 国朝定鼎之初，北方实多贤辅，而文章彪炳，开一代风气之
> 先者，首推坦园相国。盖承其父文敏公国㰅遗训，黼黻升平，殚
> 心献替，不动声色，勋业伟然。今读《坦园集》，六代三唐，合炉而
> 治，联珠缀玉，蔚为盛世元音，以视唐之燕、许，宋之杨、刘，洵足
> 方轨齐轸。故著录较多，为是集冠冕焉。②

---

① ［清］梅成栋纂，卞僧慧、濮文起校点：《天津诗话》，第635页。
② ［清］陶樑辑，江合友、程宇静点校：《国朝畿辅诗传》卷一，第2—3页。

其二,补充人物小传。如,卷四十四"孙维龙"条下诗话云:

> 乾隆癸巳六月,金川木果木之难,文臣死事者,二十有六人。北人孙勰堂外为常理斋纪,承德人,丁丑进士,官四川崇庆州知州。倪鹏,临榆人,官布政司照磨。罗载堂,宛平人,官合州吏目。周国衡,宁河人,官秀山县主簿。许济,东安人,官纳溪县典吏。同遇害,而勰堂暨常君死尤惨烈,详见王兰泉司寇《慰忠祠碑》。案:常君负文名,著有诗集,曰《爱吟草》,武功张洲为作行状,倪、罗诸君他无表见,故附记之。①

其三,留心乡邦文献。如,卷七"范士楫"条下诗话云:

> 箕生,崇祯丁丑成进士,官阳曲、洪洞两县令。入国朝为选司郎中,申明铨法,以不阿忤权要告归。其父文源,明缮司郎,曾辑《范阳志略》一书未竟。箕生致仕后,踵而成之,虽文笔诘屈,而网罗散佚,亦足备一邑文献也。②

其四,记载诗坛轶事。如,卷四十五"李殿图"条下诗话云:

> 乾隆乙未会试,公充同考官,吴穀人祭酒出公门下。方公获祭酒卷,力荐,总裁为无锡嵇文恭公璜,赏吴制艺,而五策征引博奥,疑有舛误,欲摈之。公力争,并于每条下疏其来历,凡数纸。文恭惊服,祭酒遂获本房首选。撤闱后,公作诗纪事,亦科场嘉

① [清]陶樑辑,江合友、程宇静点校:《国朝畿辅诗传》卷四十四,第1275页。
② [清]陶樑辑,江合友、程宇静点校:《国朝畿辅诗传》卷七,第195—196页。

话也。①

其五，评论诗人诗作。如，卷五十一"舒位"条下诗话云：

> 所作合骚掩雅，矞奇洒落，虽极意驰骋而无羿驾之虞，盖君博涉群籍，性情根柢载之以出，非枵腹从事、拘牵格律者比。②

《红豆树馆诗话》尤所重者，乃畿辅重要人物或诗坛领袖，常常不吝笔墨，详细表而出之。如，卷三十九"翁方纲"条下诗话云：

> 乾隆中畿辅前辈以宏奖风流为己任，首推朱文正、纪文达两相国，而覃溪先生鼎峙其间，几欲狎主齐盟，互执牛耳。通籍以后，屡持文柄，英才硕彦，识拔无遗，厥后多以文名。冯编修敏昌、吴刺史嵩梁其尤著也。《复初斋诗集》大概体分两种：金石碑版之作，偏旁点画，剖析入微，折衷至当；品题书画之作，宗法时代，辨订精严，瓣香在苏、黄二家间，取元裕之、虞道园，征文考典，几于无一字无来历，而雄杰之气、峭拔之笔相辅以行，摆脱町畦，别开奥突，举神韵、风格、性灵诸说皆不足以囿之，匪独为畿辅诗人一大宗，实近日文章家所未有也。生平嗜古成癖，使节所莅，残幢断碣，必多方物色，摹揭以归，鉴藏之盛，甲于北方。正书法虞永兴、欧阳率更，《化度》一碑，尤所得力。行书得《兰亭》神韵，晚年以苏、米之法行之，八十余犹日作蝇头书以自课。苏斋储书数万卷，丹黄几遍，盖先生天赋奇禀，神明不衰，殚心研

① ［清］陶樑辑，江合友、程宇静点校：《国朝畿辅诗传》卷四十五，第1309页。
② ［清］陶樑辑，江合友、程宇静点校：《国朝畿辅诗传》卷五十一，第1492页。

究,老而弥笃,诚儒林文苑中一代伟人矣。①

翁方纲(1733—1818),字正三,一字忠叙,号覃溪,晚号苏斋,顺天大兴(今属北京市)人;乾隆十七年(1752)进士,授编修;历任广东、江西、山东学政,官至内阁学士;著有《复初斋诗文集》《粤东金石略》《苏米斋兰亭考》《石洲诗话》等。诗话称翁方纲"征文考典,几于无一字无来历",揭示了翁氏精于考证的学术特点,而其诗学理论也渗透了这一特点。所谓"举神韵、风格、性灵诸说皆不足以囿之",就是指他发展出一套不同于王士禛"神韵说"、沈德潜"格调说"和袁枚"性灵说"的新理论,即以"肌理说"为底层理论的学人诗论。蒋寅先生说翁方纲是"乾隆朝著名诗论家中最致力于学术研究、最具有学者色彩的一位,他的诗学也是当时最具有学术性的","直接影响到嘉道以后的学人诗观念,成为清代后期学人诗风的理论号角"②。此论高屋建瓴,堪为的论。需要指出的是,翁方纲的书法成就、学术研究、诗学建构等,固然可称当世一流,但陶樑在《红豆树馆诗话》中说他是"近日文章家所未有""儒林文苑中一代伟人",似不免过誉乡党。翁方纲以学理贯穿诗学,将经史考订等阑入诗歌创作,模糊了诗歌的固有特质,成为质实偏枯的"学问诗"。对此,古今不乏针砭者。钱锺书先生在《谈艺录》"学人之诗"中说:"同光以前,最好以学入诗者,惟翁覃溪。随园《论诗绝句》已有夫己氏'抄书作诗'之嘲。而覃溪当时强附学人,后世蒙讥'学究'。以诡痴符、买驴券之体,夸于世曰:'此学人之诗';窃恐就诗而论,若人固不得为诗人,据诗以求,亦未可遽信为学人。萚石、覃溪,先鉴勿远。"又在"金诗与江西诗派"中直

————————

① [清]陶樑辑,江合友、程宇静点校:《国朝畿辅诗传》卷三十九,第1120—1121页。
② 蒋寅:《清代诗学史(第二卷):学问与性情(1736—1795)》,第552页。

言："翁覃溪之流似只读论诗文之语,而不读所论之诗文与夫论者自作之诗文,终不免佣耳赁目尔。"①此虽一家之言,却寓省思之意。

四、岭南诗话之《玉壶山房诗话》《茶村诗话》

(一)专注诗论的《玉壶山房诗话》及其诗学思想

《玉壶山房诗话》附载于刘彬华的《岭南群雅》,该书编成于嘉庆十八年(1813)。刘彬华(1771—1829),字藻林,一字朴石,广东番禺人;早慧,乾隆五十年(1785)即中举,嘉庆六年(1801)中进士,改庶吉士,授编修,后以侍母辞归;先后主端溪书院、越华书院讲席,课徒著书,辑有《岭南群雅》《岭南四家诗钞》等。《岭南群雅》共分三集:《初集》三卷、《二集》三卷、《初补》二卷,收录乾隆、嘉庆间岭南诗家94目,其中宋湘于《二集》卷一、《初补》卷下两见之,故实收93家,诗一千五百余首。三集体例一致,均以人为目,先述小传,间附《玉壶山房诗话》,后录诗作,无有他人评语,与许乔林《胸海诗存》体例相同。集中所见《玉壶山房诗话》,据陈允锋先生统计,共有64则②。

纵观《玉壶山房诗话》,知其主于诗论,罕及诗事,亦少传人,与此期其他附集郡邑诗话颇有不同。诗话对岭南名家尤为关注,其中就包括"粤东三子"张维屏、谭敬昭、黄培芳。《岭南群雅二集》卷二有诗话分别论云:

> 南山(引按:张维屏之号)诗出入汉、魏、唐、宋诸大家,取材富而酝酿深,气体则优爽高华,意致则沉郁顿挫。③
>
> (谭敬昭)举止雍容,吐属温雅,盖深于诗者也。鱼山(引

---

① 钱锺书:《谈艺录》,生活·读书·新知三联书店,2020年第3版,第464、412页。
② 陈允锋:《古典诗学述论》,中央民族大学出版社,2017年版,第188页。
③ [清]刘彬华撰:《岭南群雅二集》卷二,《续修四库全书》第1693册,第251页。

按:冯敏昌之号)亟称其乐府一体,独出冠时。近者黄苍厓(引按:黄乔松之号)出示其集,风格清超,飘飘有凌云之气。观其《论诗》诸作,高挹群言,瓣香当不在青莲以下。①

吾粤黄文裕公为前明名儒,家学相承,世传儒雅,子实(引按:黄培芳之字)其云孙也,初师事西畴田君,既又游余门,慕古嗜学,冯鱼山先生最器重之,覃溪(引按:翁方纲之号)学士所称"粤东三子",子实其一也。性恬静,然闻登临揽胜,辄神动色飞。尝三游罗浮,于绝顶筑粤岳祠,以观日出,自号粤岳山人。又以前人志罗浮者,多详于罗而略于浮,乃作《浮山小志》以补其阙,于攀崖蹑磴时,用心缜密如是,其诗境亦缘是益进。盖山水清音,兼有琴筑钟镛之奏,冲和骀宕,旨趣遥深矣。②

"粤东三子"是嘉道年间岭南地区颇有影响的诗人群体。嘉庆十六年(1811),黄乔松选三人之诗为《粤东三子诗钞》,翁方纲作序,"粤东三子"遂名扬天下。《玉壶山房诗话》所谓"覃溪学士所称'粤东三子'"即指此。不过,翁方纲在序中并未细致评价"三子"诗歌,而是借之宣扬自己的诗学主张,曰:"士生今日,宜博精经史考订,而后其诗大醇。诗必精研杜、韩、苏、黄以厚根柢,而后其词不囿于一偏。"③刘彬华称张维屏之诗"出入汉、魏、唐、宋诸大家,取材富而酝酿深",与翁方纲的诗学期待相契;称黄培芳家世儒术,慕古嗜学,又善补阙,故诗境日进,与翁方纲的诗艺取向相侔。是则翁氏为"三子"诗钞作序,并非虚应故事,自因意脉相通。由此也可见,刘彬华对"三子"的

①[清]刘彬华撰:《岭南群雅二集》卷二,《续修四库全书》第1693册,第264页。
②[清]刘彬华撰:《岭南群雅二集》卷二,《续修四库全书》第1693册,第286页。
③[清]翁方纲撰:《粤东三子诗序》,《复初斋集外文》卷一,《清代诗文集汇编》第382册,第638页。

评价不是局限于岭南诗学的区域立场,而是立足于主流诗学的地方呼应。另外,他对"三子"诗歌不同特质的揭示,也有助于人们理解其诗歌风貌。

除"粤东三子"外,刘彬华对清代中期的粤诗巨擘宋湘也特别关注,《岭南群雅》三集,先后两置其目,为集中唯一。《二集》卷一诗话云:

> 芷湾(引按:宋湘之号)前辈既负绝人姿,又肆力矜古,诸为文章醇而后肆,襟抱豪迈,故挥毫洒翰皆具倜傥权奇之慨。诗沉郁顿挫,直逼少陵。《丰湖》以后诸篇,又有大峨(引按:指苏轼)遗韵。要其磊磊落落,实从真性情淴涌而出,自成为芷湾之诗,未尝规规于前贤格调也。比来梅州诗人,若绣子、秋田"二李"、石亭、秋岚"二叶",并称杰出,皆自芷湾倡之。①

诗话力赞宋湘天赋异禀,雄迈健拔,以情驭诗,直逼杜苏,"芷湾之诗"之誉,则见其卓然一家矣。《清史列传》卷七十二《宋湘传》吸收了本则诗话的评语,谓:"湘负绝人姿,又肆力于古,为文章醇而后肆,诗沉郁顿挫,直逼少陵。粤诗自黎简、冯敏昌后,推湘为巨擘。"②又,《初补》卷下云:

> 比余补辑《群雅》,适芷湾前辈自滇寄示《红杏山房近诗》二卷,才力益健,不名一格,大抵沉健得之杜,豪快得之苏,而忽如腾天,忽如入渊,忽而清清泠泠,忽而熊熊焕焕,则出于性灵而自

---

① [清]刘彬华撰:《岭南群雅二集》卷一,《续修四库全书》第1693册,第212页。
② 王钟翰点校:《清史列传》卷七十二《文苑传三》,中华书局,1987年版,第5978页。

成面目者也。①

此处再论宋湘之诗,亦指其诗本乎性情之真,或沉郁顿挫,或豪放不
羁,均不固守一家,"不名一格"。这也是刘彬华的主要诗学思想。
《岭南群雅初补》卷下"漆璘"条下诗话又云:

> 沈归愚论诗贵含蓄不尽,袁简斋颇不然其说。余谓和风之
> 蕴藉、流云之驺宕、回波之沖溶,其妙在含蓄不尽;惊飙溯滂,骇
> 浪溃瀑,震动心目,其妙又在无含蓄而尽;管弦奕煜,金石铿鏚,
> 戞然忽止,又妙于尽而不尽;冈峦萦纡,涧谷幽邃,豁然忽开,又
> 妙于不尽而尽。诗人之言似之,非可以一端竟也。东樵(引按:
> 漆璘之号)诗又直撼胸臆,踔厉无前,实妙于尽,而怀旧思古,真
> 挚沉著,其笔则快,其情自深,亦复不名一格。余与东樵游处二
> 十年,其心地憨直,不留丝毫,观其诗可以知其人。②

本则诗话以沈德潜之说、袁枚之异议为发端,纵论诗歌韵致问题,指
出"含蓄不尽"仅其一端,"无含蓄而尽""尽而不尽""不尽而尽"也
是妙境,所见不落窠臼,启人遐思,在诗歌批评史上应居一席之地。
　　总之,刘彬华对清初以来流行诗坛的沈德潜"格调说"、袁枚"性
灵说"等诸家诗说,均不执守,更无门户之见,而是强调出乎本心,不
名一格。这一点在当世的诗坛显得比较特殊,也是其诗论的诗学史
价值之所在。
　　(二)《茶村诗话》作者考辨、文本特点及其诗学观念
　　《茶村诗话》附载于伍崇曜辑录、谭莹校字的《楚庭耆旧遗诗》

---

① [清]刘彬华撰:《岭南群雅初补》卷下,《续修四库全书》第1693册,第348页。
② [清]刘彬华撰:《岭南群雅初补》卷下,《续修四库全书》第1693册,第362页。

前、后、续三集。伍崇曜(1819—1863),字良辅,号紫垣,广州府南海县人;岭南巨富,素耽风雅,致力于整理乡邦文献,在谭莹的协助下校刻《粤雅堂丛书》《岭南遗书》《楚庭耆旧遗诗》《粤十三家集》等。谭莹(1800—1871),字兆仁,号玉生,南海人;道光二十四年(1844)举人,先后署多地学官,后协助伍崇曜校刻群书;著有《乐志堂文集》《乐志堂文续集》《乐志堂诗集》等。《楚庭耆旧遗诗》是一部广东地区的诗歌选集。广东古为百粤之地,为楚所灭,亦被视为楚地,故称"楚庭"。《楚庭耆旧遗诗》有前集二十一卷、后集二十一卷、续集三十二卷,收乾隆至道光间广东诗人诗作,人各一卷,共收 70 人,多与伍、谭相识。三集体例相同,皆先于名下系以爵里字号,然后附以诸家评论或《茶村诗话》。

　　关于《茶村诗话》的作者,学界或以为是伍崇曜。程中山先生《〈茶村诗话〉考述》谓:"《楚庭耆旧遗诗》共选乾隆至道光年间七十位广东诗坛大家、名家或作手。本书于入选各家,诗前均缀有作者小传。次列谭莹及伍崇曜两家诗评为主,前者诗评,标为'谭玉生云',后者诗评,标为'茶村诗话'。间亦采诸家评论,如刘朴石(彬华)、张南山(维屏)、谭康侯(敬昭)、陈仲卿(昙)等。"①蒋寅先生《清诗话考·清诗话待访书目》"茶村诗话"条下云:"佚名撰。此书不见著录,仅见张维屏《艺谈录》引张青选、吴应逵、黄德峻三条,《楚庭耆旧遗诗》前集七引宋湘条。"②李清华博士在其《清代地域诗话研究》中说:"伍崇曜、谭莹《楚庭耆旧遗诗》前后集四十二卷,收录乾隆、嘉庆间广东诗人诗作,伍崇曜评论署名'茶村诗话',谭莹评论则署'谭玉生云',内容皆是在校雠过程中对于诗人生平、诗作等内容的论

----

①程中山:《〈茶村诗话〉考述》,吴宏一主编:《清代诗话考述》,第 979—980 页。
②蒋寅:《清诗话考》,第 165 页。

述。"①是则《茶村诗话》为伍崇曜之作。然而,他在《清人诗学书目辑补》一文中又认为《茶村诗话》乃伍东坪、伍霖川所撰,证据来自谭莹为伍崇曜代笔的《楚庭耆旧遗诗序》和《楚庭耆旧遗诗续编序》②。此说实误。

《楚庭耆旧遗诗序》见谭莹《乐志堂文集续集》卷一,其中有云:

> 岭海人才庆遭逢而辈出,理原合辙,艺擅颛门,玲珑其声,波澜莫二,并当甄录,俾益流闻者也。爰与学博露钞雪纂,好写留真,或称昆弟之交,或属丈人之行,或执业所曾事,或闻声辄相思,或望重纪群,或姻联秦晋,裨残补缺,刘楚芟芜,或与古维新,或当今无辈,或精思能至,或偏嗜所存,得前、后《集》各若干卷,署曰《楚庭耆旧遗诗》,末附东坪先伯、霖川先从兄著撰焉,亦元遗山《中州集》、小长芦叟《明诗综》例也。讥遗佚以奚辞,待搜罗其敢缓,寿之剞劂,慰彼英灵。③

"学博"是对学官的雅称,这里指谭莹,因其曾任肇庆府学、嘉应州学等地教授、训导也。该序是谭莹代伍崇曜而写,以伍氏的口吻写就,故有此用。后文中的"东坪先伯、霖川先从兄"云云,亦复如是。《楚庭耆旧遗诗》前、后、续三集的体例均是以人为目,人各一卷,名下先列个人小传,再附各家评论和《茶村诗话》,最后选录其诗。其辑评凡引自某人者,均以"人名+云"的方式领起,如"谭莹云""刘朴石云"

---

① 李清华:《清代地域诗话研究》,第 133 页。

② 李清华:《清人诗学书目辑补》,李德强编:《清代诗学文献整理与研究》,第 441 页。

③ [清]谭莹撰:《楚庭耆旧遗诗序(代)》,《乐志堂文集续集》卷一,《续修四库全书》第 1528 册,第 366 页。

"张南山云""谭康侯云""陈仲卿云""谢澧浦云""顾南雅云""徐铁孙云""黄石溪云""罗萝村云"等，无一例外。凡引自《茶村诗话》者，径标书名而不署著者。大约正是如此，李清华博士推测"末附东坪先伯、霖川先从兄著撰焉"就是指《茶村诗话》。《楚庭耆旧遗诗》以小传、辑评、诗话、诗选四者结合，此一体例肇自元好问编纂的《中州集》，以传系人，以人系诗，每人各为小传，述其生平事历兼评其诗，传、评、话混融于一，至朱彝尊辑录《明诗综》，则将传、评、话、诗分开，此体终备。两集在后世多有追仿者。元末顾瑛编纂《草堂雅集》、明末钱谦益编纂《列朝诗集》、清代阮元编纂《淮海英灵集》等皆步武前者；清代郑王臣编纂《莆风清籁集》、王昶编纂《湖海诗传》、徐世昌编纂《晚晴簃诗汇》等皆借鉴后者。《楚庭耆旧遗诗序》称"元遗山《中州集》"是就此体的创始者而言，称"小长芦叟《明诗综》"则是就此体的赅备者而言，可见其严谨。所谓"末附东坪先伯、霖川先从兄著撰焉"并不是指《茶村诗话》，而是指《楚庭耆旧遗诗后集》最后两卷收录的是东坪先伯、霖川先从兄的诗歌。伍秉镛，字东坪，又字序之，贡生，曾任湖南岳、常、澧观察，著有《渊云妙墨山房诗钞》。《楚庭耆旧遗诗后集》卷二十有其小传，并录《茶村诗话》云：

> 东坪先伯宦情本淡，归田后日以诗画自娱，犹获交冯鱼山、黎简民诸子，故所作具有根柢。……乙酉春，常与先兄文川茂才校刊其遗集，兹谨录其尤服膺者，与从兄霖川上舍所作，并附《楚庭耆旧遗诗》卷末焉，庶几老成典型，流风不沫。[1]

此言正与《楚庭耆旧遗诗序》若合符契。更重要的是，如果《茶村诗

---

[1]　[清]伍崇曜编纂：《楚庭耆旧遗诗后集》卷二十，清道光二十三年（1843）南海伍氏刊本，第 1b—2a 页。

话》是伍秉镛所撰,怎么可能称"东坪先伯"? 相反地,此言正是伍崇曜作《茶村诗话》的证据。又,《楚庭耆旧遗诗后集》卷二十一载:伍宗泽,字振绪,一字霖川,监生,著有《随笔录》;又附《茶村诗话》云:

> 霖川再从兄幼即喜吟诗,屡举不第,年三十三竟卒,故稿中多噍杀抑塞之音。金谷已沦,玉楼遽召,天胡此酷? 然就诗而论,殆吾家白眉也。岁戊子,与簧山侄校刻其遗诗,而簧山暮草亦宿矣。悲夫![1]

此言透露了伍崇曜要将二人附载《后集》之末的原因,不惟怜惜先兄其才,更为彰显家族风雅。事实上,《楚庭耆旧遗诗续集》编辑时,伍崇曜也将家族诗人附在其末。该集共三十二卷,最后三卷分别载录伍元华、伍元菘、伍肇基。元华字仪一,又字春岚。《茶村诗话》云:

> 先四兄春岚都转善画能诗。余于岁癸巳过夏都门,遽闻诏赴玉楼,尚冀书储金匮,乃仲冬抵里,清河之集不存,红杏之词莫购,是可伤已。……爰甄录以并六弟秋舲之作,附《楚庭耆旧遗诗续集》后焉。[2]

"六弟秋舲"即伍元菘,《续集》卷三十一录其《登白云山访同珍上人》等诗。《续集》末卷录从侄伍肇基《过南婆庄》等诗,并附《茶村诗话》云:

> 簧山(引按:肇基之字)从侄夙擅诗才,尤精画理,从余读书

---

①［清］伍崇曜编纂:《楚庭耆旧遗诗后集》卷二十一,第 2b 页。
②［清］伍崇曜编纂:《楚庭耆旧遗诗续集》卷三十,第 1b 页。

万松园最久。……辑选遗集,不禁泫然于玉折兰摧也。①

其中意绪,一如前、后二《集》。总之,将《茶村诗话》之作系于伍东坪、伍霖川,肇因于文本误读,自不足信。又,《楚庭耆旧遗诗》前、后、续三集,"谭莹云"和《茶村诗话》时时并见,甚至后者曾引用前者。《后集》卷一"吴兰修"条下《茶村诗话》有"谭玉生明经《论词绝句三十二首》专论岭南人"云云②。可见,谭莹不可能如代笔《楚庭耆旧遗诗序》一样,再代伍崇曜作《茶村诗话》,该诗话的作者当为伍崇曜。

《楚庭耆旧遗诗》三集共见《茶村诗话》58 则,其意既以诗存人,亦以人存诗。如,《前集》卷一"陈昌齐"条下《茶村诗话》云:

> 先生归里后,历修《雷州府志》《海康县志》。阮仪征相国督粤,聘修《广东通志》,兼主粤秀讲院。志草略定即归,二十五日而卒,年七十八。少有神童之目,年高德劭,著作等身,故不必仅以诗名世。然句如"绎理应如抽独茧,知言谁妙解连环"……"雨过聚沙成逝水,薪留宿火付前尘",亦具见名家风范,录之以识景仰之私。③

诗话先述其人,再附其诗,并称"录之以识景仰之私",显然是因人存诗。《茶村诗话》所存诗家,除作手名家之外,还多见家族诗人,这也是清代郡邑诗话的共同特色之一。《茶村诗话》载录了伍氏家族的伍秉铺、伍宗泽、伍元华、伍元崧等人,还记述了潘正衡家族:"潘氏门才特盛,棣勇、星渚、韵石、縠香皆早掇巍科,钧石与伯临俱不第,而顾以

① [清]伍崇曜编纂:《楚庭耆旧遗诗续集》卷三十二,第 1a—1b 页。

② [清]伍崇曜编纂:《楚庭耆旧遗诗后集》卷一,第 2a 页。

③ [清]伍崇曜编纂:《楚庭耆旧遗诗前集》卷一,第 2a—2b 页。

诗鸣。"①又有颜斯缉家族："南海颜氏门才特盛,就诗而论,君猷当推白眉,菊湖、广文,其伯、兄也。"②

就诗学观念而言,《茶村诗话》重视自然,但又不执于一端。《后集》卷九"陈同"条下诗话云:"《题寒江钓鱼图》云'水活枉歌鱼尺半,天寒谁饭士无双',则又天然凑泊,寄慨遥深者已。"③《续集》论蔡勋:"集中用少陵、东坡韵诸作,均有天然凑泊之妙。"④情与景合,意与境会,物我无间,水到渠成,是谓"天然凑泊"。又,《后集》卷十五"徐良琛"条下诗话谓:

> 梦秋(引按:良琛之字)茂才诗有极自然者,如"客船疏柳外,人影乱流中"……也有极幽峭者,如"天空古屋小,月白寒塘深"……也有极秾至者,如"山衔夕阳照环城,紫花掩春江蘸眼"……也有极壮阔者,如"一水帆樯通八桂,七星岩岫切三霄"……也有极悲凉者,如"明月何曾有长满,苍波无力使西流"……皆能生面独开,不屑因循,寄人篱下。⑤

徐良琛,生卒年不详,字梦秋,号西乡,嘉庆年间诸生;道光间曾与谭莹、熊景星等人结西园诗社,著有《搴芙蓉馆集》一卷。良琛诗作罕传,《茶村诗话》不仅摘录其诸多佳句,而且衡论其多元诗风,诚可裨补桑梓诗史。

《茶村诗话》论诗有时还系于诗派。《前集》卷二十"简嵩培"条

---

① [清]伍崇曜编纂:《楚庭耆旧遗诗后集》卷十,第 1a—1b 页。
② [清]伍崇曜编纂:《楚庭耆旧遗诗续集》卷七,第 1a 页。
③ [清]伍崇曜编纂:《楚庭耆旧遗诗后集》卷九,第 2a 页。
④ [清]伍崇曜编纂:《楚庭耆旧遗诗续集》卷十七,第 1b 页。
⑤ [清]伍崇曜编纂:《楚庭耆旧遗诗后集》卷十五,第 3a—4a 页。

下诗话提到了"击壤派",曰："永庵(引按:嵩培之字)夙负时名,工制艺,与难弟梦岩并举孝廉,一时有'二简'之目。永庵兼精岐黄术,诗学乐天、放翁,有流为击壤派者。"①击壤诗派属于宋明理学诗派,其诗歌具有"理趣",但它以理学入诗,混淆学术与诗歌的区隔,其末流更沦入语录体、浅俗体②。《茶村诗话》此称"有流为击壤派者",可见对击壤派持批评态度,这也是诗坛对此派的主流意识。

值得注意的是,除论诗外,《茶村诗话》亦论及岭南词学。《后集》卷一"吴兰修"条下诗话云:

> 吾粤依声之学,远逊于诗,流传始于五代黄损。谭玉生明经《论词绝句三十二首》专论岭南人,其第一首谓："竟传仙去也多情,得近佳人死也荣。谁谓益之能直谏,平生愿作乐中筝。"也若有集者,则宋刘镇《随如百咏》,迄今未见。此外,若李昂英《文溪词》、赵必琭《秋晓词》附诗文集中,余尝为刻之。元、明两代,作者寥寥,屈翁山崛起,慷慨激昂,所作独多,然微嫌尚沿苏、辛格调,究非词家本色。此外,若梁南樵、易秋河亦褒然成帙,然未算名家。若石华、广文者,其岭外之白石翁、玉田生乎? 所刻《桐华阁集》,久已为海内词人推重,顾晚年复多窜改,并益以未刻者十余阕,所谓"老去渐于词律细"欤,当为镂板行之。诗亦清华芊绵。殁后索观全集,其嗣君经年后始以寄余,残缺已甚,然诗笔自脩然绝俗。③

论诗而及词,在诗话著作中常常有之,即如郡邑诗话也时或见之。本

---

①[清]伍崇曜编纂:《楚庭耆旧遗诗前集》卷二十,第1b页。
②祝尚书:《论"击壤派"》,《文学遗产》2001年第2期,第30—45页。
③[清]伍崇曜编纂:《楚庭耆旧遗诗后集》卷一,第2a—2b页。

则诗话梳理了自五代黄损、宋代刘镇等以讫清初屈大均的岭南词学代表人物,可视作一篇岭南词家小史。另外,伍崇曜论屈大均词"尚沿苏、辛格调,究非词家本色"云云,可见其奉婉约为正宗、以豪放为别调的词学观念。

第六章　清代后期的郡邑诗话

如清代中期一样,目前可见的清代后期郡邑诗话中,也以江南地区为最多,有 9 种;岭南地区次之,有 5 种。江南郡邑诗话中,比较特别的是李道悠的《求有益斋诗话》,既见于《闻湖诗三钞》,又见于《竹里诗萃》,是所谓"一话附于两集",且内容不同,显示了作者有意连接郡邑诗话与地方诗总集的意图,表明地方诗总集附载郡邑诗话已是一种"标准配置"。在此前的江南郡邑诗话中,《东洲诗话》连载于报刊,体现了郡邑诗话的新变。岭南地区的《吟芷居诗话》从时间看,堪称清代郡邑诗话的殿军。其他地区诗话中,《菱溪诗话》颇见标榜倾向,是清代郡邑诗话中比较特别的"异数"。《台阳诗话》多涉台湾割让前后的诗歌与史料,一直以来备受关注,相关研究较多。近年有台湾学者从"台湾古典文学"的角度,将其定位为"台湾代表性诗话,日治时期的第一本诗话"[1],但无论是从体例渊源,还是诗学观念,抑或是作者意图等角度看,该书都是中国古典诗话史的一部分,是台湾地区第一部郡邑诗话,也是清代后期闽台诗话的代表。对于上述诗话,本章将进行专门讨论。至若《乡诗摭谭》《止园诗话》《湘上诗缘录》《缉雅堂诗话》《冰庐诗话》

---

[1] 卫琪:《王松〈台阳诗话〉的学术价值及研究现况——兼论其版本问题》,《应用语文学报》2016 年第 3 期,第 113—133 页。

等,学术界已有专门讨论①,故本书暂不赘述,只在相关讨论中附及之。至于其余诗话,循前章例,进行以点带面式的概论。

第一节　夸饰以标榜的《菱溪诗话》

一、余宣与《菱溪诗话》概述

余宣(？—1867),字旬甫,湖北嘉鱼人。《湖北诗征传略》载:"宣溺苦于学,诸书无所不窥。诗古歌行沉雄老健,颇能追踪韩杜。唯惜泥沙间下,且多叫嚣之习。而其夭矫排奡,杰出侪行,自不能不以飞将目之也。……旬甫家贫,游食公卿……间兵戈流走,其困益甚。江汉初定,结缁阳诗社为粥食计,声名为之少减,而螺山王冬寿先生独盛称之。"②是知其学博,其身困,其诗杂。又,新修《嘉鱼县志》载,咸丰四年(1854)曾国藩驻簰洲(今属湖北省嘉鱼县),余宣往见,曾氏荐之湖北巡抚谭继洵,以狂不用。同治五年(1866),纂修县志,宣任采访,次年卒于家③。著有《余旬甫诗》《菱溪诗话》《层高堂集》等。

《菱溪诗话》是余宣的一部郡邑诗话著作,主要载录、评论道咸年间同邑师友的诗事、诗作,亦间或论词,其人或不限于楚,其时或不囿

①相关研究可参李爱花:《杨希闵诗史观研究》,江西师范大学硕士学位论文,2010 年;李青枝:《〈张修府日记〉与晚清湖湘诗坛》第三章,南京师范大学博士学位论文,2021 年;江合友:《〈止园诗话〉与清代畿辅区域诗史》,《河北师范大学学报》2014 年第 4 期,第 12—18 页;关于《缉雅堂诗话》《冰庐诗话》的研究,可参李清华:《清代地域诗话研究》第三章第二、四节,第 89—93、99—101 页。

②[清]丁宿章辑,陈于全点校:《湖北诗征传略》卷三,第 96 页。

③湖北省嘉鱼县地方志编纂委员会编纂:《嘉鱼县志》,湖北科学技术出版社,1993 年版,第 939 页。

于当世。该书有同治三年(1864)刊本,藏国家图书馆。全书一册,不分卷,书名页题有"同治甲子岁镌""故淦川朱式铭校"字样;正卷首页钤有"苦雨斋藏书印";卷首有雷以諴、张开济两叙,卷末有杨象济、杜文澜两跋;全书无行格,每半页 8 行 20 字,正文计约一万三千字。雷以諴叙、杜文澜跋分别云:

> 嘉鱼余君旬甫才性超绝,于书无所不读,诗宗曹、阮、杜、韩,而参以李青莲之变化离奇,润以黄山谷之丰姿冶艳,春华秋实,兼有其长。所作古今体诗约千余首,散佚颇多,存稿尚未付梓。旬甫谓诗关风教,太史辀轩之声今已邈然,此二百余年间,自缙绅先生暨高人达士抚时兴感,本性情而发为歌咏,莫不机杼一家,不懈而及于古,搜罗而采缉之,亦清时之大观也。乃遍索诸家诗稿,择其气格高古、精粹闳深,可瞻品学经济者,或录全篇,或数首中取一、二首,或一首内撮一、二联,悉缀评语,不类浮谬,非有真学不能有此特识也。其诗传,其人即与之俱传,而风俗之醇薄与时事之臧否,举在其中矣。因其地有菱溪,即以名篇。①
> 诗话之妙,至白石而极精,出钟氏之上。嘉鱼余君旬甫撰诗话,前后二刻,其论列汉魏,斤斤于淄渑之辨,而又能广搜杰作以启牖后人,其妙不亚于白石,于诗教为有助矣。②

是则余宣在诗学思想上秉持传统的风教观,以诗为政教之助。至若雷氏"择其气格高古、精粹闳深""风俗之醇薄与时事之臧否,举在其中矣"云云,杜氏"其妙不亚于白石"云云,观之以诗话所载,不免言

---

① [清]雷以諴撰:《菱溪诗话叙》,《菱溪诗话》卷首,清同治三年(1864)朱式铭校刊本,第 2a—2b 页。
② [清]杜文澜撰:《菱溪诗话跋》,《菱溪诗话》卷末,第 1a 页。

过其实,甚或有吹捧之嫌。

二、《菱溪诗话》夸饰的诗评

据笔者统计,同治三年朱式铭校刊本《菱溪诗话》共 40 则,篇帙非宏,亦涉词事,其中多则关涉杜文澜。

> 昔人谓七宝庄严,折碎不成片段,此章法之妙,不见句法耳。然万斤重宝琢成寸金而可贵重,固不加损也。小舫观察诗如《咏石钟山昭忠祠》……皆天衣无缝,非积铢累寸而就者。①
>
> 甲子秋,读小舫观察《采香词》,正自美不胜收,乃始叹为才人之最。②
>
> 观察神明于音律之中,曾手著《词律校勘记》二册,乃辨证万红友《词律》之讹,而于乐浊洪清、天阴田阳、平上去入四声、圆匾缓急,析入毫厘,填词之家但奉为至宝丹也。③

杜文澜(1815—1881),字小舫,号憩园,室名曼陀罗华阁,浙江秀水(今属浙江省嘉兴市)人;太平天国运动时期,参军幕,为曾国藩所称;历官江宁布政使、江苏按察使、两淮盐运使等。杜氏善诗工词,曾编《古谣谚》,又著《采香词》,与丁保庵《萍绿词》、蒋春霖《水云楼词》合称"曼陀罗华阁三家词"。杜氏论词,以常州词派周济为宗,又特重律韵,有《词律校勘记》《憩园词话》传于世。上引三则诗话,余宣分别评论其诗作、词集、词论著作,皆以最高赞语出之。所谓"天衣无缝""美不胜收""才人之最""神明于音律",揆诸实际,难称客观。

---

① [清]余宣撰:《菱溪诗话》,第 6b 页。
② [清]余宣撰:《菱溪诗话》,第 5b 页。
③ [清]余宣撰:《菱溪诗话》,第 6b 页。

《菱溪诗话》对如山诗歌的评价若出一轨,云:"如冠九观察诗不肯一字轻易放过,比太白、长吉而不虚响,似长卿、义山而不凄苦,诚今日一作者也。"①如山,姓赫舍里氏,字冠九,满洲镶蓝旗人;道光十八年(1838)进士,官浙江按察使、四川布政使;善书精画,著有《海上墨林》《寒松阁谈艺琐录》《韬养斋笔记》《写秋轩诗存》等。如山在当世不以诗名,余宣却声称他的诗"比太白、长吉而不虚响,似长卿、义山而不凄苦",几近妄言。

又,余宣评论女诗人周荞霄诗云:

> 周荞霄(婉英)系子权明府之妹,沈竹山之妇也,才俊不凡,著有《蘐荫吟》。……予取卷观之,字句又未尝不工也,而其超妙处尤在宗法盛唐,格高致远。②
>
> 《月影》云:……其读之如入华严香水海中,惟见光明洞彻世界。③
>
> 《纪事》云:"天道自今古,人世相区判。何为坦荡日,妖氛忽流窜。黎民入浩劫,荐绅家多难。……谁能拨云雾,重睹天下旦。怀归独倚楼,抚时发浩叹。"押韵正难在稳如此诗,殆宋玉之《九辩》、王粲之《七哀》欤!④

如果说"宗法盛唐,格高志远"尚是论诗之习语,那么"惟见光明洞彻世界"则已入蹈虚之境,而"殆宋玉之《九辩》、王粲之《七哀》"则近乎想象之辞。《九辩》以悲秋起兴,抒泄贫士不遇之悲,又述处穷守高之

---

① [清]余宣撰:《菱溪诗话》,第23a页。
② [清]余宣撰:《菱溪诗话》,第21b页。
③ [清]余宣撰:《菱溪诗话》,第22a页。
④ [清]余宣撰:《菱溪诗话》,第22b—23a页。

志,与周奝霄《纪事》之悯时伤乱两不相侔。王粲《七哀》固是寄哀终古之作,然其转换振起、举重该轻的玲珑笔法,《纪事》之平铺直叙、直抒胸臆何能拟之? 盖余宣以宋玉为楚人、王粲《七哀》为奔楚之作,而连类及之耶?

又,《菱溪诗话》论陈维崧《乌丝词》云:"词以轻竹单丝入妙,此辛、苏豪迈所以非当行也。蒋竹山、张玉田尚矣。近代则朱竹垞、毛晴多可存者。自《乌丝词》板行,遂觉古人诗余,诚有如李阳冰序太白诗所谓'先生文出古今,文集几乎遏而不行矣'。"①《乌丝词》是顺康年间陈维崧居京词作的结集,其中多长调,意绪除个人不遇之叹外,亦有家国之思,在当时颇见影响。不过,余宣以为陈词一出,而古人诗余几乎遏而不行,显非事实。

陈书录先生作《〈菱溪诗话〉考述》,云:"其论诗主风格、意境之多样,如评杜文澜诗云:'五古得邢石臼、带经堂清挺之气;七古笔势不平衍,具得古人逆挽、倒装、提挈、停顿诸法;五律得盛唐,间有似贵乡耆旧朱竹垞先生者;七律婉妙豪壮,得国初吴梅村、查初白二家之神;七律风韵遒劲,可与厉太鸿、王禹卿鼎足而立,询非阿所好也。'其论诗主要强调四个方面:一是真诚动人,所谓'诗必有为而作,方见真诚动人';'字字入骨伤情,读之令人挥泪'。二是以骨干胜,所谓'诗以骨干胜,雕缋非所尚'。三是神超象外,所谓'淡不可收,神超象外'。四是诗技至神,如评张晓峰《汉口即事》诗云:'五十六字开合申缩,技至神矣。'"②如果单独拈出《菱溪诗话》的诗论,的确多如上述。然据笔者考察,《菱溪诗话》的叙写模式是先述观念,再证之以作

---

① [清]余宣撰:《菱溪诗话》,第 4b 页。按:李阳冰《草堂集序》云:"今古文集,遏而不行。唯公文章,横被六合。"参瞿蜕园、朱金城注:《李白集校注》附录三《序跋》,上海古籍出版社,1980 年版,第 1789 页。

② 陈书录:《〈菱溪诗话〉考述》,吴宏一主编:《清代诗话考述》,第 1026 页。

品,此固常见。然细究之下可见,余宣的观念呈现与其例证常常相悖。如,"诗必有为而作,方见真诚动人。……冠九观察独具慧眼,《次韵朱啸轩大令无题》读之如琅琅凤琯,不作凡响,虽间有七宝庄严,不废雕凿,而实别有机杼自出,灵台一片也"①。二者之间的关系,难称密切。盖余宣意绪所系,不在诗论本身,而在论诗对象,也就是说,他的论诗主张是为论诗对象张本,意在人而不在诗。即使他真的主张诗以真诚动人、诗以骨干胜等等,这些也不是其书的重心。另外,就上下文看,所谓"诗技至神",很难说是余宣的论诗主张,而是他对张晓峰诗歌艺术的夸张性赞语。余宣又说,张晓峰诗"用意高浑,超出唐人畦径之外"②。张景垣,字晓峰,山东高苑(今山东省高青县)人,拔贡,曾任湖南辰州(今湖南省沅陵县)、安仁县知县。余宣曾与张晓峰、谭溥、王树等人在武昌结淄阳诗社③,他对张晓峰诗歌的夸饰应该有同道鼓吹的意味在其中。总之,余宣《菱溪诗话》的诗评,实多标榜,少有的论。

三、《菱溪诗话》保守而平庸的诗学观念

《菱溪诗话》以记事品评为主,但作者的诗学观念也间有呈现。诗话记载了 2 则礼教故事,其文分别曰:

> 贞烈杨沈氏,嘉善之北窑人,许字秀水杨堂,未婚婿殁,守志于家,阅八年,父母欲嫁之,氏遂绝粒二十四日以死。《述怀》云:"薄命是儿身,天何不谅人。《柏舟》能矢志,吾以抱吾真。"④

---

① [清]余宣撰:《菱溪诗话》,第 23b—24a 页。
② [清]余宣撰:《菱溪诗话》,第 11a 页。
③ 程翔章、程祖灏著:《王柏心年谱》,华中师范大学出版社,2019 年版,第 160 页。
④ [清]余宣撰:《菱溪诗话》,第 25a—25b 页。

　　熊雪庄茂才应琛三妹云霭方守闺时,随父拱北翁寄居汉皋,
父病笃,雪庄归耕梓里,内人董吟兰亦寝疾,云霭窘无策,割股调
羹进,父疾立瘥。雪庄闻而感泣,因作《割股行》云:……其事、其
诗俱堪历沙劫而不朽,万柘坡《抱铛图七古》以后,不多见
之作。①

前者述节妇以死守贞,后者述孝女割肉侍父。所谓万柘坡《抱铛图七
古》是指万光泰题咏《抱铛图》诗。万光泰(1712—1750),字循初,号
柘坡,浙江秀水(今浙江省嘉兴市)人,秀水诗派代表性诗人,有《柘
坡居士集》。袁枚《随园诗话》卷十第92则载:

　　余祖居杭州艮山门内大树巷。邻有隐者桑文侯,鬻粽为业,
性至孝,父病膈,文侯合羊脂和粥以进。父死,乃抱铛而哭。人
为绘《抱铛图》,征诗。万君光泰诗最佳。其词曰:"羊脂数合米
一匊,病父在床惟啖粥。父能啖粥子亦甘,粒米胜于五鼎肉。升
屋皋某无归魂,束薪断火铛寡恩。床前呼父铛畔哭,抱铛三日铛
犹温。呜呼!恨身不作铛中米,临殁犹能进一匕,谓铛不闻铛
有耳。"②

《菱溪诗话》因事及诗,因诗存人,倡扬杨沈氏的节烈、熊云霭的至孝。
类似的记载也常见于其他诗话。如,熊琏《澹仙诗话》卷三记载雍正
年间罗源李盛山割肝救母之事③、卷四记载泰兴夏汉村女马氏绝食

————————————

① [清]余宣撰:《菱溪诗话》,第41b—42a页。
② [清]袁枚著,顾学颉校点:《随园诗话》卷十,第364页。
③ [清]熊琏撰:《澹仙诗话》卷三,张寅彭选辑,吴忱、杨焄点校:《清诗话三编
　　(肆)》,第2432页。

殉夫之事①;单学傅《海虞诗话》卷二载康熙年间张孔荣自缢殉夫之事②、卷九载乾隆年间孝女张兰森割股救母不效又画像吁天代母终至身死之事③。诗话载录此类"伦理典范",以期阐幽光、维名教,凸显了一种正统而保守的诗学观念。

就具体诗学认知而言,《菱溪诗话》亦不甚高明。内中有云:"七绝难于五绝者,以多二字故也。二十八字中须有开合,有顿跌,而尤难在起二句与三、四句不相黏滞,而能一气贯注,第三句有层折不直下,为最超卓。"④蒋寅先生总评其诗论,曰:"顾其所录,亦无甚可观,而每作大言欺人,是视世人皆阿蒙乎?"⑤此说是然。

余宣的大言夸饰,是诗话相互标榜陋习的体现。周春在《澉浦诗话序》中对此曾有批评:"余尝病世之作诗话者,大都声气结纳,借以标榜词场。"⑥也有郡邑诗话作者对此甚是警觉。许乔林《朐海诗存凡例》谓:"如有所誉,亦不肯蹈诗社标榜陋习。"⑦杨希闵《乡诗摭谭题识》谓:"此书止谈诗事,间有忠孝节义可补正史者,则取入之。门户诟争,恩仇毁誉,一概无有。"⑧遗憾的是,余宣并没有此种自觉意识,于他而言,诗话可能是某种心理的呈现。他在《菱溪诗话》中称颂曾国藩云:"侯爵中堂、涤生夫子,入则周、召,出则叔、虎。值洪、杨构逆之际,心志可盟天日,卒能犁贼巢扫腥秽,今日之郭汾阳、李西平

① [清]熊琏撰:《澹仙诗话》卷四,张寅彭选辑,吴忱、杨焄点校:《清诗话三编(肆)》,第 2460 页。

② [清]单学傅辑:《海虞诗话》卷二,《续修四库全书》第 1706 册,第 20 页。

③ [清]单学傅辑:《海虞诗话》卷九,《续修四库全书》第 1706 册,第 66 页。

④ [清]余宣撰:《菱溪诗话》,第 26a—26b 页。

⑤ 蒋寅:《清诗话考》,第 590—591 页。

⑥ [清]周春:《澉浦诗话序》,《澉浦诗话》卷首。

⑦ [清]许乔林撰:《朐海诗存凡例》,《朐海诗存》卷首,第 2a 页。

⑧ [清]杨希闵撰:《乡诗摭谭题识》,《乡诗摭谭》卷首,第 2a 页。

也。"①以古今贤臣骁将加诸曾氏一身,极意颂扬,显见佞谀。夸饰以标榜,佞谀以见信,《菱溪诗话》正是清代郡邑诗话的典型异数,也显示了古典诗话在功能上的复杂面向。

第二节　沥血于烬余的《求有益斋诗话》

一、《求有益斋诗话》的先导《赋鱼诗话》和《耘庵诗话》

孟彬《闻湖诗钞》、李王猷《闻湖诗续钞》和李道悠《闻湖诗三钞》相续而纂,结集时间相距近百年,但所载皆为闻湖地区的诗人诗作,且体例相同,均附载有自撰诗话,分别名曰《赋鱼诗话》《耘庵诗话》和《求有益斋诗话》。整体而言,三种诗话都以人为核心,长于记事,鲜见诗论。不过,《求有益斋诗话》同时附载于《闻湖诗三钞》《竹里诗萃》两集,在清代郡邑诗话中比较罕见,且其中更多乱世悲音,故本节拟详述该诗话,而略述前两者。

《赋鱼诗话》《耘庵诗话》都是编者自撰的附集诗话,成文时间分别是嘉庆五年(1800)、咸丰四年(1854)。孟彬,字均之,号赋鱼,嘉兴秀水人,主要活动于乾隆时代;《闻湖诗钞》末三卷分别载录《古今诗》145首、《十国宫词》100首。李王猷(？—1854),字显若,号耘庵,晚号汕翁,又自署菰烟老钓师,江苏吴江人,著有《菰烟芦雪集》等。关于《赋鱼诗话》的指向,孟彬在《闻湖诗钞·序》中有所交代:"自元、明以讫国朝,其所选诗,或一二首,至数十首不等,间有轶文,缀以诗话。"②所谓"轶事"云云,清楚地说明《赋鱼诗话》以记人述事

---

① [清]余宣撰:《菱溪诗话》,第8a页。
② [清]孟彬撰:《闻湖诗钞·序》,《闻湖诗钞》卷首,清嘉庆五年(1800)刻本,第1b页。

为主要目的。李王猷《闻湖诗续钞》为孟书接迹之作，"体例悉遵前钞"①，所附《耘庵诗话》的指向亦同于《赋鱼诗话》。

据笔者统计，《赋鱼诗话》《耘庵诗话》的条目分别有 53、71 则，其记人述事多以行迹品性为核心。《闻湖诗钞》卷一"王锡命"条下《赋鱼诗话》曰："参议年三十有六即乞终养归，为人愿恪，有至行，喜折节下人。平生不谈人过，然亦无脂韦之态。性好吟诵。及归，冬夏一编，杜门不出者三十余年，七十卒，遗田百亩而已。"②王赐命，字天宇，号文泉，明嘉靖壬戌（1562）科进士，曾任江西右参议。诗话文字简短，王氏一生心性，跃然可明。《闻湖诗续钞》卷二"张槫"条下《耘庵诗话》曰："晚亭（引按：张槫之号）性豪爽。尝与陈二赤、叶改吟结诗酒之契，诗笔不事镂刻，自具风度。"③诗话亦以寥寥数语勾勒乡先贤之心性，不见赘冗。

不过，两种诗话也不尽然是短章，部分长帙状人叙事颇具史传笔法，亦富情感内蕴。《闻湖诗钞》卷一"王俸"条下《赋鱼诗话》云：

> 嘉靖乙卯，倭至禾诚，比及王江泾，焚掠居民。大参时为诸生，守舍独不去，伏隐处，瞰倭往来，迨其囊饱，众皆先发，一悍者殿后，解刀，阑入空室，遂跃出，夺其刀刺之，倭丧元，犹奋起再仆，圆睛小口，肤如黝漆，真魁贼也。持献胡督府，欲处以裨将，不从。登第后，谈者往往美其胆勇，辄面赤不答，仍戒后生勿捋虎须。其出知庐州也，岁大旱，手槁禾，涕泗步祷，坛壝有联云："一炷清香向晴空请命，两行血泪为赤子求生。"正酷烈间，雷雨

---

① ［清］李王猷撰：《闻湖诗续钞·凡例》，《闻湖诗续钞》卷首，清咸丰四年（1854）刻本，第 1a 页。

② ［清］孟彬撰：《闻湖诗钞》卷一，第 6a 页。

③ ［清］李王猷撰：《闻湖诗续钞》卷二，第 14a 页。

忽作。后征入为湖广道御史,以疾乞休,名永和潭,其子姓至今聚族于斯。①

王俸(1534—?),字廉甫,号会泉,嘉兴秀水王江泾镇人,嘉靖壬戌(1562)科进士,历官至江西参政,故称"大参"。诗话以王俸登第为界,前后各载一事:前叙馘倭,语简词促,惊心动魄,叹其智勇;后述祷雨,长短交错,如泣如诉,嘉其忠恳。前事写其为国,后事写其为民,而以王氏登第后对前事的个人反应为过接,结撰有法,笔致有异,堪为清代郡邑诗话中的匠心之作。又,《闻湖诗续钞》卷四"李王伟"条下《耘庵诗话》云:

> 品佳弟酷嗜吟咏,自幼多病,而啸歌不辍。性爱花卉,春兰秋菊,必购数种作清供。衣食不喜华美,有钱悉以与贫乏者。继而病渐增剧,骨如鹄立,然卧榻之旁,牙签纷如,时自吟赏,不以为苦也。临终握予手曰:"他日有选家,予诗必附刻数首,庶慰我一生心血之呕。"盖弟患咯血,故云然耳。呜呼,光阴荏苒,已越卅载,幸登斯集,稍抒鸰原之感云耳。②

李王伟,字品佳,号小溪,王猷之弟。诗话追忆品佳弟的风雅豪宕,又伤其素抱羸疾,虽不能灼艾分痛,但选诗留名,足尝其愿。猷伟兄弟手足情深,惹人感喟,而清代郡邑诗话有此一页,意蕴愈丰。

《赋鱼诗话》《耘庵诗话》着意于记人述事,部分条目甚至与诗完全无关。如《闻湖诗续钞》卷二"钱士俊"条下诗话云:"湘右(引按:

---

① [清]孟彬撰:《闻湖诗钞》卷一,第5a页。
② [清]李王猷撰:《闻湖诗续钞》卷四,第12b页。

士俊之号)为予祖母之从侄,性耽文墨,工书法。"①论人及艺,与诗无涉,朱彬《游道堂诗话》也有类似特点。与此同时,两种诗话中的诗评都比较少见,即使论及,也甚为简扼。如《赋鱼诗话》论曹志道的课诗云"含英咀华,居然应制中佳构也"②;《耘庵诗话》论杨汝鎏的诗词云"诗词英拔"③。这两个特点也为其继踵者《求有益斋诗话》所承袭。

二、兵燹之后的地方诗总集《闻湖诗三钞》和《竹里诗萃》

同治十二年至光绪十五年(1873—1889),李道悠在《闻湖诗钞》《闻湖诗续钞》的基础上,辑成《闻湖诗三钞》八卷,收录闻湖两岸秀水、吴江等地明、清两朝的诗人诗作。《闻湖诗三钞》始刻于光绪十五年(1889),十九年(1893)重刻④,重刻本共附载李道悠自撰诗话82则,名曰《求有益斋诗话》。

光绪十八年(1892),李道悠在金汤孙编纂的《里仁乡诗综》的基础上,辑成《竹里诗萃》十六卷,收录竹里(今浙江省嘉兴市新篁镇)元、明、清三代诗人诗作;该编始刻于光绪二十一年(1895),共附录李道悠自撰诗话60则,亦称《求有益斋诗话》。求有益斋乃李道悠室名,以之名诗话,一如胡昌基之《石濑山房诗话》、郑杰之《注韩居诗话》等。

李道悠(1826—1895),字子远,号远翁,江苏吴江人,世居闻川(今属浙江省嘉兴市王江泾镇),太平天国战乱后,移家竹里。《盛湖志补》卷二有其传,云:"早岁补诸生,即弃帖括,专力于诗。兵燹后,

---

① [清]李王猷撰:《闻湖诗续钞》卷二,第13b页。
② [清]孟彬撰:《闻湖诗钞》卷六,第7a页。
③ [清]李王猷撰:《闻湖诗续钞》卷五,第13b页。
④ 清光绪十九年(1893)重刻本《闻湖诗三钞》卷末附录有沈景修辑录的《闻湖诗三钞续编》,但仅收盛传均1人,并其诗38题。

移家平湖,小阁一椽,键户长吟,豪旷如东坡、放翁,幽隽如圣俞、子美,蕴藉如景纯、叔夜,殆所谓每变益上。晚年病足,为丝业司会计。置几二,左列筹算,右罗书籍,颜其斋曰‘求有益’,因名其集。辑有《竹里诗萃》《闻湖志旧诗》《闻湖诗三钞》,皆刊行。"①李氏另著有《求有益斋杂缀》《求有益斋诗钞》等。李道悠以一人之力而辑成两部地方诗总集,诗史罕有;而以同名郡邑诗话贯通两集,诗话史亦少见。

《闻湖诗三钞》《竹里诗萃》均编纂于太平天国运动之后,与《莳风清籁集》《海曲诗钞》《续檇李诗系》《闻湖诗钞》等"盛世诗选"不同,两书弥散着一种劫后余生的焦虑感。李道悠《闻湖诗三钞·序》《竹里诗萃·序》分别云:

> 嘉庆五年庚申孟赋鱼前辈辑《闻湖诗钞》,咸丰四年甲寅予从祖耘庵先生辑《闻湖诗续钞》,皆所以述往而思来也。咸丰十年复值庚申,粤逆至,杀人燔庐舍,仓皇奔避,区区文字,夫岂定论。肃清后,予家隶籍当湖,惟衣食是谋。又数年,始与故乡诸君子多方搜访,荟萃成编,曰《闻湖诗三钞》。嗟乎! 文人士镂肝钵肾,毕生不辍,以冀称没世之名,而猝罹兵燹,只字不存,此非常之变,固不数数见;即不然,若孙愚而无知,置之高阁而不理,比比是;即不然,不愚而知之矣,而无力以任梨枣之役,又比比是。更一二传,浸假而覆瓿矣,而蟫食鼠啮矣,而焚如矣,鬼而有灵,有不凄风阴雨相向泣鸣者几希。志及此,可胜悲哉! 昔人云:搜刻往哲遗稿,其事盖与掩骼埋胔等,情或有焉。是刻也为

---

① [清]仲虎腾等补辑,沈春荣、沈昌华、申乃刚点校:《盛湖志补》卷二,收入盛泽镇人民政府、吴江市档案局编:《盛湖志(四种)》,广陵书社,2011 年版,第438—439 页。

八卷,为人百三十有一,为诗七百余首,较多前两刻,足以征一乡曲之间人文之盛。如此益以慨今日之荒墟零落,无复继风雅之遗。然则予之所为,述往而思来者,其意不更殷欤?①

　　道咸间,里人徐明经同柏有《竹里诗存》,王广文逢辰有《竹里诗辑》,皆未付剞劂,毁于兵燹。今可凭藉者惟金文学汤孙《里仁乡诗综》,凡六十余家,虽亦钞本,而壁中《尚书》,幸逃秦火者也。予客里中三十年矣,时时见零落篇章,辄慨叹不能置。庚寅春,因约同志诸君多方搜访,凡竹里接壤之属里仁乡者概登之,盖承《诗综》意也。积三年,复得百二十余家,妄加去取,汇而梓之,曰《竹里诗萃》,于是稍补其阙矣。夫当粤寇蹂躏之时,通都大邑,忽焉焦土,甚有数代著述竟无只字存,指不胜屈。而竹里亦经烽烟犇窜,书籍荡然。数十年后犹能掇拾烬余,集成卷帙,事有待而始彰,岂偶然哉,抑予重有望焉。②

两《序》所谓"粤逆""粤寇"即指太平军。太平天国战争给江南地区的社会、经济、文化等造成巨大的破坏。就人口而言,据曹树基先生《中国人口史》统计,江南三省江苏、浙江、安徽的"战争死亡人口"分别高达1679万、1630万、1700万;其中,浙江嘉兴府在战争开始的1851年人口是309万,但至战争结束后的1865年人口骤减至109.1万③。事实上,李道悠本人就是因为战乱,由苏入浙,客居竹里。就文献而言,可谓十不存一。同治六年(1867),江苏学政鲍源深上《请

①［清］李道悠撰:《闻湖诗三钞·序》,［清］李道悠辑:《闻湖诗三钞》卷首,清光绪十九年(1893)重刻本,第1a—1b页。
②［清］李道悠撰:《竹里诗萃·序》,［清］李道悠辑,嘉兴市档案局(馆)、嘉兴市档案学会编:《竹里诗萃》卷首,中国文史出版社,2012年版,第11页。
③葛剑雄主编,曹树基著:《中国人口史(第5卷)》下册,复旦大学出版社,2005年版,第553、489页。

购刊经史疏》,云:"近年各省因经兵燹,书多散佚。臣视学江苏,按试所经,留心访察,如江苏松、常、镇、扬诸府,向称人文极盛之地,学校中旧藏书籍荡然无存,藩署旧有恭刊钦定经史诸书版片亦均毁失,民间藏书之家卷帙悉成灰烬。乱后虽偶有书肆所刻经书,俱系删节之本,简陋不堪。士子有志读书,无从购觅。苏省如此,皖、浙、江右诸省情形,谅亦相同。以东南文明大省,士子竟无书可读,其何以兴学校而育人才?"①此疏与李道悠两《序》所言,互相比勘,足征当时江南各类文献灭失极多。《闻湖诗三钞·例言》再三申述乱后竹里诗学文献的凋零。第一条"《闻湖诗》两刻经乱,版俱毁,印本亦少";第三条"蒋石林先生《闻川怀古诗》《杂咏诗》共七十首,里中古迹赖以不泯,其功最巨。孟赋鱼前辈辑《闻湖诗钞》时,尚多单行刻本,故不列入。今历兵火,刻本绝少,诚恐一旦失传,后人更无从凭藉,今尽数钞入,以期久远。姓名重见,阅者勿罪创例也";第六条"战后播迁四方,类皆穷乡僻壤,无论诗稿散佚只字不存,即间有存者,邮筒往来,甚难遍访,遗漏尚多,阅者谅之"②。在此背景下,李道悠呕心沥血,搜访烬余,其心境自然不同于郑王臣、冯金伯、胡昌基、孟彬等人,虽然作者恭敬桑梓之心依然,但它首先不是出于人文荟萃的自豪,而是因应"慨焉伤之"的焦虑③。这种焦虑也导致两集附载的《求有益斋诗话》不主诗评,而是多传乡贤其人,多述乡邦文献存佚情况。

---

①[清]鲍源:《请购刊经史疏》,[清]陈弢辑:《同治中兴京外奏议约编》卷五,上海书店影印光绪元年(1875)刊本,1985年版,第5a—5b页。

②[清]李道悠撰:《闻湖诗三钞·例言》,[清]李道悠辑:《闻湖诗三钞》卷首,第1a、1a—1b、1b—2a页。

③王震元《竹里诗萃·序》云:"粤贼肃清后,李君子远时拾其剩句残篇,慨焉伤之。"参《竹里诗萃》卷首,第7页。

三、主于传人的《求有益斋诗话》

《闻湖诗三钞》《竹里诗萃》的体例相同，即以人为目，名下附小传，述其字号籍贯、科名仕进和诗集名称，再赘以各家记述或评论，间附自撰的《求有益斋诗话》，然后再录诗歌。这也是多数清代附集郡邑诗话的体制。《闻湖诗三钞》卷一"沈谧"条：

> 谧字靖夫，号石云，嘉靖己丑进士，授行人，擢刑（一作吏）科给事中，出为山东按察佥事，终江西按察佥事。有《石云家藏集》。
>
> 沈南疑《槜李诗系》：佥事为给事中时，星陨应诏，极陈修省，劾罢自官男子二千余人。出为山东佥事，寻备兵大庚，计擒贼酋李彪。生平慕王文成之学，与罗念庵、王龙溪、唐一庵友善。
>
> 朱竹垞《静志居诗话》：先生师于阳明、甘泉，友于龙溪，穷研理学，故其诗品亦在元丰、纯熙之间。
>
> 《求有益斋诗话》：石云先生世居南汇、北汇，在梅湖之南。咸丰庚申、辛酉间，唐丈逸子避寇居其宅，其后裔犹藏先生画像：王阳明先生中坐，先生傍坐，若师、弟，然当时景仰之诚可知矣。①

附集郡邑诗话的这种体例自清代早期即已存在，至此期已然"标准化"。本则《求有益斋诗话》与诗歌全然无关，亦无关诗事，描述沈谧与王阳明同坐的画像，甚至借此解读出沈氏对王氏的诚挚的景仰之情，论人及心，可见李道悠对传述乡贤用心甚深。《竹里诗萃》亦见此类诗话，卷十二"阚鸣珂"条下诗话云：

---

① ［清］李道悠辑：《闻湖诗三钞》卷一，第 1a—1b 页。

　　道悠族祖耘庵先生辑《闻湖寓公诗》云:阙伞亭(引按:鸣珂
之号)孝廉曾馆陶梅石家,予访梅石绿蕉山馆屡相见。其度温
如,不露畦町。再上公车不得志,归而友教四方,间以诗画自娱,
然处境极困,客死当湖。年四十有九,无子,赖诸门人力得以丧
葬。今梅石以所著《碧筠仙馆诗》属校,思旧之情不禁泣然已。
道悠初客竹里时即询孝廉。旧居在隐泉,而后人竟无存者。诗
稿久佚矣,今从《里仁乡诗综》录出,皆隽永可喜。①

此述阙鸣珂之生平,凸显其温润品性及窘迫境遇,是记其要者也;同
时又述自己与阙鸣珂前辈的交往,"思旧之情不禁泣然已",可见感伤
与怀想。附集郡邑诗话论人及已,并不罕见,但写心者不多。专人写
其要,又以主体情绪交融其间,似太史公笔法。

　　《求有益斋诗话》对人物的记述颇为精炼生动,有的几乎可以直
接视为一篇传记文字。《闻湖诗三钞》卷四"唐员"条、《竹里诗萃》卷
十三"戴配庚"条下诗话分别云:

　　逸子(引按:唐员之号)丈工书画,精医理,与先君子称至契,
以诗相倡酬,垂三十年。丈少作多雄放,交郭祥伯、丹叔兄弟益
进。庚申岁,避兵乡间,惧其稿之遗佚,不复删校,遽付剞劂氏,
凡八卷。年七十后颇悔之,至欲焚其板,盖造诣日深矣。道光壬
寅年,乍浦夷警,丈谒大帅行营,与周君子权防堵王江泾镇,著有
《芹献编》。粤逆肃清后,仍居故土,啸歌自得。予每岁扫墓毕,
造庐请谒,必醉予酒,尽二三日欢乃别。予诗有"真是年年王谢
燕",先生一笑,比《湖阴》句,亦纪实也。年七十六卒。孙佩全

_____

① [清]李道悠辑,嘉兴市档案局(馆)、嘉兴市档案学会编:《竹里诗萃》卷十二,
第420页。

诗笔特秀拔。①

　　响翁(引按:配庚之号)性恬淡,赴省试不售,四十后即弃去。生平质直好义,不苟取与。有友人病革以孤相托,躬为课读,得食饩于庠,并综理其租赋出入。凡二十年如一日,人咸称焉。又尝集资葺社庙,督率工匠,不惮劳怨,未尝虚糜一钱一粟,以市私恩也。晚岁时时顾予寓舍,作一晌谈,恨人心风俗之不古,每不禁慨乎言之。诗不多作。卒年六十有九。②

两则诗话分别记述唐员、戴配庚,其叙述策略是先总述其心性,次述具体事件,最后述其与自己的交游;人物风神自简洁之行文出,唐员之洒落,戴配庚之好义,跃然目前。

　　《求有益斋诗话》对乡邦人物风貌的刻画,除嘉言懿行外,亦常常通过其艺术素养来呈现。《闻湖诗三钞》卷六"陶溶"条下诗话谓:"镜庵(引按:陶溶之号)工书法,兼画花鸟,求者常屦满户外,与锥庵(引按:陶绍原之字)人称'二陶'焉。"③又,《竹里诗萃》卷七"沈其锴"条下诗话谓:"茂才工隶书,能填词,善画山水,用笔枯隽,林壑清疏。尝以绘事见知于阮文达公,有《竹林上景图册》,并各系词一阕。"④又,《竹里诗萃》卷十六"范德镜"条下诗话谓:"女史母氏王应

---

① [清]李道悠辑:《闻湖诗三钞》卷四,第 16b 页。按:《湖阴》指北宋诗人陈辅的七绝《访杨湖阴不遇因题其门》,其中有云:"身似旧时王谢燕,一年一度到君家。"杨骥,字德逢,号湖阴先生,是王安石退居金陵时期的邻居兼好友,王氏有多首赠德逢诗。

② [清]李道悠辑,嘉兴市档案局(馆)、嘉兴市档案学会编:《竹里诗萃》卷十三,第 487 页。

③ [清]李道悠辑:《闻湖诗三钞》卷六,第 8b 页。

④ [清]李道悠辑,嘉兴市档案局(馆)、嘉兴市档案学会编:《竹里诗萃》卷七,第 269 页。

彩,为竹里十画者之一。予见《芝田竹鹤图》一帧,用笔设色俱臻古雅,是宗法南楼老人(引按:指嘉兴画家陈书)者。"①又,《竹里诗萃》卷十四"王其昶"条下诗话谓:"昕溪(引按:其昶之字)工篆刻,人争求之。又能弹琴。倘天假之年,诸技益进矣。"②凡此种种,皆是因传其人而连类述之,因载录诗作而称其艺,此即所谓论诗及艺。

朱彬《游道堂诗话》亦颇详于乡贤之艺,但不同的是,《求有益斋诗话》论诗及艺的背后有强烈的时代影响,即太平天国战争。与两集的序言一样,《求有益斋诗话》常常可见"分燹""粤寇""粤逆"等字样。《竹里诗萃》卷四"王应奎"条下诗话云:"《芝田竹鹤图册》系裕堂翁曾孙怡轩所藏,其族叔学羲茂才假以示余,诗画俱百数十年故纸,叔未翁题跋亦已六十年,中更兵燹而完好如新,亦可嘉矣。"③经历战乱而得以保存的诗画,值得庆幸,也更亟需录而存之。《闻湖诗三钞》卷八"张凤娥"条下诗话云:"从祖耘翁辑《闻湖诗钞》时,张来仪(引按:凤娥之字)、杨吉斋(引按:谦珍之字)两女史俱在,故录其诗而未入刻本。近年俱故,遍寻其诗不可得。予叔青士于无意中在舜湖友人处觅得耘翁手稿钞本,急以畀予,因并登之。脱离兵燹而得传其姓氏,幸矣哉!"④"急以畀予"云云则暗示,抢救乡邦文献是当世很多士人的共识。因此,《求有益斋诗话》多及乡邦文献的存佚情况。

---

① [清]李道悠辑,嘉兴市档案局(馆)、嘉兴市档案学会编:《竹里诗萃》卷十六,第579页。
② [清]李道悠辑,嘉兴市档案局(馆)、嘉兴市档案学会编:《竹里诗萃》卷十四,第528页。
③ [清]李道悠辑,嘉兴市档案局(馆)、嘉兴市档案学会编:《竹里诗萃》卷四,第144页。
④ [清]李道悠辑:《闻湖诗三钞》卷八,第2a页。

　　《求有益斋诗话》对乡邦文献和雅士艺能的亟存意识远超其说诗兴趣,故是篇诗论甚少,即使述及,也只是寥寥数语。如,《闻湖诗三钞》卷四"计光炘"条下诗话云:"其诗专主北宋诸大家,尤服膺遗山、道园,而能独辟蹊径,不蹈窠臼,故得仍造自然。"①卷五"屈茂垣"条下诗话云:"诗亦冲和淡远,不事矜饰。"②又,《竹里诗萃》卷十二"张庆荣"条下诗话论张氏及其夫人朱仲玉的诗歌云:"皆能绘影绘声,不同凡响云。"③卷十五"蒋桐孙"条下诗话云:"诗笔特清老,犹不失曝书亭遗风焉。"④大体而言,李道悠对于诗歌的看法比较包容,既赞赏自然冲淡,又强调清新老练。

　　《闻湖诗三钞》卷三载录了《闻湖诗续钞》的编撰者李王猷,其下诗话有云:"犹忆辑《闻湖诗续钞》时,以《陶渔村诗稿》属校,因语曰:'诗人之传不传,固有定数存乎其间,然前人不称,后人之责,汝他日宜留意焉。'今忽忽三十余年,录闻謦欬矣。"⑤李道悠谨记从祖的教导,以劫后余生的焦虑感,搜罗竹里诗学文献,辑成两编。查辉说李道悠辑录《竹里诗萃》时"露纂晨钞,岁凡三易,心神交瘁,右目为盲"⑥,可见用心之深和用力之苦。总之,《求有益斋诗话》留心竹里文献,传述乡邦诗人,既因人存诗,传其烬余,又因诗存人,传其心性,是清代后期附集郡邑诗话中的呕心沥血之作。

---

① [清]李道悠辑:《闻湖诗三钞》卷四,第 2b 页。
② [清]李道悠辑:《闻湖诗三钞》卷五,第 16b 页。
③ [清]李道悠辑,嘉兴市档案局(馆)、嘉兴市档案学会编:《竹里诗萃》卷十二,第 435 页。
④ [清]李道悠辑,嘉兴市档案局(馆)、嘉兴市档案学会编:《竹里诗萃》卷十五,第 563 页。
⑤ [清]李道悠辑:《闻湖诗三钞》卷三,第 6b—7a 页。
⑥ [清]查辉撰:《竹里诗萃·跋》,[清]李道悠辑,嘉兴市档案局(馆)、嘉兴市档案学会编:《竹里诗萃》卷末,第 592 页。

第三节　遗民有孤怀的《台阳诗话》

　　王松,名国载,字友竹,号寄生,号沧海遗民,祖籍福建晋江,生于台湾新竹。有学者指出,"王松字号寓意来自1895年台湾风云变色,对家国沦亡的悲痛,受异族统治的无言抗议。'寄生'二字有寄人篱下,弃而后生之意,犹如沧海一粟之遗民身份,表达知识分子不为威武所屈、富贵所淫的高贵节操"[①]。王松"性喜狂吟"[②],以诗酒自娱;著有《台阳诗话》《四香楼余力草》《如此江山楼诗存》等。其中,《台阳诗话》初成于光绪二十四年戊戌(1898),后陆续增补,三十一年乙巳(1905)定稿梓行,分上、下两卷。该书是王松回忆"韶年耳目所及"而成章,故体例同于随笔,共有192则诗话,涉及230人[③]。台阳是台湾的别称之一,台湾文献不少以此为名,如唐赞衮《台阳见闻录》、林树梅《台阳竹枝词》等。《台阳诗话》是台湾地区第一部郡邑诗话,记载该地上起南明永历十五年(1661)下讫清光绪三十一年(1905)的诗人诗作诗事[④],尤以新竹为多,兼及风习物产,亦见寓民宦臣。

---

①卫琪:《王松〈台阳诗话〉中的女性论述》,《岭东通识教育研究学刊》2011年第2期,第177页。

②[清]王松撰:《台阳诗话》下卷,《台湾文献史料丛刊》第八辑第155册,影印台湾大通书局本,人民日报出版社,2009年版,第85页。

③卫琪:《王松〈台阳诗话〉中的女性论述》,《岭东通识教育研究学刊》2011年第2期,第175—210页。

④《台阳诗话》上卷首则云"延平王朱成功为开台第一伟人,明祚赖以维持者三十余年",是则记事自郑成功收复台湾始;又,下卷有云"庚子之秋,余病甚……迨乙巳春,余又病;亲友来问,皆谓万无生理",为记事最晚者。参《台阳诗话》,《台湾文献史料丛刊》第八辑第155册,第1、81页。

一、借诗社和诗人为台湾诗坛留史

　　王松在《台阳诗话》中常称"吾台""吾竹",正如郑杰《注韩居诗话》称"吾闽"、张竹樵《楚天樵话》称"吾楚"一样,此称显示了他对乡邦的热爱和自豪。《台阳诗话》上卷有云:"吾竹素称礼义之邦,不独山水秀媚已也;廉让之风,令人思慕,故来游者往往爱家焉。广州徐莘田曾有《和韵》一绝云:'竹堑溪山久艳称,旧游如梦忆曾经。故园松菊虽堪恋,争似移家住武陵。'"①这是借诗人之口赞誉故乡。作为郡邑诗话著作,桑梓之情常常表现为对乡邦自然景观、族群风习和诗学风貌的书写。《台阳诗话》亦不例外。

　　《台阳诗话》对台湾自然风光多有称颂。如,"台北山水奇秀甲海外,莲座山剑潭,其尤著者";"竹城南门外有古奇峰,建庙祀福神;环山面海,景趣颇佳。余尝往游焉"②;"日月潭一名水社,湖中有小屿,风景甚佳。刘省三爵帅(铭传)尝设生番学堂于此,固台中著名之区也。……玉山即今所谓新高山也,在于嘉义之间;西人呼为毛里顺山,高有一千二百八十五丈,居世界高山之六"③。以玉山为世界第六高山,不知何所据,应该是当时的认知。所谓新高山之名,乃光绪二十三年(1897)日本人割占台湾后所改,更名改制正是日本殖民台湾的策略之一。又,王松对台湾民性亦因诗及之。如,论闽族云:"台湾滨海,居民多闽族,内山则皆粤产也。质直好义,耐苦勤耕。地方

①［清］王松撰:《台阳诗话》上卷,《台湾文献史料丛刊》第八辑第 155 册,第 6 页。按:该本于书名、题名、诗文名等,均不加书名号,引号规范亦与通行标准有异,本书引用时,为便于识别和统一,俱增改之。

②［清］王松撰:《台阳诗话》上卷,《台湾文献史料丛刊》第八辑第 155 册,第 12、13 页。

③［清］王松撰:《台阳诗话》下卷,《台湾文献史料丛刊》第八辑第 155 册,第 54—55 页。按:引文中的括号及其内容,除非特别说明者,皆《台阳诗话》原有。

有事,当道咸赖焉。其报效亦独力,故著有'义民'之称。"①又论番族云:

> 台湾番族,原从南洋"巫来由"诸岛传来;故其言语风俗,多与之同。其间分为三种,摆安、知本、阿眉是也,摆安族最强,余皆柔顺,统称曰"生番";归化者为"熟番"。散处于本岛东部,穴居野处,渔猎为生,颇有上古之遗风存焉。熟番归化后,有指日为姓者,有由官长赐其姓。出与粤人杂居,无相扰。康熙三十四年,始设立熟番社学以教之,俾解文字,易服装,与汉人同。嗣亦许其应试入学,别为番籍生。有卫华卿茂才(璧奎),番籍中之翘楚也,与余相遇于试院,一见欢若平生,握手论文,颇有特识。丁亥大旱,邑侯方公,竭诚祈祷,雨即沛然。茂才上诗四首,有句云"使君自具为霖手,难得天人一气通",为方公所赏。子朝芳,亦入邑庠。②

本则诗话首先说明了台湾高山族(番族)的族源、族群划分、民族个性和生活方式,继而指出他们与其他族群相处和睦,还提到了清廷对高山族的汉化教育及其成效。凡此种种,表明台湾不仅是一方华夏胜境,而且很早以来就是一个多民族交融并进的化内之区。

卫华卿是台湾高山族诗人的翘楚,也是《台阳诗话》勾勒的台湾诗学风貌的一部分。总体而言,此一风貌主要由诗社及各地诗人交织而成。王松指出:

---

① [清]王松撰:《台阳诗话》下卷,《台湾文献史料丛刊》第八辑第 155 册,第 59 页。
② [清]王松撰:《台阳诗话》下卷,《台湾文献史料丛刊》第八辑第 155 册,第 54 页。

　　吾台近日诗学之盛,远过昔年。论作家当推鹿苑吟榭,其如道阻且长,诸君子皆未得谋面,实为恨事。仅读《新报》所刊咏物、咏史诸作,俱可为山川生色矣。许剑渔《花气》云:"薄醉芳醪蒸锦被,微闻芎泽解罗襦。"施梅樵云:"微雨蒸成香世界,暖风吹出玉阑干。"鹿港又有陈槐庭,亦鹿苑中之诗人也,与余为莫逆交。有《书怀》句云:"古来名士惟耽酒,老去才人尽著书";"酒入侠肠成热血,诗经名手出新裁";"绝口怕谈天下事,平情曲谅古人心";"不曾力学休伤遇,谁道能诗即是才"。俱登作者之堂。倘使随园老人见之,亦当引为同调。①

鹿苑吟榭即鹿苑吟社,是光绪二十三年(1897)由鹿港士人许剑渔、洪弃生等共同创立,施梅樵、陈槐庭俱是社中诗人。许天奎《铁峰诗话》云:"吾宗剑渔先生(经石),鹿港名诸生也。性豪爽,耽吟咏,平生出入韩、苏;然古诗深得东坡化腐生新之妙,迥非矫揉造作者可比。"其下亦引许剑渔《花气》诗句②。鹿苑吟社是清末台湾诗社的先行者,对台湾诗社和诗歌的发展影响甚大。此期台湾诗社林立,这与台湾在1895年被迫割让给日本有直接关系。《铁峰诗话》云:"沧桑后,不得志之士往往以幽愤不平之气,发为诗歌。首由蔡启运、许剑渔等倡设鹿苑吟社,林痴仙、赖悔之等继设栎社,皆能引掖后进,风气因之大启。至今全台诗社林立,未始非诸前辈之力也。"③异族侵占宝岛,华夏子民一朝成倭夷,士人痛心疾首之余,更无所适从,遂呼朋引伴,借

①[清]王松撰:《台阳诗话》上卷,《台湾文献史料丛刊》第八辑第155册,第11—12页。
②许天奎:《铁峰诗话》,连横编:《台湾诗荟杂文钞》,《台湾文献史料丛刊》第八辑第164册,影印台湾大通书局本,人民日报出版社,2009年版,第42页。
③许天奎:《铁峰诗话》,连横编:《台湾诗荟杂文钞》,《台湾文献史料丛刊》第八辑第164册,第38页。

诗自晦。《铁峰诗话》记洪弃生在割让后的行事和诗歌云:"改隶后,杜门不预世事";"余尤爱其《科山生圹》七律八首,题材之完备、气魄之雄壮、用意之深、托辞之雅,莫不并臻其妙,洵为集中律诗之翘楚。诗云:'乾坤老去剩残身,刍狗刍灵作比邻。海外已无干净土,山中尚有醉眠人。当前斩板蓬蒿满,此后悬崖日月新。我欲访君生死路,衡门输与墓门亲。'……'埋文冢已同刘蜕,荷锸身终傍老伶。槐穴玄钩先作梦,辽城白鹤欲藏形。不知一老香山地,可是三休处士亭?只恐谢敷求死苦,岁星未应少微星。'"①于此可见其内心之痛楚与无奈。是则王松借由诗社之盛呈现诗学之兴,其实蕴藉着天地变色的深意。

除鹿苑吟社外,《台阳诗话》还记载了竹梅吟社,谓"吾乡竹梅吟社之盛,于光绪初年为最"②。竹梅吟社于光绪十二年(1886)创立于新竹,早期成员有蔡启运、陈浚之、郑毓臣、林薇臣等,他们在台湾割让后依然很活跃。当时台湾诗社雅集,流行击钵吟。所谓击钵吟,是指限时、限题、限韵之"击钵催诗"的创作活动及其作品。竹梅吟社的蔡启运曾命儿子蔡汝修编辑《台海击钵吟集》,其中收录光绪年间竹梅吟社的击钵吟存稿,汝修在编辑的过程中将其扩大为一部收诗五百余首的台湾旧诗总集③。《台阳诗话》也记载了海东吟社的击钵吟诗歌,曰:

　　　　海东击钵吟会,乃台中诸诗友所立。有《击鼓催花》一题,咏者甚多,今就其选定列于下。陈沧玉云:"声声催发上林枝,春日

①许天奎:《铁峰诗话》,连横编:《台湾诗荟杂文钞》,《台湾文献史料丛刊》第八辑第164册,第39、40页。按:《科山生圹》,即《题谢君生圹》;"身终",一作"身将"。

②[清]王松撰:《台阳诗话》上卷,《台湾文献史料丛刊》第八辑第155册,第9页。

③汪毅夫:《〈台海击钵吟集〉史实丛谈——兼谈台湾文学古籍研究的学术分工》,《闽台地方史研究》,福建教育出版社,2008年版,第165页。

唐宫秘戏奇。羯鼓未终鼙鼓动,海棠忽到落花时。"蔡启运云:
"鼕鼕声响报花知,上苑春和次第吹。第一承恩随鼓转,沈香亭
北海棠枝";"鼕鼕声报六宫知,绿瘦红肥尽弄姿。独有红梅催不
理,楼东更鼓一灯支";"羯鼓声中芳信驰,春风先上海棠枝。红
尘一骑飞丹荔,又是君王鼓掌时";"唐宫花信日嫌迟,击鼓恩同
雨露施。转笑海棠开到未? 沈香春梦正迷离"。郑长庚云:"怜
香有意惜花迟,羯鼓频催破萼奇。他日渔汤(引按:当为'阳'之
讹)鼙鼓动,名花曾奈已残枝。"蔡汝修云:"待晓风吹尚觉迟,鼓
声未歇蕊盈枝。唐皇直把天工夺,换作天公亦自宜";"如雨声中
急又迟,上林借汝好风吹。吟坛有钵能催句,谁是花生笔一枝"。
郭涵光云:"催花不许报花迟,一击鼕鼕听已知。隐伏渔阳鼙鼓
兆,六宫春色属胡儿";"连日春寒开较迟,声声如雨暖风吹。三
郎莫转催花恼,多事宁王笛一枝"。①

　　如此详载击钵吟诗歌,不仅表明当时台湾联社吟咏风气之盛,也为后
世留下了台湾诗史的第一手资料。

　　《台阳诗话》还记载了多地的诗人及其诗作。"吾乡近来青年能
诗者颇多,如黄潜渊、叶文游、吴淑堂,其尤有可采者也。"②还称颂台
北人黄植亭,"风流潇洒,倾倒一时,为台湾新报社骚坛盟主"③。王
松还特别注意家族诗人和并称诗人。如,被誉为"海东三凤"的彰化

---

① [清]王松撰:《台阳诗话》下卷,《台湾文献史料丛刊》第八辑第 155 册,第
　　84—85 页。
② [清]王松撰:《台阳诗话》上卷,《台湾文献史料丛刊》第八辑第 155 册,第
　　37 页。
③ [清]王松撰:《台阳诗话》上卷,《台湾文献史料丛刊》第八辑第 155 册,第
　　30 页。

吕汝玉、汝修、锡圭兄弟①,"韵事风流,一时并美"的吴子瑜、吴子衡兄弟等②。又谓:

> 外人尝谓新竹有"双石",盖指王箴盘(石鹏)、谢介石(恺)是也。介石少颖异,有远志,文采风流,人多羡之。两游东京,与燕人马绍兰善。马君书联赠之云:"兰如解语还多事,石本能言更可人",盖合两人而成一联也。介石本其意,口占七律答之云:"出谷幽兰不染尘,偏从顽石订前因。共为海外谈瀛客,竟作天涯知己人。文化期无分畛域,功名岂慕尽麒麟? 他时燕北鲲南日,两地相思远更亲。"随手凑合,饶有神致。③

从《台阳诗话》载录人物的籍里看,绝大部分是台湾本地人,其中新竹籍又占其半,有学者认为这与王松青年时期参与"通志采访"工作有关④。或许这也与他主要活动于新竹等台湾北部地区,而较少涉足南部有关。

另外,《台阳诗话》还提到了黄逢昶编纂的《台湾竹枝词》,谓该书"后附前人所咏龟山生、熟番诸歌,而不刻姓名,时论非之。兹编诗话,欲采数首,翻撷未终,倦欲思睡,因忆张侍御(湄)巡台云:'真个四时皆似夏,荷花度腊菊迎年';'一抹腮红还旧好,解纷惟有送槟

---

① [清]王松撰:《台阳诗话》下卷,《台湾文献史料丛刊》第八辑第 155 册,第 49 页。
② [清]王松撰:《台阳诗话》上卷,《台湾文献史料丛刊》第八辑第 155 册,第 40 页。
③ [清]王松撰:《台阳诗话》下卷,《台湾文献史料丛刊》第八辑第 155 册,第 61—62 页。
④ 廖一瑾:《台湾诗话鼻祖王松〈台阳诗话〉的诗史意识》,《福州大学学报》2018 年第 3 期,第 32 页。

榔';'月几回圆禾几熟,岁时频换不知年'。又何其可爱也"①。连横
《台湾诗乘》载录了不同作者的多种《台湾竹枝词》,其中卷五云:"黄
逢昶字晓墀,湖南湘阴人,光绪初宦游台北,著《台湾杂记》一卷,内有
竹枝百首,其所引注,事多失实。盖以宦游之人,偶闻异事,喜而记
之,遂以为奇;然亦可供谈瀛之资也,为载一二。……采花莫道菊花
残,朵朵琼英足夕餐。忽讶片舟浮一叶,仙人又到秀孤鸾(宜兰县有
秀孤鸾,山多菊花。海中一屿皆仙居,每岁冬初遣一童子驾舟采
之);……山环海口水中流,番女番婆夜荡舟。打得鹿来归去好,歌喧
绝顶月当头(鹿港为熟番打鹿之区)。按:秀孤鸾菊花载于《彰化县
志》《丛谈》,而鹿港打鹿系二百五十年前事,今已成为巨镇。诗人不
知历史,大概如是。"②王松称"翻撷未终,倦欲思睡",大约正是因为
黄逢昶《台湾竹枝词》自注多有失实,故转而载录张湄所作竹枝词。
王书和连书的两处记载,正可合观,或有裨于认知台湾竹枝词的写
作史。

二、《台阳诗话》所见王松的诗学思想

王松在《台阳诗话》中多次表露了其诗学思想,其中有的是借他
人之书以宣己意,有的则是直陈己意。关于作诗,《台阳诗话》有云:

> 人爱作好诗,切宜多读多讲、多作多改。《秋星阁诗话》所云
> 陋习,略举有五,即不择题、限韵、步韵、滥用、犯古人是也。夫欲
> 作好诗,必先择好题,方可举笔;而今人作诗,喜用纤小之题目,
> 或用俗题,或用自撰不稳之题;视其题劣,则诗不览可知矣。若

---

① [清]王松撰:《台阳诗话》上卷,《台湾文献史料丛刊》第八辑第 155 册,第 5 页。
② [清]连横:《台湾诗乘》卷五,《台湾文献史料丛刊》第八辑第 147 册,第 205—
　206 页。

夫限韵,不过欲以险字窘人耳。不求诗工,只夸韵险,井蛙之见,非大方所取也。步韵尤今日通病。此例宋人作俑,前此未有也。观唐人唱和之什,不必同韵、同体,况步韵乎。今一诗成,步者纷纷。一韵屡见,如蔗渣重嚼,有何滋味?牵扯凑合,桎梏人才,导人苟简,贻误后学,莫此为甚。滥用者,由于广声气,故索之即应,有以介寿索者,有以哀挽索者,此等甚多;诗既不佳,徒劳神志。或预办套语,临时书付;诗名愈广,诗品愈卑。更有逢人辄赠,用充礼物;诗之不幸,一至于此,大可伤也! 偷句最为钝贼,词家深以为戒。连用三字,便觉索然。偶犯,速改可也。又云,劝虚心、审趋向、戒轻梓。大抵邀誉者乃招毁之物,博名者即败名之具。盍慎诸!①

本则诗话其实是王松融合李沂《秋星阁诗话》之《八字诀》《指陋习》两条的内容而成的②,表明他认可李说。不过,他在下卷中又对限韵发表了新的见解:"限韵诗虽属小家,不足登于大雅之堂;然争奇斗巧,藉以消闲,犹较奕棋为有趣耳。吾竹十年前,此风颇盛。余记延年菊限'矼'字,张谦六茂才(贞)云:'灵芝亦是长生药,采与黄英浸一矼';盲目僧限'闲'字,黄谷如茂才(昇)云:'不明眼镜明心镜,色界空空一味闲'。俱为人折服。"③观其所言,此番新见似是专门为"吾竹"诗人而发。所谓限韵诗比奕棋有趣,纯属主体感受,实在难以作为诗学立场的支撑。王松为回护乡贤之诗竟至曲己之说,就诗学批评的严肃性而言,似乎不那么"有趣"。另一方面,王松还抄录了林

---

① [清]王松撰:《台阳诗话》上卷,《台湾文献史料丛刊》第八辑第 155 册,第 33—34 页。
② [清]李沂撰:《秋星阁诗话》,[清]丁福保辑:《清诗话》,第 946、948—949 页。
③ [清]王松撰:《台阳诗话》下卷,《台湾文献史料丛刊》第八辑第 155 册,第 58 页。按:"奕",疑为"弈"之讹。

钧《樵隐诗话》中的多个条目。如,"诗以气壮为上,局势次之,词华又次之;对仗虽工,落下乘矣""诗贵于炼。炼格为上,炼句次之,炼字为下"等①。这些抄文可见王松在诗歌气格、锤炼字句等方面的观点。

以上观点,基本属于诗歌的技巧和批评层面,从根本上看,王松的诗学思想是传统的儒家诗教观。他在《台阳诗话》中说:

> 诗之为道,可以知人心之邪正、风俗之厚薄、时政之得失、国家之盛衰,颂扬讥刺,在所不废;闻之者知儆,言之者无罪,故古有辖轩采风之制。然诗宜以温柔敦厚为主,其颂之也勖其加勉,其刺之也望其速改,词虽殊而存心则一。自古道日漓,颂者谄谀,刺者痛诋;因此贾祸,何可胜数?而明哲保身者,则恒以此为戒。果杏岑将军有句云:"新诗切忌干时政,醇酒应知误少年。"然有心世道者,抚时感事,郁于中必宣于外,时政未尝不可干也,要在以忠厚蕴藉出之耳。如太显露,未有不贾祸者。楚人许雪门观察所著《雪门诗草》,读之,自道光至同治数十年来国家之治乱、将帅之贤愚、民情之苦乐、中外之情形、军务之胜败,历历在目,直笔褒贬,语复蕴藉,深得忠厚之旨。且可为他年史料,直足与《曾文正公文集》共观,而察知当年得失之源焉。②

诗话中的"果杏岑将军",即晚清士人果尔敏,或作果勒敏,字杏岑,镶黄旗人,曾任广州汉军副都统、杭州将军,著有《广州土俗竹枝词》。

---

① [清]王松撰:《台阳诗话》上卷,《台湾文献史料丛刊》第八辑第155册,第22页。

② [清]王松撰:《台阳诗话》上卷,《台湾文献史料丛刊》第八辑第155册,第14页。

"许雪门观察",即许瑶光(1817—1882),字雪门,号复叟,善化(今属湖南省长沙市)人,曾任嘉兴知府。这则诗话的前半段几乎是《诗大序》的复刻。他说,诗要有补于政教,诗要温柔敦厚,这是中国古典儒家诗学思想的核心,王松完全接受这一点。他反对时人果尔敏明哲保身的诗学观点,认为诗人要有心于世道,时政也未尝不可干预,但是要以温柔敦厚、含蓄蕴藉的方式表达出来,否则的话,可能祸及自身,而在这方面,许瑶光及其《雪门诗草》是正面典范。基于此种思想,王松一方面声称自己撰写《台阳诗话》的一个原则是"有赞叹而无挞诃"①,另一方面在诗话中极力推崇有益于世道人心的诗作。

> 闽人林畏庐所撰《闽中新乐府》,风行海内外,丘菽园观察为刊行本意,编入《训蒙丛书》。吴人三昧子谓其书有益于国民甚大,不仅为闽一隅而发……因摘二首附此,以告我台人者。《检历日》云:"检历日,检历日,婚葬待决日家笔。欧西通国无日家,国强人富操何术?……天变由无一定眹,日家之说尤荒唐。惠迪从逆理归一,不必长年检历日。"此恶日家之害事也。又,《生髑髅》云:"生髑髅,生髑髅,眶陷颐缩如猕猴。痰声来,咳声续,黔到指头疲到足。……计今惟有开烟局,烟归官卖加箝束。无奈官中重税金,祸根深陷牢人心。寸心私祝戒烟会,救护神州休陆沈。"此伤鸦片之流毒也。着实说来,明白如话,足以唤醒世之梦梦者。其于人心世道,裨益不浅;慎勿仅以寻常歌咏目之矣。②

---

① [清]王松撰:《台阳诗话·自序》,《台湾文献史料丛刊》第八辑第 155 册,第 1 页。
② [清]王松撰:《台阳诗话》上卷,《台湾文献史料丛刊》第八辑第 155 册,第 24—26 页。

《闽中新乐府》是林纾写作于甲午战败之后的一部白话文诗集,1897年底由魏瀚在福州梓行,共收诗 29 题 32 首。该集远绍中唐"新乐府运动"的精神,以通俗文学的方式训蒙童、开民智、述新知、斥时弊,借由对当时中国社会文化的评判,寻求维新变革、救亡图存之路[1]。《检历日》评判的是婚葬中的择日习俗,《生髑髅》评判的是鸦片之流毒。王松摘选此两篇以告台人,盖两种现象在台亦常常有之。他说《闽中新乐府》"明白如话,足以唤醒世之梦梦者",甚是准确。

《闽中新乐府》还有《小脚妇》《水无情》《灶下叹》和《兴女学》四题,前三者分别批判溺女、缠足、虐婢等恶习,后者则是疾呼兴办女学,四题合观,足显林纾对女性命运的现代性关怀。然而,王松却在《台阳诗话》中张扬节妇,鼓吹"青年守节"。

> 　　厅志《贤妇传》载:黄淦亭广文淑配何孺人因夫病笃,久侍困懒,汤药无效,求神问卜,俱云命运与妻相克,若无克制必死。何向姑曰:"夫死无子,宗祀斩矣。且姑年老赖谁? 妇愿代死,以延夫寿。"遂饮药死,夫更霍然。士林争咏其事。余记戴还浦茂才二句云:"莫延夫命生何益? 既慰姑心死不妨",可谓委曲详尽。广文有《沪尾凯歌》甚佳,今失。[2]
>
> 　　鹿港陈玉程女士,青年守节,知书识礼。其宗人传其《感怀》七律,有一联云:"园中有鸟啼姑恶,月下无人唤子规。"一字一泪,令人不忍卒读。[3]

---

[1] 张胜璋:《从训蒙到启蒙——论林纾的前期创作〈闽中新乐府〉》,《福州大学学报》2021 年第 4 期,第 84—88 页。

[2] [清]王松撰:《台阳诗话》上卷,《台湾文献史料丛刊》第八辑第 155 册,第 17—18 页。

[3] [清]王松撰:《台阳诗话》上卷,《台湾文献史料丛刊》第八辑第 155 册,第 37 页。

何孺人牵拘于时代认知和女范教化,主动代死,祈延夫寿,其行可惋,其情可悯,戴还浦咏之以"莫延夫命生何益?既慰姑心死不妨",看似赞颂,实乃冷酷。王松在第一则诗话中毫不犹豫地称许戴诗"委曲详尽",在第二则诗话中尽管表达了对陈玉程受到婆婆虐待的深切同情,但依然突出了她"青年守节,知书识礼"的身份特征,足见在卑视女性的文化黑洞中,即使傲岸不羁若王松者也难有超离的觉悟;以此反观,林纾解放女性的呐喊诚乃扭曲时空中的一抹亮色,弥足珍贵。总之,在新旧交替的时代,王松因循《海虞诗话》作者单学傅、《菱溪诗话》作者余宣等人的保守路向,不越雷池,拘于传统,这也是其礼教化诗学观念的底色。

三、《台阳诗话》的孤怀隐衷

《台阳诗话》载:"癸卯秋,某进士邮寄诗集二卷,并函嘱采入诗话。余不惜一日夜之工尽阅之,中多感事之作,指陈时事,污及宫闱,令人一读声泪俱下,余不禁为击节叹赏,欲选入以光拙著;继思时局至此,诚非臣子所忍言。自抒幽愤,犹宜寄托深婉,况可明载之简篇乎?"[1]这则诗话实是夫子自道,表明《台阳诗话》之著,别有寄托。那么,其"深婉"之意究竟何在呢?要回答这个问题,首先需要回到王松的身份认知上来。

王松自称"沧海遗民",则其固有遗民意识也,唯其内心自许所遗,未必是有清。《台阳诗话》对清廷的态度,虽不多述,但亦可窥一斑。内中有云:"吾台陈日光茂才(焕耀)有《题丘菽园先生红楼梦绝句诗后》云:'月旦公评又一新,笔花开处唤真真。知君具有量才尺,先试红楼梦里人。'谢道隆茂才(颂臣)亦题云:'金钗十二幻情缘,又

---

①[清]王松撰:《台阳诗话》上卷,《台湾文献史料丛刊》第八辑第 155 册,第 24 页。

得丘迟妙句传。劫火难烧才子笔,海天重话石头禅.'此盖谓满洲禁
《红楼梦》而不能绝也。二君诗皆清新可爱。"①通观《台阳诗话》,时
见"吾台""吾竹""吾邑"之称,而未见"大清""国朝"等其他清代
郡邑诗话习见之称,此处更有"满洲"之称,显然王松对清廷并不
满意。

　　《台阳诗话》前6则所记,均涉明郑。第1则云:"延平王朱成功
为开台第一伟人,明祚赖以维持者三十余年,其盛德大业,为中外所
钦。世之文人学子,恒喜讴歌是事。"以下又引蔡醒甫的诗歌《谒延平
王庙》,高扬郑成功收复台湾、延续明祚的伟业,并揄扬郑氏忠于朱
明、反抗清廷的赤诚②。第2则记沈葆桢驻台后重修延平王庙之事,
并录其楹帖云:"开万古得未曾有之奇,洪荒留此山川,作遗民世界;
极一生无可如何之遇,缺憾还诸天地,是创格完人。"③第3则记日本
汉学家馆森鸿游台访问郑氏后裔并祭奠郑氏之事,又载其诗云:"国
破君亡何忍言,泪枯闽地旧乾坤。春风一剑三千里,来吊孤臣未死
魂。"④此亦歌颂其孤勇精忠之志。其下第4则诗话是王松对馆森鸿
之诗的评论:"噫!何令人景仰一至于此!而德国李庶博士所著《台
湾岛史》竟目为海贼朝廷,称成功曰贸易大王,其识见亦诚可鄙也
夫!"⑤这是抨击德国人将郑氏目为"贸易大王"的陋见。第5、6则诗

①[清]王松撰:《台阳诗话》上卷,《台湾文献史料丛刊》第八辑第155册,第
　22页。
②[清]王松撰:《台阳诗话》上卷,《台湾文献史料丛刊》第八辑第155册,第
　1页。
③[清]王松撰:《台阳诗话》上卷,《台湾文献史料丛刊》第八辑第155册,第1—
　2页。
④[清]王松撰:《台阳诗话》上卷,《台湾文献史料丛刊》第八辑第155册,第
　2页。
⑤[清]王松撰:《台阳诗话》上卷,《台湾文献史料丛刊》第八辑第155册,第
　2页。

话记南明宁靖王朱术桂与五妃殉国,以及后人纪念之事①。纵观以上诗话,可见王松对郑成功极为崇敬。沈葆桢称明郑给台湾留下"遗民世界",则王松自许之遗民乃是明郑之遗民;而明郑奉朱明为正朔,则其遗民又是明代之遗民也。

光绪二十一年乙未(1895),割台议定之后,日军登台,台湾民众纷纷反抗,掀起了一系列抗日战役,史称"乙未之役"或"乙未战争"。《台阳诗话》于此颇多载记。

> 《了庵杂录》载:谢颂臣茂才(道隆),乙未之役,率其徒数十人统军北上,舍于苑里蔡启运之家。……茂才素谙兵略,与丘仙根工部(逢甲)为中表昆弟。当工部倡义时,茂才亦集其所与游者来赞戎机。及事败,乃散其徒,亡命走江湖。有传其《割台书感》云:"和约书成走达官,中原王气已凋残。牛皮地割毛难属,虎尾溪流血未干。傍釜游鱼愁火热,惊弓归鸟怯巢寒。苍茫故国施新政,挟策何人上治安?"呜呼! 茂才之志,亦良苦矣!②
>
> 郑伯玙孝廉(家珍),吾竹钜子也。自少好读近世译本,精于术数之学。乙未,避地入闽,从学者众,皆游泮而归。……其诗余不多见,仅记其《感台事》末二联云:"虎旗强迫元戎拜,鸡屿终看故垒空。不及月楼身一死(谓张月楼战死鸡笼),犹喷热血洒秋风。"③

---

① [清]王松撰:《台阳诗话》上卷,《台湾文献史料丛刊》第八辑第 155 册,第 2 页。

② [清]王松撰:《台阳诗话》上卷,《台湾文献史料丛刊》第八辑第 155 册,第 36 页。

③ [清]王松撰:《台阳诗话》上卷,《台湾文献史料丛刊》第八辑第 155 册,第 11 页。

以上诗话或引用，或自撰，皆述乙未之役的悲壮和牺牲。诗话又记林鹤年《送刘渊亭副帅永福守台南》诗云："五百田横气尚雄，曾闻孤岛盛褒忠。誓心天地中原泪，唾手燕云再造功。不信黄金能应谶，谁教赤嵌擅和戎。兵销甲洗天河夜，只手澜回力障东。"刘永福，字渊亭，广东钦州（今属广西壮族自治区）人，曾率军援越抗法。光绪二十年（1894），入台南帮办军务，次年被推为乙未抗日首领，终因粮尽援绝，被迫内渡厦门。王松在林诗下评论云："噫！先生期望之心，亦甚切矣，不谓刘帅未能竟其志。羊公不舞之鹤，难免为先生羞。吁！可慨也！"①连用语气虚词，表达了对刘永福抗日失败的痛惜，虽然"羊公不舞之鹤"云云，责之过切而显失公允，但亦可见王松对乙未之役未能成功的失望之情。

《台阳诗话》又记谢锡勋致郑如兰祝寿诗云："我乡古有郑安期，深入白云采紫芝。骑鲸东去二千载，至今乃在鲲瀰湄。鲲海近为明主弃，沧桑易坠英雄泪。……国土分赠如木瓜，惟有人志长不死。但令台湾有郑氏，正朔拳拳弗失矣。君不见海上子卿旄节寒，辽西幼安藜床穿。天下何与匹夫责，金瓯虽缺谷神完。徐福纷纷尽东渡，先生汉官犹郎署。漫言海岛一遗民，区区寿纪关国祚。"郑如兰（1835—1911），字香谷，号芝田，淡水厅竹堑（今台湾新竹市）人；光绪十五年（1889），因办团练有功，授候选主事，后加道衔；郑氏家业颇丰，常能扶危济困，颇受时誉。谢锡勋在诗中表达了对清廷放弃台湾的愤懑，对明郑守护国祚的怀想，并期待郑如兰能为国家尽责。王松在该诗下评论云："诗胆轮囷，奇气郁勃，自有不可遏之势。末段慷慨而歌，

---

① ［清］王松撰：《台阳诗话》上卷，《台湾文献史料丛刊》第八辑第 155 册，第 36 页。

写得极有关系,慎勿以寻常寿诗目之也。"①王松表示,谢诗不是一般
的祝寿诗,而是慷慨悲壮的家国之歌,其间蕴藉的恢复之志,更是溢
于言表。

　　此种意绪,王松亦有自我表露。他说:"余自少颇负微名,长遭离
乱,只可藏拙山中,不堪世用。年来无聊,戏编诗话;远近知者俱以诗
稿嘱选,未曾着笔,董语横来,殊可畏也。但目击时艰,胸中所欲言而
不敢言、又不得不言者,悉于诗焉发之,亦古人'国家不幸诗家幸,赋
到沧桑句便工'之谓也。"②以遗民姿态"寄生"日据下的海岛,"胸中
所欲言而不敢言、又不得不言者",自然是国家不亡,斯文不坠。关于
这一点,林辂存亦曾洞悉。其《台阳诗话·跋》云:

　　　　王子友竹,台之闻人也。性嗜吟,广交游,有孔北海风。去
　　冬,介弟寿竹过厦,赍所著《台阳诗话》《四香楼余力草》等卷嘱
　　余为之序。余受而读之,不禁喟然叹曰:"有是哉! 台犹未
　　亡也。"
　　　　……
　　　　王子之才、之行,天下知之者甚夥,姑勿赘。至若今所读《诗
　　话》《吟草》,其神妙处亦尽于诸名人序中,余更何赞一词。但余
　　亦有所耿耿不忘者:盖集中序列姓氏,强半为余挚交;所载山川
　　风物,亦强半为余亲历。呜呼! 地割矣,斯文坠矣。大陆已沉,
　　群黎无告,而吾子更能出入枪林炮雨中自葆其道,又得以所葆之
　　道而遗诸余,余何幸而与于此! 然余惫矣,行将退居深林,无暇

①[清]王松撰:《台阳诗话》下卷,《台湾文献史料丛刊》第八辑第 155 册,第
　83 页。
②[清]王松撰:《台阳诗话》下卷,《台湾文献史料丛刊》第八辑第 155 册,第
　48 页。

与世共迁流。惟吾子为两间一大界线,文运所关,间不容发,其珍重为之;二百六十一万同胞,叨子之光,正无量也。噫! 犖犖大才,岂特为诗界争色已哉!①

林辂存(1879—1919),字景商,号鹭生,祖籍福建安溪,生于厦门。光绪十八年(1892)随父林鹤年往台榷办茶厘,二十一年(1895)台湾割让后返回厦门鼓浪屿。林氏此跋不仅是对《台阳诗话》时代意义的总结,也是对王松恢复中华、延续斯文之"孤怀"的揭橥。只是,其所希冀的中华,应该不是"满洲"治下的中华,而是朱明政权下的中华。

第四节　清代郡邑诗话的殿军《吟芷居诗话》

张其淦(1859—1946),字汝襄,号豫泉(或谓是改字),晚号罗浮豫道人,广东东莞人;光绪二十年(1894)进士,曾任山西黎城知县、安徽提学使等职。辛亥革命后,隐居沪上,专事著述,著有《邵村学易》《左传礼说》《老子约》《松柏山房骈体文钞》《梦痕仙馆诗钞》等二十余种。张其淦对遗民诗人情有独钟,著有《明代千遗民诗咏》《元八百遗民诗咏》。另辑有《东莞诗录》六十五卷,乃在邓淳《宝安诗正》六十卷、罗嘉蓉《宝安诗正续集》十二卷、苏泽东《宝安诗正再续集》四卷的基础上编成②,共载录宋初至清末东莞诗人 816 位、诗作 5736

①［清］林辂存撰:《台阳诗话·跋》,《台阳诗话》卷末,《台湾文献史料丛刊》第八辑第 155 册,第 91—92 页。
②《东莞诗录》所据三书今均仅有残钞本存世,详参杨宝霖《东莞诗歌总集编纂源流》,收东莞市政协、莞城区办事处编:《东莞地方文献整理与东莞学人研究文集》,齐鲁书社,2015 年版,第 320—330 页。

首①。《吟芷居诗话》是张其淦自撰诗话,间附于《东莞诗录》诗人小传之末,据笔者统计,共有 211 则。值得一提的是,《吟芷居诗话》曾被整理成四卷,连载于现代期刊《学术世界》1936、1937 年中的数期,首载前附张其淦《序》,谓:"吾邑明陈琴轩侍郎祁巽川方伯著有前、后《宝安诗录》,久已散佚不传。清邓朴庵征君与罗秋浦明经前后辑有《宝安诗正》。余复广为搜罗,以成《东莞诗录》六十五卷,自宋迄今,得诗七百余家,生存者不录。吾邑城内道家山有凤凰台,自明代诗人结凤凰诗社于下,主持坛坫,由是邑多诗人。屈翁山先生《广东新语》谓吾邑诗得源流之正,洵不诬也。余辑此《录》成,仿朱竹垞先生《明诗综》附《静志居诗话》之例,因以所著《吟芷居诗话》附入《诗录》中。友人以为应另抄成书,亦得四卷。虽只论吾邑人之诗,而去取不苟,作诗之法,偶有评论,亦可窥见旨趣也。乙亥年四月张其淦自识,时年七十有七。"②《吟芷居诗话》原是附集郡邑诗话,随编随撰,本无序言,因另刊而有新序,诚为清代郡邑诗话史罕见之例。

一、《吟芷居诗话》重在以人存诗

纵观清代郡邑诗话,多是以人存诗和以诗存人并重,但陶元藻《全浙诗话》坚持以诗存人,《吟芷居诗话》则偏向以人存诗。《东莞诗录》卷十四"林培"条下诗话云:

> 培之(引按:林培,字培之)侍御以直言获罪,谪福建盐官,有《闽中除岁恭祀先大夫祠》一诗,兴怀于继序之不忘,而无谪宦微

①杨权:《张其淦与〈东莞诗录〉》,《中山大学学报》2014 年第 2 期,第 39—48 页。

②[清]张其淦撰:《吟芷居诗话·序》,《学术世界》1936 年第 1 卷第 9 期,第 39 页。

官之感慨,其所养可知矣。杨复所曰:"林定宇一生只是认真,故能为子孝,为臣忠,为友信,为兄弟友恭。"陈素庵曰:"林定宇全在五伦上用心,做到恰好处。"夫尽伦能到恰好处,即《中庸》之为德也,以人存诗,工拙不必论矣。①

林培,字培之,东莞人。明神宗万历元年(1573)举人,二十年(1592)任湖广新化知县。据《[崇祯]东莞县志》,陪之任职时,正值灾饥,"赈恤有方,全活甚众。复于沿乡立义仓一百五十四所为预备,敛散有法,民甚赖焉。革鄙俗,建社学,修水利";"万历二十四年(1596),同时斥科道三十四人,培上疏死诤,欲以身悟主。……疏入,谪福建盐运司知事"②。诗话所谓"以直言获罪"即指此事。张其淦认为此事表现了林培之作为诤臣的情操,又引杨复所、陈素庵之言,指出林氏矢志五伦,节操高尚,这类人的诗歌即使水准不高,也值得被载录。与林培之类似的是戴铣:"侍御期月十余疏,多人所难言。劾奏六尚书,直声满天下。"③故其诗亦堪记载。"不屈于权贵,而能以气节鸣于世"的卢祥亦如是④。可见,《吟芷居诗话》以人存诗,其"人"须品性端直,五伦不坠。不过,这只是诗话着意的"人"之一。

《东莞诗录》卷十六"陈策"条下诗话又载:

> 岳武穆由武科出身,诗词皆出类拔萃,人所知也。陈忠愍(引按:陈策之谥号)由武进士出身,当明季,战功甚多。后以都督援辽,死事甚烈。《岭南诗拔》云:策援辽时有诗别亲友云:

---

① [清]张其淦编,李君明点校:《东莞诗录》卷十四,第261页。
② [明]张二果、曾起莘著,杨宝霖点校:《[崇祯]东莞县志》,东莞市人民政府办公室,1995年版,第518—519页。
③ [清]张其淦编,李君明点校:《东莞诗录》卷十二,第217页。
④ [清]张其淦编,李君明点校:《东莞诗录》卷六,第114页。

"诸君蘸笔悬相待,不是铙歌即挽歌。"其忠愍可想见矣。①

陈策,字纯伯,一字翼所,广州府东莞县莞城镇人。万历四年(1576)、十三年(1585)两次中武举,十四年(1586)中进士,授广州左卫所镇抚,擢恩阳守备。二十五年(1597),随总兵陈璘助朝击倭,分备露梁岛,出倭不意,焚其舟殆尽。四十七年(1619),为援辽总兵官;天启元年(1621),后金陷辽阳,陈策率部渡浑河以救,力战殉国。赠太子少保、左都督,赠谥"忠愍",立祠纪念②。与之类似的是王猷:"守泉州时,招抚郑芝龙,剿灭巨寇,功业卓著。有《雪行》诗,亦可想见其节概也。"③这是《吟芷居诗话》所存的第二类人:功勋卓著者。

《东莞诗录》卷一"翟杰"条下诗话又载:

> 朴庵(引按:翟杰之号)其我邑理学之先河乎?《东莞志》谓李竹隐为我邑讲学之始,而朴庵构桂华书院,集四方英俊讲学穷经,与竹隐如骖之靳也。邑令陈琦建思贤堂以祀朴庵及陈谟、陈愤,《广东通志》亦三人合传。邑人祁侍郎顺有《思贤堂》诗曰:"卓荦三夫子,才名重一时。"惜朴庵诗文不传,《宝安诗正》只有《癸水》一篇。余辑《东莞诗录》,初欲删之,继思理学纯儒,吉光片羽,毋宁存之?此篇似谶似谣,吾邑田夫野老皆能口诵,亦不必以诗法绳之也。④

① [清]张其淦编,李君明点校:《东莞诗录》卷十六,第285页。
② [清]陈伯陶著,罗志欢、郑丽华点校:《明季东莞五忠传》卷下,广东人民出版社,2013年版,第107—116页。
③ [清]张其淦编,李君明点校:《东莞诗录》卷十九,第342页。
④ [清]张其淦编,李君明点校:《东莞诗录》卷一,第2页。

翟杰,字高则,号朴庵,莞城南街人,南宋绍兴五年(1135)中进士,是东莞历史上的第一个进士,又精研理学,闻名遐迩。致仕归里后,建桂华书院,讲学课徒,教化后进,于莞城文教贡献尤多。张其淦认为其所传《癸水》一诗"似谶似谣",于诗法不契,但作为乡邦理学纯儒和文教先师,吉光片羽,亦应存之。与之类似的是明人陈建,字廷肇,号清澜,嘉靖举人,曾任信阳知县,著有《皇明通纪》《学蔀通辨》《治安要议》《西涯乐府通考》等。《吟芷居诗话》曰:

> 《学蔀通辨》出,后人称东莞之学,《四库全书》已著录,张清恪收入《正谊堂全书》。清澜盖尊朱子,而辨陆、王之学者也;吴鼎《东莞学案》则攻清澜而申陆、王之学者也。考邱文庄著《朱子学的》,张清恪序之曰:"朱子之的,固周、张、二程之的;周、张、二程之的,固孔、曾、思、孟之的也。"吾谓清澜尊朱,反覆发明千万余言,可谓语语破的。学者能读朱子之书,更取此书潜味之,当晓然于顿悟良知之说近于禅学,非孔、孟之正的矣。清澜诗不多见,《宝安诗正》只存二篇,然理学真儒之诗,固不必与吟风弄月者竞声律也。①

陈建亦精于理学,是东莞学术史上的重要人物。张其淦认为其诗是"理学真儒之诗",不可与一般吟风弄月者之诗相提并论。是则《吟芷居诗话》所存之人,其三是文教先贤。

以上总结的三类人,其实均非《吟芷居诗话》最属意者,其特别推重者,另有其"人"。

---

①［清］张其淦编,李君明点校:《东莞诗录》卷十二,第 220 页。

二、《吟芷居诗话》对遗民诗人的推重及其原因

前述诗话提到的李竹隐,即宋末名儒李用,字叔大,号竹隐,东莞人。宋恭帝德祐二年(1276),使其婿熊飞起兵勤王,败,浮海至日本教授诗书①。《吟芷居诗话》亦详载其人其行,其文曰:

> 李竹隐为吾邑讲学之始,提倡忠义最力,教化行于日本,深合孔子浮海居夷蛮貊可行之训。所著《论语解》,闻明万历间尚有其书,今不可复睹矣。宋末使其婿熊将军飞起兵勤王,《宝安诗正》有竹隐送熊飞诗云云,慷慨激昂,可歌可泣。此诗或以为李春叟作,题为《文丞相兵挫循州诗以迓之》,详"将军百万"等句,与题旨合。余辑《东莞诗录》,亦改作李春叟也。竹隐墓在交阯,九龙真逸谓竹隐丧满后,子春叟遵遗嘱往葬,生不食元粟,死不葬元土,洵苦节矣。又谓竹隐闻日本与元构衅,使飞起兵,而身至日本说其出兵挠元北方,以纾南伐之患云云,史传无稽,信否未可知。要之,竹隐近则为濂洛之纯儒,远则效西山之义士,已足千古,正不必以包胥痛哭、苏秦策士见长。盖翁婿冰清玉润,以草莽之遗黎,明君臣之大义,顽廉懦立,千载后如见英灵,诵渔洋《国士桥》诗,足以敦薄俗、警末流矣。必以明末冯京第、黄宗羲乞师日本为比,当时竹隐或有此心,未必即有此事。②

---

① 番禺市地方志编纂委员会办公室整理:《番禺县续志》,广东人民出版社,2000年版,第470页。按:该年五月宋端宗即位,改元景炎,是1276年亦为景炎元年。
② [清]张其淦编,李君明点校:《东莞诗录》卷一,第6—7页。按:"九龙真逸"即陈伯陶(1854—1930),字子砺,号象华,又名永焘,东莞人,光绪十八年(1892)壬辰科探花,辛亥革命后避居九龙,以清朝遗老自居,自号九龙真逸。又按:"渔洋",原文误为"渔阳"。

与上述其他人不同的是,张其淦根据李氏的学行认为他既是"纯儒",又是"义士"。前者谓其精通濂洛之学,又能推行教化于日本;后者谓其令婿起兵勤王,深明君臣之大义。事实上,李用"生不食元粟,死不葬元土"的遗民苦节正是张其淦所看重的。《吟芷居诗话》载录了很多宋、明遗民,这是其第四类所存之人,也是最重视的一类人。

又,《东莞诗录》卷一"殷彦卓"条下诗话谓:

> 明邑人袁莞沙著有《东莞八遗民录》,书已佚,九龙真逸撮拾丛残,成《宋东莞遗民录》,得二十五人,表章前哲,不遗余力,而殷陶庵(引按:彦卓之号)以宋进士、惠州府通判,鼎革后隐于罗浮,却元征聘。其题《陶庵精舍》诗云:"我闻彭泽令,耻为二姓臣。一朝任去来,柴桑漉酒巾",是亦宋代遗民之一,而真逸未及搜录。以此推之,我邑宋代遗民最多,而湮没不传者何可胜道?盖自熊将军飞死节,李竹隐、赵秋晓诸君子提倡忠义,蓬生麻中,不扶自直,书传残缺,辄令人兴望古遥集之思也。①

张其淦称"我邑宋代遗民最多"。据笔者统计,《吟芷居诗话》记载的宋代遗民除李用外,还有刘宗、刘玉、翟龛、赵秋晓、李春叟、陈庚、蔡郁、陈淡交、陈月桥、张迂衡、黎献、何文季、赵东山、赵时清、张全德等;明代遗民有简知遇、陈调、卢上铭、张家玉、张家珍、张介若、梁宪、尹体震、张穆之、梁邦桢、梁邦集等。张其淦在诗话中载录如此多的遗民,除了仰慕其气节之外,还有一个非常重要的原因是上述宋、明遗民中有其祖先或其祖先的至交、亲属。《东莞诗录》卷一"赵秋晓"条下诗话谓:

---

① [清]张其淦编,李君明点校:《东莞诗录》卷一,第4—5页。

赵秋晓,宋宗室,保卫桑梓,宋亡不仕,每望厓山,伏地大哭,画文天祥像,朝夕泣拜。与余六世本生祖恕斋公、恕斋公胞弟小山公共患难,谊若兄弟。余七世祖合德公讳宝大,祖姚三赵氏,皆秋晓先生女也。秋晓九月十七日诞辰,九龙真逸著《宋东莞遗民录》既成,集同人为秋晓寿。余为赋长歌一篇,有"菜羹茅屋有斯人,玉润冰清念吾祖"、"吾宗小山敲月手,双烟一气同覆瓿"等句,盖秋晓有《覆瓿集》,小山有《敲月集》也。①

赵必豫(1245—1294),字玉渊,号秋晓,东莞栅口人,宋宗室濮安懿王赵允让之后;度宗咸淳元年(1265)与父亲赵崇同登进士,历任肇庆府高要县簿尉、惠州军事判官兼知录事等,宋亡后不仕,隐居东莞温塘乡;著有《覆瓿集》等。由上述诗话可知,张恕斋是张其淦六世本生祖、张小山是其六世祖,二人均是赵秋晓的至交。七世祖张全德(宝大)是小山公长子,娶赵秋晓之女为妻。可见张其淦家族祖上与宋代遗民关系密切。在明代遗民中,张介若是其十八世祖,张家玉、张家珍兄弟是其族祖,《吟芷居诗话》对张家玉记述尤多,据笔者统计,其中至少有36处提及"文烈公"。张家玉(1615—1647),字玄子,号芷园,东莞人,明崇祯十六年(1643)进士,与陈子壮、陈邦彦并称"岭南三忠"。南明隆武元年、清顺治二年(1645)任翰林院侍讲,兼修起居注;当年十一月,率军解抚州之围。南明永历元年、清顺治四年(1647)十月,被困增城,力战受创,自杀殉国,谥"文烈"。著有《大易纂义》《词林馆课》《百将妙略》《历代世说》《名称论赞》《名山集》《芷园文稿》等,因其抗清,被清廷禁毁,多已散佚。据《东莞诗录》卷二十一"张家玉"条下诗话,张其淦藏其《名山集》《芷园文稿》初刻本,又于光绪二十九年(1903)刻《张文烈公遗诗》与张家珍《寒木居集》,

①［清］张其淦编,李君明点校:《东莞诗录》卷一,第12—13页。

风行海内。诗话又称,"文烈公古体诗含英咀华,与文山声调不同,而近体则沉潐一气"①。在"赵秋晓"条下诗话中,张其淦指出赵氏"古体诗若霜天鹤唳、清气往来,近体诗寓意遥深"②,亦着眼于体制。值得注意的是,他还对东莞遗民诗歌进行了总体评价:"吾邑诸遗民诗格不高,然以骚屑哀音寓黍离麦秀之感,皆可宝也。"③此论或可补遗民诗史研究。《东莞诗录》卷十九"张一凤"条下诗话末尾云:"我后人长诵清芬,感怀先烈,宜如何发愤忘食,以冀克绳祖武,毋陨家声欤。"④是则张其淦详述宋、明遗民,以先祖气节自励,亦自视为一遗民。

三、《吟芷居诗话》的旁征博引特色及其诗学论述

清代郡邑诗话的诸种体式中,附集诗话作为"副文本",附载于诗人小传或诗作之下,条目一般都比较短。据笔者考察,其条目最常见的篇幅范围是20—300字,《游道堂诗话》《求有益者诗话》《弇榆山房笔谭》等均是典型。但是,《吟芷居诗话》中300字以上的条目比比皆是,其中最长的一则是卷六十三"陈仲夔"条下诗话,计达1349字。如此长的篇幅,不是记事,亦非论诗,而是涉及考证,内多引文献,论证星命之说和推年月日问题,其结论是"星命之说可助茗谈,若笃信之,则惑矣""以甲子纪年,汉以前所无;一日分十二时,汉以后始有"。两个问题的发端是陈仲夔精于堪舆星命之学,"能知提督方耀死期,决袁世凯再出山似皇帝而非"⑤。就"诗话"的一般内容而言,本篇有信马由缰之嫌,却也昭示了《吟芷居诗话》鲜明的旁征博引

---

① [清]张其淦编,李君明点校:《东莞诗录》卷二十一,第382页。
② [清]张其淦编,李君明点校:《东莞诗录》卷一,第13页。
③ [清]张其淦编,李君明点校:《东莞诗录》卷一,第13页。
④ [清]张其淦编,李君明点校:《东莞诗录》卷十九,第351页。
⑤ [清]张其淦编,李君明点校:《东莞诗录》卷六十三,第1369—1372页。

特色。

　　据笔者统计,《吟芷居诗话》引用的著述有《宋东莞遗民录》《四库全书总目》《指南后录》《广东通志》《东莞旧志》《明史》《明诗综》《广东新语》《明儒学案》《东莞县志》《洛闽源流录》《广东名臣言行录》《粤大记》《胜朝粤东遗民录》《香屑集》《辟雍纪事》《岭南诗拔》《宝安诗正》《粤东诗海》《宝安杂咏》等。在清代郡邑诗话中,郑方坤《全闽诗话》、陶元藻《全浙诗话》均以引书繁富著称,然而它们所引乃是摘选诗话的来源文献,不同于《吟芷居诗话》,旁征博引的目的是论述诗话中的某个问题或传述对象。《东莞诗录》卷十"王缜"条下诗话谓:

　　　　王梧山(引按:王缜之号)尚书崇祀乡贤,著有《梧山集》,王阳明先生序之曰:"公累迁都宪,抚军郧阳,余亦抚南赣。洪都之变,公首设方略,为犬牙交控之势以厄其冲,不逾年,逆濠成擒,天子得纾南顾忧者,公为之备也。今上鉴公累劳,御极之初,特晋大司徒,将拜台辅,而公转盼蒙草,时甚悼焉。是集皆公历官以来忠勤大节形之章奏,均可以前质古人、后示来者。间有闲吟别撰,非公经意为之,而其性真所发,笔兴并酣,则卓荦纡徐,不可以一格拘,其所蕴积者厚也。"余按:王阳明功勋烂然,以擒宸濠为最,而犬牙交控之势归功于梧山。此事为《明史》本传所不叙,而梧山当年策蘖之功,要不可没也。梧山文,真不愧"卓荦纡徐"四字,诗亦然。五律如《夜泊吕梁》,七律如《送叶成之》,皆有纡徐卓荦之概。①

本则诗话引用了王阳明的《梧山集序》,其所指有两个方面:其一是根

---

①[清]张其淦编,李君明点校:《东莞诗录》卷十,第 179 页。

据序言指出,平定朱宸濠叛乱时的策略之一"为犬牙交控之势以厄其冲",不是出自王阳明,而是王缜,而《明史》并未记载其策擘之功,故其可补史籍之阙;其二,王阳明评价王缜的诗文具有"卓荦纡徐"的特色,诗话联系具体诗篇,认可其论,并据以为说。

《吟芷居诗话》征引的文献中,多次出现了《四库提要》。卷十七"邓云霄"、卷二十八"陈阿平"条下诗话分别云:

> 邓虚舟(引按:云霄之号)官谏垣,著直声,改外任,政绩甚多。著有《百花洲集》《解弢集》《冷邸小言》等书,《四库全书》均著录。《四库提要》云:"云霄《冷邸小言》论诗以妙悟为宗,以自然为用。《解弢集》所载多仿王、孟之音,而酝酿深厚则未及古人。昔严羽作《沧浪诗话》标举盛唐,而所作乃惟存浮响。云霄所论所作,盖均似之矣。"余按:王渔洋论诗亦宗严羽沧浪之说,以神韵为主,其所作诗,论者以为华严楼阁,弹指即现,遂为一代大宗,然亦间有浮响。惟七绝实有神韵,所谓"不着一字,尽得风流"者。今观虚舟诸作,乐府古体用力甚深,钱允治谓其脱去蹊径,诩诩欲仙,尚非过誉。然谓其近体与时高下,傅以神采,皆超诣卓绝,有言外意,则所见不如所闻矣。乐府古体佳篇甚多,《感遇》数诗,有目共赏,录不胜录。今录近体《吴门秋怀》两首,此是集中之佳者,然不如古体远甚。《四库提要》所云"酝酿深厚未及古人",观其全集,自知所论甚当也。①
>
> 陈献孟(引按:阿平之字)明经是陈忠愍象明之孙,与屈、梁、陈诸公酬唱,诗名噪一时。《四库提要》谓其古体劲直而少酝酿,亦是的评。即如《镇海楼玩月》诗,一时叹绝,然铺叙太繁,力求切题,似是《镇海楼月赋》矣,以其意少酝酿也。然与独漉诸公熏

---

① [清]张其淦编,李君明点校:《东莞诗录》卷十七,第301页。

陶渐染,手笔自与凡近不同,游罗浮诸作尤为可观。《四库提要》
谓其五言"明月又将满,秋风吹别离"等联,颇有风味,惜不多得
云。然如《秋楼》云"乾坤双纵眼,身世一孤舟",亦不易得耳。
梁佩兰序谓其诗由朴至老,弥老弥古,能自成一家之言,洵非虚
语也。①

这两则诗话都两次提及《四库提要》,且都认可其说,也是借此表明自
己对邓云霄、陈阿平诗歌的态度。不过,张其淦引用《四库提要》也不
尽然是赞同。《覆瓿集提要》评赵秋晓云:"诗文篇帙无多,在宋末诸
家中未为颖脱,然体格清劲,不屑为靡靡之音。如'一雨鸣蛙乱深夜,
数声啼鸟怨斜阳'诸句,固未尝不绰有情韵也。"②张其淦对此评论
说:"南宋人诗多沿江湖流派,写景琐碎,边幅狭窄,人遂谓诗教视世
运为转移。……秋晓古体诗若霜天鹤唳、清气往来,近体诗寓意遥
深。五言如'溪山数茅屋,天地一蘧庐'……皆清迥可诵。又如'一
雨鸣蛙乱深夜,数声啼鸟怨斜阳'、'蜀南见日犬群吠,井底观天蛙自
尊',纯属寓感之作,与元遗山'枯槐聚蚁无多地,秋水鸣蛙自一天'
同此用意。《四库提要》谓'斜阳'诸句,绰有情韵,未为深识也。昔
人谓诗品、文品之高下,往往多随其人品,斯言不诬。秋晓志节高超,
宜其诗之清矫拔俗也。秋晓有《菩萨蛮》词云:'帷香双凤集,情泪层
绡湿。残梦五更头,酒醒依旧愁。'真逸注引陈希夷'只怕五更头'之
言及命'宫中转六更'事,谓此词隐喻亡国之戚,为得其意矣。"③张氏
一方面指出赵秋晓的古体诗清气氤氲,与江湖诗派不同,另一方面又
指出赵秋晓的近体诗蕴藉深沉,有亡国之悲意,四库馆臣"绰有情韵"

---

①[清]张其淦编,李君明点校:《东莞诗录》卷二十八,第 546 页。
②[清]永瑢等撰:《四库全书总目》卷一百六十五,第 1412 页。
③[清]张其淦编,李君明点校:《东莞诗录》卷一,第 13 页。

的评论流于表面,没有洞察幽微。

上引诗话另一个值得注意的地方是张其淦在其中还表达了对江湖诗派和"诗文如其人"等诗学命题的看法,从而借此将乡邑诗学引申至更广阔的诗学史脉络中。这一点在"林蒲封"条下的诗话中更为明显。其文曰:

> 林鳌洲(引按:蒲封之号)学士回翔馆阁二十余年,素性恬淡,有信天翁之咏。……鳌洲因一时感兴所托,和友人诗,成《放言》三十首,庸耳俗目以为此等律句卓绝一时,然剑拔弩张,殊非雅韵。大约学近体诗当先读唐人之诗,然后可读宋人之诗,能常看纪文达批《瀛奎律髓》一书,获益不少。此书诗有唐宋,然何者为格调老成之作,何者为兴象深微之作,何者为滑调、俗调,文达一一批出,即如鳌洲《秋夜书怀》诗"须知贫也原非病,不曰坚乎可试磨",可谓俗调。观《瀛奎律髓》中有东坡诗云"公独未知其趣耳,臣今时复一中之",纪批云:"戏笔,不以正论,存一种耳。"余谓唐人断无此等句也。又东坡诗云:"岂意青州六从事,化为乌有一先生",文达直用笔抹去。盖此等直是谐体、俳体,未可以诗论也。[1]

张其淦以纪昀的《瀛奎律髓》评点为典范,指出学习近体诗的路径:先读唐人之诗,然后读宋人之诗,盖唐诗格调高雅、含蓄蕴藉,宋诗颓放俚俗、直露浅易也。这种认知在清初比较流行,毛奇龄、施润章和陈维崧等人均持此论,清代中期以后不多见,只有纪昀等少数学者认可

---

[1]［清］张其淦编,李君明点校:《东莞诗录》卷三十六,第727—728页。

其说①。张其淦身处晚近，虽然不一定坚持"唐雅宋俗"的简单化论断，但确乎受到此说的影响，认为滑调、俗调不可学，谐体、俳体不可以诗论，可见"崇唐黜宋"的清初诗学思潮回响甚远。

四、《吟芷居诗话》的诗史书写与当下感慨

重视对地方诗史的书写是清代郡邑诗话的共同特征之一，《吟芷居诗话》亦不例外。《东莞诗录》卷七"何潜渊"条下诗话云：

> 吾邑自宋赵秋晓、李梅外及吾祖恕斋公、小山公昆仲诗歌酬倡以来，流风所被，邑人之扬风扢雅者，代不乏人。明初陈琴轩崛起，粤人推为一代词宗，与"南园五先生"竞爽，东南坛坫，实惟主盟。邑城内有凤凰台，胜景也。何止斋、罗思贻、陈靖吉及梁柏庭、梁乐道、任东桥、李思朋辈先后结诗社于此，提壶挈榼，刻烛催诗，吾邑诗人，于斯为盛。……惜代远年湮，当时诗社之篇既鲜专集流传，剩馥残膏，无从沾丐。……今环凤台而居者，时有诗人生其间，是则遗风未泯，流泽孔长也。②

诗话以宋末赵秋晓、李梅外（春叟）、张恕斋（登辰）、张小山为东莞诗史之先行者，继之以明初陈琴轩（琏），又以凤台、南园二诗社为中心，述何止斋（潜渊）、罗思贻、陈靖吉等人，以见明代东莞诗歌之盛。此一认知与陈伯陶的看法基本一致。《东莞诗录·序》云："逮宋之季赵秋晓必璘以天潢贵胄慷慨从军，不幸宗社沦亡，隐居终老，所著《覆瓿集》悲歌当泣。……而其时与唱和者则张恕斋（登辰）、陈淡交

---

① 潘务正：《宋诗颓放——论清代的一种宋诗观》，王水照、朱刚主编：《新宋学》第7辑，复旦大学出版社，2018年版，第239—252页。
② ［清］张其淦编，李君明点校：《东莞诗录》卷七，第117—118页。

（纪），并云龙追逐，不相上下。……明时风雅蔚兴，作家林立，然开其先者则陈琴轩（琏），殿其后者则张文烈（家玉）。"①二人的共同认知表征着东莞宋明诗史的基本脉络在当时已有共识。

《吟芷居诗话》的诗史意识还体现于对诗人诗歌风格渊源的追溯。《东莞诗录》卷三十三"卢作梁"、卷五十三"何仁山"条下诗话分别云：

> 卢秋蓼（引按：作梁之字）茂才诗学长吉，而参以义山、飞卿，集中如《击剑歌》《赠温孝子歌》《送十洲上人归长沙》等篇，瘦劲幽艳，必传之作。②
> 昔张南山先生主讲宝安书院，韩珠船先生主讲龙溪书院，何梅士（引按：仁山之号）夫子曾从之游，故诗学具有渊源，寝馈于唐宋大家，而于国朝六家诗致力尤深，佳句甚多，难屈指数。③

诗话以卢秋蓼诗源出李贺，又学李商隐、温庭筠，故能瘦劲幽艳而为必传之作，又以何梅士之诗具有唐宋大家之风而佳句甚多，体现了张氏追本溯源的诗史意识。同时，张氏以一家之言力推乡贤之诗而追迹诗史大家，也凸显了他将乡邦诗学置于古典诗学史视域进行观照的努力。又，张其淦认为丁守彝诗"丰神跌荡中不失唐人格律"④；钟继文七言诗"均有'大历十子'风调"⑤；祁羡仲古体诗"直是王、孟律

---

① ［清］陈伯陶撰：《东莞诗录·序》，张其淦编，李君明点校：《东莞诗录》卷首，第 30 页。
② ［清］张其淦编，李君明点校：《东莞诗录》卷三十三，第 657 页。
③ ［清］张其淦编，李君明点校：《东莞诗录》卷五十三，第 1101 页。
④ ［清］张其淦编，李君明点校：《东莞诗录》卷十三，第 245 页。
⑤ ［清］张其淦编，李君明点校：《东莞诗录》卷十四，第 251 页。

诗",七言诗"亦有中唐风调"①。凡此种种,皆以唐代诗人为宗,可见张氏崇唐的诗学观念。

张其淦身处晚近巨变之世,自托于前朝遗老,足见其海桑陵谷之感,《吟芷居诗话》亦可见其感愤。《东莞诗录》卷十九载录袁崇焕,并附长篇诗话云:

> 袁自如(引按:崇焕之号)督师为我国伟大人物……余辑《诗录》,因《宝安诗正》所辑诸人小传每多割裂,均自行订辑。惟督师小传则仍《诗正》之旧,以近人所撰新传,文繁不能备录也。督师之文磊落英多,精悍之气扑人眉宇,即以诗论,有笼罩一切之气概,不屑为铮铮细响。惜遗诗只有十余篇,因备录之,吉光片羽,皆可宝也。《东莞诗集》谓督师诗文数十卷,为其裔圣恩带去广西,遂至湮没。是今所传者,乃劫火之余耳。督师墓在京师广渠门外,每岁春、秋祭扫,京朝同乡官毕集。丙申八月余谒督师墓,赋诗云:"鬼雄何必返乡枌,高树崇碑碧藓纹。既坏长城明社屋,犹留古庙岳家坟。满腔热血谁知我,一盏寒泉合荐君。愁听诸公论战事,不堪遥望海东云。"时在中日之战后二载也,国势日屏,海氛甚恶,安得有如督师之雄才大略者,为筑筹边之楼乎?迄今沧桑变易,时事日非,诵督师"边衅久开终是定,室戈方操几时休"句,不禁感慨系之矣。②

张其淦在诗话中高度颂扬袁崇焕遗诗的勃勃英气,更将其人目为"我国伟大人物",越出东莞一隅而予以历史性定位,又津津于袁氏不凡的功业和节概。显然,其所指已不完全在诗,而是因人及世,忧愤于

---

① [清]张其淦编,李君明点校:《东莞诗录》卷十六,第 279 页。
② [清]张其淦编,李君明点校:《东莞诗录》卷十九,第 344—345 页。

甲午战争后内外交侵的清末乱局,冀望能有如袁崇焕之类的"伟大人物"出现,为国靖难,安邦定国。如此,张其淦虽然自命遗老,亦存悯时爱国之心矣,而《吟芷居诗话》作为清代郡邑诗话之殿军,亦因此在诗学史价值之外,更别具时代史之价值。

第五节　清代郡邑诗话的新调
《东洲诗话》《滇南诗话》

清代后期,随着近代报纸杂志的涌现,大量诗话陆续刊布其间,古典诗话的存在形态随之发生新变,出现了近代报刊诗话,其中包括《东洲诗话》《滇南诗话》等郡邑类作品,亦即报刊郡邑诗话。本节拟以《东洲诗话》为核心,辅以《滇南诗话》,探讨此类诗话的内容及其诗学价值和时代意义等。

一、《东洲诗话》的载体、篇目、作者和体例

《东洲诗话》主要录存、评论清代中后期南通地区诗人、诗作、诗事,是南通、江苏诗学史和中国古典诗话史不可多得的文献。连载《东洲诗话》的《益闻录》是天主教在华的第一份中文期刊。潘静如先生《近代期刊杂志所载诗话目考略》称,《益闻录》连载《东洲诗话》"始 1891 年 1031 期,终 1896 年 1555 期,中有间断,先后凡近百期"①。傅宇斌先生《晚清民国报刊所见诗话书录》谓:"《东洲诗话》,沙仁寿编,《益闻录》,1892—1893 年连载。"②二者皆有误。根

①潘静如:《近代期刊杂志所载诗话目考略》,《中国诗学》第 19 辑,人民文学出版社,2015 年版,第 66 页。
②傅宇斌:《晚清民国报刊所见诗话书录》,《中国诗歌研究动态》第十四辑,学苑出版社,2014 年版,第 328 页。

据笔者目前搜集所得,《东洲诗话》始见于光绪十六年(1890)第1018号《益闻录》,终篇于光绪二十二年(1896)第1559号,前后长达7年,共载49号、65则诗话;期间并无中断,"先后凡近百期"云云并不确切。其中,载录数量最少的是光绪十六年(1890),仅1期2则,最多的则在光绪十七年(1891),有12期18则。《东洲诗话》共辑录清代中后期诗歌一百五十首左右,载录吟客士子四十余人,发表诗论近五十处,共计两万多字。《滇南诗话》,1906—1908年连载于留日学生在东京创刊的《云南》杂志,共载诗话18则,计不及万字。事实上,《东洲诗话》的篇制即使是在明清郡邑诗话中也不算短。嘉庆年间,徐传诗作《星湄诗话》二卷,辑录古近昆山地区的诗人诗评等,全书不足一万五千字;乾隆年间安徽泾县人赵知希所著《泾川诗话》三卷,字数甚至不到七千。如果再虑及刊布载体的特殊性和刊载时间的连续性,可以说《东洲诗话》不仅在晚近报刊诗话中罕有其匹,而且堪称清末郡邑诗话的代表性著作。

《益闻录》连载《东洲诗话》,文末署名,或称"海门沙仁寿镜汀",或署"海门镜汀氏沙仁寿",或为"镜汀氏沙仁寿",或名"沙镜汀",是知《东洲诗话》的作者是海门人沙仁寿,"镜汀"当是其字。此处的"海门",即沙仁寿籍里江苏海门。沙仁寿在发表于1893年第1270号《益闻录》的诗话中说:"道光甲辰经魁,沈二畴先生仲旸,以大桃得清河县训导,未赴任卒。"①又,1895年第1515号《益闻录》的相关诗话谓:"吾邑沈二畴先生古体诗寥寥无存,《怀德堂社会即事赠陈佩元》云:'峨峨百尺楼,济济平原客。快当六月初,清风散炎郁。社中最称尊,元方指首屈。神凝冰雪姿,面沃诗书泽。我家群从多,大小

---

① [清]沙仁寿撰:《东洲诗话》,《益闻录》光绪十九年(1893)第1270期,第226页。按:以下所引《东洲诗话》原文皆出《益闻录》,为避烦琐,只记年份、期号,不详注。

阮毕集。拔帜上文坛,妄想压元白。其余诸少年,沙生尤颖发。'"据光绪二十六年(1900)所修《海门厅图志》卷四《科举表》载:"(道光)二十四年甲辰恩科,沈云鹏十六名,沈仲旸二十四名。"①因此,沙仁寿籍贯为江苏海门无疑。另外,《东洲诗话》中多次提及"崇川""崇邑""通州""小海""琅左""紫琅"等地名,皆在今之江苏南通市。《东洲诗话》的命名亦与江苏海门有关。海门古为江中沙洲,唐置海陵县东洲镇于此,五代后周显德五年(958)置县,治在东洲镇,故邑人常以"东洲"指代"海门"。明武宗年间的崔桐是江苏海门人,其文集即称《崔东洲集》。沙仁寿裒辑乡邦诗人、诗歌、诗事而名之以《东洲诗话》,显然是有地理和文化渊源的。

沙仁寿之名及其生平经历,史册失载,《明清江苏文人年表》等地方文史书籍亦不存,尚待进一步查考。沙氏是《益闻录》非常活跃的作者,除在该刊连载《东洲诗话》外,还在其上发表了数十首诗歌。目前所见,最早的是1883年第293号《益闻录》上的组诗《促织吟》三首,内中《秋日客馆忆内》有句云:"可怜薪水寻常事,事事劳卿辗转筹。"②可见沙仁寿早年曾经做过馆师,生活较为潦倒,不过,寿增名亦显,至《东洲诗话》相继编录、发表的光绪中叶,沙仁寿已是受人尊敬的诗坛耆宿了。萧薛衫曾作诗称颂沙仁寿,将其视为当代"诸大吟坛"之一③,可见敬重。这也暗示沙氏当时年岁较长,其生年或在咸、同年间,而活跃于光绪时期。贺景章1894年发表的诗歌《寄怀沙镜汀先生用英敛之见赠原韵即祈教政》云:"残编断句广搜来,功德高于

---

① [清]刘文澂等修,周家禄等纂:《[光绪]海门厅图志》,《中国地方志集成·江苏府县志辑》(53册),凤凰出版社,2008年版,第300页。

② [清]沙仁寿撰:《促织吟》,《益闻录》光绪九年(1883)第293号,第442页。

③ [清]萧薛衫撰:《读荣霖臣吟兄赐和之作有感于中,仍叠前韵复成二律,录呈郢政兼乞沙镜汀、贺遇知先生、田海筹军门、朱云鹏兄诸大吟坛指疵》,《益闻录》光绪二十一年(1895)第1462号,第167页。

哺弃孩。名噪吟坛诗价长,手成韵事画图开。自怜每费推敲力,那似长留著述才。最喜随园人已杳,先生踵起主风裁。"①贺景章将沙仁寿看作袁枚之后的诗坛领袖,虽不无客套,但沙氏在当时的地位亦可见一斑。值得注意的是,该诗前两句下有作者自注:"用李穆堂侍郎语。先生近编《东洲诗话》,故引及之。"这说明该诗话在当时已引人注目。

沙仁寿在《东洲诗话》中多次提及其兄沙晓筠、其舅陆江,并录存、评论其诗歌多首。如,《益闻录》1891 年第 1031 号、1893 年第1272 号所载的诗话分别谓:

> 先兄晓筠,名薇垣,文宗江西一派,雅近章罗。屡困场屋,仅取副廪,侘傺以殁。诗笔混融,力追韩杜。
>
> 舅氏陆障东先生江,学行兼优,名吵(引按:疑是"噪"之讹)海内一时,有经师人师之目,乏嗣,著作散失。有《哭兄》诗云:"瞑目孤行到九泉,十年勤苦付生前。……回首当年无限意,象先归骨有谁知。"

沙氏在诗话中还多次记述了其交游情况。其中,与其交往最多的是朱守乾、季尊三、杨西堂。1892 年第 1155 号《益闻录》所载的诗话谓:"朱栖霞先生守乾、季淡人先生尊三,皆我邑前辈也。与余交订忘年,且授诗学,洵属异数。迨癸亥、甲子间,二公相继而殁,不胜凄怆。"事实上,《东洲诗话》的很多诗作、诗事就是作者与交游同好的往还唱和记录,他是"在场者"。这与裘君弘《西江诗话》、阮元《广陵诗事》等众多追记先贤的郡邑诗话很不一样。

---

① [清]贺景章撰:《寄怀沙镜汀先生用英敛之见赠原韵即祈教政》,《益闻录》光绪二十年(1894)第 1358 号,第 149 页。

　　《东洲诗话》也羼入了外乡人之诗,如《益闻录》1894 年第 1336 号诗话载录的桐城诗人张劻园之《黄州杂诗》、1893 年第 1262 号诗话载录的苏州女诗人朱文娟之《花径联诗》等,但是它主要辑录的还是清代嘉、道以下海门、通州籍的诗人、诗作。如,1894 年第 1388 号所载的诗话谓:"吾邑李寅谷著《梦花窗诗草》,屡议梓行,未果,恐其久而散佚,录其佳者以广流传。"又,1893 年第 1322 号所载的诗话谓:"吾邑诗人鲜工填词,姑录其佳者以志文物声明之盛。"导提乡邑风雅、保存乡邦文献之意甚为明显。就此而言,《东洲诗话》与阮元《广陵诗事》、李福祚《昭阳述旧编》等清代郡邑诗话并无差别。不过,在行文上,《东洲诗话》与诸集有一个较大区别,就是个人化特色明显。除了前述交游、唱和外,诗话还记录了自己的学诗历程、诗歌偏好等。如,1892 年第 1143 号所载的诗话谓:"余少时作诗,喜学温李,而见者辄哂为獭祭,今时时删改,尚有一二未忍割爱者。"1892 年第 1198 号所载的诗话谓:

　　　　白太傅有云:"唐衢者爱余诗,亡何而衢死;又有邓访者爱余诗,亡何而访亦死。"可见牙旷难逢,古今人同一慨叹。小海顾祝三华封酷爱余诗,有嗜痂之癖。偶见余残章断句,袖归遍贴吟窗画舫,暇辄朗诵,数过不知,何由致此谬赏也?

唐衢、邓访云云,出自白居易《与元九书》:"其不我非者,举世不过三两人。有邓鲂者,见仆诗而喜;无何,而鲂死。有唐衢者,见仆诗而泣;未几,而衢死。其余即足下。"[1]白居易作《秦中吟》《宿紫阁村》诸诗,意有所指,触怒权豪,污为讪谤,人多以白氏为非,唯有邓鲂、唐衢深解其意,可惜天不假其年,二人相继辞世。可见白氏言辞之中虽

①[唐]白居易著,顾学颉校点:《白居易集》,中华书局,1979 年版,第 963 页。

有知音难觅之叹,但更多的是悲愤不平。沙仁寿意取其表,颇见自得。值得注意的是,沙氏所引白文,不仅误"鲂"为"访",而且唐、邓次序与白文不同。白居易引唐、邓为知己,不大可能混淆两人辞世的先后时间。从内容上看,沙仁寿的这则诗话或许来自袁枚《随园诗话》卷十三第 21 则,其文曰:

> 白太傅云:"有唐衢者爱其诗,亡何,唐死;有邓访者爱其诗,亡何,邓死。"吾于金陵,得二人焉:一金光国,一高步瀛。诗笔超隽,受业未及三年,俱死。金之诗,惟存《祝寿》数章。高有《未灰稿》二编。……皆有精心结撰,不入平浅一流。①

两则诗话出典相同、"鲂"皆写为"访",且人物次序一致,均异于白居易原文。事实上,沙氏《东洲诗话》在体制上与《随园诗话》非常相似,都是分条叙列,先略述其人或事由,次录诗歌,后附简论。虽然有时将诗论提至诗作之前,但整体类似《随园诗话》。总之,就体制而言,《东洲诗话》短小精炼,多存个人经历和诗作,具有鲜明的个人化特色,不同于一般郡邑诗话,但与《随园诗话》很相似。

二、《东洲诗话》的诗学观念

《东洲诗话》论诗,常以雄浑、慷慨目之。如《益闻录》1891 年第 1031 号所载的诗话论其兄沙晓筠《次张君莘田韵》"诗笔混融,力追韩杜"、《题陈抃山采芝小影》诗"老成持重,力厚思沉";又,1892 年第 1214 号所载的诗话以"诗律雄浑,波澜老成""颇有盛唐风骨,不落宋元纤巧"等语来评论朱守乾所作的《贺陈辛伯兆熊入翰苑》等诗。可见沙氏于诗,推崇盛唐气象。然则唐音慷慨,亦有悲凉之调。沙仁寿

---

① [清]袁枚著,顾学颉校点:《随园诗话》卷十三,第 442 页。

在《东洲诗话》中数次提到桐城人张勖园,并声明偏爱其诗。如 1896年第 1547 号所载的诗话云:

> 余于近人诗集有兼嗜,却无偏嗜。惟桐城张勖园先生敏求《问花亭诗集》有偏嗜者也。集中怀古诸作凭吊唏嘘,声情如诉,不徒格律雄浑,音节铿锵见长也。《楚中怀古》云:"沔江东汇汉江流,西寒山前古鄂州。帝子秋风生北渚,庾公明月在南楼。……坐谈人物尊前酒,指顾江山日暮云。自是秋风多远思,不关明月吊湘君。"……其余《关中怀古》诸诗均佳,录此当尝鼎一脔。

张勖园,名诲求,字燮臣,勖园是其号,安徽桐城人,刘大櫆弟子。大櫆诗文,气肆才雄,波澜壮阔,张诗有乃师之风,沙仁寿偏爱其诗,洵有所自矣。此外,沙氏对于乡贤袁志筠的古体诗也极推崇。他认为袁诗"纵横排荡,笔力直追韩杜""离奇缥缈,又似太白",与沈德潜相比也只是"稍逊"而已。又,他在《益闻录》1892 年第 1180 号所载的诗话中说:

> 沈归愚先生《金陵怀古》诗,俯仰兴感,音节苍凉,海内推为高唱。吾邑恩贡袁雪斋先生志筠作,格律虽稍逊,而夷犹宕往,不堕正声。如"黄龙一夕翠华留,安稳琅琊制数州。……多事扬州老阁部,羽书络绎报江边"。

袁诗用典使事,从祖逖到史可法,历数先贤不遇之悲,慷慨悲凉。沈德潜论诗讲求"格调",倡诗格,主模仿,上承明代前后七子"诗必盛唐"之论。可见,沙仁寿将袁志筠的怀古诗拟于沈德潜,并非皮相之比,而是自有诗学史逻辑。另一方面,袁诗在怀古之外,深自寄寓。

据《[光绪]海门厅图志》卷十八《耆旧列传(下)》,袁志筠,字雪斋,
道光六年(1826)恩贡生。"幼居吴会,壮游皖、豫、楚、越,间与其贤
士大夫游,学问日淹贯,凡将《仓颉》《齐谐》《诸皋》之书,靡不研究,
数奇不遇,坎壈以殁。"①这一描述与其诗歌相互呼应,可并而观之。
前引桐城人张勖园,乾隆六十年(1795)中举,"选奉贤令,忧归,改甘
肃漳县。以目疾去官,贫饿不能自活,惟酬嬉文史"②。可见张、袁二
人皆不得志,这也在一定程度上造就了二人慷慨悲凉的诗风。沙仁
寿激赏此类诗歌如此,或有戚戚焉。上引其《促织吟》诗,已可见其早
年失意心绪。

笔力雄健、寄怀悲壮的古今有心人之作,沙仁寿激赏有加,但他
并不拘执于此,清逸诗风亦是其所尚。《东洲诗话》多次以"清逸"及
类似表述论诗。如《益闻录》1893 年第 1247、1269、1272 号及 1894 年
第 1343 号所载的诗话分别谓:

> 寅谷诗清思古意,神似六朝。
>
> 冯酉轩先生锡阆,东亭丁渚人也,工篆刻古近体诗,清朗
> 可诵。
>
> 季澹人先生尊三,好古媚学,见一异书,恒典衣购之。诗极
> 清丽,不愧作家。
>
> 崇邑诸生陆用贞大经诗最清逸,惜不多见。

"清"是中国古典诗学中的一个重要审美概念。胡应麟《诗薮》外编
卷四云:"诗最可贵者清,然有格清,有调清,有思清,有才清。才清

---

① [清]刘文澂等修,周家禄等纂:《[光绪]海门厅图志》,《中国地方志集成·江
　苏府县志辑》(53 册),第 394 页。
② [清]马其昶著,毛伯舟点注:《桐城耆旧传》,黄山书社,1990 年版,第 326 页。

者,王、孟、储、韦之类是也。若格不清则凡,调不清则冗,思不清则
俗。王、杨之流丽,沈、宋之丰蔚,高、岑之悲壮,李、杜之雄大,其才不
可概以清言,其格与调与思,则无不清者。"进而又概言之曰:"清者,
超凡绝俗之谓,非专于枯寂闲淡之谓也。"①这是古典诗论中对"清"
字最为著名的归纳之一。至清代,王士禛标举"神韵说",在审美上以
古淡清远为宗。虽然沈德潜既崇尚雄深雅健的气象,又表现出对简
淡清疏诗风的喜好②,但沙仁寿对清逸秀雅诗风的欣赏,可能更多的
是来自王士禛。沙仁寿曾追步杜甫《戏为六绝句》、元好问《论诗三
十首》等,发表《论诗》五首,其中第一首写的就是王士禛诗云:"组织
功深笔力遒,风点曲染又谁俦? 莫将乌狗轻相斥,神韵当推第一
流。"③以"神韵当推第一流"誉之,推重之意,可想而知。

　　由上可见,沙仁寿的诗学主张不执一端,而兼宗诸家。这也体现
在他对诗歌写作技法的态度上。《东洲诗话》反对诗歌用僻典。《益
闻录》1892 年第 1143 号所载的诗话云:

> 　　诗家用僻典亦是一累。厉樊榭喜用僻典,袁简斋讥其"偷将
> 冷字骗商人"是也。近见《雨村诗话》云:"诗不可用僻事……善
> 诗者不得已而用事,必择其典之雅、词之丽,经、史、诸子可以共
> 知而无晦者,必无不精。"此真格言也。余少时作诗,喜学温、李,
> 而见者辄哂为"獭祭",今时时删改,尚有一二未忍割爱者,可知
> 羌无故实,从古贵乎白描也。

①［明］胡应麟撰:《诗薮》,上海古籍出版社,1979 年版,第 185 页。
②王炜:《格调对神韵的兼容——从〈清诗别裁集〉选王士禛诗看沈德潜的"格调
　　说"》,《武汉大学学报》2007 年第 4 期,第 498—502 页。
③［清］沙仁寿撰:《论诗》,《益闻录》光绪十九年(1893)第 1260 号,第 167 页。

樊榭是康乾时期浙西词派中坚人物厉鹗的号,他长于山水诗,但好用僻典、代语,炫博矜奇,引致同乡袁枚的批评。《随园诗话》卷九第83则云:"吾乡诗有浙派,好用替代字,盖始于宋人,而成于厉樊榭。……樊榭在扬州马秋玉家,所见说部书多,好用僻典及零碎故事,有类《庶物异名疏》《清异录》二种。董竹枝云:'偷将冷字骗商人。'责之是也。"①中、晚唐以降,诗坛用典精巧之风日盛,渐渐流于尚好僻典之弊,李贺、李商隐诗多代语,偏僻难解,北宋初期的西昆派诗人推崇李商隐,自然也继承了其用事深密的特色。所以,袁枚称"好用替代字,盖始于宋人"并不确切,说该风"成于厉樊榭"也可商榷;不过,他指陈厉鹗诗风之弊,确是事实。使事用典,固是作诗方法之一,但堆砌过甚,导致诗歌辞隐晦涩,也绝非作诗良方。沙仁寿引《随园诗话》以自省,表明了反对作诗用僻典的诗学观念。于此又可窥袁枚及其诗话著作对《东洲诗话》的影响。

　　沙仁寿还反对描头画角式的咏物诗。1892年第1144号《益闻录》所载《东洲诗话》说:"苏东坡云:'作诗必此诗,定知非诗人。'陆剑南云:'咏物诗多半写怀。'知古来咏物原不尚描头画角也。然求其如狮子搏兔,用全力而细筋入骨者,颇不多睹。孙朗行莹《白桃花》云:'玉立亭亭露井旁,笑他时世尚浓妆。……凭谁唤醒繁华梦,乞取梨云一片香。'《红梅花》云:'修到今生倍有神,癯仙本是炼丹人。……岁寒园里盟重订,好倩斜阳替写真。'二诗元箸超超,一粒粟中直现丈六金身者。"对于苏轼"作诗必此诗,定知非诗人"之说,赵翼曾批评"其实论过高,后学未易遵",这是基于创作角度而生的忧虑。其实苏轼并不反对形似,"随物赋形""写真奇绝"也是他所赞赏的,只是如果拘泥于所咏之物,描头画角,即使形貌酷肖,终究也只是技臻形似而已。袁枚对此深表认同。《随园诗话》多次提到这一点,

---

① [清]袁枚著,顾学颉校点:《随园诗话》卷九,第320页。

如卷三第 29 则、卷七第 58 则诗话分别云：

> 阮亭《池北偶谈》笑元、白作诗，未窥盛唐门户。此论甚
> 谬。……余按：元、白在唐朝所以能独树一帜者，正为其不袭盛
> 唐窠白也。阮亭之意，必欲其描头画角若明"七子"，而后谓之窥
> 盛唐乎？
>
> 东坡云："作诗必此诗，定知非诗人。"此言最妙。然须知作
> 此诗而竟不是此诗，则尤非诗人矣。其妙处总在旁见侧出，吸取
> 题神，不是此诗，恰是此诗。古梅花诗佳者多矣！冯钝吟云："羡
> 他清绝西溪水，才得冰开便照君。"真前人所未有。余《咏芦花》
> 诗，颇刻划矣。刘霞裳云："知否杨花翻羡汝，一生从不识春愁。"
> 余不觉失色。金寿门画杏花一枝，题云："香骢红雨上林街，墙内
> 枝从墙外开。惟有杏花真得意，三年又见状元来。"咏梅而思至
> 于冰，咏芦花而思至于杨花，咏杏花而思至于状元：皆从天外落
> 想，焉得不佳？①

从诗歌特质和审美效果来看，咏物诗须以兴会随举、写意神到为本，
又以寄情自然、甘余之味取胜，所谓"诗传画外意"是也。在这一点
上，沙仁寿与袁枚的看法并无二致。《益闻录》1893 年第 1273 号所
载的诗话云："栖霞先生《菊花八咏》，秀雅绝伦，惜不能全记，偶忆警
句，犹令人齿颊生香。《忆菊》云：'真意不离松径外，中心常系酒瓢
先。'……吐属大方，不落纤巧，能得表圣所谓'味外味'者。"袁枚以
咏花诗为例立说，沙仁寿亦步亦趋，也以花为证。可见，沙仁寿对咏
物诗创作技巧的看法不仅使典用事同于袁枚，而且遣词用语、立论方
法也与袁氏如出一辙。所以，与其说沙仁寿对诗歌相关创作技法的

---

① ［清］袁枚著，顾学颉校点：《随园诗话》卷三、卷七，第 80、231 页。

认知是远绍苏轼,毋宁说他是近宗袁枚。如此看来,前引贺景章诗说"最喜随园人已杳,先生踵起主风裁"云云,直指沙仁寿承袁枚而领诗坛风雅,并非毫无根据的谀辞。

三、《东洲诗话》的文学史价值

作为地方诗学文献,郡邑诗话的特征之一就是存录乡贤诗作、阐扬乡邑风雅。《东洲诗话》也不例外。《益闻录》1894 年第 1388 号所载的诗话云:"吾邑李寅谷著《梦花窗诗草》,屡议梓行,未果,恐其久而散佚,录其佳者以广流传。"另一方面,郡邑诗话对乡邦诗人、诗作、诗事的记录也有构建地方诗史文迹的意义。清代南通地区的乡邦诗歌总集,除乾隆年间陈心颖等人的《明紫琅诗》《国朝紫琅诗》外,还有同时代孙翔编纂的《崇川诗集》、嘉道年间杨廷所编《五山耆旧集》和《五山耆旧今集》、道咸年间王藻纂辑的《崇川各家诗钞汇存》和《崇川诗钞汇存补遗》、咸同年间茅炳文辑录的《师山诗存》等。另,道光年间的顾鸲编有《紫琅诗话》九卷,专记自宋迄当世的南通地区诗人、诗事。这些诗歌总集和诗话共同勾勒了自宋迄清的南通诗史,沙仁寿《东洲诗话》则承其绪,将地方诗史延伸至清末,其价值固不能小视。

《东洲诗话》的价值还体现在对地方文献的补正层面。在 1892 年第 1196 号《益闻录》载录的诗话中,沙仁寿说:"紫琅袁步青先生,元性豪放不羁,晚习清净。所吟诗随手散弃,《师山诗存》仅登五言二律,珠遗不少。兹得其《七秩自寿》云:'弹指光阴七十春,那堪老境历频频。耳如塞圹听常误,眼为生花看不真。黄卷久荒空走蠹,青云无路懒攀鳞。晨星寥落朋侪少,尊酒论文只数人。笔砚耕耘雪满头,家庭琐事酿新愁。儿孙绕膝愚堪念,戚族关心困敦周。经卷茶炉为活计,纸窗茅舍好藏修。诸君倘惠南飞曲,可卜频添海屋筹。'一时脍炙人口。"可见,沙氏对袁步清《七秩自寿》未能入选《师山诗存》深感

遗憾。除为地方诗集拾补遗珠外,《东洲诗话》还可裨补地方史乘。如 1893 年第 1270 号所载的诗话云:

> 道光甲辰经魁,沈二畴先生仲旸,以大挑得清河县训导,未赴任,卒。诗笔横厉如万马行空,不受羁勒。《次袁步青述怀韵》云:"十千沽取瓮头春,风雨畴曩谑集频。蓦地暮年归净业,浑然元气葆天真。仙游入梦双双蝶,远道贻书六六鳞。情款每日亲故话,渊明以后数高人。结庐山足正江头,不学张衡说《四愁》。气煦于春心最厚,眼明如镜虑常周。灵根石许双襟证,清品梅输几世修。贻子一经安且乐,笑他仰屋漫持筹。"《和族兄秋槎先生八一重游泮水韵》云:"稽古何愁世莫知,恒荣老去锦重披。簪花鬓益婆娑态,剪水瞳饶顾盼姿。耆士再来真国士,人师前度本经师。迟生幸得同行辈,输与乡评说白眉。吮毫依旧健词场,一度官芹两度香。"

本则诗话记载沈仲旸与袁步青、沈秋槎的交游酬唱。据《[光绪]海门厅图志》卷十八载:"沈倬,字秋槎,附生。绩学工文,岁科十试冠军,省试累荐不售。道光二十九年重游泮水,倬一时名宿,门下多知名士。"[1]沈倬乃地方名贤,其在道光二十九年(1849)与沈仲旸、袁步青等人重游泮水,光绪年间的地方志郑重其事地加以载录,无疑是将其视作地方风雅的盛事,但具体日期和唱和诗作却付之阙如。本则《东洲诗话》所载的沈仲旸的两首诗歌,其中之一是《和族兄秋槎先生八一重游泮水韵》,清楚地记载此次风会的具体日期是道光二十九年八月初一,正可弥补志书失载的遗憾。

---

① [清]刘文澂等修,周家禄等纂:《[光绪]海门厅图志》,《中国地方志集成·江苏府县志辑》(53 册),第 392 页。

《东洲诗话》对诗史和文坛故实的补苴还可延伸至更广阔的中国古代文学史层面。《益闻录》1895 年第 1450 号载录的诗话中,沙仁寿说:

> 本朝梅花诗自太仓灵岩山人(引按:即毕沅)而后,鲜有传诵者。吾乡朱栖霞先生《二十咏》,格律老成,允推作手。犹记其《忆梅》云:"托根庚岭有同心,渺渺予怀日渐深。识得冰姿思在昔,未传芳讯到如今。霜天不觉空悬想,雪夜谁来慰好音。派就清风留眷属,满坡明月鹤初临。"《梦梅》云:……《迎梅》云:……《买梅》云:……《种梅》云:……《友梅》云:……《拜梅》云:……《对梅》云:……《咏梅》云:……《嚼梅》云:……《画梅》云:……《送梅》云:"轻装欲别半春行,翠羽啁啾满耳声。花谢竟添东阁恨,香残未了古人情。雪随芳草飞无迹,玉剩疏篱看不明。最是依依林处士,半山设帐送归程。"其余警句,如《望梅》云:"纵眼岂因林止渴,举头都为雪生香。"《寻梅》云:……《移梅》云:……《问梅》云:……《赠梅》云:……《供梅》云:"瘦影参差花映壁,暗香缭绕月临楼。可人屏角留清品,伴我琴床作好逑。"皆清而腴、淡而旨,高古处不食人间烟火者。

沙仁寿从清代咏梅诗史的角度详细地记载了朱栖霞《梅花二十咏》中的 18 首,可见其文学史自觉意识。不仅如此,《东洲诗话》还载录了这一组诗的唱和之作。1896 年第 1552 号所载的诗话:

> 新港施柳村茂才惠性通脱,口若悬河,辩才无碍,制举业清微淡远,绝似此木老人,惟诗不轻作。见其《和王薇轩先生次栖霞丈梅花二十咏》……《忆梅》云:"为有寒梅系素心,天涯地角感怀深。一枝日暖应开早,半岭香浓尚恋今。纸帐连宵成好梦,

绮窗何日递佳音。承颔挂座孤灯畔,坐到松庭月影临。"《寻梅》
云:……《拜梅》云:……《种梅》云:"邻家乞得几株梅,分付园丁
仔细栽。王冕宅边刚掩映,橐驼传里讲滋培。蟾光那管窗前障,蜡
瓣还期雪里关。竹不相欺松不碍,天寒何日鹤归来。"其余警句,
如《梦梅》云:"翠羽纵同蕉覆鹿,罗浮已作卧游山。"《望梅》
云:……《移梅》云:……《折梅》云:……《嚼梅》云:……《画梅》
云:"描成玉骨形偏肖,写到霜葩笔有神。"皆体清心远,玲珑可诵。

两则诗话中,沙仁寿列举朱栖霞咏梅诗完帙 12 首、警句 6 首,施柳村
咏梅诗完帙 4 首、警句 6 首,合计 28 首。梅花以其凌寒独放、素雅不
群的品格,表征了孤高幽远的超逸情怀,因此备受历代文士青睐,歌
咏不绝。元人郭豫亨《梅花字字香前集》《后集》专录古今诗人咏梅
杰作,计达二百余首。《四库全书总目》卷一百六十七云:"《离骚》遍
撷香草,独不及梅。六代及唐,渐有赋咏,而偶然寄意,视之亦与诸花
等。自北宋林逋诸人递相矜重'暗香疏影,半树横枝'之句,作者始别
立品题。南宋以来,遂以咏梅为诗家一大公案。江湖诗人,无论爱梅
与否,无不借梅以自重。"[1]上引咏梅诗亦是如此。虽然未曾跳脱"幽
香高格,耽寂避喧"的窠臼,但属对工巧,清新可诵。更重要的是,这
两组咏梅诗篇制较长,均不见载于相关别集,属清人逸诗一类。沙仁
寿基于诗史认知,将其载入乡邑诗话,其实有补于古典文学史。前引
朱栖霞《菊花八咏》亦然。

　　清顺治十四年(1657)秋,王士禛与一众名士集会于济南大明湖
水面亭,见亭下千株杨柳,披拂水际,乍染秋色,有摇落之态,遂怅然
有感,赋《秋柳》诗四章。其诗句句写柳,而通篇不见一个"柳"字,意
境高远,蕴藉深沉,震动文坛,唱和不绝。1894 年第 1388 号《益闻

──────────

[1]〔清〕永瑢等撰:《四库全书总目》卷一百六十七,第 1438 页。

录》所载《东洲诗话》记录了李寅谷《梦花窗诗草》中的长诗《和李问樵太守次渔洋山人秋柳》，为这一文坛盛事增添了新资料。此外，1892年第1198号《益闻录》所载诗话又曰：

> 　　童山李雨村云："历城李大木榕，山左诸生，清瘦如鹤，性耽诗，每鸡鸣辄于枕上高吟，人称为'诗鸡'。"余邑张某好吟诗，逢人便口号而出。里中纨绔少年厌其强聒，遂目为"诗犬"。余犹记其一联云："三间破屋为诗料，一座寒山当画图。"颇自然。

济南李榕为"诗鸡"、南通张某为"诗犬"，其人其称虽不比"诗仙""诗圣"庄重崇高，相关诗事也不如"秋柳唱和"超迈风雅，但庄谐并存、雅俗互见正是诗史乃至文学史的本相之一。可见，《东洲诗话》于古代诗史、文学史有多面的补苴价值。

四、《东洲诗话》《滇南诗话》与近代郡邑诗话的转向

　　清代后期，报纸杂志大量涌现，时效、灵活的新载体倾向于涵容多元化的内容。诗话作为一种短制评论，与报章的需求甚为契合，所以晚代报刊诗话呈现出爆炸式的增长。连载《东洲诗话》的《益闻录》是天主教在华的第一份中文期刊，光绪四年（1878）创刊于上海，次年正式发刊，光绪二十四年（1898）与《格致新报》合并为《格致益闻汇报》，1900年停刊。《益闻录》虽然是宗教期刊，但在栏目设置上却不拘泥于此，举凡舆地、天文、算数、时论、新闻、传记、文启、诗词等，皆在刊布之列①，《东洲诗话》连载其间并不奇怪。《益闻录》创刊的第十三年，光绪十六年（1890）第1018号就开始刊登《东洲诗话》。这表明，古典郡邑诗话自此具有了第三种存在形态：刊布于报章。向

---

① ［清］李杕：《益闻录弁言》，《益闻录》光绪五年（1879）第1号，第1页。

来的古典诗话,包括郡邑诗话,多是文士自撰自娱或同好交流的案头著述,《东洲诗话》等以报章连载的方式出现,表明郡邑诗话已汇入了变动的历史河道,呈现了面向大众的新气象。

　　新变不仅发生于存在形态,更蕴藉于观念内容。《东洲诗话》虽然在体例、观念上受到袁枚的影响,但所录诗作古、律兼备,诗事以风雅逸闻、交游唱和为多,诗论持正、不执一端,并未沾染《随园诗话》的逢迎之迹、托请之弊以及"清代中叶以后诗话写作的市侩气"等①,可见沙仁寿对当时诗话界的流弊有所警觉。另外,《东洲诗话》所录唯一的女诗人是朱文娟。1893 年第 1262 号《益闻录》所载诗话谓:

　　　　吴下闺秀朱文娟,号吟梅,父鉴最所钟爱,天性孝友,愿为婴儿子养亲。后归郏氏,夫素无行,泣谏不从,屡遭折衄。结缡半载余,作书别父母,大可哀也。著有《听月楼诗草》。《和大兄秋江夜渡》云:"烟暝秋江树,苍茫夜气凝。远钟山外寺,小艇荻中灯。指点迷瓜埠,须臾过秣陵。归期先屈指,新咏剥红菱。栖霞夜色幽,孤棹蓁中流。雁落霜侵岸,江空月满舟。潮声六代梦,帆影万山秋。赢得乡心切,天明到润州。"《花径联诗》云:"丽门花千树,奇争诗一联。香浮芳径外,思入彩云边。句劲知无敌,春深别有天。古人曾秉烛,欲藉挽华年。"《铁华岩》云:"石桥插云中,峭壁破天阙。水底有老蛟,寒夜吞明月。"《春霁》云:"无端霁色到窗前,轻暖轻寒又一年。昨夜漏残蝴蝶梦,前村雨歇鹧鸪天。花如薄醉非关酒,绿遍垂杨总是烟。吩咐侍儿帘莫卷,晨妆犹待贴花钿。"《暮春》云:"飞絮飞花春可怜,可怜人在暮春天。无情风雨催偏急,又听声声叫杜鹃。"锦心绣口,卓然可传,

––––––––––––––––

① 蒋寅:《袁枚〈随园诗话〉与清诗话写作之转型》,《岭南学报》复刊号,2015 年版,第 193—211 页。

世人可以识儳周啼血。

朱文娟(1781—1803),字吟梅,江苏长洲(今江苏省苏州市)人。幼聪慧,工诗。年二十二,嫁郑瑶光,然遇人不淑,结缡未及三百日,自缢死。《东洲诗话》由人及诗,因诗而论,可视作朱文娟的小传。但是,朱氏并非南通籍,也未曾寓居南通,沙氏突破郡邑诗话的体例,将其收录入编,是出于同情、惋惜和哀痛;言论之中,更见对其才情的欣赏。单学傅《海虞诗话》卷八载录了清代常熟才女赵秉清的《感吟》诗。秉清素有才名,因年少时耽溺于佛教,不曾出阁,年老无依,孤苦无极,恨而成诗,云:"素月何皎皎,秋来扬清辉。如银又如水,照我入房帏。悄悄积忧思,对此长歔欷。生小有志愿,习静悟禅机。一旦失怙恃,孤云苦无依。量力守旧辙,且耐寒与饥。年长谙世昧,始知从前非。人生譬朝露,疾去如风飞。时乎不我与,泪下沾裳衣。"该诗辞多袭用《古诗十九首》,意亦沉郁哀凉。单学傅在此诗后直接加按语评论道:

> 先辈治家严肃者,三姑六婆不听入门。若韫(引按:秉清之字)守贞,虽钟爱于亲,实由少年误信尼姑之诞说,迨老而无依,悔恨难追。旁观者谅其苦情,当知《礼经》"二十而嫁"之义,古今不易。此诗直道衷曲,非特不必为之讳,正可阐明以广,垂戒王道之不远人情。曰寡曰独,安可自贻伊戚也? 若韫得其戚。①

单学傅尖锐地批评了赵秉清,认为其孤苦是不遵伦常之过,自致忧戚,不足为训。以儒家风教立场指责痛苦的诗人,不惟有失同理心,更凸显了政教伦理凌驾诗歌本体的传统诗论逻辑。相形之下,沙仁

---

① [清]单学傅辑:《海虞诗话》卷八,《续修四库全书》第 1706 册,第 59 页。

寿对朱文娟的共情和对其诗歌的赏论,则是回归文学立场,表明《东洲诗话》对传统诗论取向的突破。

更显著的是,《东洲诗话》对剧变的时代也有回应。该诗话相继发表于光绪十六年(1890)至二十二年(1896),时值清季末世,外侮内乱,家国板荡,人心思变。在诗学方面,正是"诗界革命"的前夜①,也是蔡镇楚先生所言的"从旧体诗话向现代新体诗话过渡"的时期②,这为我们在载体、理念、价值之外观察该诗话提供了历史维度。同治七年(1868),针对咸同诗坛尊古、拟古的倾向,年轻的黄遵宪疾呼突破传统,引入"流俗语",并提出了振聋发聩的"我手写我口,古岂能拘牵"的口号③。在此前的咸丰元年(1851),林昌彝《射鹰楼诗话》刊布,记载了不少批判鸦片之害的诗歌。而在1892年1193号《益闻录》所载的《东洲诗话》中,沙仁寿也收录了乡贤尹石农写就的《戒鸦片诗三十首》,并摘选了其中的多首:

> 戒鸦片诗绝少风流蕴藉、发人深省之作。吾乡尹石农公亮三十首,夙为儒林传诵,兹摘录其尤佳者。"半床烟雾困英雄,多少英雄入彀中。……有人悔后伤迟暮,眼见东施又效颦。"其余警句,如"用为药服非延寿,当做香烧岂返魂"、"花柳夤缘原狗苟,衣冠真种也蝇营"。读之恻恻动人。

正如《射鹰楼诗话》一样,沙仁寿大量摘录戒鸦片诗,有专言时务而为世戒的意味。嗣后,邱炜菱在1899年出版的诗话《五百石洞天挥麈》

---

① 胡全章:《1900:诗界革命运动之发端》,《河南大学学报》2013年第1期,第112—116页。
② 蔡镇楚:《中国诗话史(增订本)》,第342页。
③ [清]黄遵宪撰:《杂感》,钱仲联笺注:《人境庐诗草笺注》,上海古籍出版社,1981年版,第42页。

中说:"鸦片入中国为一大劫坠,其劫者世目为黑籍中人,余亦籍中人也,恶之而不能绝,有如附骨之疽。故于所著赘谈两则《鸦片诗》以警来者。"①可见,有识之士在当时已深痛鸦片之害。《东洲诗话》这则感慨时务、蕴抱宏深的诗话,因乡邑诗人之作而入编,既是晚近"戒鸦片诗"的新资料,更是鸦片战争前后痛斥鸦片流毒、警醒世人的"戒鸦片诗史"的一部分,具有强烈的现实关怀意义,表征着古典郡邑诗话在近代的现实转向。

　　19世纪末20世纪初,英、法等国为窃取云南等省的路权,强行修筑滇越铁路,激发了云南等地的保路爱国运动。1906年留日学生在东京创办《云南》杂志,连载《滇南诗话》,其中多篇诗歌即是呼应此一斗争。署名义侠的长诗《吊滇越铁路》云:"残贼何心种祸胎,敢挥玉斧弃朱崖。而今万里滇南道,汽笛乌乌伴鬼哀。……切齿当年卖国臣,南朝奸桧是前身。双行铁轨千家命,怎奈经营付别人。"②怒斥侵略,指陈时弊,瘅恶诃奸,关怀民生,一如沙氏所录"戒鸦片诗"。因《滇南诗话》为滇地而作,故也旁涉19世纪末的中英滇缅勘界问题。署名剑侠的诗歌《过古里卡河有感并序》云:

> 　　所谓古里卡河,即今干崖与英接界,修筑腾越铁路起点之处也。光绪二十五年,滇缅第三次勘界委员会刘万胜等,会同英巴维里竟将木邦兰坎等六司全土、汉龙虎踞天马铁壁四关全地、里麻等三司全属、精伦等司地及猛卡练山溯洗帕河至古里卡河一带,割去数百里。猛卯、陇川两司地亦去三四百里。统计此番重勘,共沦于英者,不下四千里。噫,能无悲乎?
>
> 　　驰乘跋涉几山重,回响当年汉相功。汉马勋劳蛮夷定,蛮苗

①［清］邱炜萲撰:《五百石洞天挥麈》,《续修四库全书》第1708册,第74页。
②［清］义侠撰:《滇南诗话·吊滇越铁路》,《云南》1908年第20号,第5页。

永服称臣躬。臣庭控置少兵略,侵我边疆在明末。迨至乾隆再加征,征服贡赋始如昨。咸同以后外患多,疆围捧送奈谁何。重划失地数千里,从此中英界一河。我来立马清泉中,郁郁丛林绿荫浓。高崖两岸垂杨柳,谷水声声感慨同。顾我无才任欹歔,爱国血泪徒沾襦。秋风揽辔东行去,誓将全楚学包胥。①

上述诗序详细载明了光绪二十五年(1899)中英第三次勘界委员会谈判后中国失去的国土。诗歌由古及今,以诸葛亮平定南中起兴,中间略述明清两朝经略云南之事,末则详述咸同以来国力衰微而致滇土沦丧的现实,最后以申包胥复楚之事为结,使典用事,展现恢复之志,诗笔虽非上乘,诗情却足动人心。此种借古喻今的笔法在《滇南诗话》的第 1 则即已呈现,其文曰:

> 滇人诗学,自古以独立为宗派,不蹈古人故习。最爱龚簪崖二绝云:"少年行役执戈殳,百战余生胆气粗。饮马长江休照影,恐惊霜雪上头颅";"无定河边月昏黄,黄沙碛上阵云屯。三千尽有封侯骨,毕竟谁擒吐谷浑?"钱南园一绝云:"高秋风急塞天遥,落日平原好射雕。独向玉门关外望,可儿千载一班超。"二公皆百年前人,而尚武精神发达如此,可法也。②

---

① [清]义侠撰:《滇南诗话·过古里卡河有感并序》,《云南》1908 年第 20 号,第 3—4 页。

② [清]迤南少年撰:《滇南诗话》第 1 则,《云南》1906 年第 1 号,第 1 页。按:龚锡瑞(1751—1800),字信臣,一字辑五,号簪崖,云南大理赵州(今云南省大理白族自治州弥渡县)人,乾隆己酉(1789 年)拔贡,能文工诗,有《簪崖诗集》;诗话所称"二绝"即其中《拟古从军行》二首,文字稍异。又,钱沣(1740—1795),字东注,一字约甫,号南园,云南昆明人,乾隆三十六年(1771)进士,精颜楷,擅画马,著有《南园诗存》《南园文存》等;诗话所引"一绝"即其诗《题自画马寄师三荔扉》。

《滇南诗话》之所以在首则诗话中就高扬尚武精神,本于《云南》杂志的办刊精神。《云南杂志发刊词》云:"呜呼《云南》杂志!《云南》杂志!!是云南前此未有之创举而今日之救亡策也";"噫!以滇事之危,急改良思想之切要而其设备乃若此,此同人所为忧心如焚、洒泪成血,不得不努其棉薄之力、效其款款之诚,以出此编也。本编宗旨:改良思想。思想之要,厥有数端:一、国家思想。积人成国,国人一体。强弱存亡,责任在己。人果无国,人何以存?人竟忘国,国乃凋残。……六、尚武思想。执戈从戎,男子义务。为国为家,无海无陆。裹尸马革,葬身鱼腹,光荣无限,愿望乃足"①。是则《云南》杂志本为救亡图存而创,尚武精神是其题中之义,其编发的《滇南诗话》是借传统的郡邑诗话来发扬云南人民的尚武精神,唤醒民众,以救滇事之危,与该杂志编发的其他文章体制不同而意旨无殊。

　　总之,时移诗易,诗论亦然。《东洲诗话》作为早期报刊郡邑诗话之一,以全新的存在形态彰显了古典郡邑诗话染乎世情的变调。在内容方面,它因诗存人、依诗申论,兼存文坛故实,对乡邦名贤的嘉言懿行极少述及,对本邑节妇孝子、乡贤义举、风土民情更是全无着墨,这与嘉道以来的其他郡邑诗话,如阮元《广陵诗事》等很不一样;相反地,它多存个人交游经历并及诗作、诗论,具有显著的个人化特征。在诗学观念方面,《东洲诗话》远绍王士禛、推重沈德潜、近宗袁简斋,既追慕慷慨深沉的盛唐气象,又崇尚清逸秀雅的美学风貌,显示了熔铸格调与神韵于一体的诗学追求。就价值而言,《东洲诗话》踵武乡贤诗学,旁通桑梓史乘,于地方文史有赓续补苴之功,且借由类型诗作和文坛故实的方式拓展了古典文学史的资料库。更值得注意的是,《东洲诗话》在内外交侵的剧变时代,突破儒家传统诗教立场,笔补当世,关怀现实。《滇南诗话》则以《云南》杂志为载体,以炽烈的

---

① 《云南杂志发刊词》,《云南》1906 年第 1 号,第 1、6—8 页。

爱国之情一脉贯注，讴歌崇义尚武、团结御侮的滇人精神，以郡邑诗话为救危之具。凡此，均昭示了清代郡邑诗话从文士案头走向普罗大众、贯通乡邦诗史与家国鼎革的新貌。

第六节　清代后期的其他郡邑诗话

一、清代后期的其他江南郡邑诗话

（一）《台州诗话》概览

《台州诗话》一卷，童庚年撰。庚年字佐宸，晚号柘叟，浙江慈溪人，生于清末。张寿镛《剡源文钞跋》云："《剡源文纱》，为黄梨洲先生选定，慈溪郑乔迁耐生氏手抄，而童庚年柘叟氏藏之于家也。柘叟勤搜乡献，尝佐其叔小桥氏刻全谢山《黠埼亭诗集》，以板相赠。更取万贞一《管村文钞》、万开远《千之草堂文钞》与此书，均归于余，时民国十三年。余重司浙，计时也，忽忽八年，柘叟墓木久拱。"①是则童庚年去世于民国十三年至二十年之间（1924—1931）。童庚年著有《四明撷余录》《明州札记》《柘老人诗话》《台州诗话》等。

《台州诗话》有国家图书馆藏《童柘叟遗著》十三种本、中国社会科学院文学研究所图书馆藏无格精钞本。前者为清稿本，封面左上题"台州诗话"，右题"亦为童柘叟著"，似是后补。诗话共 37 则，乃杂抄各类笔记、诗话、札记、诗集、志书中涉及台州的诗人诗事，凡同出自一书的数则诗话，自第二则以"又"字领起。全书记人述事，起北宋末，讫于清末；略无编次，亦不标页码。诗话所见最早人物，是第 6 则记载的北宋末年词人陈克，其文引自浙江会稽（今浙江省绍兴市）

①张寿镛撰：《剡源文钞跋》，《约园杂著》卷三，《民国丛书》第 4 编第 95 册，上海书店，1989 年版，第 19a 页。

人李慈铭所作的《越缦堂笔记》,曰:

> 李慈铭《越缦堂笔记》:临海宋陈子高,著有《赤城词》一卷。中如《浣溪纱》云:"浅画香膏拂紫绵,牡丹花重翠云偏,手按梅子并郎肩。病起心情终是怯,困来模样不禁怜,旋移针线小姑前";……"月胧胧,一树梨花细雨中"(《豆叶黄》)。皆清绮婉约,直接花间。①

此云《越缦堂笔记》,或即《越缦堂日记》。该日记是李慈铭经年累月之作,后来云龙抽出其中涉及读书的部分,编成《越缦堂读书记》,本则诗话亦见其中,但摘录未完。原文接下来还有一句话:"在北宋诸家中,可与永叔、子野抗行一代,虽所传不多,吾浙称此事者,莫之先矣";又有一段评论:"浙之词人,两宋为盛,然仁英以前无闻。……以我浙而论,当首推赤城,次推庆湖。"②陈克(1081—1137),字子高,自号赤城居士,浙江临海人,以词著称,有《赤城词》传世。李慈铭的评论,实际上是以陈克为北宋浙江词人之首。童庚年对李慈铭这两段话都没有引用,或是认为"莫之先矣""当首推赤城"云云推重太过。不过,这段文字关涉的是词事而非诗事,虽然郡邑诗话常见此例,但终属逸笔。这段话的原文撰于咸丰辛酉(1861)四月初六日,是则《台州诗话》必作于该年之后。

《台州诗话》前3则均引自戚学标《南墅老人笔记》,其中第1则

---

① [清]童庚年辑:《台州诗话》卷七,蒋寅主编:《清代诗话珍本丛刊》第一辑第四十五册,第13—14页。
② [清]李慈铭著,由云龙辑,上海书店出版社重编:《越缦堂读书记》,上海书店,2000年版,第1228页。

述"许象垣先生国初殉节"事①。许鸿儒,字象垣,浙江太平人。吴观周《太平乡贤事略》卷四载其传,云:"顺治四年(1647)岁贡,谒选,得广西罗城县。携弟重然,子承昊、承荐之任。时县境为贼踞,大师未克进,身随征战,家暂止长沙,承荐病死。辛卯,桂林既下,同事分方赴任。……治凡一期,地方有起色。壬辰,西兵骤入,省会告变,定藩自焚,州县一时皆溃,罗城孤立失援,先生为贼得,以刃加颈,逼令降,先生不屈,与子承昊俱死。"②顺治九年壬辰(1652)七月,南明西宁王李定国攻陷桂林,清廷定南王孔有德自焚而死,许象垣应该是于此后不久罹难。《台州诗话》首列许象垣,记其殉节,显有崇敬忠义乡贤之意。

　　《台州诗话》篇幅最长的是第4则,计逾一千一百字,乃据《余姚县志》记载元惠宗至正二十年庚子(1360)春刘仁本与朱右、谢理等42人于余姚龙泉山雩咏亭举办"续兰亭会"之事③。《全浙诗话》卷二十三"刘仁本"条亦载其事,然甚简略④。刘仁本(1308?—1367),字德玄,号羽庭,浙江天台(或谓黄岩)人,元末进士,历官浙江行省郎中,后入方国珍幕。《明史》卷一百二十三载:"国珍海运输元,实仁本司其事。朱亮祖之下温州也,获仁本。太祖数其罪,鞭背溃烂死。"⑤雩咏亭修禊发生在浙江余姚,并非台州。《台州诗话》以仁本

①[清]童庚年辑:《台州诗话》卷七,蒋寅主编:《清代诗话珍本丛刊》第一辑第四十五册,第3页。
②[清]吴观周撰,吴茂云点校:《太平乡贤事略》卷四,收《吴观周集》,浙江大学出版社,2019年版,第167页。
③[清]童庚年辑:《台州诗话》卷七,蒋寅主编:《清代诗话珍本丛刊》第一辑第四十五册,第5—12页。
④[清]陶元藻辑,蒋寅点校:《全浙诗话》卷二十三,浙江古籍出版社,2017年版,第532页。
⑤[清]张廷玉等撰:《明史》,中华书局,1974年版,第3700—3701页。

为天台人,盖因其人而述其诗事。

《台州诗话》亦载乡邦异闻奇景。第 35 则引宋咸熙《耐冷谭》,记台州王南亭老人 130 岁而卒的异事①。又,该书末则诗话云:

> 太平县城中武庙最著灵异,庙前有石池,泉水冬夏不涸。戚鹤泉楹联云:"剪寇迹遗宫树绿,涌泉灵寄石池春。"又,周恭知县撰《禹王庙》云:"天子之仪,声律身度,太平之世,海晏河清,可称颠扑不破五雷庙。"匾额曰"太空声教",则极恢宏,极雅切。②

郡邑诗话载述乡邦名胜及其异闻传说,可称通例,但是本则诗话的重点不在名胜异闻,而是借此呈斯世之盛和教化之兴,表明清代郡邑诗话有通于政教的特色,此又其通例之一也。

(二)《蓉江诗话》辨惑

《蓉江诗话》三卷,顾季慈撰。季慈字心求,江苏江阴人,道光十年(1830)诸生。咸丰八年(1858),顾氏在许学夷《澄江诗选》、陈芝英《江阴诗粹》、杨敦原《江阴诗存》等书的基础上编成《江上诗钞》一百七十五卷,收录唐代至清咸丰间江阴诗人 859 家、诗作一万七千余首。《蓉江诗话》即成于此间。蒋寅先生谓:"此诗话三卷为辑《江上诗钞》时所采得江阴诗人传记资料,起宋葛胜仲,讫乾隆中涉江诗社诸子,而以明人为详。如沧州诗社诸子、王百谷等俱有记载。虽条目无多,而纪评兼重,有别于通常郡邑诗话有纪无评之体。谢鼎镕跋

---

① [清]童庚年辑:《台州诗话》卷七,蒋寅主编:《清代诗话珍本丛刊》第一辑第四十五册,第 31—32 页。
② [清]童庚年辑:《台州诗话》卷七,蒋寅主编:《清代诗话珍本丛刊》第一辑第四十五册,第 33 页。

云：'其所取材，或得之交游，或辑自纪载，或采自各诗家专集，而要必以吾乡之诗人为归，盖编辑《江上诗钞》时之所作也。今绎其旨趣，在前人诗话中未为极则，顾吾乡骚坛故事藉此可稍稍流传，于桑梓文献正自不无裨补。'然观其书编次殊无次序，是其一憾，或由编次未就故也。"①这是目前学术界对《蓉江诗话》最为详细的述介文字，可堪参考。

关于《蓉江诗话》的版本，张寅彭先生说有首都图书馆藏民国二十二年（1933）陶社校勘本②。蒋寅先生说该书又有台湾新文丰出版公司《丛书集成续编》影印本③，但笔者查考该编，只得见其中有顾季慈编辑《蓉江诗序腋》，未见《蓉江诗话》。吴宏一先生根据徐国能先生的检核，认为《蓉江诗话》的书名应作《蓉江诗序腋》④。徐国能先生作有《〈蓉江诗序腋〉考述》一文，皆就《蓉江诗序腋》而述，未曾论证此书何以即是《蓉江诗话》⑤。考《蓉江诗序腋》，可知其由 37 篇江阴诗人诗集的序文组成，也是顾季慈编辑《江上诗钞》的副产品。因此，笔者认为《蓉江诗序腋》《蓉江诗话》并非一书。

另据笔者查考，民国杂志《青年友》1923 年第 4 期载有《蓉江诗话》数则，署名云松。其中有云："古人的诗，写情写景，纯任自然，所谓意随笔到，自鸣天籁也。厥后辞藻学兴，诗学一道，渐尚格调，韵律对仗，矫揉造作，而诗学伪矣。夫诗要能描写情景，活泼为佳，若拘泥一定格律，生硬呆板，毫无兴趣矣。诗不但是描写情景，亦是表现人

---

① 蒋寅：《清诗话考》，第 569—570 页。
② 张寅彭：《新订清人诗学书目》，第 134 页。
③ 蒋寅：《清诗话考》，第 570 页。
④ 详参吴宏一主编：《清代诗话知见录》，"中央研究院"中国文哲研究所，2002 年版，第 197 页脚注。
⑤ 徐国能：《〈蓉江诗序腋〉考述》，吴宏一主编：《清代诗话考述》，第 1027 页。

生,故个人处境之优劣,与诗境诚有直接密切之关系也。"①观其所论,颇为通达,但与顾季慈之《蓉江诗话》似无关系,录此备考。

二、清代后期的闽台郡邑诗话《榕阴谈屑》

林寿图(1809—1885),原名英奇,字恭三,又字颖叔,晚号黄鹄山人、欧斋,福建闽县(今属福建省福州市)人。道光二十五年(1845)进士,官至陕西布政使、山西布政使,后被劾落职;曾先后主讲钟山、鳌峰、致用书院。林氏出入经史,学识淹博,著有《春秋浅说》《论语证故》《闽学宗派考》《两晋六朝文类纂》《启东录》等。《榕阴谈屑》完成于光绪元年(1875)前后,生前并未刊刻,渐次散佚,零章断简也只存钞本,如中国社会科学院文学研究所图书馆藏《侯官丁氏家集》丁震钞本,福建省图书馆藏钞本则称《榕荫谈屑剩稿》。但是,笔者查考后发现,《榕阴谈屑》曾刊行于《文艺杂志》1914 年第 10 和 11 期,共 21 则,另有陈衍《榕阴谈屑叙》和丁震《榕阴谈屑跋》,前文已述其详。

《榕阴谈屑》对闽地诗史略有梳理。《论闽派诗》云:"亨甫《次郑云麓诗》论闽派至许铁堂、瓯香、黄莘田、李栎园、萨檀河、伊墨卿,皆能自辟涂径。……余友谢枚如序《心香诗》,谓:'乾嘉间海内称诗者,上则沈文悫,下则袁随园。随园以通隐享盛名,尤为时风众势之所趋,其于十砚钦佩弗谖,所谓"唐代诗原中晚佳"。先生曾游小仓山房,针芥之投,其亦有所推挹乎? 然是时吾乡萨檀河、谢甸男、陈恭甫诸公,方将易闽派,务为黄钟大吕之音。譬之刘文叔为司隶,褒衣博带,肃肃见汉官威仪焉,而岂知裙屐洒然,隐囊方褥,俯仰坐啸,先生固犹是正始之遗风哉!'余心赏此文,其所谓正始者,慨前明'十子'流变之罔极。枚如未见笋鞱诗,故但称其与檀河诸先生云云。至学

<hr>

① 云松:《蓉江诗话》,《青年友》1923 年第 3 卷第 4 期,第 28—29 页。

亨甫而摩荡于气势以为意,已蹈于空疏,又或直指时事,不知蕴藉,又今日闽诗派之变矣。"①张际亮(1799—1843),字亨甫,号松寥山人、华胥大夫,福建建宁人,道光十五年(1835)举人,与魏源、龚自珍、汤鹏并称"道光四子",著有《思伯子堂诗集》等。本则诗话中,林寿图借由张际亮的《次郑云麓诗》,胪列了清代闽诗派的代表性作者,其所称诸人乃是当世共识。陈世镕《福州西湖宛在堂诗龛征录》卷十六引刘存仁《屺云楼诗话》云:"昔吾闽自林子羽膳部以诗鸣,同时唱和者十人,世称为'闽派'。入国朝,则许铁堂、许瓯香、黄莘田、李杮园、伊墨卿、谢甸男、陈恭甫,先后争雄坛坫。"②同时,诗话借由谢枚如之言,直陈晚清闽诗空疏直露之弊,颇为切当。

　　林寿图的诗学观念在《榕阴谈屑》中也有呈现。《丁雁水幼年诗》云:

　　　　诗才自天分中带来,有是种方有是树。萌芽始生,护惜之惟恐伤;枝叶未蕃,灌溉之惟恐槁。下有荆棘,必剪除之,去其昏秽;旁有障碍,必开拓之,纵其疏达。尤必地势高敞,水土深厚,乃成拱把合抱、干霄蔽日之材。禅家有顿、渐,诗家须兼此二义。专言顿悟,谓弹指即现楼台,不如脚踏实地、层累曲折以成之。然钝根人究不足语此,故余不强人为诗。③

林寿图以种树和禅宗为喻,指出种诗人须兼备天分和学问,天分是作

---

①〔清〕林寿图撰:《榕阴谈屑·论闽派诗》,《文艺杂志》1914 年第 10 期,第 93—94 页。

②〔清〕陈世镕纂:《福州西湖宛在堂诗龛征录》卷十六,福建人民出版社,2007 年版,第 779 页。

③〔清〕林寿图撰:《榕阴谈屑·丁雁水幼年诗》,《文艺杂志》1914 年第 10 期,第 94 页。

诗的基础,而学问是作诗的养分。《论闽派诗》开头说:"学问要有渊源,师友最宜慎择。观摩渐渍,有不自知者。檀河、匋男、恭甫诸先生友善,皆瑰丽雄伟,体格相近。亨甫从先生游,久而加变化焉,盖天才之所纵也。"①以张际亮为例,指出诗人不仅"友于己者"以熏陶学识,更要以己之天赋加以变化提升,这实际上是前论的延伸。

另,《榕荫谈屑》有《苦瓜诗》,云:"永福黄养九孝廉食苦瓜,云:'地产多佳蔬,天瓠应列星。何缘多子累,都作皱皮形。茶叶同风味,葵藿判食经。无穷鲍系意,相见慰零丁。'语有寄托。罗源游丁辰明经云:'此中甘苦殊风味,何事人呼锦荔支。'苦瓜红者,名锦荔支。"②清代郡邑诗话颇记本地风俗、名物,本则诗话亦如是,所谓"苦瓜红者,名锦荔支",可见地方特色,是则《榕荫谈屑》之于在地风习文化有一定的认知价值。

三、清代后期的山左郡邑诗话

(一)师徒相续而成的《登州诗话》《登州诗话续编》

清代山左诗歌繁盛,但郡邑诗话不发达,直到清代后期才出现两部著作,即王守训撰、赵蔚坊补的《登州诗话》和赵蔚坊自撰的《登州诗话续编》。王、赵是师徒,两部诗话之间关系密切。王守训(1845—1897),字仲彝,号松溪,登州府黄县(今山东省龙口市)人;同治九年(1870)中举,光绪十二年(1886)中进士,始授翰林院庶吉士,后任国史馆协修、翰林院检讨等,晚年掌登州瀛洲书院;守训博览四部,学识渊深,著有《诗毛传补正》《汉碑异文录》《韵字折衷》《文学天性斋诗钞》《文学天性斋文钞》等,更致力于整理乡邦文献,有《登州文献记》《登州杂事》《彩衣楼诗话》《登州诗话》等。赵蔚坊,字次炳,黄县人,

---

① [清]林寿图撰:《榕阴谈屑·论闽派诗》,《文艺杂志》1914年第10期,第93页。
② [清]林寿图撰:《榕阴谈屑·苦瓜诗》,《文艺杂志》1914年第10期,第101页。

光绪十五年己丑（1889）进士，曾任吏部主事，著有《复斋诗草》等。
王常师《登州诗话续编跋》："光绪辛丑八月，次炳先生逝世，遗稿由
嗣君梦园保藏。"①是则蔚坊卒于1901年。

　　关于《登州诗话》的成书，赵蔚坊在《彩衣楼诗话跋》中说："余师
王松溪夫子《彩衣楼诗话》四卷，成于光绪甲申、乙酉之际。洎癸巳岁
师又撰《登州诗话》，凡卷中语涉吾郡者，命蔚坊别录入《登州诗话》
内，今《登州诗话》第一册及第二册之上半册皆是也。辛丑夏林居养
疴，敬假《彩衣楼诗话》副录一通，复取卷中事涉吾登前钞所未备者，
仍附钞于《登州诗话》二册、三册之末，共增入二十余事。钞毕，原本
仍归先生哲嗣道薪十三弟藏弄。"②《登州诗话跋》所言与之相类③。
是则《登州诗话》由王守训初撰于光绪十九年癸巳（1893），光绪二十
七年辛丑（1901）夏由赵蔚坊摘选《彩衣楼诗话》中涉及登州诗事的
内容补辑而成，事在赵氏去世前数月。

　　关于《登州诗话续编》（以下简称"《续编》"）的成书，赵蔚坊云：
"松溪夫子作《登州诗话》三卷，丙申冬假读一过，拟录副本未遑也。
师卒后，此书已经藏弄，未得假钞，原编所录不能记忆。廉生表叔嘱
蔚坊辑《登州杂事续编》，遇有诗歌随手钞录，并辑为《诗话续编》。
所录诸作，恐与原编相复，俟日后再假原编校之。戊戌秋中元节蔚坊
谨志。"④是则《续编》纂成于光绪二十四年戊戌（1898）。

①［清］王常师撰：《登州诗话续编跋》，［清］赵蔚坊撰：《登州诗话续编》卷末，
　《山东文献集成》第二辑第45册，山东大学出版社，2007年版，第404页。
②［清］赵蔚坊：《彩衣楼诗话跋》，《彩衣楼诗话》卷末，《山东文献集成》第二
　辑第44册，第568页。
③［清］赵蔚坊撰：《登州诗话跋》，《登州诗话》卷末，《山东文献集成》第二辑第
　44册，第785页。
④［清］赵蔚坊撰：《登州诗话续编跋》，《登州诗话续编》卷首，《山东文献集成》
　第二辑第45册，第4页。

《登州诗话》及其《续编》是师徒相续而成的郡邑诗话,其在吴文晖和吴东发父子相续而成的《澉浦诗话》《续澉浦诗话》、李王猷和李道悠叔祖孙相续而成的《耘庵诗话》《求有益斋诗话》之外,为清代郡邑诗话又增一佳话。两编记明清登州府诗人诗作诗事。清代登州府下辖9县1州,包括蓬莱县、黄县、栖霞县、招远县、莱阳县、福山县、文登县、荣成县、海阳县和宁海州,但两编所录不限于郡人之诗,亦载宦客,如阮元、郑方坤等人的涉登诗歌。

(二)《登州诗话》《登州诗话续编》的共同特点

《登州诗话》《续编》分别为三卷、四卷,但卷内均无编次,盖随抄随录之故也。两编又均未曾刊刻,钞、稿本藏山东省博物馆。两编乃师徒相续纂作,且均功成于蔚坊,故总体特征基本一致:偏重载录诗作,略及乡邦风习,而罕见诗评。

两编所载诗作,多出亲友或名流之手。《登州诗话》卷一载:"外祖蓬莱慕光禄公讳维德,字如山,嘉庆二十四年翰林,性淡静冲和,潜心典籍,不狎时流,居官尤清慎。……所著《松龛诗存》八卷,余秋门《山左诗钞》登五十余首,而佳篇尚夥。五言如《三江镇》云:'指点荒郊外,家家橘柚黄。岚光拖远水,日色冷斜阳。鸟宿烟千树,云眠月一床。棹舟从此去,夜半听鸟鸣。'"①该卷又载阮元宦登时所作诗歌,曰:

> 阮文达公于乾隆甲寅以学使按试吾郡,有《过黄县》一首云:"风软平田不动尘,柳稊麦甲总宜人。行过百里东莱路,来看黄腄雨后春。"而后春又有《登州杂诗》五律十首可资记事。如云:"略有唐风俭,惟留岁晚闲",此见郡人习于勤苦云;"见说民稀

①[清]王守训撰:《登州诗话》卷一,《山东文献集成》第二辑第44册,第573—574页。

讼,清闲是长官",此见郡人少雀鼠之争云;"当日求仙处,皆从蜃
市行",自注云:"凡史载秦汉求仙之处,皆有蜃市,盖方士所藉以
惑人者。"此尤为发覆之论。独"去年英吉利,受吏过蓬莱"二
句,则相隔七、八十年,郡人竟不知是事,盖欧西人之至吾郡始于
此也。①

乾隆五十八年(1793)阮元任山东学政,次年按试登州。本则诗话所
记即阮元在任期间所作的涉登诗歌,王守训对阮诗相关诗句的解释
颇为精到,从中可见为乡邦存史的主动意识。另外,清初山左诗学大
家宋琬、王士禛之名也不时见诸两编,《续编》卷一第 5 至 9 则均记王
士禛及其诗作、诗事②。
　　戚继光是登州历史上最声名赫然的人物之一,两编自然不会忽
视他。《续编》卷一多次载录其诗歌,如:

　　　　蓬莱戚武毅公继光《止止堂集・横槊稿》诸诗,前编录之详
　　矣,兹复即事关吾郡者录之。……《登盘山绝顶》云:"霜角一声
　　草木哀,云头对起石门开。朔风卤酒不成醉,落叶归鸦无数来。
　　但使雕戈销杀气,未妨白发老边才。勒石峰上吾谁与,故李将军
　　舞剑台。"声情激越,尤觉豪气勃勃纸上。③

上述诗话引用了戚继光的多首诗歌,但最后仅以"声情激越,尤觉豪

---

① [清]王守训撰:《登州诗话》卷一,《山东文献集成》第二辑第 44 册,第 654—
　655 页。
② [清]赵蔚坊撰:《登州诗话续编》卷一,《山东文献集成》第二辑第 45 册,第
　17—22 页。
③ [清]赵蔚坊撰:《登州诗话续编》卷一,《山东文献集成》第二辑第 45 册,第
　32—35 页。按:"卤",通行本作"虏",亦作"边"。

气勃勃纸上"数语出评,显示了"诗多论少"的倾向。《续编》卷三有载:"晋安郑荔乡太守方坤,乾隆初为吾郡太守,著诗集十四卷、词一卷,总题曰《蔗尾诗集》,其卷十一为《一粟斋稿》,中多在吾登之作,录之于此。"紧接着,诗话将《一粟斋稿》涉及登州的诗歌全部抄录一过,计近千字①,这对一则诗话而言,或嫌烦琐。但这还不是最严重的。卷二大量抄录王培荀所著《听雨楼随笔》的内容,计近五千字②。更有甚者,卷一载录明末莱阳人姜采,为其胪列诗话6则,抄录其诗文及《四库提要》评语,洋洋洒洒,计近万言,但诗评仅有三十余字:"统观诸作,大抵沧桑之感为多,而忠爱之思、孝友之情,时时溢于言表,具足征公性情之厚矣。"③《续编》为录存乡贤诗作不惮烦琐如是,虽称全面,但也有失体之嫌。总之,两编都重诗作而不重诗评,且有抄录过甚之弊;蔚坊《续编》较之乃师前编,更见烦琐,失衡亦甚。

除大量载录诗作外,两编亦涉乡邦风物。《登州诗话》卷一云:

今吾乡有无子葡萄,相传自京移来,盖即京中所谓藏葡萄也。谨按高庙御制诗题有《奇石蜜食》,题下云:"回语,绿葡萄名。凡葡萄皆有子,此独无子,截条植地而生。回中古无此种,数百年前得之布哈尔,布哈尔去叶尔羌又数千里。前年命取根,移植禁苑,今成活结实。"诗以记事,观此则此种之来,历历可考。故京师有之,辗转而至吾邑也。④

① [清]赵蔚坊撰:《登州诗话续编》卷三,《山东文献集成》第二辑第45册,第228—232页。
② [清]赵蔚坊撰:《登州诗话续编》卷二,《山东文献集成》第二辑第45册,第118—136页。
③ [清]赵蔚坊撰:《登州诗话续编》卷一,《山东文献集成》第二辑第45册,第35—70页。
④ [清]王守训撰:《登州诗话》卷一,《山东文献集成》第二辑第44册,第592页。

此处记载黄县无籽葡萄，认为是自京师移植而来，颇有助于考论乡邦物产。《续编》卷三载："吾郡海中产海肠者，首尾细长如肠，食之亦肥美，非鱼非虾，为水母之类，亦水族中之别部也。赵秋谷有食海肠诗云：'越国佳人空有舌，秋风公子尚无肠。假令海作便便腹，尺寸腰围未易量。'"①此述山东海产海肠，为诗话中不可多得的简笔速写，亦约略可窥南北风物之不同。

　　正如清代很多其他郡邑诗话一样，两编也载录不少歌咏烈女节妇的诗歌。《登州诗话》首则即载录了道光二十六年（1846）为王懿轩殉身的"四烈妇"及众人咏歌②。《续编》承此而作诗话云：

　　　　松溪师著《登州诗话》三卷，首载王氏"四烈妇"诗，采录甚详，中有蓬莱蒋茂才善宾《古风》一首，为余父执张炳如先生绩田所最服膺者。前编未具录，录于此，云："我昔曾过四女祠，荒苔寒落读残碑。云是奉亲待嫁女，依稀当在炎汉时。古来人心重纲常，峻嶒侠骨属红妆。……但颔九泉永相依，地老天荒长若此。"③

又，《续编》卷二记载了蓬莱殉节烈女慕瓦当④，卷三记载了福山贤妇

<hr>

① ［清］赵蔚坊撰：《登州诗话续编》卷三，《山东文献集成》第二辑第 45 册，第206 页。按：该诗题曰《食海族有名海肠者戏为口号》。
② ［清］王守训撰：《登州诗话》卷一，《山东文献集成》第二辑第 44 册，第 571—573 页。
③ ［清］赵蔚坊撰：《登州诗话续编》卷一，《山东文献集成》第二辑第 45 册，第5—6 页。
④ ［清］赵蔚坊撰：《登州诗话续编》卷二，《山东文献集成》第二辑第 45 册，第140—141 页。

齐氏①。凡此，表明王、赵师徒在女教观念上具有一致性，而其诗话对烈女的表彰和烈妇诗的记载，则表征着他们对传统诗教观的固守。

两编也记载了一些诗学掌故，吐露了一些诗学观念。《续编》卷一载：

> 松溪师著《松西诗话》，中有一条云：乾隆间，会稽刘豹君文蔚以《秋草诗》得名，人称为"刘秋草"；道光间，宜良严秋槎廷中以《春草诗》得名，人称为"严春草"。先后辉映，可与"崔黄叶""王桐花"相提并论。②

王士禛《蝶恋花·和漱玉词》有名句"郎似桐花，妾似桐花凤"，故人称"王桐花"；其学生江苏太仓人崔华有诗句"丹枫江冷人初去，黄叶声多酒不辞"，故人称"崔黄叶"。此处王守训记"刘秋草"与"严春草"，确乎可备诗坛掌故。不过，赵蔚坊抄录老师的这一则诗话，是以"刘秋草""严春草"佐"崔黄叶""王桐花"，鹄的乃在扬扢山左诗坛之风雅。又，卷三载：

> 高密李石桐先生怀民乾隆间以诗学提倡后进，取张为《诗人主客图》之意，以张籍为清真雅正主，上入室朱庆馀，入室王建、于鹄，升堂项斯、许浑、司空图、姚合，及门赵嘏、顾非、熊任翻、刘得仁、郑巢、李咸用、章孝标、崔涂；以贾岛为清奇僻苦主，上入室李洞，入室周贺、喻凫、曹松，升堂马戴、裴说、许棠、唐求，及门张

---

① [清]赵蔚坊撰：《登州诗话续编》卷三，《山东文献集成》第二辑第45册，第226—228页。
② [清]赵蔚坊撰：《登州诗话续编》卷一，《山东文献集成》第二辑第45册，第13页。

祐、郑谷、方干、于邺、林宽。共二主二十八客,订为上、下两卷,
流芬沾溉,风行一时。①

李怀民(1738—1793),名宪暠,号石桐(一作"十桐"),清代高密诗派
的领袖之一,与两位弟弟李宪暠、李宪乔并称"三李先生"。李怀民的
诗学主张是宗法陶、韦,律法中、晚唐,故视张籍、贾岛为五律典范。
乾隆三十九年(1774),李氏兄弟在评判唐人张为《诗人主客图》的基
础上,编成《重订中晚唐诗主客图》,遂名振山左,随着其书由北向南
的传播,高密诗派的影响也日渐增大,并最终成为一个从乾隆中期一
直绵延至晚清的著名诗派。蒋寅先生指出:"我们覆案他所列的诗
人,家数都有渊源可考,较之张为旧图明显更具有说服力;评论也很
细致,从字句修辞、篇章结构到艺术成就、体派关系都有值得听取的
见解,就内容而言称得上是梳理中晚唐诗史流变的初步尝试。但李
怀民本人的旨趣却并不在此,他的目标是通过中晚唐诗史的重构,重
新诠释和建构唐诗的传统,在诗坛树立新的诗歌典范,为后学指示一
条不同于以往的师法路径。"②衡之此论,赵氏所谓"流芬沾溉,风行
一时"洵非虚言。遗憾的是,《登州诗话》及其《续编》均不着意于诗
论,类似记载不多,故其诗学价值有限,而于涉登之诗的抄录汇集确
有可观。

四、清代后期的其他岭南郡邑诗话

(一)"一集两诗话"的《秋琴馆诗话》《小苏斋诗话》

"一集两诗话"之例,已见于清初杨廷撰《五山耆旧集》附载的

---

① [清]赵蔚坊撰:《登州诗话续编》卷三,《山东文献集成》第二辑第 45 册,第
　213 页。
② 蒋寅:《清代诗学史(第二卷):学问与性情(1736—1795)》,第 666 页。

《山茨社诗品》和《一经堂诗话》，此期又见一例，即《香山诗略》附载的黄绍昌《秋琴馆诗话》和刘熽芬《小苏斋诗话》。黄绍昌（1836—1895），字苣香，一字屺乡，广州府香山县（今广东省中山市）人；光绪十一年（1885）举人，十四年（1888）张之洞立广雅书院，次年延绍昌分校词章，后主丰山书院；性喜藏书，庋藏处曰"秋琴馆"，著有《秋琴馆诗钞》《秋琴馆诗文集》等。刘熽芬（1849—1913），字小衡，一作筱衡，亦香山人，光绪附贡生，博览嗜学，工文善诗；室名"小苏斋""贻令堂"，著有《贻令堂文集》《小苏斋诗钞》等。黄、刘二人皆恬静嗜学，相交甚厚，同辑《香山诗略》十二卷①。该编辑录自唐至清的香山诗人诗作，共得诗人 235 家、诗歌一千四百多首。郑道实《香山诗略·跋》云："黄屺乡、刘筱衡两先生，吾邑绩学士也。所辑《香山诗略》蒇事于清光绪癸未。"②又，《香山诗略·例言》云："其有一人一诗见诸家诗话者，只录其一，以省繁冗。而绍昌所著《秋琴馆诗话》、熽芬所著《小苏斋诗话》亦间附焉。"③是则两部诗话亦撰于光绪九年（1883）或其前。据笔者统计，《香山诗略》所附《秋琴馆诗话》《小苏斋诗话》分别有 22、64 则，二者数量多寡有异，是则其意确如《例言》所称"必期与诗人有所发明"，而不在于展示己作也。

　　黄绍昌、刘熽芬二人以至交而共辑乡邦诗集，间附包括自撰郡邑诗话在内的多种诗话，如《香石诗话》《玉壶山房诗话》《听松庐诗话》等，并确立了一个基本原则："有一人一诗见诸家诗话者，只录其一，以省繁冗。"这就意味着，《秋琴馆诗话》和《小苏斋诗话》一般情况下

---

① 《黄绍昌刘熽芬传略》，[清]黄绍昌、刘熽芬纂辑，何文广校勘，李浩音释：《香山诗略》下册附录，第 325—327 页。按：《传略》出自《香山县志续编》，未题撰人。

② 郑道实撰：《香山诗略·跋》，[清]黄绍昌、刘熽芬纂辑，何文广校勘，李浩音释：《香山诗略》下册，第 318 页。

③ [清]黄绍昌、刘熽芬纂辑，何文广校勘，李浩音释：《香山诗略》卷首，第 6 页。

不会同时出现在某人或某诗之下,如果同时出现,其在内容方面可以互相补充。事实正是如此。

据笔者统计,在《香山诗略》中,《秋琴馆诗话》和《小苏斋诗话》同时出现的情况只有 11 次,其他均是单独附载。卷十"梁今荣"条下,两诗话并见,分别云:

> 《秋琴馆诗话》:解元少工制义,其抡元三艺,传诵万口,几有洛阳纸贵之目。为诗和平婉雅,瓣香在香山、剑南之间。岁辛未、壬申,馆邑城萧氏家,曾以诗集属订,忘记录存,兹集所登,乃手书见示之作,其工者不止此也。家有依绿园,水木明瑟。癸酉初冬,小榄乡重开菊会,解元有书来招看花,匆匆未得一游,而解元于次年殁矣。其诗集不知至今存否?当更访之。
>
> 《小苏斋诗话》:壬申余初谒公,公一见即呼以畏友,翌日,留饮小苏斋。予赠公诗云:"公年半百我为儿,十载闻名识面迟。天与精神闲且健,尊兼齿德友而师。阑供怪石春阴晚,手种青松雾鬣垂。业著名山都不朽,太元未许外人知。"仅数面而公下世。生平知己,每忆及之。①

梁今荣(? —1874),字蕃之,号圣褒、诚褒,香山榄都人,道光庚子(1840)恩科解元。梁氏与黄、刘俱有交游,但交谊程度不一,其与黄氏多有书信往还,互赠诗作,并以诗集相托,可见相交较深,乃友朋之交;其与刘氏,仅有数面之缘,乃前后辈之交。因此,前者所述,归于寻访亡友诗集,以传其人;后者所述,归于知己追忆,以记其人。两者诗话共同呈现了梁今荣生前交游的不同面向,可谓实录。

又,卷一"黄铨"条下,两种诗话分别云:

---

① [清]黄绍昌、刘熽芬纂辑,何文广校勘,李浩音释:《香山诗略》下册,第 125 页。

《秋琴馆诗话》:世美公仕广西,政绩甚著。诗不多传,其裔孙允中辑其遗草,仅三十余首,香山县志亦失载,兹亟录之。其遗草后附白沙先生江门送公诗一首云:"市远家贫岁又荒,无鱼无米只家常。青丝藤菜羹犹滑,赤米花黏饭颇香。几旬残诗明月下,三杯旨酒短篱旁。明朝睡起江潮长,恰送君归顺水航。"公与白沙,盖亦相契以道者矣。

《小苏斋诗话》:相传公少时家贫力农,一日于途际逢某官,仪卫甚盛。公问人曰:"此何为者?"或曰:"官也。"公问:"何以能官?"或曰:"读书耳。"于是遂发愤力学,成进士。此事县志不载,或恐其诞也。然村氓妇孺,人人能道及之,皆指为公佚事,姑记之以为贫而学者劝。①

黄铨(1444—1506),字世美,号香山主人,明成化元年(1465)中举,十一年(1475)中进士,是香山县历史上的第一位进士;历任南京大理寺左评事、广西按察使司副使等职,清廉自守,政声卓著;有《香山主人遗草》传世。上引诗话,前者概述其官声及诗集,并录陈献章赠诗以见清廉俭朴之性;后者记其少年佚事,以见其发奋读书而终有所成的心路历程。二者正可互补。又,卷十一"郑天培"条下,两诗话分别云:

《秋琴馆诗话》:秋舫(引按:天培之字)本富家子,人及中年,家亦中落,至寒饿乞食,诗人之穷,盖无如秋舫者。其诗不多传,陈子康上舍于书箧中,搜得二首见示,亟登之。

《小苏斋诗话》:郑秋舫有句云:"书案雀偷余墨饮,石床猫

①[清]黄绍昌、刘熽芬纂辑,何文广校勘,李浩音释:《香山诗略》上册,第21—22页。

藉落花眠。”体物细腻。①

前者惜其诗作存世寥寥，后者即补零章断简，两诗话可谓相得益彰。

《秋琴馆诗话》《小苏斋诗话》作为至交之作，两者有显而易见的共同特性，但亦略有小异。

其一，两部诗话对香山地区的诗史均有观察。卷一“郑愚”条下《秋琴馆诗话》云：“郑仆射诗文不多传，惟《遂初堂书目》载有《郑愚集》、《钦定全唐文》录其《大沩山同庆寺大圆禅师碑铭》一首。我邑开县于宋，文章至明始盛。考《粤大记》以愚为番禺人，今按《广东通志》云：‘愚传《番禺》《香山》二志俱书。’而香山有南台山、石岐海，愚诗及之，其为香山人无疑矣。则谓我邑诗教，实始于唐可也。”②郑愚，唐文宗开成二年（837）进士，懿宗咸通时任桂管观察使，旋领岭南西道节度使，黄巢起义平定后，僖宗命出镇南海，晚任尚书右仆射。不过，郑氏籍里素有番禺、香山两说。郑氏《泛石岐海》云：“此日携琴剑，飘然事远游。台山初罢雾，岐海正分流。渔浦飏来笛，鸿逵翼去舟。鬓愁蒲柳早，衣怯芰荷秋。未卜虞翻宅，休登王粲楼。怆然怀伴侣，徒尔赋离忧。”③黄绍昌根据此诗中提及香山境内的南台山和石岐海，遂认定其为香山人，进而推出香山诗教始于唐代的结论，证据不能不说甚为孱弱，结论也未必可靠，但黄氏努力厘清香山诗史开端的意图是值得肯定的。又，卷三“李嶟”条下《小苏斋诗话》云：“昔渔洋先生谓明季竟陵派盛行，惟岭南人不染此恶习；而姚石甫先生又谓岭南诗人，多不为外间传播。盖岭南偏处一隅，故诗人名难及远，

①［清］黄绍昌、刘熽芬纂辑，何文广校勘，李浩音释：《香山诗略》下册，第257页。
②［清］黄绍昌、刘熽芬纂辑，何文广校勘，李浩音释：《香山诗略》上册，第1—2页。
③陈永正选注：《岭南历代诗选》，广东人民出版社，2009年版，第50页。按：原注云：“《全唐诗》载此，仅‘台山’四句，题为《幼作》。今从《广东通志》录出。”

而亦不为风俗所移。观两(二)公所论,然则吾粤文风,犹为近古也。"①这是借由王士禛之论,称颂清初岭南诗风之醇古,虽不明言香山,而实笼罩之。

其二,两部诗话既重纪事,亦重评诗,但方法略有不同。两书之重视诗事和遗闻,从上节引文已可见出。值得提出的是,卷五"刘鹤鸣"条下《小苏斋诗话》还记载了一件关涉澳门的事情,其文曰:

> 予尝至澳,见莲溪庙僧妙果,问其俗家,乃知为松崖(引按:鹤鸣之别字)先生裔孙。访先生前事,都不记忆,盖出家时尚幼也。自言前有弟仲,业贾,偶至澳,过访,囊豆行海滨,无赖子误以为鸦片土,杀而夺之,弃尸于海。弟久不归,窃谓其回家,不问。后旬余,大雨,豆于草际作芽,异而求之,竟有血迹,然以事无左证,且无力鸣官,遂寝。自弟死而公之后绝矣。今拟择期功亲,为公立嗣,亦以无资中止。余闻其语,太息久之。夫诗能穷人,而先生之穷,竟及身后,悲夫!②

刘熽芬记载,自己在澳门偶遇出家的刘鹤鸣裔孙妙果,又听其口述,知其弟被无赖劫杀,鹤鸣因以绝后。此非诗事,亦非佚事,然系刘氏亲历,故诗话载而论之,既是逸笔,亦是别调。重"事"之外,两诗话亦重"评"。《香山诗略》卷十载《秋琴馆诗话》评陈子清诗云:

> 玉壶先生,孤洁自许,所作诗歌,亦如其人。尝代题《秋琴图》七古一章,读之如赤脚道人,和雪嚼梅花,冷香沁心肺。余如《寄何小蘋庶常》《秋怀》《西湖》等作,皆可诵。壮年以《泊岐山

---

① [清]黄绍昌、刘熽芬纂辑,何文广校勘,李浩音释:《香山诗略》上册,第150页。
② [清]黄绍昌、刘熽芬纂辑,何文广校勘,李浩音释:《香山诗略》中册,第2—3页。

锁》一诗出名,因呼为"陈估客"。今具集中,不复赘。①

所谓"和雪嚼梅花,冷香沁心肺"云云,显示黄绍昌的评论倾向感悟式。相较之下,刘熽芬的评论颇为直接,且并非一味誉之,而是褒贬互见。《香山诗略》卷四"何大佐"、卷十一"陈润书"条下所载《小苏斋诗话》分别有云:

> 力斋(引按:大佐之号)诗有笔有书,能自达所见,而七古才气勃发中,未免有过于纵恣之处。《过涿州》有"雪意排云黑,笳声卷日黄"语,颇沉雄。②
>
> 《凹碧集》余未见,惟于《青云汇吟》内见其诗。大抵工于社作,雕刻纤细,吾粤自有社作以来,推黄同石璞、谭澄秋湘二人为最著,虽足取名于一时,然以之登大雅之堂则蹶矣。士君子读《战古堂》《蒿园》二集,每惜其有才而误用。吾屡举此事,以诫后生。今因钞蕉雨(引按:润书之字)诗,不禁言之长也。他日得观全集,或大有过人处耳。③

前一则诗话评论乾隆时香山榄都诗人何大佐,谓其诗笔可见沉雄,但亦有过于恣意之处;后一则诗话评论道光诸生陈润书,认为其耽溺于社作,未能发挥其才。郡邑诗话对乡贤之诗,多是褒扬,甚至曲笔回护,《小苏斋诗话》却褒贬兼具,足见刘熽芬的诗论取向与众不同,究其深意则在"诫后生",斯人于乡邑诗学之期冀可谓邃远矣。

其三,两部诗话都重视发微阐幽、表彰乡贤,但《小苏斋诗话》亦

---

①［清］黄绍昌、刘熽芬纂辑,何文广校勘,李浩音释:《香山诗略》下册,第76页。
②［清］黄绍昌、刘熽芬纂辑,何文广校勘,李浩音释:《香山诗略》上册,第251页。
③［清］黄绍昌、刘熽芬纂辑,何文广校勘,李浩音释:《香山诗略》下册,第147页。

重家族诗人。卷六"郑必达""崔捷"条下《小苏斋诗话》分别云：

> 郑槐望（引按：必达之字）妻刘氏，名玉贞，乃诗人信烈女也，著有《刘媛诗草》。吾邑夫妇能诗者，不过数人，何藻妻苑华、郑必达妻玉贞，又皆出吾刘氏。今苑华诗仅存数章，玉贞诗竟不获片羽，因附名于其夫之后，以待后日之搜罗焉。①

> 予于敝簏，得崔倚天（引按：崔捷之字）《落叶诗稿》，快读一过，为之击节，然不知为何许人，后得见菊水先生跋语，乃知为清献之后，其祖为我邑都司，流寓铁城已久。因编《香山诗略》，亟登之，以当吉光片羽。②

同样的意绪亦见于《秋琴馆诗话》。卷十二"高拱枢"条下诗话云：

> 焜南（引按：拱枢之字）年甫弱冠，补弟子员。古貌古心，言词朴讷，喜读先儒书，尝过午忘食。吾邑为诗者多，为古文者少，君毅然为之，每脱一稿，辄袖出商榷。朋辈方以远到相期，顾年未三十，以劳瘵死。岂白玉楼成，必须庞眉书客耶！诗文俱无专稿，偶搜箧衍，得数纸，亟录之。③

"吉光片羽""亟登之"云云，凸显了黄、刘二人对于乡邦诗人诗作能传播于世的迫切之情。不过，相对而言，《小苏斋诗话》更重视家族诗人诗作的载录和评价。如，卷三"刘信烈"、卷四"刘翰长"条下《小苏斋诗话》分别云：

---

① [清]黄绍昌、刘熻芬纂辑，何文广校勘，李浩音释：《香山诗略》中册，第85页。
② [清]黄绍昌、刘熻芬纂辑，何文广校勘，李浩音释：《香山诗略》中册，第101页。
③ [清]黄绍昌、刘熻芬纂辑，何文广校勘，李浩音释：《香山诗略》下册，第312页。

　　昔刘孝绰一家,娴吟咏者七十余人,千古以为美谈。今直庵
(引按:信烈之号)先生与子翰长、女玉贞、玉华、玉贞夫郑必达、
玉华夫何玉宇,父姊弟翁婿皆能诗;而直庵、翰长、玉贞,则著有
专集行世,虽不能比肩孝绰,然亦一邑中所罕见者。①

　　墨庄(引按:翰长之字)夙承家学,长于吟咏。论者谓直庵下
笔有奇气,墨庄下笔有逸气,品格微与乃翁不同。良由直庵壮岁
从军,阅历艰难,故有幽燕老将气韵沉雄之慨;墨庄则寄情山水,
遨游自适耳。境地既异,故诗力所造亦殊。②

　　家族诗学是郡邑诗学的重要一环,也是郡邑诗学兴盛的标志之一。
清代郡邑诗话的作者们对此多有自觉意识,故相关记载从早期到晚
期一以贯之。只不过,有的偏向作者个人家族,如上文论及的《登州
诗话》等;有的偏向地方家族,如《小苏斋诗话》。刘燨芬对乡邦家族
诗学的书写,是其郡邑诗学建构的重心之一,这也是其诗话区别于黄
绍昌《秋琴馆诗话》的主要方面之一。

　　从《香山诗略》所载《秋琴馆诗话》《小苏斋诗话》的数量看,目前
所见的诗话或许不是其全部内容。遗憾的是,目前无法考其详,只能
据现有资料做出初步观察如上。

(二)同出番禺南村邬氏的《耕云别墅诗话》《立德堂诗话》

　　《耕云别墅诗话》与《立德堂诗话》的作者、编纂者和刊刻者均出
自清末番禺望族南村邬氏。两书的作者分别是邬启祚、邬以谦,编辑
刊刻者均是邬庆时。启祚乃庆时之祖,以谦则是启祚的族孙、庆时的
族兄和老师。

―――――――

① [清]黄绍昌、刘燨芬纂辑,何文广校勘,李浩音释:《香山诗略》上册,第189页。
② [清]黄绍昌、刘燨芬纂辑,何文广校勘,李浩音释:《香山诗略》上册,第226—
　　227页。

邬启祚(1830—1911),字继蕃,号吉人。传称其"事父母孝,事兄恭且挚,复能亲睦族众。……至于赈饥、周急、助葬、团练、兴学诸善举,皆勉行不倦。平日读书,深明于天下一家之理,不为邪说所惑。尝训子孙曰:'凡事对得祖宗,乃可为人';又曰:'不为一二有益于人之事,便无以对祖宗。'"①著有《耕云别墅诗集》一卷、《耕云别墅诗话》四卷、《诗学要言》三卷等。其中,《诗学要言》乃是辑录四十余种诗话论诗之语而成,虽然搜罗不富,"然择取甚精,皆古人论诗名言"②,有集萃之功。《耕云别墅诗话》评论古今诗人、诗作、诗事,尤多郡邑之属。宣统三年(1911)刊本卷末附邬庆时跋语,称该诗话原有四卷、四万余字,惜多半散佚,经庆时辑录,仅得一卷③。察其刊本,共见诗话 39 则,计约五千字。

邬以谦,字伯才,号扰樵。宣统二年(1910)刊刻的《立德堂诗话》卷末亦附邬庆时跋语,云:

> 《立德堂诗话》一卷,先师扰樵先生遗著也。古文谓立德、立功、立言为"三不朽",先生以立德名堂,盖注重德行而不沾沾以文学著者故。……然先生文学湛深,凤耽吟咏,虽舍弃儒业,亦时时托于诗以见志,间且执笔为诗话。近以庆时喜诗学,每有所作,辄写寄庆时,庆时方窃自欣幸,而先生遽归道山,并其遗书亦尽饱白蚁之腹。兹故辑而刊之,以存先生文学于万一。至于先

---

① 番禺市地方志编纂委员会办公室:《番禺县续志(点注本)》卷二十二,广东人民出版社,2000 年版,第 418 页。
② 蒋寅、张寅彭:《〈耕云别墅诗话〉提要》,傅璇琮总主编,刘德重主编:《中国古代诗文名著提要·诗文评卷》,第 621 页。
③〔清〕邬庆时撰:《耕云别墅诗话跋》,〔清〕邬启祚撰:《耕云别墅诗话》卷末,第 1a 页。

生之道德,则别载于《家传》。①

所谓《家传》,即卷首庆时所作的《业师扬樵先生家传》,内中所述与跋语多有同者。二文均指出,邬以谦《立德堂诗话》的原稿已湮灭不存,刊本辑自以谦生前寄送庆时的一鳞半爪。搜诸刊本,仅有 9 则,计 600 字左右。

　　就记述对象来说,《耕云别墅诗话》所论多是清代岭南人士,其中不乏名流大家。《耕云别墅诗话》第 3、7 则论屈大均、黎美周云:

　　　　吾邑诗人以黎美周遂球、屈翁山大均为最著。屈之视黎,其境遇较苦,而其诗名亦较高。太史公云:"《诗》三百篇,大抵贤圣发愤之所为作也。"信乎! 诗必穷而后工软。②
　　　　黎美周"蕉堪种雨声","种"字落得甚奇,然却自有理,好奇者当以此为法。③

又,第 4 则论经学大家陈澧的诗作,谓:

　　　　陈兰甫澧为粤中经学大家,诗不多作,然每有所作,俱非凡响所能及,盖其诗必出于至情也。《题林香溪海天琴思图》云:"人间师弟寻常有,难得同时享盛名。况复老来重聚首,喜从客里话平生。茫茫大海乘桴意,默默春风鼓瑟情。我亦有琴弹不

———————

① [清]邬庆时撰:《立德堂诗话跋》,[清]邬以谦撰:《立德堂诗话》卷末,清宣统二年(1910)邬庆时校刊本,第 1a 页。
② [清]邬启祚撰:《耕云别墅诗话》,第 1a—1b 页。
③ [清]邬启祚撰:《耕云别墅诗话》,第 3a 页。

得,成连去后变秋声。"情词真挚,得未曾有。①

邬启祚能注意到学者之诗,固然可嘉。揆诸此诗,语词通俗,绪意通达,以挚情取胜,但邬氏认为陈澧之诗"非凡响所能及""情词真挚,得未曾有"云云,实在推崇太过。又,第 34 则论及台湾爱国志士丘逢甲的《游罗浮》组诗,谓其"沉博绝丽,卓卓可传"②,则又不失客观。是则邬启祚于岭南乡贤之诗,有下意识的揄扬之心耶?

于上举数例中,可见邬启祚评诗常能引申或归纳至某种诗学认知。邬以谦亦如此。事实上,两种诗话在载论乡贤、家族诗人诗作之外,经常直接发表诗论。《耕云别墅诗话》第 1、2、8、12 则分别云:

> 古人为诗,皆发于情之不能自已,故情真语挚,不求工而自工。后人无病呻吟,刻意求工,而不知满纸浮词,时露矫揉痕迹,是之谓弄巧反拙。
>
> 凡人学诗,各就性之所近,此不能强亦不必强者也。然当作诗时,万不可存一拟学某家之心。
>
> 立身处世不可任情,惟作诗则不可不任情。矫情之诗非诗也,然须先立品乃可语此,细味"思无邪"三字可见。
>
> 苏东坡云:"作诗必此诗,定之(引按:'之'为'知'之讹)非诗人。"袁简斋云:"作诗而竟不是此诗,则尤非诗人。"余戏下一转语曰:"不是此诗恰是此诗,方是诗人之诗。"③

可见,邬启祚强调,诗歌本诸性情,情真语挚,诗歌方工;刻意模拟、矫

---

① [清]邬启祚撰:《耕云别墅诗话》,第 1b 页。
② [清]邬启祚撰:《耕云别墅诗话》,第 13a 页。
③ [清]邬启祚撰:《耕云别墅诗话》,第 1a、1a、3a、4b—5a 页。

揉造作均非出于己心,由此而来的诗绝非好诗。邬启祚的诗歌发生论有宋人诗歌情性论的影子,但其本源应该还在《诗经》。所谓"细味'思无邪'三字可见",正是说诗歌不仅要出于情,而且要出于真挚端正之情。另外,邬启祚提到的苏东坡、袁枚"作诗必此诗"云云,前文讨论的沙仁寿《东洲诗话》同样叙及。不过,他所谓"不是此诗恰是此诗,方是诗人之诗",实际上来自袁枚《随园诗话》:"然须知作此诗而竟不是此诗,则尤非诗人矣。其妙处总在旁见侧出,吸取题神,不是此诗,恰是此诗。"①其所强调者,乃是既要有言外之意、象外之神,又不能脱离本题,凭虚构象。

又,《立德堂诗话》第2、5、9则分别云:

　　凡山水园林,必须曲折深远,乃有可观。诗文亦然,如直泻而下,一览无余,便不耐读。

　　韩信将兵,多多益善,可为读诗之法;王猛扪虱,旁若无人,可为作诗之法。

　　近人学诗多从试帖入手,予谓以试帖为诗必无好诗。或问:如何乃为好诗? 曰:必诗内有诗,诗外有诗,方是好诗,此境非试帖家所能梦到,故学诗者不可先学试帖。②

邬以谦强调诗歌须含蓄蕴藉,这是就诗意而言;就作诗而来,既要多读多学,但又不能牵拘于人,而要写自己的性情,这与邬启祚的相关观念相类。同时,邬以谦反对学习试帖诗,因为该体类似八股文,高度程式化,呆板空洞。至于他所倡导的"诗内有诗,诗外有诗",未见阐释,揣摩其意,应该是指诗歌既要严谨合度、内蕴丰厚,又要意在言

---

①［清］袁枚著,顾学颉校点:《随园诗话》卷七,第231页。
②［清］邬以谦撰:《立德堂诗话》,第1a、1b、2b页。

外、耐人回味。

　　从以上诗论看,邬启祚、邬以谦的诗学观念大体不出诗主性情等的传统诗学观,但都比较通达。这应该与时代的新变有关。《耕云别墅诗话》第 19 则提到了科举之废①,科举既废,则所谓试帖诗自然无再学之必要。遗憾的是,两书只存残卷,只能窥其一斑。

　　《耕云别墅诗话》所记录的时代新变特别体现于第 13 则。其文曰:

> 　　棉花以新造产为佳,曩时销流甚广,故种棉之处亦甚多,花时白絮漫山,颇饶逸趣。自洋纱流入,制造精而价值廉,人争趋之,而广棉之销路顿窒,今则漫游半日,或竟不见一树矣。读黄缉甫《棉花歌》,不胜今昔之感。缉甫名禧,同邑化龙乡人,以孝友义行见称,著有《连居阁吟草》四卷。歌云:"山南种禾苗满场,山北种棉花满冈。棉花差比禾花洁,纷纷如雪冒成行。棉花又比禾花丽,白云遍陇呈光芒。忆昔三月下棉种,一月三薅深酌量。望棉实结棉未结,冬日萦绕心皇皇。君不见山翁之妻携锸畚,奔走涅汗山之旁。及秋棉实绽四裂,叶叶苍翠花生黄。此时家室亦忙甚,牵裾稚子频携筐。藜羹载担侵晨露,竹篱盈舟趁夕阳。纯乎丽密碾牖下,叠叠轻如云锦张。收从农人有旨旨,纺自红女精且良。寄语市城温饱地,遮莫尽夸罗绮香。"②

这则诗话首先记载了进口洋纱对广棉的严重冲击,从以前的漫山遍野到半日不见一株,暗示中国传统的农业生产方式和经济模式在西方近代工业革命的冲击下,优势荡然无存。所谓"不胜今昔之感",不

----

① [清]邬启祚撰:《耕云别墅诗话》,第 7b 页。
② [清]邬启祚撰:《耕云别墅诗话》,第 5a—5b 页。

只是为广棉的没落,更为古代中国的颓景。其次,诗话载录了黄禧《棉花歌》,该诗描写了棉农的勤苦及其内心世界,表达了对棉农的同情,是一首优秀的现实主义诗歌。由此而观,虽然《耕云别墅诗话》较之原稿"十一仅存",但其价值不可轻忽。

第七章　清代郡邑诗话的
生成模式、指涉与价值

　　以上三章依清代历史分期,对目前学界未予详论的清代郡邑诗话文本进行了单独或关联讨论,从中可以发现:清代早、中、晚三个时期的郡邑诗话,虽然数量和分布格局上有所不同,但就其基本体制、书写策略和抽象价值等方面来说,并没有呈现出明显差异;即使在后期出现了《东洲诗话》《滇南诗话》这样的报刊郡邑诗话,并渗透了晚近的时代巨变,但其为乡邦存诗史、为桑梓鼓吹的基本鹄的依然昭昭,而且在这些"新调"被谱写的同时,"旧曲"依然在续弹,甚至延续至民国时代。这表明作为专门诗话类型之一的郡邑诗话具有相当的稳定性。蔡镇楚先生指出地方诗话有三个突出特征,即地域性、通于方志和博于诗事①,这无疑是十分精当的。本章拟将清代郡邑诗话置于历史与文本、国家与地方、乡邦与自我等关系网络中进行考察,探寻其生成模式、特征和价值。需要指出的是,本章对清代郡邑诗话特征的解读,是通过揭示其多重指涉实现的。

---

① 蔡镇楚:《中国诗话史(增订本)》,第 322—323 页。

第一节 自度新曲与层累互文：
清代郡邑诗话的两种生成模式

一、自度新曲：附集诗话和报刊诗话的主要生成模式

清代郡邑诗话就其文本呈现而言，有单行诗话、附集诗话和报刊诗话三种形态；就其文本生成而言，附集诗话和报刊诗话一般是编纂者自撰，单行诗话或是自撰，或是汇编。自撰附集诗话的生成模式来自朱彝尊，其编《明诗综》而以《静志居诗话》附之，后来效法者众。《国朝全闽诗录初集》卷十六"郑王臣"条下《注韩居诗话》载："兰陔尝选《莆风清籁集》，自唐、宋至国朝，所录凡一千九百余人，诗三千余篇，分焉六十卷，搜罗可谓宏富。于诗首各附诗话一则，体例与吴举之选宋诗、朱竹垞之选明诗大略相仿，亦一隅文献之资也。"[1]后来，许乔林编《朐海诗存》亦受其启发："郑王臣《莆风清籁集》附载所著《兰陔诗话》，用朱竹垞《明诗综》所附《静志居诗话》之例。今编《朐海诗存》以乔林所撰《夯榆山房笔谭》附入。"[2]又，梁章钜《三管诗话·自序》云："昔秀水朱氏编《明诗综》，缀以《静志居诗话》；近人即有专取诗话别订成书者。今亦窃仿其例。楮墨无多，则时地限之。"[3]又，张其淦《东莞诗录·序》云："因取吾粤《通志》《府志》《县志》，于诗人之有传者全行钞入，庶使后之读诗者论世知人，并仿竹垞

---

[1]［清］郑杰辑录：《国朝全闽诗录初集》卷十六，［清］郑杰辑录，福建省文史研究馆整理：《全闽诗录》第五册，第 345 页。

[2]［清］许乔林撰：《朐海诗存凡例》，《朐海诗存》卷首，第 2a 页。

[3]［清］梁章钜撰：《三管诗话·自序》，［清］梁章钜著，蒋凡校注，梁超然审订：《〈三管诗话〉校注》，第 1 页。

《明诗综》附《静志居诗话》之例,将余所撰《吟芷居诗话》皆著于篇。"①可见,诸附集诗话均是踵武朱彝尊之作。

此例影响所及,亦见诸单行诗话。丁宿章《湖北诗征传略·凡例》直言其书"仿朱竹垞《明诗综》《静志居诗话》例",又称其目的是"不仅备一代之文献,且使读其诗知其人"②,此正朱彝尊附载诗话之命意。又,黄君坦先生在《静志居诗话·点校说明》里说:"是编专记有明一代诗人篇章,兼及遗闻,补《明诗综》《明词综》所未备。故所论述,不斤斤评别宗派;草野人士,断简残篇,赖以存录。为后来诗家纪事所取材,盖犹有表彰子遗之微意也。"③清代附集郡邑诗话的指向之一也是如此。

自撰附集诗话本质是一种自我创作,它以主体认知为逻辑起点,以个体诗学为建构目标,而这些个体因应生平行事、个性特质和诗歌风格等方面的差异而呈现出不同风貌,故而此类诗话文本通常长短不一,风调有别,或重诗作,或涉艺文,或载行事,或传其人。如,朱彬《游道堂诗话》有云:

> 国初诸老遁迹邱园,不求闻达,唯以诗自娱。读处士《春课》一诗,其逸致可想。④
>
> 鹿沙先生为真定太守雨峰先生长子,曾大父之甥。天才焕

---

① [清]张其淦编,李君明点校:《东莞诗录·序》,第34页。
② [清]丁宿章辑,陈于全点校:《湖北诗征传略·凡例》,第6页。
③ 黄君坦:《静志居诗话·点校说明》,[清]朱彝尊著,姚祖恩编,黄君坦校:《静志居诗话》卷首,第1页。
④ [清]朱彬辑:《白田风雅》卷二,卢桂平主编:《扬州文库》第五辑总第82册,第310页。

发,兀傲不可一世,年三十余而卒,士林惜之。①

　　敬甫甚有诗名,遗集甚多,今止存《南游小集》一卷,止七律一体。又选有《近诗存》,余曾见有王楼村先生序文,问其家人,不可得矣。②

　　山人工绘,着色山水、花卉、翎毛,尤入能品,近人鲜有知者。③

以上四则诗话分别叙写丁敦、刘家珍、苗庄、黄豫,内容分别指向个人心性、生平、诗集、艺文,行文明快而中心明晰,显示作者娴熟述载对象及其个体特质。其他自撰附集诗话,如《兰陔诗话》《墨香居诗话》《注韩居诗话》《弇榆山房笔谭》《一经堂诗话》《求有益斋诗话》等等,均与此相类。

二、层累互文:汇编郡邑诗话的主要模式

　　汇编郡邑诗话乃撷拾佚文、广征旧集而成,其生成模式渊源更早。郭绍虞先生《宋诗话考》说:"诗话之体既为论诗开一方便法门,于是作者日众。作者既多,则汇纂之作自不可少,而《唐宋名贤诗话》《古今诗话》一类之书遂相继以出。然此类书籍只可浏览,不便检索,于是阮阅《诗总》出焉。"④阮阅《诗话总龟》引书近百种,载一千四百余件诗事,分圣制、忠义、讽谕等46大门类。此外,胡仔《苕溪渔隐丛

---

① ［清］朱彬辑:《白田风雅》卷八,卢桂平主编:《扬州文库》第五辑总第 82 册,第 339 页。
② ［清］朱彬辑:《白田风雅》卷九,卢桂平主编:《扬州文库》第五辑总第 82 册,第 344 页。
③ ［清］朱彬辑:《白田风雅》卷十,卢桂平主编:《扬州文库》第五辑总第 82 册,第 349 页。
④ 郭绍虞著,蒋凡编:《宋诗话考》,第 26 页。

话》、魏庆之《诗人玉屑》均是汇编诗话。事实上，目前所知最早的郡邑诗话郭子章《豫章诗话》也是汇编而成，采书 106 种，其中就包括宋代三大诗话。清代郡邑诗话中，郑方坤的《全闽诗话》、陶元藻的《全浙诗话》均是大型汇编诗话，前者引书四百多种，后者引书多达七百余种，篇帙为清代汇编郡邑诗话之最①。清代汇编郡邑诗话有的是纯粹编列旧籍而成，如《全闽诗话》；有的则是在编列旧籍的基础上间加按语而成，如《长乐诗话》；有的虽然声称"不参己见"，但实际上依然可见按语，如《全浙诗话》②。但是，这类按语的数量并不多，如《长乐诗话》全书仅 14 处按语，意在考订、补充，无改于全书的汇编性质。

　　汇编郡邑诗话是基于过往文献的再纂辑，常常旁搜远揽，四部以外，兼考山经地志、稗史说部等，本质上是一种历史建构，以历史存在为逻辑起点，以区域诗学为建构目标。就数量而言，正如前述，目前可见的清代汇编诗话所积聚的文献都足称丰富。就文献的时间而言，均是多代并举，特别是宋代及以后异常丰富，这就意味着诸种汇编诗话又具有层累性。编撰者从丰富的历时性文献中进行筛选、汇聚，实际上是一种能动性的主体实践活动，也是与前人的"对话"活动，其活动成果因此具有了"互文性"。"互文性"的概念来自法国学者朱莉娅·克里斯蒂娃（Julia Kristeva）。她在解读米哈伊尔·巴赫金（Mikhail Bakhtine）的两部著作《陀思妥耶夫斯基诗学问题》和《拉伯雷的著作》时指出，文本的对话空间有三个维度，亦即处于对话中的三种成分：写作主体、读者和外部文本，而它们的交汇则揭示出一个重要的事实："每一个词语（文本）都是词语与词语（文本与文本）

①此据张寅彭先生《略论明清乡邦诗学中的"泛江西诗派"观》一文的统计。详　参《文学遗产》1996 年第 4 期，第 84 页。
②陶元藻《全浙诗话·凡例》谓："是编皆纂辑旧闻，或附载近今词人杂稿，不参　己见。"参蒋寅点校：《全浙诗话》卷首，第 1 页。

的交汇;在那里,至少有一个他语词(他文本)在交汇处被读出。"由此,她认为巴赫金为文学理论首次做出了一个深度阐释:"任何文本的建构都是引言的镶嵌组合;任何文本都是对其他文本的吸收与转化。"此即所谓的"广义互文性"①。后来,法国作家菲利普·索莱尔斯(Philippe Sollers)对"互文性"进行了更简明的描述:"每一篇文本都联系着若干篇文本,并且对这些文本起着复读、强调、浓缩、转移和深化的作用。"②郑方坤在《全闽诗话·例言》中说:"不佞年来论著,皆广征旧籍……他书所详,吾不得而略;他书所略,吾不得而详。"③此言清楚地申明《全闽诗话》不仅广泛"联系"着其他很多文本,而且是对它们的"复读",此即互文性。其他汇编郡邑诗话亦复如是。

　　清代汇编郡邑诗话中的互文文本丰富多样,如果以"郡邑诗话"为准绳,可以分为三类:郡邑诗话文本、一般诗话文本、非诗话文本。其一,《全闽诗话》有不少条目来自郡邑诗话,包括杭世骏《榕城诗话》35 处④、林正青《榕海诗话》3 处。《全浙诗话》引《榕城诗话》《全闽诗话》各 1 处,引戚学标《三台诗话》多达 94 处。《长乐诗话》中出现了《榕城诗话》1 处,另有《兰陔诗话》1 处、《注韩居诗话》2 处。《闽川闺秀诗话续编》中《榕荫谈屑》先后出现 4 次。据笔者初步考察,作为互文出现的郡邑诗话文本中,郑王臣的《兰陔诗话》被"复读"的频次最多,其中,《长乐诗话》1 次,《东南峤外诗话》29 次,盖因

---

①〔法〕朱莉娅·克里斯蒂娃著,祝克懿、宋殊锦译,黄蓓校:《词语、对话和小说》,〔法〕朱莉娅·克里斯蒂娃著,史忠义等译:《符号学:符义分析探索集》,复旦大学出版社,2015 年版,第 86—87 页。

②〔法〕蒂费纳·萨莫瓦约著,邵炜译:《互文性研究》,天津人民出版社,2002 年版,第 5 页。

③[清]郑方坤:《全闽诗话·例言》,[清]郑方坤编辑,陈节、刘大治点校:《清全闽诗话》,第 9 页。

④原书皆误为《榕阴诗话》,第四章第五节已述及。按:此处及以下数字,如果没有特别说明,均是笔者统计所得。

《兰陔诗话》出现时间较早,条目数较多之故也。其二,作为互文出现的一般诗话文本,朱彝尊《静志居诗话》被"复读"的频次颇多,以上所列的汇编郡邑诗话中均有出现,有的还是多次,这与朱彝尊在清代诗学史上的巨大影响力和该诗话的经典性关系密切。其三,作为互文出现的非诗话文本,类型多元,其中最引人注目的是《四库全书总目》。梁章钜屡屡以此为诗话,《长乐诗话》共录 5 则,《南浦诗话》共录 4 则,还有 1 则是《四库全书简明目录》,《东南峤外诗话》共录 20 则①。

　　对过往文本的"复读",是历史记忆的一部分,展现了文本的历史层累性,同时也表明:当一个全新的文本语境被建构时,历史依然是当下的一部分,并且借由意义指引,历史文本在"复读"中被赋予新的功能,其自体性质因此被改塑。以上清代郡邑诗话所载《四库全书总目》条目,有的被看作资料来源,成为新构诗话的一部分;有的被看作诗话文本,直接变成新的诗话。《东南峤外诗话》"许獬""杨一葵"条分别云:

　　　　同安许子逊,万历辛丑会元,改庶吉士,以编修终,有《许钟斗集》五卷,著录《四库提要》云:"是集大抵应俗之作,馆课又居其强半。盖明自正、嘉以后,甲科愈重,儒者率殚心制义,而不复用意于古文词。洎登第宦成,精华已竭,乃出余力以为之,故根柢不深,去古日远。"按:子逊之诗诚不逮文,杂体文亦不逮制义,故虽登巍科,而终无诗人之目。余钞得《碧云》五律云:"微雨青槐道,风裾度石梁。泉清鱼避日,树密鸟争凉。古洞盘云闼,疏花带露光。名园谁得似,草木有余香。"中两联滔然有清,尚不全是试帖口气也。

---

① 据蒋寅主编《清代诗话珍本丛刊》第一辑第四十四册所收《东南峤外诗话》统计。

《四库提要》云："《芙蓉馆集》二卷,杨一葵撰。一葵字翘卿,漳浦人。万历壬辰进士,官至云南布政司。是集诗一卷,文一卷。诗格颇清,文则多应酬之作。首有蒋孟育《序》,称一葵先有《豫章集》及《画脂编》行世。今二书未见传本,其《自序》二篇,则在此集中云。"①

以上第一则诗话由人物小传、《四库提要》、按语三个部分构成。其中,《四库提要》是诗评,代表了对《许钟斗集》的批评立场;按语是自评,是对这一立场的反驳。它们与小传共同建构了一个完整的意义结构,而这一意义结构在事实上改变了《四库提要》原有的文本性质。陶樑的《国朝畿辅诗传》也引用了很多《四库提要》,但二者意义不同。陶编的体例是以人为目,其下先列人物小传,次引诸家评论,再间附《红豆树馆诗话》,而《四库提要》是作为诸家评论之一存在的,与《红豆树馆诗话》属于不同的意义层级,其固有的文本性质没有被改变。不过,《东南峤外诗话》的互文性改变了《四库提要》的文本性质,上引第二则直接以一篇《四库提要》为一则诗话,更是显证。在清代汇编郡邑诗话中作为互文出现的诗话类文本,因其本来就是诗话,或在历史认知上已是诗话,被"复读"之后,其性质自然不变,但对于非诗话类文本来说,问题就不一样了。《长乐诗话》卷三"高棅"条,梁章钜先后引用《四库提要》《唐诗品汇序》《列朝诗集》《静志居诗话》《明诗综》《闽书》《诗薮》《悦生近语》《说诗晬语》《小草斋诗话》《香祖笔记》《丹铅总录》《竹窗杂录》②,诸书原本性质不一,地位不

---

① [清]梁章钜撰:《东南峤外诗话》,蒋寅主编:《清代诗话珍本丛刊》第一辑第四十四册,第405—406、385页。按:"会元",《提要》作"进士",既授翰林院编修,则当以"进士"为确。参永瑢等撰:《四库全书总目》卷一百三十八,第1172页。
② [清]梁章钜辑,张善贵校点:《长乐诗话》卷三,第1—11页。

一，比如《静志居诗话》原是《明诗综》的"副文本"之一，但在被"复读"之后，共同构成了一则诗话，其文本性质在事实上被改变了。

就诗话史而言，上述情况并非新例，在宋代三大诗话中就已经存在，并且启发了很多学者。郭绍虞先生曾有"辑《诗话新编》"的想法，"拟把昔人各种笔记中论诗论文之语汇辑成编，而另加以一种诗话的名称，更加推广，为后人治文学批评史提供方便"①。吴文治先生主编的《宋诗话全编》《辽金元诗话全编》《明诗话全编》，以及萧华荣先生主编的《魏晋南北朝诗话》均是此一思路的实践者。但是，将各体载籍中的论诗资料加以汇集，是否能称之为"诗话"，在学术界是存在争议的。左东岭先生说："吴文治的《明诗话全编》除了收录成为专书的诗学著作外，还大量搜集别集、笔记中的序跋等作品，以致明诗话几乎就等于明代诗学文献汇编。其实当这部书还在立项时就有人提出异议……明诗话收录范围的模糊混乱并不仅仅存在于《明诗话全编》中，可以说对诗话文体界限的忽视与混淆自清人起就已经开始，并呈现愈演愈烈的趋势，《明诗话全编》乃是此种演变的极端结果而已。"②可见，清代郡邑诗话中的互文成编模式③，其实关涉诗话

---

① 郭绍虞：《宋诗话辑佚·序》，中华书局，1980年版，第1页。

② 左东岭：《"话内"与"话外"——明代诗话范围的界定与研究路径》，《文学遗产》2016年第3期，第104页。

③ 清代其他类型的郡邑诗话中，存在不同著作引用同一文献的现象，应该是互文的一种特别情况。师范《荫椿书屋诗话》第15则："龚簪崖《古从军行》二绝云：'珠子凌边夜月昏，鹞儿岭上阵云屯。三千尽有封侯骨，毕竟谁擒吐谷浑'；'从戎二十执戈殳，百战余生胆气粗。饮马长江休照影，恐惊霜雪上头颅'。亢壮之气，飒人眉宇。"（张国庆点校：《云南古代诗文论著辑要》，第7页）《滇南诗话》首则亦引龚诗："最爱龚簪崖二绝云：'少年行役执戈殳，百战余生胆气粗。饮马长江休照影，恐惊霜雪上头颅'；'无定河边月昏黄，黄沙碛上阵云屯。三千尽有封侯骨，毕竟谁擒吐谷浑'。"（［清］迤南少年：《滇南诗话》第1则，《云南》1906年第1号，第1页）

文体的界定问题。或许,在未来的相关讨论中,清代郡邑诗话将成为例证之一。

第二节　国家、乡邦、家族与自我:
清代郡邑诗话的四重指涉

一、国家与乡邦:贯通于风教的孝子烈女书写

(一)清代郡邑诗话乡邦指涉的一般内容和志怪书写

地方诗总集和郡邑诗话都是地方文化意识勃兴的产物,它们的基本追求都是恭敬桑梓,清代郡邑诗话亦然。所谓恭敬桑梓,大体包括四个方面:广摭纵论,为乡邦著诗史;发幽阐微,为乡邦传诗人;搜遗记逸,为乡邦存雅韵;留心风物,为乡邦彰异彩。这也是清代郡邑诗话的乡邦指涉所呈现的主要特征,其中种种,已见于前述数章的具体分析,此不再赘。唯须指出的是,清代郡邑诗话的乡邦书写中,经常出现异物、梦兆乃至志怪故事。

阮元的《广陵诗事》是清代郡邑诗话中志怪书写比较多的著述之一。阮元声称其书的基本内容是"忠孝节义之事迹,及谦会之韵事,园庭之废兴,彝言名句之流传,书画古器之赏鉴"①,但卷九却保存了十几则荒诞不经的故事。如:

> 宝应朱克宣,字元膺,老于诗,著《运甓集》。有珍藏先人手卷,临没时抱于怀,命殉葬矣,家人违其意。三日附魂于老妪,索

①〔清〕阮元撰:《淮海英灵集·凡例》,〔清〕阮元编:《淮海英灵集》卷首,第2页。

之甚厉,家人以示之,夺执手中,泪如涌泉。①

其他故事多如上引,或是志怪之语,或为鬼魂故事,与其他诗事大异其趣。张其淦《吟芷居诗话》也有类似记载,如《东莞诗录》卷十"钟渤"条下诗话云:

> 钟东冈(引按:钟渤之号)方伯官给事中,著直声,权贵、宦官为之气折。余辑《东莞诗录》,其裔孙菁华同门以《东冈集》邮示,是钟映雪所编,亦残缺之本。……钟映雪撰传云:公配袁氏,有淑德。……公读书岳家,夜浴碣溪,有鬼私语:"钟黄门在此。"公闻之喜曰:"异日得志,当砌此溪路。"后果如其言。公将殁时常沐浴,家人瞯之,见浴盘中一物如龙蛇,良久振衣出,则依然公也云。此则邻于语怪矣。②

从文本内容看,《广陵诗事》所记鱼怪与朱克宣附魂传闻,尚与诗歌有涉,可谓"因诗及异"。但是,《吟芷居诗话》记钟渤遇鬼及化龙蛇之事,已然与诗无关,乃是以逸笔彰乡党,可谓"因人及异"。

　　记梦之事,郡邑诗话亦多见。《全闽诗话》引《西塘诗钞》记宋代诗人郑侠临终前梦云:"宣和元年,忽梦铁冠道士遗之诗,视之,乃子瞻也。叹曰:'吾将逝矣。'作诗云:'似此平生只藉天,胜如过鸟在云烟。如今身畔无余物,赢得虚堂一枕眠。'授孙而卒,年七十九。"③郑侠(1041—1119),字介夫,福建福清人。苏轼自号铁冠道人,与郑侠相善,有《次韵郑介夫二首》,又于后者有知遇之恩。据《宋史·郑侠

---

① [清]阮元编:《广陵诗事》卷九,第134页。
② [清]张其淦编,李君明点校:《东莞诗录》卷十,第184—185页。
③ [清]郑方坤编辑,陈节、刘大治点校:《全闽诗话》,第101页。

传》载,神宗时郑侠被贬英州,"哲宗立,始得归。苏轼、孙觉表言之,
以为泉州教授"①。此处异梦盖因后人以二人相善而附会之也。又,
《晦堂诗话》"王庭"条云:"方伯母盛夫人未于归时,有神姬见之曰:
'当生贵子,生有青记者佛门中来,红记者道门中来。'及方伯生,果有
青记焉。"②王庭(1607—1693),字言远,号迈人,浙江嘉兴人,顺治己
丑(1649)进士,历官至山西右布政使,方伯是对左、右布政使之雅称。
诗话记王庭母亲的异梦,乃旧时习见的天生神异传说,也是因人而及
者也。

　　自欧阳修《六一诗话》以降,诗话著述日渐繁多,内容亦博,许顗
称"录异事"是诗话本义之一③,是以诗话著作中时见梦卜、谲怪、谈
谐之言,致《四库全书总目》有"体兼说部"之论④。章学诚对诗话沦
为说部深感痛切。《文史通义·诗话》云:"《诗品》《文心》,专门著
述,自非学富才优,为之不易,故降而为诗话。沿流忘源,为诗话者,
不复知著作之初意矣。犹之训诂与子史专家,为之不易,故降而为说
部。沿流忘源,为说部者,不复知专家之初意也。诗话说部之末流,
纠纷而不可犁别,学术不明,而人心风俗或因之而受其敝矣";"诗话
之不可凭,或甚于说部也"⑤。不过,也有学者认为,体兼说部并非诗
话末流,而是其本来面目。邱仰文《五代诗话序》云:"史记事,诗言
志,诗话当如说部之类,特有韵语。事之互见,则亦补史之阙。"⑥牛
震运也持同样的看法,并对诗话中的梦卜志怪内容表示认可,其《五

①［元］脱脱等撰:《宋史》卷三百二十一,中华书局,1977 年版,第 10437 页。
②［清］许灿编:《梅里诗辑》卷八,第 1a 页。
③［宋］许顗:《彦周诗话》,［清］何文焕辑:《历代诗话》,第 378 页。
④［清］永瑢等撰:《四库全书总目》卷一百九十五《诗文评序》,第 1779 页。
⑤［清］章学诚著,叶瑛校注:《文史通义校注》,第 559—560 页。
⑥［清］邱仰文:《五代诗话序》,［清］王士禛原编,郑方坤删补,戴鸿森校点:《五
　　代诗话》卷首,人民文学出版社,1998 年版,第 2 页。

代诗话序》云："或又病其所载仙佛鬼怪之流,其文不无汗漫。余以为稗官野史、方言丛谈,作史者可不道,编诗话者不可不录,义取博见,体有别裁。《传》曰:'传闻异辞。'夫亦各有所当也。"[1]其实,早在明代嘉靖年间,陆深就在为姜南《蓉塘诗话》所写的序言中说道:"诗话,文章家之一体,莫盛于宋贤。经术、事本、国体、世风兼载,不但论诗而已。下至俚俗、歌谣、星历、医卜,无所不录。至其甚者,虽嘲谑、鬼怪、淫秽、鄙亵之事皆有。盖立言者用以讳避陈托,微意所存,又文章之一法也。乃若发幽隐,昭鉴戒,纪岁月,顾有裨于正传之缺失,盖史家流也。"[2]陆深从文学、史学两个角度为诗话述载志怪的合理性进行辩护。可见,清代郡邑诗话记载异物、梦兆、鬼怪之事等,并不新鲜,而早有文体渊源和历史影响。不过,作为专于在地的郡邑诗话,其志怪之载终究与恭敬桑梓之心相系。《莆风清籁集》卷六"陈文龙"条下《兰陔诗话》云:

> 南宋太学为岳武穆故第,土神乃岳侯也。忠肃在太学时,梦岳侯请代,自谓必死,悒悒不乐。后及第贵显,不复忆前梦。及在兴化募兵,忽梦岳侯贻书,首言交代,甚骇愕。未几,叛将献城,公被俘北去,即不饮食。将至杭,杭人梦两街驺从甚盛,传岳武穆代者至,视之则公也。既至拘于太学,其夕卒,葬于知果寺傍,墓即生竹,竹皆有节。人谓公为武穆后身,岳墓树不北枝,公墓竹尽生节,如出一节。今游西湖者必谒岳墓,而公墓鲜有知者。黄忠裕《岳坟诗》云:"犹有孤臣埋骨地,淡烟衰草没荒村。"

①［清］牛震运撰:《五代诗话序》,［清］王士禛原编,郑方坤删补,戴鸿森校点:《五代诗话》卷首,第1页。
②［明］陆深撰:《蓉唐诗话引》,陈广宏、侯荣川编校:《明人诗话要籍汇编》第2册,复旦大学出版社,2017年版,第763页。

为公发也。①

陈文龙(1232—1277),字志忠,一字君贲,兴化军(治所在今福建省莆田市)人;宋度宗咸淳四年(1268)状元,累迁至参知政事;端宗景炎元年(1276)充闽广宣抚使,守兴化军,元兵陷城,文龙被俘,次年押解至杭州,绝食殉国,后谥忠肃。陈文龙因其忠贞被后人视为"武穆代者",即如本则诗话所述。斯事自是传说,但其中的梦境描写并非一般奇谈,而是塑写其忠义精神来源的凭借,"竹尽生箭"喻指文龙为岳飞后身,又象征二人精忠报国的精神一脉相承。所以,从诗话的整体意义结构考察,其中的梦兆和奇闻,不仅蕴藉忠义不绝、代有其人之意,而且深含作者崇敬乡贤之心,本质上也是恭敬桑梓的体现。

(二)清代郡邑诗话的国家指涉及其特征呈现

郡邑诗话立足于乡邦,旨归于桑梓,具有显著的"地方性";但是,郡邑诗话是以诗歌为中心的一种诗学著述,这就是意味着在大一统的政治背景和官方意识形态主导的诗学语境之下,它必然具有"超地方性",并以此来实现地方和国家的贯通。邵晋涵《全浙诗话序》云:

> 会稽陶篁村先生,游踪半天下,诗篇传艺苑,晚以教授里中,辑《全浙诗话》。……然则先生所录止于两浙,何也? 曰桑梓敬恭之义也。先生有言,君子居其乡,则一乡之文献以传。又谓坐视先哲诗文伦佚,是为忍人。先生好为德于乡,尤以表彰旧闻为己任,潜收广摭,不遗余力。浙江山隩而水复,多韬光匿采之士,岁月既久,声闻歇寂,得先生之揭扬,夺诸蠹蚀蜗涎,以煜发其光彩,实能使古人逾久不敝之性情,绵绵绎绎,会著于简编,且俾里

---

① [清]郑王臣辑选:《莆风清籁集》卷六,《四库全书存目丛书》编纂委员会编:《四库全书存目丛书·集部》第 411 册,第 360 页。

中后进浏览兴感，引溯流风，相率而归于温柔敦厚之教，此其为有功于艺苑者甚巨。①

邵晋涵明确指出了郡邑诗话的基本指向是"桑梓敬恭之义"，同时也指出了郡邑诗话的诗学目标是"归于温柔敦厚之教"，而这正是官方诗学的基本要求。

《四库全书总目》卷一百九十《御选唐宋诗醇提要》谓：

> 然诗三百篇，尼山所定，其论诗一则谓归于温柔敦厚，一则谓可以兴观群怨。原非以品题泉石，摹绘烟霞，洎乎畸士逸人，各标幽赏，乃别为山水清音，实诗之一体，不足以尽诗之全也。宋人惟不解温柔敦厚之义，故意言并尽，流而为钝根。士祯又不究兴观群怨之原，故光景流连，变而为虚响。各明一义，遂各倚一偏。论甘忌辛，是丹非素，其斯之谓欤？兹逢我皇上圣学高深，精研六义，以孔门删定之旨，品评作者，定此六家，乃共识风雅之正轨。臣等循环雒诵，实深为诗教幸，不但为六家幸也。②

温柔敦厚意指诗歌情感平和温厚，含蓄蕴藉；兴观群怨意指诗歌内容要关切现实，讽喻谲谏。四库馆臣指出，宋人诗歌主理，意言并尽，有悖温柔敦厚；王士禛倡导神韵，流连光景，有悖兴观群怨。故而乾隆帝下旨编选《唐宋诗醇》，调和宋唐，以温柔敦厚和兴观群怨为"风雅之正轨"，这是清人诗学的官方立场。至于诗话，自然也要秉持其意。《四库全书总目》卷一百九十五评价黄彻《碧溪诗话》云："其论诗，大

---

① ［清］邵晋涵撰：《全浙诗话序》，［清］陶元藻辑，蒋寅点校：《全浙诗话》卷首，第1—2页。
② ［清］永瑢等撰：《四库全书总目》卷一百九十，第1728页。

抵以风教为本,不尚雕华。然彻本工诗,故能不失风人之旨。非务以语录为宗,使比兴之义都绝者也。"①馆臣高扬该诗话"以风教为本""不失风人之旨"的特色,反映了清代诗话被赋予宣扬儒家风教的主流期待。

清代郡邑诗话著作中,除了《全浙诗话》外,其他诗话亦常常可见温柔敦厚诗教的表达。《立德堂诗话》第 1 则云:"往往见人痛骂异己,不留余地,并其好处而亦忘之,殊欠平允。同邑梁星海廉访鼎芬《寄题简竹居读书堂》云:'至念陈康天下士,一嗟无命一分源。'温柔敦厚,上追古人。必如此方可以论世,又必如此方可以作诗。"②又,王松《台阳诗话》云:"诗宜以温柔敦厚为主,其颂之也勖其加勉,其刺之也望其速改,词虽殊而存心则一。"③究其详者,前章已述,此不再赘。

借由温柔敦厚的儒家诗教观念,清代郡邑诗话实现了地方和国家的贯通,而在诗话的书写实践中,孝道叙事和烈女叙事成为最常见的贯通路径。王守训《登州诗话》卷一第 1 则云:

> 道光二十六年二月,叔祖懿轩公以疫卒,妾宋氏、张氏、刘氏、徐氏俱自缢以殉。时宋、张、刘均二十余,徐年甫十八,一时哄传为"四烈",郡人士多为诗文以表扬者,先祖湖南公汇为一册刊之。④

---

① [清]永瑢等撰:《四库全书总目》卷一百九十五,第 1785 页。
② [清]邹以谦撰:《立德堂诗话》,第 1a 页。按:原文"陈""康"二字下各有小字自注:树康、祖诒,当是二人之名。
③ [清]王松撰:《台阳诗话》上卷,《台湾文献史料丛刊》第八辑第 155 册,第 14 页。
④ [清]王守训撰:《登州诗话》卷一,《山东文献集成》第二辑第 44 册,第 571 页。

诗话开篇即记为王懿轩殉死的"四烈",其部次排列有无深意固不可考定,但是四女并殉的载录之于清代郡邑诗话而言,颇具象征意义。本书前文已述,清代郡邑诗话的诗事中充斥着孝子、贞妇和烈女。丁芸《闽川闺秀诗话续编》卷二引《福建通志》载王贞仙殉夫之事,并连类述及他人。其文曰:

> 衣工王执中女贞仙,幼工针黹,代父裁缝以给厨膳,暇则学为诗。九岁字于儒士郑瀛洲。(芸按:《消寒录》云:"许字邹氏子。""邹"疑"郑"误。)未嫁,郑遭母丧,七月五日以毁卒。女闻之,誓以身殉。初七日,谓其母曰:"今夕,天孙渡河期也,穿线光阴,荼瓜如梦。"遂入室沐浴,更衣毕,投缳卒。时年二十一。
>
> 芸按:贞仙居光禄坊,与齐烈女祥棣对门,间相倡和。烈女道光十八年戊戌夏初,闻夫卒,投玉尺山池中死。后二月,贞仙亦死。死时室有红光。侯官郭介平广文《题贞仙遗照》,诗见《消寒录》。[1]

这则诗话和按语共记载了三个"模范"人物及其事迹:郑瀛洲因母丧而哀毁卒,王贞仙主动为郑瀛洲殉死,王氏友人齐祥棣主动殉夫。"一孝子两烈女"出自南方诗话,"四烈"出自北方诗话,二者合观,可见清代郡邑诗话孝道叙事和烈女书写的全面性和密集性。在关于孝道的记载中,多次出现了"割肉侍亲"的情节。除前揭《菱溪诗话》所记熊云霄割股调羹之事外,梁章钜《闽川闺秀诗话》卷三也记载了自己母亲类似的事迹,曰:"先姑王太夫人,字淑卿,闽县人,候选主簿登元公长女。幼以孝闻,主簿公得笃疾几殆,先姑私刲右臂,和药以进,

---

① [清]丁芸辑,郭前孔校点,王英志校订:《闽川闺秀诗话续编》卷二,王英志主编:《清代闺秀诗话丛刊》(壹),第 298 页。

应手而愈,后以寿终。"①丁芸《闽川闺秀诗话续编》卷二亦引《陔南山馆诗话》记许亭亭"十一岁父病笃,割臂肉疗父"之事②。

殉夫、割股之事,闻者骇听,清廷甚至几度下诏禁止。雍正六年(1728)谕曰:

> 至若妇人从一之义,醮而不改,乃天下之正道。而其间节妇、烈妇,亦有不同者。烈妇以死殉夫,慷慨相从于地下,固为人所难能。然烈妇难而节妇尤难,盖从死者取决于一时,而守贞者必阅夫永久。从死者致命而遂已,而守贞者备尝其艰难。且烈妇之殉节捐躯,其间情事,亦有不同者。或迫于贫窭而寡自全之计,或出于愤激而不暇为日后之思。不知夫亡之后,妇职之当尽者更多。上有翁姑,则当奉养,以代为子之道;下有后嗣,则当教育,以代为父之道。他如修治蘋蘩,经理家业,其事难以悉数,安得以一死毕其责乎?是以节妇之旌表,载在典章,而烈妇不在定例之内者。诚以烈妇捐生,与割肝、刲股之愚孝,其事相类,假若仿效者多,则戕生者众,为上者之所不忍也。③

雍正认为,节妇难于烈妇,且烈妇"以一死毕其责"是不负责任的表现,因此诏令不予旌表。然而,"八年,江西巡抚以夫亡从死,未婚烈女二人请旌。经部具题请旨,仍准予旌表"。朝廷言行相悖,各地官员遂置禁令于不顾,请旌表者愈来愈多。雍正十三年(1735)不得不

---

① [清]梁章钜辑,张丽华校点,王英志校订:《闽川闺秀诗话》卷三,王英志主编:《清代闺秀诗话丛刊》(壹),第223页。

② [清]丁芸辑,郭前孔校点,王英志校订:《闽川闺秀诗话续编》卷二,王英志主编:《清代闺秀诗话丛刊》(壹),第293—294页。

③ [清]昆冈等修,[清]刘启端等纂:《钦定大清会典事例》卷四百零三,《续修四库全书》第804册,第399页。

再次下诏,一方面指责"地方官未将从前谕旨剀切晓谕,乡曲愚民尚未深悉圣祖仁皇帝与朕重惜民命之至意,以致民间妇女激烈捐躯者更多于前",另一方面诏令"轻生从死者,不概于旌表,以长闾阎愤激之风"①。问题是,清廷无法摆脱推崇节妇烈女、孝子孝女的政治立场,因为其自宋、明以来就已广为人知,并成为公认的最高道德标准之一。因此,乾隆十四年(1749)又下诏晓谕官民,云:"国家旌表节孝,所以发潜德之幽光,正伦常而维风教,典至重也。"这是官方立场的直白宣扬。乾隆五十二年(1787),"江苏如皋县孝女宋氏,因其母孀居老病,情愿不嫁,在家侍奉。母病笃,氏割股肉煎汤以进。母没后,氏悲哀莫遏,即行自缢。应照理给予旌表"②。宋氏的做法与前述诗话记载的熊云霱、王淑卿等如出一辙,某种程度上,这实际上是官方期待的自我道德行动。

　　四库馆臣力倡诗文创作要有补于风教的观念。《四库全书总目》卷一百四十一《山居新语提要》云:"记朱夫人、陈才人之殉节,记高丽女之守义,记樊时中之死事,则有裨于风教。"③又,卷一百九十三《吟堂博笑集提要》云:"杂采隋、唐以来闺阃之作,以死节、劝戒、奇遇、题咏、寄情分为五类。惟首二卷尚有裨风教,然采择亦颇疏舛。"④馆臣以风教为准绳,评论二书价值,所传达的信息与朝廷旌表宋氏等孝女节妇一样,均凸显了国家意识形态的追求。此一追求亦见诸郡邑诗话。潘衍桐《缉雅堂诗话》卷下论鄞人张麟曰:"魏奄气张时,谄附日众,生祠遍海内,姓名可考见者详竹垞集中。因依附刑

① [清]昆冈等修,[清]刘启端等纂:《钦定大清会典事例》卷四百零三,《续修四库全书》第804册,第399页。
② [清]昆冈等修,[清]刘启端等纂:《钦定大清会典事例》卷四百零三,《续修四库全书》第804册,第405页。
③ [清]永瑢等撰:《四库全书总目》卷一百四十一,第1203页。
④ [清]永瑢等撰:《四库全书总目》卷一百九十三,第1766页。

余之人以致通显,传之后世,唾骂无已,亦奚为哉? 鲈乡能毁其像,有
关风教,故余亟表而出之。"①潘氏生在四库馆臣一百余年之后,但诗
歌价值观念如出一辙。其实在四库馆臣之前,相关理念即有明确宣
示者。屈大均《春山诗话·采诗歌》谓:"古者男年六十、女年五十无
子者,官衣食之,使采诗,邑移于国,国以闻于天子。吾越妇女,雅好
为歌,谣诗多有发情止礼义,可以传于后世者。盖教妇人女子,莫善
于诗,诚得老妇采之以献,如古之制,使闺门之内,无上下贵贱,皆用
其风之正者,被诸管弦,一歌一咏,以陶淑性情,斯亦王化之一助也。
考《风》之正者始《关雎》,而为文王妾媵之所作。文王善用其情,而
宫中人知之,未得淑女,则寤寐展转以思,已得则琴瑟以友,钟鼓以
乐,非文王不能有此敦笃,非宫中之人不能形容其风流,古之妇人女
子,能诗见录于圣人者,以此为首矣。然则诗歌者,妇人女子之事,所
贵乎贞,贞斯可传而已矣。"②这则诗话是清代郡邑诗话中儒家诗教
观最清晰的呈现,它甚至都没有借助诗歌或贞女、孝女故事等予以宣
导,近乎直接"复读"了《诗序》中的诗教观念。

　　总而言之,清代郡邑诗话无论是直接表达,还是借由对节妇烈
女、孝子孝女及相关诗事的广泛记载,都传达出一个共同的信息:郡
邑诗话对乡邦忠孝节烈诗事的撰述,不仅借此建构了地方文化的"小
传统",而且传达出国家主流的政教诉求,是对儒家风教"大传统"的
自觉揄扬。这正是清代郡邑诗话国家指涉所呈现出的主要特征,简
言之,即讽于政教。

---

①[清]潘衍桐辑:《缉雅堂诗话》卷下,第30a页。
②[清]屈大均撰,李默点校:《广东新语》卷十二《诗语》,[清]屈大均著,欧初、
　王贵忱主编:《屈大均全集》(四),第328页。

二、家族与自我：会通于内外的双向建构

（一）清代郡邑诗话家族指涉的两个向度

清末邬启祚著有《耕云别墅诗话》，第 26 则云：

> "投闲谢钩饵，得所乐盘盂。自养潜鳞贵，非同涸鲋苏。庇身有文采，随处是江湖。金碧天然色，犹能变化殊。"扬樵又侄以谦《咏金鱼诗》也。有如此胸襟，更有如此文字，乃食贫终老，天之生才，果何为哉？又，《逐贫》云："诗愈穷时愈放歌，絮诗先拟逐穷魔。漫云愁障祛除易，不信人才坎壈多。鬼火窥篱沈夜漏，奴星结柳送山阿。酒兵自挟风云气，挥斥寒郊一剑磨。"尤令人不忍卒读。①

又侄，即族孙。邬以谦，号扬樵。邬启祚在本则诗话中记载了自己的族孙以谦，先述其诗歌，又因诗及人，指出以谦诗才不凡，但一生窘迫，令人不忍。邬以谦有《立德堂诗话》，第 3、4 两则分别云：

> 读吉人叔祖启祚重逢花烛诸寿言，至同邑凌孟征孝廉鹤书"闲携梅鹤侣"句，忽忆光绪十八年叔祖曾手折梅花插于瓶中，花落复开，后并结子，殆为花烛重逢之兆。惜当时未曾以此事入诗，为梅花添一段佳话，为佳话添一枝梅花耳。
>
> 吉人叔祖《重游鼎湖题诗》云："观瀑亭仍在，林深观未明。飞涛如隔壁，风雨只闻声。"神妙乃尔，洵必传之作。致有此诗，

---

①［清］邬启祚撰：《耕云别墅诗话》，第 10a—10b 页。

殊为观瀑亭悲;至有此诗,又不禁为观瀑亭喜矣。①

两则诗话一则记事,一则记诗。前者"花烛重逢"云云,即《耕云别墅诗话》第 21 则所记:"余重逢花烛,戚友昆弟以诗文见赠者百余人,得诗三百余首,琳琅满帙,美不胜述,庆时孙辑为《南山佳话》二卷。"②邬以谦所读"重逢花烛诸寿言",应该就是该集。至于"花烛重逢之兆"云云,虽涉迷信,亦见以谦对叔祖的尊敬之情;后者论邬启祚之诗,推崇太过,然景仰之心一如前则。

　　这三则交互的诗话揭示了清代郡邑诗话的一个重要指涉——家族。家族是古代中国社会的基本结构,是维持国家大一统和社会稳定的支柱,也是个体生命和社会关系的渊薮。对乡邑社会而言,家族不仅一直是底层秩序的基石和建构者,而且通常是文教事业的先锋和象征者,因此文学世家一直是文学史论述的基本对象,这其中也包含了诗学世家。郡邑诗学的建构也常常以家族诗人、诗歌为重心。如,张鹏展的《峤西诗钞》大量收入了自己家族的诗人,使得"一个横跨百余年,历经五代的文学家族资料就完整地保存下来"③;何曰愈的《退庵诗话》收录家族诗话 68 则,记述了包括作者在内的 7 代 38

---

① [清]邬以谦撰:《立德堂诗话》,第 1a—1b 页。按:后则诗话原文,"致""至"不一。

② [清]邬启祚撰:《耕云别墅诗话》,第 8b 页。按:所谓"重逢花烛",或称"重谐花烛""重行花烛""重拜花烛""重行合卺"等,是指庆祝结婚六十周年,重新燃点花烛,再次举行婚礼。光绪三十四年正月十八日邬启祚与妻子周氏再行合卺之礼,一时传为岭南佳话,亲友纷纷以诗文见赠志庆,后由邬庆时编辑《南山佳话》两卷。详参刘咏聪:《晚清婚姻文化中的重逢花烛庆典:邬启祚夫妇个案研究》,《人文中国学报》2019 年总第 28 期,第 225—274 页。

③ 王德明:《清代粤西文学家族研究》,广西师范大学出版社,2013 年版,第 227 页。

位何氏家族诗人①。

　　清代郡邑诗话的家族指涉包括自我家族和他人家族。梁章钜在《长乐诗话》卷末专门载录自己家族,包括"先六代祖淑三公""先五代祖雪园公""先高祖锦河公""先曾祖砥峰公"②。另外,梁章钜的《历代闺秀诗话》建构了梁氏家族女性诗人群体;伍崇曜《茶村诗话》记载了家族伍秉镛、伍宗泽、伍元华、伍元崧等诗人;张其淦《吟芷居诗话》追忆了自己家族的宋、明遗民先人,并借此建构了乡邦遗民诗人群体。除关注自我家族外,清代郡邑诗话也留心乡邦他人家族。伍崇曜《茶村诗话》"潘正衡"条谓:"潘氏门才特盛,棣勇、星渚、韵石、毂香皆早掇魏科。"③又,"颜斯绖"条谓:"南海颜氏门才特盛,就诗而论,君猷当推白眉,菊湖、广文其伯、兄也。《鹡鸰亭》:'我来只见南飞雁,无限斜阳入杏冥',最见含蓄。"④又,"谢念功"条谓:"尧山为澧浦先生仲子,一家词赋尤工。"⑤刘彬华《玉壶山房诗话》多次提及黄绍统、黄培芳父子及其家族诗学传统⑥。

　　站在编撰者的立场,清代郡邑诗话的自我家族指涉是由内部视角展开的,他人家族指涉自然是一种外部视角。两者最大的不同是,自我家族的指涉更多地着墨于家族诗学传统的建构过程。比如,梁章钜《闽川闺秀诗话》不仅记载了母亲对自己的教化,而且特别注意记述家族成员之间的诗学教育和熏陶。卷三记载长女梁兰省"随余

①徐雁平著:《清代世家与文学传承》,生活·读书·新知三联书店,2012 年版,第146—148 页。
②[清]梁章钜辑,张善贵校点:《长乐诗话》卷六,第7—14 页。
③[清]伍崇曜编纂:《楚庭耆旧遗诗后集》卷十九,清道光二十三年(1843)伍氏刊本,第1a—1b 页。
④[清]伍崇曜编纂:《楚庭耆旧遗诗续集》卷七,第1a 页。
⑤[清]伍崇曜编纂:《楚庭耆旧遗诗续集》卷二十,第1a 页。
⑥[清]刘彬华:《岭南群雅初集》卷二,《续修四库全书》第1693 册,第145 页。

宦游南北,擩染见闻",其养成的诗学素养"独惬余心"①。又,卷四载堂妹梁蓉函长女许还珠,受其母亲的影响,"亦喜学作咏史体";梁蓉函丈夫许濂的侧室林炊琼,"初入门,不甚通文理,余妹蓉函力课督之,遂渐知诗";梁蓉函儿媳赵玉钗,"蓉函教之诗甚勤","蓉函喜为咏史诗,玉钗擩染其学,落笔亦自雄伟"②。凡此种种,可见梁章钜家族的风雅养成端赖于成员之间的熏染和砥砺。另一方面,清代郡邑诗话他人家族的指涉更多地着墨于家族诗学传统的建构结果。《香山诗略》卷五"李若兰"条下刘燔芬《小苏斋诗话》云:

> 吾邑屡世能诗者,不过数姓,如黄文裕家、刘信烈家、方天根家及紫里李家而已。兹集所录李氏凡六代:讳修凝者,菊水先生曾祖也;讳捷章者,先生祖也;讳若兰者,先生父也;其下文燮、从吾,是为先生子;贺镜、之机,是为先生孙。六传得八人焉,因志于此,以见李氏风雅渊源之盛。③

诗话"吾邑屡世能诗者,不过数姓,如黄文裕家、刘信烈家、方天根家及紫里李家而已","凡六代"云云,是刘燔芬对乡邦诗学家族的总结,表现了外部视角下这些家族的诗学成就之盛。不过,无论是内部视角,还是外部视角,都说明郡邑诗话叙写乡邦诗学史的主要路向之一是传述诗学世家。也就是说,清代郡邑诗话家族指涉所呈现出的特征是构于世家。

---

① [清]梁章钜辑,张丽华校点,王英志校订:《闽川闺秀诗话》卷三,王英志主编:《清代闺秀诗话丛刊》(壹),第 233 页。
② [清]梁章钜辑,张丽华校点,王英志校订:《闽川闺秀诗话》卷四,王英志主编:《清代闺秀诗话丛刊》(壹),第 249、250、250—251 页。
③ [清]黄绍昌、刘燔芬纂辑,何文广校勘,李浩音释:《香山诗略》中册,第 41—42 页。

（二）清代郡邑诗话所记关系网络中的自我指涉

在对家族诗学的记述中,诗话编撰者的个人经历和思想通常也得以呈现。梁章钜《历代闺秀诗话》记母亲王淑卿云:

> 年二十三,始归先考,居贫,操作稍暇,即课章钜读书。生平喜流观经史,通其大义;能诗而不甚注意,故所作无多。弃养时,章钜仅十龄,又不知收拾丛残,今仅存遗稿数首。……《送儿子入学》云:"养儿不读书,不如豚与犬。能养不能教,所生岂无忝?况我贫贱家,差幸书香衍。迢迢十五传,儒门泽已远。（吾家自前明来十五传,书香不断,学使者河间纪公曾书'书香世业'匾旌之。）先业不废耕,此会读为本。过时而后读,事劳效益鲜。读且未可恃,不读奚解免。成人基在初,如农服畴畎。抚兹娇痴者,增我心悚慄。强之入书塾,咸董兼爱劝。夫君在京华,频岁劳望眼。尊章各垂白,所居矧隔远。（余居淳仁里老宅,距舅姑所居新宅一里而遥。）我责曷旁贷,我心日转辗。倘稍涉旷废,俯仰有余腼。晨光挟书出,夜色烧烛短。循环无已时,课此亦自遣。"语语沉挚,章钜每读此诗,无不汪汪泪下,不能止也。①

梁章钜以自我视角,展开对母亲的深情追忆,在记述母亲生平和诗作同时,自己早年经历的某些断面也呈现出来。罗时进先生指出:"家族文学创作从一般意义上说是一种文化生产。就其过程来看,是一个将'文'化入生活,而最终通过日常的审美活动,以达到精神的

---

① [清]梁章钜辑,张丽华校点,王英志校订:《闽川闺秀诗话》卷三,王英志主编:《清代闺秀诗话丛刊》（壹）,第223—224页。

'文'化、'诗'化的过程。"①王淑卿在繁忙的日常劳动之暇指导儿子梁章钜读书,又作诗记录其成长过程,并在其中渗透教育理念、家庭生活和心理感受,其实是一个以"文"化育的过程。这些熏陶和教化不仅促进了梁章钜的成长,也令他在精神层面与母亲产生深层的联结,故而多年后读其诗作依然潸然泪下,借此也可见《历代闺秀诗话》的自我指涉不仅真实可信,而且深入内心世界。

　　整体来看,清代郡邑诗话的自我指涉通常在诗话描述的师友关系网络中实现。《东莞诗录》卷五十三"何仁山"条下《吟芷居诗话》篇幅颇长,张其淦在其中详细描述了何仁山与自己父亲的交往和唱和,并云:"余十六岁游庠,十七岁新婚,夫子偕邑侯张子鸿夫子庆鑠闹新房,坐新床,谐语笑声,风生几席,庄襟老带,殊有晋人风度。回思立雪程门,忽忽已四十余载矣。世界沧桑,能无慨然?"②借由回忆前辈诗学交往而述自己的早期经历和人生感慨,亦是自然流出之笔。戴璐的《吴兴诗话》和张修府的《湘上诗缘录》记录了很多师友酬唱之事,个人经历、心理和诗作在其中多有表达。《吴兴诗话》卷七载:"潘司马汝诚,字立亭,号泊村,又号榕堂,归安人,丙辰丁巳进士,由松溪令历濮州牧、南安同知。举最来京,寓兴胜寺。夜集用东坡《聚星堂禁体雪》诗,顷刻而成。余赠诗云:'人拟密州苏学士,门多稷下鲁诸生。……翦江风雨双飞燕,得似仙槎缓缓行。'"③张修府《湘上诗缘录》卷四载:"予去省门七载矣,故旧星散,不禁怃然,偶得今雨二人,一为吴观察锦章,一为李郡守有棻,并工诗。索阅《新安话别图》,

---

①罗时进:《关于文学家族学建构的思考》,《江海学刊》2009 年第 3 期,第 188 页。

②[清]张其淦编,李君明点校:《东莞诗录》卷五十三,第 1102—1103 页。

③[清]戴璐辑撰:《吴兴诗话》卷七,第 3a—3b 页。

各蒙题句。"①这两则诗话记录的都是友朋唱和,编撰者的交游、诗作和彼时的心理等俱各见之,也就是说,通过外部交游网络的建构,呈现个人行迹和内心,实有个人史之意味。

　　清代郡邑诗话的自我指涉中,王松的《台阳诗话》比较特别。一方面,他在诗话中不仅写友朋交游,而且常常直抒胸臆,袒露自我。上卷有谓:"余少而孤苦,长遭乱离,性刚才拙,与物多忤。偶览昔人兴感之由,若合一契,未尝不慨然废书而叹! 但恨邻靡二仲、室无莱妇,不得不饮酒消忧,高歌示志。每学陶公,自谓是羲皇上人,唯酒是务,焉知其余。"②这是表达自己孤傲刚直,不为世俗所理解的性情。另一方面,王松常常在诗话中放言不惮,抨击当世。下卷有谓:"今人之所重者,惟科名而已。世俗混称科名曰'功名',甚而捐纳、保举,凡有服官服者,皆以功名中人目之。功名、功名,最足以炫耀于庸耳俗目之场。……呜呼! 实之不存,名将焉用? 我能立功、立言,虽布衣下士,其声名自可传于后世,何用此泛泛功名为哉? 武进赵味辛司马云:'但有诗名俱千古,可知人不在官尊。'"③王松身处末世,长造乱离,又"奇气虎虎,狂志嘤嘤"④,故与众不同,以诗话为杯酒,浇胸中块垒也。这是清代郡邑诗话自我指涉的特例,但也更直接地呈现出诗话识于自我的特征。

---

① [清]张修府撰:《湘上诗缘录》卷四,《历代地方诗文总集汇编》委员会编:《历代地方诗文总集汇编》第 399 册,国家图书馆出版社,2016 年版,第 406—407 页。

② [清]王松撰:《台阳诗话》上卷,《台湾文献史料丛刊》第八辑第 155 册,第 35 页。

③ [清]王松撰:《台阳诗话》下卷,《台湾文献史料丛刊》第八辑第 155 册,第 61 页。

④ [清]邱炜萲撰:《台阳诗话·序》,[清]王松撰:《台阳诗话》卷首,《台湾文献史料丛刊》第八辑第 155 册,第 5 页。

　　清代郡邑诗话的四重指涉,如果单就其一论之,俱可见于其他类型的诗话。熊琏的《澹仙诗话》亦记载割肝救亲、殉夫烈女之事。如卷四有载:"泰兴夏汉村女马氏许配叶铁保。叶死,女年十三,奔丧不果,乃剪发依尼庵。父母强之归,改字李翊。女知自经,家人救苏,遂绝粒七日而殒。邑人士重其贞烈,为请旌焉。嘉庆辛酉年事。吾里沙秀才轩《满江红》词:'矢志全贞,何须借、空门终老。生肯让、首阳饿死,泉途含笑。大节原关风与化,寸心无异忠和孝。服须眉、一夕足千秋,从来少。　　冰雪性,松筠操;身可殒,恩难报。叹几行血泪,一篇遗草。梦断庭闱成永别,芳埋村野凭谁吊。阐幽光、好仗读书人,维名教。'"①其人、其事、其指向,与清代郡邑诗话所载相类或相同。但是,合国家、乡邦、家族和自我四者而有之,则是清代郡邑诗话的独特内蕴。在这四者之中,乡邦指涉是其他指涉的基础,盖郡邑诗话以地方诗人、诗作和诗事为基本载述内容,由此呈现出恭敬桑梓的特征;经由忠义节孝等儒家基本伦理的阐扬和诗教传统的发挥,地方与国家获得了价值贯通,郡邑诗话讽以政教的特征亦因此呼之欲出;地方诗学家族是郡邑诗话述论的重点和乡邦诗史建构的支点,故家族指涉因此成为郡邑诗话的题中之义,构于世家则是外显的特征;自我指涉虽然在清代郡邑诗话文本中并不总是出现,但显然广泛存在,特别是当诗话编撰者着意于家族诗学和师友诗学时,自己的生平事历、交游酬赠及心理感受就在这些关系网络中成为主要呈现对象,自我指涉因此得以生成,识于自我则成为清代郡邑诗话的另一个特征。

---

① [清]熊琏撰:《澹仙诗话》卷四,张寅彭选辑,吴忱、杨焄点校:《清诗话三编(肆)》,第 2460 页。

第三节　诗学、文学与文化：
清代郡邑诗话的三维价值

一、"诗""话"与诗话：清代郡邑诗话的诗话学价值

（一）"诗"与"话"的辨析、"诗话"的界定

古典诗话著作不胜枚举，当代诗话学研究方兴未艾，然而究竟何谓"诗话"，迄今无有统一之见。"诗话"之名，始于宋代欧阳修《六一诗话》。宋人关于诗话的理解，最广为人知者有三：

> 居士退居汝阴，而集以资闲谈也。①
>
> 诗话尚有遗者，欧阳公文章名声虽不可及，然记事一也，故敢续书之。②
>
> 诗话者，辨句法，备古今，纪盛德，录异事，正讹误也。③

"资闲谈""记事""录异事"云云，表明早期对"诗话"之"话"的理解均离不开"事"。检索郭绍虞先生的《宋诗话考》，可见在宋代除了以"诗眼""诗史""诗宪""诗训""诗谈"等命名的诗话著作外，还有直接名为《诗事》的诗话作品，《竹庄诗话》曾多次征引该书④。清人阮元撰《广陵诗事》，但他在《淮海英灵集·凡例》又将其称为

---

① [宋]欧阳修撰：《六一诗话》，[清]何文焕辑：《历代诗话》，第264页。
② [宋]司马光撰：《温公续诗话》，[清]何文焕辑：《历代诗话》，第274页。
③ [宋]许顗撰：《彦周诗话》，[清]何文焕辑：《历代诗话》，第378页。
④ 郭绍虞著，蒋凡编：《宋诗话考》，第112页。

《广陵诗话》,曰:"元已别为《广陵诗话》若干卷,伺定稿后,再为付梓。"①这表明在阮元看来"诗话"与"诗事"本无区别。今之学者说:"欧阳修'诗话'中的'话'字,则是指文人'闲谈'的'话';只要与'诗'有关,什么'话'都可以谈,当然包括谈诗的'故事',但不限于'故事',而且'诗话'所谈的'故事',主要是记述有关诗或诗人的逸闻佚事。"②这是基于宋人的诗话认知,与阮元的诗话认知也有呼应。

不过,随着诗话写作实践及其成果的增多,人们对于诗话的理解也渐次深化。章学诚《文史通义·诗话》云:"诗话之源,本于钟嵘《诗品》。然考之经传,如云:'为此诗者,其知道乎?'又云:'未之思也,何远之有?'此论诗而及事也。又如'吉甫作诵,穆如清风','其诗孔硕,其风肆好',此论诗而及辞也。"③章氏基于宋代以降的诗话著作,将诗话分为"论诗及事"和"论诗及辞"两大类,影响甚大。清代郡邑诗话的编撰们对诗话本身也有思考。稍后于章学诚的柯辂,在其《闽中诗话序》中说:

　　夫诗之有话者何? 话其人里居字号、仕宦出处,话其诗风格体裁,因并话其品望行谊,远韵逸事,稽诸纪载,得之传闻,而历历可证者,使后人读其诗而知其人,知其人以论其世。古人可作,千载一堂。此则余诗话之辑之意也。顾余因之有感矣。夫唐至今,千有余年,即五季、宋、元、明代,亦数百年矣,兵燹所焚毁,虫蠹所剥蚀,销磨澌灭,存者什一于千百,而况大雅之后,多伤陵替,遗文断简,零落荒烟,即有存者,亦散亡殆尽。盖文字之

---

① [清]阮元撰:《淮海英灵集·凡例》,[清]阮元编:《淮海英灵集》卷首,第2页。
② 刘德重、张寅彭:《诗话概说》,第4页。
③ [清]章学诚著,叶瑛校注:《文史通义校注》,第559页。

存灭无常,而时代之迁流久矣。呜呼！士生千有余年之后,欲举乡邦千有余年以来之风雅故实,搜罗捃摭,采集无遗,虽力能致者,往往难之。况以余家贫无书,耳目谫陋乎哉！此又余诗话之辑之有余情也。然而吾心向往,敉残集散,代不数人,人不数篇。仰先辈之风流,存乡邦之文献。《诗》不云乎,"维桑与梓,必恭敬止",此物此志矣。若《闽中文献》一书,衰迈奔走,此志尚悬,不知其尚能卒业否耶？嘉庆十一年五月二十八日,柯辂书于邵武司训学舍。①

上序彰显了柯氏的诗话理念,可堪注意者有三。第一,他强调确认郡邑诗话的鹄的是保存乡邦文献,阐扬桑梓风雅,这一点与清初裘君弘《西江诗话序》所言无有差别,表明清人对郡邑诗话功能的认知具有一致性。第二,柯辂强调诗话所载的诗事,须征实可信。清代诗话著作大盛,其中所载诗事,信而有征者有之,无稽可考者有之,柯氏追求"历历可证",自然对后者有所抵触,其意是给后人留下可靠的文本,以便知人论世。文本的真实性关乎价值评断,更关乎后学的认知建构,故不能不慎重。就此而言,柯辂之言固有其理,值得尊重。第三,柯辂从"话"的角度定义诗话,别具诗话史意义。"话其人里居字号、仕宦出处",是谓传述其人；"话其诗风格体裁",是谓品评其诗；"话其品望行谊,远韵逸事",是谓载录其事。如果比照章学诚的分类,柯辂的三"话"可以分别总结为"论诗及人""论诗及辞""论诗及事",比章氏的认知要更广泛。当世或后来的清代郡邑诗话基本上都很重视对人的传述,足见柯辂的诗话认知更符合诗话写作的实际。另一方面,自欧阳修倡言"资闲谈"之后,历代多就内容、范畴和功能而合

①［清］柯辂撰:《闽中诗话序》,［清］柯辂著,连心豪点校:《淳庵诗文集(附淳庵存笔)》卷十三,第 226 页。

观"诗话",少有思考"诗""话"关系者,柯辂则将"诗"与"话"分开,并以"话"领"诗",突出了"话"的主体地位。清末张麟年撰《一虱室诗话》,开宗明义,亦标举"话"在诗话著作中的主要地位:"何谓诗话? 人以诗,吾以话;以吾之话,解人之诗,所重在话,诗次焉。近人好作诗话,往往诗多多许,话少少许。取长篇大简,堆叠其中,首尾加几句诗话套语,而诗话能事毕矣。果诗话耶? 乃诗录也,话何有焉。是故作诗话者,诗宜居少数,话宜居多数。"①柯序撰写于嘉庆十一年(1806),张文最初发表于1900年,悬隔百年,而观念相续,显示了19世纪古典诗话理论,特别是诗话辨体思考的一种进路,应该引起我们的重视。对于诗话之"话",今人或认为其源自唐宋"说话"而释之为"故事",故诗话"按其内容来说,就是关于诗的'故事'"②;或认为其源自"闲谈"而释之为"'闲谈'的'话'",故诗话意即"'闲谈'中有关'诗'的'话'"③。总之,柯辂对"话"的认知有裨于理解诗话之"话"的意涵,从而为界定"诗话"提供了思路和资源。

清代郡邑诗话作品中,提及"诗""话"关系的还有陶元藻的《全浙诗话》。该书《凡例》第1、2则分别云:

> 所引诸书有诗无话者,勿录。盖吾浙诗人甚多,姓名固难备登,诗亦岂能尽载? 若见诗即录,则属诗选、诗钞之类,非诗

---

① [清]张麟年著:《一虱室诗话》卷一,《游戏世界》1900年第13期,第1a—1b页。按:《游戏世界》创刊于1900年,由游戏社负责编辑,雕版刻行,主要发表"游戏"性质的文章。所谓"游戏",其《发刊辞》有云"迢迢千古游戏之局也,范范六合游戏之场也。造物具游戏之神通以成此世界。吾人即共有游戏之资格,以处此世界",斯刊旨趣可见一斑,亦可窥时风之一隅。又按:《一虱室诗话》后来又相继载于《双星》杂志和《文星杂志》,上引文字见《双星》1915年第3期,第12页。

② 蔡镇楚:《诗话学》,第21页。

③ 刘德重、张寅彭:《诗话概说》,第4页。

矣。间有存者,必前后有一条品题其集者,则附一诗;或其诗题
稍有见端,亦姑载一二。

诸书有话无诗者,亦勿录。盖以诗传人,非以人传诗,虽其
生平立德、立功甚堪不朽,而诗非所长,岂能牵合? 即名噪词坛
而品题未见,则事实连篇,与诗何涉? 或有编及墓志、行状、家传
等类,必其中有一二语评论其诗者,然后录之。①

两则凡例,实际上涉及三个问题,首先就是诗话的界定问题。陶元藻
称无论是"有诗无话"还是"有话无诗",均不在入选之列,这表明他
对"诗话"的理解是"诗"与"话"的统一,缺一不可。从下文的"品
题""评论"看,他所谓的"话"是指诗评。这就是说,陶元藻所谓的
"诗话"是诗歌与诗评的结合。不过,这应该不是陶诗对"诗话"的完
整理解。通观《全浙诗话》,可见每人名下先列小传,然后引诸家文
献,录诗作、评诗歌、载诗事,或兼而有之,或有其一二。由此可见,陶
元藻的"诗话"认知,包括人、诗、论、事,与柯辂的看法没有什么差别。

(二) 诗话与诗选的体认、以诗传人与以人传诗的权衡

在上述引文中,陶元藻还就另外两个问题提出了看法:其一是诗
话与诗选、诗录不同;其二是诗话著作要在以诗传人,而不是以人传
诗,即使其人功德堪称不朽,但是诗歌不佳,也不能选入其中。关于
前一个问题,邱炜萲、王松二人的看法与陶元藻相类。《台阳诗话》下
卷有云:

菽园(引按:炜萲之字)先生所著《挥麈拾遗》云:"诗话与诗
选,皆辑他人诗,其道同而体例则异。诗选遇佳诗必录,且不妨

―――――――――

① [清]陶元藻撰:《全浙诗话・凡例》,[清]陶元藻辑,蒋寅点校:《全浙诗话》卷
首,第1页。

多篇;首或叙略,评赞与否,均从其便。诗话所重在话,涉及一人
必叙及一人之出处,录及一诗必评及一诗之优劣,苟其诗有与吾
话相发明者即录之,不必定是佳篇;又其诗之过于长者,每为节
省篇幅计,割爱不录。故诗选可供同好读,诗话只可供同好观
也。撰诗话者能知此意,则其例较宽。"余爱其言先得我心,故特
录之。①

上引观点来自邱炜萲,但王松深表赞同,故亦可视作王松之论。他们
都认为诗话与诗选"道同而体例则异",就是说二者目标相同,但属于
不同的诗学著作类型。诗选以佳篇为标准,叙略、评论则任其便;诗
话以诗、话、人、评四者结合为标准,不一定要选佳篇。揣摩其意,所
谓"话"应该是"诗事"。可见,二人关于诗话的认知与陶元藻、柯辂
都比较接近。

关于以诗传人与以人传诗的问题,王松的认知与陶元藻也差不
多。他说:"论诗则尺寸不能假借,可则可,否则否。若其不工诗者,
而因欲叙其功业援以入诗,称为诗伯,此则不能效随园之故智也。盖
其人果有功业,自足传于后世,又何必牵连及诗乎?"②就诗论诗,不
论其人,是则王松也主张以诗传人而不是以人传诗。不过,从清代郡
邑诗话的撰述实际看,陶、王之论,究属少数派,多数诗话的编撰者坚
持二者并重。如,《海虞诗话》强调"因人及诗,即藉诗存人"③;李王
献告诫族孙李道悠:"诗人之传不传固有定数存乎其间,然前人不称,

---

① [清]王松撰:《台阳诗话》下卷,《台湾文献史料丛刊》第八辑第 155 册,第
71—72 页。
② [清]王松撰:《台阳诗话》上卷,《台湾文献史料丛刊》第八辑第 155 册,第
21 页。
③ [清]张守诚撰:《海虞诗话后序》,《续修四库全书》第 1706 册,第 103 页。

后人之责,汝他日宜留意焉。"①是则对他们而言,责任在发微阐幽,兼收并存,至如其人究竟能传多久,则不在考量之列。

在清代郡邑诗话著作中,还有一些关于诗话理论的零星思考。如诗话起源问题,林以钺《楚天樵话·原序》云:

> 说诗始于孟子论《小弁》《凯风》《云汉》诸章,后遂仿成诗话一体,著名者有《唐音癸签》《全唐诗话》《宋诗纪事》《五代诗话》等编。迄今诗话尤夥,虽持论不一,而咏古怀人,足增艺苑之英华、启来学之颖悟。②

《孟子·万章上》云:"故说诗者,不以文害辞,不以辞害志。以意逆志,是为得之。如以辞而已矣,《云汉》之诗曰:'周余黎民,靡有孑遗。'信斯言也,是周无遗民也。"又,《告子下》云:"《凯风》,亲之过小者也;《小弁》,亲之过大者也。"③此即林以钺所谓"孟子论《小弁》《凯风》《云汉》诸章"云云。将诗话起源追溯至早期的《诗经》诠释,并非林氏一人之见。汪沄《榕城诗话序》云:

> 予惟诗话之作,滥觞于卜氏《小序》。至钟仲伟《诗品》出而一变其体,沿及唐宋,以迄近代,若《石林》《竹坡》《沧浪》《紫薇》诸编纂,更仆难数。④

---

① [清]李道悠辑:《闻湖诗三钞》卷三,第 6b—7a 页。
② [清]林以钺撰:《楚天樵话·原序》,[清]张竹樵撰:《楚天樵话》卷首,第 1a 页。
③ [宋]朱熹著:《四书章句集注》,中华书局,1983 年版,第 306、340 页。
④ [清]汪沄撰:《榕城诗话序》,[清]杭世骏撰,林朝霞点校:《榕城诗话》卷首,第 1 页。

又,孙德祖《缉雅堂诗话跋》云:

> 论诗仿自萧梁钟嵘《诗品》。繇斯以降,唐宋为盛,著录丁
> 库,代有专书,衍及今日,不啻充栋。古近诗体,迁嬗非一,要其
> 至者,何尝不沿缘《骚》《选》,寻原《三百》。然则诗话之伦,亦
> 《毛传》《郑笺》流亚矣。[①]

诗话之源,向有争论。章学诚认为诗话出自钟嵘《诗品》,其说流播甚
广。今人多认为,诗话著作肇始于欧阳修《六一诗话》。至于诗话滥
觞于《小序》或《毛传》《郑笺》之说,恐嫌虚渺,难以确证。且《小序》
《毛传》《郑笺》均为《诗经》而发,是经学注疏之书;诗话为一般诗歌
而发,是诗评诗事之编,两者终究有所不同。

王松还提出了"以话论诗,不如以诗论诗"的观点[②],推崇论诗
诗,但就实践看,其实亦不废"以话论诗"。又,吴功溥序邹启祚《耕
云别墅诗话》云:"诗话小道也,然公卿大夫勋业彪炳于史册者,其遗
文逸事恒赖是以传;文人墨客名声表著于当世者,其精言妙论亦赖是
以传;而田夫野老、才子佳人勋业不彪炳于史册、名声未表著于当世
者,其遗文逸事、精言妙论尤赖是以传。即金石之琐闻,诗歌之要诀,
亦无不赖是以传。故夫著者不小之而不著,读者亦不小之而不读,而
诗话之传者乃日益多。"[③]此论欲扬先抑,认为诗话在载述人物、留存
文献、记录诗法等方面颇具价值,尤能彰幽显微。

[①] [清]孙德祖撰:《缉雅堂诗话跋》,[清]潘衍桐辑:《缉雅堂诗话》卷末,第
1a 页。

[②] [清]王松撰:《台阳诗话》下卷,《台湾文献史料丛刊》第八辑第 155 册,第
78—79 页。

[③] [清]吴功溥撰:《耕云别墅诗话序》,[清]邹启祚撰:《耕云别墅诗话》卷首,第
1a—1b 页。

总而言之,清代郡邑诗话对于诗话学本身的理论思考虽然不多,但在"诗"与"话"的关系及"诗话"的界定有比较统一的看法,值得重视。

二、文献、论争与边缘:清代郡邑诗话的文学史、诗学史价值

(一)保存大量文学史、诗学史文献

清代郡邑诗话为乡邦存诗史,很多地方诗歌史文献赖此而存,但其中有很多关涉更大范围的文学史资料。如前述沙仁寿《东洲诗话》所载朱栖霞《梅花二十咏》《菊花八咏》等,均是咏梅诗史、咏菊诗史的新文本。又,杭世骏《榕城诗话》卷上第11则诗话载:

> 吴兴章进士有大尝注玉溪生诗,每能钻味于愚庵之外。在棘院中,曾以草稿示余,余亦献疑一二。尝致札云:"承示《诗注》,于朱子《年谱》更加是正,据依极为该练,但练青濯绛,必归蓝蒨。《樊南甲》《乙》诸题,何可忽弃?率尔观览,未能尽悉曲折。《野菊》篇不可过泥张杉之论,'苦竹园南椒坞边',此玉溪常调,必以越中'苦竹园'实之,则'椒坞'又隶何事耶?复言'微香冉冉泪涓涓',二言正是实写'野菊',若施之'海石榴',未为曲肖矣!《银河吹笙》篇首句明言'怅望银河吹玉笙',盖秋夜闻笙作也,冯定远谓'题不可解',则吾又不解定远之不解者矣!昔贤制题,未妨错举,深意苛求,失之愈远。他如《梓州》之'翠翘',宜指乐籍,以文集中《上河东公启》为证;《谢庭》之'檀郎',宜为自谓,以潘岳《悼亡》为证。诸余事理,书竹难穷,略一引伸,伏惟隅反。"①

---

① [清]杭世骏撰,林朝霞点校:《榕城诗话》卷上,第4页。

章有大(1698—1769),字容谷,号祐庵,又号悔门,浙江湖州人。由本则诗话可见,章有大曾作《玉溪生诗注》,杭世骏对李商隐诗歌也颇有己见,故二人有商榷之举,这些均是文学史可贵的资料。就清代汇编郡邑诗话而言,它们多以广搜博取为目标,相关资料经由编撰按一定次序编排后,实质上就是文学史料。如,《全闽诗话》卷二整理历代柳永资料,共有 25 种,大体依生平、事历、轶闻、评论的次序排列①。又如,《全浙诗话》卷十五收录历代陆游资料,共见 36 种,计达一万余字②。

除诗歌史、文学史文献外,清代郡邑诗话还包括了大量诗学史文献,仅就其中的诗话文献而言,因为多种诗话著作具有互文性,故而可以借之比勘相关文献之异同,甚至佚文、疑文等,其中最典型的便是《湖北诗征传略》(以下简称《传略》)、《楚天樵话》和《竟陵诗话》三书。《竟陵诗话》多引《楚天樵话》,其中有互异者;《湖北诗征传略》颇见《楚天樵话》《竟陵诗话》之文,亦有与原文不同者,甚至有未见者。以下对此稍见厘析,以见清代郡邑诗话的文献价值。

据笔者统计,《传略》共征引《楚天樵话》33 则,其中 32 则均在末尾注"楚天樵话",剩余 1 则在开头标"张清标曰",见诸卷二十九"熊士鹏"条下,云:

> 予家川邑之南湖,湖有地名荷花渡,从未有人咏之者。两溪过渡,有句云:"双桨荷花渡,南湖水拍门。白烟孤鹜影,青草远天痕。犬吠垂杨岸,人歌红豆村。草堂来几度,待月又开樽。"③

---

①[清]郑方坤编辑,陈节、刘大治点校:《全闽诗话》卷二,第 94—100 页。
②[清]陶元藻辑,蒋寅点校:《全浙诗话》卷十五,第 323—347 页。
③[清]丁宿章辑,陈于全点校:《湖北诗征传略》卷二十九,第 906 页。

本则见《楚天樵话》第 91 则，文字略有差异①。不过，《传略》卷九"陈孟青"条下又载："《过竹樵南湖草堂》云：双桨落花度（引按：'度'当为'渡'之讹），南湖水拍门。白烟孤鹜影，青草远天痕。犬吠垂杨岸，人过红豆村。草堂来几度，待月又开樽。"②引诗与《传略》卷二十九所记相同，末尾亦署"《楚天樵话》"，却系于陈孟青名下，应该是误植。又，《传略》卷九"王谏"条下云：

> 张清标曰：邑先达王莐臣，在明时亚负诗名。有《过伏龙山》
> 云："驷马高车轻且都，归来耕钓傍江湖。胜收彭泽千畦秫，不羡
> 松江一尺鲈。东郭每怀独载酒，王门应笑旧吹竽。闲时倚枕西
> 窗下，休问从前九折途。"③

本则诗话亦标"张清标曰"，但不见于光绪十八年（1892）汉川甑山书院刻本《楚天樵话》，未知出于何典。

《传略》征引《楚天樵话》诸条目，内容完全相同者有之。如，卷二十"金德嘉"条下，"蔚斋诗镕铸三唐"云云④，与《楚天樵话》第 64 则一致⑤。但这种情况比较少，多数条目经过了改造。如《传略》卷九"程廷材"条下诗话与《楚天樵话》第 67 则诗话，分别云：

> 维楚性旷达，诗文书法擅名一时。余客游鹿湖，见主人故纸
> 中有维楚诗。五言如《午日集饮》云："杯迎花在手，虫逼雨依

---

① ［清］张竹樵撰：《楚天樵话》卷下，第 13a—13b 页。
② ［清］丁宿章辑，陈于全点校：《湖北诗征传略》卷九，第 314 页。
③ ［清］丁宿章辑，陈于全点校：《湖北诗征传略》卷九，第 304 页。
④ ［清］丁宿章辑，陈于全点校：《湖北诗征传略》卷二十，第 664 页。
⑤ ［清］张竹樵撰：《楚天樵话》卷下，第 5b 页。

人";《登阳台山》云:"云衣垂梦泽,水气接沧浪";《秋雁》云:
"影斜中夜月,声落一天秋";《登黄鹤楼》云:"绝顶盘孤鹤,归帆
下急湍";《集饮》云:"秋惟菊花素,月向酒人明"。七言如:"莺
花陌上三春梦,风雨窗前一卷诗";"园闲小草青无赖,窗宿团云
白有情";"客归霁雪扬帆日,秋老空山落叶声"。皆非苟作者。
生平与萧崑田、彭栋堂、徐潜溪兄弟友善,负奇不遇,竟抑郁以
死。然其诗亦竟得力于穷中,非肤浅者所能望其津涘也。①

　　予丁酉客游鹿湖,主人故纸中有吾邑陈惟楚廷材诗。五言
如《午日集饮》云:"杯迎花在手,虫逼雨依人";《登阳台山》云:
"云衣垂梦泽,水气接洞庭";《秋雁》云:"影斜中夜月,声落一天
秋";《秋草》云:"晓霜侵水白,斜日结云黄";《登黄鹤楼》云:
"绝顶盘孤鹤,归帆下急湍";《集饮》云:"秋惟菊花素,月向酒人
明"。七言如《将归》云:"四时黄犊耕无地,一缕清溪钓有竿";
《别李别驾》云:"五年始共一尊酒,万里还为两地人";《怀友》
云:"客归霁雪扬帆日,秋老空山落叶声";《晤万丈》云:"高柳风
催蝉响急,孤松露点鸦身闲";《静坐》云:"园闲小草青无赖,窗
宿团云白有情";《与友人》云:"莺花陌上三春梦,风雨窗前一卷
诗"。皆非苟作者。生平与萧崑田、彭栋堂、徐潜溪兄弟友善,负
奇不遇,竟怆郁死。然其诗亦竟得力于穷中,非浅学所能津
逮也。②

相较于原文,除"维楚""惟楚"不一外,丁宿章删去了"予丁酉"和部
分引诗。"予丁酉"交代人物和时间,《楚天樵话》所叙诗事是作者张
竹樵亲历,故有之,而《传略》是转引,故删之。至于删去部分引诗,应

①［清］丁宿章辑,陈于全点校:《湖北诗征传略》卷九,第307页。
②［清］张竹樵撰:《楚天樵话》卷下,第6b—7a页。

该是为了节省篇幅,不过丁氏保留五言诗的题目,却削去七言诗的题目,造成体例不一,显然有失精审。

除节引删减外,《传略》的某些引文与原文差别较大。如卷九"丁松"条下诗话与《楚天樵话》第83则诗话分别云:

> 乔山称诗滩湖,与成吟斋、家白庵诸君唱和。曾于友人钞本中见其《漫兴》一绝云:"安得何曾一食钱,买花买酒买鱼船。花边酌酒溪边钓,不是神仙也半仙。"黄书村记其七言有"桥通港水连湖水,人上芝山望甑山"、五言有"浣溪春酿酒,燃月夜谈天"之句。①

> 邑丁乔山松称诗滩湖。《漫兴》一绝云:"安得何曾一食钱,买花买酒买渔船。花边酌酒溪边钓,不是神仙也半仙。"刻意清俊,类"公安三袁"一派。今没已二十载,遗稿散佚矣。七言云:"行春跂履踏花坞,带月持竿过柳桥"、"桥通港水连湖水,人上芝山望甑山";五言有"浣溪春酿酒,燃月夜谈天"之句,清俊如此。②

两相比较,除"鱼船""渔船"等文字不一外,《传略》多出了"与成吟斋、家白庵诸君唱和""曾于友人钞本中见""黄书村记"等叙事性话语;而《楚天樵话》中有关丁松诗歌的评论、诗派归属和诗稿存佚情况则未见于前书。一般而言,此类信息是郡邑诗话尤其重视的部分,丁书却付阙如,原因不得而知,或是别有所本。

《传略》卷九"张清标"条下共引《楚天樵话》13则,其中有云:

---

① [清]丁宿章辑,陈于全点校:《湖北诗征传略》卷九,第310页。
② [清]张竹樵撰:《楚天樵话》卷下,第11a页。

同冢在邑周陂乡,相传为魏武疑冢,非也。询之土人,实为明藩邸丛葬宫人处。闯寇之乱被掘,收瘗两窖而封之,遂以为名。余偶过,题二绝句云:"王气江东已式微,香魂不返旧宫闱。空山马鬣无穷恨,秋雨秋风泣楚妃";"荒原秋草路层层,古迭苍茫茫感废兴。肠断楚宫金粉尽,何人错认魏西陵"。①

记述乡邦风物遗迹,是郡邑诗话常见内容,但本则诗话不见于光绪本《楚天樵话》。如果丁氏所记出处无误的话,那么本则诗话有辑补《楚天樵话》之价值。

《传略》卷二十九"周锡疆"条下有一则诗话末尾亦标"楚天樵话",云:

> 小山次韵《香奁词》可夺韩偓、罗虬之席。其尤佳者,如:"锦瑟无端五十弦,雁桥秋水柘皋烟。一双翡翠相怜影,只在荷花落照边";"到晚何人唤小怜,风吹长袖独飘然。卷帘斜指楼头月,笑问今宵圆不圆";"一舟随意到仙源,满径红情又绿痕。只恐石城吹折柳,重来不见莫愁村"。②

但是,这则诗话不见于光绪本《楚天樵话》,却见诸《竟陵诗话》第95则,而且文字详略有别。其文曰:

> 周小山次韵《香奁词》可夺韩偓、罗虬之席。摘其中尤佳者,如:"锦瑟无端五十弦,雁桥秋水柘皋烟。一双翡翠相怜影,只在荷花落照边"……"一舟随意到仙源,满径红情又绿痕。只恐石

---

① [清]丁宿章辑,陈于全点校:《湖北诗征传略》卷九,第315—316页。
② [清]丁宿章辑,陈于全点校:《湖北诗征传略》卷二十九,第898页。

城吹折柳，重来不见莫愁村"。一时题咏甚夥，惟周方村、张竹樵、谭白畦最居其盛。周云："哀怨声声曲里论，春风再到泣王孙。酒钩歌扇浑抛却，落尽溪花昼掩门。"张云："红妆季布侠心丹，百穀遗编带泪看。南部烟花零落尽，到今重见马湘兰。"谭云："沙才董白藐姑姿，长板桥西旧酒旗。题遍桃花扇头血，更无人比杜红儿。"卷尾复有一绝云："碧天明月入秋河，照见高楼似水多。无可奈何人去也，不知还有梦来么？"则维扬歌妓沙柳柳题也。①

周锡疆，字小山，天门人，以布衣名动公卿，诗本性灵，尤擅香奁。显然，《传略》摘选本则诗话时，进行了删节，因为"一时题咏"以下所录诗歌，与周锡疆关系不大。丁氏的删节是合理的，只是搞错了出处，《竟陵诗话》是汇编诗话，本则诗话实际上出自熊士鹏的《吾同山馆杂记》。丁氏的误植暗示了《楚天樵话》《竟陵诗话》《传略》三书之间复杂的关系。

　　事实上，《传略》不仅摘录了《楚天樵话》中的条目，也摘录了《竟陵诗话》和《吾同山馆杂记》中的内容。据笔者统计，除上引"周小山次韵"云云外，《传略》还有 7 则诗话标注为"竟陵诗话"，1 则诗话标注为"吾同山馆杂记"，1 则诗话标注为"吾同馆杂录"。比照可见，7则"竟陵诗话"中，有 3 则不见于通行本《竟陵诗话》，分别是：

　　　　纪文达谓虞山《列朝诗集》以"记丑言伪之才，济党同伐异之奸，黑白混淆，无复公论"，洵为斥奸之利剑。②

---

① [清] 熊士鹏撰，郭星明、周雪晴点校：《竟陵诗话》卷一，张寅彭编纂、姚蓉点校：《清诗话全编·嘉庆期》（五），第 2968 页。
② [清] 丁宿章辑，陈于全点校：《湖北诗征传略》卷二十八，第 862 页。

> 昌黎诗笔恢张,而不遗贾岛、孟郊,故人皆山斗仰之。今谈艺家不知视竟陵何如,而锻炼周内,几令身无完肤,不意风雅中有此罗织经也。①
>
> 伯敬先生《诗归》称战国人士狃于功利之习,不受禄者唯孟子,不受爵者唯鲁仲连。汇古《咏史》云"仲父天下才,仲连天下士。才高周有王,士高秦无帝"等句,何奇妙乃尔,真非俗手所能到也。②

以上3则诗话中,"昌黎诗笔恢张"云云,不存于《竟陵诗话》,而见诸《楚天樵话》第59则的前半段。其后段云:"钟叔静恮皆极工五言。《欲泊》云:'暝色圆天地,凄风吹浑沦';……《舟晴》云:'暖气专亭午,凄风附夕阳'。虽非正声,亦不失为郊、岛。"③这后半段文字不仅出现在《竟陵诗话》中④,而且也见于《传略》卷二十八"钟惺"条下,但文字均进行了删减⑤。

标注出自《吾同山馆杂记》的1则诗话,在《传略》卷二十九"胡必达"条下,即"月岩太史暮年唫咏自适,诗多警句"云云⑥,也出现在《竟陵诗话》卷一⑦,两者文字基本相同。又,标注出自"吾同馆杂录"的1则诗话,在《传略》卷四"魏裳"条下,曰:

①[清]丁宿章辑,陈于全点校:《湖北诗征传略》卷二十八,第862页。
②[清]丁宿章辑,陈于全点校:《湖北诗征传略》卷二十九,第901页。
③[清]张竹樵撰:《楚天樵话》卷下,第3b页。
④[清]熊士鹏撰,郭星明、周雪晴点校:《竟陵诗话》卷二,张寅彭编纂,姚蓉点校:《清诗话全编·嘉庆期》(五),第2978页。
⑤[清]丁宿章辑,陈于全点校:《湖北诗征传略》卷二十八,第866页。
⑥[清]丁宿章辑,陈于全点校:《湖北诗征传略》卷二十九,第895页。
⑦[清]熊士鹏撰,郭星明、周雪晴点校:《竟陵诗话》卷一,张寅彭编纂,姚蓉点校:《清诗话全编·嘉庆期》(五),第2966页。

　　润甫七言,如《送万章甫兵宪滇南》云:"仙郎拥传出燕关,门户西南控百蛮。万里烟涛青雀舫,千秋词赋碧溪山。主恩题柱云霄上,时难论兵天地间。春到昆明怀汉苑,几回鸣玉共朝班。"气格高亮,固宜与王、李共登坛坫也。①

　　其实,这则诗话出自《楚天樵话》第24则,二者文字几乎完全相同,只有最后一句稍有不同:"皆气格高亮之作,置之王、李集中,几不能辨。"②由此可见,《传略》不仅误植本则诗话的出处,而且将《吾同山馆杂记》讹作《吾同馆杂录》。

　　张清标与熊士鹏二人关系甚密,《楚天樵话》与《竟陵诗话》《吾同山馆杂记》均多次出现对方的行迹和诗事。另外,据刘洪烈《楚天樵话跋》,该书始刻于同治十二年(1873),此前只有写本流传,光绪十八年重刻③,版本情况比较复杂。熊士鹏《竟陵诗话》除大量抄录写本《楚天樵话》外,还载录了自著的《吾同山馆杂记》。这些情况都有可能影响《传略》对文献源流的判断,致使其在征引三书方面出现了较多的错讹。无论如何,比勘三书之异同,对于厘清相关诗话的文献来源,考辨其前后版本的文字差异,均具有显著的价值。

　　(二)记录诗学史上的重要争论

　　公安派、竟陵派是明末清初诗人、评家们绕不开的话题,相关争议甚至绵延至有清一代。清代郡邑诗话的诗论中常见对两派的直接或间接评价。郑王臣《兰陔诗话》、郑杰《注韩居诗话》等接受清代诗学史的主流观点,不满竟陵派。《国朝全闽诗录初集续》卷七"曾士甲"条下《注韩居诗话》谓:"客生辑《闽诗传初编》,多明季诸人诗,俚

①〔清〕丁宿章辑,陈于全点校:《湖北诗征传略》卷四,第113页。
②〔清〕张竹樵撰:《楚天樵话》卷上,第9b页。
③〔清〕刘洪烈撰:《楚天樵话跋》,《楚天樵话》卷首,第1b—2a页。

俗兼以芜杂,风雅几坠矣。"①这是暗批竟陵派的俚俗。《兰陔诗话》
的批评则更直接,卷四十三"林麟焻"条下诗话云:

> 明末竟陵邪说盛行,同安蔡敬夫率先从风。吾乡诸名流多
> 染其习,风雅凌替。及国初林澹亭兄弟与宋牧仲、叶井叔唱酬,
> 玉岩又从王阮亭学诗,归而告诸乡人,互相切劘,一洗从前之习。
> 郭友日赠诗所云"汝从早岁帝乡归,江左文章生面开"是也。②

公安派鼓吹独抒性灵,然流于肤浅俚俗,故钟惺、谭元春等另辟一宗,
欲于孤行静寄、幽深孤峭处发现性灵之真,其末流却陷入艰涩险怪的
泥沼,故明末清初批评者日众,内中不乏钱谦益这样的名家。钱谦益
《列朝诗集小传》丁集《钟提学惺》云:

> 伯敬少负才藻,有声公车间。擢第之后,思别出手眼,另立
> 深幽孤峭之宗,以驱驾古人之上。而同里谭生元春,为之应和,
> 海内称诗者靡然从之,谓之钟谭体。……其所谓深幽孤峭者,如
> 木客之清吟,如幽独君之冥语,如梦而入鼠穴,如幻而之鬼国,浸
> 淫三十余年,风移俗易,滔滔不返。余尝论近代之诗,抉摘洗削,
> 以凄声寒魄为致,此鬼趣也。尖新割剥,以噍音促节为能,此兵
> 象也。鬼气幽,兵气杀,著见于文章,而国运从之。……钟谭之
> 类,岂亦《五行志》所谓"诗妖"者乎!③

---

① [清]郑杰辑录:《国朝全闽诗录初集续》卷七,[清]郑杰辑录,福建省文史研
　究馆整理:《全闽诗录》第五册,第633页。
② [清]郑王臣辑选:《莆风清籁集》卷三十二,《四库全书存目丛书》编纂委员会
　编:《四库全书存目丛书·集部》第411册,第654页。
③ [清]钱谦益撰:《列朝诗集小传》下册,上海古籍出版社,2008年版,第570—
　571页。

钱氏称竟陵诗为"鬼趣"、视钟谭为"诗妖",肆言詈骂,意绪激烈,显然已超出正常的诗学批评范畴,却代表了当时主流诗学对竟陵派的全盘否定态度,范国禄所谓"事久论定"即指此①。不过,纵然盖棺论已定,犹有后人气难平。康熙四十四年(1705),朱彝尊编成《明诗综》,内附《静志居诗话》,怒斥竟陵诗歌为亡国之音。其文曰:

> 《礼》云:"国家将亡,必有妖孽。"非必日蚀星变,龙漦鸡祸也。惟诗有然。万历中,公安矫历下、娄东之弊,倡浅率之调,以为浮响,造不根之句,以为奇突,用助语之辞,以为流转,著一字,务求之幽晦,构一题,必期于不通。《诗归》出,而一时纸贵,闽人蔡复一等,既降心以相从,吴人张泽、华淑等,复闻声而遥应。无不奉一言为准的,入二竖于膏肓,取名一时,流毒天下,诗亡而国亦随之矣。②

较之钱谦益的訾言贬责,朱彝尊之说已然诛心。钱、朱之论出,公安、竟陵几被钉上诗学史的耻辱柱,嗣后的士子学人对两派多无善辞,郑杰、郑王臣的评论实际上就是其延续。但是,清初诗坛对两派的看法也不尽是负面,比如范国禄。《五山耆旧前集》卷十九载范国禄友人凌录之诗,并附《山茨社诗品》云:"木道(引按:凌录之字)诗学中、晚唐,已窥堂奥,晚乃渐登初、盛,卓然成家,变化日新之妙,竟陵所未解也。"③就此一评语而论,似是借凌录诗风的日新多变来批评竟陵派的单情幽绪,其实不然。《前集》卷十六载明末单思恭之诗,并引《山茨社诗品》评其《甜雪斋集》云:"《甜雪诗》刻划公安、竟陵,各有所

---

①［清］杨廷撰辑:《五山耆旧前集》卷十六,第 21b 页。
②［清］朱彝尊著,姚祖恩编,黄君坦校:《静志居诗话》卷十七,第 502—503 页。
③［清］杨廷撰辑:《五山耆旧前集》卷十九,第 1b 页。

就,颇餍人意,然事久论定,知不为大家所赏。"①虽然在朱彝尊发表
上述观点时,范国禄已辞世十年左右,但在他生前,批判竟陵诗学已
"事久论定"。在这样的诗学语境中,范国禄不人云亦云而认可竟陵
诗歌,实属难能可贵,这表明在明末清初的反竟陵派狂潮中,尚有不
惧主流的"逆流"。这也是今日梳理清代竟陵派接受史时须留心的
地方。

　　公安、竟陵派之外,击壤派也常为清代郡邑诗话的编撰者所注
目。朱彬《游道堂诗话》论王懋竑云:

　　　　先生少秉异姿,五行俱下,经史淹通,不屑为词章之士。晚
　　年深味道腴,尤邃于朱子之学,诗未免流入击壤一派,兹特录其
　　少作。②

王懋竑以学识渊博、长于理学著称于世,作诗并非其长,而且不免以
理学为诗,朱彬认为他晚年的诗"流入击壤一派",故在《白田风雅》
中只收录了他的两首诗。击壤诗派是宋明理学诗派重要支流之一,
形成于宋末元初,其肇端是邵雍的《伊川击壤集》。该集诗歌在内容
上彰显了"理学"的特质,在美学上显示了"理趣"的特性,严羽因之
在《沧浪诗话》中称之为"邵康节体"。祝尚书先生指出:"邵雍的《伊
川击壤集》是'击壤派'的直接源头,从诗歌发展史的角度审视,它具
有某种反传统的创新意义,写出了不少好诗,但同时也播下了背离文
学自身规律的谬种。后来的'击壤派'诗人,很少继承发扬邵诗的积
极因素,而是朝着语录体、浅俗体方向发展,因此在理学诗中,'击壤

---

①［清］杨廷撰辑:《五山耆旧前集》卷十六,第31b页。
②［清］朱彬辑:《白田风雅》卷八,卢桂平主编:《扬州文库》第五辑总第82册,
　　第342页。

派'没有取得应有的成就。原因可能是多方面的,而混淆学术与文学的界限,应当是'击壤派'诗人的致命弱点。"①后人对邵雍《伊川击壤集》的态度呈两极分化之势。《四库全书总目》卷一百五十三《击壤集提要》云:"毁之者务以声律绳之,固所谓谬伤海鸟,横斥山木;誉之者以为风雅正传。"②至于击壤派,四库馆臣的批评比较温和,多以"不入格"评之。《白云集提要》曰:"(许)谦初从金履祥游,讲明朱子之学,不甚留意于词藻,然其诗理趣之中颇含兴象。五言古体,尤谐雅音,非《击壤集》一派惟涉理路者比。"③又,《定宇集提要》云:"援据考证,究与空谈说经者有间,惟诗作《击壤集》派,多不入格。"④可见,尽管击壤派为世人所嗤点,但四库馆臣并不直接反对该派,而是不满其中以理学替代兴象、以鄙俗替代雅正的末流。朱彬对王懋竑晚年之诗的委婉批评,原因也正在此。

清人对诗歌的格局比较重视。朱彬评论陈铣云:"鸠柴(引按:陈铣之字)为冰壑(引按:陈钰之号)从兄,诗则略如邾、莒。"⑤邾、莒是春秋时期的两个小国,俱在山东。乾隆年间刘执玉辑录施闰章、宋琬、朱彝尊、王士禛、查慎行、赵执信六家诗为《国朝六家诗钞》,陈仅《竹林答问》评曰:"本朝六家,王、朱、施、宋、查、赵,查已不及四家。若秋谷,诚邾、莒,不知何以得此盛名? 然鄙意当以愚山(引按:施闰章之号)为第一耳。"⑥可见,所谓"邾、莒"用作诗文评语,乃谓诗文格

①祝尚书:《论"击壤派"》,《文学遗产》2001 年第 2 期,第 30—45 页。
②[清]永瑢等撰:《四库全书总目》卷一百五十三,第 1322 页。
③[清]永瑢等撰:《四库全书总目》卷一百六十六,第 1432 页。
④[清]永瑢等撰:《四库全书总目》卷一百六十七,第 1437 页。
⑤[清]朱彬辑:《白田风雅》卷四,卢桂平主编:《扬州文库》第五辑总第 82 册,第 318 页。
⑥[清]陈仅著:《竹林答问》,《四库未收书辑刊》第玖辑第三十册,北京出版社,2000 年版,第 767 页。

局逼仄狭陋，成就低下。沈德潜《说诗晬语》卷下谓："西江派黄鲁直太生，陈无己太直，皆学杜而未哜其炙者。然神理未浃，风骨独存。南渡以下，范石湖变为恬缛，杨诚斋、郑德源变为谐俗，刘潜夫、方巨山之流变为纤小，而'四灵'诸公之体，方幅狭隘，令人一览易尽，亦为不善变矣。"①沈德潜认为宋代江湖诗派刘克庄、方岳等人的诗歌格局纤窄，内蕴浅薄，不善学江西诗派而沦入末流。朱彬以"略如邾、莒"批评陈铣之诗，正与沈德潜同调。

　　严羽"诗有别才别趣"之论，在诗学史上影响甚大，争论亦多。徐祚永《闽游诗话》卷下曰：

> 《静志居诗话》云："严仪卿谓'诗有别才，非关书也'，其言似是而实非。不学墙面，安能作诗？自公安、竟陵派行，空疏者得以藉口。果尔，则少陵何苦读书破万卷乎？"按《沧浪诗话》曰："诗有别才，非关书也；诗有别趣，非关理也。然非多读书、多穷理，则不能极其至。"其论原无弊病。《静志》割去下二语，专摘上二语，以雌黄仪卿，恐仪卿不受也。②

其实，严羽所谓"诗有别才别趣"本是一体，意谓作诗不易，需有特别的才能，而这种才能与读书穷理无关，只有通过读书穷理才可以让它发挥到极致。但是，后世学者有意无意地割裂严羽之说，朱彝尊即是其一，推波助澜者间亦有之，故纷争日盛，严羽之意不彰。关于这一点，钱锺书先生在《谈艺录》"随园主性灵"中曾有详细梳理和辨析："沧浪之说，周匝无病。朱竹垞《斋中读书》五古第十一首妄肆诋諆，

---

① ［清］沈德潜撰，王宏林笺注：《说诗晬语笺注》，人民文学出版社，2013年版，第281页。
② ［清］徐祚永撰，林朝霞点校：《闽游诗话》卷下，第53页。

盖'贪多'人习气。李审言丈读书素留心小处,乃竟为竹垞推波张焰,作诗曰:'心折长芦吾已久,别才非学最难凭。'(本事见《石遗室诗话》卷十七)陈石遗丈初作《罗瘿庵诗叙》,亦沿竹垞之讹;及《石遗室文》四集为审言诗作叙,始谓:沧浪未误,'不关学言其始事,多读书言其终事,略如子美读破万卷、下笔有神也'云云。余按'下笔有神',在'读破万卷'之后,则'多读书'之非'终事',的然可知。读书以极其至,一事也;以读书为其极至,又一事也。二者差以毫厘,谬以千里。沧浪主别才,而以学充之;石遗主博学,而以才驭之,虽回护沧浪,已大失沧浪之真矣。沧浪不废学,先贤多已言之,亦非自石遗始。"①徐祚永在诗话中虽然没有详论严羽之说,但他敢于指出朱彝尊的割裂之弊,可见清代郡邑诗话编撰者实事求是、不盲从权威的勇气,亦可见相关诗话的独特价值。

(三)关注女性、边缘群体的诗学经历和成就

清代郡邑诗话致力于乡邦诗学,穷搜博征,力图齐备,又阐微发潜,务求弗遗,故其书常见不存于主流诗学史和文学史者,特别是方外诗人和布衣诗人。同时,多数郡邑诗话仿照总集之例,在卷末别附闺秀之目,记载闺秀诗人、诗作及其诗事,更有专门的郡邑女性诗话著作。

明代以降,闺秀诗集层出不穷,至清代则出现了闺秀诗话专书,其中颇具代表性的便是沈善宝的《名媛诗话》。在某种程度上,这部诗话是对男性或文士主导的诗话史的"反抗之书"。自诗话出现以来,很多诗话著作都会记述闺秀之作,但她们及其作品多是点缀或附从,其作为平等的诗学主体的地位几乎没有被提及,遑论被认可。史梦兰在《止园诗话》中说:"造物忌才,而于女子尤甚。女子之有才

---

① 钱锺书:《谈艺录》,第524—525页。

者,率多贫夭,或早寡,或遇人不淑;求其才福相兼者,概难其人。"①
史氏之言饱含对才媛命运的同情,但它依然建基于男性主导的视角,
并未触及女性诗人的诗学史主体地位问题。沈善宝对此深有感慨,
她在《名媛诗话》的开篇说:"自南宋以来,各家诗话中多载闺秀诗,
然搜采简略,备体而已。昔见如皋熊澹仙女史所著《澹仙诗话》,内载
闺秀诗亦少。窃思闺秀之学,与文士不同,而闺秀之传,又较文士不
易。盖文士自幼即肄习经史,旁及诗赋,有父兄教诲,师友讨论。闺
秀则既无文士之师承,又不能专习诗文,故非聪慧绝伦者,万不能诗。
生于名门巨族,遇父兄师友知诗者,传扬尚易。倘生于蓬荜,嫁于村
俗,则湮没无闻者,不知凡几。余有深感焉,故不辞撅拾搜辑,而为是
编。"②沈善宝深刻地体认到闺秀与文士在诗歌学习、写作和传播方
面的主体性差距,因此尽心辑录《名媛诗话》,其目的是"弥补男性选
辑者在诗话体录之不足与性别偏见,从而形成一部包罗广泛、影响深
远的女性向(woman-centered)文学文本"③。这部最终完成于道光二
十七年(1847)呕心沥血之作在诗学史上发出了属于女性自己的声
音,不过,它寻求打破性别偏见的努力依然只是一种理想主义。两年
之后的道光二十九年(1849),梁章钜的《闽川闺秀诗话》面世。这部
著作最不寻常的地方是,身为文士典范的梁章钜意识到历来的郡邑
诗话中"闺媛一门,则并未有涉笔者"④,因此主动为乡邑闺秀专门编
撰一部诗话。如果说,以沈善宝《名媛诗话》为代表的清代闺秀诗话

①[清]史梦兰选辑,石向骞等点校:《永平诗存》卷二十四,第458页。
②[清]沈善宝撰,虞蓉校点,王英志校订:《名媛诗话》卷一,王英志主编:《清代
　闺秀诗话丛刊》(壹),第349页。
③[加]方秀洁著,周睿、陈昉昊译:《卿本著者:明清女性的性别身份、能动主体
　和文学书写》,第180页。
④[清]梁韵书:《闽川闺秀诗话·序》,[清]梁章钜辑,张丽华校点,王英志校
　订:《闽川闺秀诗话》卷首,王英志主编:《清代闺秀诗话丛刊》(壹),第189页。

试图"通过诗歌书写来想象与建构过往女性的'共同体'"并希冀借此冲破诗学史性别偏见的堤坝的话①，那么，梁章钜开创性的《闽川闺秀诗话》通过闺秀、家族和郡邑的融合描摹了女性诗学的区域图谱并借此打开了诗学史性别偏见的缺口。虽然《闽川闺秀诗话》及其追步者丁芸的《闽川闺秀诗话续编》《历代闽川闺秀诗话》在清代郡邑诗话中仅占一小部分，但它们却是中国古典诗学史上具有里程碑意义的著作。

清代郡邑诗话致力于阐幽发微，乡邦布衣诗人及其诗作因此获得更多的关注度。《香山诗略》卷十一"陈恺"条下，《秋琴馆诗话》和《小苏斋诗话》分别云：

> 《秋琴馆诗话》：布衣为绍昌挚友，今之古人也。性和而介，神气闲逸，须鬓飘然，望而知为有道之士。同治元年，今上登极，诏举孝廉方正，邑人士群推先生，先生坚辞，议遂寝。诗境和平蕴藉，不事雕饰，妙极自然。林逋、魏野间，人与诗俱可参一席。
>
> 《小苏斋诗话》：先生晚岁，与予为忘年交。春秋佳日，每过小苏斋谈道，辄娓娓不倦。旧岁与玉壶先生，论修心炼性之要，尺书三四往返，皆数千言，因以见示。时先生年七十矣，而向道之志，老而弥笃，至其精力强健，竟逾少壮，盖非实有得于中者不能也。乃诗中竟无一言及道，善《易》者不言《易》，谅哉！先生少时与黄益斋、何亨斋、袁颜卿诸公结社联吟，同就正于张南山先生，南山最器重之，屡取以为冠，谓"诗人之诗，唯先生为不愧"云。②

---

① 〔加〕方秀洁著，周睿、陈昉昊译：《卿本著者：明清女性的性别身份、能动主体和文学书写》，第 199 页。

② 〔清〕黄绍昌、刘熽芬纂辑，何文广校勘，李浩音释：《香山诗略》下册，第 238 页。

陈恺字恕修,号子康,一介布衣,与黄绍昌、刘熽芬二人俱是好友。上
述两则诗话,前者概观,述其心性、诗歌特色之大略;后者较详,述其
交游、诗歌活动并记他人评价。二者合观,可见陈恺其人其诗,亦足
征诗话作者对其重视程度。又,《梅里诗辑》卷三载录明末清初的嘉
兴布衣奇人王翃,并附《晦堂诗话》云:

> 　　布衣十三服贾,识字无多,偶览《琵琶曲》本,试为之,辄工。
> 进工填词,又进工诗。时竟陵流派盛行,布衣千秋自命,以起衰
> 为己任,一时名流多为推重。陈推官子龙为作序,王佥事思任至
> 不敢与酬答。于是徐、杜、周、缪、朱、沈十数君子,相继而起,梅
> 里诗名盛著吴会间。惜著作一弃于盗,再残于鼠,传者什一耳。
> 布衣本狂者,而操行高洁,尝买妾,妾故有夫,立还之。周延儒再
> 召,赋词规讽,尽其忠告。时与阮大铖吟谚,瞠然不缁。张冢宰
> 慎言、严司李正矩先后欲官之,掉头不受。布衣盖非徒诗
> 人也。①

王翃(1603—1653),字介人,嘉兴人,出身染工,少年失学,长而学诗,
竟成名家,时贤重之。本则诗话在诗歌方面,仅提及王氏不预竟陵之
流,却详述其与陈子龙、王思任、周延儒、阮大铖等人的交往,更多方
举例明其操行高洁,又提醒读者注意王氏"非徒诗人也",可见对其揄
扬的视角已超越诗歌,立足于品格志行和整体人格。又,《榕阴谈
屑·杂技人能诗》云:

> 　　福州黄巷有林细细者,裁衣为业。《咏史》云:"烛影斧声千
> 载案,珍珠薏苡一时冤。"《白桃花》云:"不争柳絮风前韵,只欠

梅花雪里神。”西门有林兴者，薙发为生。《偶感》云：“几辈下场如傀儡，何人作梦到邯郸？”《夜思》云：“酒尽寒生花影外，诗成愁入雨声中。”何南霞尝诵之。酱翁、篾叟何地蔑有，非南霞留心物色，谁复知市肆细民有此才调耶？①

此处载录的“杂技人”，即裁缝、剃头匠等手艺人，他们在古代的职业地位甚低，但《榕阴谈屑》不避身份之别，载录他们的诗歌，显示林寿图和何南霞一样，诗学态度具有包容性，从而为市肆边缘人物留下可贵的诗学资料。

清代郡邑诗话中还散落着一些别具光芒的诗思。如，徐祚永在《闽游诗话》中提出“诗必藉游而后工”②；邱炜萲在《台阳诗话·序》中说：“凡为诗人者，盖皆其所不安者也。”③又，王松说：“观诗知人，斯言也余初未敢深信，今而后知古人之不我欺也。凡诗带蔬笋气者，其人必吝；带脂粉气者，其人必淫；带尘土气者，其人必俗；不检点字面者，其人多疏；爱修饰者，其人多诈；无警句者，其人必庸；工炼句者，某人蕴藉；粗豪者诗亦粗率；沉潜者诗亦沉重；气吐长虹者，抱负不凡；骨凌秋隼者，志节迈众；含华佩实、纯瑜无疵者，气节高超；博带峨冠、周规折矩者，品学端正；讲道学者多俚；矜才学者多夸；奋笔嶒崚、含情凄惋者，必早达而夭；清稳有致、余韵悠然者，必晚享而寿；无病呻吟者，一生落寞；含愁潇洒者，毕世平安；押险韵能稳者，履险如夷；押平韵而涩者，处泰而窘；少年坎壈，大都起不高超；晚岁屯邅，皆由结无余韵；居心险诈，每以险语冷字欺人；作事骄奢，多摭僻典群书

①［清］林寿图撰：《榕阴谈屑·杂技人能诗》，《文艺杂志》1914年第10期，第98页。

②［清］徐祚永撰，林朝霞点校：《闽游诗话》卷下，第55页。

③［清］邱炜萲撰：《台阳诗话·序》，［清］王松撰：《台阳诗话》卷首，《台湾文献史料丛刊》第八辑第155册，第5页。

骗世;趋炎附热,往往抱杜尊韩;令色巧言,句句匀黄铺白;桀骜不驯之气,定是奸雄;怪诞不经之言,必非佳士;忠臣孝子,语必平正,情必缠绵;烈士奇勇,志自恢闳,言自慷慨。诸如此类,不可枚举。持此衡人,百不失一。今而后知《诗》《礼》《易》三者,皆有藏往知来之妙,深入其中,于涉身持世,所益非浅。"①王松此论固然过于绝对化,但洋洋洒洒,将古诗气质与作者心性之对应关系几乎胪列殆尽,且王氏直言初不信而今信之,则必有感而发,殆因人生、时局之变幻乎? 如此,则不妨将其视作观人知世之一备。

　　另外,清代郡邑诗话的诗评存在努力向主流诗学史靠近的倾向。《闽游诗话》卷上第 18 则诗话列述了诗史上的诸多"七子",曰:"自'建安七子'后,明人遂有前、后'七子'之目。国朝康熙中,有'燕台七子'。是时,福州诗人高兆、陈日浴、彭善长、卜鳌、林伟、许珌、曾灿烜亦称'七子'。近时,吾吴又有《七子诗选》之刻,彬彬盛矣。"②诗作有优劣,诗名有显晦,然而诗作与诗名常常不相匹适,尤其是处于地方或边缘群体的诗人,即使有佳作,也未必能得嘉誉。如果要获得认可,拟于名家作手不失为一个好方法,因此郡邑诗话常常将乡邦诗人与历史或当代的著名诗人相提并论,凸显了地方诗学论述努力汇入主流诗学的策略和路向。

三、地方性与跨地方性:清代郡邑诗话的文化价值

(一)自然风物、乡俗民情与地方性文化的呈现

　　本书在前述数章的具体分析中,业已指出很多郡邑诗话着意记录本邑风光物产、呈现地方风习、记载乡邦民性以见桑梓文化特质,

---

① [清]王松撰:《台阳诗话》上卷,《台湾文献史料丛刊》第八辑第 155 册,第 15—16 页。
② [清]徐祚永撰,林朝霞点校:《闽游诗话》卷上,第 6 页。

如《登州诗话》对乡邦无籽葡萄、《登州诗话续编》对海肠的记载,《台阳诗话》对闽族质直好义精神的描述等等。其中最具代表性的还数徐祚永的《闽游诗话》。

徐氏以吴人入闽,对异乡风物颇为好奇,故多载入诗话。如,"漳州名第山本名天城山,唐周匡物读书此山,登第后,敕赐名第,以漳人及第自周始也";"福州西湖在迎仙门外,伪闽王氏筑水晶宫,与后陈金凤燕游之所,后为居民侵削。毗陵潘敏惠公抚闽,大兴水利,水光山色,尽还旧观"[①]。此乃记其名山秀水。"郑宅茶叶,枫亭荔支,名重海内,皆兴化产也"[②];"扶桑花一名佛桑,此花产于闽粤,而台湾尤盛"[③]。此乃记其自然物产。"闽俗炊爨多用泥造"[④];"闽中自兴化府以南,房屋俱用山泥烧砖筑墙,色若涂丹"[⑤]。此乃记其筑造特色。"诗话楼在邵武东城上,原名望江,宋邑人严羽与戴石屏论诗于此。国初,周栎园侍郎登坤御敌之暇,与绅士倡和其中,更名诗话,祀沧浪于楼上。"[⑥]此乃记其人文景观。"福建会城酒以曾家之莲须白为最";"榕城市中最多光饼,中有孔如钱,黄色,相传为戚继光行军时所作"[⑦]。此乃记其地方特产。"吾郡女子将嫁,男家送茶叶、龙眼行聘。闽俗则用荔支"[⑧];"闽人啖槟榔有日费百余钱者,男女皆然,行卧不离口,啖之既久,唇齿皆黑。……槟榔树高数丈,花细,食如青果,台湾产之,但力薄,味逊滇、粤所产"[⑨]。此乃记其礼俗民风。如

①［清］徐祚永撰,林朝霞点校:《闽游诗话》卷上,第12页。
②［清］徐祚永撰,林朝霞点校:《闽游诗话》卷下,第44页。
③［清］徐祚永撰,林朝霞点校:《闽游诗话》卷下,第54页。
④［清］徐祚永撰,林朝霞点校:《闽游诗话》卷上,第8页。
⑤［清］徐祚永撰,林朝霞点校:《闽游诗话》卷中,第28页。
⑥［清］徐祚永撰,林朝霞点校:《闽游诗话》卷中,第28—29页。
⑦［清］徐祚永撰,林朝霞点校:《闽游诗话》卷下,第50、51页。
⑧［清］徐祚永撰,林朝霞点校:《闽游诗话》卷上,第16页。
⑨［清］徐祚永撰,林朝霞点校:《闽游诗话》卷中,第35页。

此种种,不一而足,闽台风貌、物产、民情等等文化表征,约略可窥。

除了阐发闽地文化风貌之外,《闽游诗话》还注意到了区域文化的差异性。卷下有云:

> 闽俗大半贩海为业。福州人多往上海、乍浦,若漳、泉人则走东、西二洋,经年在洪波巨浪中,虽家有万金,身命不惜也。①

这是从整体上考察闽人以海为生的生活方式,并指出闽人的冒险主义精神,从而揭示了闽地文化与其他区域文化的主要差异。也就是说,清代郡邑诗话的地方文化价值不仅彰显于在地风物的细细描摹,而且凸显于地方文化差异的宏观把握。

(二)异地同声、异代而和与跨地方性文化的呈现

清代郡邑诗话虽是地方性文本,但它们有明显的"跨地方性"和"超时代性",特别是在坚持诗歌的风教传统方面,几乎异地同声、异代而和。除了宣扬普遍价值观之外,清代郡邑诗话还不时摹写理想的文化人格,约而言之,有以下有三种。

其一是忠君爱国的志士人格。阮元《广陵诗事》载录范围之一是"忠孝节义之事迹"②。张其淦《吟芷居诗话》云:"家蘧子(引按:张家珍之字)公《梦马诗》,屈翁山收入《广东新语》,是可传之作也。蘧子与翁山、独漉、竹垞诸公游,故所吟诗真性流露,酝酿甚深。《忆先兄文烈二首》《秋怀二首》,尤激昂。族祖伟行大令《寒木居诗序》云:'璩子初入仕,即拜一品,官显而名未显。比弃官归,居铁园,日事诗歌,根乎性,发乎情,中乎节,名遂以诗显焉,庶几百世下知芷园有弟

---

① [清]徐祚永撰,林朝霞点校:《闽游诗话》卷下,第46页。
② [清]阮元撰:《淮海英灵集·凡例》,[清]阮元编:《淮海英灵集》卷首,第2页。

云.'余谓扬风扢雅之才,必须原本忠孝乃可以传。屈平皭然不滓,争
光日月,《离骚》忠爱,百世下同赓香草美人。吾既刻成《寒木居诗》,
盖不胜馨香之慕矣。"①张家珍是明末抗清义士,失败后自杀殉国。
此处张其淦以其人拟于屈原,以其诗拟于《离骚》,着力颂扬先祖的忠
爱之心。

其二是廉洁爱民的国士人格。沈爱莲《远香诗话》记载了康熙时
两淮巡盐御史李陈常的廉明事迹,称其"洁已惠商,与张鹏翮、赵申
乔、张伯行称'十廉'"②。又,史梦兰《止园诗话》载:"郭玉亭明府,
由举人大挑一等历官湖北县令,洁己爱民,所至有廉明之誉。"③他们
都是诗话编撰者们所推崇的清廉爱民的国士典范。

其三是恬淡自守的隐士人格。陶樑《红豆树馆诗话》记明末李孔
昭云:"处士爱陶诗,晚自号潜翁,迹其出处,亦与靖节同。与杜文端
公立德少同学,长同年,寄文端诗曰:'黄门青琐君思我,流水高山我
忆君。'时当道征辟,文端劝驾,而处士招隐,一时传为佳话。"④又,
《止园诗话》载:"王耀东先生性颖悟,笃于学,操守甚坚。平生不轻
与人交,交则皆纯士。嘉庆初,由举人大挑一等历宦山左,所至皆以
实心为实政,绅民多爱戴之。嗣因不合时好,投劾归。急流勇退,有
陶靖节之风焉。"⑤李孔昭(?—1660),字光四,蓟州人,崇祯十五年
(1642)进士。《清史稿》载,明亡后,孔昭形迹数易,人无识者;清初
诏求遗老,坚辞不出⑥。孔昭自号潜翁,足见心慕陶渊明。两则诗话
的主人公均有靖节之风,作者亦亟称之。

---

① [清]张其淦编,李君明点校:《东莞诗录》卷二十三,第 432 页。
② [清]沈爱莲纂:《续梅里诗辑》卷一,第 1a 页。
③ [清]史梦兰选辑,石向骞等点校:《永平诗存》卷八,第 149 页。
④ [清]陶樑辑,江合友、程宇静点校:《国朝畿辅诗传》卷九,第 242—243 页。
⑤ [清]史梦兰选辑,石向骞等点校:《永平诗存》卷八,第 146 页。
⑥ 赵尔巽等撰:《清史稿》卷五百一,中华书局,1977 年版,第 13844 页。

　　总之,清代郡邑诗话的编撰者们在桑梓意识的支撑下建构各自的乡邦诗学传统,显示出强烈的"地方性"分野,但他们借此而彰的诗教观念和理想文化人格却有"跨地方性"的冥合。如果说,编撰者们高扬的诗教意识是因为他们无法突破古老的政教传统和国家伦理的当世要求的话,那么诗话对以上理想文化人格的一再书写则显示了他们超越地域空间和历史时间的文化追求和信仰。

　　这种追求和信仰其实还有其他表现。清代郡邑诗话以恭敬桑梓为显在的撰述指向,这决定了它们不可避免地涵摄乡邦风土人情,但对于编撰者们来说,这些只是乡邦诗学书写的异调,并非正声,其意图乃在觇风习以成教化。乡邦诗学的建构者是先贤、师友、先祖和族人,他们的诗歌创作、诗友交游、诗事搜辑、诗史书写、诗学评介等奠定了郡邑诗学的基本风貌。因此,后来者或异乡人通常对他们怀有很深的景仰。徐祚永《闽游诗话》云:"兰陔名王臣,尝选《莆风清籁集》六十卷,每人各系诗话一则,述父老之旧闻,传先贤之轶事,其搜讨之勤可谓至矣。"①言辞之中充满了对郑王臣的尊敬。张其淦《吟芷居诗话》云:"我后人长诵清芬,感怀先烈,宜如何发愤忘食,以冀克绳祖武,毋陨家声欤。"②显然,对先人的景仰和怀念须化为克绍箕裘的行动。清代郡邑诗话中有多部续作。吴东发的《续溆浦诗话》承其父吴文晖的《溆浦诗话》而作,赵蔚坊的《登州诗话续编》承其师王守训的《登州诗话》而辑,丁芸的《闽川闺秀诗话续编》承乡贤梁章钜的《闽川闺秀诗话》而纂。其中,《登州诗话》首则载录"王氏四烈"及他人歌咏,《登州诗话续编》首则诗话亦载"王氏四烈"及相关诗歌;梁章钜在《闽川闺秀诗话》中载录了自己的六妹梁符瑞、九妹梁韵书和十一妹梁秀芸,而不及其余诸妹,《闽川闺秀诗话续编》则续载了其季

---

① [清] 徐祚永撰,林朝霞点校:《闽游诗话》卷下,第 50 页。
② [清] 张其淦编,李君明点校:《东莞诗录》卷十九,第 351 页。

妹梁淑止。这类文本的编列方式和补遗绝非偶然,而是有意为之,它们不仅彰显了追怀先贤、绳其祖武的诗学情怀,更体现了一种传衍风雅、光大斯文的文化衷怀。

统而言之,清代郡邑诗话著述作为一般诗学文本,意在传述诗人诗事、保存诗学文献、发表诗论、建构诗史,体现了诗学与文学层面的本体性价值;作为地方文化文本,主动担负弘扬乡邦文化、倡导主流道德的使命,彰显了文化与伦理层面的社会性价值。另一方面,清代郡邑诗话的编撰者们借由郡邑诗学书写呈现的桑梓文化固然有地方性分野和历史性特质,但均渗透了自上而下的跨地方性的政教意识和道接前哲的超历史性的文化统绪。因此,清代郡邑诗话不仅是古典诗话专门化的结果,而且是地方文化"小传统"和国家政教诉求"大传统"贯通的产物,更是古代知识分子文化自觉的表征。

参考文献

（依作者朝代和出版时间排序）

一、典籍

［战国］韩非著,陈奇猷校注:《韩非子新校注》,上海古籍出版社, 2000 年版。

［西汉］毛亨传,［东汉］郑玄笺,［唐］孔颖达疏:《毛诗正义》,［清］阮 元校刻:《十三经注疏》,中华书局,1980 年版。

［西汉］司马迁撰,［南朝宋］裴骃集解,［唐］司马贞索隐,［唐］张守 节正义:《史记》,点校本二十四史修订本,中华书局,2014 年版。

［东汉］许慎撰,［清］段玉裁注:《说文解字注》,上海古籍出版社, 1988 年版。

［三国魏］王弼注,［唐］孔颖达疏:《周易正义》,［清］阮元校刻:《十 三经注疏》,中华书局,1980 年版。

［晋］杜预注,［唐］孔颖达疏:《春秋左传正义》,［清］阮元校刻:《十 三经注疏》,中华书局,1980 年版。

［南朝梁］沈约撰:《宋书》,中华书局,1974 年版。

［唐］白居易著,顾学颉校点:《白居易集》,中华书局,1979 年版。

［宋］朱熹著:《四书章句集注》,中华书局,1983 年版。

［宋］欧阳忞撰,李勇先、王小红校注:《舆地广记》,四川大学出版社, 2003 年版。

[宋]欧阳修撰:《六一诗话》,[清]何文焕辑:《历代诗话》,中华书局,2004 年第 2 版。

[宋]司马光撰:《温公续诗话》,[清]何文焕辑:《历代诗话》,中华书局,2004 年第 2 版。

[宋]许𫖮撰:《彦周诗话》,[清]何文焕辑:《历代诗话》,中华书局,2004 年第 2 版。

[宋]高似孙撰,南江涛点校:《剡溪诗话》,《高似孙集》下册,浙江古籍出版社,2017 年版。

[明]强晟撰:《汝南诗话》,国家图书馆藏明正德九年(1514)杨棨翻刻本。

[明]胡应麟撰:《诗薮》,上海古籍出版社,1979 年版。

[明]张二果、曾起莘著,杨宝霖点校:《[崇祯]东莞县志》,东莞市人民政府办公室,1995 年版。

[明]郭子章辑,王琦珍点校:《豫章诗话》,陶福履、胡思敬原编:《豫章丛书·集部九》,江西教育出版社,2007 年版。

[清]朱彬辑:《白田风雅初编》,台北"国家图书馆"藏编者手定底稿本。

[清]王继祖修,夏之蓉纂:《[乾隆]直隶通州志》,清乾隆二十年(1755)刻本。

[清]卢见曾辑:《国朝山左诗钞》,清乾隆二十三年(1758)德州卢氏雅雨堂精刻本。

[清]余文仪修:《[乾隆]续修台湾府志》,清乾隆三十九年(1774)刻本。

[清]梁章钜撰:《退庵诗话》,国家图书馆藏《乾嘉全闽诗传》稿本。

[清]吴文晖撰:《漖浦诗话》,清嘉庆八年(1803)吴东发刊本。

[清]吴东发撰:《续漖浦诗话》,清嘉庆八年(1803)吴东发刊本。

[清]曾廷枚述,曾燠编次:《西江诗话》,清嘉庆十三年(1808)《芋峤

裘书七种》本。

[清]许乔林撰:《朐海诗存》,清道光年间(1821—1850)刻本。

[清]杨廷撰辑:《五山耆旧前集》,清道光四年(1824)杨氏一经堂刊本。

[清]杨廷撰辑:《五山耆旧今集初刊》,清道光四年(1824)杨氏一经堂刊本。

[清]伍崇曜编纂:《楚庭耆旧遗诗前集》,清道光二十三年(1843)南海伍氏刊本。

[清]伍崇曜编纂:《楚庭耆旧遗诗后集》,清道光二十三年(1843)南海伍氏刊本。

[清]伍崇曜编纂:《楚庭耆旧遗诗续集》,清道光三十年(1850)南海伍氏刊本。

[清]许灿编:《梅里诗辑》,清道光三十年(1850)嘉兴县斋刊本。

[清]沈爱莲编:《续梅里诗辑》,清道光三十年(1850)嘉兴县斋刊本。

[清]余宣撰:《菱溪诗话》,清同治三年(1864)朱式铭校刊本。

[清]德廉、袁鸣珂修,[清]林祥瑗纂:《[同治]汉川县志》,清同治十二年(1873)刻本。

[清]梁悦馨、莫祥芝修,[清]季念诒、沈镗纂:《[光绪]通州直隶州志》,清光绪元年(1875)刻本。

[清]曹楙坚撰:《昙云阁集》,清光绪三年(1877)曼陀罗馆刻本。

[清]翁心存撰:《知止斋诗集》,清光绪三年(1877)常熟毛文彬刻本。

[清]梁蒲贵、朱延射等纂修:《重修宝山县志》,清光绪壬午(1882)学海书院刻本。

[清]冯桂芬纂:《[同治]苏州府志》,清光绪九年(1883)刊本。

[清]潘衍桐辑:《缉雅堂诗话》,清光绪十七年(1891)杭州刊本。

[清]张竹樵撰:《楚天樵话》,清光绪十八年(1892)汉川甑山书院重刻本。

［清］李道悠辑:《闻湖诗三钞》,清光绪十九年(1893)重刻本。

［清］阮元辑:《定香亭笔谈》,清光绪二十五年(1899)浙江书局重刻本。

［清］杨希闵撰:《乡诗摭谭》,清宣统二年(1910)夏敬庄刊本。

［清］邬以谦撰:《立德堂诗话》,清宣统二年(1910)邬庆时校刊本。

［清］邬启祚撰:《耕云别墅诗话》,清宣统三年(1911)邬庆时校刊本。

［清］胡昌基辑:《续欈李诗系》,清宣统三年(1911)金陵刻本。

［清］徐传诗撰:《星湄诗话》,清宣统三年(1911)赵诒琛《峭帆楼丛书》本。

［清］林寿图:《榕阴谈屑》,《文艺杂志》1914 年第 10 期,第 93—104 页。

［清］戴璐辑:《吴兴诗话》,民国五年(1916)刘氏嘉业堂刻《吴兴丛书》本。

［清］阮元辑:《广陵诗事》,王云五主编:《丛书集成初编》本,商务印书馆,1939 年版。

［清］王士禛撰,［清］张宗柟纂集,戴鸿森点校:《带经堂诗话》,人民文学出版社,1963 年版。

［清］永瑢等撰:《四库全书总目》,中华书局,1965 年版。

［清］张廷玉等撰:《明史》,中华书局,1974 年版。

［清］梁章钜撰:《南浦诗话》,广文书局影印清刊本,1977 年版。

［清］黄遵宪著,钱仲联笺注:《人境庐诗草笺注》,上海古籍出版社,1981 年版。

［清］袁枚著,顾学颉校点:《随园诗话》,人民文学出版社,1982 年版。

［清］章学诚著,叶瑛校注:《文史通义校注》,中华书局,1985 年版。

［清］陈弢辑:《同治中兴京外奏议约编》,上海书店影印光绪元年刊本,1985 年版。

［清］皇甫汸:《皇甫司勋集》,《景印文渊阁四库全书》第 1275 册,台

湾商务印书馆,1986年版。

［清］黄绍昌、刘熽芬纂辑,何文广校勘,李浩音释:《香山诗略》,中山
诗社翻刻本,1987年版。

［清］王士禛原编,郑方坤删补,戴鸿森校点:《五代诗话》,人民文学
出版社,1989年版。

［清］朱彝尊著,姚祖恩编,黄君坦校点:《静志居诗话》,人民文学出
版社,1990年版。

［清］马其昶著,毛伯舟点注:《桐城耆旧传》,黄山书社,1990年版。

［清］王培荀撰,周昌富、李大营校点:《听雨楼随笔》,山东大学出版
社,1992年版。

［清］梅成栋纂,卞僧慧、濮文起校点:《津门诗钞》,天津古籍出版社,
1993年版。

［清］赵知希著,朱普明点校:《泾川诗话》,贾文昭主编:《皖人诗话八
种》,黄山书社,1995年版。

［清］梁章钜著,蒋凡校注,梁超然审订:《〈三管诗话〉校注》,广西人
民出版社,1996年版。

［清］屈大均著,欧初、王贵忱主编:《屈大均全集》,人民文学出版社,
1996年版。

［清］王辅铭辑:《明练音续集》,《四库全书存目丛书》编纂委员会编:
《四库全书存目丛书·集部》第395册,齐鲁书社,1997年版。

［清］王辅铭辑:《国朝练音初集》,《四库全书存目丛书》编纂委员会
编:《四库全书存目丛书·集部》第395册,齐鲁书社,1997年版。

［清］郑王臣辑选:《莆风清籁集》,《四库全书存目丛书》编纂委员会
编:《四库全书存目丛书·集部》第411册,齐鲁书社,1997年版。

［清］凌廷堪著,王文锦点校:《校礼堂文集》,中华书局,1998年版。

［清］梁章钜辑,张善贵校点:《长乐诗话》,政协长乐市文史资料委员
会,1999年版。

[清]陈仅著:《竹林答问》,《四库未收书辑刊》第玖辑第三十册,北京出版社,2000 年版。

[清]梁章钜撰,穆克宏点校:《文选旁证》,福建人民出版社,2000年版。

[清]汪楫撰:《使琉球杂录》,黄润华等编:《国家图书馆藏琉球资料汇编》,北京图书馆出版社,2000 年版。

[清]李慈铭著,由云龙辑,上海书店出版社重编:《越缦堂读书记》,上海书店出版社,2000 年版。

[清]郭柏苍辑,福州市地方志编纂委员会整理:《竹间十日话》,福建海风出版社,2001 年版。

[清]昆冈等修,[清]刘启端等纂:《钦定大清会典事例》,《续修四库全书》第 804 册,上海古籍出版社,2002 年版。

[清]杭世骏撰:《道古堂文集》,《续修四库全书》第 1426 册,上海古籍出版社,2002 年版。

[清]李富孙撰:《校经庼文稿》,《续修四库全书》第 1489 册,上海古籍出版社,2002 年版。

[清]谭莹撰:《乐志堂文集续集》,《续修四库全书》第 1528 册,上海古籍出版社,2002 年版。

[清]刘彬华辑:《岭南群雅》,《续修四库全书》第 1693 册,上海古籍出版社,2002 年版。

[清]裘君弘辑:《西江诗话》,《续修四库全书》第 1699 册,上海古籍出版社,2002 年版。

[清]单学傅辑:《海虞诗话》,《续修四库全书》第 1706 册,上海古籍出版社,2002 年版。

[清]邱炜菱著:《五百石洞天挥麈》,《续修四库全书》第 1708 册,上海古籍出版社,2002 年版。

[清]林则徐撰,《林则徐全集》编辑委员会编:《林则徐全集》第 5 册,

海峡文艺出版社,2002 年版。

［清］梁章钜辑:《雁荡诗话》,蔡振楚编:《中国诗话珍本丛书》第十八册,国家图书馆出版社,2004 年版。

［清］马星翼著:《东泉诗话》,蔡振楚编:《中国诗话珍本丛书》第十九册,国家图书馆出版社,2004 年版。

［清］林葆恒辑,张璋整理:《词综补遗》第 2 册,上海古籍出版社,2005 年版。

［清］郑方坤编辑,陈节、刘大治点校:《全闽诗话》,福建人民出版社,2006 年版。

［清］齐琨撰:《东瀛百咏》,王菡选编:《国家图书馆藏琉球资料三编》下册,国家图书馆出版社,2006 年版。

［清］王守训撰:《登州诗话》,山东省博物馆藏清光绪二十七年黄县赵蔚坊钞本,《山东文献集成》第二辑第 44 册,山东大学出版社,2007 年版。

［清］赵蔚坊撰:《登州诗话续编》,山东省博物馆藏稿本,《山东文献集成》第二辑第 45 册,山东大学出版社,2007 年版。

［清］刘文澂等修,周家禄等纂:《［光绪］海门厅图志》,《中国地方志集成·江苏府县志辑》(53 册),凤凰出版社,2008 年版。

［清］钱谦益撰:《列朝诗集小传》,上海古籍出版社,2008 年版。

［清］王松撰:《台阳诗话》,《台湾文献史料丛刊》第八辑第 155 册,影印台湾大通书局本,人民日报出版社,2009 年版。

［清］丁晏原辑,周桂峰校点:《山阳诗征》,陕西人民出版社,2009 年版。

［清］汪楫著:《观海集》,《清代诗文集汇编》编纂委员会编:《清代诗文集汇编》第 140 册,上海古籍出版社,2010 年版。

［清］施淑仪撰:《清代闺阁诗人征略》,王英志主编:《清代闺秀诗话丛刊》(叁),凤凰出版社,2010 年版。

［清］沈善宝撰，虞蓉校点，王英志校订：《名媛诗话》，王英志主编：《清代闺秀诗话丛刊》（壹），凤凰出版社，2010 年版。

［清］梁章钜辑，张丽华校点，王英志校订：《闽川闺秀诗话》，王英志主编：《清代闺秀诗话丛刊》（壹），凤凰出版社，2010 年版。

［清］丁芸辑，郭前孔校点，王英志校订：《闽川闺秀诗话续编》，王英志主编：《清代闺秀诗话丛刊》（壹），凤凰出版社，2010 年版。

［清］翁方纲著：《复初斋集外文》，《清代诗文集汇编》编纂委员会编：《清代诗文集汇编》第 382 册，上海古籍出版社，2010 年版。

［清］熊士鹏著：《鹾学集》，《清代诗文集汇编》编纂委员会编：《清代诗文集汇编》第 444 册，上海古籍出版社，2010 年版。

［清］熊士鹏著：《鹄山小隐文集》，《清代诗文集汇编》编纂委员会编：《清代诗文集汇编》第 444 册，上海古籍出版社，2010 年版。

［清］丁晏：《颐志斋文集》，《清代诗文集汇编》编纂委员会编：《清代诗文集汇编》第 587 册，上海古籍出版社，2010 年版。

［清］仲虎腾补辑，沈春荣、沈昌华、申乃刚点校：《盛湖志补》，盛泽镇人民政府、吴江市档案局编：《盛湖志（四种）》，广陵书社，2011 年版。

［清］郑杰辑录，福建省文史研究馆整理：《全闽诗录》，福建人民出版社，2011 年版。

［清］史梦兰选辑，石向骞等点校：《永平诗存》，吉林大学出版社，2011 年版。

［清］徐柞永撰，林朝霞点校：《闽游诗话》，福建人民出版社，2012 年版。

［清］李道悠辑，嘉兴市档案局（馆）、嘉兴市档案学会编：《竹里诗萃》，中国文史出版社，2012 年版。

［清］陈如升辑：《重修宝山县志稿》，上海古籍出版社，2012 年版。

［清］沈德潜撰，王宏林笺注：《说诗晬语笺注》，人民文学出版社，

2013 年版。

［清］陈伯陶著,罗志欢、郑丽华点校:《明季东莞五忠传》,广东人民
　　出版社,2013 年版。

［清］熊琏撰:《澹仙诗话》,张寅彭主编,吴忱、杨焄点校:《清诗话三
　　编(肆)》,上海古籍出版社,2014 年版。

［清］马桐芳撰:《憨斋诗话》,张寅彭选辑,吴忱、杨焄点校:《清诗话
　　三编(陆)》,上海古籍出版社,2014 年版。

［清］李福祚辑:《昭阳述旧编》,《泰州文献》第 2 辑总第 16 册,凤凰
　　出版社,2014 年版。

［清］王夫之等撰,丁福保辑:《清诗话》,上海古籍出版社,2015 年版。

［清］朱彬辑:《白田风雅》,卢桂平主编:《扬州文库》第五辑第 82 册,
　　广陵书社,2015 年版。

［清］张懋延撰,王雷点校:《蛟川诗话》,宁波出版社,2015 年版。

［清］张其淦编,李君明点校:《东莞诗录》,广东旅游出版社,2016
　　年版。

［清］张修府撰:《湘上诗缘录》,《历代地方诗文总集汇编》委员会编:
　　《历代地方诗文总集汇编》第 399 册,国家图书馆出版社,2016 年版。

［清］邵晋涵撰,李家翼、祝鸿杰点校:《尔雅正义》,中华书局,2017
　　年版。

［清］孙诒让撰,孙启治点校:《墨子间诂》,中华书局,2017 年版。

［清］陶元藻辑,蒋寅点校:《全浙诗话》,浙江古籍出版社,2017 年版。

［清］戚学标撰,临海徐三见名家工作室校注:《清戚学标台州史事杂
　　著三种》,吉林文史出版社,2017 年版。

［清］冯金伯著,［近代］黄协埙辑,陈旭东整理:《海曲诗钞》,复旦大
　　学出版社,2018 年版。

［清］陶樑辑,江合友、程宇静点校:《国朝畿辅诗传》,国家图书馆出
　　版社,2017 年版。

［清］白石先生、云谷老人同话，草堂弟子编次:《滇南草堂诗话》，蒋
　　寅主编:《清代诗话珍本丛刊》第一辑第四册，国家图书馆出版社，
　　2019 年版。

［清］梁章钜撰:《东南峤外诗话》，蒋寅主编:《清代诗话珍本丛刊》第
　　一辑第四十四册，国家图书馆出版社，2019 年版。

［清］童庚年辑:《台州诗话》，蒋寅主编:《清代诗话珍本丛刊》第一辑
　　第四十五册，国家图书馆出版社，2019 年版。

［清］吴观周撰，吴茂云点校:《吴观周集》，浙江大学出版社，2019
　　年版。

［清］柯辂著，连心豪点校:《淳庵诗文集（附淳庵存笔）》，商务印书
　　馆，2020 年版。

［清］丁宿章辑，陈于全点校:《湖北诗征传略》，华中科技大学出版
　　社，2021 年版。

［清］朱彝尊著:《曝书亭集》，沈松勤主编:《朱彝尊全集》第 17 册，浙
　　江大学出版社，2021 年版。

［清］熊士鹏撰，郭星明、周雪晴点校:《竟陵诗话》，张寅彭编纂，姚蓉
　　点校:《清诗话全编·嘉庆期》（五），上海古籍出版社，2022 年版。

［近代］李梦花:《碣阳诗话》，北平京津印书局，1930 年版。

［近代］屈向邦:《广东诗话正续编》，香港龙门书店，1968 年版。

［近代］赵尔巽等撰:《清史稿》，中华书局，1977 年版。

［近代］吕光锡:《桃花源诗话》，蔡镇楚编:《中国诗话珍本丛书》第二
　　十二册，国家图书馆出版社，2004 年版。

［近代］许天奎:《铁峰诗话》，连横编:《台湾诗荟杂文钞》，《台湾文献
　　史料丛刊》第八辑第 164 册，影印台湾大通书局本，人民日报出版
　　社，2009 年版。

王锺翰点校:《清史列传》，中华书局，1987 年版。

郭绍虞、钱仲联、王蘧常编:《万首论诗绝句》，人民文学出版社，1991

年版。

吴文治主编:《明诗话全编》,江苏古籍出版社,1997 年版。

张国庆著:《云南古代诗文论著辑要》,中华书局,2001 年版。

二、研究著述

张舜徽著:《清代扬州学记》,上海人民出版社,1962 年版。

余嘉锡著:《四库提要辨证》,中华书局,1980 年版。

郭绍虞著:《宋诗话辑佚》,中华书局,1980 年版。

张葆全著:《诗话和词话》,上海古籍出版社,1983 年版。

胡文楷著:《历代妇女著作考》,上海古籍出版社,1985 年版。

蔡镇楚著:《诗话学》,湖南教育出版社,1990 年版。

蔡镇楚著:《石竹山房诗话论稿》,湖南文艺出版社,1995 年版。

李灵年、杨忠主编:《清人别集总目(上卷)》,安徽教育出版社,2000
　　年版。

张伯伟著:《中国古代文学批评方法研究》,中华书局,2002 年版。

华林甫著:《中国地名学源流》,湖南人民出版社,2002 年版。

张寅彭著:《新订清人诗学书目》,上海古籍出版社,2003 年版。

吴宏一主编:《清代诗话知见录》,“中央研究院”中国文哲研究所,
　　2002 年版。

葛剑雄主编,曹树基著:《中国人口史(第 5 卷)》下册,复旦大学出版
　　社,2005 年版。

吴宏一主编:《清代诗话考述》,“中央研究院”中国文哲研究所,2006
　　年版。

蒋寅著:《清诗话考》,中华书局,2007 年第 2 版。

汪毅夫著:《闽台地方史研究》,福建教育出版社,2008 年版。

石玲、王小舒、刘靖渊著:《清诗与传统:以山左与江南个案为例》,齐
　　鲁书社,2008 年版。

刘德重、张寅彭著:《诗话概说》,安徽教育出版社,2009 年版。

连横著:《台湾通史》,生活·读书·新知三联书店,2011 年版。

蒋寅著:《清代诗学史(第一卷):反思与建构(1644—1735)》,中国社
　　会科学出版社,2012 年版。

徐雁平著:《清代世家与文学传承》,生活·读书·新知三联书店,
　　2012 年版。

徐侠著:《清代松江府文学世家述考》,上海三联书店,2013 年版。

胡春丽著:《汪懋麟年谱》,复旦大学出版社,2014 年版。

郭绍虞著,蒋凡编:《宋诗话考》,复旦大学出版社,2015 年版。

陈伯海主编:《唐诗汇评(增订本)》第 3 册,上海古籍出版社,2015
　　年版。

周裕锴著:《中国禅宗与诗歌》,复旦大学出版社,2017 年版。

李德强著:《近代报刊诗话研究(1870—1919)》,上海书店出版社,
　　2017 年版。

陈允锋著:《古典诗学述论》,中央民族大学出版社,2017 年版。

程翔章、程祖灏著:《王柏心年谱》,华中师范大学出版社,2019 年版。

蒋寅著:《清代诗学史(第二卷):学问与性情(1736—1795)》,中国社
　　会科学出版社,2019 年版。

陈启钟作,陈支平编:《台湾通史》,福建人民出版社,2020 年版。

钱锺书著:《谈艺录》,生活·读书·新知三联书店,2020 年第 3 版。

陈晓峰著:《明清通州范氏家族文学与文化研究》,中华书局,2021
　　年版。

蔡镇楚著:《中国诗话史(增订本)》,江西教育出版社,2022 年版。

三、国外著述

〔法〕蒂费纳·萨莫瓦约著,邵炜译:《互文性研究》,天津人民出版
　　社,2002 年版。

〔法〕朱莉娅·克里斯蒂娃著,史忠义等译:《符号学:符义分析探索集》,复旦大学出版社,2015 年版。

〔加〕方秀洁著,周睿、陈昉昊译:《卿本著者:明清女性的性别身份、能动主体和文学书写》,江苏人民出版社,2024 年版。

四、期刊论文

陈衍:《榕荫谈屑叙》,《文艺杂志》1914 年第 11 期,第 7—8 页。

丁震:《榕荫谈屑跋》,《文艺杂志》1914 年第 11 期,第 8 页。

胡适:《文学改良刍议》,《新青年》1917 年第 2 卷第 5 号,总第 26—36 页。

云松:《蓉江诗话》,《青年友》1923 年第 3 卷第 4 期,第 28—29 页。

郭绍虞:《诗话丛话》,《小说月报》1929 年第 20 卷第 1 号第 221—232 页、第 2 号第 363—370 页、第 4 号第 673—679 页;又,《文学》1933 年第 1 卷第 2 号,第 269—277 页。

徐英:《诗话学发凡》,《安雅月刊》1935 年第 1 卷第 6 期,第 64—66 页;又见《安徽大学季刊》1936 年第 1 卷第 2 期,第 175—177 页。

赵景深:《诗话的诗话》,《现代》1935 年第 6 卷第 2 期,第 89—91 页。

陈一冰:《诗话研究》,《天籁》1935 年第 24 卷第 1 期,第 243—258 页。

薛蕾:《中国历代诗论与诗话之研究及其纲要书目(小引)——诗论拾残之一》,《知行杂志》1936 年第 1 卷第 1 期,第 25—31 页。

章太炎:《答汪旭初论诗书》,《制言》1936 第 29 期,第 1—2 页。

徐中玉:《论诗话之起源及其发达》,《中山学报》1941 年第 1 卷第 1 期,第 115—122 页。

徐中玉:《论诗话之起源》,《中国文学(重庆)》1944 年第 1 卷第 3 期,第 47—52 页。

钱仲联:《三百年来浙江的古典诗歌》,《文学遗产》1984 年第 2 期,第 1—12 页。

丁志安:《淮安方志续谈》,《淮安文史资料》第五辑,淮安县政协文史资料研究委员会编印,1987 年版,第 32—44 页。

李伯重:《简论"江南地区"的界定》,《中国社会经济史研究》1991 年第 1 期,第 100—105、107 页。

周振鹤:《释江南》,《中华文史论丛》第 49 辑,上海古籍出版社,1992 年版,第 141—147 页。

木基元:《〈云南〉杂志及其革命影响》,《云南社会科学》1996 年第 3 期,第 79—84 页。

祝尚书:《论"击壤派"》,《文学遗产》2001 年第 3 期,第 30—45 页。

蒋凡:《关于编纂梁章钜诗话著作全编之设想》,复旦大学中国古代文学研究中心编:《中国文学研究》第六辑,江西教育出版社,2002 年版,第 251—266 页。

蒋寅:《闺秀诗话十二种叙录》,《文献》2004 年第 3 期,第 253—261 页。

程中山:《伪书〈厚甫诗话〉成书考述——兼论清代广东诗话中"南来学者"的情意结》,《中国典籍与文化》2005 年第 3 期,第 108—118 页。

邬国平:《试论清诗话目录学研究——读蒋寅〈清诗话考〉》,《苏州大学学报》2006 年第 2 期,第 55—59 页。

蒋寅:《清诗话的写作方式及社会功能》,《文学评论》2007 年第 1 期,第 14 页。

王炜:《格调对神韵的兼容——从〈清诗别裁集〉选王士禛诗看沈德潜的"格调说"》,《武汉大学学报》2007 年第 4 期,第 498—502 页。

吴承学、翁筱曼:《"岭南学"刍议》,《华南师范大学学报》2007 年第 5 期,第 6—8 页。

南炳文:《〈广东新语〉成书时间考辨》,《西南大学学报》2007 年第 11 期,第 74—75 页。

陈广宏:《晋安诗派:万历间福州文人群体对本地域文学的自觉建构》,复旦大学中国古代文学研究中心编:《中国文学研究》第十二辑,中国文联出版社,2008 年版,第 82—117 页。

罗时进:《关于文学家族学建构的思考》,《江海学刊》2009 年第 3 期,第 185—189 页。

卫琪:《王松〈台阳诗话〉中的女性论述》,《岭东通识教育研究学刊》2011 年第 2 期,第 175—210 页。

胡全章:《1900:诗界革命运动之发端》,《河南大学学报》2013 年第 1 期,第 112—116 页。

周锦国:《再现清代中叶云南诗坛的景象——师范〈荫椿书屋诗话〉评介》,《大理学院学报》2013 年第 11 期,第 1—6 页。

杨权:《张其淦与〈东莞诗录〉》,《中山大学学报》2014 年第 2 期,第 39—48 页。

傅宇斌:《晚清民国报刊所见诗话书录》,《中国诗歌研究动态》第十四辑,学苑出版社,2014 年版,第 327—347 页。

蒋寅:《陶元藻与〈全浙诗话〉〈凫亭诗话〉》,《文史知识》2015 年第 3 期,第 117—121 页。

江合友:《清代畿辅诗歌的区域特色及其历史价值———以陶樑〈国朝畿辅诗传〉为中心的讨论》,《河北师范大学学报》2015 年第 6 期,第 44—51 页。

杨艳华:《"闽中著述第一人"柯辂著述考略》,《古籍整理研究学刊》2016 年第 1 期,第 88—101、107 页。

何诗海:《作为副文本的明清文集凡例》,《文学评论》2016 年第 3 期,第 204—212 页。

卫琪:《王松〈台阳诗话〉的学术价值及研究现况——兼论其版本问题》,《应用语文学报》2016 年第 3 期,第 113—133 页。

侯荣川:《明代诗话的分期与特点再认识》,《南京师大学报》2016 年第 3 期,第 128—134 页。

陈开林:《七部清人诗话考辨》,《西华师范大学学报》2016 年第 5 期,
第 30—36 页。

钱南秀:《梁章钜〈闽川闺秀诗话〉及丁芸〈闽川闺秀诗话续编〉意旨
初探》,李德强编:《清代诗学文献整理与研究》,上海大学出版社,
2016 年版,第 162—173 页。

陈晓峰:《通州范氏家族与山茨社考述》,《晋阳学刊》2017 年第 3 期,
第 140—145 页。

王晓东:《屈向邦〈广东诗话〉考辨——兼及〈清诗纪事〉误收"荫堂"
考》,《中国典籍与文化》2017 年第 4 期,第 47—52 页。

罗时进:《清人焚稿现象的历史还原》,《文学遗产》2017 年第 5 期,第
119—133 页。

陈志坚:《江东还是江南——六朝隋唐的"江南"研究及反思》,《求是
学刊》2018 年第 2 期,第 161—172 页。

廖一瑾:《台湾诗话鼻祖王松〈台阳诗话〉的诗史意识》,《福州大学学
报》2018 年第 3 期,第 29—33 页。

王荣国、王智兰:《周颙与宋齐佛教——以钟山隐舍与草堂寺为中
心》,《西南民族大学学报》2018 年第 6 期,第 81—86 页。

程希:《扬州学派诗论遗珍——朱彬〈游道堂诗话〉辑释》,张伯伟、蒋
寅主编:《中国诗学》第二十六辑,人民文学出版社,2018 年版,第
266—276 页。

潘务正:《宋诗颓放——论清代的一种宋诗观》,王水照、朱刚主编:
《新宋学》第 7 辑,复旦大学出版社,2018 年版,第 239—252 页。

王明好、王长华:《清代畿辅方志艺文志的时空分布及文化成因》,
《地域文化研究》2019 年第 1 期,第 11—19 页。

刘咏聪:《晚清婚姻文化中的重逢花烛庆典:邬启祚夫妇个案研究》,
《人文中国学报》2019 年总第 28 期,第 225—274 页。

陈于全:《丁宿章事略考》,《兰州大学学报》2020 年第 2 期,第 90—102 页。

陈丕武、刘海珊:《屈大均姓名字号考》,《岭南文史》2020 年第 2 期,第 83—91 页。

蒋寅:《性灵诗观在女性诗学中的回响——熊琏〈澹仙诗话〉的批评史意义》,《学术研究》2020 年第 3 期,第 153—162 页。

吴承学、程中山:《岭南诗话与岭南诗学》,《学术研究》2020 年第 6 期,第 143—153 页。

王文荣:《清代江南市镇的地方诗总集探论》,《苏州大学学报》2021 年第 1 期,第 168—176 页。

陈尚君:《韦应物在苏州》,《文史知识》2021 年第 7 期,第 49—59 页。

李清华:《稀见清梁章钜〈退庵诗话〉辑录》,胡晓明主编:《阐释的历史花样:古代文学理论研究(第五十六辑)》,华东师范大学出版社,2023 年版,第 585—608 页。

李建江:《清诗话补目》,《古籍整理研究学刊》2024 年第 1 期,第 52—58 页。

五、学位论文

朱玲玲:《陶元藻〈全浙诗话〉考论——兼述清代浙江地方诗话》,上海大学硕士学位论文,2006 年。

蔡莹涓:《梁章钜研究》,福建师范大学博士学位论文,2009 年。

李爱花:《杨希闵诗史观研究》,江西师范大学硕士学位论文,2010 年。

温珮琪:《家族、地域与女性选集——梁章钜〈闽川闺秀诗话〉研究》,暨南国际大学硕士学位论文,2010 年。

夏勇:《清诗总集研究(通论)》,浙江大学博士学位论文,2011 年。

张嘉显:《学人诗话——阮元〈小沧浪笔谈〉〈定香亭笔谈〉〈广陵诗

事〉研究》,彰化师范大学硕士学位论文,2011 年。

朱思凡:《黄日纪研究》,福建师范大学硕士学位论文,2012 年。

吴肇莉:《云南诗歌总集研究》,浙江大学博士学位论文,2012 年。

李清华:《清代地域诗话研究》,上海大学博士学位论文,2016 年。

叶怀:《〈全闽诗话〉研究》,福建师范大学硕士学位论文,2017 年。

高凤娟:《熊琏〈澹仙诗话〉研究》,黑龙江大学硕士学位论文,
　　2017 年。

张璐:《檀萃〈滇南草堂诗话〉研究》,云南师范大学硕士学位论文,
　　2020 年。

李灵燕:《梁章钜〈长乐诗话〉研究》,福建师范大学硕士学位论文,
　　2020 年。

陈郁文:《郑王臣〈莆风清籁集〉研究》,华中师范大学硕士学位论文,
　　2021 年。

李青枝:《〈张修府日记〉与晚清湖湘诗坛》,南京师范大学博士学位
　　论文,2021 年。

后　记

呈现在读者诸君面前的这本小书,完全是作者问学生涯的意外之作,其肇端是十年前的一次学术会议。2014 年初,扬州市委、市政府决定召开"纪念阮元诞辰 250 周年学术研讨会",同时函请鄙校教师撰文与会,不知何故,我成了这项政府任务的落实者之一。甫接斯事,颇为惶惑,因为我一直究心于先秦两汉文学,对清学和阮元知之甚寡。几番冥行盲索之后,我感觉学界对阮元的经史、金石、校勘之学等用力甚深,于其诗学则关注较少,遂以《广陵诗事》为中心草就一文提交大会,不意竟得与会方家的肯定。嗣后便时常留意相关文献,进而知悉《广陵诗事》实属郡邑诗话一类,循此路向,重门渐启,由阮氏一人而江南一地而有清一代。其间相关研究课题也曾获得各级基金的资助,本书即是 2017 年国家社会科学基金同题项目最终成果的删改版。

作为诗话学和清代诗学领域的"临时闯入者",我自知学殖浅蹇,因此本书悬鹄未敢高远,唯愿稍能将清代郡邑诗话研究由文献整理推进至文本寻绎而已。在研究思路上,本书基于"类型化的整体研究"意识,试图界定郡邑诗话的概念,探赜清代郡邑诗话的文本数量、存在形态、分布格局、迁变历程和生成模式等;在研究框架上,以通行的清代历史分期为时间轴,以清代郡邑诗话的区域分布为空间轴,擘析目前可见的诸种文本;在研究策略上,学界详及者则简述之,稽略者则细说之,未审者则辨别之,阙如者则补苴之;在研究旨趣上,以

"地方性"与"跨地方性"、"小传统"与"大传统"两组概念为核心,窥探清代郡邑诗话的多维价值和文化统绪等。遗憾的是,由于多种原因,极少数清代郡邑诗话著述至今无缘寓目,只能存而不论。另外,本书对清代郡邑诗话与其他诗话的关联分析比较简略,具体述论中的肤词迂说乃至错讹舛谬亦难避免。凡此种种,祈盼博雅君子教而正之。

　　清代诗话卷帙浩博,郡邑之作丰赡驳杂,我虽穷力自运,仍不免摛埴索涂之窘,幸有业师蒋凡先生不时予以点示。先生是中国古代文学理论和诗话研究的大家,既曾对古代文论的历程、体系等进行过贯通性阐释,又曾对诗话的缘起、性质和理论贡献等进行过系统性考察,还曾对严羽《沧浪诗话》和叶燮《原诗》的内蕴进行过创造性抉发,更曾对梁章钜的郡邑之作《三管诗话》进行过典范性校注。随侍先生左右时,我曾研读过上述论著,印象深刻;撰写本书时,又经常温习参阅,启悟更深。如,梁章钜是"清代郡邑诗话第一人"的结论,便直接来自先生对其诗话著作的纵览和缕析。先生对本书的助益,还不止于此。本书考察梁章钜的《长乐诗话》,使用的是张善贵先生的点校本,但我很快发现,张校本的底本竟然是蒋师过录自上海图书馆收藏的清钞本的钞本,这种奇妙的"相遇"让我在惊喜之余,更多感奋。本书初成,即呈先生审阅,先生不以我之颠顸轻作为忤,反多勖励,并以八秩高龄搦管赐序。我暌拜函丈,瞬已经年,然先生和师母汤娟女史仍挂怀如亲炙之时,师恩山重,谨此虔伸谢悃!

　　我自进入大学以后,一直远离父母,不得晨昏定省,时感惭怍。父母虽倚闾望切,却嘱以工作为重,又从不以我之碌碌如恒为意,顾复之情,椿萱之诲,愈觉非朝乾夕惕,无以为报! 在我忙于撰述期间,太太佘志敏博士独任家事之劳,更与小女在宥一起,以其灵动逸思予我惊喜,松萝共依,稚子候门,感怿之怀,莫罄敷陈。

　　本书之成,也得益于前辈时贤的创榛辟莽。其中,吴宏一先生、张寅彭先生、蒋寅先生和李清华博士编订的相关书目助力尤多,观隅反三,正赖其著,在此向各位前驱先路者致敬!写作的过程中,顾农先生、许建中先生及柳宏先生时加敦勉,诸承垂注,铭感无已!王师兄军伟教授与程希学友惠寄珍藏文献,厚谊足念,当表谢忱!书稿承杨淑琪、贺莹、吴翠丽、刘禧娜、周如意、王嘉蒋诸君先后协校文字,一并致谢!

本书的基础文献,多是未经整理点校的稿钞本和刻本,我曾多次赴国家图书馆、上海图书馆和南京图书馆等地查检手抄,各馆皆倾力支持,不胜感激!小书脱稿后,承吕师姐玉华教授推荐,经罗华彤先生检视,有幸在中华书局出版,更幸得余瑾老师为责任编辑。余老师是中华书局的资深编辑,以精博谨严蜚声学林,往还之中,匡正良多。特此向三位老师致以深切的谢意!

本书自滥觞至付梓,忽忽十年矣。为己为人,是耶非耶?歧路正途,成耶败耶?或许时间终会给出解答,又或者,并非所有谜题都需要答案。

2024 年 4 月 14 日